Kristen Heitzmann

Im frühen Morgenlicht

francke

Über die Autorin:
Kristen Heitzmann lebt mit ihrem Mann und den vier Kindern am Fuße der Rocky Mountains. Bereits in der Grundschule begann sie zu schreiben und studierte später Englische Literatur und kreatives Schreiben. Wenn sie nicht an einem ihrer Bücher arbeitet oder ihre Kinder unterrichtet, engagiert sich die überaus erfolgreiche Autorin im Musikteam ihrer Gemeinde.

Bibliografische Information Der Deutschen Bibliothek
Die Deutsche Bibliothek verzeichnet diese Publikation in der Deutschen Nationalbibliografie; detaillierte bibliografische Daten sind im Internet über http://dnb.ddb.de abrufbar.

ISBN 978-3-86827-488-2

Originally published in English under the title:
The Breath of Dawn
by Bethany House,
a division of Baker Publishing Group, Grand Rapids,
Michigan, 49516, USA

35037 Marburg an der Lahn
Deutsch von Dorothee Dziewas
Umschlagbilder: © shutterstock.com / biletskiy
dreamtime.com / Yongnian Gui
Umschlaggestaltung: Verlag der Francke-Buchhandlung GmbH /
Christian Heinritz
Satz: Verlag der Francke-Buchhandlung GmbH
Druck und Bindung: CPI Moravia Books Pohorelice

www.francke-buch.de

Trachtet zuerst nach dem Reich Gottes
und nach seiner Gerechtigkeit,
so wird euch das alles zufallen.
Matthäus 6,33 (Luther 84)

Prolog

Als Noelle St. Claire Spencer ihren Schwager Morgan neben dem frisch ausgehobenen Grab stehen sah, wie zu Stein erstarrt, war sie überzeugt davon, dass ein Mensch zerbrechen konnte. Eine Berührung, und er würde zerfallen und vom Wind davongeweht werden. Asche zu Asche. Staub zu Staub.

Das Neugeborene schlief und ahnte nicht, dass sein Vater dem Tod ebenso nahe zu sein schien wie seine Mutter, die gerade begraben wurde. *Jill.* Noelle drückte das mutterlose Kind fester an sich, während ihr eigener Sohn krampfhaft ihre Beine umklammerte, so als spüre er das Ausmaß eines Verlusts, wie er ihn noch nie miterlebt hatte. Rick hatte wortlos seinen Arm um sie und damit auch um einen kleinen Teil von Morgans Familie gelegt, um sie zu beschützen. Groß und schweigsam stand ihr Mann da, doch in seinen Augen spiegelte sich ihr eigener Schmerz. Wie hatte das geschehen können? Oder nein, nicht wie – sondern warum?

Ihre Kehle war wie zugeschnürt, die Tränen liefen ihr über die Wangen, und als sie das Gesicht des Säuglings betrachtete, fühlte sie einen bitteren Kummer in sich aufsteigen. Würde die Kleine wenigstens eine vage Erinnerung an die Mutter haben, die sie zur Welt gebracht und gewiegt und gestreichelt und getröstet hatte, voller Vorfreude auf zukünftiges Staunen und Strahlen? Wer würde ihr davon erzählen?

Sie konnte geradezu dabei zusehen, wie das Schweigen ihren Schwager Morgan immer mehr einhüllte – ihn, der Worte mit dem Geschick eines Staatsmannes handhabte, der voller Kraft und Dynamik gewesen war. Schon einmal hatte sie gesehen, wie er verblasst war. Jetzt schien er alle Farbe verloren zu haben. Er hob das Gesicht, verzweifelt hielt er den letzten Moment fest, während der Pastor das Gebet über dem Sarg beendete. „Wir befehlen diese Seele Gott an, im Namen des Vaters und des Sohnes und des Heiligen Geistes."

Diejenigen, die dicht am Grab standen, bekreuzigten sich – außer Morgan, der reglos dastand. Sie berührte seinen Arm.

„Nicht." Seine Lippen bewegten sich kaum, als er es sagte.

Zusammengekrümmt wie eine in Flanell gehüllte Raupe stieß seine kleine Tochter einen leisen wimmernden Schrei aus. Doch Morgan drehte sich nicht zu ihr um. Er starrte nur auf das mit Stoff eingefasste Loch in der Erde und krächzte: „Nehmt sie mit, ja?"

„Zu dir nach Hause?"

„Zur Ranch." Er warf seinem jüngeren Bruder Rick, der ein wenig größer war als er, einen vielsagenden Blick zu. „Ich nütze ihr nichts."

Natürlich glaubte er das. Nach allem, was geschehen war.

„Du auch", sagte Rick ruhig, aber bestimmt. „Du kommst mit uns."

Morgan sagte nichts. Der tiefe Schmerz, der sich auf seinem Gesicht abzeichnete, verschlug Noelle den Atem.

Rick sagte zu ihm: „Wir helfen dir, Morgan, aber du musst mitkommen. Deine Tochter braucht dich." Vielleicht war ihm die Wirkung seiner Worte nicht bewusst – es waren dieselben Worte, auf die Morgan schon einmal reagiert hatte, bei einer anderen Tochter, die ihn auch gebraucht hatte und die er hatte retten wollen, aber ohne Erfolg. Nach dem Verlust von Kelsey schien Jills Tod nun besonders grausam und überwältigend.

Ein Schauer durchfuhr ihn. Die Sonne ließ einzelne silberne Strähnen in seinem schwarzen Haar aufblitzen. Seine dunkelblauen Augen wirkten beinahe schwarz und sein Gesicht war ganz grau. Mit einem Fuß stand er im Reich der Toten. Das war offensichtlich. Nur Livie hielt ihn noch hier. Wenn er sich erst einmal eingeredet hatte, dass es genügen würde, wenn sie und Rick sich um seine kleine Tochter kümmerten, dann gäbe er vielleicht ganz auf. Wer konnte ihm das verübeln?

Ihre Schwiegereltern, Hank und Celia, standen bereit, um zu helfen, aber es war Consuela, die Haushälterin, die auf ihn zuging. Ihre Miene spiegelte ihr tiefes Mitgefühl. „Gehen Sie mit ihnen, Señor Morgan", sagte sie. Ihre dunklen Augen waren feucht, aber feurig und ihr Kiefer entschlossen vorgereckt. „Sie gehen und dann kommen Sie wieder."

Er ließ seinen Atem entweichen. „Gut." Er setzte sich langsam in Bewegung, ging an der Limousine vorbei, die ihn zum Friedhof gebracht hatte, und blieb erst wieder stehen, als er bei seinem weinroten Maserati Gran Turismo angekommen war.

Noelle zitterte bei dem Gedanken, dass er sich hinter das Steuer dieses Wagens setzen würde. Wie oft hatten Rick und sie mit dem Anruf gerechnet, er sei unter Alkoholeinfluss gefahren und dabei umgekommen? Als er seine Corvette tatsächlich zu Schrott gefahren hatte, war er stocknüchtern gewesen. Und er hatte überlebt.

Jetzt waren es Jill und zwei Freundinnen von ihr gewesen, drei junge Mütter, die ausgegangen waren – und ihr Minivan, der in dichte Rauchwolken eines Waldbrandes geraten war, war mit einem heranrasenden Löschzug der Feuerwehr zusammengestoßen. Es musste einen Sinn bei all dem geben, aber sie fand ihn nicht, sondern spürte nur den Schmerz.

Leichter Regen ging unaufdringlich nieder. Sie und Rick gesellten sich zu Morgan. In dem Sportwagen war kein Kindersitz für Livie. Er nahm sie ja auch nie in diesem Fahrzeug mit. Hatte er es dort geparkt, weil er ohne sie wegfahren würde?

„Morgan …“, fing Rick an.

Der ältere Spencer-Bruder beugte sich vor, gab seiner Tochter einen Kuss und blickte dann auf. „Wir sehen uns draußen bei euch.“

Sie erwartete, dass Rick ihm widersprechen und ihn dazu bringen würde, mit ihnen zurückzufliegen, aber er sagte nur: „Fahr nicht zu rasant.“

Ein dunkles, humorloses Lächeln umspielte Morgans Lippen, als er einstieg. Er hatte dem Sportwagen ein personalisiertes Kennzeichen verpasst: MYGIRLS – eine Erinnerung daran, dass er zu seinen „Mädels“ nach Hause fuhr? Oder eine Methode, sie stets bei sich zu haben, egal wo er war. Jetzt hatte er nur noch Livie. Noelle drückte sie schützend an sich.

Als der Motor aufheulte und der Wagen anfuhr, liefen ihr die Tränen übers Gesicht. Er würde jetzt alle, die zur Trauerfeier gekommen waren, warten lassen: seine Angehörigen, Kollegen und Hunderte von Freunden und Bekannten. Morgan wollte Auto fahren. Wenn er litt, wollte er immer auf der Straße sein.

Sie sah Rick an, dessen Blick auf der kleinen Olivia ruhte.

„Er wird sie nicht im Stich lassen, Noelle. Dafür ist er nicht der Typ.“

Die Trauer war kein Gefühl. Sie war eine Macht, eine Größe, die unaufhaltsam Einlass forderte, und wenn die Mauer erst einmal durchbrochen war, wenn die Tore zertrümmert waren, würde die Hölle losbrechen. Morgan beschleunigte, so als wäre die Geschwindigkeit eine Art Schutzschild, als könnte die Flucht ihn so weit und schnell fortbringen, dass er den niederdrückenden Schmerz daran hindern konnte, ihn zu Staub zu zermahlen.

Jill. Er konnte sich nicht daran erinnern, dass es eine Zeit gegeben hatte, in der er sie nicht geliebt hatte. Selbst in den Jahren ihrer Trennung war sie da gewesen, in seinem Innern, hatte seine Erinnerung ausgefüllt und sein Herz verfolgt. Selbst in seinem Zorn, bei dem Verrat hatte es das Verlangen nach ihr gegeben. Immer hatte er gewusst, dass es sie gab.

Und in jedem Augenblick mit Jill war auch Kelsey da gewesen, die Tochter, von der er geglaubt hatte, Jill hätte sie abgetrieben. Die Tochter, die er vor der Leukämie zu retten versucht hatte. Damals hatte er versagt. Was ließ ihn glauben, dass er es diesmal, bei Livie, nicht tun würde?

Er kniff die Augen zusammen, obwohl der Maserati fast hundertachtzig Stundenkilometer erreicht hatte. Dann erinnerte er sich daran, dass die Straße nicht ihm allein gehörte. Wenn er sich überschlagen wollte, würde er es irgendwo tun, wo niemand sonst dafür bezahlte. Zwischen Kalifornien und der Ranch von Rick in den Bergen von Colorado gab es genügend solcher Stellen.

Dieses Gefühl, durch die Luft zu fliegen, hatte er nach dem Tod von Kelsey erlebt – ein Unfall, der so viele Knochen in seinem Körper gebrochen hatte, dass er ausgesehen hatte wie ein Roboter, aber aufgegeben hatte sein Körper nicht. Jill hingegen war bei ihrem Unfall sofort tot gewesen. So schnell, dass sie keine Schmerzen gespürt hatte, kein anhaltendes Leiden. Einfach tot. Was würde er nicht darum geben, diesen Trick zu kennen.

Wenn da nicht Livie wäre.

Trotz des quälenden Kummers schlug sein Herz schneller. Nichts, was er tat, nichts, was ihm widerfuhr, so schien es, konnte diese Liebe beenden. Er nützte ihr vielleicht nichts und konnte sie möglicherweise ebenso wenig retten, wie er Kelsey hatte retten können und jetzt Jill, aber nichts auf der Welt konnte ihn davon abhalten, es wenigstens zu versuchen. Nicht dieser Schmerz. Und auch nicht das, was noch kam.

Jill lächelte ihn von dem Foto aus an, das er unter seine Sonnenblende geklemmt hatte, ein Schnappschuss, auf dem sie völlig natürlich wirkte. Neben ihr die neugeborene Olivia, und dann eines der wenigen Bilder von Kelsey, bevor die Engel sie davongetragen hatten. Kahl und tapfer und jenseitig, gab sie ihm Mut, Tropfen der Barmherzigkeit von einer vom Schmerz geläuterten Seele. Er musste völlig resistent gegen jede Gnade sein, wenn er wieder einmal dieser besonderen Läuterung bedurfte.

Kapitel 1

Quinn genoss es, dass die hohen Berge ihr das Gefühl gaben, winzig zu sein – nicht ungewöhnlich bei einem Meter sechzig und gerade mal fünfzig Kilogramm, aber unter den hoch aufragenden Gipfeln war sie praktisch unsichtbar, beinahe unsichtbar genug.

Sie trat auf ihren schmalen Balkon hinaus, auf dem kein Platz für Möbel war, aber genug, um zu stehen und hinauszuschauen und ein menschliches Thermometer zu werden – wertvoll an einem Ort mit solch wechselndem Wetter wie Juniper Falls, Colorado. Und wenn sie über das Geländer kletterte und sich hängen ließ, wäre der Sprung von ihrem Schlafzimmer aus machbar, sollte das jemals nötig sein.

Ihr Schlafzimmer, das sich in den Spitzbogen ihrer kleinen Hütte schmiegte, beherbergte ein normal großes Bett, einen Schrank mit eingebauten Schubladen, die Tür zum Balkon und sie. Ebenfalls unterm Dach war das winzige Bad mit Dusche – keine Wanne – mit seinen blassgelben Fliesen. Sie stieg die leiterartige Treppe ins Wohn- und Esszimmer mit integrierter Küche hinunter. In ihrer Hütte fühlte sie sich manchmal wie Alice, die von einem Pilz gegessen und ihre Körpergröße dadurch verändert hatte. Aber das Blockhaus gehörte ihr. Was konnte sich besser anfühlen?

Sie zog sich den Mantel aus gewalkter Wolle an, stopfte ihre dunklen Locken in die Kapuze und ging zu ihrem Pick-up hinaus, mit dem sie kurz darauf in den Feldweg bog. Eine Nebelwolke hing am Rande des Tals und ließ eine graue Landschaft erkennen – hier die dunklen Arme immergrüner Bäume, dort die Wand einer Steinschlucht mit Quellwasser, das zu fantastischen Formen gefroren war.

Sie konnte es kaum erwarten, dass der Nebel sich verzog. Die Chance, vor allen anderen etwas zu begutachten, was wie ein Nachlass beachtlicher Größe klang, war eine Gelegenheit, die sie sich nicht entgehen lassen würde. Davon lebte sie. Manchmal fuhr sie meilenweit, nur um einen Blick auf etwas zu werfen. Normalerweise lohnte es sich wegen ein paar Einzelstücken – manchmal kam gar nichts dabei heraus und gelegentlich stieß sie auf eine Goldgrube. Jetzt erwachte in ihr die Vorfreude auf einen lohnenden Fund.

Sie hatte Glück, dass das Anwesen sich in der Nähe befand, nur wenige Kilometer entfernt. Die Verstorbene kannte sie jedoch nicht. Da sie erst seit sechs Monaten in Juniper Falls wohnte, war ihr auch der Großteil der lebenden Bevölkerung noch unbekannt. Es bedeutete auch, dass sie die Möglichkeiten in dieser Gegend noch kaum ausgelotet hatte.

Familien, die einen Nachlass zu verwalten hatten, konnten das immer auch selbst tun und auf den richtigen Käufer oder Sammler warten, alles einpacken, abtransportieren und versichern und sich mit den Leuten herumschlagen, während sie um ihre Angehörigen trauerten, aber sie hatte die Erfahrung gemacht, dass die meisten Hinterbliebenen froh waren, wenn sie ihnen ein Komplettangebot machte und alles abwickelte. Denjenigen, die habgierig waren oder sentimental wurden, ließ sie ihre Karte da, für den Fall, dass sie ihre Meinung noch änderten. Viele von ihnen taten das irgendwann. Mit dieser Arbeit verdiente sie sich ihren Lebensunterhalt, einen Reibach machte sie nicht.

Sie hielt vor dem Gebäude und stellte überrascht fest, dass vor dem kleinen Wohnhaus der Ranch ein Pick-up parkte. Zwei Autos standen in der Garage, ein Subaru in blau und hellbraun, der vermutlich der Verstorbenen gehört hatte, und ein weißer Kleinwagen, der als Mietwagen gekennzeichnet war. Der Pick-up könnte darauf hindeuten, dass außer ihr noch jemand an dem Nachlass interessiert war. Da sie neu in der Gegend war, kannte sie ihre Konkurrenz noch nicht so gut. Aber man hatte ihr versprochen, dass sie die Erste sein würde, die alles besichtigte.

Langsam ging sie auf das Haus zu, ihr Atem vermischte sich mit dem dichten Nebel. Die Türklingel gab ein kurzes Brummen von sich, auf das niemand reagierte. Mit gerunzelter Stirn trat sie ein paar Schritte zurück und ging um das Haus herum.

Durch die feuchte Luft waren ihre Locken noch krauser als sonst. Sie hörte Stimmen, zwei Frauen standen an einem grünen Metallzaun, auf dem das Kondenswasser glitzerte. Sie drehten sich zu ihr um, als Quinn näher kam.

„Hallo“, sagte die eine Frau, deren blonde Haare einzeln festgeklebt sein mussten, wenn sie bei diesem Nebel in Form blieben. Ihr Regenmantel wölbte sich über ihre breiten Hüften. „Sie müssen Riley sein.“

„Quinn. Ich heiße Quinn Reilly.“

„Oh, dann habe ich es falsch herum aufgeschrieben.“

„Das kommt vor.“ Und zwar deutlich häufiger, als es sollte.

„Ich bin RaeAnne und das hier ist Noelle. Sie wohnt neben der Ranch von meiner Mutter.“

Die andere Frau war von einer klassischen Michelle-Pfeiffer-Schönheit mit seidigen goldbraunen Haaren und einer natürlichen Anmut. Quinn war so damit beschäftigt, die Frau zu mustern, dass sie zusammenzuckte, als ein Schnauben ertönte und urplötzlich ein knochiges schwarzes Gesicht aus dem Nebel auftauchte. Sie warf einen skeptischen Blick auf die Schnauze des Tieres, die vom Alter ganz weiß war, und trat einen Schritt zurück.

RaeAnne tätschelte das Pferd. „Noelle hat angeboten, Matilda das Gnadenbrot zu geben. Das arme alte Mädchen.“

„Wir haben genug Weideland.“ Noelle streichelte die dürre Stute. „Und Vera hat dieses Pferd geliebt.“

„Ja, das hat sie.“ RaeAnnes Stimme klang belegt. „Obwohl sie es mit dem Haus gekauft hat und Mom nie in ihrem Leben auf einem Pferd gesessen hat.“

„Herzliches Beileid“, sagte Quinn.

„Danke.“ RaeAnne blinzelte. „Aber Vera war eine unabhängige Frau und ist einfach eingeschlafen. Was könnten wir uns Besseres wünschen?“

Quinn hatte keine einfache Antwort parat, also nickte sie nur.

„Aber kommen Sie doch rein.“

RaeAnnes Hüften schwangen hin und her, während sie ging. Noelle berührte kaum den Boden, als sie zu dem Pick-up ging und losfuhr. Zuvor hatte sie noch versichert, dass sie die Stute abholen würde. Zu dieser Frau passte eher ein silberner Jaguar, dachte Quinn.

„Sie sieht umwerfend aus, oder?“ RaeAnne stieß den Hintereingang auf.

„Echt jetzt?“

Sie kicherten.

Das Haus hatte den Geruch von alten Menschen, der ihr aus ähnlichen Begegnungen nicht unbekannt war – abgestanden und leicht streng –, aber RaeAnne musste die Behörden beinahe umgehend alarmiert haben, denn es roch nur sehr wenig nach Tod.

„Und?“ RaeAnne sah sich um. „Es macht einen irgendwie sprachlos, nicht wahr?“

Auch wenn sie nicht lebendig begraben gewesen war, hatte Vera viele Dinge gehortet. Quinn betrachtete die vollgestellten Tische, die Regale und Schränke, die Kisten und Stapel. Mit einem Blick erkannte sie, dass das meiste für sie nicht von Interesse war. Aber sie sah auch vieles, das interessant sein könnte. „Was soll hier geschehen, RaeAnne?“

„Es gibt nur wenige persönliche Gegenstände, die ich behalten möchte. Manches muss einfach weggeworfen werden und für die Dinge, die Sie haben wollen ..., machen Sie einfach einen angemessenen Preis, würde ich sagen.“

„Es gibt zwei Möglichkeiten“, erklärte Quinn ihr. „Ich kann nur das nehmen, was ich möglicherweise verkaufen kann, und Sie kümmern sich um den Rest. Oder für einen Pauschalbetrag kaufe ich alles, was Sie nicht behalten wollen, und ich entscheide, was verkauft oder weggegeben wird.“

„Die zweite Lösung klingt gut.“ RaeAnne schien erpicht darauf, sich von dem Eigentum ihrer Mutter zu trennen. „Ich glaube nicht, dass die Möbel Ihnen viel einbringen werden. Es ist alles ziemlich alt.“

Und nicht antik, außer in der Küche. Sie verhandelten ein wenig, aber durch die herzliche Art der Frau und Quinns eigene professionelle Zurückhaltung war es ein angenehmer Handel. Es ging nicht darum, jemanden über den Tisch zu ziehen. Obwohl sie sich vorstellen konnte, dass es Haie gab, die sich auf die Trauernden stürzten, konnte sie es nicht leiden, wenn sie mit ihnen in einen Topf geworfen wurde.

„Behalten Sie Ihr Zeug“, hätte sie den Leuten am liebsten gesagt, wenn sie ihr Angebot infrage stellten, aber stattdessen erläuterte sie den Prozess und die Verluste, die sie mit den Dingen machte, die sie nicht verkaufen konnte, ganz abgesehen von ihrer Zeit. Sie tat den

Menschen einen Gefallen, indem sie die ganze Sache abwickelte, und manchmal fand sie einen unerwarteten Schatz – das war der Anreiz für sie.

In Veras Haus vermutete sie einige beliebte seltene Stücke. Ihr Handbuch für Sammler würde ihr dabei helfen, den richtigen Preis festzulegen. Sie hatte schon eine Menge gelernt und doch hatte sie kaum die Oberfläche dessen berührt, was es da draußen alles gab.

Als sie sich handelseinig waren, gab sie RaeAnne ihre Karte mit den Kontaktdaten und sagte: „Ich fange mit dem Kleinkram an, wenn es Ihnen recht ist. Sie können behalten, was Sie möchten."

„Nehmen Sie alles. Lassen Sie im Moment nur den Schmuck hier."

„Ist gut." Schmuck wurde oft ausgeschlossen, entweder wegen seines Wertes oder aus sentimentalen Gründen. Sie ging in den Nebel hinaus und trug die mit Deckeln versehenen Kisten hinein, die sie auf der Ladefläche ihres Pick-ups gestapelt hatte, um die Habseligkeiten eines Lebens einzupacken und abzutransportieren.

Nachdem sie eine Wagenladung voll abtransportiert hatte, stand Quinn in ihrem grauen Stahlgebäude, das durch Glühlampen erleuchtet wurde, die von der Decke herunterhingen. In jeder Ecke des Raumes standen Heizstrahler. Die Fertigscheune war der Grund, warum sie in einem Puppenhaus lebte – und der Kaufpreis. Das Gebäude war perfekt geeignet für das Sammeln, Lagern und Packen von Waren, die so lange dort gelagert wurden, bis sie ein neues Zuhause fanden.

Auch wenn sie früher nie gedacht hätte, dass sie irgendwann einmal eBay-Händlerin werden würde, hatte sie in den letzten vier Jahren ein Händchen für ein gutes Geschäft entwickelt und einen Blick für Qualität. Damit war sie nicht an einen konkreten Ort gebunden und war so gut wie anonym, außer wenn sie Dinge einkaufte. Das war ihr ganz recht so.

Trotzdem war das Vorbereiten, Fotografieren und Einstellen der Habseligkeiten anderer Leute manchmal ziemlich öde. Als sie die Tür öffnete, schlug ihr erster Schnee entgegen, wie es in den Bergen

Ende Oktober häufiger vorkam. Sie hatte zwar den Wind gehört, aber ihr war nicht klar gewesen, dass er von Schneeflocken begleitet war.

Nebel, Dunst, ein paar sonnige Augenblicke und jetzt das, alles an einem Tag. Das Wetter in den Rocky Mountains. Sie wollte gerade ihr Lager verlassen und die Tür hinter sich zuschieben, als ihr Handy klingelte. „Ja?“

„Hallo Quinn. Hier ist RaeAnne Thigley. Tut mir leid, aber ich wollte fragen, ob ich die Sachen, die Sie mitgenommen haben, noch einmal durchsehen kann. Ich kann ein Medaillon nicht finden, das mir viel bedeutet.“

„Oh.“ Quinn wendete sich wieder dem Gebäude zu. „Soll ich es Ihnen bringen?“

„Nein, nein, das ist nicht nötig. Ich komme zu Ihnen.“

„Hm. In Ordnung.“ Sie gab RaeAnne ihre Adresse, wenn auch etwas widerwillig.

„Das ist alles? Keine Diskussion? Kein ‚Ich habe die Sachen gekauft und sie gehören mir‘?“

„Natürlich nicht. Sie sagten doch, dass es persönliche Gegenstände gibt, die Sie behalten wollen.“

Als RaeAnne eintraf, ließ Quinn sie herein und zeigte ihr die Kisten. „Bedienen Sie sich, obwohl ich ziemlich sicher bin, dass ich das Medaillon nicht eingepackt habe. Es sei denn, es ist in irgendeinem Behälter.“

RaeAnnes Augen wurden feucht und einzelne Tränen liefen ihr über die Wangen. „Sie geben mir den Glauben wieder – Sie und Rick und Noelle. Menschen, die wissen, wie man miteinander umgeht.“

Seit sie sich vorhin voneinander verabschiedet hatten, schien noch etwas anderes als Trauer RaeAnne niederzudrücken.

„Aber …“ RaeAnne machte eine wegwerfende Handbewegung. „Sie wollen nichts von meinen Problemen hören.“

„Ich habe zwei funktionierende Ohren.“ Quinn nahm den Deckel von einer Kiste herunter, die sie noch nicht inventarisiert hatte. Die Hummelfiguren, die Vera in einer Vitrine aufbewahrt hatte und die in einem sehr guten Zustand waren, hatte sie gleich ausgepackt. Sie hatte sie auf ihren langen Tischen aufgereiht, um sie zu fotografieren, und wusste mit Sicherheit, dass keine von ihnen Schmuck enthielt. Die kleinen Gesichter waren so unschuldig, wie sie aussahen.

„Ich habe mir vier Tage freigenommen, um mich um Moms Nachlass zu kümmern, und gerade habe ich erfahren, dass mein Arbeitgeber mir eine Abmahnung erteilt hat. Was für eine Welt ist das nur?"

„Wo arbeiten Sie denn – bei der Nationalen Sicherheitsbehörde?"

Das brachte sie zum Lachen. „Ich arbeite für eine Werbefirma."

„Ah, sehr zeitempfindlich." Quinn zog die nächste Kiste heraus und setzte sich auf den kalten Boden, da die gesamte Tischfläche mit Porzellanfiguren vollgestellt war. „Haben Sie denn keine Vertretung?"

„Das ist ja das Problem." RaeAnne hockte sich etwas weniger sportlich nieder. „Mein übereifriger Assistent. Ich hatte dieses Jahr gesundheitliche Probleme und er hat mich mehr vertreten, als mir lieb war."

„Aber wenn Sie morgen wieder zurück sind …"

„Wie sollte ich? Ich habe das Medaillon doch noch nicht gefunden."

Quinn legte den Kopf schief. „Bedeutet es Ihnen denn so viel?"

„Es ist ungeheuer wichtig. Darin ist das Bild meines Vaters." Sie blickte auf. „Ein Bild, das ich nie gesehen habe ... so wie ich ihn selbst nie gesehen habe."

„Im Ernst?"

RaeAnne nickte. „Mom sagte, erst nach ihrem Tod könne ich ihn sehen und nicht einen Tag eher. Jetzt ist sie tot, aber ich kann es nirgends finden." Wieder kamen ihr die Tränen. „Wenn ich hier gewesen wäre, hätte sie mir vor ihrem Tod noch einen Hinweis geben können, aber …" Sie breitete die Hände aus.

„Vielleicht ist es ja auch in einem Schließfach oder bei einem Anwalt."

„Sie hat Onlinebanking gemacht und nie ein Testament verfasst, außer dem, das sie handschriftlich angefertigt hat. Darin steht: ‚Alles an RaeAnne – natürlich.'" Sie lachte leise. „Das ist typisch Vera."

„Vielleicht ist in den Papierstapeln ein Brief, in dem steht, wo Sie das Medaillon finden."

„Vielleicht. Aber es kann Monate dauern, alles durchzusehen."

Quinn griff in ihre Kiste. „Fangen wir erst mal mit dem an, was wir haben."

Nachdem sie die restlichen Kisten durchgesehen hatten, erhob sich RaeAnne mühsam und stöhnte. „Ich muss meinen Urlaub verlängern. Sollte meine Vertretung dadurch ein Dauerzustand werden, muss ich eben damit leben."

„Sie können wegen der Sache nicht Ihre Stelle verlieren. Ich werde das Medaillon finden, jetzt, wo ich weiß, wonach ich suche. Den Rest sehe ich sofort durch."

„Es könnte überall sein, Quinn. Und ich meine *überall.* Ich habe einen Ring gefunden, der in eine Socke eingewickelt war.

„Oh." Sie hatte nicht vorgehabt, jedes Kleidungsstück und Blatt Papier zu durchforsten.

„Ich weiß, dass es zu viel verlangt ist." RaeAnne zog ein Taschentuch aus ihrer Tasche und tupfte sich die Nase damit ab. „Aber ich könnte Ihnen für Ihre zusätzliche Arbeitszeit etwas bezahlen."

„Vielleicht finde ich es ja gleich morgen früh."

„Oder es könnte Wochen dauern. Wenn ich nicht noch mal herkommen und das Haus für den Verkauf ausräumen müsste, würde ich Ihnen die Summe zurückgeben, die Sie bezahlt haben, und sagen, wir sind quitt."

Wenn Dinge versteckt waren, konnte das Sortieren schon dem Suchen nach der berühmten Stecknadel im Heuhaufen gleichen, aber da sie mehr Zeit als Geld hatte, sagte Quinn schnell: „Das klingt nach einem fairen Angebot."

„Wirklich? Würden Sie das tun? Allein, dass ich mich nicht mehr darum kümmern muss …" Wieder hatte sie Tränen in den Augen. „Die Behördengänge wegen Vera und das Haus und mein Job – ich bin jetzt schon ganz fertig."

„Sie sehen aber nicht fertig aus." RaeAnne war perfekt frisiert.

„Ich habe vor lauter Sorgen schon drei Kilo abgenommen. Ich weiß, das kommt mir ganz gelegen, aber bei all dem Stress hier bekomme ich eher einen Schlaganfall als einen Herzinfarkt."

Quinn strich ihr über den Arm. „Seien Sie nicht so hart zu sich selbst. Es ist eine schwierige Situation."

RaeAnne kramte in ihrer Handtasche und holte die Geldscheine heraus, die erst vor wenigen Stunden ihre Besitzerin gewechselt hatten. „Sind Sie sich wirklich sicher?"

„Sind Sie es denn?"

Sie lachten.

„Wenn ich morgen nach Hause fliege, halten Sie mich dann auf dem Laufenden?"

„Sobald ich es gefunden habe, erfahren Sie es. Und wenn es schnell geht, sprechen wir noch mal über das Geld."

„Oh!" RaeAnne umarmte sie spontan. „Sie sind einfach süß."

Umfangen von so viel Wärme und Dankbarkeit, erwiderte Quinn die Umarmung, berührt und fasziniert von der Frau und ihrer Geschichte. Solche Gesten gehörten eigentlich nicht zu ihrer Arbeit, aber es fühlte sich irgendwie richtig an.

Am nächsten Morgen blieb sie in ihren schwarzen Jeans, Stiefeletten und einem bestickten, kimonoartig geschnittenen Pullover aus einem anderen Nachlass vor der Alpine Patisserie stehen, die mit blauen Holzschindeln gedeckt war und deren Name in Weiß in die Fenster graviert war. Am Tisch hinter dem Fenster saß Noelle in ihrer eleganten Designerjacke und den Markenjeans – die Qualität war nicht zu übersehen.

Der Mann, der mit ihr an dem Bistrotisch saß, passte perfekt zu ihr – gepflegt, modern und viel zu attraktiv, mit beinahe schwarzem Haar und feinen, kantigen Zügen. Er trug seine gut geschnittene Kleidung ebenso lässig wie Noelle. Ein harmonisches Paar.

Er griff hinter den Tisch und hob etwas hoch, das sie gar nicht erwartet hatte – ein zauberhaftes Kind, etwa zwei Jahre alt, mit dunklem, fedrigem Haar und einem so hübschen Gesicht, dass Quinn stehen blieb und die Hand auf ihr Herz presste. Sie waren eine Familie. Das war an sich nichts Ungewöhnliches, warum also spürte sie so ein starkes Gefühl?

Als das kleine Mädchen sich vorbeugte, um seinen Daddy zu küssen, versetzte es Quinn beinahe einen Stich.

„Gehen Sie rein?“, fragte ein kräftig gebauter Mann mit einem Stetson, während der kleine Junge, den er bei sich hatte, mit beiden Händen an der Tür zog, um sie zu öffnen.

Sie hatte sich noch nicht entschieden, aber der Junge hielt ihr die Tür mit einer so ernsten Miene auf, dass sie „Danke“ sagte.

Der Kleine strahlte, die Wangen von der Anstrengung gerötet. Dann lief er ins Café, als der Mann die Tür aufhielt. Quinn ging zur Theke und überflog die Speisekarte, während sie aus dem Augenwinkel sah, dass die Neuankömmlinge sich zu Noelle und ihrem Mann gesellten.

Der Junge, ungefähr vier Jahre alt, zog die Metallbeine eines Stuhls mit lautem Geräusch über den gekachelten Boden und schob ihn an den Tisch. Der Mann nahm seinen Hut ab, bückte sich und küsste Noelle, eine Hand in einer vielsagenden Geste auf ihren Rücken gelegt. Was war das?

Quinn hörte auf so zu tun, als studiere sie die Tafel mit den Angeboten, und bestellte einen grünen Tee. Fasziniert von den drei Erwachsenen und zwei Kindern, trug sie die Tasse zu einem Platz, von dem aus sie die anderen sehen konnte. Schon immer hatte sie ein gutes Gespür für Menschen gehabt. Nur, dass ihr das leider nichts genützt hatte.

Sie drückte den Teebeutel aus, indem sie den Faden um einen Löffel wickelte, und legte beides auf den Tisch. Das kleine Mädchen sprach mit dem Mann, der es auf dem Schoß hielt. Quinn hätte schwören können, dass sie seine Tochter war, so ähnlich waren ihre Gesichtszüge und ihre Haarfarbe.

Als Noelle den Jungen fragte, was er wollte, rief er: „Schokopfannkuchen!“ Das Kind hätte einen passablen Radiomoderator abgegeben.

„Sssokofannduden“, ahmte ihn die Kleine mit deutlich geringerer Lautstärke und niedlicher Aussprache nach.

Noelle ging zur Theke und gab ihre Bestellung auf. Als sie sich mit dem Tablett in der Hand umdrehte, begegneten sich ihre Blicke. „Quinn? Hallo.“

Quinn nippte an ihrem Tee und hob die Hand zu einem kleinen Winken, dann ließ sie die Tasse sinken, als Noelle auf sie zukam. „Ihre beiden Kinder sind süß.“

„Oh.“ Noelle warf einen Blick über die Schulter. „Das Mädchen ist meine Nichte, aber der kleine Gauner Liam ist mein Sohn.“

Das Mädchen gehörte also zu dem ersten Mann und Noelle war mit dem Rancher zusammen. Daher der Pick-up und kein Jaguar. „Liam sieht seinem Dad sehr ähnlich, vor allem der Gesichtsausdruck.“

„Und er hat auch den gleichen Sturkopf.“ Sie lachte leise. „Setzen Sie sich doch zu uns.“

Quinn blickte zu dem überfüllten Tisch hinüber. „Ich trinke nur meinen Tee und muss dann auch los. Ich räume gerade Veras Haus aus.“

„Ein großes Projekt.“

Konnte man wohl sagen. „Wie geht es Matilda?“

„Genauso wie vorher, glaube ich. Unsere Grundstücke grenzen aneinander und das Gras schmeckt bei uns genauso. Aber wenn sie die andere Seite bevorzugt, ist das auch kein Problem. Rick, mein Mann“ – sie deutete mit dem Kopf auf ihn – „hat RaeAnne ein Angebot für das Land gemacht.“

„Und was ist mit dem Haus?“

„Das wird sie unabhängig davon verkaufen.“

„Mommy!“, brüllte Liam.

Wieder warf Noelle einen Blick über die Schulter. „Ich glaube, ich muss mich jetzt um mein verhungerndes Kind kümmern.“

Quinn beobachtete sie und dann, weniger heimlich, die beiden Kinder. Wenn das Mädchen ihre Nichte war, dann war der erste Mann ihr Bruder oder mit ihrer Schwester verheiratet. Seinen Ringfinger konnte sie nicht sehen. Aber als Rick etwas sagte, veränderte sich der Gesichtsausdruck des anderen Mannes. Brüder. Sie waren Brüder. Quinn lehnte sich zurück und nippte an ihrem Tee, ein ungewohntes Gefühl in ihrer Brust.

Morgan runzelte die Stirn. Ricks Versuch, ihn für die zierliche, dunkelhaarige Frau zu interessieren, ärgerte ihn beinahe genauso wie Noelles ständige Sorge. „Rick, meine Augen erfreuen sich bester Gesundheit.“ Auch wenn sie klein war, unauffällig war sie nicht gerade.

„Sie scheinen aber nur Livie wahrzunehmen."

„Was gibt es denn außer ihr schon Interessantes zu sehen?" Er blickte über den Kopf seiner Tochter hinweg, die einen Finger in die Schokoladensauce steckte.

„Mich, Onkel Morgan!", verkündete Liam.

Mit gerunzelter Stirn sah er den Jungen an. „Wer bist du noch mal?"

„Liam!"

Noelle bedeutete ihm, leiser zu sein. „Ermutige ihn nicht noch, Morgan. Diese Schreierei ist nicht süß."

Morgan grinste. „Ach ja. Der kleine Will."

„Wil-li-am. Liam!" Er schlug mit seiner rechten Hand auf den gerollten Pfannkuchen ein, sodass die Schokolade an beiden Seiten herausquoll. „Ich bin nicht der kleine Will. Ich heiße Liam."

„Spiel nicht mit dem Essen." Energisch schob Rick die Hand seines Sohnes vom Teller.

„Macht Livie doch auch."

„Aber Livie ist auch erst zwei."

Morgan holte einen kleinen Löffel mit Zinken aus der Tasche und gab ihn seiner Tochter. „Werkzeuge. Sie unterscheiden uns von Tieren."

„Ja, und dass wir Daumen haben", sagte Rick.

„Und einen Verstand", ergänzte Noelle.

„Aber mit den Händen geht es besser." Voller Entschlossenheit versetzte Liam seinem Pfannkuchen einen weiteren Karatehieb.

Morgan musste einfach lächeln, wenn er darüber nachdachte, dass Rick einen Sohn hatte, der noch dickköpfiger war als er selbst. Olivia hingegen war vollkommen – gutmütig und liebevoll, mit einem spitzbübischen Zug wie eine Silberader und einem Goldstaub aus Eigensinn. Warum sollte er jemals etwas anderes ansehen als sie?

„Ich meine ja nur", sagte Rick und senkte die Stimme, „dass dieses kleine Mädchen irgendwann eine Mutter haben möchte."

Mit Verlaub gesagt. Seit beinahe zwei Jahren teilte Livie sich Noelle mit Liam, so als wären sie Geschwister, obwohl der Junge noch keine Geschwister hatte ... Oder war da etwa ... Er kniff die Augen zusammen. „Gibt es etwas, das ihr mir noch nicht erzählt habt?"

„Wie machst du das?" Rick lehnte sich auf seinem Stuhl zurück.

Morgan strich Livie über den Rücken, während sie ihre kleine Gabel von einer Hand in die andere beförderte und den Umgang damit übte. „Wenn du sagst, ich soll mein eigenes Leben leben, bedeutet das, dass eures sich verändert."

„Ich habe nicht gesagt, du sollst dein eigenes Ding machen."

„Nein, das würdest du auch nicht. Aber darum geht es doch, oder?"

Noelle berührte seine Hand. „Es hat nichts damit zu tun, dass ich schwanger bin –"

„Aber du bist es." Hatten sie sich nur wegen Livie und ihm vier Jahre Zeit mit einem Geschwisterkind für Liam gelassen?

„Was ist schwanger?" Liam stopfte sich ein tropfendes Stück Schokopfannkuchen in den Mund.

Da er auf einer Ranch lebte, hatte der Junge vermutlich schon eine Ahnung, aber seine Eltern machten keine Anstalten, ihn aufzuklären.

Noelle beugte sich vor. „Wir wollen doch nur, dass du glücklich bist."

Ihre Version von glücklich. Er widersprach nicht. Sein zweites Buch, *Zehn unfehlbare Methoden zu scheitern – und warum Unternehmer sie anwenden*, hatte noch schneller die Bestsellerlisten erklommen als *Geldzauber vom Erfolgsguru*. Es gab keinen Grund zu der Annahme, dass sein nächstes Projekt, das fast abgeschlossen war, weniger erfolgreich sein würde.

Morgan Spencer war ein Mensch, der in Krisen ganz besonders leistungsstark war. Obwohl er sich weigerte, Signierstunden oder Lesereisen zu veranstalten, wurde er mit seinen Büchern berühmt und wohlhabend. Sein Job war es, marode Firmen wieder flott zu kriegen. Und den beherrschte er wie kein anderer.

Alles, was er anfasste, gelang ihm. Anders erging es ihm mit den Menschen, die er liebte. Er würde lieber zur Hölle fahren, und zwar buchstäblich, als dass er Livie verlor. *„Jesus liebt dich"*, hatte Kelsey ihm in dem Brief geschrieben, den er nach ihrem Tod gelesen hatte. Aber diese Liebe war so scharfkantig, dass er blutete, noch bevor er die Klinge spürte.

In den vergangenen zwei Jahren war er mit Ricks und Noelles Hilfe für Livie alles gewesen, was sie brauchte. Er war da gewesen und hatte sich gekümmert, aber jetzt hatte er ihr Leben lange genug durcheinandergebracht. Er konzentrierte sich wieder auf die Unterhaltung, als Rick sagte, er müsse bei der neuen Weide Zäune einreißen.

Noelle ließ ihre Tasse sinken. „Hat RaeAnne dein Angebot akzeptiert?"

„Ja. Jetzt muss sie nur noch das Haus loswerden."

Das Haus. Morgan lehnte sich auf seinem Stuhl zurück, als ihm eine Idee kam. Außer Sichtweite von Ricks Ranch, aber nah genug, falls Livie Noelle brauchte. Sein eigentliches Zuhause wartete in Santa Barbara auf ihn, aber fürs Erste …

Kapitel 2

Morgan parkte den Range Rover, der in schweren Zeiten seinen Maserati ersetzte, vor dem Haus, das er sich ansehen wollte. Im Gegensatz zu Ricks schickem Holzhaus mit seinen Nebengebäuden war diese Ranch nichts Besonderes, sondern ein einfaches Rechteck mit einem flachen Spitzdach, das im Wohnzimmer eine hohe Decke vermuten ließ. Da es ihm nicht um etwas Dauerhaftes oder eine Geldanlage ging, war ihm nur wichtig, dass das Haus bewohnbar war und ihm und seiner Tochter den nächsten Schritt in Richtung Unabhängigkeit ermöglichte.

Wenn Livie nicht gewesen wäre, hätte er sich ganz in seine Arbeit gestürzt und aus Kohlen Diamanten gemacht. Stattdessen hatte er die Grundsätze seines Erfolgs zu Papier gebracht und war damit zufrieden, dass jeder sie anwenden konnte.

Vielleicht würde er in die Geschäftswelt zurückkehren, aber es durfte für Livie kein Trauma bedeuten. Und deshalb stieg er aus und begutachtete das Haus. Bislang wies kein Schild darauf hin, dass es zum Verkauf stand, und er würde ohnehin lieber ein Kaufangebot machen, bevor ein Makler mitverdiente. Sein Anwalt konnte sich um den Vertrag kümmern. Als er die Klingel betätigte, gab diese ein asthmatisches Keuchen von sich. Er war sich nicht sicher, ob es im Haus irgendeine Reaktion auslöste.

Als niemand erschien, betätigte er den Knauf der Haustür und stellte fest, dass sie nicht verschlossen war. Er rief laut: „Hallo?" Zu gerne würde er sich umsehen, um sich davon zu überzeugen, dass es keine gravierenden Mängel an dem Haus gab.

Die Frau, die aus dem Schlafzimmer kam, überrumpelte ihn. Es war die Frau aus dem Café. „Sie sind RaeAnne?"

Sie wirkte genauso erstaunt. „Quinn."

Ihm fielen ihre elfengleichen Züge und der dunkle Lockenschopf auf, der von einer Haarspange zusammengehalten wurde. „Gibt es auch einen Vornamen dazu?"

„Quinn Reilly. Quinn nach dem Lieblingshund meines Großvaters.“

„Sie sind nach einem Hund benannt?“ Und sie gab es auch noch zu.

„Nicht nach irgendeinem Hund. Ein Bluetick mit einer Nase, wie sie kein Hund vor oder nach ihm hatte.“

„Hm.“ Unwillkürlich musterte er ihre schmale Gestalt. Sie trug eine Jeans und ein ausgeblichenes Sweatshirt, das ihn an den Pulli erinnerte, den er auf seinem Balkon trug, wenn es ihm egal war, dass die salzige Luft vom Meer heraufzog.

„Wollten Sie etwas?“ Sie stemmte die Hände in die Hüften.

„Ich wollte mit RaeAnne über das Haus sprechen.“

„Oh. Sie ist nach Hause geflogen. Aber ich habe ihre Nummer.“

„Das wäre gut.“ Er ließ den Blick schweifen. „Kann ich mich mal umsehen?“

„Ist aber ziemlich chaotisch. Ich gehe gerade Veras Sachen durch.“

„Ich will mir nur einen Eindruck von der Aufteilung verschaffen, um zu sehen, ob es funktioniert.“

„Für Sie?“ In ihren Augen lag Erstaunen, obwohl er nicht wusste, was es mit ihr zu tun hatte.

Er legte den Kopf schief. „Ist das ein Problem?“

„Für mich nicht. Ich mache hier nur meine Arbeit.“

Er nickte. „Ich sehe mich kurz um und lasse Sie dann wieder in Ruhe.“

Sie zuckte mit den Schultern und ging zurück ins Schlafzimmer; wenigstens glaubte er ein Bett unter den Bergen von Kleidern entdeckt zu haben. Quinn zog eine Hose aus einer Schublade, untersuchte sie – Taschen, Futter, Nähte – und legte sie dann zu dem Stapel auf dem Bett.

„Suchen Sie etwas?“

„Ich … sortiere.“

„Gründlich.“

Sie warf ihm einen Blick zu. „Stimmt.“

Ihren lakonischen Kommunikationsstil fand er interessant. Er kannte nicht viele Frauen, die nur so viel sagten, wie gerade nötig war. Als er sich in dem ebenerdigen Gebäude umgesehen hatte, das für ihn und Livie bestens geeignet war, kehrte er zu Quinn zurück, die auf dem Boden saß und weiter Kleidung sortierte. „Gibt es auch ein Untergeschoss?“

„Einen Keller.“ Sie hockte sich auf die Fersen. „Soweit ich weiß, ist der aber nicht bewohnbar.“

„Ach ja?“

„Dieses Haus wurde auf dem Fundament einer psychiatrischen Anstalt erbaut.“

„Das ist nicht Ihr Ernst.“

„RaeAnne hat es mir erzählt. Früher hat man die Menschen in die Berge geschickt, um ‚ihren Geist auszuruhen‘.“

Er war keineswegs sicher, dass er über einer Irrenanstalt leben wollte, war aber trotzdem fasziniert und sagte: „Haben Sie den Keller schon gesehen?“

„Nein.“

„Wollen Sie?“

„Nein.“

Er lehnte sich in den Türrahmen. „Sind Sie denn gar nicht neugierig?“

„Ich habe schon viele Keller gesehen.“

„Aber keine, in denen es spukt.“

Etwas entnervt ließ sie die Hände sinken. „Sehen Sie das hier alles? RaeAnnes Mutter hat jedes einzelne Kleidungsstück aufgehoben, das sie je besessen hat.“

Rick hatte ihn aus gutem Grund auf sie aufmerksam gemacht. Sie hatte etwas. „Kommen Sie mit auf einen Erkundungsgang und dann helfe ich Ihnen auch, die Klamotten rauszutragen.“

Sie neigte den Kopf. „Haben Sie etwa Angst, alleine runterzugehen?“

„Einen Schutzschild könnte ich schon gebrauchen.“

Ihre Augen verengten sich. „Haben Sie eigentlich einen Namen?“

„Morgan.“

„Und gibt es auch einen Vornamen dazu?“

Ein Lächeln zuckte um seine Mundwinkel. „Morgan Spencer. Und jetzt kommen Sie, sehen wir uns den Keller an.“

Widerwillig stand sie auf, woraufhin er eine schwungvolle Armbewegung machte. „Ladys first.“

Sie zog die Augenbrauen hoch, die ganz gewöhnlich hätten sein können, stattdessen aber die Farbe von Espresso hatten, mit hellen Lichtern um die Pupillen. „Ich gehe nicht vor."

„Angst?"

„Wer zuerst geht, kriegt alle Spinnweben ab."

Belustigt sagte er: „Gut. Ich nehme die Spinnweben. Aber Sie zeigen mir, wo der Eingang ist."

„Das weiß ich nicht."

„Was?"

„Ich habe meine Arbeit gemacht und nicht das Haus ausgekundschaftet."

„Vielleicht ist da unten ja auch noch etwas."

Sie zuckte zusammen. „Das ist mir zu unheimlich."

Da er nirgendwo sonst eine Tür gesehen hatte, war die Kellertreppe wahrscheinlich in der Küche. In dem Raum gab es neben all den Tischen, Regalen, Schränken und einem rollbaren Geschirrspüler nur wenig freie Fläche auf dem Boden und an den Wänden. Das Linoleum unter ihren Füßen knisterte wie kleine Feuerwerkskörper.

Sie schlang die Arme um ihren Oberkörper. „Wissen Sie, ich bin nicht –"

„Jetzt können Sie keinen Rückzieher mehr machen", sagte er. „Wir brauchen einen richtig guten Riecher."

„Also gut. Ich glaube, ich habe etwas gesehen …" Sie sah hinter eine riesige Mahagonitruhe. „Ist das da eine Tür?"

Er beugte sich vor und sah sie auch. „Sehen Sie, Sie machen Ihre Sache gut."

Sie legte den Kopf schief und warf ihm einen finsteren Blick zu. Seine Mundwinkel zuckten.

Gemeinsam zogen sie die Kiste auf einer Seite von der Wand weg. Die Tür öffnete sich, als sie einmal kräftig daran zerrten, und offenbarte eine Treppe, die viel älter war als das Haus. Ein kalter modriger Geruch strömte ihnen entgegen. Er betätigte den alten Lichtschalter, aber ohne Wirkung. „Hm."

„Hier gibt es bestimmt etwas, das wir benutzen können." Quinn zog eine Schublade nach der anderen auf, bis sie eine Taschenlampe gefunden hatte. Dann schlug sie die Lampe ein paarmal gegen die Tischkante, bis sie anging und einen schwachen Lichtstrahl von sich gab.

„Das müsste gehen." Er nahm die Taschenlampe und setzte einen Fuß auf die Treppe, während er mit einer Hand Spinnweben beiseitewischte. „Sie scheint fest zu sein, aber seien Sie trotzdem lieber vorsichtig."

Eine dicke Staubschicht bedeckte die Treppe, die schon jahrelang niemand mehr betreten hatte. Das eiserne Geländer wackelte, hielt aber. Als sie fast unten angekommen waren, schwenkte er den Lichtschein der Lampe herum. „He!"

Sie krallte die Finger in sein Hemd. „Wollen Sie mich etwa veralbern?"

Der Keller stand voll mit eisernen Betten, Rollwagen, Nachtstühlen, Gummischläuchen und schwer zu identifizierenden Utensilien.

Ihr Griff verkrampfte sich. „Sind das Ketten?"

Er richtete den Lichtstrahl auf ein Bettgestell. „Wahrscheinlich würde man sie als Fixierung bezeichnen."

„Ist das unheimlich."

Er ging die letzte Stufe hinunter.

„Warten Sie mal. Wir gehen da nicht rein."

„Sie wollen doch wohl jetzt nicht kneifen." Langsam ließ er die Lampe durch die Dunkelheit wandern, bis der Lichtschein auf einem Vitrinenschrank an der Wand ruhte. „Sehen Sie mal!" Er fühlte, wie sie sich vorstreckte, offenbar neugierig geworden, als das Licht auf die zugestaubten Flaschen auf den Regalböden fiel. „Molchtinktur und Fledermausaugen?"

Vorsichtig stützte sie sich mit ihrer Hand auf seinem Arm ab, aber die Aufregung siegte über die Angst. „Können wir nachsehen?"

„Ich dachte, wir gehen da nicht rein." Belustigt leuchtete er ihr mit der Lampe ins Gesicht und musterte sie in ihrer ganzen aufgestauten Energie und Ungeduld.

„Glauben Sie, wir werden sterben?"

„Nein, aber wenn Sie noch fester zudrücken, verliere ich vielleicht diesen Arm."

„Oh!" Sie sah auf ihre Hand und ließ los.

Er wischte ein paar staubige Spinnweben beiseite und ging zwischen übereinandergestapelten Betten hindurch.

„Wer würde denn über einem solchen Ort ein Haus errichten?" Ihre Stimme klang dünn.

„Jemand, der nicht graben und ein neues Fundament legen wollte."

„Mit all den Dingen hier drin?"

„Wissen Sie, wie viel Arbeit es ist, das alles auszumisten?"

„Nein, aber ich werde es wohl bald wissen."

Er drehte sich halb zu ihr um.

„Ich habe den Inhalt des Hauses gekauft, also ist es mein Problem."

Er bahnte sich einen Weg zwischen all dem Gerümpel hindurch. „Sie könnten ja mal mit einem Museum Kontakt aufnehmen."

„Als würde irgendjemand diesen Müll haben wollen." Aber als er den Medizinschrank beleuchtete, schob sie sich schnell an ihm vorbei und wischte mit ihrem Ärmel über die Glasscheibe. Soweit er das beurteilen konnte, bewirkte das gar nichts. Das Glas selbst sah milchig aus.

Sie zog an dem Metallknauf. „Er ist verschlossen. Meinen Sie, wir könnten ihn ans Tageslicht bringen?"

Es schien ihr ernst zu sein. Der Schrank war fast zwei Meter hoch, aber schmal und aus Hartholz mit Facettenglas. „Dabei könnte aber der Inhalt kaputtgehen."

„Nicht, wenn wir ihn im richtigen Winkel halten."

Er zuckte mit den Schultern. „Wollen Sie lieber oben oder unten gehen?"

Sie warf einen Blick über die Schulter. „Realistisch gesehen, würde ich oben sagen."

„Vernünftige Entscheidung." Sie musste dann zwar rückwärts gehen, aber er würde den größten Teil des Gewichts tragen. „Kleinen Moment noch." Er steckte sich die Taschenlampe hinten in den Hosenbund, sodass wenigstens ein schwacher Lichtstrahl an die Decke fiel, während sie den Schrank von der Wand abrückten. Sie schoben ihn durch den Weg, den sie gerade freigeräumt hatten, und trugen ihn dann Stufe um Stufe hinauf, während die Flaschen gegeneinanderklirrten.

Oben angekommen, suchten sie in der Küche eine freie Stelle, wo sie die Vitrine vorerst deponierten und sie langsam wieder aufrichteten. Trotzdem fielen die Flaschen um. „Ein Schmied würde den Schrank wohl aufbekommen."

Sie tastete an Knauf und Schlüsselloch. „Ich habe eine ganze Kiste mit Schlüsseln, die jemand im Laufe der letzten zwei Jahrhunderte gesammelt hat. Davon könnte einer passen."

Er fuhr mit dem Daumen eine Kante entlang. „Oder Sie könnten ihn zulassen. Dann kann er seine Geheimnisse behalten."

Sie drehte sich um. „Warum?"

„Er hat so lange im Dunkeln gestanden."

„Wollen Sie denn nicht wissen, was in den Flaschen ist?"

Nachdenklich sah er sie an und fragte: „Für wie viel wollen Sie den verkaufen?"

„Keine Ahnung. Normalerweise handle ich nicht mit Möbeln."

„Ich gebe Ihnen tausend Dollar – so wie er ist."

„Was?"

„Ich will ihn hier in die Küche stellen."

„Aber die Küche gehört Ihnen doch gar nicht."

„Das wird sie aber. Bald. Ich habe RaeAnne ein Angebot gemacht. Bar auf die Hand."

Offensichtlich frustriert verschränkte sie die Arme. „Aber wir haben den Schrank doch hochgeholt, um hineinzusehen."

„Tausendfünfhundert, mit den Flaschen."

„Sind Sie wahnsinnig?"

Seine Lippen zuckten. „Sie glauben wohl, ich gehöre da unten in den Keller, oder? Vielleicht sogar in Fesseln."

Ihre Miene ließ keinen Zweifel daran. „Ich will ihn aber aufmachen."

„Dann können Sie mein Angebot ja ablehnen."

Sie wand sich in der Falle, die er ihr gestellt hatte. Da er kaum etwas über sie wusste, hatte er keine Ahnung, wie sie sich entscheiden würde. Aber er konnte sie in eine Richtung stupsen. Er holte sein Scheckbuch heraus, stellte einen Scheck über eintausendfünfhundert Dollar auf den Namen Quinn Reilly aus und riss ihn aus dem Buch. „Das ist das Geschäft – Sie können einschlagen oder es bleiben lassen."

Sie griff nach dem Scheck. „In Zukunft zeige ich Ihnen nichts mehr, bevor ich es nicht selbst gesehen habe."

„Ist gut", sagte er. Jetzt, nachdem sie ihr kleines Abenteuer hinter sich hatten, kehrte der Schmerz in seinem Innern zurück, wie ein

Wärter, der eine Sekunde lang weggesehen hatte und dann wieder aufmerksam Wache hielt.

Als Quinn dabei zusah, wie er die Küche verließ, hatte sie das gleiche Gefühl, das sie vor dem Café gespürt hatte – Trostlosigkeit. Gerade hatten diese dunkelblauen Augen noch geforscht und geneckt und im nächsten Augenblick brachen sie ein, wie auf zu dünnem Eis, sodass nur noch eine bodenlose, schwarze Tiefe blieb.

Sie ging den Flur entlang und zuckte zusammen, als er hinter einem Berg Kleider aus dem Schlafzimmer kam. „Was machen Sie da?"

„Ich habe Ihnen doch angeboten, dass ich die Sachen für Sie raustrage."

„Dass Sie das ernst meinten, damit hatte ich nicht gerechnet."

„Dann hätte ich es gar nicht erst gesagt." In seinem düsteren Tonfall lag eine gewisse Schärfe.

Sie sah ihm dabei zu, wie er einen Armvoll nach dem anderen zu seinem Range Rover trug, bis er schließlich wieder hereinkam und sich die kalten Hände rieb.

„Mehr passt nicht rein. Wohin soll ich es bringen?"

„In der Stadt gibt es eine Kirche, die die Kleidung für die Mission sammelt."

Er nickte. „Ich bringe sie zu Pastor Tom."

„Sie kennen ihn?"

Jetzt war auch in seinen Augen eine gewisse Schärfe erkennbar, aber Morgan wirkte auf sie nicht wie jemand, der mit einem Pastor auf Du und Du war.

„Gut." Sie wendete den Blick ab. „Danke für Ihre Hilfe und … für Ihren Einkauf." Sie war zu verblüfft gewesen, um mit ihm zu handeln.

„Gern geschehen. Ich hoffe, Sie finden, wonach Sie suchen."

Sie hatte nicht gesagt, dass sie etwas suchte, aber er hatte die Lage offensichtlich analysiert und seine Schlüsse gezogen. Wenn sie klug war, sollte sie das auch tun. Vielleicht hatte er die fünfzehnhundert Dollar gar nicht und sein Scheck platzte. Plötzlich beschlich sie dieser Verdacht und ließ sie nicht mehr los.

Sie hatte immer noch die Vitrine, also spielte es nur theoretisch eine Rolle. Aber Unehrlichkeit konnte sie nicht leiden, ja, sie hasste sie geradezu, beinahe so sehr wie Grausamkeit. Dass sie als kleines Kind ein Opfer von Lügen geworden war, hatte sie zuerst verwirrt und dann entmutigt. Jetzt machte es sie schon wütend, wenn sie ein Opfer von gedankenlosen, angeblich harmlosen Täuschungsmanövern wurde.

Sie zog ihren Mantel an, eilte zu ihrem Wagen und fuhr nach Hause, wo sie nicht vor ihrem kleinen Holzhaus hielt, sondern vor der großen metallenen Lagerhalle am Rand des Grundstücks. Mit eiskalten Fingern fuhr sie ihren Laptop hoch und googelte Morgan Spencer.

Wenige Augenblicke später fiel ihr die Kinnlade herunter. „Ach du liebe Zeit."

Videos, Bilder, Artikel und Blogs. Auszeichnungen, Veranstaltungen, internationale Geschäftsnachrichten. Sie las einen Artikel über seinen zweiten *New York Times* Bestseller. *Morgan Spencer meidet das Rampenlicht, während sein Ruhm und Erfolg zu neuen Höhen aufsteigen …*

Quinn sog scharf die Luft ein. In dem dunklen Keller hatte sie sich nichtsahnend an einen weltberühmten Mogul geklammert. Über so viel Unwissenheit musste sie leise lachen und schüttelte den Kopf. Sie hätte fünftausend verlangen sollen.

Es war Nacht. Mit dem Kopf auf dem Lenkrad saß Morgan allein in seinem Maserati, den Bildschirm des Babyphons an seine Brust gedrückt, der Motor still, aber jederzeit bereit, ihn davonzutragen. Draußen im Auto sitzen, weiter traute er sich nicht weg von seiner schlafenden Tochter. Der Bildschirm würde ihm anzeigen, was er beim Klang der perfekt eingestellten Lautsprecher nicht hören würde. Worte, die er schon so oft vernommen hatte, dass er sie längst auswendig kannte.

Ein Leben, das nichts hinterließ. Keinen Traum, der irgendwann einmal widerhallte.

Vor wenigen Stunden hatte er die letzten Sätze seines dritten Buches getippt und die Datei abgeschickt, ohne sie sich noch einmal durchzulesen. Er hatte den Kern seiner Philosophie dargelegt, all das, was seinen Erfolg begründete. Wer es ihm nachmachen konnte, sollte es tun. Sollten die anderen doch die Welt retten.

Visionen lösten sich auf und Träume zerplatzten. Erinnerungen waren ausgelöscht. Alles in dieser einen Nacht verloren.

Früher hatte sein scharfer Verstand ihn vorangetrieben, hatte das Adrenalin des Wettbewerbs ihm Kraft verliehen. Er hatte Potenzial erkannt und Katastrophen abgewendet, hatte Probleme analysiert und Lösungen gefunden, die niemand sonst erkannte. Jetzt war das alles wie Asche in seinem Mund, wie Schatten, die im Nachtwind leise lachten.

Ein paar Schritte konnten ihm vielleicht das Mitgefühl seines Bruders und sogar das von Ricks Frau bescheren, aber egal, wie nah sie sich standen, am Ende würde er selbst einen Fuß vor den anderen setzen müssen, Schritt für Schritt.

Er hatte so viel Erfolg gehabt, aber das hatte er nicht kommen sehen. Beinahe zwei Jahre waren inzwischen vergangen und noch immer erschütterten ihn die Heimlichkeit und der Schrecken des Todes. Der Text war zu Ende und an seine Stelle traten die fürsorglichen Binsenweisheiten.

„Was hättest du tun können? Du warst doch nicht einmal dabei.“

Er hatte seiner Frau nichts genützt und Kelsey noch weniger, als sein lebendiges Knochenmark ein Organ nach dem anderen zerstört hatte, während sie nichts mehr hatte, womit sie dagegen ankämpfen konnte.

„Du hast getan, was du konntest. Es lag nicht in deiner Hand.“

Die Hoffnung war schwach gewesen, aber er hatte geglaubt. Er wollte der Star sein, wollte sie retten, und dann hätten er und Jill sie kennengelernt. Nur so war es nicht gekommen. Morgan Spencer war nicht Gott. Wenn er es wäre, wäre Kelsey hier und *Jill* wäre hier.

Stattdessen …

Der klare Mond beleuchtete sein Gesicht im Rückspiegel. Die Könige der Erde erheben sich und der König im Himmel lacht.

Kapitel 3

Veras zweites Schlafzimmer roch nach uralten Duftkissen und blumigem Talkumpuder, ein Hauch Frühling an einem Herbsttag. Es ließ sich nicht feststellen, in welcher Farbe der Raum gestrichen war oder ob er ein Fenster hatte. Quinn schob sich zwischen zusammengefalteten Bergen aus Textilien hindurch, darunter ganze Stoffballen und Füllmaterial für offenbar unvollendete Projekte. Sie wurde unwillkürlich an Grandma Pearls Patchworkdecken erinnert, von denen keine einzige aus neu gekauften Stoffen gefertigt war, sondern aus abgelegten Kleidern und Hemden. Vielleicht hatte sie ihren Hang zum Sammeln und Recyceln von der Frau, die sie so geliebt hatte wie sonst nur Grandpa.

Ohne die Schiebetüren am Kleiderschrank wäre sie nie zu den Sachen im Innern durchgedrungen. Sie schob sie zurück und griff zwischen Kleiderbügel, die so dicht gedrängt hingen, dass das Polyester beinahe fusioniert war. Besser isoliert als eine mit Gras bewachsene Hütte, aber sie fragte sich, warum die Frau ihr Zuhause auf diese Weise zugemauert hatte.

Mit aller Kraft zog sie an einem Kleiderbügel, auf dem ein Wollblazer hing. Das Erste eines ganzen Bataillons vergessener Kleidungsstücke förderte nur einen Kassenbon vom Lebensmittelladen zutage. Auf den Zettel war mit Bleistift eine Erinnerung geschrieben, Ray anzurufen. RaeAnne, vermutete sie – Veras heller Sonnenstrahl.

Nachdem die erste Lücke in die Mauer geschlagen war, boten die nächsten Bügel weniger Widerstand. In dem hellgrünen Abendblazer fühlte sie in der Manschette eines Ärmels etwas Dickes. Als sie das Futter nach außen stülpte, stellte sie fest, dass es mit einer Sicherheitsnadel befestigt war. Sie zog die Nadel heraus und ein Perlenohrring fiel in ihre Hand.

Obwohl RaeAnne alles außer dem Medaillon weggegeben hatte, hatte sie ursprünglich darum gebeten, allen Schmuck behalten zu dürfen, deshalb musste sie diesen Fund klären. Quinn zog ihr Handy aus der Tasche und wählte. „Tut mir leid, dass ich Sie bei der Arbeit störe."

„Bitte stören Sie mich." RaeAnnes kehliger Singsang entlockte Quinn ein Lächeln. „Haben Sie –"

„Nein, ich habe es noch nicht gefunden."

RaeAnne stieß einen von Herzen kommenden, langen Seufzer aus.

„Aber der Ring, den Sie in einer Socke gefunden haben, war noch nicht alles. Ich habe gerade einen Ohrring gefunden, der in einem Ärmel versteckt war." Während sie sprach, tastete sie die andere Manschette ab, aber dort war das Gegenstück nicht eingenäht. „Es ist eine Perle von beachtlicher Größe, aber ich weiß nicht, ob sie echt ist."

„Ich bezweifle es. Eigentlich hat sie immer nur Modeschmuck gekauft."

„Sie sind den Schmuck durchgegangen, der offen zu sehen war." Quinn betrachtete nachdenklich den Ohrring. „Aber dieser hier war versteckt und ich frage mich, warum."

„Bei Vera hat es keinen Sinn, nach dem Warum zu fragen. Manchmal hat sie einfach Dinge getan."

„Sie sagten, sie sei geistig noch ganz klar gewesen."

„Keine typischen Alterserscheinungen. Aber sie war generell anders als die meisten Menschen."

„Vielleicht hat ihr jemand die Ohrringe geschenkt, jemand, der ihr wichtig war."

RaeAnne überlegte. „Es war nur der eine?"

„Bis jetzt."

„Vielleicht könnten Sie die Sachen aufbewahren, die Ihnen besonders ungewöhnlich vorkommen."

„Ist gut." Sie legte die Jacke auf den Stapel. „Ich lege die Gegenstände zur Seite und dann können Sie entscheiden, wenn ich fertig bin." Sie wollte nicht, dass RaeAnne später bereute, was sie in Eile entschieden hatte. Oder dass sie traurig war. Oder wütend und enttäuscht, weil etwas nicht geklärt war.

Als sie sich wieder an die Arbeit machte, wurde Quinn bewusst, dass die Kleider eleganter und schicker wurden, je kleiner die Größen wurden. In Größe achtunddreißig gab es Designermode, die sie mit Sicherheit über ihren Online-Shop verkaufen konnte. Wenn man das Kleid aus Goldlamé sah, konnte man sich eher vorstellen, dass die Perlen echt waren. Darin hatte Vera sehr vornehm ausgesehen.

Die Taschen der Hosenanzüge aus Polyester mit den hautengen Qiana-Blusen und den breiten Revers der Siebzigerjahre offenbarten nichts Interessantes, nur Taschentücher, Nagelfeilen und Eintrittskarten, aber der Saum eines Capes war über einer Kette aus venezianischem Glas zusammengenäht. Quinn hielt sie sich an und stellte sich vor, wie Vera mit dem opernartigen Umhang über ihren Schultern in einer Gondel saß und die Perlen im Mondschein glitzerten. Sie malte sich aus, wie der Mann in dem Medaillon neben ihr auf einem gepolsterten Sitz ruhte.

„Gefällt Ihnen die Kette, meine Liebe?", fragte sie in den Raum hinein.

„Sie ist wundervoll!"

Lachend legte sie die Kette zu dem Ohrring. Alles hatte eine Geschichte, auch wenn keiner sie kannte. Zuversichtlich, dass sie das Medaillon finden würde, versteckt wie die anderen Schmuckstücke, setzte sie ihre Suche fort. Ein Kleidungsstück nach dem anderen ging durch ihre Hände, aber kein Medaillon. Nicht in eine Manschette geheftet, nicht in einen Saum genäht. Es war nicht in den Wäscheschubladen der Kommode, nicht in den Kisten, die alle möglichen Textilien von bestickten Kopfkissenbezügen über Weihnachtsdekorationen bis hin zu geknüpften Teppichen enthielt.

Der passende Frisiertisch brachte Lippenstifte und Parfümfläschchen mit einer klebrigen braunen, überwiegend verdufteten Flüssigkeit zum Vorschein. Aber vielleicht hatten die Flaschen für Sammler bestimmter Marken einen Wert, daher packte sie sie vorsichtig in eine Kiste und lud sie zusammen mit den noch brauchbaren Kleidern und Stoffen auf ihren Pick-up. Der strahlende Sonnenschein hatte einen hellen Oktobertag herbeigezaubert, den sie einen Moment lang genoss, während sie den Duft der Kiefern einsog, bevor sie wieder ins Haus ging. Inzwischen hatte sie eine ganz gute Vorstellung von Vera und das hätte ihr die Suche erleichtern sollen, aber bis jetzt war es noch nicht so.

Schuhkartons für Schuhe in Größe einundvierzig stapelten sich bis zur Decke an einer Wand entlang, zwei Reihen hintereinander. In allen befanden sich Schuhe, abgesehen von denen, die Preisschilder und kleine Tüten mit Ersatzknöpfen und Perlen und Quittungen enthielten. Die Etiketten und Kassenbons warf sie fort, aber die Anstecknadeln und Ähnliches konnte sie wahrscheinlich mit den Kleidern im Schrank kombinieren und damit ihren Wert steigern.

Aus der Spitze eines pinkfarbenen Lederpumps angelte sie eine Schmetterlingsbrosche mit blauen Steinen in unterschiedlichen Farbnuancen. Sie betrachtete den Schmetterling auf ihrer Handfläche und sah, wie die Sonne in den Steinen glitzerte wie auf einem Meer. „Schmetterlinge sollten nicht in Kartons eingesperrt sein", sagte sie zu der Brosche. Und Dinge, die wichtig waren, sollten auch nicht hinter Bergen von Textilien versteckt sein, wie ein Herz, das von immer dicker werdenden Mauern umgeben war.

Sie ging in die Küche, schüttelte und siebte offene Schachteln mit Haferflocken und Stärke und Backpulver, während sie die Dosen und getrockneten Lebensmittel aussortierte, um sie zu spenden. Sie leerte die Dosen in Kühlschrank und Eisfach aus, was RaeAnne sicherlich selbst getan hätte, wenn sie nicht so darauf fixiert gewesen wäre, das Medaillon zu finden.

Ein wenig erschöpft fuhr sie sich mit dem Arm über die Stirn und betrachtete die Vitrine aus der Irrenanstalt, die nun mitten in der Küche stand. Sie konnte förmlich hören, wie das Möbelstück ihr zuflüsterte: „Öffne mich!" Was, wenn das Medaillon dort drin war? Vera wusste von dem Keller und vielleicht hatte sie auch von dem Schrank gewusst. Sie konnte sich nicht vorstellen, dass sie sich als zweiundachtzigjährige Frau die Treppe hinuntergequält hatte, aber vielleicht, als sie noch jünger war.

Quinn schob sich die Haare aus der Stirn und musterte die milchigen Glasscheiben, die den Blick auf den Inhalt verschleierten. Er gehörte Morgan – so wie er dastand. Aber sie konnte überall sonst suchen und am Ende feststellen, dass das Medaillon die ganze Zeit in der Vitrine gewesen war. Sollte sie den Schrank aufschließen? Es juckte ihr in den Fingern.

Ihre Schlüssel hatte sie mitgebracht – für den Fall, dass Morgan seine Meinung änderte, aber woher sollte sie das wissen? Da er gesehen hatte, was er über das Haus wissen musste, würde er kaum wieder auftauchen, bevor sie mit ihrer Arbeit fertig war. Das Medaillon könnte sich in einer der Flaschen befinden und sie konnte unmöglich nachsehen, ohne dass Spuren ihrer Aktivität zurückblieben. Sie stöhnte. Warum hatte sie nur den Scheck angenommen? Doch sofort setzte ihr Verstand ein. Wegen der eintausendfünfhundert Dollar.

Den vorigen Abend hatte sie damit verbracht, Gegenstände zu fotografieren und aufzulisten, die keine Nachforschungen benötigten. All die Gegenstände im Keller würde sie recherchieren müssen. Wie viel konnte sie für Fesseln bekommen? Sie fröstelte und warf einen Blick zur Tür hinüber. Irgendwann würde sie alles durchgehen müssen, aber dort unten hatte sie ein unheimliches Gefühl beschlichen, und sich allein in dunkle, enge Räume zu wagen, verstieß gegen ihren Sicherheitscode.

Als Morgan Rudys Geschäft betrat, hielt Livie sich an seinem Finger fest. Der Laden hatte eine dunkel gestrichene Holzverkleidung und ein grünes Dach. Innen war dies ein verwunschener Ort für einen kleinen Menschen, der Fliegen zum Fischen genauso liebte wie Spielzeug. Wie immer rannte sie zu der Vitrine, in der sie wie Juwelen aufgereiht waren, und presste ihre kleinen Hände an das Glas, um hineinzustarren. Rudy kam von einem Ende der langen Theke zu dem Teil mit der Vitrine. Dort bückte er sich und betrachtete sie durch das Glas hindurch. Livie zuckte nicht zurück, sondern erwiderte seinen Blick, eine gute Menschenkennerin.

Wortlos zog er eine Schublade auf. Mit dicken, fleischigen Fingern holte er einen der leuchtenden, mit Perlen und Federn versehenen Köder heraus und richtete sich auf. Livies Augen folgten ihm und ihr Kinn wanderte immer höher. Rudy beugte sich vor und ließ die Fliege sinken. Morgan wollte ihn gerade aufhalten, doch dann sah er, dass der Köder keinen Haken hatte. Warum stellte Rudy eine Fliege ohne Haken her? Doch dann wusste er, warum.

Livie streckte die Hand aus und Rudy legte den Gegenstand auf ihre kleine Handfläche. Fasziniert betrachtete sie die Form und die schillernden Farben. Kein Wissenschaftler in einem Labor hätte die Fliege gründlicher untersuchen können.

Morgans Blick begegnete dem von Rudy und sie beide mussten ein Grinsen unterdrücken. Er sagte: „Magst du die, Livie?"

„Mag ich, Daddy." Sie hielt das kleine Kunstwerk höher, sodass er es ansehen konnte.

Er und Rudy hatten sich darüber unterhalten, dass Livie von den fliegenartigen Ködern so fasziniert war, aber der kräftige Mann hatte sich offenkundig auf ihren nächsten Besuch vorbereitet. „Sie ist fantastisch, Rudy. Du bist wirklich ein Künstler." Wie diese großen Hände etwas so Filigranes, Feines und Winziges herstellen konnten, war ihm ein Rätsel.

„Nur eine Fliege ohne Haken." Aber seine gelbgrünen Augen leuchteten vergnügt unter den buschigen rotbraunen Augenbrauen. Morgan holte sein Portemonnaie heraus, aber Rudy machte eine abwehrende Handbewegung. „Ihr Gesicht zu sehen, reicht schon."

Seine Geldbörse steckte er wieder in die Tasche, weil er Rudy nicht beleidigen wollte. Begeistert hielt Livie die Fliege hoch und folgte ihm wie ein kleiner Schatten, während er die Gegenstände zusammensuchte und auf die Ladentheke legte, deretwegen er hergekommen war. Als er bezahlt hatte, hockte er sich vor Livie hin. „Willst du Rudy nicht etwas sagen?"

Sie betrachtete ihn eine Weile, dann blickte sie zu Rudy auf. „Danke für die Fliege."

Rudy grinste. „Es ist mir ein Vergnügen, kleine Miss."

Livie kicherte. „Nicht kleine Miss. Livie."

„Oh." Rudy tat überrascht. „Na, jetzt weiß ich es."

Lächelnd winkte Morgan ihm zum Abschied und ging mit Livie hinaus. Augenblicke wie dieser schienen immer wieder wie etwas Wundervolles in der Luft zu hängen, aber sie waren nicht frei verfügbar. Er schnallte seine Tochter in ihrem Kindersitz fest, gab ihr einen Kuss auf die Stirn und legte seine Hand über ihre, die sie noch immer schützend über die Fliege gelegt hatte, so als könnte sie in den Himmel auffliegen. „Du bist etwas ganz Besonderes, weißt du das?"

„Du bist auch besonders, Daddy."

Er drückte ihr noch einen Kuss aufs Haar und atmete den Duft ein und dann trat er zurück und schloss die Tür. Ein Pick-up hielt am anderen Ende des Parkplatzes bei der Tankstelle. Quinn stieg aus und ging auf die Tanksäulen zu. In einem anderen Leben hätte er sie gegrüßt. Da sie ihn nicht gesehen hatte, kletterte er in seinen Range Rover und fuhr davon.

Am nächsten Morgen machte Quinn sich wieder an die Arbeit. Normalerweise hätte sie die Möbel so abholen lassen, wie sie waren, aber wegen des Medaillons sah sie unter Regalböden und Schubladen nach, tastete jedes Sofakissen ab und zog alle Reißverschlüsse auf, um zwischen Sitzen und Armlehnen zu suchen. Sieben Zehndollarscheine belohnten sie für ihre Suche. Aber kein Medaillon.

Vor dem Aufschneiden der Polster schreckte sie jedoch zurück. Veras Verstecke waren amateurhaft gewesen und hatten nichts zerstört, also hatte es keinen Sinn, Dinge zu vernichten, die andere noch gebrauchen konnten. Mit ihren Fortschritten war sie bis jetzt zufrieden – abgesehen vom Esszimmer. Dort hatte Vera endgültig die Grenze zum Messie überschritten. Eine Lawine aus Post und Werbung türmte sich in dem Raum.

Der Gedanke, das alles durchzusehen, war wie ein Vorgeschmack der Hölle. Quinn kniff die Augen zusammen. Hatte es der Haushaltshilfe wirklich in den Fingern gejuckt, als RaeAnne ihr den Auftrag gegeben hatte, oder hatte sie einen Blick in dieses Zimmer geworfen und war dann getürmt? Quinn ging hinein und quietschte, als eine Maus hinter einem Papierstapel hervorgeflitzt kam und hinter dem nächsten verschwand.

Das Tierchen hätte sie nicht weiter gestört, wenn es sich bei der süßen, braunen Maus mit den hellen Bäckchen nicht um eine Rötelmaus gehandelt hätte, die Hantaviren übertragen konnte. Für solche Fälle hatte Quinn immer eine Flasche mit verdünnter Bleiche im Wagen. Sie ging hinaus, um die Flasche zu holen, als Noelles Pick-up vorfuhr. Es war allerdings ihr Mann Rick, der ausstieg, eine dunkelbraune Weste über seinem dicken Hemd. In dieser hoch gelegenen Region hätte sie das ganze Jahr über langärmlige Jacken gebraucht. Außer im Sommer fror sie immer an den Armen und Fingern.

„Hi.“ Er kam auf sie zu, von einem leichten Stallgeruch umgeben. „Ich bin Rick von der Ranch nebenan.“

Sie nickte. „Wir haben uns im Café getroffen – nur keine Namen ausgetauscht. Noelle hat mir Ihren aber gesagt. Ich heiße Quinn.“

„Mir hat sie Ihren Namen auch verraten.“ Er grinste. „Ich wollte Ihnen nur sagen, dass ich den Zaun da hinten abreiße.“

„Sodass Ihr Grundstück und das von Morgan eins werden?“

Rick runzelte die Stirn. „Morgan?“

„Sie wissen schon … das Haus.“

„Was hat das Haus mit Morgan zu tun?“

Jetzt erkannte sie ihren Fehler natürlich. „Sie sollten wohl mit ihm reden.“ Sie holte das Sprühgerät für die Bleiche und ein Tuch aus dem Wagen und wollte wieder hineingehen.

„Wollen Sie damit sagen, dass Morgan dieses Haus kaufen will?“ Er schien nicht nur verwundert, sondern auch verärgert. Oder vielleicht besorgt. Rick war nicht so leicht zu durchschauen.

„Ich halte mich da besser raus.“

Er entschuldigte sich, stieg in seinen Wagen und fuhr um das Haus herum, durch das Tor bei der Weide und zu dem baufälligen Zaun. Quinn band sich das Tuch vor Mund und Nase, ging ins Haus und sprühte den feinen Nebel in der Gegend des Esszimmers, um alle Viren abzutöten, die möglicherweise in der Luft hingen. Eine halbe Stunde später, als sie zu der Spüle in der Küche ging, um sich die Hände zu waschen, sah sie Morgan auf der blass goldenen Weide an Ricks Seite arbeiten. Offenbar hatte sie keinen Schaden angerichtet.

Morgan hatte nicht Ricks raue Kanten, aber wenn man sie zusammen sah, fielen die Gemeinsamkeiten schon auf. Morgan schüttelte den Kopf, als Rick etwas sagte, und Rick zuckte mit den Schultern. Einfach nur zwei Männer, Brüder. Aber trotzdem war etwas an der Art, wie sie interagierten, faszinierend, ein Gefühl von geschwisterlichem Respekt und Zuneigung. Nicht selbstverständlich, wie sie aus eigener Erfahrung wusste.

Sie kam sich wie eine Spionin vor und so trat sie einen Schritt zurück und stieß dabei mit dem Absatz gegen den Fuß der Vitrine. Wieder wurde sie daran erinnert, dass das Medaillon womöglich in dem Schrank war. Dies war ihre Gelegenheit, Morgan zu überreden, aber sie würde ihm RaeAnnes Geschichte erzählen müssen, um einen Ansatzpunkt zu haben, und sie wollte etwas so Sensibles nicht verraten. Sie gestand sich ein, dass dies nicht der einzige Grund war, warum sie einen Blick in die Vitrine werfen wollte, und verließ die Küche, ohne ihr Wort gebrochen zu haben.

Die Bleiche hatte Zeit gehabt einzuwirken und jetzt machte sie sich daran, zu sortieren und auszumisten. Obwohl sie das Reinigungsmittel stark verdünnt hatte, tränten ihr die Augen von dem Geruch und der Staub brachte sie zum Niesen. Das Tuch half ein wenig gegen beides, aber sie war froh, dass sie das Esszimmer verlassen konnte, als ihr Handy klingelte.

Leider war es RaeAnne, die auf gute Neuigkeiten hoffte. Nachdem sie den Ohrring und die Brosche gefunden hatte, waren sie beide der Meinung gewesen, die Kleider würden das Medaillon preisgeben, aber jetzt konnte sie nur sagen: „Tut mir leid, ich habe es immer noch nicht gefunden. Ich nehme gerade das Esszimmer in Angriff und dann ist da natürlich noch der Keller."

„Meinen Sie, es könnte dort unten sein?"

„Alles ist möglich." Sie beschrieb die Vitrine, die Morgan und sie gefunden hatten, in der Hoffnung, RaeAnne könnte sagen: „Sie müssen sie öffnen, Quinn." Aber das geschah nicht, also sagte sie: „Es gibt eine Menge Ecken da unten, wo es sein könnte."

„Ich hatte keine Ahnung. Oh, Quinn, ich weiß gar nicht, was ich ohne Sie machen sollte."

Der Auftrag dehnte sich zusehends aus. „Ist schon in Ordnung."

„Können Sie das Zeug im Keller auch für Ihren Online-Shop gebrauchen?"

„Ich weiß nicht. Ich verkaufe überwiegend Sammlerobjekte." Sie blickte durch die Küchentür auf den Vitrinenschrank. Für die Flaschen hatte sie sich so lange interessiert, bis Morgan den Schrank für sich beansprucht hatte. Und wo sie gerade davon sprachen: „Haben Sie ein Angebot für das Haus bekommen?"

„Ach, das wollte ich Ihnen ja noch erzählen. Es ist verkauft."

Und sein Bruder hatte keine Ahnung.

„Wir erledigen die Formalitäten im November."

„Das ging aber schnell."

„Und sogar zum vollen Kaufpreis.“

Natürlich.

„Ist das nicht ein Geschenk des Himmels? Immobilien sind heutzutage so schwer zu veräußern. Und an einem abgelegenen Ort wie Juniper Falls dachte ich, es würde ewig dauern.“

Abgelegen war genau der Grund, warum sie hier gelandet war. „Wollen Sie etwas von den Sachen im Keller behalten?“

„Was sollte ich denn damit anstellen?“

„Verkaufen oder einem Museum stiften? Sie könnten wertvoll sein.“

„Wissen Sie, das überlasse ich Ihnen.“ Ihre Stimme klang auf einmal heiser. „Was ist, wenn Sie das Medaillon nicht finden, Quinn?“

Sie wünschte, sie könnte ihr versprechen, dass sie Erfolg haben würde. „Sie haben so lange gelebt, ohne es zu wissen, RaeAnne. Wäre es so furchtbar, wenn das so bliebe?“

„Es fühlt sich furchtbar an.“ Sie schniefte. Gerade hatte sie ihre Mutter verloren und hoffte nun so sehr, dass sie etwas über ihren Vater in Erfahrung bringen würde.

„Ich tue, was ich kann.“

„Das weiß ich doch.“

Quinn starrte in das immer noch vollgestopfte Esszimmer. „Wenn Ihnen noch etwas einfällt, was Ihre Mutter gesagt haben könnte, oder irgendwelche Eigenarten, die uns helfen würden ...“

„Ich habe mir schon das Hirn zermartert. Sie hatte viele Eigenarten. Zum Beispiel ist sie mit siebzig in die Berge gezogen. Stellen Sie sich das mal vor.“

Quinn lehnte sich an die Wand. „Wahrscheinlich ist das Alter ebenso gut wie jede andere Zeit, um etwas zu tun. Man hat so viel weniger zu verlieren.“

RaeAnne sagte: „So habe ich das noch nie betrachtet. Sie haben wirklich interessante Ansichten.“

Ein Klopfen an der Küchentür ließ sie zusammenfahren. „Oh. Jemand ist hier. Ich mache besser Schluss.“

„Ist gut, aber –“

„Ich sage sofort Bescheid, wenn es Neuigkeiten gibt.“ Schnell beendete die das Gespräch und ließ Morgan herein, der sich seine blutende Hand hielt. „Iiih.“

„Es sieht schlimmer aus, als es ist", erklärte Morgan ihr, „aber kann ich mal das Waschbecken benutzen?"

„Ihr Waschbecken? In Ihrer Küche?"

Nicht ganz, aber fast.

Sie leerte eine Schüssel aus und nahm sie weg, dann drehte sie das Wasser auf. „Wie kommt es, dass Rick nichts davon weiß?"

Er gab einen zischenden Laut von sich, als das Wasser über die Wunde strömte, die vom Handballen aus quer über seine Handfläche verlief.

Sie beugte sich vor und zog eine Grimasse. „Stacheldraht?"

„Rick zieht ihn raus, damit die Pferde sich nicht verletzen."

„Wahrscheinlich haben Sie nicht daran gedacht, sich Handschuhe anzuziehen." Sie drehte seine Hand unter dem Wasserstrahl, um einen besseren Eindruck von der Wunde zu bekommen. Dabei berührten ihre Haare seine Wange. „Wie lange liegt Ihre letzte Tetanusimpfung zurück?"

Er sog scharf die Luft ein. „Gerade erst aufgefrischt, Schwester Quinn."

Sie warf ihm einen besorgten Blick zu. „Können Sie etwa kein Blut sehen? Ich kannte mal einen riesigen Kerl, einen Lavendelfarmer, der beim Anblick von Blut ohnmächtig wurde, vor allem, wenn es sein eigenes war."

Er zischte wieder, als sie das Wasser über die Wunde laufen ließ. „Ich habe nicht vor, ohnmächtig zu werden." Entschlossen biss er die Zähne zusammen und griff nach einem Papiertuch.

„Nicht." Sie zog das Küchenpapier weg. „Ich hole eine neue Rolle." Sie riss die Plastikfolie von einer frischen Rolle. „Die andere war schon überall in diesem Haus." Sie riss zwei Blätter ab und faltete sie schnell zusammen, dann griff sie nach seiner Hand und trocknete kurz den Handrücken, bevor sie das Päckchen aus Papier auf seine Handfläche drückte.

Etwas stimmte mit seiner Atmung nicht. „Ich kann das auch selbst, müssen Sie wissen."

„Mit einer Hand ist das schwierig, während die Wunde noch blutet."

„Ich glaube, jetzt geht es aber."

Sie blickte auf. Sie waren sich sehr nah und er konnte sehen, dass die hellen Lichter in ihren kaffeebraunen Augen bernsteinfarben waren. Als er selbst in der Lage war, selbst Druck auf die Wunde auszuüben, zog sie ihre Hand zurück und stellte das Wasser aus. „Wenn es ein Geheimnis war, dass Sie das Haus kaufen, habe ich es verraten, fürchte ich. Ich hatte angenommen, Ihr Bruder –"

„Das macht gar nichts." Als er endlich den Blick von ihrem Gesicht abwendete, bemerkte er das Tuch um ihren Hals. „Haben Sie einen Nebenjob als Cowgirl?"

Sie zog an dem Tuch. „Mäusejagd."

Er wollte nicht, dass sie süß und witzig und hilfsbereit und fürsorglich war.

„Das Tuch ist ein Schutz gegen Hantaviren."

Gut. Er nickte langsam. Denk an Krankheiten. Mäuse. Kot.

Ihr Kinn hatte sanfte Züge, an ihren wohlgeformten Mund wollte er gar nicht erst denken, und so fühlten sich seine Augen schwer an, weil sie nicht höherwandern wollten.

„Ist alles in Ordnung?"

Er musste eine Menge Blut verloren haben, wenn ihm so schwindelig war und er nicht wusste, was er sagen sollte.

„Lehnen Sie sich an die Küchenzeile."

„Das ist nicht nötig." Aber er tat es trotzdem, während er weiter Druck auf die Wunde gab und froh war über den Schmerz.

„Ich habe übrigens die Schlüssel mitgebracht, von denen ich sprach, um den Schrank zu öffnen." Sie zeigte auf die Schachtel auf der großen Mahagonikiste.

Die Ablenkung war ihm ganz recht. „Haben Sie einen gefunden, der passt?"

„Ich habe es noch nicht versucht. Es ist ja Ihre Vit–"

Als er Ricks Wagen hörte, stieß er sich von der Küchenzeile ab und ging auf die Tür zu. „Wenn es Ihnen wichtig ist, machen Sie sie ruhig auf."

„Das wollte ich damit gar nicht –"

Er machte die Tür auf und ging einfach hinaus.

„– sagen."

Es war kein richtiges Türknallen, sondern nur eine ungeschickt geschlossene Tür.

Rick musterte ihn, als er in den Wagen stieg. „Muss es genäht werden?“

„Wahrscheinlich.“

Doc Bennington war steinalt und kein Schönheitschirurg, aber immerhin würde er eine Fleischwunde an der Hand zusammennähen können. Solange die Hand funktionstüchtig war, was bedeutete da eine Narbe mehr oder weniger?

Rick setzte ihn bei dem blassblauen viktorianischen Gebäude ab, in dem der Doc sich zur Ruhe gesetzt hatte und trotzdem immer noch arbeitete. Er hatte keine Arzthelferin angestellt und vergab deswegen auch keine Termine. Nur ein Patient war vor ihm dran, eine Frau mit einem üblen Husten, der wie eine Mischung aus Wolf und Seelöwe klang. Danach sah der Arzt sich Morgans Hand an, drückte und dehnte und verschloss die Wunde schließlich mit mehreren Stichen. Er verpasste Morgan eine örtliche Betäubung, die ein ganzes Pferd gefühllos gemacht hätte.

Schließlich stellte er ihm ein Rezept für ein Antibiotikum und Schmerzmittel aus, das sie bei der kleinen Apotheke der Drogerie einlösten. Als sie wieder auf der Ranch waren, sah er, dass Noelle mit beiden Kindern auf der braunen Ledercouch saß und ihnen vorlas, während die Abendsonne durchs Fenster fiel. Auf Livies Gesicht lag ein Ausdruck höchster Konzentration, aber Liam sprang sofort auf und rannte zu ihm.

„Was ist denn mit deiner Hand?“

„Da hat mich ein Krokodil gebissen.“

Liam riss die Augen auf. „Wo ist es? Kann ich es sehen?“

„Nee. Das hat einen Bissen von Onkel Morgan genommen und ist weggeflogen.“

„Krokodile können nicht fliegen.“

„Nicht? Dann muss es ein Pterodactylus gewesen sein.“

„Kann ich ihn sehen?“ Seine braunen Augen wurden noch größer.

„Zu spät – er ist weg.“ Morgan wuschelte dem Jungen durchs Haar.

Auf Noelles hübscher Stirn zeigten sich besorgte Falten. „Was ist passiert?“

„Nur eine Schnittwunde."
„Fünf Stiche", erläuterte Rick, der ihm folgte.
„Ich will den Pterodactylus sehen", brüllte Liam.
„Onkel Morgan hat sich das nur eingebildet", sagte Rick zu ihm.
„Nein. Er hat es gesagt."
„Manchmal übertreiben Erwachsene ein bisschen." Rick tätschelte Liam den Kopf. „Also, Morgan. Willst du uns nicht was erzählen?"
Eine Frage, die er Quinn Reilly zu verdanken hatte. „Ach ja", sagte er. „Ich habe ein Haus gekauft." Er setzte sich neben sein kleines Mädchen.
Noelle wandte sich ihm mit einer Mischung aus Überraschung und Sorge zu, ganz wie er es erwartet hatte.
„Livie und ich ziehen in Veras Haus. Ich werde Consuela herholen, damit sie uns den Haushalt führt und kocht." Dass sie sprachlos sein würden, das hatte er nicht erwartet.
„Aber ..."
„Ihr braucht Platz für euch. So kann ich Livie entwöhnen, ohne ihr eine allzu abrupte Veränderung zuzumuten, während ich mir überlege, was ich als Nächstes vorhabe."
„Das ist doch nicht nötig, Morgan." Entrüstet stemmte Rick die Hände in die Hüften.
„Doch, das ist es. Sie ist zwei Jahre alt."
Noelle sagte: „Also eigentlich noch ein Baby."
„Deshalb das Übergangswohnheim."
Sie streichelte Livie, während Noelle sich zweifellos fragte, ob sie etwas gesagt oder getan hatte, das ihn zu dieser Entscheidung geführt hatte.
„Mit dir oder mit Rick hat es nichts zu tun. Es wird einfach Zeit für mich."
Sie nickte. „Und ihr seid dann ja immer noch in der Nähe."
„Eine Zeit lang zumindest. Wenn Livie erst einmal soweit ist, werden wir nach Hause ziehen. Ihr müsst euch jetzt auf etwas anderes konzentrieren." Bisher war Noelle die einzige Mama, die Livie kannte. Aber so ging das nicht weiter. Sie war ein Einzelkind, nicht der mittlere Sprössling dieser Großfamilie.
Unwillkürlich strich sich Noelle über ihren Bauch. Vielleicht

stellte sie sich vor, wie das Kind wohl sein würde, das sie dieses Mal zur Welt brachte. Als Jill schwanger war, hatte sie immerzu spekuliert – Junge oder Mädchen, blond oder dunkelhaarig, lebhaft oder still, klug natürlich und schön.

Ihre Schwangerschaft war ein Spaziergang gewesen, kaum ein Augenblick, in dem sie sich nicht wohlgefühlt hätte, bis sie so schwer wurde, dass sie Rückenmassagen brauchte, etwas, das er mit Begeisterung übernommen hatte, zumal er bei allem anderen so wenig tun konnte. Die Erinnerung ließ eine tiefe Falte auf seiner Stirn erscheinen.

„Ein bisschen weiter rechts. Nein, höher, höher, ja, gut, und jetzt ein bisschen nach links."

„Mit anderen Worten, deinen ganzen Rücken."

„Nur da, wo das Baby tritt."

„Hier?" Er massierte ihr den Nacken.

„Na gut, wenn du darauf bestehst."

„Tritt das Baby auch?" Er strich ihr sanft über die Fußknöchel.

„Nur ein bisschen." Kichernd hatte sie die Ganzkörpermassage genossen.

Livie kletterte auf seinen Schoß, streckte die Ärmchen aus und schlang sie ihm um den Hals. Woher wusste sie das immer? Sie küsste ihn auf den Mund und ihre wundervollen Lippen waren rau von der Hornhaut, die sie vom Lutschen an ihrem ebenso schwieligen Daumen bekommen hatte.

Liebevoll drückte er sie an sich und atmete ihren Duft ein. Noelle hatte recht. Sie war immer noch so klein. Aber auch er hatte recht. Er stand auf und schwankte, weil ihm ein wenig schwindelig war. Doc Bennington war noch der alten Schulmedizinermeinung, dass Schmerzmittel einen bewusstlos machen sollten. „Livie und ich legen uns ein bisschen hin. Falls einer von euch hört, dass sie wach wird und ich nicht, dann weckt mich bitte."

Er fühlte ihre Blicke, so wie er Quinn Reillys Blick gespürt hatte. So wie er sie gespürt hatte. Zweifellos trugen der Blutverlust und die Schmerztabletten ihren Teil dazu bei.

Kapitel 4

Auch als Morgan schon längst abgefahren war, ging er ihr immer noch nicht aus dem Sinn. Eigentlich ging es sie nichts an, sagte Quinn sich, da er an seiner verletzten Hand einen Ehering trug. Selbst wenn seine Ehe in Schwierigkeiten war, wie die Traurigkeit und Einsamkeit vermuten ließen, hatte das nichts mit ihr zu tun.

Und angesichts ihrer eigenen Situation war es doppelt unklug, sich auf irgendetwas einzulassen. Mit einem selbstironischen Lachen schüttelte sie den Kopf. Sie kapierte ja nicht einmal, womit er sich beruflich beschäftigte. Gut, er war Autor, aber Experte für Trendwenden?

Seufzend schloss sie ab und fuhr nach Hause. Sie war versucht, im Internet mehr über ihn herauszufinden, aber sie machte einen großen Bogen um den Computer in der Scheune und ging stattdessen ins Haus. Das bisschen, was sie mitbekommen hatte, war ein klarer Hinweis darauf, dass er tabu war. Das hatte er ihr klar zu verstehen gegeben, als er so abrupt gegangen war, obwohl sie ihm nur hatte helfen wollen. Diese hübsche Rose hatte Dornen – keine großen, die Wunden rissen, sondern kleine, die einen unerwartet in den Finger stachen, sodass es noch nach Tagen wehtat. Er hätte ihr wenigstens dafür danken können, dass er die Spüle hatte benutzen dürfen – seine Spüle. So gut wie.

Genervt legte sie den Kopf in den Nacken und stöhnte. Eigentlich war sie ins Haus gegangen, um nicht mehr an ihn zu denken. Aber wie es aussah, konnte sie sich genauso gut mit Veras Beute beschäftigen. Aber nein, erst würde sie etwas essen. Sie stellte den iPod, den sie sich gekauft hatte und auf den sie schon Musik geladen hatte, in die Station und tippte eine Playlist an. Als LeAnn Rimes das Lied „Blue“ anstimmte, fragte Quinn sich, was für Musik wohl ein Unternehmensguru hörte.

Jetzt reichte es aber! Sie stellte den melancholischen Song lauter, griff nach einem Schneebesen und benutzte ihn als Mikrofon, sicher, dass niemand ihre Stimme von LeAnns Stimme unterscheiden konnte. In ihrer Küche behauptete jedenfalls niemand das Gegenteil.

Nach einer Gemüsesuppe mit knusprigem Brot ging sie zu ihrer Lagerhalle zurück und recherchierte im Internet den Wert der Parfümflaschen, um sie entsprechend anzubieten. Dann wählte sie eine DVD aus mehreren Stapeln aus. Sie ging wieder ins Haus, legte sich ins Bett und machte es sich mit ihrem kleinen DVD-Player auf dem Schoß gemütlich. Bei fast jedem Verkauf gab es DVDs, und da sie in ihrer Jugend keine Filme gesehen hatte, hatte sie sich in den vergangenen vier Jahren durch die Sammlungen anderer Leute gearbeitet, bevor sie die DVDs verkaufte.

Es war eine bunte Mischung, bildete aber kulturell. Alles, was zu blöd oder gewalttätig war, stellte sie kurzerhand wieder aus. Ansonsten genoss sie alles von Disneys *Aladin* bis hin zu *Schindlers Liste*. Jetzt kuschelte sie sich in ihre Kissen, noch ganz emotional von *Wenn Träume fliegen können*, und sie war gerade erst eingeschlafen, als ein Klingeln sie aus dem Schlaf riss. Sie schlug die Bettdecke zurück und griff nach dem Handy. „Hallo?"

„Hast du schon gehört?"

Sie erstarrte. „Hannah?"

„Er kommt raus."

Diese Worte trafen sie wie ein Eisregen.

„Er kommt raus und du wirst für das bezahlen, was du getan hast."

Quinn presste eine Hand auf ihr rasendes Herz. Hannah wiederholte nur, was sie gehört hatte – und das Original war noch viel bedrohlicher. „Dafür wirst du bezahlen", gesprochen in einem Tonfall, der so kalt war, dass er sie bis auf die Knochen frieren ließ. Hatte sie geglaubt, das Gefängnis könnte ihn rehabilitieren und er würde sie in Ruhe lassen, wenn er herauskam?

Es waren noch nicht einmal die ganzen fünf Jahre vergangen. Gute Führung? Bestechung? Lügen? Ihre Stimme bebte. „Woher hast du diese Nummer, Hannah?"

Plötzlich wurde die Verbindung unterbrochen. Wütend ballte sie die Fäuste. Ihre Handynummer hatten nur drei Personen aus ihrem alten Leben, und auch wenn keiner von ihnen geneigt war, sie anzurufen, würde keiner sie Hannah geben. Oder vielleicht doch? Ihre

Nägel gruben sich schmerzhaft in ihre Handflächen. Sie lockerte die Fäuste und zog den rosenfarbenen Bettüberwurf höher. Die Person, der er einmal gehört hatte, hatte ihn beim Umzug mit veräußert und war nicht darunter gestorben, aber trotzdem fröstelte sie.

Mit energischen Bewegungen trocknete Morgan sein Haar und das Gesicht mit dem Handtuch ab. Mit Consuelas negativer Reaktion hatte er nicht gerechnet – in lautem und farbenfrohem Spanisch. Ja, das Klima und die Gegend würden ein Schock sein, aber er bezahlte sie, damit sie ihm den Haushalt führte. Das tat sie sonst in Santa Barbara, aber jetzt brauchte er sie in Juniper Falls.

Er putzte sich die Zähne und betrachtete derweil sein Spiegelbild. Sie würde ihn abgemagert nennen und mit ihm schimpfen, weil er zu wenig aß. Gut. Consuela liebte es, eine Aufgabe zu haben. Er trug Rasierschaum auf und nahm seinen Nassrasierer zur Hand. Sie kannte ihn durch und durch, wusste … alles. Es war ja nur so lange, bis Livie verstand, dass sie beide eine eigenständige Familie waren. Aber wenn das sein Ziel war, warum wollte er Consuela dann überhaupt hierherholen?

Er runzelte die Stirn. Diese Angewohnheit, sich selbst zu hinterfragen, war nie Teil seiner Persönlichkeit gewesen. Bis zu Jills Tod war jede Entscheidung – ob gut oder schlecht – klar und zielstrebig gefallen. Dann hatte er Jill diesen einen Abend ermöglicht, hatte sie dazu ermutigt auszugehen und ihr versichert, dass Livie und er prima zurechtkamen und alles in Ordnung sein würde.

Er schloss die Augen. Sie kamen nicht zurecht. Wie sollten sie auch? Aber er zog langsam die Rasierklinge über seine Haut. Er musste den Anschein aufrechterhalten.

„Daddy?"

„Ich komme gleich, Erbse."

Zwanzig Minuten später hatte er Livie einen langärmeligen Body und eine Strumpfhose angezogen, winzige Jeans, einen kuscheligen Pulli, Mantel, Mütze, Handschuhe und Stiefel. Nachdem er sich davon überzeugt hatte, dass sein kleines Mädchen besser gewappnet war als ein Panzer, ging er von seiner Hütte zum Haupthaus hinüber. Goldene Blätter wehten durch die kalte Morgenluft und der Wind ließ sie tanzen.

Im Laufe der Jahre hatte er schon so einige Jahreszeiten auf der Ranch miterlebt, wenn er zwischen anstrengenden Beratungen zu Besuch gewesen war, um sich zu regenerieren, und in dem Jahr nach Kelseys Tod, um an Leib und Seele zu genesen, als er seine Corvette über eine Klippe gejagt hatte – unbeabsichtigt. Wie hatte er diesen Wagen geliebt.

Eigentlich sollte er sich längst von dem Schock über Jills plötzlichen Tod erholt haben und vielleicht tat er das ja auch. Es war nur so, dass Livie so viel von ihm forderte … Nein, sie forderte es nicht, er gab ihr so viel. Alles, was er in sich hatte, das goss er auch in sie hinein. Und vielleicht war das der beste Weg, um wieder ganz der Alte zu sein.

Livie legte ihm die Arme um den Hals und plauderte fröhlich vor sich hin. Ihr Wortschatz erstaunte ihn immer wieder. Alles an ihr brachte ihn zum Staunen. Er beantwortete ihre Fragen und sein Lächeln wurde dabei breiter. Sie würde es gut verkraften. Sie beide würden damit klarkommen. Es war nur eine kleine Veränderung.

Hoffentlich machte Rick das Frühstück. Mit Noelles Kochkünsten war es nicht weit her, sie erforderten viel diplomatisches Geschick. Als er in die Küche kam, stand leider Noelle am Herd und rührte in einem Topf mit Porridge. Er gab ihr einen Kuss auf die Wange, dann setzte er Livie in ihren Kinderstuhl. Liam kam hereingerannt und schwenkte einen Kampfjet über dem Kopf hin und her. Bis Noelle ihm sein Frühstück vorsetzte, herrschte das reinste Chaos.

Er hatte einfach viel Energie. Wenn man diese Kräfte konstruktiv lenkte, würde er eine Menge erreichen. Noelle hingegen sah ein wenig grünlich aus.

„Wie geht es dir?"

„Miserabel." Sie seufzte. „Wie gut verstelle ich mich?"

Er klopfte ihr mitfühlend auf den Rücken. „Wo ist denn Rick?" Er lauschte mit halbem Ohr, während er Livie das Lätzchen umband und ihr dann einen Löffel und das kleine Schälchen mit Haferbrei gab. Sie war nicht wählerisch.

„Willst du auch was?"

„Nur Kaffee.“ Noelles Gebräu war genug Herausforderung. Ihm lief das Wasser im Mund zusammen, wenn er an Consuelas Mahlzeiten dachte. Wie war er nur so lange ohne sie ausgekommen? Oder war sein Appetit erst jetzt wieder erwacht? Je eher er die Sache ins Rollen brachte, desto besser. Aber Consuela ins Rollen zu bringen, war so, als wollte man ein Grab öffnen – es brauchte übermenschliche Kräfte.

„Vielleicht kann Consuela ja für euch mitkochen, dann kannst du dich ein bisschen ausruhen.“

„Was ist denn mit deinem Haus in Santa Barbara? Wer kümmert sich dann darum, wenn sie hierherkommt?“

Eine gute Frage. Sie hatte dort während der langen Zeit seiner Abwesenheiten die Stellung gehalten. „Darüber muss ich mir Gedanken machen, das stimmt.“

Als Livie fertig gegessen hatte, zog er sie an und trug sie vor die Haustür. Weil sie lieber selber laufen wollte, stützte sie sich auf das Treppengeländer und kletterte vorsichtig eine Stufe nach der anderen hinunter. Plötzlich hörte er, dass jemand näher kam. Durch die Zitterpappeln und hohen Pinien hindurch sah er, wie Quinn über die Wiese von Veras Haus gelaufen kam.

Die Wirkung der Medikamente hatte inzwischen nachgelassen und aktuell verlor er auch kein Blut mehr, daher gab es keinen Grund dafür, dass er in der Brust ein merkwürdiges Gefühl hatte und seine Kehle wie zugeschnürt war. Es mussten die Schuldgefühle sein, weil er überreagiert hatte und so unhöflich gegangen war.

Das Gefühl hörte auch nicht auf, als sie bei der Treppe angekommen war und sich neben Livie auf die Stufen hockte und sagte: „Hallo, Sonnenschein.“ Oder als sie den Kopf schief legte und hinzufügte: „Sie ist wirklich umwerfend. Irgendwann werden Sie sich vor gut aussehenden jungen Männern nicht mehr retten können.“

„Ich wusste nicht, dass das auch für rauflustige junge Frauen gilt.“ – „Haha.“

Dass sie seine Bemerkung als Witz auffasste, verriet ihm, dass sie zu den Menschen gehörte, die in einem Menschen immer das Beste wahrnahmen, auch in unverschämten Männern. Als sie sich aufrichtete, sah Livie sie mit gespanntem kindlichem Interesse an. Auch das sprach für Quinn.

„Hier wohnen Sie?"

„Nur bis zum Umzug."

„Klar. Eigentlich bin ich hier, weil ich Noelle fragen wollte, wo ich Sie finde."

Er wartete.

„Die Heilsarmee holt die Möbel ab, aber ich dachte, ein paar von den alten Schränken und Truhen in der Küche würden besser zu der Vitrine passen als etwas Neues."

Seine Augen verengten sich. „Wollen Sie mir etwas aufschwatzen?" Der Kauf des Schrankes war ein Experiment gewesen. Wollte sie ihm jetzt noch mehr andrehen?

„Ich will damit nur sagen, wenn Sie irgendetwas behalten wollen, dann sage ich den Leuten, sie sollen es nicht mitnehmen."

„Oh." Er hatte ihre Absicht falsch gedeutet, aber sie machte keinen Rückzieher und reagierte nicht beleidigt, sondern stellte die Sache nur richtig. Diese Frau konnte sich behaupten, wenn auch auf unaufdringliche Weise. „Wir kommen rüber und sehen uns die Sachen an." Er nahm Livie auf den Arm, denn bei ihren kleinen Schritten würde es zwei Wochen dauern, bis sie das Haus erreicht hätten, das er noch gar nicht als sein eigenes betrachtete. Und wahrscheinlich würde er das auch nie. Es war nur eine Welt zwischen den Welten. Ein Wartesaal.

Quinn ging schweigend neben ihm her, so zurückhaltend, wie er sie beim ersten Mal erlebt hatte. Die Gesprächigkeit von gestern war Geschichte. Sie hatte scheinbar seine Unhöflichkeit als Wink mit dem Zaunpfahl verstanden und deswegen hatte er jetzt ein schlechtes Gewissen. Für Unhöflichkeit gab es keine Entschuldigung, vor allem, wo sie doch nur ihre Arbeit machte. Als sie in das Haus gingen, bemerkte er sofort, wie gut sie in den einzelnen Zimmern vorangekommen war. Auch wenn sie noch immer mit Möbeln zugestellt waren, hatte sie das Durcheinander drastisch reduziert. Quinn Reilly war eine fleißige Arbeiterin.

Livie sagte: „Runter, Daddy."

Er warf Quinn einen Blick zu. „Macht es Ihnen etwas aus?"

„Das ist Ihre Entscheidung." Sie zog sich die Wollmütze vom

Kopf. Ihre Locken hatten ihren eigenen Willen, sahen aber weich und glänzend aus. „Denken Sie daran, dass ich im Esszimmer Bleiche versprüht habe, wegen des Mäusekots."

„Ich passe auf, dass sie da nicht hingeht." Er fragte sich jedoch, wie risikobereit Quinn war – ein Gedanke, wie er ihn schon lange nicht mehr gehegt hatte. Appetit und Neugier. Fing sein Gehirn langsam wieder an zu arbeiten, wie ein kalter Motor, der lange nicht gelaufen war und nun stotternd zum Leben erwachte?

Zielstrebig ging sie ihm voraus in die Küche. „Bestimmt wollen Sie nicht alles, also suchen Sie sich was aus, dann wird der Rest abgeholt."

Er nahm Livie an der Hand und folgte Quinn in die Küche. Die Vitrine aus dem Keller stand genau dort, wo er sie zurückgelassen hatte. Die Schachtel mit den Schlüsseln war immer noch auf der Küchenzeile neben der Spüle. „Hatten Sie Glück mit dem Schloss?"

„Ich habe es gar nicht versucht."

Das überraschte ihn, vor allem, weil er ihr ja ausdrücklich die Erlaubnis gegeben hatte. „Könnte praktisch sein, einen Schlüssel zu haben."

„Das stimmt."

„Ich werde die große Mahagonitruhe behalten." Er zeigte auf das Möbelstück, das sie von der Kellertür weggezogen hatten. „Mit der kann ich den Keller zustellen, damit Livie gar nicht erst auf dumme Ideen kommt."

Sie zog eine Haftnotiz von einem Block und klebte sie auf das Holz.

Eingehend sah er sich die anderen Möbel an, einige aus Eiche mit Schnitzereien, andere gestrichen, aber mit guter Substanz. „Warum verkaufen Sie die Sachen nicht? Für solche Antiquitäten könnten Sie einiges bekommen."

„Dann müsste ich sie verpacken und verschicken." Sie zeigte auf ihre zierliche Figur. „Das wird nichts."

„Kann Ihnen nicht jemand helfen?"

„Ich bin allein und habe keine Angestellten."

Was nicht bedeutete, dass sie sich keine Hilfe holen konnte, aber er widersprach nicht. „Wie kommen Sie unten voran?"

„Oh, da habe ich noch gar nicht angefangen."

„Ich will ja nicht drängeln, aber bis Ende nächster Woche sind alle Formalitäten erledigt."

Sie zog die Augenbrauen hoch.

„Es ist ein unkomplizierter Kauf. Kein Grundschuldeintrag, kein Darlehen."

„Ob ich den Keller bis dahin leer geräumt habe, das kann ich nicht versprechen."

„Das kriegen wir schon hin." Beinahe hätte er *zusammen* gesagt, aber dann erinnerte er sich daran, dass er ein unkompliziertes Leben brauchte.

„Ich muss noch das Esszimmer fertig ausräumen und alles für die Übergabe putzen."

„Sie machen auch sauber?"

„Ich habe mit der Eigentümerin vereinbart: Zeug gegen Dienstleistung."

Er sah sich um. „Dann sollten Sie definitiv diese antiken Schränke und Tische verkaufen. Machen Sie Fotos und hängen Sie sie in Rudys Laden aus. Ich wette, sie sind nach ein paar Tagen verkauft. Die Leute mögen Stücke aus der Region und die hier haben eine Menge Geschichte."

„Und wie soll ich die Sachen liefern?"

„Sie könnten Selbstabholung vereinbaren. Oder alles in Ihren Pickup laden. Ich helfe Ihnen dabei."

„Mit Ihrer verletzten Hand?"

Nachdenklich betrachtete er den Verband an seiner Hand, als wäre er soeben erst angelegt worden. An die Behandlung durch den Doc erinnerte er sich nur vage, aber an die von Quinn sehr wohl. „Die Wunde wurde genäht."

„Wie viele Stiche?"

„Genug, damit es bis in alle Ewigkeit hält."

„Oder bis die Fäden gezogen werden."

„Oder das." Ein Lächeln zuckte um seine Lippen. „Der Doc macht keine halben Sachen. Ich komme schon klar."

Sie biss sich auf die Unterlippe. „Ich müsste recherchieren, was vergleichbare Stücke kosten."

„Oder einfach entscheiden, was Sie dafür haben wollen." Aus seinem Portemonnaie in der Hosentasche holte er einen Scheck und stellt ihn auf sechshundert Dollar aus. „Das ist für meine Truhe."

Sie blickte zwischen dem Scheck und ihm hin und her. „Ich habe schon einen Sticker drangeklebt, damit sie nicht mitgenommen wird."

Er legte den Scheck auf den Tisch. „So viel ist das Teil locker wert." Ganz bewusst hatte er einen Betrag gewählt, der Anreiz genug war, auch mit den anderen Möbeln einen ähnlichen Preis zu erzielen. Sonst würde sie sich selbst benachteiligen.

„Und warum habe ich jetzt ein schlechtes Gewissen?" Ihre Miene bestätigte das.

„Weil ich gefragt habe, ob Sie mir etwas aufschwatzen wollen. Aber ich bin hier, um zu kaufen, und nicht, um mir einfach etwas zu nehmen."

Sie zögerte noch immer, nickte aber. „Dann werde ich wegen der anderen Sachen einen Aushang im Laden machen, wenn der Besitzer mich lässt."

„Er wird Sie lassen." Er konnte sich nicht vorstellen, dass es viele Menschen gab, die Quinn etwas abschlugen, und bei Rudy war es erst recht unwahrscheinlich. Bevor er noch nach Gründen suchte, um länger zu bleiben, sagte er schnell: „Wir sehen uns", und ging mit seiner Tochter zur Hintertür ins Freie. Sie nahmen den Weg über die Weide und zwischen den Bäumen hindurch. Diesmal konnte sie so viele winzige Schritte machen, wie sie wollte.

Quinn betrachtete den zweiten Scheck, den Morgan Spencer ihr gegeben hatte, und fragte sich, ob es als Sammlerstück des berühmten Erfolgsgurus mehr wert war als der eigentliche Geldwert. Bei dem Gedanken, seine Unterschrift bei einer Auktion zu versteigern, musste sie lachen. Vielleicht wäre sie vor Ehrfurcht erstarrt, wenn er nicht so normal daherkommen würde.

Sie sah zum Fenster hinaus und bemerkte sie unter den Bäumen – Livie, die an der weißen Rinde einer Pappel hinaufblickte und den Überfluss an goldenen Blättern anstarrte, während Morgan sein Kind ansah, als wäre es viel mehr wert als alles Gold der Welt.

Quinn legte eine Hand auf ihr Herz. Wie konnte seine Frau die beiden nur verlassen? Oder hatte er sie verlassen? Nein, dann hätte er den Ring abgenommen. Entweder er hoffte auf eine Versöhnung oder … Das konnte nicht sein. Und wenn doch, dann ergab der Kummer einen Sinn und die Verlorenheit in seinen Augen.

Sie trat vom Fenster zurück, als er einen Blick über die Schulter warf. Auf keinen Fall wollte sie, dass er sah, wie sie ihn beobachtete. Sie trat vor das Haus und ging zu ihrem Pick-up. Mit der Kamera, die sie im Wagen aufbewahrte, fotografierte sie die Antiquitäten, fuhr zu ihrem Lager, um Preise für die Möbelstücke zu machen und die Bilder auszudrucken, und nahm sie dann mit in den Laden.

„Klar können Sie die Bilder hier aufhängen", sagte der muskulöse Mann hinter der Ladentheke zu ihr. „Kleben Sie sie da neben der Tür ans Fenster. Ich werde die Kunden darauf aufmerksam machen und es weitersagen."

„Gut. Sind Sie Rudy?" Und als er nickte, sagte sie: „Danke, Rudy."

Er musste bei seinen Werbemaßnahmen gute Arbeit geleistet haben, denn es dauerte keine Stunde, bis eine Frau zwei der Vitrinen für ihre Puppensammlung kaufte, und zwei Stunden später rief Rudy an, um ihr zu sagen, dass eine Freundin von Vera den Eichenschrank haben wollte, ihn aber nicht selbst abholen konnte.

Sie sagte: „Kein Problem", und zum zweiten Mal an diesem Tag machte sie sich bei Noelles Ranch auf die Suche nach Morgan. Mit einem Hemd und einer hellen Cargohose bekleidet kam er auf die Veranda heraus, als sie vor dem Haus hielt und mit einem Knopfdruck das Fenster auf der Beifahrerseite öffnete. „War Ihr Angebot ernst gemeint?"

„Ja natürlich."

„Dann könnte ich Sie jetzt gut gebrauchen."

Er holte seinen Mantel aus dem Flur und kam dann die wenigen Stufen hinunter, um in Quinns Wagen zu steigen. Obwohl er nicht übermäßig groß war, füllte er den Raum mit seiner Präsenz voll aus. „Der erste Verkauf?"

„Der dritte. Die ersten Sachen wurden abgeholt."

„Dann haben Sie wahrscheinlich attraktive Preise gemacht."

„Jedes verkaufte Teil bringt mir mehr, als ich sonst gehabt hätte."

Sie fuhr an. „Der Schrank mit den Verzierungen aus Eiche geht an eine Frau in der Stadt."

Aber das Möbelstück war unglaublich schwer und selbst zu zweit hatten sie Mühe. „Wenn Ihre Wunde aufgeht, bekomme ich ein schlechtes Gewissen."

Er dehnte seine Hand. „Ich weiß, wo der Doc wohnt."

Zusammen hievten sie den Schrank auf die Umzugsdecke, die auf der Ladefläche des Pick-ups lag. „Das", schnaufte sie, „ist der Grund, warum ich normalerweise keine Möbel verkaufe."

Er musterte sie. „Für eine Frau Ihrer Größe sind Sie ziemlich stark."

Die ungewohnte Wärme war übertrieben für etwas, was vielleicht noch nicht einmal ein Kompliment war. Es war einfach ein gutes Gefühl, jemanden auf seiner Seite zu haben. „Wenn Minnie Treppen hat, haben wir ein Problem."

Minnie hatte Treppen, aber der Schrank blieb in der Küche im Erdgeschoss. Dorthin hatten sie ihn tragen können, nachdem sie die Tür aus den Angeln gehoben hatten. Auf gar keinen Fall würde sie Möbel online verkaufen.

Sie traten aus dem Haus, als die Sonne scharlachrote Flammen über den rosafarbenen Himmel schickte, und Morgan hob die Hand. „Hören Sie das?"

Sie sagte: „Ein Elch." Das schreiende Röhren war unverkennbar.

„Da ist jemand mächtig stolz auf sich."

„Ich würde bei dem Geräusch weglaufen."

Sein Mund verzog sich. „Gut, dass Sie keine Elchdame sind."

Sie warf ihm einen Blick zu. „Danke, dass Sie mich nicht als Kuh bezeichnet haben."

Um seine Augen erschienen kleine Fältchen, als er die Wagentür öffnete.

Sie setzte ihn bei Noelles Haus ab und fuhr dann heim. Je mehr Zeit sie mit ihm verbrachte, desto weniger konnte sie sich ein Bild von ihm machen. Ohne die Informationen aus dem Internet, die ein klarer Beweis dafür waren, dass er ziemlich berühmt war, wäre er einfach nur ein Mann – eine Katastrophe von einem Mann, der genauso viel Altlasten mit sich herumtrug wie sie.

Morgan blickte Quinn nach und drehte sich dann um, als er das Geräusch von Hufen hörte. Sein Bruder kam auf seinem rotgrauen Hengst in den Hof geritten. Destiny hatte ein wunderschönes rostfarbenes Fell und vollkommene Proportionen. Außerdem hatte er einen hervorragenden Stammbaum und Rick wusste ihn gut zu nutzen. Mit seinem fachkundigen Training brachten Destinys Fohlen eine Menge Geld ein.

Mann und Pferd blieben im gegenseitigen Einvernehmen stehen und die stille Kraft war wundervoll anzusehen, vor allem, wenn man wusste, wie oft Rick im Dreck gelandet und wieder aufgestiegen war, nur um seine Ziele mit dieser Stute zu erreichen. „War das Quinns Wagen?", fragte er.

Morgan nickte.

„Probleme mit dem Haus?"

„Ich habe ihr geholfen, etwas zu verladen."

Rick stieg ab. „Das ist eine ganz schön große Aufgabe für eine Person. Du solltest ihr helfen."

„Das habe ich doch gerade."

„Ich meine –"

„Ich weiß, was du meinst."

Rick strich über den Hals des Pferdes. „Es ist schließlich dein Haus." In diesem Satz schwang noch mehr mit.

„Noch nicht." Im Gegensatz zu Rick hatte Quinn seine Hilfe nicht als etwas Persönliches betrachtet. Früher hätte ihre spielerische Schlagfertigkeit eine Einladung zu mehr bedeutet. Entweder sie respektierte seine Grenzen oder seine Schroffheit schreckte sie ab – in beiden Fällen war es gut so.

Noelle kam mit Livie ins Freie und rief sie zum Essen.

Weil Rick noch schnell Destiny versorgen wollte, verschwand er in Richtung Stall.

Morgan ging auf Noelle zu und streckte die Arme nach seiner Tochter aus. „Hallo, Gummibärchen."

Sie lächelte. „Kein Gummibärchen."

„Süßes rosa Zuckerwattebärchen."

„Du … grünes Gummibärchen."

„Nein, Liam ist das grüne Gummibärchen. Ich bin schwarzes Lakritz.“ Er ließ seine Stimme knurrig klingen.

„Ich mag kein Lakritz.“

„Ich aber.“ Er drückte seine Lippen auf ihren kleinen Hals. Wenn er daran dachte, wie begeistert Quinn von seinem kleinen Mädchen war – ob dazu aufgefordert oder nicht –, musste er unwillkürlich lächeln. Eins musste er ihr lassen: Sie hatte Mumm. Und einen guten Geschmack.

Kapitel 5

Nachdem Rick ihm ein ordentlich schlechtes Gewissen gemacht hatte, fuhr Morgan am nächsten Morgen mit seiner Tochter zu Veras Haus. Quinn hatte ihn nicht weiter um Hilfe gebeten und ihr Wagen stand auch nicht vor der Tür, obwohl er angesichts der eisigen Temperaturen natürlich auch in der Garage geparkt sein konnte. Er lief durch den vom Wind gepeitschten Eisregen und sah zu dem grauen Himmel hinauf, der nichts Gutes verhieß. Der Wagen stand dort, also holte er Livie und hämmerte gegen die Haustür.

Er war extra zu einer Zeit gekommen, in der Rick und seine Familie mit anderen Dingen beschäftigt waren. Sie sollten nicht auf dumme Gedanken kommen und ihm noch mehr gute Ratschläge geben. Die Rippenstöße seines jüngeren Bruders ärgerten ihn, auch wenn er gelegentlich richtig damit lag. Dieses Haus auszuräumen, war ein Riesenjob.

Quinn öffnete vorsichtig, aber als sie sah, wer da vor ihr stand, machte sie die Tür weit auf und sprach seine kleine Tochter an. „Na, du?“ Sie lächelte Livie schelmisch an, dann hob sie den Blick. „Wenn Sie wirklich nicht wollen, dass andere sich in sie verlieben, sollten Sie sie lieber einsperren.“

„Das nützt gar nichts, denn ihr Strahlen geht auch noch durch die Ritzen.“

Ihre Augen funkelten. „Zweifellos. Was kann ich für Sie tun?“

„Ich wollte nur fragen, ob Sie noch Hilfe mit irgendwelchen Schränken oder anderen Dingen brauchen.“

Sie sah ihn verwundert an. „Ich weiß doch, wo Sie wohnen.“

Nun konnte er sich bei Rick dafür bedanken, dass er sich wie ein Dummkopf vorkam, ein Gefühl, das ihm nicht sehr geläufig war und noch weniger lieb. „Hatten Sie bei Ihrer Suche Glück?“ Er warf einen Blick ins Esszimmer, das immer noch voller Altpapier war. Sie war zwar vorangekommen, aber nur wenig.

„Ich kann bestenfalls sagen, dass ich meinen Verstand noch nicht verloren habe.“

Es war irgendwie rührend, wie sehr sie sich für die Angelegenheit eines anderen einsetzte. Wie sollte RaeAnne jemals erfahren, dass sie sich so viel Zeit nahm und nicht das ganze Durcheinander mit dem Bulldozer räumen ließ?

Sie sagte: „Ungeöffnete Post ignoriere ich. Alles andere könnte wichtig sein."

„Haben Sie noch mehr Schränke verkauft?" Er ging in die Küche.

„Wie Sie sehen, ist außer Ihrer Vitrine nur noch eine da und dazu zwei Tische. Wahrscheinlich überlasse ich den Rest der Heilsarmee."

Er musterte die Möbelstücke und nickte. „Würde ich auch machen."

„Was haben Sie denn in Sachen Möbel vor?"

„Welche kaufen." Er stellte Livie auf den Boden.

„Mmm. Es sei denn, Sie wollen mit mir ins Esszimmer eintauchen ..."

„Nein, danke."

„Klar. Wenn ich heute nicht alles schaffe, komme ich morgen mit Streichhölzern wieder."

Wieder sah er sie belustigt an. Sie wollte nicht witzig sein, aber sie war es einfach. „Schon irgendwas mit den Schlüsseln erreicht?"

„Ich habe doch gesagt, dass ich nicht –"

Er ging zu der Kiste, die Schlüssel von ziemlich jeder Größe und Form enthielt, die man sich nur vorstellen konnte. Er nahm eine Handvoll heraus und probierte einen nach dem anderen aus.

Ungeduldig wie ein kleines Kind, das auf ein Eis wartet, wippte sie auf den Füßen vor und zurück. „Was wollen Sie denn machen, wenn Sie ihn aufkriegen?"

Er warf ihr einen Blick über die Schulter zu. „Ihnen die Flaschen zeigen, auf die Sie so scharf sind."

Sie spreizte die Finger und ließ die Handflächen gegeneinanderklatschen, so aufgeregt war sie. Er hatte so seine Zweifel, ob der Inhalt wirklich besonders spannend sein würde, aber das Experiment mit Quinn war auf jeden Fall faszinierend.

Aus den Augenwinkeln heraus sah er, dass Livie sich auf den Boden hockte und unter einen wackeligen Klapptisch kroch. Er bückte sich und sah das Loch in der Fußleiste, auf das sie zustrebte. Jeder

Fleck und jede Ritze fesselten sie. Sie sammelte mehr Fussel und Krümel auf als jedes Staubtuch. „Nicht dorthin, Livie." Er bückte sich unter den Tisch, packte sie um die Taille und zog sie heraus.

Quinn kreischte.

„Was?"

„Das ist es!"

„Was ist was?" Er sah auf den goldenen Gegenstand, den Livie in ihrer kleinen Faust hielt.

Quinn streckte die Hand aus und fragte ganz freundlich: „Darf ich das haben?"

Er wusste aus eigener Erfahrung, dass es nicht einfach sein würde. Aber Livie verblüffte ihn und ließ tatsächlich den Gegenstand in Quinns Hand fallen.

„Das *ist* es. Ich kann es kaum glauben." Ihre Erregung war deutlich zu spüren. „Ich habe in jeder Ecke gesucht –"

„Offensichtlich nicht in jeder."

„Ein Mauseloch? Das ist hinterhältig."

„Es sei denn, man ist zwei Jahre alt. Dann ist es unwiderstehlich."

Quinn quietschte wieder. „Danke, danke, danke." Sie drückte einen Kuss auf Livies Wange. „Du hast mich vor dem Esszimmer gerettet."

„Ich fürchte, sie kann das Ausmaß ihres Geschenks nicht so recht würdigen", sagte Morgan und schleppte seine Tochter zur Spüle, um ihr die Hände zu waschen.

„Ich weiß gar nicht, wie ich meine Dankbarkeit zum Ausdruck bringen soll."

„Sie machen das schon recht gut." Er unterdrückte ein Lachen und trocknete Livies Hände und seine eigenen Hände an einem Papierhandtuch ab. „Ist da das Foto drin?"

Quinn erstarrte. „Sie wissen von dem Foto?"

„RaeAnne hat es mir erzählt. Ausführlich." Vor allem, wie überwältigt sie von Quinns Bereitschaft war, danach zu suchen, und dass sie ein so süßes Ding sei, die Gute.

Quinn starrte das Medaillon an. „Um ganz sicher zu sein, muss ich es wohl aufmachen."

„Um sicher zu sein", sagte er. Sie konnte es kaum erwarten nachzusehen. „Machen Sie schon."

Sie drückte den Fingernagel in die Naht und öffnete den Haken mit dem Daumen der anderen Hand. Das Medaillon sprang auf. Auf der einen Seite offenbarte es eine Fotografie und auf der anderen eine Haarsträhne.

„Wow“, hauchte sie. „Glauben Sie, die ist von ihrem Vater?“ Sie zeigte auf die Strähne.

„Mit einem DNA-Test könnte man das feststellen.“

Sie sah auf und blickte ihn mit ihren umwerfenden Augen direkt an. „Jetzt erfährt sie es endlich, Morgan.“

Angesichts dieser Suchaktion, die sie für einen praktisch fremden Menschen unternommen hatte, war sie völlig überwältigt von ihren Gefühlen. Und er und Livie hatten dabei eine Rolle gespielt. Ein starkes Gefühl der Verschwörung verband sie miteinander und sie standen eine Zeit lang einfach nur da und genossen das Gefühl des Erfolgs. Dann zwang er sich zu einem neutralen Tonfall. „Sie sollten sie anrufen und ihr sagen, dass Sie das Medaillon gefunden haben.“

Sie holte einmal tief Luft. „Ja, das mach ich. Jetzt gleich.“ Zufrieden drückte sie das Medaillon an ihre Brust und zog das Handy aus der Tasche.

Während Morgan mit Livie aus der Küche ging, rief sie RaeAnne an, die noch bei der Arbeit war. Quinn musste laut lachen, als sie das lange und unterdrückte Quieken am anderen Ende der Leitung hörte. „Morgans kleine Tochter hat es in einem Mauseloch in der Küche gefunden. In einem Mauseloch, RaeAnne! Tut mir leid, aber da hätte ich niemals nachgesehen.“

„Sind Sie sicher, dass es das richtige Medaillon ist?“

„Es enthält das Foto eines Mannes.“

RaeAnne sog scharf die Luft ein. „Wie sieht er aus?“

„Ich habe nur ganz kurz reingesehen, um mich zu vergewissern, dass das Foto drin ist.“

„Oh, ich halte das nicht aus! Wenn er ein Ungeheuer ist, will ich es sofort wissen.“

„Das ist er nicht.“ Sie lachte. „Und da ist noch etwas. Eine Haarsträhne.“

„Eine echte?"

„Sieht echt aus. Ich schicke es Ihnen zu –"

„Nein! Was ist, wenn mit der Sendung etwas passiert?"

„Ich verpacke das Medaillon sehr sorgfältig. Wenn sie wollen, kann ich es mit dem 24-Stunden-Service von FedEx schicken."

„Ist das nicht die Firma, deren Flugzeug in dem Film *Verschollen* abgestürzt ist. Wie hieß der Schauspieler noch? Ich glaube Tom Hanks."

Quinn kratzte sich am Kinn. Sie verschickte ständig Waren, und ja, manchmal passierte es, dass ein Paket nicht ankam. Aber das war äußerst selten. Trotzdem, wegen der möglichen DNA ... „Was wollen Sie tun?"

RaeAnne stöhnte. „Ich kann mir nicht freinehmen. Randy sitzt mir im Nacken und das ist kein angenehmes Gefühl, kann ich Ihnen sagen. Wenn ich dieses Projekt nicht rechtzeitig abschließe ..."

„Ich bewahre es sicher auf, bis Sie sich entschieden haben."

„Ach, Quinn, was würden Sie denn an meiner Stelle machen?"

„Ich würde sagen, schick es mit einem Kurier als versicherte Sendung – nur dass eine Entschädigung nicht hilft, wenn es verloren geht."

„Ist das schon mal vorgekommen?"

„Nur sehr selten, aber ja, es kommt vor. Ich möchte nicht, dass es an irgendeiner Insel angespült wird und zum Kochen von Austern benutzt wird."

RaeAnne lachte und Quinn hörte die Anspannung in ihrer Stimme. „Ach, was soll ich nur tun?"

Sie konnte es ihr nicht sagen. Aber dann dachte sie an Morgan und seine Möglichkeiten. „Lassen Sie mich etwas überprüfen. Ich rufe dann zurück."

„Ich weiß gar nicht, wie ich Ihnen danken soll."

„Kann sein, dass es nicht funktioniert."

„Es ist schon ein Segen für mich, dass Sie es überhaupt probieren."

Plötzlich hatte sie einen Kloß im Hals. Es war lange her, dass jemand sie als Segen bezeichnet hatte. „Keine Ursache." Sie ging ins Wohnzimmer und sagte: „Morgan". Dann blickte sie sich um. „Morgan?"

Wie es schien, hatte er alles gesagt, was er sagen wollte, und war verschwunden, bevor er sich in einen richtig netten Kerl verwandeln konnte. Zum Glück wusste sie aber, wo er wohnte.

Noelle stand hinter Liam, der die Tür mit größerer Begeisterung als ein Butler geöffnet und dabei fast genauso viel Lärm wie ein Wachhund gemacht hatte. Überrascht, weil Quinn vor der Tür stand, lächelte sie breit und sagte: „Hi."

„Ich hoffe, ich störe nicht."

„Überhaupt nicht. Kommen Sie rein."

Quinn trat ein und blickte sich in dem Raum mit der hohen Decke um, der von einem riesigen Steinkamin mit einem hölzernen Kaminsims beherrscht wurde. „Wow. Das fühlt sich an wie eine gigantische Honigwabe."

Noelle betrachtete Ricks Werk. Die Decke und Wände aus Pinienholz wirkten wie ein goldener Bienenkorb, trotz der bunten Decken und Aquarelle, mit denen sie versucht hatte, Farbe hineinzubringen.

„Spielen Sie?" Quinn zeigte auf den Flügel in der Ecke.

„Ja." Die Musik war ein wichtiger Teil ihres Lebens gewesen, an einem Punkt sogar so sehr, dass es ihr geschadet hatte, aber jetzt genoss sie diese Gabe. „Sie können gerne am Samstagabend zu unserem kleinen Lobpreisgottesdienst kommen." Ob Quinn an Gott glaubte, das wusste sie nicht, aber es konnte ja nicht schaden, sie einzuladen.

„Mommy!"

Als Liam sie an der Hand zog, sagte sie: „Ich mache dem kleinen Mann gerade einen heißen Kakao."

„Mit Marshmallows!"

„Möchten Sie auch einen?"

Sie zögerte einen Augenblick, sagte dann aber: „Danke, gern."

Noelle führte sie in die Küche. „Es ist wundervoll, was Sie für Vera tun … beziehungsweise für RaeAnne. Dass Sie das Haus ausräumen."

„Mir bringt es auch etwas, nämlich jede Menge Dinge für meinen Online-Shop." Als sie Noelles verständnislosen Blick sah, fügte sie hinzu: „Ich bin eBay-Händlerin."

„Ach so. Ich habe von eBay gehört, aber es selbst noch nie benutzt, fürchte ich." Sie hatte Kundenkonten bei Neiman Marcus und Bloomingdales und einigen kleineren Boutiquen – Ausgaben, die ihr Vater finanzierte. Aber sie schien jetzt so viel weniger zu brauchen als früher in New York.

„eBay ist so wie andere Online-Shops auch, nur dass man eben Dinge ersteigern kann."

„Klingt spannend."

„Für mich ist es nur ein Geschäft", sagte Quinn. „Ich verkaufe Dinge aus Nachlässen wie dem von Vera. Obwohl ich sagen muss, dass mir nicht klar war, wie sehr sich dieser Job ausweiten würde."

Noelle reichte ihr einen Becher Kakao. „Setzen Sie sich doch."

Quinn nahm auf einem der Barhocker Platz, die um die Frühstücksbar in der Mitte der Küche standen, sodass sie schräg gegenüber von Liam saß, der wie immer auf seinem Hocker kniete. Eigentlich war er schon groß genug, um richtig zu sitzen, aber er hatte Hummeln im Hintern und konnte einfach nicht stillhalten.

Sie setzte sich mit ihrem eigenen Becher zu den beiden anderen und beantwortete die Frage, die im Raum schwebte. „Mein Magen ist durcheinander. Ich bin im vierten Monat schwanger."

Quinns Augen leuchteten auf. „Herzlichen Glückwunsch."

Sie lächelte schwach. „Es ist eine Freude und eine Herausforderung zugleich. Jedenfalls die ersten Monate. Der Anblick und Geruch von so ziemlich allem …" Sie schüttelte den Kopf und fuhr dann ihrem Sohn mit der Hand durch den Wuschelkopf. „Liam hat sich zum Familienzuwachs noch nicht geäußert." Sie beobachtete ihn wohlwollend, aber er war damit beschäftigt, einen Marshmallow mit dem Finger unterzutauchen. „Ich bin gespannt, wie er darauf reagiert, wenn das Baby erst einmal da ist. Ich hoffe, dass er gut damit zurechtkommt."

Quinn sagte: „Meine große Schwester und ich waren elf Jahre auseinander. Nicht die idealen Voraussetzungen für beste Freundinnen."

„Das ist wirklich viel. Ich bin ein Einzelkind. Nach dem Tod meiner Mutter hat mein Vater mich mit Zittern und Zagen großgezogen, so gut er konnte, aber er hatte immer schreckliche Angst um mich. Sport, Tanzunterricht. Musik, Kunst und Reitstunden, alles mit Chauffeuren und Leibwächtern, damit ich überall heil hinkam."

Quinn warf ihr einen wissenden Blick zu, so als hätte sie sich das schon gedacht. Es musste auffälliger sein, als ihr bewusst war, da Morgan es ebenfalls auf den ersten Blick erraten hatte.

„Es war für keinen von uns einfach. Deshalb tun mir Morgan und Livie so leid." Liebe und Angst waren unbehagliche Bettgenossen.

Quinn legte die Hände um ihren Becher. „Kinder allein großzuziehen, ist sicher immer eine Herausforderung."

Noelle nickte, unsicher, wie viel sie sagen sollte. Auf Ricks Ratschläge hatte Morgan allergisch reagiert, aber er und Quinn schienen in Veras Haus auf ihre eigene Weise eine gemeinsame Ebene gefunden zu haben. Beide waren sie an dem Haus interessiert, Quinn um RaeAnnes willen und Morgan, weil er sich zum Kauf entschieden hatte.

„Ich hatte gehofft, er könnte mir bei etwas helfen."

„Gut." Sie hatte offensichtlich erkannt, was jeder früher oder später herausfand. „Anderen seine Hilfe anzubieten, ist eine Spezialität von Morgan."

„Ist er da?"

„Sein Wagen steht. Er wohnt in der zweiten Hütte von hier aus gesehen." Nach den ersten Monaten war er dort eingezogen und bestand darauf, die Miete für das Holzhaus zu bezahlen, plus Nebenkosten. Rick hatte sich darauf eingelassen, weil er sagte, Morgan müsse die Dinge auf seine Weise tun.

„Danke für den Kakao." Quinn winkte Liam zu und lächelte, als er in seinen Becher ein *Auf Wiedersehen* murmelte und ein Marshmallow an der Oberlippe klebte.

Während sie durch die frühe Dämmerung eilte, bildete Quinns Atem kleine Wölkchen. Die Ranch lag in einem Tal, das von rosafarbenen Granitfelsen umgeben war, verziert mit Pappeln und

Pinien. Die Holzhäuser schienen aus dem blassen Gras und dem roten Schotter des Hofes zu wachsen. Tief hängende Äste trugen die letzten, luftigen Reste roter und orangefarbener Blätter, jetzt gedämpft von dem schwindenden Tageslicht.

Die vertrockneten Blüten der Wildblumen raschelten, als sie sich dem zweiten der drei Häuser näherte. Es war größer als das erste, wahrscheinlich mit einem zusätzlichen Schlafzimmer, aber nicht so groß wie das dritte, in dem sicherlich eine Familie Platz gefunden hätte. Durch das Fenster, das nach vorne hinausging, fiel Licht auf die Veranda. Sie hatte ihn schon einmal um Hilfe gebeten, aber nicht in seinem eigenen Haus, und sie hatte ihn auch nicht um etwas gebeten, was er nicht angeboten hatte.

Ihre Begegnungen waren bisher sehr unterschiedlich verlaufen, mal spielerisch und dann auch wieder eher zugeknöpft, und so hatte sie keine Ahnung, wie er sie jetzt begrüßen würde. Sie fragte sich unwillkürlich, warum er nach der aufregenden Entdeckung des Medaillons ohne ein Wort zu sagen einfach gegangen war. Vielleicht war Livie ein Missgeschick passiert oder … etwas, das er bei einer schnellen Verabschiedung nicht erwähnen konnte. Vielleicht war es typisch für ihn, dass er einfach ging und Türen knallte, obwohl er diesmal nichts zugeknallt hatte und es beim ersten Mal vielleicht daran gelegen hatte, dass seine Hand verletzt war.

Als sie klopfte, rief er: „Herein."

Weil er nicht mit ihr rechnen konnte, sagte sie vorsichtshalber: „Ich bin es, Quinn."

Nach einer kleinen Pause sagte er: „Die Tür ist offen." Er blickte von seinem Laptop auf, als sie eintrat, seine Finger noch auf der Tastatur. So wie er da auf der Couch saß – er trug einen grauen Pullover mit V-Ausschnitt und eine ausgeblichene Jeans –, hätte er irgendwer sein können. Aber er war nicht irgendwer.

„Ich will Sie übrigens nicht verfolgen."

Ein winziger Muskel in seinem Mundwinkel zuckte, aber offenbar hatte er seinen Charme von vorhin verloren. Seine Augen hatten eine dunkelblaue Färbung, von der sie hoffte, dass sie mit seiner Arbeit zu tun hatte, denn es war kein angenehmer Blick.

„Tut mir leid, wenn ich störe."

Er widersprach nicht.

„Ich hätte ja in Veras Haus mit Ihnen gesprochen, aber Sie waren so schnell weg.“ Als er immer noch nicht antwortete, holte sie tief Luft und nahm all ihren Mut zusammen. „Es geht um das Medaillon. RaeAnne hat Angst, dass es in der Post verloren gehen könnte. Und herkommen, um es selbst abzuholen, kann sie auch nicht. Also dachte ich, Sie wüssten vielleicht einen Weg ...“, *könnten vielleicht Ihre Beziehungen spielen lassen, die normale Menschen nicht haben.* Die Worte bildeten sich, aber sie konnte sie nicht aussprechen.

„Einen Weg ...“

„Um das möglich zu machen?“

„Verschicken Sie nicht ständig irgendwelche Dinge?“

„Doch. Natürlich. Und ich würde es ja auch tun, wenn es da nicht diesen Film mit Tom Hanks gäbe. Sie wissen schon, *Verschollen.*“

Er runzelte die Stirn.

„In dem Film werden Pakete an Land gespült und dazu benutzt, um Kokosnüsse zu knacken.“

Er sagte: „Tut mir leid, aber wieso ist das mein Problem?“

Sie blinzelte und kam sich unendlich dumm vor. „Das ist es natürlich nicht. Aber ich vermute, Sie können Dinge in die Wege leiten, die Leute wie wir –“

„Leute wie Sie?“

„Leute, die nicht Morgan Spencer heißen.“

„Aha.“ Er lehnte sich zurück. „Sie haben sich umgehört.“

„Als wir uns das erste Mal begegnet sind, wollte ich wissen, ob Ihr Scheck auch gedeckt war oder ob er platzen würde, also habe ich Sie gegoogelt.“ Wie konnte er nur so ausdruckslos gucken? „Und dabei habe ich die Artikel und das Zeug über die Unternehmen gefunden. Sie wissen schon. Ihre Bücher und die ... die Arbeit, die Sie machen.“ Sie klang wie eine Dreizehnjährige. Wo war die verschwörerische Verbindung, das entspannte Geplänkel? Hatten sie sich nicht erst vor Kurzem zusammen in einen unheimlichen Keller gewagt und ein Rätsel gelöst und –

„Lassen Sie mir das Medaillon da. Ich werde dafür sorgen, dass RaeAnne es bekommt.“

Eiszapfen. „Ich wollte es einpacken ...“

„Lassen Sie es einfach hier.“

Wenn Helfen seine Spezialität war, sollte er ein bisschen an seiner Präsentation arbeiten. Aber andererseits, für wen hielt sie sich eigentlich, dass sie an jemanden wie ihn eine Bitte richtete? Er konnte sie wie eine lästige Fliege beiseitewischen und das hatte er im Grunde auch getan. Schließlich holte sie RaeAnnes Schatz heraus und legte ihn auf den Tisch, auf dem seine Füße ruhten. Noch ein bisschen tiefer und sie würde eine Verbeugung vor ihm machen. Sie richtete sich auf und ging hinaus.

Morgan sah zu, wie sich die Tür wieder hinter ihr schloss. Einerseits war ihm seine Unhöflichkeit bewusst, aber andererseits hatte er sie in seinem Zuhause wie einen Eindringling empfunden, wie Sonne auf verbrannter Haut. Er wollte nicht auf sie reagieren. Das hatte er schon in Veras Haus erkannt und war deswegen Hals über Kopf geflohen. Dann stand sie auf einmal vor seiner Tür und drang einfach in seine Privatsphäre ein. Sie hatte ihn gegoogelt? Weil sie gedacht hatte, er würde sie über den Tisch ziehen?

Und ja, sie hatte ihn gestört. Seine Assistentin Denise hatte nämlich mit der Kündigung gedroht. Sie behauptete, er könnte genauso gut eine automatische Ablehnung auf die Internetseite stellen, wenn er sich auch weiterhin vor wichtigen Beratungen, die seine Anwesenheit vor Ort erforderten, drückte. Im Laufe der letzten zwei Jahre hatte die Rezession viele kleinere Rettungsaktionen nötig gemacht, die er an Leute in der zweiten Reihe weitergereicht hatte. Er selbst hatte lediglich per E-Mail Hilfe geleistet, wann immer es nötig war.

Nichts davon war international oder bedeutend genug gewesen, um Livie allein zu lassen. Außerdem hatte er seine Bücher geschrieben. Als er das letzte Manuskript abgegeben hatte, war es ihm vorgekommen wie eine Abdankung, eine Machtübergabe. Oder war das nur eine Ausrede? Wie viele Leser würden sich das, was auf den Seiten des Buches stand, zu Herzen nehmen und in die Tat umsetzen? Seine Mannschaft bezeichnete seine Bücher als Werbung. Selbst ein Handbuch wie das letzte konnte das gewisse Etwas, das Gott in ihn gelegt hatte, nicht reproduzieren. Natürlich war er kein

Steve Jobs, aber in seinem kleinen Bereich des Universums schien er einmalig zu sein.

Und Denise hatte recht. Es war sein Beruf, seine Berufung – aber in einem anderen Leben, als vieles noch anders gewesen war. Trotzdem machte ihm jetzt ihre Hartnäckigkeit zu schaffen. Dazu kam noch Consuelas drohende Fahnenflucht. Alles deutete auf eine Meuterei hin. Und das hatte er nicht vorhergesehen. So wenig wie die Wirkung, die Quinn auf ihn haben würde. Nach und nach hatte sie sich nicht nur in seine Gedanken und Gefühle eingeschlichen, sondern jetzt auch noch in sein Haus.

„Daddy. Fischi essen." Livie kletterte zu ihm auf das Sofa.

Er nahm den Goldfischkräcker entgegen, den Livie ihm an die Lippen hielt, und bedankte sich bei ihr. Daraufhin ließ sie ihren Becher sinken und gab ihm einen nach Milch schmeckenden Kuss. Verunsichert nahm er sie in seine Arme. Sie spürte wohl sein Unbehagen. Würde es ihn umbringen, eine Bitte zu gewähren und sich höchstpersönlich blicken zu lassen?

Er betrachtete das Medaillon, das auf dem Tisch lag, und dachte daran zurück, welches Vergnügen es ihm bereitet hatte, es zu finden. Was Quinn recherchiert hatte, war jedem zugänglich. Sie hatte nichts getan, was nicht jeder andere auch hätte tun können. Warum also fühlte es sich so persönlich an, so als hätte sie ihn angegriffen und mit Beschlag belegt? Ihm wurde ganz warm.

„Daddy." Livie packte ihn am Kinn und drehte sein Gesicht in ihre Richtung.

„Was ist denn, Liebling?"

„Das war ein böses Gesicht, Daddy."

„Wirklich? Was sollen wir dagegen machen?"

„Wieder fröhlich machen." Sie drückte ihm die Finger in die Mundwinkel und zog seine Lippen in die Breite.

Er behielt das Lächeln bei. „Besser so?"

Schelmisch grinste sie ihn an.

Er küsste ihre weichen dunklen Locken, die ihn an Quinn erinnerten. „Iss deine Blaubeeren."

Stattdessen nahm sie eine Beere aus der Dose und fütterte ihn.

„Mmmm. Lecker."

Livie schob sich selbst auch eine Beere in den Mund und kaute genüsslich. Den Gedanken, sie zu verlassen, konnte er nicht ertragen, egal für wie lange, aber vielleicht war er ihr genau das schuldig. Er griff nach seinem Laptop und antwortete Denise. *Du gehst nirgendwohin. Such dir EIN Projekt aus und organisiere es.*

Einen Freudentanz würde sie nicht gerade aufführen, sondern wohl eher die Augen verdrehen und dabei denken: *Wird aber auch Zeit, du Versager*. Er klappte seinen Laptop zu und kuschelte sich an sein kleines Mädchen, in der Hoffnung, einen richtigen Schritt in die richtige Richtung gemacht zu haben.

Quinn verließ Morgans Haus mit dem Gefühl, von einem Top-Manager gescholten worden zu sein. Gute Absichten hatte sie, aber ein gutes Gespür? Jedenfalls nicht in letzter Zeit – wie Hannahs Anruf ihr wieder einmal klargemacht hatte. „*Er kommt raus und du wirst bezahlen.*“

Dieses Gespräch hatte sie verdrängt, aber die Auseinandersetzung mit Morgan machte nur zu deutlich, wie schnell eine Situation sich ändern konnte. Sie hatte gedacht, sie hätte einen Ort gefunden, an dem sie sein konnte, eine unverfängliche Tätigkeit, ein paar potenzielle Freunde. Ein Mann …

Sie seufzte. Eine Beziehung zu Morgan kam nicht einmal im Traum in Betracht. Und trotzdem hatte er eine starke Wirkung auf sie. Er und sein süßes Kind. Warum gingen ihr die beiden nur nicht mehr aus dem Sinn?

Als sie das Garagentor zu ihrer Scheune aufgezogen hatte, fuhr sie den Wagen rein, stieg aus und sah sich um. Der Gedanke, all ihre Waren zu verlieren, entmutigte sie. Viel würde sie nicht mitnehmen können, wenn sie tatsächlich umziehen musste. Sollte es noch dramatischer sein und sie müsste urplötzlich fliehen, würde sie sogar nichts mitnehmen können. Sie glaube nicht, dass Markham sie finden würde. Für ihr Geschäft benutzte sie einen Shopnamen. Selbst wenn jemand ihm sagte, was sie beruflich tat, würde er sie nicht unter diesem Namen identifizieren können. Ihre Mutter wusste zwar, dass sie ein Haus gekauft hatte, aber Quinn hatte ihr nicht erzählt, wo. Postkarten und Briefe hatte sie nicht verschickt, sie hatte keinen Festnetzanschluss und ihr Name tauchte in keinem Telefonbuch auf. Eigentlich war sie sicher.

Sie wählte eine DVD, die garantiert keine Liebesgeschichte enthielt, und ging hinaus. Ihr Atem bildete kleine Wölkchen, während die Dämmerung allmählich der Nacht wich. Sie betrat ihr kleines Haus, in dem jeder Quadratzentimeter in Dunkelheit getaucht war. Was, wenn er auf sie wartete? Würde irgendjemand bemerken, wenn sie verschwand? RaeAnne würde sie vielleicht anrufen, um ihr zu danken, wenn sie das Medaillon erhielt. Morgan würde sein Zeug aus dem Keller geräumt haben wollen, aber darum konnte er sich selbst kümmern.

Würde irgendjemand in ihrem Haus nachsehen? Würde überhaupt jemand wissen, wo er suchen musste – oder sich für sie interessieren? Wenn man irgendwann ihre sterblichen Überreste fand, würde Noelle möglicherweise sagen: „Ach du liebe Güte, wenn ich das gewusst hätte!“ Aber sie wusste es nicht. Niemand würde es wissen. Außer denen, die hier gewesen waren.

Sie schluckte und machte das Licht an. Nichts sprang ihr entgegen. Das Haus war so klein, dass sie von der Tür aus jeden Winkel überblicken konnte, auch die Galerie. Jemand konnte sich im Schrank verstecken oder gerade im Bad sein, aber um sich auf sie zu stürzen, würde er die steile Treppe herunterkommen müssen. Sie sah trotzdem dort nach.

Als sie wieder in der Küche war, überlegte sie, was sie zu Abend essen konnte. Wenn sie so weitermachte, würde ihre Unterlippe das Einzige sein, worauf sie herumkaute. In der Bibel hatte sie gelesen, es sei nicht gut, dass ein Mann allein sei. Für eine Frau war es noch schlimmer. Warum legte sie sich nicht einfach einen Hund zu?

Ein Hund hatte ein feines Gespür für Gefahren. Ein Hund konnte als Erster ein Haus betreten und knurren und seine Nackenhaare aufstellen. Ein Hund konnte bellen, wenn jemand in der Nacht versuchte einzubrechen. Mit einem Hund wäre sie nicht mehr so allein.

Zitternd holte sie Käse, Tomaten und Vollkornbrot aus dem Kühlschrank und machte sich ein Sandwich, das sie sich toastete. Mit dem Geld, das sie von Morgan bekommen hatte, konnte sie sich einen Hund kaufen. Keinen Welpen – sie brauchte jetzt Unterstützung – aber auch keinen, der schon zu alt war. Sie musste sich auf ihn verlassen können. Einfach ein armes Wesen, das seine Familie verloren hatte und einsam war. Sie würde im nächsten Tierheim nachfragen und es dem Tier überlassen, sie auszusuchen. Sie würde schon merken, wann sie den richtigen Gefährten gefunden hatte.

Noelle richtete sich von der Toilettenschüssel auf und wischte sich über das Gesicht. Als sie sich den Mund mit Mundwasser ausspülte, wäre ihr beinahe wieder übel geworden, aber sie unterdrückte den Brechreiz und kletterte wieder ins Bett. Mit besorgter Miene hielt Rick ihr die Bettdecke hoch. Als sie es sich wieder einigermaßen bequem gemacht hatte, strich er ihr in langsamen, kreisenden Bewegungen über den Rücken.

Sie murmelte: „Sollten wir uns jemals trennen, bekomme ich beim Versorgungsausgleich deine Hände."

„Wir trennen uns nicht."

„Du Glücklicher. Dann kannst du deine Hände behalten."

„Ich wünschte, ich könnte mehr für dich tun."

Sie drehte sich zu ihm um. „Es sind nur neun Monate Übelkeit." Sie lächelte grimmig. „Vier habe ich schon hinter mir."

„Das ist genau die richtige Einstellung."

„Was hältst du von Quinn?"

„Von wem?"

„Du weißt genau, wen ich meine." Sie drückte seinen Arm.

„Was soll ich von ihr halten? Ich habe sie bislang erst zweimal gesehen."

Morgan hatte eine Meinung von ihr, da war sie sich ganz sicher. Jedenfalls hätte der alte Morgan eine gehabt. Auch Rick hatte eine Meinung, irgendwo in seinem tiefsten Innern, wo er seine Gedanken gut geordnet aufbewahrte. Zuerst hatte sie das ganz merkwürdig gefunden, dieses Leben aus dem Glauben heraus. Jetzt war es wie ein Pfeiler, an den sie sich klammerte, wenn Träume und Erinnerungen von früher hochkamen.

„Ich mag sie jedenfalls. Und ich würde sie gerne besser kennenlernen."

„Glaubst du, sie braucht eine Freundin?“

„Merkst du das auch?“

„Nein.“ Er hatte von der Sonne gebräunte Lachfältchen um die Augen, selbst im Winter. „Aber ich kenne dich.“

„Hm.“ Sie fuhr mit der Hand über seinen muskulösen Arm. „Was hältst du davon, wenn wir sie zum Thanksgiving-Essen einladen?“

„Und wer kocht?“

Sie wollte sich gerade beschweren, als ihr klar wurde, dass er auf ihre morgendliche Übelkeit anspielte. Bei dem Gedanken, einen Truthahn zubereiten zu müssen, wäre sie beinahe wieder ins Bad gelaufen. „Dann lieber nicht. Ich frage mich, ob sie reiten kann.“

„Langsam, du bist schwanger und kannst jetzt nicht reiten.“

Sie seufzte. „Ach ja.“

„Geh doch einfach mal rüber, wenn sie wieder in Veras Haus arbeitet.“

„Stimmt, das könnte ich machen. Wegen irgendetwas hat sie Morgan um Hilfe gebeten.“

„Schade, dass sie fragen musste. Ich hatte ihm vorgeschlagen, ihr seine Hilfe anzubieten.“

Sie seufzte. „Meinst du, er wird jemals … du weißt schon …“

Rick spielte mit einer ihrer Haarsträhnen. „Ich weiß nicht. Jill war immer sein Ein und Alles.“

„Weil sie da draußen war, irgendwo. Jetzt, wo sie nicht mehr da ist, könnte er einen Neuanfang machen.“

Rick zuckte mit den Schultern. „Vielleicht.“ Er küsste ihre Schulter. „Jetzt schlaf noch ein bisschen.“

Aber bevor sie einnickte, spürte sie wieder, dass Quinn ihr am Herzen lag. „Ist gut“, flüsterte sie, aber sie meinte nicht Rick. Dies war mehr als ein Gefühl. Es war ein Fingerzeig.

Kapitel 6

Er fühlte sich wie ein Reptil, das unter einem Fels hervorgekrochen kam, und blinzelte in der grellen Sonne, während der kalte Wind seine kurzen blonden Haare aufrichtete. Er fühlte sich wie ein Raubtier, das beim Aufwachen an die Beute denkt, hungrig und sensibel. Er fühlte Scham. Und Wut. Er verspürte eine unbändige Lust auf Rache. Er hatte Macht.

Und wenn er an Quinn dachte, kam er sich vor wie ein Prophet. Sie konnte nicht wissen, was sie entfesselt hatte, konnte nicht sehen, wie das Unwetter, das kommende Gericht heraufzog, bei dem sie ausgesondert und weggeworfen werden würde. Er war Markham Wilder und er hatte sich geschworen, dass sie bezahlen würde.

Nachdem das Medaillon gefunden war, hatte Quinn mit großem Vergnügen alles Papier aus dem Haus geschafft. Jetzt blieb nur noch – sie seufzte – der Keller. Bewaffnet mit einer kleinen, aber starken Taschenlampe und einer batteriebetriebenen Laterne öffnete sie die alte Tür.

Vielleicht war es falsche Tapferkeit, in ein dunkles Gewölbe zu gehen, in dem es spukte. Sie hatte jedenfalls keine Lust, sich in ewigem Wehklagen zu den Gespenstern zu gesellen, falls sie dort unten ermordet wurde. Aber die Arbeit musste getan werden und sie würde nicht zulassen, dass Hannahs Drohung sie davon abhielt. Auch wenn Markham möglicherweise draußen war und sie suchte, würde nichts ihn zu Vera führen. In diesem Keller war sie wahrscheinlich sicherer als in ihrem Bett.

Die gröbsten Spinnweben auf der Treppe waren von Morgan entfernt worden und so ging sie eine knarrende Stufe nach der anderen hinunter, hängte die Campinglaterne an eine hohe Stange und sah sich um. Höchstwahrscheinlich war der Keller für die Patienten gar nicht benutzt worden und irgendwelche Schreie, die sie sich einbildete, waren eine Folge ihres hohen DVD-Konsums.

Dies war ein Lagerraum, vielleicht ein Heizungskeller mit Generatoren und Boilern. Da – sie sah etwas, das so aussah, als könnte es ein Heizkessel sein, ein riesiges Ding. Sie ging an den gestapelten Betten vorbei, um die kaputte Messskala zu untersuchen, die direkt aus dem Horrorfilm *The Shining* mit Jack Nicholson hätte stammen können. Dieses Ungeheuer könnte das ganze Dach wegpusten.

Aber zum Glück funktionierte es nicht. Und die Treppe würde sie es auch nicht hochbefördern können. Plötzlich spürte sie etwas Kaltes an der Schulter und fuhr herum, während der Haltegriff der Laterne in den metallenen Ösen quietschte und Licht und Schatten um sie herumtanzten. Egal wo der Luftzug hergekommen war, sie wollte ihn nicht noch einmal spüren.

In den nächsten Stunden füllte sie Plastiktüten mit Bettpfannen und anderem Müll. Jede Ladung entsorgte sie in dem Container, den sie sich hatte bringen lassen, und ging dann wieder hinunter. Als sie den nächsten Müllsack vollstopfte, hinterließen die Gummischläuche auf ihren Latexhandschuhen puderartige Rückstände. Unwillkürlich fröstelte sie, als sie die große Metallkiste mit den Spritzen sah, aber das war noch nichts verglichen mit dem Schauer, der ihr über den Rücken lief, als sie die steife graue Zwangsjacke entdeckte. Plötzlich hörte sie hinter sich eine Stimme und schrie laut auf.

„Oh, tut mir leid!", rief Noelle vom Treppenabsatz herunter.

„Nein, ist schon in Ordnung." Quinn nahm den Mundschutz ab, während sie sich eine Hand auf die Brust presste und ihr Herz sich langsam von dem Schock erholte. „Ich bin nur ein bisschen schreckhaft."

„Das verstehe ich." Vorsichtig ging Noelle die Treppe runter. „Hier ist es schon ein bisschen unheimlich."

„Stimmt. Ich habe so getan, als wäre es ein ganz normaler Raum, aber die Atmosphäre ist wirklich ziemlich gruselig." Sie drehte die Zwangsjacke um, sodass Noelle sie sehen konnte.

„Ist das …"

„Es sei denn, jemand hatte sehr lange Arme." Quinn faltete den steifen Stoff und legt die Jacke in einen Plastikbehälter mit Gegenständen, die sich möglicherweise noch verkaufen ließen.

„Was willst du damit machen?“ Sie stockte. „Ist es okay, wenn wir du sagen?“

Quinn nickte. „Gerne. Morgan hat vorgeschlagen, ich solle mich an ein Museum wenden.“

„Morgan?“

„Als wir die Sachen hier gefunden haben.“

„Du und Morgan.“

„Er hat es euch wahrscheinlich gar nicht erzählt.“

Noelle schüttelte den Kopf. „Das Haus ist ein schwieriges Thema.“

„Warum?“

„Als er erfahren hat, dass ich schwanger bin, hat er beschlossen, dass es mir mit Livie zu viel wird. Aber ich will nicht der Grund dafür sein, dass er glaubt, er müsse ausziehen.“

„Ist das denn so schlimm?“ Quinn ging in die Hocke.

„Nein. Aber er ist schon fast seit ihrer Geburt bei uns und …“ Sie sah sich in dem Keller um. „Das hier passt nicht zu ihm.“

„Der Rest des Hauses ist schöner.“

Sie lachten.

„So.“ Noelle fuhr sich mit der Hand über die Stirn. „Ich wollte dich zu Thanksgiving einladen, bevor du andere Pläne machst.“

„Wirklich?“

„Ja, aber Rick hat gefragt, wer das Essen kocht, und du kennst ja meinen Zustand.“

„Ich übernehme das Kochen. Ich habe eine große Friteuse, speziell für Truthahn, die die Vorbesitzer in meinem Haus gelassen haben.“ Das Thanksgiving-Essen kochen? Nachdem Morgan sie mehr oder weniger rausgeschmissen hatte?

Noelle starrte sie an. „Das war ursprünglich nicht meine Absicht, dass du kochen sollst.“

„Vielleicht geht es dir bis dahin ja auch wieder besser.“

Sie sah aus, als hätte sie da so ihre Zweifel. „Ich bin mir nicht einmal sicher, ob ich eine Küche überhaupt auch nur betreten könnte.“

Quinn zuckte mit den Schultern. „Die Friteuse können wir draußen aufbauen. Es ist im Grunde nur ein großes Fass mit Erdnussöl –“

Noelle schlug sich die Hand vor den Mund.

„Oh, tut mir leid. Vergiss, was ich gesagt habe. Mach dir keine Gedanken mehr darüber. Ich übernehme das Kochen."

„Jetzt habe ich ein ganz schlechtes Gewissen."

„Weil du mich eingeladen hast?"

„Und dir die ganze Arbeit überlasse. Das kann doch nicht richtig sein."

„So habe ich an Thanksgiving wenigstens etwas Nettes vor." Sie band sich ihre Haare neu zusammen. „Und ich hatte schon überlegt, mir einen Hund zuzulegen."

Noelle legte den Kopf schief. „Wird dir die ganze Arbeit wirklich nicht zu viel?"

„Ich arbeite gerne. Nichts zu tun, macht mich ..." Sie hätte beinahe *nervös* gesagt. „Mir wird langweilig, wenn ich nichts zu tun habe."

„Kein Wunder, dass du so viel schaffst."

„Davon sieht man hier unten aber nichts."

„Brauchst du Hilfe?"

Quinn erhob sich. „Ich habe keine Ahnung, was alles hier unten ist. Der ganze Bioabfall, den ich schon gefunden habe, ist vielleicht sogar giftig."

Noelle legte eine Hand auf ihren Bauch. „Danke, dass du mitdenkst."

„Danke für das Angebot. Aber du solltest jetzt wohl besser gehen."

„Wenn du meinst."

„Ich freue mich jedenfalls auf Thanksgiving." Sie streifte sich wieder den Mundschutz über. Die Einladung hatte sie überrascht, aber jetzt kamen ihr angesichts der aufsteigenden Erinnerungen beinahe die Tränen. Zu kochen und zu backen und das Fest mit ihrer Familie vorzubereiten, das hatte sie schon Wochen im Voraus kaum erwarten können.

Als der Container fast bis zum Rand voll war mit rostigen, kaputten Gegenständen und Müll, mit defekten Rollstühlen, porösen roten Wärmflaschen und fleckigen Schaumstoffmatratzen, von denen manche aussahen wie geschmolzen, sah es im Keller kaum anders aus als vorher. Scheinbar hatte man alle Möbel und Apparate dort unten deponiert, egal in welchem Zustand sie waren.

Nun, sie hatte so viel getan, wie sie im Moment verkraften konnte. Als sie in dem schräg einfallenden Licht des goldenen Herbstnachmittags zur Kreuzung fuhr, sah sie einige Kinder und Erwachsene, die sich verkleidet hatten. In der Stadthalle fand wohl eine Feier statt. Spontan hielt sie an, stieg aus und sah den Kindern beim Herumtoben zu.

Als sie in den Saal schlenderte, zog der Duft von Popcorn und frischem Kürbis zu ihr herüber. Sie hielt sich im Hintergrund, wollte nur zuschauen und hatte ja schließlich auch kein richtiges Kostüm an. Ein Tisch, an dem Kürbisse geschnitzt wurden, das Dosenwerfen und ein Bottich, aus dem man mit dem Mund Äpfel fischen musste, erinnerten sie an ihre eigene Kindheit.

Es gab Stände, an denen Marmelade, Schmuck und Handarbeiten verkauft wurden, das meiste davon für Kinder. Die Erwachsenen schleppten eimerweise Süßigkeiten und Kräcker und Rosinen für die Kleinen an. Es war eine fröhliche Stimmung

Gegenüber sah sie Rick in Cowboyhose, Weste und Stetson und Noelle neben ihm in einem fließenden Samtkleid mit Krone und Zauberstab. Liam war ein Krokodil und Livie ein Kürbis mit schwarzer Strumpfhose und Stiefeln, die leuchteten, wenn sie tanzte. Hinter ihnen war Morgan als Pirat verkleidet. Sie hätte ihn nicht erkannt, wäre er nicht mit den anderen zusammen gewesen, aber die Kinder hatten anscheinend keine Mühe, ihn zu erkennen. Alle mussten sich vor ihm aufstellen, er musterte sie kritisch und holte dann in Goldfolie gewickelte Schokoladenmünzen aus den tiefen Taschen seines bestickten Mantels und ließ sie in ihre Behälter fallen.

Sie beobachtete die Szene so gebannt, dass sie zusammenzuckte, als ein kleiner Junge abwechselnd kreischte und lachte, weil eine ausgewachsene Mumie auf ihn zuwankte. Es wärmte ihr das Herz und versetzte ihr zugleich einen Stich. Ach, was gäbe sie drum, noch einmal so jung und unschuldig zu sein. Deprimiert schlang sie ihre Arme um den Oberkörper und machte sich auf den Heimweg.

Am nächsten Tag betrat Morgan gerade die Veranda, als Noelle auf sein Holzhaus zukam. Liam rannte auf sie zu und platzte mit all den Dingen heraus, die Onkel Morgan ihm bei seiner Übernachtung erlaubt hatte, zum Beispiel sich mit Schaum zu rasieren (natürlich mit verdeckter Klinge). Als sie am Kinn ihres Sohnes zog, roch sie Morgans Aftershave auf Liams rosigen Wangen. „Ich wusste gar nicht, dass du einen Bart hast, kleiner Mann."

„Alles abrasiert!"

„Gut. Wir wollen schließlich nicht, dass du ganz stoppelig aussiehst."

Livie kletterte, so schnell sie konnte, hinter ihm die Stufen hinunter. „Auch alles abrasiert."

Noelle lachte „Na, *dich* wollen wir ganz sicher nicht mit Bartstoppeln im Gesicht."

„Sie hat einen Damenbart, Damenbart, Damenbart!"

„Es reicht, Liam." Noelle umarmte ihn und erhob sich dann. „Danke, Morgan, dass du mir die Kinder für den Abend und die Nacht abgenommen hast."

Er nickte. „Gern geschehen."

„Ach, übrigens", sie legte den Kopf schief. „Warum hast du mir nicht erzählt, dass dein Haus einen Keller hat, in dem es spukt?"

„Einen Keller, wo es spukt!", brüllte Liam. „Kann ich den sehen?"

Morgan sah Noelle an. „Was hast du denn da gemacht?"

„Ich habe Quinn zu Thanksgiving eingeladen. Ein zweifelhafter Gefallen, wie sich herausstellte, weil sie das Essen kochen wird."

„Das ist nicht dein Ernst."

„Warum nicht?"

Er schüttelte den Kopf. „Es sind noch … Wochen bis dahin."

„Die Leute planen so was doch. Ich wollte sie einladen, bevor es jemand anders tut." Oder zumindest sollte es so aussehen. Sie in letzter Minute zu fragen, würde nahelegen, dass sie sonst keine Einladung hatte – und scheinbar war das ja auch der Fall, sonst hätte sie nicht gleich zugesagt. „Sie wird den Truthahn frittieren. Das dürfte … interessant werden."

Er verzog den Mund. „Vorsichtig ausgedrückt."

„Du hast doch kein Problem damit, oder?"

„Mit dem frittierten Truthahn?"

„Damit, dass Quinn kommt.“

„Es ist dein Haus. Du kannst einladen, wen du willst.“

„Morgan.“

Er nahm Livie auf den Arm. „Denise hat eine Beratung für mich organisiert. Kannst du Livie nehmen, wenn ich den Unternehmensguru spiele?“

„Natürlich.“ Sie strahlte. „Ich finde es wunderbar, dass du wieder arbeiten gehst, Morgan.“

Er zuckte mit den Schultern. „Es wird allmählich Zeit.“

„Wo wir von Zeit sprechen: Ich nehme Liam und lege mich ein bisschen hin.“

„Nein!“ Liam stampfte mit dem Fuß auf und sah dabei aus wie einer der Hengste, die sein Vater züchtete. „Vierjährige brauchen keinen Mittagsschlaf.“

„Vierjährige mit hohem Oktanspiegel schon.“ Sonst würde er vor dem Abendessen am Ende sein und nicht ins Bett gehen wollen.

„Was ist ein hoher Oktanspiegel?“

Morgan sagte: „Benzin, das man für Rennwagen benutzt.“

Liams Augen leuchteten auf. Er startete seinen Motor und raste in Richtung Haus.

„Danke“, sagte sie zu ihm. „Ihm ist noch nicht klar, dass ein Mittagsschlaf eines der besten Geschenke ist, die Gott uns macht.“ Selbst wenn er nur ein bisschen zur Ruhe kam, würde es helfen, obwohl Liam so viel Energie verbrannte, dass er fast immer irgendwann einschlief. „Soll ich Livie auch mitnehmen?“

Er überlegte kurz und sagte dann: „Ja, ich muss was erledigen.“

Als er in Veras Haus ankam, sah er, dass Quinn trotz der Kälte die Tür aufgelassen hatte, wahrscheinlich, um Schrott zu dem Müllcontainer im Hof zu tragen. Im Haus waren die Möbel verschwunden und er ging durch die leeren Räume und versuchte sich vorzustellen, wie Livie und er darin wohnten.

Die Wiege, die Rick gebaut hatte und die sich in ein Kinderbett verwandeln ließ, würde er behalten, aber alles andere musste er neu bestellen. Consuela konnte die Küche einrichten – vorausgesetzt, er brachte sie dazu, in einen Flieger zu steigen. Vielleicht musste er sie auch persönlich abholen. Vielleicht mit Gewalt. Als er in die Küche ging, sah er eine weitere offen stehende Tür. Wie es aussah, nahm Quinn wieder den Keller in Angriff. Mutiges kleines Ding.

„Quinn?“, rief er von oben. Er hörte ein schlurfendes Geräusch, dann erschien sie am Fuß der Treppe. Obwohl sie versucht hatte, ihre Haare zurückzubinden, hatte das keine große Wirkung. Wenn man sie in ein Glöckchen-Kostüm steckte, würde sie eine naseweise dunkelhaarige Elfe abgeben. Er musste nach Worten suchen – etwas, das kaum jemals geschah.

„Kein Pirat mehr?“

Entweder sie hatte seine Gedanken in Sachen Verkleidung gelesen, oder sie hatte ihn in seinem Kostüm gesehen. „Sie haben mich gesehen?“

„Aye, Kumpel. Ganz zufällig.“

Sein Mund zuckte, als er ihren Akzent hörte. „Nicht schlecht.“

Er ging die Treppe runter. Etwas von dem modrigen Geruch war verflogen und er konnte ihr Shampoo oder Duschgel riechen, das nach Orange und Vanille duftete. Er forschte in ihrem Gesicht nach Anzeichen dafür, ob sie ihm wegen ihrer letzten Begegnung noch böse war. Scheinbar nicht. „Ich habe einen privaten Kurier engagiert, der RaeAnne das Medaillon persönlich übergibt.“

„Oh. Daran hatte ich gar nicht gedacht.“

„Wenn er den Flug überlebt, hält sie es heute noch in Händen.“

Sie warf ihm einen halb belustigten, halb verärgerten Blick zu.

„Und ich entschuldige mich für neulich. Ich war etwas schroff.“

„Nun, ich habe Sie ja auch gestört. Und ich bin in Ihre Privatsphäre eingedrungen.“

Er schüttelte den Kopf. „Ich habe keine Privatsphäre. Ich tue nur so, als könnte ich mich verstecken, aber das stimmt nicht.“

Etwas, das wie Angst aussah, huschte über ihr Gesicht, aber sie überspielte es. „Riesige Unternehmen zu retten und Bestseller zu schreiben, hilft wahrscheinlich nicht dabei, oder?“

Er zog eine Grimasse und wechselte dann das Thema. „Sie haben hier unten Fortschritte gemacht.“

„Ein Container ist schon voll. Zwangsjacken, Spritzen, jede Menge Gummischläuche.“

„Ich hoffe, es war nicht immer so."

„Die Braven saßen wahrscheinlich in der Sonne und durften vor sich hin sabbern."

Wieder überraschte sie ihn. Er hatte nicht viele Frauen kennengelernt, die so zynisch waren wie er selbst.

Sie stemmte die Hände in die Hüften. „Was wollten Sie eigentlich?"

„Über Thanksgiving sprechen."

„Darüber sprechen?"

„Ich muss Sie warnen. Meine Familie könnte auf die Idee kommen, uns zu verkuppeln." Er sah so etwas wie Enttäuschung in ihrer Miene. Nicht die Reaktion, die er erwartet hatte.

„Gefahr erkannt – Gefahr gebannt." Mit lautem Scheppern hob sie eine Kiste hoch. „Darf ich mal? Noch mehr Bettpfannen."

Er machte einen Schritt zur Seite und starrte ihr nach, als sie die Treppe hochging. Kraft hatte sie und hatte dennoch eine zierliche Figur. Und wenn er sich nicht irrte, hatte sie ihn gerade beleidigt.

Neugierig sah er sich in dem spärlich beleuchteten Keller um und erblickte an den Wänden Spinnweben, die in unsichtbaren Luftzügen hin und her wehten. Als Quinn zurückkam, schob sie sich wortlos an ihm vorbei.

„Noch etwas", sagte er. „Noelle hat Probleme in der Küche."

„Ich weiß. Sie ist schwanger."

„Das auch."

„Wie soll ich das verstehen?" Sie blickte auf.

„Ehrlich gesagt ist sie eine grauenhafte Köchin. Ich liebe sie, aber das ist die reine Wahrheit. Je weniger sie mit dem Essen zu tun hat, desto besser."

Quinn zog die Augenbrauen hoch.

„Ich warne Sie nur. Rick ist nicht schlecht und ich werde tun, was ich kann. Aber wir *schonen* Noelle."

„In Ordnung." Es schien ihr tatsächlich nichts auszumachen, trotz seiner Warnung.

„Kann ich Ihnen hier helfen?"

Einen Augenblick lang stand sie da und tippte sich mit dem Daumen ans Kinn. „Wir könnten die Betten entsorgen, die den Weg zur Treppe versperren."

„Möbelschleppen ist schließlich unser Ding."

Sie warf ihm einen Blick zu, aber nein, er hatte es nicht als Anspielung gemeint.

Er räusperte sich. „Die sind aber bestimmt schwer."

„Deshalb sind Sie ja auch eine Hilfe."

Ansonsten weniger. Eine erfrischende Abwechslung, obwohl er ihr zugutehalten musste, dass sie ihn beim letzten Mal um einen Gefallen für RaeAnne gebeten hatte. Bereitwillig knöpfte er sich die Manschetten seiner Hemdsärmel auf und krempelte sie hoch. Sie nahmen sich das erste Bett vor und zerrten es mit viel Mühe von dem hohen Stapel herunter. Vorsichtig verlagerte sie das Gewicht, griff einmal um und machte einen Schritt auf die erste Treppenstufe zu. Dabei kam sie zunächst ins Schwanken, fing sich dann aber gleich wieder.

Das würde nicht funktionieren. Selbst wenn er den Löwenanteil des Gewichts trug, so wie bei dem Vitrinenschrank, war das Bett so schwer, dass sie sich dabei verheben würden. Niemals würden sie alle diese Betten hinauftragen können. „Haben Sie schon Pläne für die Dinger?"

„Nicht direkt."

„Dann stellen Sie es erst einmal ab." Er betrachtete die etwa zwei Dutzend Eisenbetten, einige mit Fesseln, bei anderen fehlten die Federn. Er konnte sich nicht vorstellen, dass jemand sie haben wollte, und es war auch nicht fair, ihr diese Arbeit zu überlassen. „Wenn wir die Betten zusammenrücken, kommen Sie an die anderen Sachen ran und können rausholen, was Sie gebrauchen können. Den Rest lassen Sie einfach stehen."

„Ich dachte, Sie wollten den Keller ausgeräumt haben."

Er zuckte mit den Schultern. „Ich stelle einfach die Truhe wieder vor die Tür, damit Livie nicht runterkann."

„Ich wünschte, Sie hätten das vor den Bettpfannen gesagt." Dabei rümpfte sie die Nase.

Er zog die Augenbrauen hoch. „Gibt es denn dafür keine Sammler?"

„Igitt. Aber ein Versuch wäre es wert."

Sie drehte sich zu einem riesigen alten Heizkessel um. „Da sich das Ding auch nicht bewegen lässt, können wir die Betten davorstellen."

Er nickte. „Bringen Sie die Lampe mit."

Als sie die Lichtquelle bewegte, schwenkten die Strahlen hin und her und beleuchteten schließlich etwas in der hinteren Ecke – eine andere Art Bett oder Sitz, einen alten Generator und elektrische Kabel. Hinter ihm gab Quinn einen erstickten Laut von sich, als sie erkannte, worum es sich dabei handelte.

Er nahm sie am Arm und sagte: „In manchen Kulturen hat man Löcher in Schädel gebohrt, um die bösen Geister zu vertreiben. Das kommt uns heute barbarisch vor, aber sie handelten damals nach neuesten Erkenntnissen, um geistige Leiden zu lindern. Elektroschocks waren einfach ein Teil der medizinischen Forschung."

„Es ist so … *Einer flog über das Kuckucksnest.*"

„So wurde es zumindest dargestellt. Und vielleicht war es auch so. Aber das Ziel war nicht Folter. Das hier ist nicht Auschwitz."

„Aber ich kann ihn fühlen, den Schrecken." Sie warf einen Blick hinter sich, als hätte etwas Ekliges sie berührt.

„Vergessen Sie das hier." Er drehte sie um. „Kommen Sie, wir schließen den Keller ab –"

„Nein." Jetzt waren ihre Arme und Schultern wieder fest und entschlossen. „Das waren echte Menschen."

„Aber sie leben nicht mehr."

„Aber wo spielte sich das alles ab? Und was ist hier passiert?" Ihre Worte klangen drängend. Die hellen Flecken in ihren Augen schienen zu brennen. „Warum fühlt es sich so schlimm an?"

Er musterte ihr Gesicht und sah echte Erschütterung darin. Für ihn war es ein Haufen altes Zeug, aber offensichtlich löste es bei ihr etwas aus. „Ich weiß nicht. Aber ich kenne jemanden, der es wissen könnte. Einen Historiker." An Dr. Jenkins hatte er schon seit einer Ewigkeit nicht mehr gedacht. „Ich kann ihn fragen, wenn Sie wollen."

„Ja." Nach einer Weile nickte sie. „Ich möchte es gerne wissen."

Ihr Duft nahm ihn wieder gefangen und ihr Arm fühlte sich in seiner Hand so warm an. Sie war so – es traf ihn wie ein Schlag.

„Morgan?"

Er kehrte ihr den Rücken zu und presste eine Faust auf seinen Brustkorb, wo der Schmerz sich anfühlte wie ein Herzinfarkt, den kein Defibrillator wieder normalisieren konnte. Aber es war kein Herzinfarkt, das wusste er.

„Was ist denn?"

Schweißperlen standen auf seiner Stirn und liefen ihm über die Schläfen. Jeder Atemzug tat ihm weh. Mit geballten Fäusten und größter Willenskraft versuchte er, dagegen anzukämpfen.

„Morgan?" Die Angst ließ ihre Stimme höher klingen.

Seit über einem Jahr hatte er keinen Anfall mehr gehabt. Warum jetzt? Ausgerechnet vor Quinn?

Sie versuchte, über die Berge aus Möbeln und Geräten hinwegzuklettern, um ihn zu sehen, aber es gelang ihr nicht.

Seine Kehle fühlte sich staubig an. „Eine Minute, in Ordnung?"

„Sind Sie sicher? Ich würde bei all den anderen Dingen hier äußerst ungern eine Leiche liegen haben."

Plötzlich musste er lachen und das lockerte die Anspannung in seiner Kehle etwas. Jetzt musste nur noch sein Herz aufhören zu hämmern und der Schwindel und der Schweißausbruch mussten nachlassen. „Ich verspreche nicht zu sterben." Dabei drehte er sich ein wenig zu ihr um, damit sie sehen konnte, dass er es ernst meinte.

Sie zog eine Grimasse. „Das war leichtsinnig. Was ist, wenn Sie wirklich sterben? Tun sie das?"

Er schluckte. „Nein."

Aber sie blieb neben ihm, als würde er trotz seines Versprechens jeden Augenblick umfallen. Er deutete mit dem Kinn auf einen beigefarbenen Aktenschrank aus Metall. „Haben Sie schon in den Schubladen dort nachgesehen? Vielleicht sind die Antworten ja da drin."

„Was?" Sie wandte sich um. „Nein, aber –"

„Dann sehen Sie nach."

Sie runzelte die Stirn und ging dann. Nachdem sie sich zwischen zwei Metallschreibtischen hindurchgezwängt hatte, gelangte sie zu dem Aktenschrank und zog der Reihe nach die Schubladen heraus. An dem hohlen Geräusch konnte er erkennen, dass sie leer waren. „Nichts außer Staub", sagte sie, bis sie zu der untersten Schublade kam. „In dieser hier sind Reste von Klebeband." Sie tastete das Innere der Lade ab. „Etwas ist hier festgeklebt. Ich glaube, es ist ein Schlüssel."

„Für den Medizinschrank?"

„Es ist kein Bartschlüssel." Sie zog ihn ab und hielt ihn hoch.

Er atmete jetzt freier und stützte sich mit einem Arm auf ein Bettgestell. „Könnte er zu den Schreibtischen gehören?" Sie hatten Schubladen, die abschließbar waren.

Sie versuchte es bei dem ersten Schreibtisch und dann bei dem zweiten. Letzterer öffnete sich. Er sah, wie sie erstarrte. Dann holte sie in dem dämmrigen Licht der Laterne eine Kladde heraus. Ihre Blicke begegneten sich und wieder lag angesichts dieser Entdeckung eine Atmosphäre der Verbundenheit in der Luft. Der Druck auf seinen Brustkorb ließ nach.

„Da könnten Ihre Antworten drinstehen." Seine Stimme hatte er nun fast wieder ganz unter Kontrolle.

Sie hielt das Buch näher ans Licht. „Es hat nichts mit der Anstalt zu tun."

„Und woher wissen Sie das?"

„Der Name auf dem Einband lautet Veronica Greenwald. So wie auf der Post oben."

Er nickte langsam. „Dann war die alte Dame also doch hier unten."

Quinn warf Morgan einen misstrauischen und zugleich besorgten Blick zu. Sie war sich im Klaren darüber, dass er sie hatte ablenken wollen. Insgesamt schien er sich von dem, was gerade gewesen war, erholt zu haben und offenbar wollte er nicht darüber reden. Vielleicht hatte er Stimmungsschwankungen, die solche Symptome auslösten. Wenn diese Anfälle schlimm waren, konnte ihn das zu einem Einsiedler machen, obwohl sie allmählich den Verdacht hatte, dass es sich dabei lediglich um eine Masche des Verlages handelte.

Er deutete mit dem Kinn auf das Journal. „Was wollen Sie damit machen?"

„Ich werde RaeAnne anrufen müssen. Es gibt auch noch ein paar andere Dinge, die sie entscheiden muss."

„Sie könnten sie überraschen."

„Es ihr schicken?"

„Hinbringen."

„Persönlich?"

„Es wird mich weniger kosten, als noch einen Kurier anzuheuern."

Als ob sie ihn um so etwas bitten würde. „Sie müssen sich doch nicht darum kümmern."

Er warf ihr einen Blick zu.

„Beim letzten Mal hatte ich keine Ahnung, dass Sie zu so extremen Maßnahmen greifen würden. Ich wusste gar nicht, dass es solche extremen Maßnahmen gibt."

Er stützte die Hände in die Hüften. „Hören Sie, Quinn. Es ist doch kein Geheimnis. Ich kann es mir leisten, Sie zu RaeAnne zu fliegen."

„Aber warum sollten Sie das tun?" Für sie ergab es gar keinen Sinn, dass er ihre erste Bitte als Affront aufgefasst hatte und ihr jetzt unbedingt helfen wollte.

Scheinbar hatte er gemerkt, wie verwirrt sie war: „Beim letzten Mal hatte ich andere Dinge um die Ohren. Da habe ich meinen Frust an Ihnen ausgelassen und es tut mir leid. Ich würde mich freuen, wenn ich Ihnen helfen könnte."

Sie wich seinem prüfenden Blick aus. „Es gibt vielleicht noch mehr Dinge, die Vera hier unten versteckt hat. Es hat keinen Sinn, irgendetwas zu unternehmen, bevor ich hier fertig bin." Dann drehte sie sich um. „Wann ziehen Sie ein?"

„Nicht so schnell, wie ich ursprünglich dachte. Ich werde erst einmal für ein oder zwei Wochen verreisen." Er sah sich im Keller um. „Lassen Sie sich Zeit und stressen Sie sich wegen der Sachen hier nicht. In Ordnung? Was mich betrifft, sind Sie fertig."

Schön wäre es. „In Ordnung."

Er sah auf seine Uhr – eine Rolex? Cartier? Kronjuwelen? – und sagte: „Ich muss los. Lassen Sie mich wissen, wie Sie sich entschieden haben, und ... seien Sie hier unten vorsichtig. Ich will auch keine Leiche im Keller haben." Etwas huschte über seine Augen, das den Humor verdarb.

Sie stupste ihn an. „Können Sie jetzt endlich gehen?" Sie zog den zerknüllten Mundschutz aus der Hosentasche, machte sich aber nicht wieder an die Arbeit. Der Keller fühlte sich unheimlich an, und auch wenn er nur ihre eigenen Worte wiederholt hatte, waren sie zu dicht an den Ängsten, die sie seit Hannahs Anruf quälten.

Sie nahm das Tagebuch mit in die Küche hoch und betrachtete den roten Ledereinband und das Namensschild darauf. War Vera nicht klar gewesen, dass jemand es hätte wegwerfen können, ohne zu wissen, dass es dort war? Oder hatte sie das vielleicht sogar gewollt? Jedenfalls war es nicht so merkwürdig, wie das Medaillon in einem Mauseloch zu verstecken. Auf der anderen Seite würde kein Dieb dort nachsehen. Vielleicht wusste Vera genau, wo ihre Schätze waren, war aber gestorben, bevor sie es RaeAnne hatte erzählen können. Daraus konnte man etwas lernen.

Und jetzt? Morgans Angebot bereitete ihr in mehr als einer Hinsicht Sorgen. Er schien für alles bezahlen zu wollen, was er für sie tat, dafür, dass er ihr Möbel abnahm oder sie zu RaeAnne flog. Seine gemischten Signale waren da schon schwerer zu verkraften. Und als er vorhin im Keller diesen Anfall gehabt hatte – oder was immer das gewesen war –, hätte sie ihn am liebsten in den Arm genommen und das, was ihm so zusetzte, verscheucht.

Aber etwas anderes beunruhigte sie noch mehr. Es war die Tatsache, dass ihr Name nun auf einem Flugticket, einem offiziellen Dokument erscheinen würde. Der Gedanke an die Konsequenzen arbeitete sich wie ein Splitter im Nagelbett unaufhörlich weiter. Litt sie schon unter Verfolgungswahn oder war sie einfach nur vorsichtig? Wenn Markham sie suchte, war sie in ihrem eigenen Bett vielleicht auch nicht sicherer als in einem Flugzeug, nur dass sie ihren Wohnort nicht öffentlich bekannt machte.

Sie ballte die Fäuste, wütend, weil der Mann immer noch ihr Leben und ihre Entscheidungen bestimmte. Wenn Morgan sein Angebot wiederholte, würde sie es annehmen. Markham war zwar wieder draußen. Und er war wütend. Aber er war nicht allmächtig.

Kapitel 7

Morgan fuhr nach Hause und wusch sich Schweiß, Staub und Unbehagen unter der Dusche ab. Was dort im Keller geschehen war, unterstrich wieder einmal mehr, wie dumm es war, sich eine Blöße zu geben. Den Dingen aus dem Weg zu gehen, hatte sich als die beste Verteidigung erwiesen – seit er trocken war. Und Trinken war keine Option für ihn. Wegen Kelseys Abmachung mit Gott.

Lange bevor Bourbon oder Wodka oder Gin seinen Blutkreislauf erreichten, musste er sich schon übergeben, eine Reaktion, gegen die er inzwischen nicht mehr ankämpfte. Die Ärzte erklärten es damit, dass der Entzug und die Medikamente zur Stärkung seines Immunsystems vor der Knochenmarktransplantation eine Alkoholunverträglichkeit ausgelöst hatten, wie eine allergische Reaktion. Aber Kelsey hatte dafür gebetet, dass er krank wird, wenn er trinkt, und das schien ihm wesentlich glaubhafter. Die Worte seines sterbenden Kindes in Gottes Ohr.

Als er frisch geduscht und umgezogen aus dem Bad kam, beobachtete er Livie, wie sie auf dem Boden kniete und mit einem roten Buntstift Linien und Kreise auf ein Blatt Papier malte. Dabei erklärte sie ihm, was das Ganze darstellen sollte. Wenn Kelseys Tod ihn nicht wieder mit Jill zusammengebracht hätte, gäbe es Livie nicht. Er hätte nicht diesen Kummer, aber er hätte auch nicht diese Freude. Warum nur gab es kein Licht ohne Schatten?

„Komm, Süße. Essen wir zu Abend."

Er gab ihr ein Müsli und Weintrauben und setzte sich zu ihr, während sie aß. Dann brachte er sie ins Haupthaus hinüber und kuschelte sich mit ihr in den dick gepolsterten Lehnstuhl. Wenige Sekunden später fand Liam die Seite, die nicht besetzt war, und quetschte sich auch noch auf den Sitz. Morgan holte tief Luft und ließ seine Seele baumeln.

Wenn jemand ihm früher erzählt hätte, dass er seine Samstagabende zusammen mit Rick und Noelle beim Singen und Beten verbringen würde, hätte er gespottet. Aber er wusste, was geschah, wenn er spottete. Mit Rick an der Gitarre und Noelle am Klavier saß er im Kreis ihrer Freunde, zwei schläfrige Kinder an sich gekuschelt.

„… *Er wird dich auf Adlers Fittichen erheben und dich auf der Morgenröte tragen …*“

Die Stimmen verschmolzen miteinander und stiegen zum Himmel auf, die Hände vertrauensvoll erhoben. Er drehte den Kopf und drückte einen Kuss auf Livies Kopf, während ihn Dankbarkeit durchströmte. Für dieses Kind würde er Lob und Dank und Gebet an Gott richten. Er atmete ihren Duft ein wie Weihrauch, der auf dem Altar seines Herzens verbrannt wurde.

Als er die Augen wieder aufmachte, hatte Rick den Gitarrengurt über den Kopf gezogen und das Instrument in seinen Koffer gelegt. Das Feuer war zur Glut erloschen und die Kinder schliefen tief und fest. Die Freude und die Gelassenheit der Gäste waren echt, aber er konnte sie selbst nicht ganz nachempfinden. Er war zwar schon lange kein risikofreudiger Tunichtgut mehr, aber Freiheit und der Mut zum Risiko bedeuteten auch, dass man nichts mehr zu verlieren hatte.

Rick hob Liam hoch und brachte seinen schlafenden Sohn ins Bett. Noelle sah so gut aus wie seit Tagen nicht mehr – Lobpreis hatte immer diese Wirkung auf sie. Merkwürdig, wenn man bedachte, dass sie früher auf alles Religiöse äußerst allergisch reagiert hatte und dagegen sein zynischer Glaube regelrecht fromm ausgesehen hatte. Sie flüsterte ein „Gute Nacht“ und fuhr sacht mit der Hand über Livies feuchtes Haar.

Während er sich fragte, wie er sie dazu bringen konnte, in ein Flugzeug zu steigen und meilenweit zu fliegen, packte er seine schlafende Tochter für den Gang zu ihrem Holzhaus warm ein. Dort legte er Livie in ihre Wiege, stand noch einen Augenblick bei ihr und sah zu, wie ihre Brust sich mit jedem Atemzug hob und senkte, dann ging er in sein eigenes Zimmer und schaltete das Babyphon ein, damit er sie die ganze Nacht über atmen hören konnte.

Da Morgan verreisen würde, gestattete Quinn sich eine Pause, was die Entrümpelung des Kellers betraf. Sie konzentrierte sich darauf, Sammlerstücke, dekorative Objekte, kleinere Einrichtungsgegenstände und Vintage-Kleidung ins Internet zu stellen. Aus Veras Fundus hatte sie so viel gesammelt wie schon lange nicht mehr. Trotz all dem Plunder, durch den sie sich hatte wühlen müssen, war Veras Besitz tatsächlich eine Goldgrube.

Die ganze Zeit und Mühe, die sie investiert hatte, lohnte sich und eigentlich hätte sie bester Laune sein müssen. Aber als sie sich in ihrem Lager umsah, wurde ihr bewusst, dass die Ware, die sie gesammelt hatte, einen beachtlichen Wert hatte. Wenn ihr tatsächlich etwas zustieß, wäre der finanzielle Verlust enorm, zumindest gemessen am Aufwand, den sie betrieben hatte. Sie runzelte die Stirn und erinnerte sich wieder einmal daran, wie gering die Wahrscheinlichkeit war, dass er sie ausfindig machte.

Abgesehen von den Steuerunterlagen, die aber bei der Behörde sicher waren, und ihrem PayPal-Konto hinterließ sie sonst nirgendwo Spuren und lebte sozusagen von der Hand in den Mund. Behörden hatten wohl Mittel und Wege, an diese Unterlagen zu kommen, aber Privatpersonen dürften eigentlich keinen Zugang zu diesen Daten haben. Wenn sie den Kontakt zu Menschen, die ohnehin kaum etwas über sie wussten, so weit wie möglich einschränkte, war sie so unsichtbar, wie ein Mensch aus Fleisch und Blut es überhaupt sein konnte.

Trotzdem konnte es nicht schaden, über die Anschaffung eines Hundes nachzudenken. Sie beschloss, Feierabend zu machen, und fuhr zum nächstgelegenen Tierheim, eigentlich mehr eine Notunterkunft, die privat betrieben wurde. Die Tiere ließen alle die Köpfe hängen, liefen mit eingezogenen Schwänzen in den Zwingern umher und knurrten verängstigt, ein Zeichen dafür, dass sie alle ein trauriges Schicksal hinter sich hatten. Auch wenn die Zwinger sauber und geräumig waren, konnte sie den Geruch von Fell, Fäkalien und Furcht riechen, als sie von einem Hund zum nächsten ging und darauf wartete, dass ein Funke übersprang.

Während kleine, zarte Schneeflocken um sie herum fielen, hockte sie sich an einen Auslauf und der braune, struppige Hund hinter dem Zaun zog eine Lefze zurück. Es war eher ein Zucken als ein

Knurren. Reflex, keine Absicht, aber mit derselben Wirkung. Sie stand auf und ging weiter.

Vielleicht spürten sie ihre Unentschiedenheit, denn keines der Tiere näherte sich ihr, als sie vor den Käfigen in die Hocke ging. Es wäre vielleicht anders gewesen, wenn sie frei im Hof hätten herumlaufen können, aber weil sie unberechenbar waren, trennte man sie voneinander und von möglichen neuen Gefährten. Sie würde noch mehrere Male herkommen müssen, bevor sie wirklich einen echten Kontakt zu den Tieren bekam. Ihr Herz wurde schwer, wenn sie sie betrachtete, aber zugleich fragte sie sich, wie geeignet ihre eigene Situation für die Genesung der Tiere war.

Was, wenn Gefahr drohte und sie fliehen mussten, immer unterwegs sein, von einem Ort zum nächsten hasten? Wie würde das Tier mit einer solchen Ungewissheit fertig werden? Und sie fragte sich unwillkürlich, inwiefern sie sich auf einen Hund verlassen konnte, der selbst von seinen Rettern als unberechenbar bezeichnet wurde. Ohne dass auch nur ein Tier nahe genug gekommen war, damit sie es kraulen konnte, musste sie zugeben, dass eine Adoption ein Fehler wäre.

„Es tut mir leid", erklärte sie dem untersetzten Mann mit dem breiten, gutmütigen Gesicht und einer Gehhilfe an einem Bein, der sie in den Zwingerbereich gelassen hatte. „Wir müssten einander vertrauen und …"

„Das kommt mit der Zeit, normalerweise."

Sie nickte und glaubte ihm. „Aber ich habe keine Zeit. Und es wäre nicht fair, mehr zu erwarten, als sie geben können."

Er betrachtete sie ernst. „Sind Sie in Schwierigkeiten?"

Sie erwiderte seine Fürsorglichkeit mit einem Lächeln. „Ich hoffe nicht." Dann blickte sie zu den Zwingern hinüber. „Aber ich glaube, diese Tiere haben genug eigene Probleme, als dass sie noch welche von mir bräuchten."

Er sagte: „Wenn Ihr Leben sich beruhigt hat, denken Sie an uns."

„Das werde ich. Vielen Dank."

Es würde nicht so einfach sein, wie sie gedacht hatte. Da sie noch nie ein Haustier gehabt hatte, machte sie sich vielleicht völlig falsche Vorstellungen. Vielleicht war diese magische Verbindung, die sie sich eingebildet hatte, genau das – eine Einbildung.

Enttäuscht, aber sicher, dass ihre Entscheidung richtig war, fuhr sie ohne Begleitung wieder nach Hause. Da sie nicht von Natur aus eine Einzelgängerin war, fand sie, dass sie das Alleinsein in den letzten vier Jahren mit ziemlich viel Gelassenheit und Gnade gemeistert hatte. Die Gnade, das wusste sie, war nicht ihr Verdienst, aber ihr Umgang damit schon.

Denise, seine Assistentin, traf sich mit ihm in dem Tagungshotel in L.A., in dem sie sich alle für eine Bestandsaufnahme versammeln, seine Rückkehr verkünden und die nächsten Schritte einleiten würden. Er musste mit den Teammitgliedern sprechen, die einige Projekte während seiner Abwesenheit betreut hatten. Auch den Führungskräften, die mit der Betreuung der Topklienten beauftragt waren, die er sonst immer persönlich betreut hatte, musste er Zeit widmen. Er musste sich ein Bild machen, ob sie nach wie vor die nötige Zeit, Zielstrebigkeit und Energie aufbrachten, um in einer Wirtschaft, die so nachtragend war wie ein Hai in blutigem Wasser, sinkende Schiffe wieder aufzurichten.

Keiner von ihnen war während seiner Auszeit auf demselben Niveau stehen geblieben. Einige hatten inzwischen bestimmt Positionen inne, die sie gerne behalten wollten, Stellen, bei denen sie Unterschlupf fanden und darauf warten konnten, dass die Welt sich änderte. Er würde es ihnen nicht übel nehmen. Er hatte sich ja selbst auch einen sicheren Ort gesucht.

Mit ihrem knielangen engen Rock und der figurbetonten Kostümjacke gesellte sich Denise in dem Besprechungsraum zu ihm, die blonden Haare zu einem festen Knoten gedreht. Hier sollte die Übergabe für die Woche stattfinden. Er warf ihr einen Blick zu. „Das sind Vorabgespräche, Denise. Unter vier Augen, damit ich meinem Team den Puls fühlen kann. Dafür brauchen wir nicht ganz so förmlich zu sein."

„Der Puls, den sie fühlen müssen, ist deiner, Morgan. Die Geschäftswelt ist sich nicht einmal sicher, ob du noch am Leben bist."

Er selbst war es ja auch nicht. Wie sein Motor, so war auch seine Gangschaltung eingerostet.

Sie legte einen Finger ans Kinn. „Mit Belcorp habe ich noch nicht gesprochen, weil wir bislang nicht wissen, ob deine eigenen Leute mit an Bord sind."

Wie bei einem Quarterback, der wegen einer Verletzung eine Saison ausgesetzt hatte, würden sie wissen wollen, ob er die Nerven verloren hatte. Konnte er die schwierigen Entscheidungen treffen, die zum Sieg führten?

Er klopfte mit dem Stift auf den Knöchel seines Daumens. „Dafür ist diese Woche da. Ich gehe davon aus, dass du Alternativen und Absprachen für eine zweite Woche hast, wenn es darum geht, jemanden zu ersetzen?"

Sie nickte. „Ob du es glaubst oder nicht, es gibt Leute hinter den Kulissen, die für einen Platz in deinem Team sogar vor Mord nicht zurückschrecken würden."

„Ich hoffe, es wird kein Blutvergießen geben."

Sie errötete.

Er legte den Kopf schief. „Mach das nicht."

„Was?"

„Alles vermeiden, was mit dem Tod zu tun hat. Es ist, wie es ist."

Sie streckte sich ein wenig. „Okay. Aber andere werden es möglicherweise tun."

Er nickte. „Nicht dein Problem."

Sie warf einen Blick auf ihr Tablet. „Ich habe dir den Plan für die Gespräche geschickt und alle wichtigen Informationen, die ich zu jedem Mitarbeiter finden konnte. Sag Bescheid, wenn du noch etwas brauchst."

„Du machst deine Arbeit erstaunlich gut."

„Es ist nett, eine zu haben – bei der ich etwas Nützliches tun kann."

Ein Teil von ihm erwachte zum Leben, ein Teil, den er früher als lebenswichtig empfunden hatte. Noch besser würde es sich anfühlen, wenn er Livie nicht hätte zurücklassen müssen. Diese Tatsache riss ihm ein Loch ins Herz. Er konnte mit ihr sprechen, wann immer er wollte, und sie morgens, mittags und abends per Skype sehen. Früher hatte er einmal gewusst, was angemessen war, und ja, ihm war bewusst, dass dies nicht angemessen war.

„Morgan?"

Er blickte auf.

Denise wiederholte, was sie gesagt hatte. „Glen Conyer?"

„Schick ihn rein." Dies war sein Leben gewesen, von dem er einen Großteil ohne Jill verbracht hatte, und die Zukunft würde er gänzlich ohne sie verbringen. Er verdrängte den Gedanken. „Glen." Er erhob sich.

„Morgan." Das Haar des Mannes war schütterer geworden. „Mann, ist es gut, dich zu sehen." Sie reichten sich die Hände. „Ziehen wir die Sache durch?"

Er neigte den Kopf ein wenig. „Das hängt zum Teil von dir ab."

Der hervorragende Buchhalter hatte eine kleine Regenbogenhaut, sodass das Weiße seiner Augen ringsum zu sehen war, als er mit ernster Miene sagte: „Sag, wann es losgeht. Ich bin dabei."

Seit sie in dem Keller Veras Journal gefunden und es mitgenommen hatte, war Quinn nicht wieder dort unten gewesen. Es war keine direkte Entscheidung, sondern vielmehr ein Widerwille, der sie jedes Mal überfiel, wenn sie daran dachte, in den Keller zu steigen. Stattdessen hatte sie das Haus geschrubbt und sogar mit Farbresten, die sie in der Garage gefunden hatte – die erstaunlich aufgeräumt war –, Wände und Fußleisten ausgebessert. Die Fenster waren blitzblank, die Holzfußböden glänzten. An dem alten, grau gefleckten Linoleum in der Küche, das Risse hatte und Blasen warf, konnte sie nicht viel ändern, aber es war sauber.

Es war ein gutes Gefühl zu wissen, dass Morgan und vor allem Livie in dem Haus einen Neuanfang machen konnten. Wenn der Keller zugesperrt war, würde es ein normales Haus sein, das Morgan bequem einrichten und bewohnen konnte. Die Küchengeräte waren ein bisschen armselig, aber das würde er schon hinkriegen. Jetzt trat sie wie jeden Tag, bevor sie ging, zu der Kiste mit den Schlüsseln auf Morgans Truhe, holte eine Handvoll heraus und näherte sich dem Medizinschrank.

Sie entschied sich für einen Schlüssel und probierte ihn aus – und dann hielt sie die Luft an, als er sich im Schloss drehte, obwohl das auch einige andere getan hatten. Aber diesmal spürte sie, wie das

Schloss aufsprang. Sie quiekte und führte einen kleinen Freudentanz auf, dann griff sie nach dem Knauf. Voller Vorfreude starrte sie durch die milchigen Scheiben des Schrankes, einen kleinen Schritt entfernt davon, ihre Neugier zu befriedigen – doch dann hielt sie in der Bewegung inne.

Morgan hatte gesagt, sie könne den Schrank öffnen. Er hatte selbst einige Schlüssel ausprobiert, damit sie die Flaschen sehen konnte. Aber so gespannt sie auch war, ohne ihn wollte sie sie nicht ansehen. Gemeinsam hatten sie den Keller entdeckt und gemeinsam den Schrank hinaufgetragen. Sie hatten das Medaillon und das Tagebuch gefunden, sich vor dem alten Plunder im Keller gegruselt und über den Inhalt dieser Vitrine diskutiert, bis sie sich nicht mehr vorstellen konnte, den Schrank zu öffnen, ohne sein Gesicht zu sehen. Nach allem, was sie zusammen erlebt hatten, machte es keinen Spaß, den nächsten Schritt ohne ihn zu tun.

Aber dann stöhnte sie auf. Er war verreist. Wann er zurückkommen würde, das wusste sie nicht. An sie oder den Schrank und seinen Inhalt dachte er mit Sicherheit nicht. Vielleicht war es ihm sogar egal, wenn er zurückkam. Er hätte die Vitrine in Ruhe gelassen. Sie wollte schon die Tür aufziehen, doch dann hielt sie erneut inne.

Sie sollte den Bann brechen, den er an dem Abend, als er ihr den Scheck hingehalten hatte, über sie verhängt hatte. Und das erinnerte sie natürlich daran, dass ihm der Schrank gehörte. Mit einem Seufzer zog sie den Schlüssel ab und entfernte sich von der Vitrine und den verheißungsvollen alten Flaschen. Hier ging es um Geschichte. Um Antworten. Und sie konnte ruhig aufhören, sich Argumente zu überlegen. Wie auch immer es geschehen war, er war in diese Sache verstrickt. Also würde sie auf ihn warten.

Als er zu Hause ankam und den großen Raum betrat, wurde er von Livie mit unkontrollierbarem Schluchzen begrüßt. „He." Umringt von Rick, Liam und Noelle kniete Morgan sich auf den Boden und umarmte sie so fest, dass sie beide kaum atmen konnten.

„Dich vermisst, Daddy."

„Ich habe dich auch vermisst, Liebling. Aber jetzt bin ich hier und du bist hier." Er nahm sie auf den Arm und wiegte sie hin und her. „Schhh." Zärtlich hielt er ihren kleinen Hinterkopf in seiner Hand und küsste immer wieder ihre Haare. „Ist ja gut."

Wenn er regelmäßig zur Arbeit gegangen und wieder nach Hause gekommen wäre, wäre es nicht ein so traumatisches Erlebnis für sie gewesen. Aber vor seiner Abreise waren sie beinahe jede Minute zusammen gewesen. Ihre sich hebende und senkende Brust an seiner gab ihm das Gefühl, zugleich hilflos und ganz für sie da zu sein. „Ich bin ja hier, Liebling. Ich bin ja hier." Zwei Wochen waren zu lang gewesen. „Livie, bitte. Bitte", sagte er mit heiserer Stimme.

Die Schluchzer verebbten und ihre Brust zitterte und ihr Kinn bebte. Er küsste ihre nassen, salzigen Wangen und ihre feuchten Wimpern berührten seine Haut. Er sah Noelle flehend an. „Sag mir, dass es nicht die ganze Zeit so war."

„Bis jetzt nicht. Ein paar dunkle Wolken, aber keine Sturmflut."

Er strich Livie über den Rücken. „So ist es gut."

„Gummibärchen", flüsterte sie ihm ins Ohr.

„Süße rosa Zuckerwatte", flüsterte er zurück und es zog ihm das Herz zusammen.

„Willst du was zu essen?", fragte Rick.

Er konnte riechen, was einer von den beiden gekocht hatte, und es duftete nicht schlecht, aber er sagte: „Ich glaube, Livie und ich haben eine Verabredung." In Juniper Falls gab es keinen Schnellimbiss und keine Hamburgerkette und im Park war es kalt und dunkel. Aber sie liebte die spiralförmig geschnittenen Pommes aus dem Wirtshaus *Zum Wildschwein*. Dort bekam man den ganzen Tag über etwas zu essen und es war zu früh für die Art Besucher, die zu den Live-Auftritten kamen – obwohl „live" bei manchen Bands in den Wintermonaten nicht so ganz zutraf.

Er zog sie warm an und nach der kurzen Fahrt betraten sie die Gaststätte mit ihrem warmen Duft nach Grill und Bier. Früher war er oft hier gewesen und hatte sogar mal eine Verabredung mit Noelle gehabt, als sie noch nicht mit Rick verheiratet gewesen war. Diese Gaststätte war ein lokales Kleinod, aber oft kam er nicht mehr her und die anderen Gäste gaben ihm durch ihre herzliche Begrüßung zu verstehen, dass man ihn vermisst hatte. Aber da er diesen Ausflug nur Livie zuliebe unternahm, deutete er mit dem Kopf auf eine kleine Nische, in der sie ungestört waren.

„Gerne“, sagte Scotty, der Barkeeper, und gab ihnen zu verstehen, dass er ihre Bestellung dort aufnehmen würde. Sein Gesicht war durch eine schlimme Akne sehr in Mitleidenschaft gezogen, aber sein freundliches Wesen und sein Geschick machten ihn zu einem guten Mann hinter der Bar und bei der Bedienung an den Tischen. Das spiegelte sich in der Höhe seiner Trinkgelder wider.

Als Morgan sich an den Tisch gesetzt hatte, ging die Tür auf und Quinn trat ein. Sie blinzelte im Dämmerlicht und brauchte eine Weile, bis sie sie erkannte, dann hellte sich ihre Miene auf. Er hatte das Gefühl, als hätte ihm jemand einen Schlag in die Magengrube versetzt. Als sie das letzte Mal zusammen gewesen waren, hatte er einen Herzinfarkt vorgetäuscht. Und jetzt schien es so, als würde er noch einen bekommen. Nicht gut.

Sie schob sich die Haare aus dem Gesicht, eine Bewegung, die wie ein konstanter Bändigungsversuch aussah, und sagte: „Sie sind zurück.“

„Gerade erst“, brachte er heraus.

Sie kitzelte Livie mit einem Finger und sagte dann: „Ich kann es kaum erwarten, Ihnen zu erzählen, dass ich den Schlüssel gefunden habe.“

Es dauerte eine Sekunde, dann antwortete er: „Zu dem Vitrinenschrank?“

Sie nickte und ihre Augen leuchteten.

„Und war der Inhalt so, wie Sie es sich erhofft hatten?“

Genüsslich verschränkte sie die Arme. „Ich habe ihn gar nicht aufgemacht.“

Verwirrt runzelte er die Stirn. Schließlich war sie vor diesem Schrank so aufgeregt wie ein Welpe auf und ab gehüpft.

„Ich wollte, aber irgendwie fand ich, dass Sie dabei sein sollten.“

Die Ernsthaftigkeit in ihrer Stimme überrumpelte ihn. „Oh.“

Ihr Lächeln verblasste. „Ich habe einen schlechten Augenblick erwischt.“

„Nein. Ja.“ Mister Redegewandtheit. Wenn seine Mitarbeiter ihn jetzt sehen könnten.

Sie machte eine wegwerfende Handbewegung. „Macht nichts.“

„Hören Sie, ich habe eine Verabredung mit meiner Tochter. Können wir uns in einer Stunde im Haus treffen?“

„Klar.“ Sie trat einen Schritt zurück und ging dann zur Bar. Als sie ihre Bestellung zum Mitnehmen aufgab, stand er immer noch da. Schließlich ging er mit Livie zu dem Tisch in der Nische.

Quinn nahm die Papiertüte mit ihrer Bestellung und ging raus, ohne sich noch einmal umzudrehen. Morgan nach zwei Wochen wiederzusehen, darüber hatte sie sich so gefreut, dass sie rot angelaufen war, und das hatte man ihr bestimmt angesehen. Aber er war ja mit seinem kleinen Mädchen hier. Bei dem Gedanken an eine Verabredung von Vater und Tochter hatte sie plötzlich einen Kloß im Hals, der sich nicht herunterschlucken ließ. Sie stieg in ihren Pick-up und wünschte, sie hätte die Einladung nicht ausgesprochen. Aber nüchtern betrachtet war sie in dem Haus fertig und er würde demnächst einziehen. Dies war vielleicht ihre letzte Chance, den Schrank zu öffnen.

Warum hatte sie es nicht einfach getan?

Während sie an der nächsten Kreuzung darauf wartete, bis sie weiterfahren konnte, knabberte sie ein paar von den hausgemachten Kartoffelchips. Dann fuhr sie weiter und parkte vor Veras Haus. Während sie dem fallenden Schnee zusah und dabei ihr Essen verspeiste, dachte sie daran, dass Morgan sich für seine kleine Tochter extra Zeit nahm, nur sie beide, als wäre niemand anderes auf der Welt ihm wichtig. Sie biss in das sonst so leckere Spießbratensandwich, das aber heute ihre Geschmacksnerven nicht kitzelte.

Mit ihrem Großvater hatte sie Zeit verbracht – fischen, reden, mit seinem Jagdhund durch die Wälder laufen – Zeit, die sie von den Schulaufgaben, der Hausarbeit und dem Bedienen hatte abzwacken müssen. Ihr Vater hatte keine Zeit zu verschwenden gehabt, aber Grandpa hatte sich bewusst Zeit genommen, und wenn sie ehrlich war, fand sie es auch besser so. Er verband nicht alles Schöne mit einer nützlichen Lektion, die man sich gefälligst einprägen sollte.

Sie stieg aus dem Wagen. Es war ein heller sonniger Tag gewesen, aber jetzt schoben sich dunkle Wolken über den Abendhimmel. Die

Luft war trocken und kalt, aber nicht eisig. Wenn sich die Wolken verdichteten, würde es schneien. Die Frage war nur, wie lange und wie viel. In den Höhenlagen der Berge konnte es sogar schon im August schneien, wenn das Wetter sich anstrengte. Im November musste es sich nicht anstrengen.

Sie schloss Veras – Morgans – Haus auf und ging einmal durch die Räume. Niemand würde glauben, dass man noch vor wenigen Wochen kaum die Wände hatte sehen können und der Fußboden beinahe komplett mit Gerümpel und altem Plunder bedeckt gewesen war. So mühsam die Entrümpelung auch gewesen war, sie hatte keinen Grund zu klagen.

Sie hatte das Geld von den Antiquitäten und in ihrem Lager waren mehr Sammlerstücke als je zuvor. Die abgelaufenen Auktionen waren gewinnbringend zu Ende gegangen. Einige Hummelfiguren und andere Porzellanfigürchen, Teller und Gläser hatte sie schon verschickt und sie war froh, dass Vera sie so aufbewahrt hatte, dass sie alle noch gut erhalten waren. Sie war eine gewissenhafte Sammlerin gewesen. Es war ein gutes Gefühl, diese Stücke an andere weiterzugeben, die sie schätzen würden. Angesichts der Wegwerfgesellschaft, in der die Menschen heute lebten, gefiel ihr der Gedanke, dass Dinge mit Sorgfalt von einer Hand zur anderen weitergereicht wurden.

Dabei fielen ihr Veras Tagebuch und Morgans Angebot wieder ein. Sie hatte gewartet, um zu sehen, ob sie noch etwas finden würde, aber selbst jetzt jagte der Gedanke, wieder in den Keller zu gehen, ihr einen Schauer über den Rücken. Für Morgan war die Sache erledigt und sie hatte nichts dagegen, einen Schlussstrich unter die Sache zu ziehen. Vielleicht würde er sie mit dem Tagebuch zu RaeAnne schicken, vielleicht würde sie sich aber auch selbst schicken.

Das Beste daran war, dass sie RaeAnne auf gewisse Weise die Erinnerung an ihren Vater gegeben hatte. Es war ein wunderbarer Tag gewesen, an dem sie RaeAnne und Noelle im Nebel begegnet war. Bei dem Gedanken daran musste sie unwillkürlich lächeln. Seit dem Augenblick, als RaeAnne „*Sie sieht umwerfend aus, oder?*“ gesagt hatte, war zwischen ihnen eine Verbindung entstanden. Auch Noelle schien nett zu sein, dachte sie, dann zuckte sie zusammen, als die Türklingel ein asthmatisches Krächzen von sich gab.

Sie hatte ihren Kopf frei bekommen, aber die Gelassenheit, die sie noch vor wenigen Minuten gespürt hatte, war verschwunden, als sie die Tür öffnete und Morgan mit seiner Tochter auf dem Arm davorstand. Schließlich war sie auch nur ein Mensch.

„Hallo, Livie. Wie war deine Verabredung?"

Livie kicherte. „Pommes gegessen."

„Pommes sind am besten. Sieht so aus, als wäre dein Daddy jemand zum Liebhaben."

„Daddy liebhaben." Dabei drückte Livie eine Hand auf seine Wange und sah ihm tief in die Augen.

Klar, mach du nur, dass ich hier völlig dahinschmelze. Als sich ihre Nervosität ein wenig gelegt hatte, sah sie Morgan an.

Mit leicht geöffnetem Mund starrte er auf die Zimmer hinter ihr. „Sie haben nicht nur sauber gemacht."

„Ein bisschen Farbe und ein paar kleinere Korrekturen. Jetzt ist alles so weit fertig."

„Quinn, das ist …" Er sah sie an. „Das ist viel mehr, als was Sie mit RaeAnne vereinbart haben."

„Nein, glauben Sie mir, es hat sich für mich gelohnt."

„Aber ich …"

„Sie haben mir geholfen, die Möbel zu verkaufen, von denen ich sonst gar nichts gehabt hätte. Und dieser kleine Schatz hat das Medaillon gefunden und mich vor der Papierhölle im Esszimmer bewahrt." Sie berührte Livies Wange und es versetzte ihr einen kleinen Stich. „Ich wollte nur, dass es nett ist."

„Nett." Er reckte das Kinn vor. „Stimmt. Schon nett." Er hatte eine besondere Art, zu untertreiben.

„So. Sind Sie bereit?"

Er stellte Livie auf den Boden, und während sie in dem großen leeren Raum herumlief, gingen sie in die Küche. Sie nahm den Schlüssel von der Truhe und hielt ihn Morgan hin.

Aber er blinzelte und schüttelte den Kopf. „Machen Sie ihn auf."

Es war richtig gewesen zu warten. Sie holte tief Luft, steckte den Schlüssel ins Schloss und drehte ihn um. Dann zog sie an dem Griff, aber die Tür gab nicht nach. Morgan nahm den anderen Knauf und diese Tür öffnete sich mit lautem Quietschen. Sie krallte die Finger in seinen Arm und beugte sich vor, um hineinzusehen.

Auf dem obersten Bord standen winzige Flaschen mit Glasspitzen. Sie nahm eine heraus und betrachtete das weiße Papieretikett mit der Aufschrift *Lysergsäurediethylamid (LSD-25), Sandoz Ltd. Basel, Schweiz.*

Die Flasche sah aus wie ein Parfümflakon, aber sie konnte nicht sehen, wie man sie öffnete. Morgan schloss die Finger darum und nahm sie ihr weg. Sie blickte auf. „Was ist?"

„Das ist LSD."

Sie sah ihn fragend an.

„Das sind Ampullen mit psychedelischen Drogen. Sie wollen doch nicht, dass sie zerbrechen. Das Zeug könnte durch Ihre Haut dringen und Sie auf eine Reise schicken, die Sie nicht geplant haben."

Mit offenem Mund drehte sie sich um und starrte auf den Schrank mit dem LSD und was auch immer noch darin stand. „Ich habe Ihnen illegale Drogen verkauft?"

Seine Mundwinkel zuckten, als er die Flasche zurückstellte, die Schranktür zumachte und wieder verschloss. „Das wussten wir schließlich nicht."

„Aber …" Sie war völlig verwirrt. „LSD in einem psychiatrischen Krankenhaus?"

„Was glauben Sie denn, wofür es entwickelt wurde?"

„Ich weiß nicht." Sie funkelte die Vitrine an. „Ich dachte, wir würden etwas anderes darin finden …" Kräuter? Kamillentee? „Etwas Interessantes und Historisches, nicht etwas Illegales."

„Ich habe Sie davor gewarnt. Manchmal ist das Geheimnis besser als die Wirklichkeit."

Sie lief ein paar Schritte auf und ab. „Was wollen Sie jetzt tun?"

Er sagte: „Ich denke nach."

Während er nachdachte, wurde ihr klar, was sie zu tun hatte. „Ich muss Ihnen Ihr Geld zurückgeben."

„Halt." Er sagte es so, als wäre sie verrückt, aber das war sie nicht.

„Sie haben mir eintausendfünfhundert Dollar für LSD bezahlt. Das ist ein Drogengeschäft."

Um seine Augen erschienen Lachfältchen. „Keine Angst, das Sondereinsatzkommando ist noch nicht unterwegs."

„Das ist gar nicht witzig. Wir sollten den Sheriff rufen."

Er lehnte den Arm gegen den Schrank und blickte hinein. „Warten wir noch ab."

„Warum?"

„Ich möchte es jemandem zeigen. Nach Thanksgiving melden wir es dann."

Sie musterte sein Gesicht. „Wir lassen es die nächsten anderthalb Wochen hier stehen?"

„Keiner außer uns weiß davon."

„Ich dachte nur …"

Er legte ihr eine Hand auf die Schulter. „Keine Sorge."

Plötzlich setzte ihr Herz einen Schlag aus und sie drehte sich schnell zu Livie um, die herumhüpfte, ohne wirklich vom Boden abzuheben. Ihr süßes Wesen war beruhigend, so als könnte nichts wirklich Schlimmes auf der Welt geschehen. „Also gut." Wenn Morgan einen Plan hatte, würde sie es ihm überlassen. „Dann sehen wir uns Thanksgiving."

Kapitel 8

Einen Truthahn zu frittieren, dauerte nur halb so lange, wie ihn im Ofen zu garen, wenn man der Anleitung Glauben schenken durfte. Die originalverpackte Fritteuse hatte in der Kammer ihres kleinen Hauses gestanden, als sie eingezogen war – so ziemlich das merkwürdigste Einweihungsgeschenk, das sie sich vorstellen konnte. Als Noelle sie eingeladen hatte, war es ihr eingefallen, also schleppte sie das Gerät rüber, zusammen mit dem Kürbiskuchen, dem Maisbrot, das sie am Abend vorher gebacken hatte, und den restlichen Zutaten.

Bei jedem Schritt knirschte der Schnee unter ihren Stiefeln, bis sie vor der Haustür ankam. Rick begrüßte sie mit Wärme und einem Anflug von Sorge in seinen braunen Augen. „Bei dieser Einladung haben Sie wirklich den Schwarzen Peter gezogen."

Sie blickte um die Friteuse herum, die sie auf dem Arm trug. „Ehrlich, ich bin froh, dass ich etwas zu tun habe."

„Kann ich Ihnen das abnehmen?"

„Geht schon, danke. Aber Sie könnten die anderen Sachen aus dem Wagen holen. Den Truthahn habe ich in einem Eimer eingelegt."

Er hielt ihr die Tür auf, damit sie eintreten konnte, so wie er es bei ihrer ersten Begegnung schon getan hatte. Obwohl sie seitdem Zeit mit Morgan und Livie verbracht hatte, kannte sie Rick und Noelle und ihren lebhaften Liam bisher kaum. Es konnte ein interessanter Tag werden, aber sie freute sich darauf. Sie ging durch die Küche und auf eine verschneite Terrasse hinaus, wo sie den großen Edelstahlbehälter auspackte. Das Erdnussöl, das Rick ihr brachte, floss in einem gluckernden goldenen Strom hinein. Während das Fett heiß wurde, würde sie mit den Beilagen beginnen. Sie hatte verschiedenes Gemüse mitgebracht, das sie in Olivenöl und Knoblauch anbraten wollte – Zucchini, Zwiebeln, Karotten und Süßkartoffeln.

Da es bei einem frittierten Truthahn keinen Bratensatz gab und

Bratensoße in Dosen oder Tüten verboten gehörte, musste sie auch bei den Kartoffeln improvisieren. Sie entschied sich für Püree mit Butter und saurer Sahne. Sie hätte noch Schnittlauch hinzugefügt, vermutete aber, dass die Kinder das nicht mögen würden.

Als sie wieder ins Haus ging, fand sie Rick in der Küche vor, der auf Anweisungen wartete. Noelle hatte sie gewarnt, sie könnte es möglicherweise gar nicht bis in die Küche schaffen, und wenn man Morgan Glauben schenkte, war das auch ganz gut so, also würde sie die Hilfe in Anspruch nehmen, die sie kriegen konnte. Sie leerte den Sack mit Kartoffeln in die Spüle aus und Rick stand wie ein klassischer Cowboy bereit, um sie zu schälen.

Gerade als sie sich ein wenig unbehaglich fühlte – schließlich stand sie mit einem fremden Mann in einer fremden Küche und kochte –, kam Morgan herein, so attraktiv wie immer. Ihr Herz machte einen Satz und sie blickte von ihm zu Livies tränennassem Gesichtchen.

Etwas entschuldigend sagte er: „Sie war anderer Meinung und wollte den Mantel nicht anziehen."

Da sie einen entzückenden roten Mantel mit schwarzer Stickerei und pelzumrandeter Kapuze trug, hatte ihr Daddy offenbar die Diskussion für sich entschieden – und dafür bezahlen müssen. Er sah ganz geknickt aus.

Er stellte seine Tochter auf einen Stuhl und sagte: „Jetzt können wir ihn ausziehen."

Livie hielt den Kragen umklammert und funkelte ihn an, sodass Morgan grimmig lachte. „Liam färbt ab."

„Ja, klar", sagte Rick von der Spüle aus. „Immer ist mein Sohn schuld."

„Es entspricht der menschlichen Natur, die Älteren nachzuahmen."

„Das kannst du dir ja mal selber sagen." Rick trug einen Durchschlag mit geschälten Kartoffeln zur Küchenzeile neben dem Herd und fragte: „Soll ich die schneiden?"

„In Viertel bitte."

„Das mache ich." Morgan stellte seine Tochter auf den Boden. „Du solltest nach Noelle sehen, Rick. Sie hustet." Wie er das sagte, klang es ziemlich ernst.

Rick nickte, offensichtlich ebenfalls besorgt. „Zeigen Sie ihm, wo die scharfe Seite der Klinge ist, Quinn."

Sie blickte zwischen Rick und Morgan hin und her, unsicher, was scherzhaft und was ernst gemeint war. „Sie wissen doch sicher, wie man ein Messer benutzt."

„Äh …" Er hob die Hände. „Consuela lässt mich nicht einmal in die Nähe ihrer Messer."

„Consuela …"

„Meine Köchin, die bald herkommt – und wenn ich sie dazu fesseln und knebeln muss."

„Sie kochen überhaupt nicht?"

„Cornflakes mit Milch kann ich brutal gut. Stimmt doch, oder, Kleines?" Er tätschelte Livie den Kopf.

„Nicht brutal gut, Daddy, nur gut." Inzwischen hatte sie den Mantel ausgezogen und den Streit vergessen.

Quinn gab die Zwiebelwürfel in die Bratpfanne. „Wie alt ist sie eigentlich?" Erstaunlicherweise hatte sie das noch gar nicht gefragt. „Ich finde, sie ist sprachlich schon sehr weit und drückt sich sehr gewandt aus."

Morgan gab ihre Frage an seine Tochter weiter: „Livie, wie alt bist du?"

Sie hielt drei Finger hoch und dann noch vier der anderen Hand.

„Sie ist sechsundzwanzig Monate. Letzte Woche hat sie gelernt, wie man Sätze bildet, und jetzt arbeitet sie an ihrer Doktorarbeit."

„Das überrascht mich nicht." Livie hatte sich schon wieder verändert, seit sie zusammen die illegalen Waren entdeckt hatten.

Er hob ihren Mantel auf und hängte ihn über den Stuhl, bevor er die Ärmel seines taubenblauen Pullovers – aus Kaschmirwolle? – hochschob.

Sie sagte: „Möchten Sie eine Schürze?"

„Haben Sie mich das gerade wirklich gefragt?" Er stützte sich auf einen Arm und sah dabei unglaublich männlich aus.

„Ja."

„Nein, danke. Keine Schürze. Nie im Leben."

Sie zuckte mit den Schultern. „Nun, es sind Ihre Klamotten."

Er zog ein kleines Küchenmesser aus der Schublade und nahm eine Kartoffel in die Hand.

„Das ist zu klein. Nehmen Sie das hier." Sie gab ihm das Messer, mit dem sie gerade gearbeitet hatte. Es war vielleicht gespielt, bestätigte aber Ricks Einschätzung. „Sie müssen das schon mal gemacht haben."

„Nö."

„Auch nicht als Junggeselle?"

„Ich bin immer essen gegangen."

„Und als Jugendlicher?"

„Ich habe vier Schwestern. Und eine Mutter, die Pizza nie bestellt sondern immer selbst gemacht hat." Er schnitt die Kartoffeln durch. „Meinen Sie, ich wäre auch nur in die Nähe der Küche gekommen?"

„Aber Sie sind doch der Älteste, oder?"

„Woher wissen Sie das?" Ihm gelang ein zweiter Schnitt. Zugegeben, nasse Kartoffeln waren nicht einfach zu schneiden.

„Weil Sie Rick immer aufziehen und das Wort *Schwestern* auf eine bestimmte Weise ausgesprochen haben."

Er zog eine Augenbraue hoch.

„Sie haben es so ausgesprochen, als wären sie kleine Hunde. Bei älteren Schwestern wäre das anders."

„Das ist ziemlich schlau beobachtet."

Sie schaltete den Ofen ein, um ihn vorzuheizen. „Ich habe mir immer einen großen Bruder gewünscht."

„Ach ja?"

Sie hatte keine Ahnung, warum sie ihm das erzählte. Hoffentlich kam er jetzt nicht auf die Idee, selbst diese Rolle zu übernehmen. „Aber wenn ich einen gehabt hätte, hätte ich ihn wahrscheinlich nicht gewollt."

„Hängt von dem Bruder ab. Hat Ihnen Rick schon das Geld für die Lebensmittel gegeben?"

„Nein." Sie wischte die Arbeitsplatte mit einem feuchten Tuch ab.

„Das hat er aber vor. Sie können unmöglich kochen und auch noch alles bezahlen."

Sie spülte den Lappen aus und wünschte, er hätte nicht davon angefangen. Es gab ihr das Gefühl, eine Haushaltshilfe zu sein. „Und, ist Noelle in Ordnung?"

„Sie kann sich einfach nicht verstellen. Ich glaube, sie und Liam brüten etwas aus und das ist besonders für Noelle nicht gut." Er sah nach unten, wo Livie Töpfe und Schüsseln aus den Küchenschränken zog.

„Suppe machen."

„Ist gut, Liebling." Er schnitt noch eine Kartoffel.

Quinn blickte auf die Uhr. „Zeit, den Truthahn in die Fritteuse zu stecken." Sie bückte sich nach dem großen Eimer mit der Lake und dem Fleisch.

Als sie ihm einen skeptischen Blick zuwarf, sagte er: „Ich weiß, was passiert, wenn heißes Fett und Flüssigkeit aufeinandertreffen. Das ist Physik, Baby." Er nahm die andere Seite des Kübels. „Kommen Sie, ich fasse mit an."

Sie hielt den Truthahn, als sie gemeinsam die Lake in die Spüle gossen. Dabei umfing sie der Duft seines Rasierwassers.

„Holen Sie die Küchenrolle", sagte Morgan und hievte den Truthahn mit bloßen Händen aus dem Eimer.

Sie tupften den Vogel trocken, als hätten sie ein großes steifes Baby aus dem Bad gehoben, dann trockneten sie den Bauchraum und stießen die Gabel hindurch. Morgan sagte: „Ich halte ihn. Sie machen den Deckel der Fritteuse auf."

Er trug den Truthahn, der nach der Beschreibung hinterher goldbraun aussehen würde, hinaus zu der Fritteuse. An der Stelle, wo sie stand, war der Schnee geschmolzen. Sie überprüfte das Thermometer, um sich zu vergewissern, dass das Öl heiß genug war, und sagte: „Drei Minuten pro Pfund", und errechnete die Zeit, während er das Geflügel in das Fett senkte.

„Wie schwer ist er?"

Sie sagte es ihm.

„Gut. Es kommen noch zwei Personen zusätzlich zum Essen."

„Ja?"

„Ich habe noch Rudy vom Laden eingeladen."

Etwas an seinem Tonfall und der Art, wie er den Blick abwandte, machte sie stutzig. Er hatte sie gewarnt, dass sie möglicherweise miteinander verkuppelt werden sollten. War dies eine Gegenmaßnahme?

„Und den Professor." Als sie ihn verständnislos ansah, fügte er hinzu: „Den Historiker."

„Oh. Super." Sie konnten beim Truthahn über Irrenanstalten reden. Von dem Mann hatte er ihr erzählt, aber Rudy? Offenbar hatte er für diesen Verkupplungsversuch einen Ringer engagiert.

Morgan sah dabei zu, wie Quinn mit den Kartoffeln kurzen Prozess machte und sie aufsetzte. Das Blech mit dem Gemüse schob sie in den heißen Ofen. Irgendetwas musste er gesagt oder getan haben, denn sie schien verschlossener als eben noch und ihre Bewegungen waren hektisch und verkrampft.

Er warf einen Blick ins Esszimmer, das so groß war, dass die Familie und sämtliche Gäste Platz darin fanden. Dabei bemerkte er, dass Noelle den Tisch bereits kunstfertig dekoriert hatte. Es gab kaum noch etwas zu tun, deshalb sagte er, als Männerstimmen vom Wohnzimmer herüberdrangen: „Kommen Sie, ich mache Sie miteinander bekannt."

„Gehen Sie ruhig." Quinn holte noch eine Zwiebel und ein paar Stangen Sellerie und begann sie mit dem Messer zu bearbeiten, so als hätten sie etwas verbrochen. „Ich komme jetzt gut alleine klar."

„Ach, kommen Sie schon." Er nahm Livie auf den Arm und schob Quinn in das angrenzende Zimmer. „Rudy kennen Sie ja schon, oder?"

„Er hat mir gestattet, die Bilder von den Schränken in seinem Laden aufzuhängen."

„Genau."

Obwohl Livie im Laden von Rudy fasziniert gewesen war – da war allerdings die Theke zwischen ihnen gewesen –, schien sie sich Auge in Auge mit diesem Mann nicht so sicher zu sein. Neben ihm wirkte Quinn geradezu winzig. Er war ein Bär von einem Mann. Mit dem roten Bart, dem Pferdeschwanz und einer Zahnlücke an der Stelle, wo seine unteren Schneidezähne hätten sein sollen, sah er mit seinem breiten Lachen eher wie ein Halloween-Kürbis aus. Rudy hatte ein großes Herz, aber es gab noch mehr Gründe, warum Morgan ihn als Freund so schätzte.

„Rudy, das ist Quinn. Sie ist für das Festessen heute verantwortlich."

Ihre kurz angebundene Begrüßung und ihre eher distanzierte Körpersprache überraschten und beunruhigten ihn. Rudy hatte etwas Besseres verdient. Doch dann kam ihm auf einmal der Gedanke, dass sie wahrscheinlich dachte, er hätte Rudy eingeladen, um von sich abzulenken. Es musste geklungen haben wie: „Sieh dir diese kleine Lady mal genauer an und sie kann sogar kochen.“ Ein kapitaler Fehler von ihm.

Mit dem kurzen Kommentar „Ich muss mich noch um die Füllung kümmern“ drehte sie sich auf dem Absatz um und verschwand in der Küche.

Er ärgerte sich über sich selbst, weil ihm solche Fehler normalerweise nicht passierten. Unwirsch schüttelte er den Kopf, doch dann sah er, wie Noelle die Treppe herunterkam und Rudy herzlich begrüßte, obwohl sie blass war und Ringe unter den Augen hatte. Wenn Rudy Quinns unterkühlte Art wohlmöglich gekränkt hatte, dann machte Noelle mit ihrer Herzlichkeit alles wieder wett. Aber die Situation erforderte trotzdem ein wenig Fingerspitzengefühl.

Als Rick mit Rudy in den Garten ging, um ihm die neue Armbrust zu zeigen, die er im Stall eingeschlossen hatte, beugte Morgan sich zu Noelle hinüber. „Kannst du mal nach Quinn sehen? Irgendetwas stimmt nicht und …“

„Du willst, dass ich das Problem löse, Mr Zauberer?“

„Nicht lösen, nur nachsehen. Vielleicht ist es ja auch nichts.“

Sie runzelte die Stirn. „Wenn du etwas spürst …“

„Geh einfach rein, von Frau zu Frau, und verschaff dir einen Eindruck.“ Er stellte Livie auf den Boden, die begeistert auf die Spielzeugtruhe zulief, wo sie ohne Liam ein wenig verloren wirkte. „Überzeug dich davon, dass sie sich wohlfühlt.“

„Als ich sie eingeladen habe, hat sie sich gefreut. Was verschweigst du mir?“

„Manchmal kriegt man Dinge in den falschen Hals. Und ich kann mich ja auch irren.“

„Hmm.“ Noelle warf einen Blick über die Schulter und ging in die Küche.

Er kniete sich neben Livie auf den Boden und half ihr, den Deckel der Spielzeugkiste anzuheben. Sie hatte die Form einer Arche und Rick hatte sie extra für Liam gebaut. Obwohl er alle Gebäude und die meisten Möbel der Ranch selbst angefertigt hatte, war dies das erste Spielzeug, das er gebaut hatte. Je nach Laune hatte sein Bruder Tiere hinzugefügt, bis die Arche beinahe so vollgestopft war wie das Original.

Livie griff hinein und zog eine Giraffe hervor, dann die Elefanten, Löwen, Bären, Biber, Kängurus und Kaninchen. Auch wegen dieses Sets konnte sie schon mit achtzehn Monaten alle Tiere benennen und die Geräusche nachmachen. Wenn sie nicht wusste, welches Geräusch ein Tier machte, erfand sie einfach neue Wörter. Kaninchen sagten „knabber" und Alligatoren „schnapp".

Liam baute die Tiere gerne am Geländer auf dem Dach auf und schoss sie mit Tischtennisbällen ab und dann hob Livie sie auf und fragte: „Wehdetan, Häschen? Wehdetan, Frosch?" Jetzt, da den Tieren keine Gefahr drohte, breitete sie sie auf dem Boden aus. „Willst du Eichhörnchen, Daddy?"

„Ich hätte liebend gerne ein Eichhörnchen." Er tat so, als würde er das Spielzeugtier essen.

„Nicht essen." Kichernd versuchte sie, das Eichhörnchen in seinem Mund zu finden, aber er hatte es in der Hand und hielt es ihr hin. Und dann fütterte sie ihn natürlich mit jedem anderen Tier in der Arche.

So waren sie in ihr Spiel vertieft, als Rick und Rudy mit Dr. Jenkins hereinkamen.

Allein Quinn bei der Arbeit in der Küche nur zuzusehen, machte Noelle ganz müde. Sie seufzte. „Es tut mir wirklich leid, dass jetzt alles an dir hängen bleibt."

„Schon gut." Quinn gab Butter und saure Sahne in den dampfenden Topf mit Kartoffeln. „Rick und Morgan haben ja beide geholfen."

„Morgan? In der Küche?" Ihr war schwindelig und sie sank auf einen Stuhl.

„Er hat Kartoffeln geschnippelt und den Truthahn rausgetragen."

Verbissen kämpfte sie gegen die aufsteigende Übelkeit an. „Das ist ja schon mal was. Aber eigentlich hatte ich dich eingeladen, um dich ein wenig mehr kennenzulernen, nicht um dich arbeiten zu lassen."

„Wirklich?" Quinn warf ihr einen fragenden Blick zu.

„Ja, natürlich. Und es tut mir auch wirklich leid, aber ich kann nicht …" Sie erhob sich abrupt. „Entschuldige." So gelassen wie möglich ging sie in die Toilette neben dem Hauswirtschaftsraum und übergab sich.

Sie wusch sich das Gesicht, spülte ihren Mund aus und kehrte peinlich berührt in die Küche zurück. „Uff", sagte sie grimmig. „Man sollte in den ersten Monaten einer Schwangerschaft lieber keine Freundschaften anfangen."

„Aber es bricht das Eis." Quinn lächelte ihr zu, aber es wirkte etwas bemüht.

Noelle legte sich eine Hand an die Stirn. „Ich will Rick ja nicht beunruhigen, aber ich bin mir ziemlich sicher, dass Liam nicht der Einzige ist, der krank wird."

„Rick beunruhigen?" Quinn legte den Deckel auf die Kartoffeln.

„Er macht sich immer Sorgen, wenn ich mal krank werde. Als ich am Anfang hierherkam, war ich einmal richtig krank. Es war so schlimm, dass ich beinahe daran gestorben wäre."

Quinn hielt in ihrer Arbeit inne. „Puh."

„Ich war aus der Ranch ausgezogen und lebte in einem regelrechten Loch. Ich hatte mir das Bein gebrochen und konnte weder arbeiten noch die Miete bezahlen. Da wurden Strom und Heizung abgestellt."

Quinn starrte sie ungläubig an. „Ich hätte vermutet –"

„Mit meinem reichen Daddy?" Sie hob eine Hand. „Ich wollte beweisen, dass ich unabhängig bin. Stattdessen bekam ich eine Lungenentzündung. Wenn Rick mir nicht meine Post gebracht und gesehen hätte, dass ich nicht mehr ansprechbar war, wäre ich gestorben."

„Gott sei Dank hat er das getan."

Ja, aber sie erinnerte sich an sein Gesicht. „Er war unglaublich wütend."

„Warum wütend?"

„Weil ich nicht um Hilfe gebeten hatte. Oder die Hilfe, die er anbot, nicht annehmen wollte." Sie legte die Finger an ihre Kehle.

„Leider ist diese Lungenentzündung nicht ohne Folgen geblieben. Meine Abwehrkräfte waren nachhaltig geschwächt und jedes Mal, wenn ich mir etwas einfange, macht mein Mann sich Sorgen."

„Er scheint sehr lieb zu sein." Ein Anflug von Wehmut lag in ihren Worten.

„Er ist alles für mich. Früher wusste ich nicht, was ich eigentlich von einem Mann erwarten konnte. Rick ist ein Mensch, der mir mehr gibt, als ich brauche."

„Ich weiß genau, was ich von einem Mann erwarte." Quinns intensive, von langen Wimpern umrahmte Augen brannten. „Ehrlichkeit."

„Das ist alles?"

„So wenig ist das gar nicht. Selbst unabsichtliche Lügen oder gut gemeinte Hintergedanken können verletzen." Sie griff nach den Topflappen und machte die Backofentür auf. Der Duft von gebratenem Gemüse und Knoblauch strömte heraus, zugleich wunderbar und quälend. „Deshalb bin ich enttäuscht, weil diese Einladung eine Finte war."

„Was meinst du damit?"

„Morgan und ich. Und jetzt verschiebt er mich an Rudy." Ihre Stimme klang irgendwie gequält.

Noelle blinzelte. „Quinn, meine Einladung hat doch nichts mit Morgan zu tun. Ich wollte Zeit mit dir verbringen."

„Aber er hat gesagt ..."

Kein Wunder, dass er so schuldbewusst ausgesehen hatte. „Er irrt sich."

Mit einem Spatel drehte Quinn die glänzenden Gemüseschnitze um. „Er hat es aber geglaubt, sonst hätte er keinen Ersatz mitgebracht."

Noelle schüttelte den Kopf. „Ich glaube nicht, dass das seine Absicht war. Obwohl es sein könnte, dass er dich vor einer unangenehmen Situation bewahren wollte, wenn er das wirklich geglaubt hat."

Quinn schob das Gemüse zurück in den Ofen. Ihre geröteten Wangen rührten nicht nur von der Hitze des Ofens her. „Ist es ihm unangenehm?"

„Den Eindruck habe ich nicht. Er macht sich Sorgen um dich."

Quinn zog die Augenbrauen hoch. „Um mich?"

„Ich glaube, deine Gefühle diesbezüglich waren ziemlich offensichtlich."

Quinn atmete frustriert aus. „Na, klasse."

„Gut, dass wir alle hier Ehrlichkeit schätzen." Sie lächelte.

Quinn ging mit einer Platte für den Truthahn nach draußen und warf einen Blick über die Schulter.

„Keine Angst, ich verfolge Sie nicht", sagte Morgan mit einem Lächeln auf dem Gesicht. „Aber ich habe auch auf die Zeit gesehen."

„Oh." Sie bemerkte die Rolle Küchenpapier in seiner Hand. „Gute Idee."

Während sie für das Fleisch ein Bett aus Küchenkrepp bereitete, hob er den knusprigen Truthahn aus dem Fett und ließ das Erdnussöl in die Friteuse zurücklaufen. Sie rollten den Truthahn auf dem Papier hin und her und beförderten ihn dann auf die Platte. Mit einiger Mühe entfernte er den Spieß, während sie die Platte festhielt.

Dann nahm Morgan ihr den Truthahn ab und nickte. „Können Sie die Tür aufmachen?"

„Ich kann auch den Truthahn tragen."

„Lassen Sie mir meinen Willen."

„Ich bin sicherlich nicht die Erste, die das tut."

Er legte den Kopf schief und sah sie an, als sie die Tür aufmachte und ihm bedeutete einzutreten. Noelle sah ihnen von ihrem Platz an der Frühstücksbar aus zu. Vielleicht hatte sie nicht unbedingt vorgehabt, die beiden zu verkuppeln, aber das hielt sie nicht davon ab, Spekulationen anzustellen.

Mit einer Stimme, die heiserer klang als vorhin, sagte sie: „Ich kann es kaum fassen, aber das sieht so gut aus, dass ich glatt etwas essen könnte."

„Wahres Lob von einer Schwangeren." Quinn lächelte. Als das Fleischthermometer die perfekte Temperatur anzeigte, sagte sie: „Ich glaube, wir sind so weit."

Mit Noelles Hilfe brachte sie das Essen auf den Tisch, während Morgan die anderen zusammentrommelte.

„Dr. Jenkins!“ Noelle stieß einen heiseren Schrei aus, als sie den grauhaarigen Akademiker sah, und ihr blasses Gesicht leuchtete auf. „Was für eine wundervolle Überraschung! Wir haben uns viel zu lange nicht mehr gesehen.“ Sie strahlte Rick an.

„Nicht mein Verdienst“, sagte Rick. „Das war Morgan.“

Morgan zuckte mit den Schultern. „Wir haben etwas zu besprechen. Dies schien mir eine passende Gelegenheit zu sein.“

Rick stand hinter seinem Stuhl. „Ich freue mich darauf, ausgiebig zu reden, aber jetzt wollen wir erst einmal für das Essen danken.“ Statt den Kopf zu senken, hob er die Hände und blickte nach oben. „‚Lobt den Herrn, alle Völker; preist ihn, alle Nationen! Denn seine Liebe zu uns ist stark und mächtig und seine Treue hört niemals auf!‘“

Ricks Jubel erinnerte sie an König David, der unter den spöttischen Blicken seiner Frau in die Stadt getanzt war, nur dass niemand hier am Tisch spottete. Dass Rick Gott gegenüber demonstrativer war, als sie ihn bisher erlebt hatte, berührte sie.

„Danke für deinen Reichtum, für alles, was uns nährt und bereichert, für dieses Essen und für Quinn, die das Festmahl zubereitet hat. Segne sie und alles, was sie tut, in Jesu Namen, Amen.“

Mit Tränen in den Augen rutschte sie auf ihren Stuhl. Warum war sie so gereizt? Es war doch ganz wunderbar, hier zu sein.

Aber kaum hatten sie damit begonnen, die Teller herumzureichen, als Liam hustend und mit rotem Gesicht ins Zimmer geschlurft kam. Bestürzt nahm Noelle ihn auf den Arm und murmelte eine Entschuldigung, als sie aufstand. Rick wollte ebenfalls aufstehen, aber sie gab ihm ein Zeichen, sitzen zu bleiben. Auf Noelles Wangen hatte sich dieselbe Röte ausgebreitet wie auf Liams, daher rechnete sie nicht damit, dass einer der beiden bald zurückkehren würde.

Jeder der Gäste reichte Rick seinen Teller, damit er ihnen etwas von dem knusprigen, saftigen Truthahn auftat, und anschließend nahm sich dann jeder selbst von den Kartoffeln, der Füllung, dem Brotpudding und dem würzigen gebratenen Gemüse. Rudys selbst gemachtes Cranberrychutney und die knusprigen Brötchen des

Professors rundeten das Mahl ab. Die Komplimente, die man ihr für das Essen machte, sog sie auf wie ein trockener Schwamm.

Mit dem wachen Blick eines Menschen, der sich gerne Wissen aneignete und es ebenso gerne an andere weitergab, wandte Dr. Jenkins sich an sie. „Morgan hat mir erzählt, dass Sie die Überreste des Sanatoriums entdeckt haben."

Sie nickte. „Er dachte, Sie wüssten vielleicht, was für ein Ort das war."

„Wie bei fast allem gibt es viele unterschiedliche Geschichten. Vera hätte Ihnen einiges davon erzählen können, aber ich habe gehört, dass sie leider verstorben ist."

„Ja." Sie aß einen Bissen. Einfach köstlich, auch wenn es Eigenlob war. Ihr Blick fiel auf Morgan, der auch gerade einen Bissen zum Mund geführt hatte. Da wurde ihr bewusst, dass er genau den gleichen Gedanken gehabt hatte.

Dr. Jenkins sagte: „Ich habe Ihnen Kopien von den Geschichten anfertigen lassen, die ich gesammelt habe, alle möglichen Anekdoten rund um die Anstalt." Er fasste die Geschichte des Hauses kurz zusammen, vor allem die Daten, wann es in Betrieb gewesen war, und ähnliche Informationen. „Mehr werde ich jetzt nicht sagen, denn das Meiste ist nicht für zarte Gemüter oder Tischgespräche geeignet."

„Gut", sagte Rick. „Bei einem solchen Festmahl will ich nicht den Appetit verlieren."

Darauf wechselte der Professor elegant das Thema. „Wenn ich das richtig verstanden habe, kaufen Sie den Nachlass von Verstorbenen auf. Sind Sie dabei im Laufe der Jahre auf interessante Gegenstände gestoßen?"

Sie lächelte. „Das Beste war ein Kuriositätenkabinett."

„Wirklich?" Sein Interesse war geweckt. „Das waren praktisch private Vorläufer der Museen, wissen Sie, wenn auch zweifelhaften Ursprungs."

„In diesem war ein ausgestopfter Dodo auf einem Ast. Die Türen waren mit Samt und Seide ausgeschlagen und zeigten kleine gerahmte Fotografien von Zirkuskünstlern. Auf den Regalböden waren ein Schraubglas mit Mumienstaub, ein Stück Großfuß-Fell, Pfeilspitzen und Bärenzähne, eine versteinerte Schnecke und eine Sammlung von Insekten unter Glas."

„Perfekt.“ Er lächelte vergnügt.

Als Rudy sie bat, den Dodo zu beschreiben, musste sie laut lachen und tat es gern. „Was ich vor allem finde, sind dekorative und nützliche Dinge. Manche Stücke sind sogar sehr schön.“

„Ach, Schönheit.“

Sie liebte die Ehrfurcht, mit der Dr. Jenkins das Wort aussprach. Ihre Unterhaltung floss entspannt dahin und bezog auch Rick und Rudy mit ein.

Nach einer Weile zeigte Livie mit der Gabel zum Fenster.

„Es schneit, Daddy.“

„Es schneit sogar ganz doll“, sagte er. Es war das Erste, was er während der Mahlzeit gesagt hatte.

Sie blickten alle hinaus.

„Wir werden ja sehen, was passiert.“ Rick wischte sich den Mund mit seiner Serviette ab. „Die Wettervorhersage war völlig chaotisch.“

Ruby schnitt beherzt ein Stück von seinem Truthahn ab. „Heute Morgen hat in der Luft so ein Geruch gelegen, als würde es ein riesiges Unwetter geben.“

Er konnte das Wetter riechen?

Rudy schob sich einen Bissen in den Mund, der zu seiner massigen Gestalt passte. „Dieser Truthahn ist fantastisch.“

Sie lächelte. „Nur ein paar tausend Kalorien in Erdnussöl.“

„Das war ja klar.“

Sie lachte. Zuerst hatte sie sich Rudy gegenüber reserviert verhalten, weil sie Morgans Motiv missverstanden hatte. Aber jetzt genoss sie die Unterhaltung mit ihm und dem Professor – auch wenn sie nicht gedacht hätte, dass sie ihr Thanksgiving-Essen mit vier Männern und einem Baby verbringen würde.

Kapitel 9

Irgendwann zwischen dem Kartoffelschneiden und dem letzten Bissen Kürbiskuchen wusste Morgan, dass er ein Problem hatte. Noelle war nicht zurückgekommen, nachdem sie Liam ins Bett gebracht hatte, aber Quinn schlug sich tapfer mit vier Männern, von denen drei mit einer Leichtigkeit Konversation betrieben, zu der er selbst offenbar nicht in der Lage war, und doch war er jedes Mal, wenn sie den Mund aufmachte, fasziniert davon, was sie zu erzählen hatte. Er hatte sich schon in anderen Situationen mit Quinn unterhalten. Aber der Abend heute war etwas ganz Besonderes. Ihr zuzuhören und sie zu beobachten war wie das Colorieren eines Schwarz-Weiß-Films – alles wurde mit der Zeit farbiger, intensiver, strahlender.

Als sie auf etwas reagierte, das jemand sagte, hatte ihr Lachen einen leicht heiseren Klang. Dieses Lachen erweckte etwas in ihm zum Leben. Es rührte ihn geradezu an. Er war nicht tot, sondern ein Mann aus Fleisch und Blut. Und zum ersten Mal, seit er sich von dem Loch in der Erde abgewandt hatte, erinnerte er sich daran.

Ein Windstoß schlug Schnee gegen die Fensterschreibe. Es war, als würden kräftige weiße Hände Einlass suchen. Draußen herrschte ein handfestes Unwetter. Über den Tisch hinweg sah er Rick an. Wenn sie die Gäste nicht rausschmeißen wollten, mussten sie ihnen ein Zimmer anbieten. Zuflucht vor dem Sturm, das hatte diese Ranch zu bieten. Aber das bedeutete eine Nacht. Und einen Morgen.

Er riss seine Gedanken von Quinn los und konzentrierte sich darauf, Livies Gesicht und Hände abzuwischen, bevor sie ihren Kindersitz verließ. Quinn erhob sich ebenfalls und fing an, die Teller abzuräumen.

„Lassen Sie mich das machen", sagte Rick. „Macht ihr es euch im Wohnzimmer bequem. Kannst du ein Feuer machen, Morgan?"

Rick hatte vorher schon mehrere dicke Holzscheite in dem riesigen Kamin aufgeschichtet, sodass das Feuer stundenlang brennen konnte und alle Gesichter erglühen ließe.

„Morgan?“

„Ja, klar.“ Gedankenversunken ging er mit seinen Gästen in das große Wohnzimmer. Er ließ Livie bei der Spielzeugkiste zurück, nahm den Anzünder und ließ ihn an mehreren Stellen des Anmachholzes klicken. Die Hitze schlug ihm ins Gesicht, aber er wartete, bis das Holz richtig Feuer gefangen hatte, bevor er sich wieder aufrichtete. Es würde lange und gleichmäßig brennen.

Rudy ging zu der Anrichte, auf der er bei seiner Ankunft eine Flache Courvoisier abgestellt hatte. Er schenkte sich etwas davon in ein Glas und hielt es Morgan hin. Der schüttelte den Kopf.

„Ich weiß, es ist nicht das erstklassige Zeug, das du gewohnt bist, aber Fusel ist es auch nicht.“

„Er bekommt mir nicht.“

Rudy musterte ihn. „Cognac?“

„Alkohol. Mein Magen behält ihn nicht mehr bei sich.“ Rudy hatte sicher bemerkt, dass er sich seit seiner Rückkehr nur selten im *Wildschwein* aufgehalten hatte, aber er hatte keine Ahnung, warum Morgan keinen Tropfen mehr anrührte.

„Und wie feierst du dann deine Partys?“

Morgan sah zu seinem kleinen Mädchen hinüber. „Manchmal setzen wir uns lustige Hüte auf und tun so, als wären wir Tiere.“

Rudy lachte, aber er schien immer noch erstaunt über einen so grundlegenden Wandel. Quinn hatte den Wortwechsel verfolgt, vielleicht ebenso erstaunt, aber sie kannte ihn ja nicht von früher.

„Ich hätte nichts gegen einen Schluck und ein Pfeifchen auf der Terrasse“, warf Dr. Jenkins ein.

„Auf der Terrasse ist es zu ungemütlich, Professor.“ Morgan winkte ihn näher. „Setzen Sie sich hier an den Kamin.“

Dr. Jenkins betrachtete die riesige Öffnung und holte eine Pfeife aus Wurzelholz aus seiner Tasche. „Das dürfte hier auch gut abziehen.“

Während sie die Plätze tauschten, hielt Rudy Quinn ein Glas hin.

„Nein, danke. Ich muss noch fahren.“

Das Wort war wie ein Stachel. Ein wenig zu energisch sagte Morgan: „Sie fahren heute nirgendwohin. Sehen Sie mal nach draußen.“ Er stand dicht genug am Kamin, um den Schweiß in seinem

Nacken auf das Feuer zu schieben. Aber seinem pochenden Herzen nach zu schließen, war nicht die Hitze der Grund dafür, dass es ihm plötzlich so warm wurde. „Sie können ja die eigene Hand vor den Augen nicht sehen."

„Ich kann im Schnee fahren."

„Aber nicht in diesem Schneesturm." Sein Herz wurde zur Faust, die gegen seine Rippen schlug. Ein Abend. Junge Mütter unter sich. Sturmböen, die die vertrockneten Hänge wie flammende Heuschrecken auflodern ließen, und Rauchwolken und Asche, die allen die Sicht nahm.

Er vernahm ihre Stimme wie durch einen Tunnel. „… wahrscheinlich besser, wenn ich mich jetzt auf den Weg mache."

„Das geht nicht!"

Rudy und der Professor musterten ihn verstohlen.

„Ihr auch. Wir haben Gästezimmer. Sie sollten wirklich bleiben."

Rudy zuckte mit den Schultern. „Es ist doch nichts weiter als ein Sturm, Morgan." Dieser Bergbewohner würde sich durch kein Unwetter aufhalten lassen. Und wenn einer ging, würden sie alle aufbrechen.

Er ballte die Hände zu Fäusten, während seine Kehle wie zugeschnürt war und er Mühe hatte zu atmen. Er würde wie ein Idiot klingen, wenn er anfing zu betteln.

Aber Quinn blickte noch einmal zum Fenster hinaus und nickte. „Ein Gästezimmer wäre schon ganz schön."

Er spürte, dass sie es ihm zuliebe sagte, aber es war ihm egal. Hauptsache, sie war bei diesem Wetter nicht draußen unterwegs.

„Daddy." Livie kam zu ihm gelaufen und klammerte sich an sein Bein. Genau das brauchte er jetzt: sich hinhocken und seine Fassung wiedergewinnen. Sein Gesicht vergrub er in ihren Haaren. Zwei Anfälle innerhalb weniger Wochen und beide hatten mit Quinn zu tun. Es wunderte ihn nicht, sondern er konzentrierte sich darauf, die Luft in seine Lungen zu saugen und sich vorzustellen, wie sein Herzschlag allmählich langsamer wurde.

Als er wieder zu sich kam, sprach der Professor gerade. Er hatte die ganze Zeit geredet und der weiche Tonfall seiner Stimme wurde nur vom Ziehen an seiner Pfeife unterbrochen. Rick antwortete von der anderen Seite des Raumes aus, wo seine Finger leise ein Anbetungslied auf der Gitarre anstimmten. Morgan setzte sich wieder an den Kamin und nahm Livie auf den Schoß, warm und lebendig. Sie drehte sich um und gab ihm einen Kuss auf den Mund, bevor sie wieder am Daumen lutschte.

Der Schweiß war getrocknet und sein rasender Puls hatte sich beruhigt. Quinn nippte an ihrem Likörglas, ein Beweis dafür, dass sie Wort halten würde. Rudy saß auf der Stuhlkante, vom Cognac erwärmt und ganz hin und weg. Hatte jemand nach Noelle gesehen?

„Ich bin gleich wieder da“, flüsterte er Livie ins Ohr und erhob sich.

Ricks Blick folgte ihm die Treppe hinauf, voller Gleichmut und Vertrauen. Sein Bruder hatte Tiefen, die nicht jeder erreichte.

Morgan klopfte vorsichtig an die Tür. „Noelle?“

„Komm rein.“ Sie saß lesend im Ohrensessel, einen leise schnarchenden Liam an sich geschmiegt. Eine warme Wolldecke war über sie gebreitet. In der Ecke stand ein Verdampfer und verströmte Mentholaroma, aber über allem lag ein leiser Hauch von Krankheit.

Aus mehr als einem Grund ließ er die Tür hinter sich offen stehen. „Was macht ihr beiden?“

„Wir sind ansteckend.“

Als er sich auf den Hocker setzte, legte sie ein Lesezeichen in ihren Roman und klappte das Buch zu. Neben ihr stand der kaum angerührte Teller mit Essen. „Ist Quinn okay?“

„Ja, alles bestens. Rudy ist völlig verknallt. Und der Professor unterhält sie alle.“

„Ich habe mich so gefreut, ihn zu sehen.“ Sie blinzelte ein wenig, aber ihre Augenlider waren halb geschlossen.

„Er wird morgen früh auch noch da sein. Sie übernachten hier.“

„Ist es draußen so schlimm?“

Er räusperte sich. „Ich fand schon.“

Sie verstand, was er meinte. „Bist du in Ordnung?“

„Was ist schon ein kleiner Zusammenbruch …“

Liam rührte sich in ihren Armen, schlief aber weiter.

Sie runzelte die Stirn. „Ich frage mich, warum das wieder angefangen hat.“

„Die geschädigten Nerven spielen verrückt.“

„Besser, als gelähmt zu sein.“

Er starrte auf seine Hände, nicht sicher, ob sie recht damit hatte.

„Es ist nicht verkehrt, etwas zu empfinden, Morgan."

„Aber klug ist es auch nicht."

Sie legte den Kopf schief. „Sieh bitte mal in die obere rechte Schublade in meiner Kommode."

Mit übertriebenem Widerwillen stand er auf und gehorchte. Die Schublade enthielt einige Seidenschals und eine Schachtel, die er wiedererkannte.

„Mach sie auf."

Das brauchte er nicht. Darin lagen die Eierschalen, die er ihr einmal gegeben hatte, als Symbol für die Mauern, mit denen sie ihr Herz umgeben hatte.

„Du hast mir damals geholfen, meine Schale zu durchbrechen, Morgan. Jetzt bist du derjenige, der sich befreien muss."

Seine Kehle war wie zugeschnürt. „Heute Abend habe ich sie nicht vermisst." Er warf einen Blick über die Schulter. „Es ist Thanksgiving und ich hätte denken sollen: ‚Wenn Jill hier wäre …'"

„Sie ist aber nicht hier." Ein Schatten huschte über ihr Gesicht. „Aber du und Livie, ihr seid da."

Er machte die Schublade wieder zu und drehte sich um. „Ich dachte, mein Herz wäre aus Stahl."

Sie lächelte sanft. „Das habe ich keinen Augenblick geglaubt."

Er spreizte die Finger und ballte sie dann wieder zu Fäusten. „Ich weiß nicht, was Gott will."

„Er will, dass du lebst."

Dazu gehörte so viel mehr, als nur den nächsten Atemzug zu tun. Es erforderte eine Menge Vertrauen und er war sich nicht sicher, ob er das aufbringen konnte. Nach einer Weile blickte er auf. „Kann ich dir irgendetwas bringen?"

„Warmer Apfelsaft wäre wundervoll."

„Wundervoll kann ich gut." Er nahm den Teller mit dem Essen mit. Als er die Treppe hinunterging, kam er bei den anderen im Wohnzimmer vorbei, die sich beim Klang von Gitarrenmusik angeregt unterhielten. In der Küche machte er ein Glas Apfelsaft warm. Gerade als er es Noelle nach oben bringen wollte, kam Quinn und bat ihn darum, es ihm abnehmen zu dürfen.

„Sie macht sich Sorgen wegen der Ansteckungsgefahr."

„Ich werde nie krank."

„Das liegt daran, dass Sie alleine wohnen. Hier ist es wie auf einem Karussell – aufsteigen, absteigen, hoch, runter."

Sie nahm ihm das Glas trotzdem ab. „Der Professor will Sie etwas fragen."

Während er sie ansah, hörte er Noelles Stimme, die ihm zuflüsterte, er solle leben. Er war nicht auf der Suche nach einer Frau gewesen, aber als er Quinn hinterherstarrte, fragte er sich, wie schmerzhaft ein Rückschlag wohl sein würde.

Auf dem Treppenabsatz im Obergeschoss sah Quinn, wie Noelle gerade rückwärts aus einem Zimmer kam, an dessen Tür Buntstiftzeichnungen befestigt waren. Liams Zimmer, vermutete sie.

Als Noelle sie sah, flüsterte sie: „Vielleicht bleibt er jetzt liegen."

Sie gingen in ein Zimmer, das mit Möbeln aus Kirschholz eingerichtet war, weniger rustikal als der Rest des Hauses. Noelle ließ sich in einen Ohrensessel fallen und hüllte sich in eine bunte Decke, die aus wunderbaren fransigen Garnen und Bändern gearbeitet war.

„Die ist ja schön."

Noelle lächelte. „Vom Kunstmarkt im letzten Sommer. Ist dir kalt?"

„Nein." Sie stellte den Apfelsaft auf den eleganten Tisch. „Ich hoffe, es macht dir nichts aus, dass ich statt Morgan gekommen bin."

„Ich bin froh darüber. Ich habe ein schrecklich schlechtes Gewissen, weil ich dich mit den Männern allein gelassen habe."

Sie zog eine Augenbraue hoch. „Ein Mangel an Testosteron herrscht jedenfalls nicht."

Noelle lachte und musste gleich darauf husten. „Tut mir leid." Sie schüttelte den Kopf. „Diese Erkältung ist voll der Hammer."

Die Formulierung klang bei der feinen Noelle so ungewöhnlich, dass Quinn auch lachen musste. „Sorry, aber ich hätte nicht gedacht, dass du dich so ausdrückst."

„Den Ausdruck habe ich von Liam."

„Liam?"

„Ich glaube, er hat ihn von Morgan, aber Morgan streitet es ab."

„Apropos Morgan ..." Quinn machte es sich in dem anderen Ohrensessel bequem. „Ich wollte nicht fragen, aber ist er krank?"

Noelle nippte an ihrem Saft und schluckte. „Nicht so, wie du es meinst."

„Es war vorhin das zweite Mal –"

„Ich weiß. Panikattacken." Noelle stellte ihr Glas ab und schien ihre Worte abzuwägen. „Morgan lebt im Augenblick sehr zurückgezogen, aber ich glaube, wenn du ihm eine Gelegenheit gibst, wird er es dir erklären."

Die Gelegenheit dazu hatte er gehabt, aber verstreichen lassen, beide Male. „Es ist nur ziemlich beängstigend."

„Ich bin froh, dass du eingewilligt hast, hierzubleiben."

„Ich hatte das Gefühl, dass es wichtig war."

„Das war es." Noelle betrachtete sie einen Augenblick lang. „Bis jetzt war ihm niemand wichtig genug, dass er sich Sorgen gemacht hätte. Du hast offensichtlich Eindruck bei ihm hinterlassen."

Nicht, dass sie das vorgehabt hatte, aber andererseits ... Sie hob einen Zipfel der Decke vom Fußboden hoch. „Soll ich dir einen Teller mit Essen bringen?"

„Danke, den hat Rick mir schon gebracht und es hat köstlich geschmeckt." Noelle sank in ihren Sessel zurück. „Aber ich würde alles für ein Stück von deinem Kuchen geben."

„Kürbis oder Walnuss-Streusel?"

„Normalerweise würde ich Streusel sagen. Aber mit meinen Halsschmerzen ..."

„Ein Stück Kürbiskuchen, kommt sofort." Quinn schlüpfte hinaus.

In der Küche schnitt sie ein Stück Kuchen ab, aber Rick kam und nahm ihr den Teller ab, so als würden sie eine Art Staffellauf veranstalten.

Er sagte: „Ich muss mal nach ihr sehen."

In seinen Augen konnte sie Sorge lesen. Die männlichen Spencers hatten eine Menge Beschützerinstinkt.

Morgan lag auf dem Fußboden, den Kopf aufgestützt, neben einer hölzernen Arche mit vielen kleinen Tieren um ihn herum. Während er ganz stillhielt, platzierte Livie einen Elefanten auf seiner Schulter. Er fiel herunter und sie versuchte es dreimal, bevor er stehen blieb. Erstaunlich viel Geduld für ein Mädchen in ihrem Alter. Als er den Blick hob, begegnete Quinn ihm mit einem Lächeln. Er wandte den Blick nicht ab.

Anstatt sich wieder auf ihren Platz zu setzen, gesellte sie sich zu Livie auf den Boden und das Mädchen legte sofort eine Giraffe auf ihr Knie. Quinn stellte sie auf und ließ sie Hallo sagen. Dabei leuchteten Livies Augen. Morgan zog eine Augenbraue hoch. Seine Tiere saßen nur da, während ihre sprechen konnten.

Livie reichte ihr einen Bären und der Bär hatte der Giraffe eine ganze Menge zu sagen. Morgans Mundwinkel wanderten nach unten. Er blinzelte, als Livie den Elefanten von seiner Schulter nahm und zu Bär und Giraffe stellte. Seine Lippen formten lautlos das Wort *Verräterin.*

Sie senkte das Kinn und lachte leise, als der Elefant sich in die Unterhaltung einmischte. Es war schließlich nicht ihre Schuld, wenn er nicht wusste, wie man mit Puppen spielte.

Auf der anderen Seite des Raumes blickte Rudy zwischen Morgan und ihr hin und her. Enttäuscht ließ er die Schultern hängen und stand auf. „So, ich fahr dann mal. Quinn, das war der beste Truthahn, den ich je gegessen habe."

„Ich bin froh, dass Sie bei uns waren." Es war ehrlich gemeint.

Dr. Jenkins blickte zum dunklen Fenster hinaus. „Sind Sie sicher, dass Sie es wagen wollen?"

„Mein Jeep findet selbst durch den höchsten Schnee seinen Weg." Rudy zog seinen Mantel an und schlang sich einen Schal ums Gesicht.

Morgan drehte sich zu Rudy um, noch immer auf der Seite liegend. „Ich wünschte, du würdest bleiben. Morgen früh ist die Sicht viel besser."

Bei der Dunkelheit würde die Fahrt auf den Gebirgsstraßen tückisch werden.

„Gertie braucht ihre Milch."

„Gertie?" Quinn hob den Kopf.

„Seine Katze", sagte Morgan. Sie wussten alle, dass sie eine Nacht ohne Milch überleben würde. Aber Rudy war wild entschlossen.

Morgan sah auf die Tür, die sich hinter ihm schloss, und dann wieder zu ihr herüber. Glaubte er, sie würde auch ihre Meinung ändern? Nicht, wenn es offensichtlich wichtig war, aber sie stand auf, als Dr. Jenkins ihr zunickte und einen braunen Umschlag aus seiner Aktentasche holte.

Sie setzte sich neben ihn auf die Sitzbank am Kamin und kaute an einem eingerissenen Fingernagel. „Also jetzt mal ehrlich, wie gruselig ist das Material wirklich?“

Er überlegte einen Augenblick. „Ein paar Erfolge, ein Interview mit einem der Leiter der Einrichtung viele Jahre später, regionale Legenden und, wie ich schon sagte, ein paar Horrorgeschichten.“

Sie nickte. „Im Keller ist eine Art elektrischer Stuhl, nur in Form eines Bettes.“

Um seine Augen bildeten sich Lachfältchen. „Sie meinen eine Vorrichtung für Elektroschocks.“

„Genau. Das.“

„Heute nennt man das Elektrokonvulsionstherapie.“

„Heute?“ Sie sah ihn bestürzt an. „Das wird immer noch gemacht?“

„Oh ja. Der Missbrauch und die Entwicklung antipsychotischer und stimmungsstabilisierender Medikamente hat die Verwendung deutlich eingeschränkt, aber in letzter Zeit wird die Methode wieder häufiger eingesetzt. Einhundert- bis einhundertfünfzigtausend Patienten jährlich, nur in den Vereinigten Staaten – unter strenger Kontrolle durch die Krankenhausverwaltung.“

„Warum?“

„Ganz einfach, weil es funktioniert. Durch elektrische Stöße eine Art Krampf im Gehirn auszulösen, kann helfen, wenn Medikamente versagen. So ähnlich wie ein Defibrillator beim Herz. Ein Kickstart sozusagen, der einen normalen Rhythmus wiederherstellt.“

„Aber ich dachte, ich meine …“ Sie schüttelte den Kopf. „Wenn Sie das Ding gesehen hätten …“

„Das habe ich.“ Er zog an seiner Pfeife, merkte, dass der Tabak aufgeraucht war, und klopfte die Asche in den Kamin.

„Das bei Vera im Keller?“

„Wann immer es möglich ist, gehe ich zur Quelle, um meine Geschichten zu sammeln.“

Sie stellte sich vor, wie er in dem Keller stand, seine schmale Gestalt gespannt und aufmerksam, Neugier in seinen wachen, intelligenten Augen. „Haben Sie sie gefühlt? Die Verzweiflung?"

„Ah, meine Liebe." Er tätschelte ihr die Hand. „Das gehört alles zum Menschsein dazu."

„Ein großer Teil dieses Menschseins stinkt wie schmutzige Socken."

Er lachte. „Leider."

„Das heißt, Sie kennen sich auch mit Drogen aus?"

Er zog die Augenbrauen hoch.

„In dem alten Schrank."

Er drehte sich zu Morgan um. „Das ist die Entdeckung?"

Morgan nickte. „Ich dachte, wir würden ihn uns ansehen. Aber heute Abend können wir nicht rüberfahren."

Sie sagte: „Es ist LSD. Und wer weiß was noch alles. Warum würde man bei verwirrten und leidenden Menschen Halluzinationen auslösen wollen?"

„Es gab eine Zeit, in der man LSD als eine Art psychiatrisches Allheilmittel betrachtet hat, ein Mittel gegen so ziemlich alles, von Schizophrenie bis zu kriminellem Verhalten, von sexuellen Perversionen bis hin zu Alkoholismus. Es wurde verabreicht, um die psychotherapeutischen Gespräche durch weniger Hemmungen wirkungsvoller zu machen. Manche Ärzte benutzten es in Verbindung mit metaphysischen und geführten übernatürlichen Reisen."

„Das klingt nicht wie Medizin."

„Bis vor Kurzem war die Behandlung des Geistes kaum wissenschaftlich fundiert. Alles, was einen Nutzen versprach, wurde ausprobiert. Manche Therapeuten nahmen sogar selbst Drogen, um die schizophrene Erfahrung zu verstehen."

„Sie haben das Zeug genommen, um an sich selbst auszuprobieren, was verrückt ist?"

Der Professor lächelte. „Genau."

„Und warum ist es dann illegal?"

„Nach jahrelangen Forschungen und Experimenten wurde die Verwendung von LSD in der Psychotherapie weitestgehend entzaubert. Es förderte weder die Kreativität noch die Libido und hatte keine anhaltenden positiven Auswirkungen bei der Behandlung von

Alkholkranken oder Verbrechern oder bei abnormem Verhalten. Allerdings hatte es negative Nebenwirkungen. Akute Panikattacken, psychotische Krisen und Flashbacks, vor allem bei Patienten, die mit solchen Dingen nicht gut zurechtkamen."

„Wie Insassen einer psychiatrischen Heilanstalt."

„Genau."

Morgan, der von der anderen Seite des Zimmers aus zugehört hatte, rieb mit federleichten Bewegungen den Bauch seiner Tochter, die neben ihm auf dem Boden lag. „Irgendwelche Ideen, wie wir das Zeug loswerden?"

„Wenn man die Rechtslage bedenkt, würde ich sagen Sheriff und Gefahrengut. Aber ich würde mir die Sachen gerne vorher ansehen."

Morgans Blick wanderte zu Quinn. „Wir fahren rüber, wenn es hell ist."

Sie nickte und freute sich schon auf ihr gemeinsames Abenteuer.

„In der Zwischenzeit", sagte Dr. Jenkins, „hoffe ich, dass die Anekdoten, die ich mitgebracht habe, sich nicht als zu beunruhigend erweisen."

Quinn zuckte mit den Schultern. „Ich bin nicht mal sicher, warum ich es wissen will. Es ist ja gar nicht mein Haus und die Leute, die hier in Behandlung waren, sind mir völlig unbekannt."

„Aber das spielt keine Rolle, nicht wahr?" Er lächelte.

Sie mochte sein Gesicht – Gandalf in seinen sanfteren Augenblicken. „Vermutlich nicht. Aber warum?"

„Noch etwas typisch Menschliches: Mitgefühl."

Sie spürte, wie Morgans Blick sie umfing, aber sie sah ihn nicht an. Allmählich wurde es schwierig, die Gefühle zu steuern.

Rick kam nach unten und reichte ihr eine Tasche. „Von Noelle. Für die Übernachtung."

In der Tasche waren ein warmer Schlafanzug und ein Handtuch, eine originalverpackte Zahnbürste, eine Haarbürste und die kleinen Packungen mit Duschgel und Shampoo, die sie daran erinnerten, dass die Ranch auf Gäste eingestellt war. Kein Wunder, dass diese Menschen so offen und herzlich waren. Den Umschlag mit den Informationen über die Anstalt steckte sie in die Tasche und sah Morgan gespannt an.

Er war aufgestanden und zog Livie gerade ihren Mantel an. Wahrscheinlich war es Zeit für die Kleine, ins Bett zu gehen. Oder für sie alle, vor allem, wenn man bedachte, dass Noelle und Liam krank waren. Sie zog sich auch ihren Mantel über und wünschte, sie hätte sich für etwas Wärmeres entschieden als den knielangen Rock und den Pullover, schwarze Strumpfhosen und Stulpen, die ihr bis übers Knie reichten. Sie bedeckten auch den oberen Rand ihrer Stiefeletten und der Mantel war warm. Es musste reichen.

Morgan sagte: „Ich bringe Sie in Ihr Gästezimmer."

„Aber Sie haben doch die Hände voll."

„Einer geht noch." Er zog eine warme Decke aus dem Schrank, breitete die eine Hälfte über sich und Livie und hielt ihr die andere Hälfte hin.

Nun würde sie ihm viel näher sein als beabsichtigt, aber als Rick die Tür aufmachte und ihr ein Wirbelsturm aus Schneeflocken entgegenschlug, kroch sie unter die Decke und zog sie fest um sich. Blinzelnd und die Luft anhaltend, kämpften sie sich durch dreißig Zentimeter Neuschnee und windgepeitschte Flocken bis zu einem der kleineren Gästehäuser vor. Sie ließ die Decke los und eilte hinein. Überrascht stellte sie fest, dass Morgan und Livie ihr folgten.

„Dieses Appartement wird im Winter nicht vermietet, deshalb will ich mich vergewissern, dass das Wasser angestellt ist."

Und die Heizung, obwohl es sich nicht so anfühlte. Sie fröstelte und stellte ihre Tasche ab.

„Hier, halten Sie Livie mal."

Das Kind war so leicht, dass es ihr vorkam, als würde sie ein Kätzchen auf dem Arm halten. Seit sie zusammen mit den Tieren gespielt hatten, hatte Livie ihre anfängliche Scheu überwunden und betrachtete sie neugierig, während Morgan den Wandschrank mit den Zählern öffnete und sich davon überzeugte, dass das Lämpchen am Heißwasserboiler leuchtete. Er griff in den Schrank und drehte das Ventil auf, damit das heiße Wasser von dem Heizkessel in die Rohre fließen konnte.

„Das wäre sonst unangenehm geworden."

Er schloss die Schranktür. „Eine Heizung gibt es nicht, aber ich mache im Holzofen Feuer. Sie können so lange bei mir warten, bis es hier warm ist."

„Ich komme schon klar. Es wäre nur schön, wenn ich meinen Computer hätte, damit ich meine E-Mails checken kann."

„Erwarten Sie Nachrichten von Ihren Freunden?"

„Geschäftliches. Es gibt immer etwas."

Er richtete sich auf, als er das Feuerholz entzündet hatte. „Können Sie die Mails denn nicht mit Ihrem Handy abrufen?"

„Ich habe keinen Datentarif."

„Dann kommen Sie doch zu mir rüber. Sie können sich an meinen Laptop setzen. Solange wie ich Livie ins Bett bringe, können Sie ihn gerne benutzen."

Sie blickte von ihm zur Tür. Lohnte es sich, deswegen noch einmal nach draußen zu gehen? Auch wenn Thanksgiving war, endeten einige Auktionen und vielleicht hatten manche Leute Fragen. Außerdem klapperte sie vor Kälte schon mit den Zähnen. „In Ordnung. Wenn es Ihnen nichts ausmacht."

Er wickelte die Decke um Livie und sie, bis sie sich wie eine Eskimomama vorkam. „Passen Sie auf, wohin Sie treten, okay? Ich laufe vor."

Wenn er ihr diese kostbare Fracht anvertraute, würde sie mehr tun als nur auf ihre Schritte zu achten. Unter der Decke hing die Kleine wie ein Beuteltier in seinem Beutel. Quinn machte die Tür hinter sich zu und der Sturm zerrte an ihr, als sie sich gegen den Wind stemmte. Wenn Morgan nicht die Lampe auf seiner Veranda angelassen hätte, wären sie vielleicht im Kreis gelaufen und irgendwann wie erfrorene Pioniere in der Prärie umgefallen.

Sie stampfte mit den Füßen auf, bevor sie eintrat, obwohl das auf der zugeschneiten Veranda eigentlich gar keinen Sinn hatte.

Schnell zog er sie ins Warme. „Nur keinen Stress."

Als er die Tür schloss und sie beide auswickelte, streckte Livie die Arme nach ihm aus. Sie konnte es ihr nicht verdenken. „Ich hoffe nur, Rudy ist heil nach Hause gekommen."

„Das habe ich auch gerade gedacht."

„Ist der Professor –"

„Er übernachtet im Haupthaus."

„Das wäre auch möglich gewesen?" Nach dem zweiten Ausflug in den Schneesturm zitterte sie am ganzen Körper.

„Rick dachte, Sie wollen lieber Ihre Ruhe haben."

Dass sie es gründlich leid war, ihre Ruhe zu haben, behielt sie lieber für sich.

„Könnten Sie vielleicht ein Holzscheit auflegen?" Und zu Livie gewandt sagte er: „Komm mit, Liebling. Zeit, dass du in die Federn kommst." Kurz bevor er mit der Kleinen im Kinderzimmer verschwand, drehte er sich noch einmal um. „Mein Laptop ist auf dem Tisch."

„Danke." Als sie die Ofentür aufmachte, um zunächst ein kleines Holzscheit aufzulegen, schlug ihr die Hitze entgegen, obwohl nur noch Kohlen darin zu sehen waren. Es musste ursprünglich ein ordentliches Feuer gewesen sein. Sie nahm noch ein größeres und legte es schräg auf das Feuer. Das Holz war scheinbar gut abgelagert, denn es dauerte nicht lange, bis nach Pinienholz duftende Flammen aufloderten.

Bevor sie den Computer aufklappte, ging sie ans Fenster und beobachtete das Unwetter. Der Wind zeigte Zähne und sie würde ihm nachher noch einmal die Stirn bieten müssen. Schon bei dem Gedanken daran wurde ihr kalt und sie wendete sich schnell ab, um den Laptop hochzufahren. Er war sofort betriebsbereit, war allerdings passwortgeschützt, und so ging sie in Livies Zimmer, blieb aber an der Tür stehen. Die Kleine trug einen Strampler, in dem sie einfach zum Knuddeln aussah. An ihren Daddy gekuschelt, der vor und zurück schaukelte und ihr etwas vorlas, boten die beiden ein bezauberndes Bild.

Morgan blickte auf.

„Passwort?"

„Oh. Tut mir leid. Es ist einfacher, wenn ich das mache."

Sie machte einen Schritt zurück. „Ich kann warten."

„Nein, ich mach das eben. Lesen Sie doch bitte die Geschichte zu Ende." Er hob Livie hoch und Quinn übernahm seinen Platz in dem von ihm angewärmten Schaukelstuhl. Sie nahm Livie auf den Schoß und las an der Stelle weiter, wo Morgan die hübsche kleine Geschichte mit dem Titel *Sams Badezimmer* unterbrochen hatte.

Als Morgan zurückkam, lehnte er sich gegen den Türrahmen. Der Laptop musste längst bereit sein, aber er unterbrach sie beim Vorlesen nicht. Sams Ball fiel in die Badewanne. Dann fiel Sams

Bär hinein. Sams Keks fiel ins Bad. Oh-oh, hier kommt Hündchen. Und Hündchen fällt ins Bad!

„Da sieht man mal wieder, was man davon hat, wenn man zu gierig ist“, sagte sie zu Morgan. „Wenn Hündchen nur dem Keks hätte widerstehen können.“

Ein Lächeln zuckte um seine Mundwinkel, als er die Arme ausstreckte und ihr Livie abnahm. Er gab ihr drei Gutenachtküsschen und deckte sie in ihrem Bettchen zu. Quinn zog sich zurück. Schmerzliche Tränen schnürten ihr die Kehle zu. Sie musste damit aufhören. Ihre Situation war brenzlig genug, ohne dass sie sich mit einem Mann einließ, der ein Kind hatte und jede Menge eigener Probleme.

Kapitel 10

Quinn saß auf Morgans Sofa und stürzte sich auf die geschäftlichen Aktivitäten, die genauso wenig emotional waren wie das tägliche Zähneputzen. Er kam aus Livies Zimmer und machte die Tür hinter sich zu. Dann warf er einen kurzen Blick auf das Feuer, setzte sich in den Sessel schräg neben ihr und legte die Füße übereinandergeschlagen auf den Tisch. Sie warf ihm nur einen Blick zu und schon war es um ihre Konzentration geschehen. Im Ernst, welche Frau konnte in seiner Nähe noch einen klaren Gedanken fassen?

„Sie weint ja gar nicht."

Er legte den Kopf schief.

„Livie weint nicht, wenn sie ins Bett soll?"

„Wenn es zu aufregend ist, vielleicht."

„Blizzards und fremde Frauen sind ihr also nicht zu aufregend?"

„*So* befremdlich sind Sie nun auch wieder nicht." Sein Mund zuckte.

Seit ihrem ersten Ausflug in den Keller überraschte er sie immer wieder mit seinem Humor. „Bis jetzt haben Sie nur meine Schokoladenseite gesehen."

„Zeigen Sie um Mitternacht Ihre Zähne?"

„Sie könnten es in wenigen Stunden herausfinden."

Als sie ihre letzten paar E-Mails geschrieben hatte, lehnte sie sich zurück und seufzte. „Danke für den Laptop. Ich bearbeite meine Anfragen gerne sofort, wenn sie reinkommen."

„Sie sind ziemlich gewissenhaft."

So sehr, dass sie sich damit selbst schadete. Sie zeigte auf den Laptop. „Brauchen Sie den?"

Er zuckte mit den Schultern. „Egal, was da ist, es kann warten."

Wie konnte ein Mann, der so locker drauf war, so viel erreichen? Sie schlug die Beine übereinander. „Wie war eigentlich Ihre Reise? Die … Beratung oder was auch immer."

„Hauptsächlich was auch immer. Die Beratung kommt als Nächstes."

„Wie funktioniert so was? Machen Sie Werbung?"

„Normalerweise kommen die Kunden zu mir."

Natürlich taten sie das. „Und Sie lösen deren Probleme." Ihr wurde bewusst, was das bedeutete. Ein professioneller Problemlöser.

„Wenn die Situation vielversprechend ist, mache ich mich an die Arbeit."

„Gegen ein Honorar?"

„Oder Anteile am Unternehmen."

Sie beugte sich vor. „Und wenn es nicht funktioniert, zahlen Sie drauf."

Langsam verzog sich sein Mund zu einem Lächeln. Bislang hatte sie nur einen Mann kennengelernt, der so selbstbewusst war wie er. Aber bei ihm war es echt.

„Und dann auf zur nächsten Krise?"

„Wenn sich eine ergibt."

Seine kantigen Züge waren extrem fotogen, und wenn er sich einen Drei-Tage-Bart stehen ließe, würde er richtig sexy aussehen. Sie war bisher immer nur mit Männern ausgegangen, die ihr Vater und die Ältesten in der Gemeinde für geeignet hielten, da es sich für die Familie des Pastors gehörte, über alle Zweifel erhaben zu sein. Eigentlich stand sie nicht auf waghalsige, gefährliche Männer, aber keiner von ihnen hatte sie so angerührt wie Morgan.

Sie richtete sich auf. „Ich gehe jetzt wohl besser."

„Hm." Er runzelte die Stirn. „Ich habe das Ganze nicht durchdacht. Ich kann ja Livie jetzt nicht allein lassen –"

„Natürlich nicht." Sie erhob sich. „Keine Sorge, ich renne schnell rüber."

Er ging ans Fenster. „Können Sie überhaupt sehen, wohin Sie müssen?"

„Ich folge einfach unseren Spuren."

„Sie können auch –"

„Nein, Morgan, ich komme schon klar."

Er zögerte, dann nickte er kurz. „Rufen Sie mich an, wenn Sie angekommen sind."

„Ich habe Ihre Nummer nicht." Sie holte ihr Handy heraus, um seine Nummer zu den Kontakten hinzuzufügen, und wurde blass.

Eine SMS von einer Nummer, die sie nicht abgespeichert hatte. Sie atmete tief ein und drückte die Nachricht schnell weg.

„Was ist?“

Den Kloß in ihrem Hals musste sie herunterschlucken, bevor sie antworten konnte. „Nichts.“

„Nichts? Das glaube ich Ihnen nicht.“

„Nur … Belästigung.“ Sie wandte sich zum Gehen.

Mit einer geschmeidigen Bewegung nahm er ihr das Handy aus der Hand.

„Nicht.“

Er blickte von dem Handy auf. „Ich speichere doch nur meine Nummer in Ihren Kontakten ab.“

„Oh. In Ordnung.“

Als er das getan hatte, gab er ihr das Handy wieder zurück. „Rufen Sie mich an.“

Sie nickte, machte die Tür auf und tauchte in das Unwetter ein. Der Wind trommelte auf sie ein, während sie stolpernd den Spuren zurück zu ihrem Gästehaus folgte, dabei machte sie einen mühsamen Schritt nach dem anderen und am Ende fiel sie beinahe zur Eingangstür hinein. Wenn sie gleich nach dem Abendessen gefahren wäre, hätte sie es vielleicht geschafft. Jetzt bestand nicht der Hauch einer Chance. Aber warum musste sie unbedingt zu Hause sein? Panik konnte sie genauso gut in dieser gemütlich warmen Hütte schieben.

Fröstelnd zog sie ihre kalte, nasse Kleidung aus und verteilte sie in dem winzigen Raum zum Trocknen. Voller Wut warf sie ihr Handy auf die tannengrüne Couch und wünschte, sie hätte nicht gesehen, dass sie eine Nachricht erhalten hatte. Alle, von denen sie hören wollte, waren in ihrem Adressbuch abgespeichert. Eine unbekannte Nummer …

Vielleicht war es ein Versehen. Jemand hatte sich verwählt. Aber das glaubte sie nicht. Er musste ihre Nummer von Hannah bekommen haben und die hatte sie von jemandem, der zu verletzt war, um Verdacht zu schöpfen. Ihre Eltern? Grandpa?

Zitternd ging sie ins Schlafzimmer und streifte sich Noelles Schlafanzug über. Dann schlüpfte sie ins Bad und putzte sich die Zähne. Währenddessen betrachtete sie sich in dem kleinen rustikalen Spiegel. Nicht *so* befremdlich, hm? Wenn Morgan wüsste …

Morgan! Sie rannte hinaus, nahm ihr Handy und tippte die Nummer ein, die er eingegeben hatte. „Morgan. Tut mir leid, ich habe völlig vergessen anzurufen."

Sein Zögern hätte Belustigung oder Verärgerung bedeuten können. Ersteres, dachte sie, als er sagte: „Damit ich nicht übermütig werde."

„Nein, es war nicht Ihre Schuld. Es war –" Beinahe hätte sie seinen Namen gesagt. „Wahrscheinlich das Unwetter. Ich habe mich beeilt, ins Warme und Trockene zu kommen."

„Mhm."

„Also … jetzt bin ich warm und trocken."

„Gut."

„Und wir sehen uns morgen früh."

„Alles klar. Gute Nacht."

„Gute Nacht, Morgan." Ihre Hand zitterte noch, als sie das Telefonat beendete, und sie hasste sich dafür, dass sie so ein Feigling war. Sie hatte eine SMS bekommen, die sie noch nicht gelesen hatte. Sie biss sich auf die Unterlippe und öffnete die Nachricht.

Du bist tot.

Ach ja? Ihre Miene verfinsterte sich. Du musst mich erst einmal finden.

Mutige Worte, aber ihr Atem ging keuchend. Ihre Hände zitterten. Sie kletterte ins Bett und fragte sich, ob Markham sie aufscheuchen konnte wie eine Wachtel aus dem Gebüsch. Aber wie? Er war nicht die Mafia und er war auch kein Polizist. Er hatte keine zuverlässigen Ressourcen – nicht mehr jedenfalls. Er war ein Abzocker, ein Gauner, ein Lügner und Betrüger. Ein Soziopath.

Sie hatte ihn durchschaut, aber natürlich hatte ihr niemand geglaubt. Das hatte sein Ego aufgeblasen wie ein gemästetes Kalb. Sogar ihre eigene Familie, sie alle glaubten immer noch Markham.

Langsam atmete sie ein und wieder aus. Er wollte, dass sie in Panik geriet und einen Fehler machte. Aber das würde sie nicht. Menschen waren benutzt worden, ihr Vertrauen war missbraucht worden – aber sie hatten auch mitgespielt. Trotzdem waren sie in die Irre geführt worden, und deshalb hatte sie, obwohl sie alles an ihm verachtete, sein Spiel gespielt und gewonnen. Jetzt musste sie nur noch am Leben bleiben.

Markham saß im Dunkeln auf der Veranda und blickte finster drein, auch wenn er nicht erwartet hatte, dass Quinn antworten würde. Drohungen per SMS zu verschicken, kam ihm dämlich vor. Drohungen, wie auch immer sie geartet waren, machten nur Sinn, wenn er sie nicht wahr machen konnte. Doch das würde er. Er musste einfach. Aber wie?

„Sag mir alles, was du weißt." Er sprach leise, um die Frau neben sich nicht zu beunruhigen oder andere auf seine Anwesenheit aufmerksam zu machen.

„Ich habe dir alles erzählt." Hannah sah gekränkt aus. „Quinn spricht nur mit Mutter. Ich musste sie anschwindeln, um die Telefonnummer herauszubekommen."

„Wenn sie mit Gwen spricht, erzählt sie ihr auch irgendetwas über ihr Leben."

„Sie telefonieren aber nur sehr selten."

„Aber irgendetwas Verwertbares muss es bei den Telefonaten doch geben."

Sie rieb sich den Kopf, so als denke sie nach. „Niemand weiß, wo sie ist."

„Oder sie sagen es dir nicht."

„Mutter würde es mir sagen. Wir haben keine Geheimnisse voreinander."

Er hatte ihre übertriebene Beziehung zu beiden Eltern gesehen, aber keine Sekunde lang glaubte er, dass sie ihr alles erzählten. Frustriert und wütend knirschte er mit den Zähnen. „Denk nach. Hat sie sich an einer Uni eingeschrieben oder war sie beim Arzt?" Er war nicht sicher, ob es möglich war, Datenbanken von Krankenversicherungen oder Colleges zu knacken. Dazu würde er jemanden anheuern müssen und es konnte sein, dass sein Geld dafür nicht reichte. „Hat sie ein Haustier? Einen Freund?" Jede Kleinigkeit konnte zu einer wichtigen Information führen. Man konnte eine Menge recherchieren.

„Sie hat ein Haus."

„Was?"

Hannah schluckte. Er hatte zu heftig gesprochen.

„Hat sie es gemietet?"

„Nein, es gehört ihr." Sie sah missmutig drein. „Quinn musste natürlich anrufen und damit angeben."

Plötzlich ließ das Gefühl von Enge in seiner Brust spürbar nach. Er sah ihre tränennassen Augen und verbarg seine plötzliche Erregung hinter vorgetäuschtem Mitgefühl. „Das muss ziemlich wehtun."

„‚Wer sich rühmen will, der rühme sich dessen, was Gott getan hat.'"

„Genau." Wenn sein Lächeln spöttisch war, bemerkte sie es jedenfalls nicht.

„Quinn sollte wirklich etwas demütiger werden", sagte Hannah schnippisch.

Oh, das würde sie. Das würde sie ganz sicher.

Morgan hatte auf Quinns Anruf gewartet und sich Sorgen gemacht, als es so lange dauerte. Er war vor die Tür gegangen. Außer Schnee und dem Außenlicht an ihrem Gästehaus hatte er nichts gesehen, aber das hatten sie angelassen, als sie zu seinem Haus gegangen waren. Ihr Anruf kam, als er kurz davor war, mit Livie wieder in den Sturm hinauszugehen, um sie zu suchen. Er war schon so lange nicht mehr im Geschäft, dass er schon glaubte, sie hätte ihn vergessen, aber irgendetwas sagte ihm, dass es mehr war als das.

Es gab verschiedene Grade von Belästigung. Dass sie diese SMS so abgetan hatte, war ihm seltsam vorgekommen. Da war etwas. Aber er hatte nichts, was seinen Verdacht bestätigen konnte. Er gab die Nummer ein, die er sich mit einem Blick gemerkt hatte. Als ein Mann abnahm, sagte Morgan: „He …" Er nuschelte. „Wie geht's?"

„Was?"

„Mensch, ich kann dich kaum hören."

Der Mann knurrte: „Wer ist denn da?"

„Hallo, wer ist da?"

Die Verbindung wurde unterbrochen.

Dass der Mann seinen Namen nennen würde, das hatte er nicht erwartet, aber es war einen Versuch wert, bevor er den nächsten

Schritt unternahm. Er erinnerte sich an Quinns Gesicht, an die Angst, die sie schnell hinter einer tapferen Fassade versteckt hatte. Es bestätigte nur, was er schon wusste. Sie hatte Mumm. Aber warum brauchte sie den?

Fast hätte er sich neben sie auf die Couch gesetzt, so nah, dass sie sich hätten berühren können. Stattdessen hatte er die Distanz gewahrt. Jetzt fragte er sich unwillkürlich nach dem Grund dafür. Er musste an die Eierschalen denken, die Noelle in ihrer Schublade aufhob. Ein cleverer Schachzug von ihr, jetzt sein Geschenk von damals gegen ihn zu verwenden.

Ja, Quinn faszinierte ihn, belustigte ihn, zog ihn an. Aber er wusste es besser, egal, was Noelle sagte. Es tat weh, jemanden zu lieben. Also Finger weg von allem Persönlichen.

Er wählte die Nummer des Detektivs, den er engagierte, um Hintergrundrecherchen anzustellen und irgendwelche Haken bei potenziellen Projekten aufzuspüren. Richard Anselm hatte schon Top-Manager ausspioniert und aufgedeckt, wenn sie Leichen im Keller hatten, die sie für den Job disqualifizierten. Wenn da etwas war, würde er es herausfinden.

Wegen der Zeitverschiebung war es an der Westküste noch nicht Abend und so erwischte er Anselm noch und gab ihm die Telefonnummer für eine Überprüfung.

„Hat das was mit einem Klienten der Firma zu tun?", fragte Anselm, ohne ein Wort darüber zu verlieren, dass sie sich eine Ewigkeit nicht mehr gesprochen hatten.

„Es ist privat. Ich werde Denise sagen, dass sie es getrennt abrechnen soll." Und bei seinem nächsten Anruf gab er ihr Anweisung, Anselms Rechnung von seinem Privatkonto zu begleichen.

„Noch etwas?", sagte sie.

„Wie sieht es bei euch aus?"

„Gut, außer was Consuela betrifft. Sie bekommt noch einen Schlaganfall, wenn du darauf bestehst, dass sie umzieht."

„Ach, komm. Es ist doch nur vorübergehend."

„Sie will aber, dass du hier wohnst und nicht sie dort. Weißt du, dass sie dich schon mit so ungefähr allen Schimpfwörtern tituliert hat, die ich kenne?"

„Es ist wunderschön hier."

„Es schneit."

„Aber nur ein bisschen." Er wollte lieber nicht aus dem Fenster schauen.

In der Nacht stand Noelle auf und schlich auf Zehenspitzen in Liams Zimmer. Er hatte erhöhte Temperatur, aber das Fieber war nicht höher als bei ihr. Auch wenn sie nicht gerade robust war, hatte sie sich nie als kränklich bezeichnet, bis die Lungenentzündung ihre Atemwege dauerhaft geschädigt hatte. Hochmut kommt vor dem Fall.

Liebevoll strich sie Liam über die Wange und betete darum, dass er Ricks Konstitution geerbt hatte. Als sie sich davon überzeugt hatte, dass er so ruhig schlief, wie es einem kranken Kind möglich war, schlich sie wieder in ihr Zimmer zurück.

„Ist Liam in Ordnung?", fragte Rick mit leiser Stimme.

Sie hatte ihn nicht stören wollen und war so leise wie möglich wieder ins Bett gestiegen. „Ich glaube schon. Er schläft." Ihr eigener Hals tat höllisch weh. Der Schmerz war schier unerträglich.

Er nahm ihre Hand, als sie sich wieder hinlegte. „Du bist ganz heiß."

„Du bist auch nicht übel."

Er lächelte nachsichtig und fühlte ihre Stirn. „Ich hole dir noch etwas Paracetamol."

Sie widersprach nicht. Es würde zwar nicht gegen die Schmerzen helfen, aber vielleicht senkte es das Fieber. Solange sie atmen konnte, ohne dass ihre Brust sich wie ein Sumpf anfühlte, wurde sie mit dem Rest schon fertig.

Der Wind heulte und rüttelte an den Fenstern. Morgan hatte gut daran getan, Quinn und den Professor zum Bleiben zu bewegen. Für Rudy muss die Fahrt ziemlich anstrengend gewesen sein. Vermutlich hatte er bei seinem Laden Halt gemacht und in seiner Notwohnung übernachtet. Die war deutlich näher als sein Haus.

Rick kam mit der Tablette zurück. Mit heiserer Stimme dankte sie ihm und schluckte sie mühsam herunter. Als er wieder neben ihr lag, gab er ihr zärtlich einen Kuss auf die Schläfe. „Ich versuche, mir keine Sorgen zu machen."

„Ich weiß."

Behutsam legte er seine Hand auf ihren Bauch und sie legte ihre auf seine. Sie wusste, dass er auch für das Kind betete. Nach einer Weile sagte sie: „Ich glaube, Morgan ist auf dem Weg der Heilung."

„Weil er Quinn mag?"

„Dir ist es auch aufgefallen?"

„Ich kenne doch meinen Bruder."

„Es ist so lange her."

„Das stimmt."

Ihre Stimme krächzte. „Ich mag sie auch, Rick."

„Mach dir keine allzu großen Hoffnungen. Schließlich geht es um Morgan."

Sie schmiegte sich an ihn. Obwohl er immens beliebt und erfolgreich war, hatte Morgan nicht immer die richtigen Entscheidungen getroffen. „Aber …"

„Du warst nicht dabei, als er Jill das erste Mal verloren hat. Er war wie betäubt."

Als er und Jill sich damals getrennt hatten, war er noch ein Teenager gewesen. „Er ist jetzt anders. Reifer."

„Ich hoffe, du hast recht. Es ist bloß nicht so einfach, die Altlasten zu vergessen."

„Wir alle tragen unser Päckchen. Außer dir vielleicht."

„So so." Er fuhr ihr mit dem Daumen über die Wange. „Danke, dass du mich auf den Teppich zurückholst."

Für zwei Menschen, die früher so unterschiedlich gewesen waren, hatten sie zu einer unglaublichen Vertrautheit gefunden.

Er drückte ihr seine Lippen auf die glühende Stirn. „Ich kann mich glücklich schätzen, dass ich dich habe."

Glücklich schlang sie ihm die Arme um den Hals. „Das beruht auf Gegenseitigkeit."

Während der nicht enden wollenden Nacht ging Quinn in Gedanken jede Möglichkeit durch, wie sie die Dinge anders hätte angehen können, doch sie kehrte immer wieder an den Ausgangspunkt zurück. Sie hatte die Sache nicht auf sich beruhen lassen können, hatte nicht schweigen können, nachdem sie Bescheid wusste. Da war sie sich sicher. Es war der Rest, der ihr Albträume bescherte.

Als sie die Augen aufschlug, fiel dämmriges Licht ins Zimmer. Sie setzte sich im Bett auf und strich sich die Haare aus der Stirn, weil sie zum Fenster raussehen wollte. Aber es war völlig zugeschneit. Fröstelnd zog sie sich Socken an und ging in das wärmere Zimmer, in dem der Holzofen stand. Es war noch etwas Glut darin, die wieder Feuer fing, als sie ein kleines Holzscheit auflegte.

Da sie nicht wusste, wie lange das heiße Wasser reichen würde, beeilte sie sich beim Duschen, aber ihre Haare konnte sie nicht auf die Schnelle waschen, dafür waren sie zu dick. Zum Glück hatte der Ofen genügend Wärme produziert, als sie aus dem Bad kam. Sie rubbelte sich mit dem Handtuch die Haare trocken, Locke für Locke, und zog sich an. Ihre Uhr zeigte Viertel nach acht. Sie wusste nicht, wann die Spencers aufstanden oder ob Noelle überhaupt das Bett verlassen würde, aber sie würde nicht hier warten, ohne dass sie etwas anderes zu tun hatte, als sich deprimierende Gedanken zu machen und deprimierende Geschichten zu lesen.

Sie packte Noelles Tasche und den Umschlag des Professors, zog ihren Mantel und ihre Handschuhe an und öffnete die Tür, nur um sie gleich wieder zu schließen, als die Wand aus Schnee in sich zusammensackte. Nicht gut. Sie sah sich nach einer Schaufel um, fand aber nur ein kleines Werkzeug für die Asche im Holzofen. Die kleine Kochecke mit dem winzigen Kühlschrank, zwei Herdplatten und einer Spüle förderte nur einen Topf zutage. Wenn sie in einer Lawine verschüttet gewesen wäre, hätte sie ihn benutzt, aber so …

Die Schneewehe draußen war wahrscheinlich dort am höchsten, wo sie sich an der Hütte aufgetürmt hatte. Sollte sie versuchen, sie mit ihrem Körper zu durchbrechen? Klang gut. Jemand anders hätte vielleicht Holz aufs Feuer geworfen und gehofft, dass jemand sie rettete. Aber Morgan musste sich um Livie kümmern. Und Rick hatte eine kranke Familie. Daher würde sie nicht untätig hier sitzen und auf Hilfe warten.

Sie ließ Noelles Tasche zurück, um sie später zu holen, dann stopfte sie den Umschlag in ihren Mantel, schlang den Gürtel um ihre Taille und zog die Kapuze fest um ihr Gesicht. Dann wappnete sie sich, öffnete die Tür und hielt mit ihrem Körper den Schnee zurück, der auf sie niederging. Sie blinzelte in die weiße Masse und schob sich vorwärts, wobei ihr bewusst wurde, wie wenig Körpergewicht sie der brusthohen Schneewehe entgegenzusetzen hatte.

Obwohl die Schneewehe keine zwei Meter breit war und allmählich an Höhe abnahm, würde es nicht einfach sein, sich nur mit den Händen einen Weg hindurchzubahnen. Während sie gegen die Schneemassen arbeitete, fiel ihr der pulvrige Schnee in die Mantelärmel, sodass ihre Handgelenke nach kurzer Zeit nass und eiskalt waren. Ihre Strumpfhose und die Stulpen waren ebenfalls durchnässt. Den schicken Rock und den Pullover hatte sie für das Thanksgiving-Essen ausgewählt und nicht, um ein menschlicher Schneepflug zu werden.

Als sie die Tür freigeschaufelt hatte und rausgehen konnte, machte sie sie hinter sich zu. Mit dem Rücken dagegengelehnt hatte sie mehr Kraft in Armen und Beinen. Nachdem sie ungefähr einen halben Meter frei geräumt hatte, fingen ihre Oberarme an zu schmerzen. Nach weiteren zwanzig Zentimetern fühlten sich ihre Schultern wie heiße Kohlen an, die sich in ihren Nacken bohrten. Sie ruhte sich einen Augenblick aus und lehnte sich in den Schnee, um wieder zu Kräften zu kommen.

Umkehren war schwierig oder sogar unmöglich, denn die Schneewehe war hinter ihr eingestürzt und hatte den Weg wieder zugeschüttet. Sie richtete sich auf, hob die Arme und schob weiter. Wenn sie eine Kriegsgefangene gewesen wäre, hätte kein noch so großer Schmerz ihr erlaubt aufzuhören. Hinge ihr Leben davon ab, würde sie sich durch jedes Hindernis kämpfen. Ihr einziger Antrieb heute waren die Langweile und der Frust.

Wieder machte sie eine Pause. Und als sie weitermachte, hieb sie weniger systematisch und mit ruckartigeren Bewegungen auf den Schnee ein. Sie senkte das Kinn und drehte den Kopf zur Seite, aber sofort verfing sich der Schnee in ihren Wimpern und den Haaren, die unter der Kapuze herausgerutscht waren.

„Quinn!“

Als sie ihren Namen hörte, drehte sie sich um und sah Morgan. Die Schneewehe vor seiner Tür war nur etwa einen Meter hoch. Mit Livie in einem Tragegestell auf dem Rücken benutzte er eine

Schaufel, um sich hindurchzugraben, dann stapfte er durch den kniehohen Schnee zu ihrer riesigen Schneewehe. Von der anderen Seite kämpfte er sich solange vor, bis er zu ihr durchbrach.

Sie sagte: „Eine Schaufel hilft natürlich." Als sie sich den Schnee vom Mantel klopfte, sah sie, dass er sie anstarrte. „Was ist?"

„Sie haben meine SMS nicht bekommen?"

Der Gedanke an eine SMS würde ihr den Tag verderben. „Ich habe mein Ladegerät nicht dabei, deshalb habe ich mein Handy ausgeschaltet."

„Ich habe Ihnen geschrieben, dass Sie mich anrufen sollen, sobald Sie wach sind, dann würde ich Sie ausgraben."

„Das wäre mal eine nützliche Nachricht gewesen." Obwohl kleine Wolken am Himmel zu sehen waren, glitzerte die Luft um sie herum vor Eiskristallen.

Er klopfte ihr den Schnee von den Schultern und vom Rücken. „Sie können von Glück sagen, dass der Schnee Ihnen nicht bis über den Kopf reicht."

„Dann wäre ich drin geblieben."

„Ich bin nicht sicher, ob ich das glauben soll, wenn es aus dem Mund eines Schneemanns kommt."

„Schneemädchen!", berichtigte Livie ihn.

„Stimmt, Kleines. Schneemädchen."

„Genau genommen Schneefrau."

„Ja, aber größentechnisch –"

Sie versetzte ihm einen Stoß.

„He! Ich habe dich gerade gerettet."

Unwillkürlich war er zum Du übergegangen, freute sie sich, und konterte: „Ich habe dich aber gar nicht darum gebeten." Sie formte einen Schneeball und bewarf ihn damit.

„Oh-ho-ho." Er ballte selbst eine Handvoll Schnee zusammen, und da sie ihm nicht ausweichen konnte, schlüpfte sie an ihm vorbei, um durch den halbhohen Schnee zu stapfen. Sein Schneeball traf sie am Schulterblatt und sie griff mit beiden Händen in den Schnee. Morgan war ein hervorragender Schütze und der nächste Wurf schlug ihr den Schnee aus der Hand.

„Hey!"

„Ich will nicht, dass du danebenwirfst und Livie triffst."

„Ja, klar. Versteck dich ruhig hinter einem Baby."

Er pflügte durch den Schnee und blieb unmittelbar vor ihr stehen und seine dunkelblauen Augen funkelten. „Das sind kämpferische Worte."

Ihr Herz raste, als sie darüber nachdachte, wo sie gerade war. Irgendwie war die Distanz zwischen ihnen plötzlich geschrumpft.

„Warte nur, bis ich meine kostbare Fracht abgeladen habe, dann erteile ich dir eine Lektion in Kriegsführung."

Daran zweifelte sie nicht. „Nein, danke. Ich bin Pazifistin."

„Wenn ich mich recht entsinne, hast du mit dieser Schlacht angefangen."

„Du hast meine Körpergröße beleidigt."

Er musterte sie von oben bis unten.

Ihre Augen verengten sich. „Vorsicht!"

„Sonst was?"

„Das willst du nicht wirklich wissen."

„Oh-oh." Er schob einen Arm um ihren Rücken. „Willst du mir drohen? Du solltest keine Drohungen aussprechen, die du nicht wahr machen kannst."

Sie hob das Kinn. „Das kann ich aber."

„Mmm. Ich bin ziemlich sicher, dass du mich nicht besiegen kannst."

Sie konnte von Glück sagen, wenn sie einen Ton herausbrachte, ohne dass ihre Stimme sich überschlug.

Seine durchdringenden Augen wanderten über ihr Gesicht. Er war kein Mann mit einem gebrochenen Herzen. Das war nur Verkleidung. Hinter seiner Maske verbarg sich ein Mann, den die Frauen umschwärmten. Sie legte eine Hand auf seine Brust und machte einen Schritt zurück. Sonst hätte sie gar keine Luft mehr bekommen.

Sein Blick war noch immer verheißungsvoll lodernd, als er die Schaufel aus der Schneewehe zog. „Komm mit."

Dieser Befehl belustigte sie mehr, als dass er sie ärgerte. Sie konnten ja kaum mehr als einen Meter weit gehen. Er kämpfte gegen die Schneewehe an, die sich zwischen ihnen und dem Haupthaus aufgetürmt hatte.

Dabei kam sie sich so nutzlos vor, als sie fragte: „Kann ich irgendwie helfen?"

Er drehte sich zu ihr um: „Du könntest Livie nehmen."

Gemeinsam nahmen sie das Tragegestell von seinem Rücken und sie schnallte es sich um. Das Gestell mit seinen Taschen wog doppelt so viel wie das Kind, und nachdem sie sich durch ihre eigene Schneewehe gekämpft hatte, konnte sie kaum noch aufrecht stehen. Wie hatte er es nur geschafft, mit Livie auf dem Rücken zu schaufeln?

Morgan räumte die meterhohe Schneewehe vor ihnen beiseite und dann noch eine kleinere, bevor er stehen blieb und sie ansah. „Irgendwie habe ich das Gefühl, dass du heute noch nicht hier wegkommst."

Sie betrachtete ihren halb verschütteten Pick-up und die Schneewehen überall in der Auffahrt, von den Straßen ganz zu schweigen. Selbst die Sonne, die von einem strahlend blauen Himmel schien, würde eine Zeit lang brauchen. „Wenigstens haben wir noch ein paar Reste zum Essen."

„Wie ich sehe, tendierst du eher zum Optimismus."

„Meistens stehe ich mit beiden Beinen in der Realität. Es ist so, wie es ist, also mach das Beste draus."

Er hob die Schaufel hoch. „Keine schlechte Philosophie."

Livie beugte sich zu ihrem Ohr. „Willtu Tierepielen?"

Es dauerte eine Weile, bis sie die ungewohnt kindlich klingenden Worte übersetzt hatte, aber dann sagte sie: „Gerne. Und Daddy kann die Elefanten sprechen lassen."

Er hielt beim Schaufeln inne und warf einen Blick über die Schulter. Sie lächelte. Es gab subtilere Formen der Kriegsführung, als er sich vorstellen konnte.

Vom Fenster in Liams Zimmer aus beobachtete Noelle, wie Quinn und Morgan sich im Schnee tummelten. Ihr stockte der Atem, als ihr die kleinen Neckereien auffielen. So ausgelassen hatte sie Morgan schon lange nicht mehr erlebt – außer wenn er mit den Kindern zusammen war. Als er den Arm ausstreckte und Quinn festhielt, fuhr sie sich mit der Hand aufs Herz und hoffte, dass seine harte Schale endlich Risse bekam.

„Mommy", krächzte Liam.

Sogleich drehte sie sich um und nahm ihn so auf den Arm, dass er sein Köpfchen an ihre Schulter lehnen konnte. Sein fiebriger Körper fühlte sich an wie glühende Kohlen. Hilfe suchend schmiegte er sich an sie. Gern gab sie es nicht zu, aber sie liebte die anschmiegsame Trägheit ihres Sohnes, wenn er krank war. An gesunden Tagen wollte er nie lange kuscheln oder im Arm gehalten werden.

Zusammen machten sie es sich im Schaukelstuhl bequem, den Rick so konstruiert hatte, dass sie und ihr Kind darin bequem sitzen konnten. Sie dachte an die Unterhaltung des vergangenen Abends. Morgan hatte so viel durchgemacht und Trauer konnte sich auf sehr unterschiedliche Weise ausdrücken. Während manche Menschen behaupteten, er hätte sich aus dem Rampenlicht zurückgezogen, um seine Wunden zu lecken, war eigentlich genau das Gegenteil der Fall. Er hatte sich zurückgezogen, nur um ganz für Livie da zu sein.

Vielleicht hatte er geweint, wenn er allein war, aber sie bezweifelte es. Sie vermutete, dass seine Panikattacken ein Resultat der Zurückhaltung und Verdrängung waren. Zuerst waren diese Anfälle furchtbar heftig gewesen und sie waren auch ein Grund dafür, warum er und Livie in den ersten Monaten bei ihnen im Haupthaus gewohnt hatten. Nach einer Weile hatten sie nachgelassen, aber vermutlich nicht, weil er seine Trauer verarbeitet hatte, sondern eher, weil er sich daran gewöhnt hatte.

Vielleicht war das erneute Auftreten der Panikattacken ein Zeichen dafür, dass die Trauer anerkannt und gelöst werden wollte. Und vielleicht bedeutete das, dass er wieder versuchte zu lieben. Sie wünschte ihm eine Frau, die ihn liebte und an ihn glaubte und die ihn zu schätzen wusste.

Nachdenklich legte sie den Kopf auf Liams Haare und schaukelte vor und zurück. Sie hatte noch kein Lebenszeichen ihres ungeborenen Babys gespürt, aber sie betete, dass das kleine Wesen nicht in Mitleidenschaft gezogen wurde und die Infektion schnell vorüber war. Sie betete für Liam, dass er schnell wieder gesund wurde, und für Morgan, dass die Ausgelassenheit und die Freude, die sie gerade beobachtet hatte, wachsen und gedeihen würde.

Kapitel 11

Quinn sah auf, als Rick ebenfalls mit einer Schaufel in der Hand aus dem Haus kam, und beobachtete, wie die beiden Männer sich in stillem Wettbewerb über den Schnee hermachten. Als sich ihre beiden Trampelpfade trafen, warfen sie sich gegenseitig einen Blick zu, den Quinn nicht so ganz deuten konnte, aber sie hatte eine Vermutung, als Rick sie ansah und ein Lächeln unterdrückte.

„Morgen, Quinn."

Morgan lehnte sich auf seine Schaufel und sagte: „Ihre Schneewehe hat sie mit der Bulldozertechnik in Angriff genommen."

Rick nickte. „Wir werden schon trockene Kleider für Sie finden."

Sollten sie doch lachen. Sie stampfte energisch auf, um den Schnee von ihren Stiefeln zu treten, und folgte ihnen ins Haus, wobei sie Livie und die dickeren Schneeschichten an der Tür ablud.

Als Morgan das Kind aus dem Tragegestell nahm und in die Küche schleppte, sagte Rick: „Noelle müsste etwas haben, was Sie anziehen können."

„Danke."

Der Professor stand am Kamin und rauchte Pfeife. Aber gegen den Geruch, den das Kaminfeuer verbreitete, konnte sich der Pfeifenrauch kaum durchsetzen. Quinn schlang die Arme um den Oberkörper, während sie die gemütliche Szene betrachtete.

„Wie ich sehe, haben Sie Ihre Lektüre mitgebracht." Er deutete mit einem Nicken auf die Mappe, die sie aus ihrem Mantel gezogen hatte. „Haben Sie gestern noch darin gelesen?"

„Nicht wirklich." Sie lächelte verlegen.

Nach ihrer rastlosen Nacht und der Anstrengung des Morgens hätte sie sich lieber auf einem der weichen Ledersofas ausgestreckt und ein Nickerchen gehalten, aber sie gesellte sich zu dem Professor am Kamin. Als Rick ihr eine schwarze Hose mit elastischem Bund und einen unglaublich weichen grauen Pullover brachte, dampften ihre nassen Strümpfe bereits. Rick und Morgan und der Professor sahen so frisch aus wie der Neuschnee draußen, aber sie selbst kam sich ziemlich abgerissen vor.

Schnell schlüpfte sie ins Bad, um sich umzuziehen, dann krempelte sie Hosenbeine und Ärmel der geliehenen Kleidung um. Eingewickelt in den Pulli hatte sie ein elegantes Lingerie-Set gefunden – etwas, wie sie es noch nie in der Hand gehabt, geschweige denn getragen hatte. Als sie das Wohnzimmer wieder betrat, lächelte sie Dr. Jenkins zu, der als Einziger dort war. „Sollen wir uns hineinstürzen?"

Seine Augen leuchteten auf. „Das sollten wir, finde ich."

Sie saßen am Kamin und betrachteten die erste Anekdote seiner Sammlung. Aus der Küche drang der Duft von Würstchen und Zwiebeln herüber. Vielleicht Kartoffeln. Irgendjemand konnte hier kochen. Ihr Magen knurrte. Sie hatte gestern nur eine Mahlzeit zu sich genommen, und auch wenn die üppig gewesen war, freute sie sich schon auf die nächste.

„Ach ja", sagte Dr. Jenkins, als er die Geschichte überflog. „Die Porzellanpuppe."

„Ist das eine gute Geschichte oder eine grausige?"

„Eine interessante, würde ich sagen. Sie zählt zu den frühesten Überlieferungen aus den Anfängen der Anstalt. Die Frau hielt sich selbst für eine Porzellanpuppe und weigerte sich, irgendetwas zu tun, was sie beschädigen oder zerbrechen könnte."

„Zum Beispiel … sich zu bewegen?"

„Das tat sie nur sehr selten. Meist saß sie da und starrte geradeaus, sehr hübsch, genau wie eine Puppe auf einem Regal."

„Hat sie gesprochen?"

„Nur wenn man sie ansprach, aber dann lediglich mit Sätzen wie: ‚Nicht anfassen, sonst zerbreche ich.' Oder: ‚Was für eine hübsche Puppe.' Wenn sie in einem Stuhl zum Essen oder in die Sonne gefahren wurde, rührte sie keinen Muskel und saß aufrecht da, manchmal stundenlang."

„Wie schrecklich."

„Und was für eine Verschwendung, meinen Sie nicht? Schließlich gab es keine erkennbaren Gründe dafür, warum sie nicht ein erfülltes Leben hätte führen können."

„Was konnte man für sie tun?"

„Ein Pfleger bemerkte, dass sie im Schlaf aktiver war als im Wachzustand, und als der Arzt sie während dieser ruhelosen Zeiten befragte, sprach sie bereitwillig über ihre Träume, während sie noch zu träumen schien. Offenbar war sie als Kind von Regeln und Erwartungen schier erdrückt und für die geringste Übertretung bestraft worden, bis es das Sicherste war, nichts mehr zu tun, außer hübsch auszusehen. Also wurde sie zu einer Puppe im Regal."

„Was ist aus ihr geworden?"

„Das wissen wir leider nicht. Vielleicht hat das Erzählen ihrer Träume ihr dabei geholfen, ihre Selbstwahrnehmung als ein hilfloses, zerbrechliches und lebloses Wesen abzulegen."

Es war eine traurige Geschichte, aber sie war nicht unerträglich.

Aber der Professor verdarb den Eindruck, als er fortfuhr. „Nicht alle Berichte haben ein Happy-End. Die verstörendsten Fälle werden Sie in der Rubrik Spuk finden."

Sie blickte auf. „Dort spukt es?"

Seine Augen funkelten. „Was ist schon ein historischer Bericht ohne ein paar Geistergeschichten?"

„Sie glauben diese Sachen?"

„Als Historiker glaube ich nichts, ich dokumentiere nur."

„Aber Sie haben doch sicher eine Meinung."

Er zuckte mit den Schultern. „Ich würde diese Dinge nicht einfach so abtun. Sie haben mich gefragt, ob ich in Veras Keller das Elend spüren konnte. Das kann ich nicht gerade behaupten. Aber als ich ging und an einem Bett vorbeikam, an dem Fesseln angebracht waren, fühlte ich einen kalten Luftzug an meinem Handgelenk, so als hätte jemand danach gegriffen."

Quinn fröstelte. „In diesen Keller bringen mich keine zehn Pferde mehr. Was ist aus dem Gebäude geworden? Wurde es abgerissen?"

„Nach dem Feuer."

Langsam hob sie den Blick. „Bitte sagen Sie, dass die Anstalt nicht mehr in Betrieb war, als sie abgebrannt ist."

Er sah sie an und schwieg einen Augenblick. „Das einzige Opfer, das zu beklagen war, war der schwer gestörte Mensch, der den Brand gelegt hat."

„Bitte erzählen Sie mir nicht, wie." Quinn schob die Papiere in den Umschlag zurück. Sie war kein Feigling, aber eine Geschichte, wie jemand bei lebendigem Leibe verbrannt war, wollte sie unter gar keinen Umständen hören.

Mit verständnisvollem Nicken zog der Professor an seiner Pfeife.

In der Küche schenkte sich Morgan einen Thermobecher mit Kaffee ein, den er mit einer Prise Salz gebraut hatte, um den bitteren Geschmack der gemahlenen Bohnen zu mildern.

Als Rick das sah, konnte er sich die Bemerkung „Wenn du ihn nicht so stark machen würdest, bräuchtest du kein Salz reinzutun" nicht verkneifen.

„Und wenn du anständigen Kaffee kaufen würdest, hätte er nicht den Geschmack von Spülwasser."

„Anständiger Kaffee ist für dich nur etwas, das auf einem Vulkan in Hawaii handgepflückt wurde."

„Oder in Papua Neuguinea oder –"

„Ja, ja." Rick wendete die Würstchen, Zwiebeln und Kartoffeln in der großen gusseisernen Pfanne.

Morgan beobachtete ihn aufmerksamer als früher. Sein Bruder hatte gelernt, mit dem Herd umzugehen – etwas, was er vielleicht auch in Angriff nehmen sollte. „Consuela sperrt sich gegen meine Einladung, hierher zu uns zu kommen."

„Sie hat sich ihr eigenes Leben aufgebaut, hat Freunde, eine Gemeinde und soziale Kontakte. Selbst wenn du sie fürstlich entlohnst, was du sicher tust, bedeutet das nicht, dass du sie dort so einfach ausreißen und hierher verpflanzen kannst."

„Warum sagst du nicht, was du denkst, Rick?" Er nippte an seinem Kaffee. „Raus mit der Sprache."

Rick zog belustigt die Augenbrauen hoch.

„Was soll ich denn essen?"

„Lern kochen." Rick warf ihm einen Blick zu. „Oder stell jemand anders ein."

„Aus dem reichhaltigen Vorrat an Arbeitskräften hier oben."

Rick stellte die Flamme kleiner und verrührte die Eier in einer blauen Porzellanschüssel. „Da wäre noch Quinn."

Morgan hielt mitten in einem Schluck inne und musterte seinen Bruder. Es war zum Verzweifeln, wie schwer Rick zu durchschauen war. „Aber sie hat ihr eigenes Unternehmen."

„Mit ihrem eigenen Zeitplan, der sich vielleicht um ein paar Mahlzeiten für dich und Livie herum organisieren lässt."

„Sie wäre bestimmt beleidigt."

„Du bezahlst gut."

„Hier geht es doch nicht nur ums Geld." Er legte seiner Tochter die Hand auf den Kopf. „Es geht darum, dass man zusammenpasst. Consuela passt zu mir. Zu uns." Halb Mutter, halb Heilige.

„Joghurt, Daddy." Livie hielt ihm einen Löffel hin.

Er leckte ihn ab und lächelte dankbar.

„Sie wird da sein, wenn du wieder zurückgehst. Das hier ist doch vorübergehend, oder?"

Ja, aber Quinn war … was? Hinreißend. Kratzbürstig. In Schwierigkeiten? Richard Anselm arbeitete daran, aber es konnte nicht schaden, wenn er selbst auch die Augen offen hielt. Nachdenklich rieb er sich das Kinn. „Ich könnte es wenigstens probieren."

Rick wendete das Rührei in der Pfanne. „Ich bezweifle, dass sie so abgeneigt wäre, wie du glaubst. Lass einfach deinen Charme spielen."

Früher war das so einfach gewesen. Jetzt war es mühsam, als müsste er Wasser aus einem Brunnen pumpen, den man längst stillgelegt hatte. Und dann waren noch die Situationen, die er nicht unter Kontrolle hatte, als sie zum Beispiel seine verwundete Hand gewaschen hatte. Schon bei diesem Gedanken spürte er wieder eine Welle. Vielleicht war das das Problem. Er wollte sie nicht anstellen. Er wollte –

„Ich bin fertig, Daddy."

„Alles klar, Kleines." Er wusch ihr das Gesicht und sah zu, wie sie ins Wohnzimmer wackelte, wo Quinn und der Professor sich unterhielten. Sekunden später hörte er, wie Livie mit Quinn sprach, und etwas in seinem Magen zog sich zusammen. Seine kleine Tochter mochte sie.

Gestern hatte er sie beim Kochen beobachtet. Sie hatte die Mahlzeit genauso sorgfältig und liebevoll zubereitet, wie sie Veras Haus aufgeräumt hatte. Trotzdem, abgesehen von dem, was er selbst gesehen hatte, wusste er nur sehr wenig über sie, und der gestrige Abend ließ vermuten, dass da etwas nicht stimmte.

Mit dem Handy checkte er kurz seine E-Mails und siehe da, er hatte eine Antwort von Richard Anselm. Die Person, die Quinn belästigte, hieß Markham Wilder. Er hatte zwei Verurteilungen wegen kleinerer Betrugsdelikte zu verzeichnen, die aber auf Eis gelegt worden waren bis zu einer Verurteilung wegen Veruntreuung, und alles zusammen hatte ihn ins Gefängnis befördert. Er hatte vier von fünf Jahren abgesessen und war auf Bewährung freigelassen worden. Gewalttätige Übergriffe waren nicht registriert.

Wenn sie mit so einem Kerl zusammen, verheiratet oder gar verwandt war, dann könnte das auf einen zwielichtigen Charakter hinweisen, aber davon hatte er nichts gesehen. Ganz im Gegenteil. Sie tat mehr als nur das Nötigste, um ihren Beitrag zu leisten und ihren Lebensunterhalt zu verdienen. Aber es konnte nicht schaden, auch ihren Hintergrund ein wenig auszuleuchten – nichts Datenschutzrelevantes und nur als Vorsichtsmaßnahme –, also gab er entsprechende Anweisung.

Dadurch dass Rick und Noelle die Holzhütten regelmäßig vermieteten, gehörten Gäste zu ihrem Leben dazu, und auch wenn die Gastfreundschaft eingeübt war, schien sie von Herzen zu kommen. Quinn und Livie mussten sich gegen die drei Männer behaupten, aber Quinn aß die meiste Zeit und ließ die anderen reden – im Gegensatz zu gestern. Sie hatte Hunger und ihre Arme schmerzten noch immer vom Kampf gegen die Schneemassen.

Als der Professor nach Noelle fragte, seufzte Rick. „Es geht ihr schlechter. Und Liam auch."

Sie wandte sich an Morgan. „Ich hoffe, du und Livie steckt euch nicht an."

„Die beiden sind oben so gut wie in Quarantäne."

Abgesehen von den Ausflügen, die sie alle in die Krankenzone gemacht hatten. Aber sie wünschte, das wäre ihre größte Sorge.

Er sagte: „Alles in Ordnung?"

„Ja." Sie lächelte zu schnell. „Meinst du, wir kommen bis zu Veras Haus durch?"

„Ich werde nicht den ganzen Weg freischaufeln, aber du könntest es mit deiner Technik probieren."

„Ha ha. Also, wie sieht der Plan aus?"

„Wofür?"

„Für heute."

Er legte den Kopf schief. „Was wünschst du dir denn?"

Ihr Herz führte einen kleinen Tanz auf, als seine Augen ihr Gesicht streichelten. Wahrscheinlich war ihm die Wirkung nicht bewusst, sonst würde er diese Methode nicht so unüberlegt einsetzen. „Hm, also …" Super. Stammeln war ja so attraktiv.

Er sagte: „Ich habe den Laptop mitgebracht, falls du etwas Geschäftliches erledigen willst."

Ihre Geschäfte fühlten sich an wie ein loser Faden in einem sich auflösenden Seil, aber sie sagte: „Gut, danke. Ich beeile mich."

„Nicht nötig." Er hob Livie aus ihrem Kindersitz. „Wir haben sprechende Elefanten."

Sie freute sich, dass er das Versprechen, das sie für ihn gegeben hatte, nicht vergessen hatte. Und dass er auch nicht versuchte, sich rauszureden. Er hatte eine Tiefe und Reife und einen ungezügelten Spieltrieb, der nicht nur für Kinder reserviert war. Während Rick das Geschirr wegräumte, brachte Morgan seinen Laptop und legte ihn auf den Tisch.

Sie sah in ihren Auktionen nach und rief ihre E-Mails ab. Seit gestern Abend hatte sich kaum etwas getan. Wenn sie zu Hause wäre, würde sie jetzt wahrscheinlich neue Gegenstände einstellen, aber es tat ihr nicht leid, dass es anders war. Als sie fertig war, ging sie ins Wohnzimmer, um ihr eigenes Versprechen zu halten und mit Livies Tieren zu spielen, aber Morgan hatte die Kleine gerade in der Kinderecke mit den kleinen Stühlen und einem passenden Tisch abgesetzt, wo er den Film *Findet Nemo* für sie eingelegt hatte. Wahrscheinlich konnten Morgans Elefanten nicht endlos reden.

Er kam zu ihr herüber. „Fertig?"

„Die Transaktionen und Mails gehen ziemlich schnell. Am längsten dauert das Finden, Recherchieren und Einstellen der Artikel."

„Ich hoffe, du hast trotzdem noch freie Zeit."

„Natürlich."

„Ich wollte dich nämlich etwas fragen."

Sie verschränkte die Arme, verwirrt von seinem Tonfall.

Er nahm einen geschnitzten hölzernen Pinienzapfen in die Hand, der an einem gebogenen Ast befestigt war. „Wie es aussieht, will meine Haushälterin nicht aus Santa Barbara weg. Es wäre nicht fair, sie zu zwingen, also dachte ich, vielleicht hättest du ja Interesse an dem Job, solange wir hier sind."

Sie fühlte Überraschung und dann Enttäuschung. Aber was hatte sie erwartet?

„Natürlich könntest du dein Geschäft weiterführen. Ich brauche nur jemanden, der kocht und ein paar Hausarbeiten erledigt und vielleicht gelegentlich auf Livie aufpasst. Wir könnten uns bestimmt einigen, was die Einzelheiten betrifft." Er legte den Ast wieder hin. Seine Stimme wurde weicher. „Was du mit dem Haus gemacht hast, ist umwerfend. Und das Essen gestern war es auch."

Ihre Gedanken überschlugen sich, als sie sich vorstellte, wie es sein würde, für Morgan zu arbeiten. Nicht, was sie sich erträumte, aber es gab keinen Grund, sich etwas vorzumachen.

„Ich weiß, dass die Frage aus heiterem Himmel kommt."

„Ja, stimmt." Sie musterte ihn, um festzustellen, was hinter dem Angebot steckte, aber sie konnte keine Hintergedanken entdecken. Leider.

„Ich sitze in der Klemme und Livie folgt dir wie ein Küken der Henne."

Sie blickte zu seiner Tochter rüber, die mit dem Daumen im Mund dasaß und dem kleinen bunten Fisch dabei zusah, wie er im Meer herumschwamm. Zeit mit ihr zu verbringen, wäre eine Wonne.

„Ich bezahle –"

„Ich will keine Bezahlung."

Er runzelte die Stirn. „Wie meinst du das?"

Sie sah die Gelegenheit, reckte das Kinn vor und preschte vor. „Wenn ich koche und putze, könntest du mir dann einen falschen Pass besorgen? So einen mit einer echten Sozialversicherungsnummer, der einer Überprüfung standhält?" Er hatte zugegeben, dass seine Bitte aus heiterem Himmel kam. Seiner Miene nach zu urteilen kam ihre aus einer anderen Galaxie.

Die Hände in die Hüften gestemmt, sah er sie prüfend an. „Warum denkst du, ich könnte das?“

„Du hast Geld, Mittel und Wege. Du drehst an ein paar Schräubchen und schon passieren die Dinge.“

„Legale Dinge.“ Er spreizte die Finger einer Hand. „Ich schmiere vielleicht jemanden, aber ich habe keine Verbindungen zur Unterwelt.“

Sie ließ die Schultern hängen. Es war eine dämliche Idee gewesen.

„Warum brauchst du einen anderen Namen?“

Sie starrte auf den Boden. „Jemand will mich finden.“

„Die Gesetzeshüter?“

Sie schüttelte den Kopf. Jedenfalls glaubte sie das nicht.

„Der Typ von gestern Abend?“

Sie nickte, ohne ihn anzusehen.

„Dein Mann?“

Jetzt blickte sie auf. „Nein. Igitt.“

Er grinste schief. „Na, dann haben wir das ja schon mal geklärt.“

„Ich bin weder verheiratet noch misshandelt oder geprügelt worden.“

„Aber du bist in Schwierigkeiten.“

„Ich werde es sein, wenn er mich findet.“ Warum hatte sie gedacht, Morgan könnte daran etwas ändern?

„Ist Quinn dein richtiger Name?“

„Ja. Den hätte ich mir nicht ausdenken können.“ Sie wünschte, sie hätte es nicht erwähnt. Jetzt wusste er es und Hilfe war nicht zu erwarten.

Er stützte die Arme auf die Rückenlehne der Couch. „Willst du darüber reden?“

„Nein, es hat ja doch keinen Sinn, wenn du mir eh nicht helfen kannst.“ Er bot ihr lediglich einen Job an und sie wusste nicht, ob sie sich dazu verpflichten sollte, wenn sie vielleicht plötzlich untertauchen musste. Was, wenn sie mit Livie allein war, wenn Markham sie fand? Sie wollte gehen.

Doch er hielt sie am Ellbogen fest und drehte sie wieder zu sich um. „Ich habe nicht gesagt, dass ich dir nicht helfen kann. Ich habe nur gesagt, dass ich dir keinen gefälschten Pass besorgen kann.“

Sie blickte suchend in sein Gesicht. „Ich wüsste nicht, was helfen könnte, abgesehen von einem falschen Pass."

„Es gibt mehr als nur einen Weg, den eigenen Namen zu ändern." Er hielt ihren Ellbogen noch immer fest und es fühlte sich warm und sicher an.

„Werden offizielle Namensänderungen nicht öffentlich dokumentiert?"

„Doch." Er ließ sie los und verschränkte die Arme. „Wie gut ist er darin, Dinge aufzuspüren?"

„Besser als ich beim Verstecken. Er hat sogar meine Handynummer herausgefunden." Die schleimige Ratte.

Sie holte das Handy aus ihrer Tasche und schaltete es ein. Gespannt sah Morgan ihr dabei zu, wie sie die SMS aufrief und ihm hinhielt.

Er blinzelte, als er die Worte las, dann sah er sie an. „Keine leere Drohung?"

„Er ist gerade aus dem Gefängnis entlassen worden." Sie hasste den Anflug von Angst in ihrer Stimme und spürte die Wut in sich aufsteigen, weil Markham sie in diese Lage gebracht hatte.

„Den Knast hat er dir zu verdanken?"

„Den hat er sich selbst zu verdanken." Voller Zorn legte sie ihre Stirn in Falten. „Ich habe nur ... seine Machenschaften aufgedeckt."

„Das heißt, er ist sauer. Das bedeutet aber nicht, dass er seine Freiheit aufs Spiel setzt, um dich zu töten."

Aber es gab etwas, das Morgan nicht wusste. „Wahrscheinlich hast du recht."

„Aber du bist nicht überzeugt."

Sie schluckte. „Ich weiß nicht, was ich glauben soll. Aber ich bin bereit zu fliehen."

„Das ist keine Antwort."

„Eine bessere habe ich nicht."

Nachdenklich legte er die Handflächen aufeinander und berührte mit den Fingerspitzen sein Kinn. „Lass mich daran arbeiten."

Ihr Herz machte einen Satz. „Wirklich?" Aus Morgans Mund klangen diese Worte wie Magie.

„Ich werde dich jedenfalls nicht zum Flüchtling machen."

„Wäre ich das denn?"

„Oh ja, Schätzchen. Sich eine falsche Identität zuzulegen, ist illegal.“

Das wusste sie, aber trotzdem …

Morgan betrachtete sie. Für jemanden mit ihrem Mumm schien sie ehrlich verängstigt. Und naiv. Ersteres ließ sich durch die Morddrohung erklären. Letzteres vielleicht durch ihre Jugend? „Wie alt bist du, Quinn?“

Sie runzelte die Stirn. „Siebenundzwanzig.“

Ein, zwei Jahre älter, als er ihrem Aussehen nach geraten hätte, und ein, zwei Jahre jünger, als man aus ihrem Verhalten schließen könnte. „Was hältst du von Heiraten?“

„Ich bin nicht dagegen.“

„Warst du schon mal dagegen?“

„Nein.“

„Dann ist das unsere Antwort, würde ich sagen.“

Ihr fiel die Kinnlade herunter.

Okay, eindeutig eingerostet in Sachen Charme. „Ich habe mir Folgendes überlegt. Wir verlassen das Land, sodass es keine unmittelbaren Einträge in den USA gibt, und haben eine zivile Trauung, die legal ist, aber nicht vollzogen wird. Du hast deine neue Identität und kannst Livie und mir helfen, so lange wir dich brauchen.“

Der anfängliche Schock wich der Bestürzung und ihre Züge entgleisten, während sie ihn anstarrte. „Das nennst du daran arbeiten?“

Auch wenn seine Präsentation etwas improvisiert wirkte, war er doch nicht von einer so negativen Reaktion ausgegangen. „Es ist doch eine gute Lösung.“

„Im Sinne einer Übung im Problemlösen?“

„Du hast deinem Problem eine ziemlich hohe Priorität eingeräumt.“

Sie sackte in sich zusammen. „Ich fasse es nicht.“

Als er diesmal ihren Ellbogen berührte, zog sie ihn fort. „Es ist ohne Risiko und löst deine Identitätskrise umfassend.“

„Ohne Risiko? Immerhin ist ein Trauversprechen damit verbunden.“

„Eine standesamtliche Eheschließung kann so einfach sein wie: ‚Willst du diese Ehe eingehen? Ja. Willst du? Ja. Ich erkläre Sie hiermit zu Mann und Frau.'" Die Worte auszusprechen, ließ ihn ein wenig stocken. Löste er hier ein Problem oder sah er etwas, das sich zu verfolgen lohnte, und verfolgte es? Das war doch schließlich seine Begabung, Potenzial zu erkennen und zu maximieren.

Ihr Blick huschte zwischen seinen Augen hin und her, als wollte sie in einem davon eine andere Botschaft erspähen. Sein Vorschlag war ziemlich unkompliziert, obwohl er ganz offensichtlich nicht dem entsprach, was sie sich ausgemalt hatte. Jedenfalls war es legal.

Sie schluckte. „Und dann was?"

„Dann, was immer du willst."

„Scheidung?"

Wenn sie es so ausdrückte, klang es unschön. „Wenn du jemand anders findest, mit dem du zusammen sein willst, kümmern wir uns darum."

Ihr Gesicht rötete sich. „Das ist bestimmt der schrecklichste Heiratsantrag aller Zeiten."

Das hatte er nicht beabsichtigt. Im Gegenteil: Er bot ihr eine Gelegenheit, er wollte sie doch nicht beleidigen. „Sieh es einfach so, als wäre es eine Fusion zweier Unternehmen. Ein gemeinsames Erreichen von Zielen."

Sie verzog das Gesicht zu einem vernichtenden Ausdruck. So hatte ihn schon seit Jahren niemand mehr angesehen. „Leidest du an irgendeiner Störung? Bist du ein unsoziales Genie, das nur eine bestimmte Zeit lang menschlich sein kann?"

Autsch.

„Ich dachte … Heute Morgen hatte ich den Eindruck …"

Der Morgen war fantastisch gewesen. Und vielleicht ging es ebenso darum wie um ihre Situation. Doch in diesem Augenblick schien es ihm unklug, das zu sagen. Er hob die Hände. „Ich habe mein Angebot dargelegt. Nimm es an oder lass es bleiben."

Kapitel 12

Wie betäubt und … tief verletzt sah sie zu, wie er seine Tochter nahm und rausging. Ein Teil von ihr erkannte, dass er gerade in seine Rolle als professioneller Problemlöser geschlüpft war. Einem anderen Teil von ihr tat es schon leid, dass sie ihn angegriffen hatte. Aber vor allem war sie betroffen. Sah sie aus wie jemand, der eine Zweckehe einging?

Sie presste die Hände vors Gesicht, unsicher, was sie tun sollte. Es war nicht seine Schuld, dass sie sich eingebildet hatte, zwischen ihnen hätte es gefunkt. Sie hatte einfach zu viel in seine freundlichen Bemerkungen hineininterpretiert. Es war klar: Er hatte kein Interesse an ihr.

„Rick?" Noelles heiseres Rufen ertönte auf dem Treppenabsatz.

Quinn nahm die Hände vom Gesicht und sah, dass Noelle mit Liam auf dem Arm die Treppe runterkam. „Rick ist nicht hier. Sie sind alle draußen."

„Könntest du ihn bitte suchen?"

„Natürlich." Sie griff nach ihrem Mantel und zog ihre Stiefeletten an. Draußen ging sie den frei geräumten Weg entlang, der zur Scheune und zum Stall führte. Sie richtete sich auf und betrat den langen, nach Heu duftenden Raum, um gleich hinter dem Eingang stehen zu bleiben.

Morgan hielt Livie fest, die auf seinen Schultern saß, und unterhielt sich mit dem Professor, während Rick etwas Heu von einem Ballen brach und in die erste von einem Dutzend Pferdeboxen warf. Darin stand ein beeindruckender Falke mit intelligenten Augen. Im nächsten Stall schnaubte ein Rotschimmel und warf den Kopf zurück, um die Aufmerksamkeit zu bekommen, die er verdiente. In den Schatten gestellt, wartete ein graues Pferd, möglicherweise eine Stute, der kleineren Statur nach zu urteilen, darauf, dass es an die Reihe kam. Das waren alle Tiere, die sie sah, bevor sie Rick sagte, dass Noelle ihn brauchte. „Ich glaube, es geht um Liam."

Sofort verlagerte sich Ricks Aufmerksamkeit.

Schnell sagte Morgan: „Ich mache hier weiter." Und während Rick hinauseilte, hob Morgan Livie von seinen Schultern und brachte sie zu Quinn. „Macht es dir was aus?", als hätte er ihr nicht erst vor wenigen Minuten ein Messer zwischen die Rippen gerammt.

Sie nahm das Kind und sah staunend zu, wie er die Heugabel nahm und geschickt um die Pferde herum arbeitete. Bisher hatte sie gedacht, Rick sei der Cowboy und Morgan der Unternehmensguru – oder war es anders?

Sie ließ ihn mit dem Professor zurück und brachte Livie ins Haus zurück, während sie in der Scheune einen Traktor mit Pfluggeschirr erspähte. Vielleicht gab es doch einen Fluchtweg – obwohl das Verlangen zu fliehen weniger stark war, jetzt wo sie Livies kleine Arme um ihren Nacken spürte.

Im Wohnzimmer hatte Noelle Liam eine warme Jacke, Mütze und Handschuhe angezogen. Quinn setzte Livie wieder vor dem Fernseher ab und fragte: „Wie geht es ihm?"

„Er braucht einen Arzt."

„Kann Rick die Straße freipflügen?"

„Dazu ist keine Zeit. Er bringt Liam mit dem Pferd hin."

„Im Ernst?"

„Unter den Bäumen sind die Schneewehen nicht so hoch."

„Aber wo ist denn der Arzt?"

„Im Ort. Dr. Bennington praktiziert noch, obwohl er offiziell im Ruhestand ist." Noelle hustete lautstark.

„Und was ist mit dir?"

„Er gibt Rick ein Antibiotikum mit. Er hat für mich immer ein paar Hämmer auf Vorrat."

So also sah Kleinstadtmedizin aus. „Kann ich irgendetwas tun?"

„Würde es dir etwas ausmachen, auf Livie aufzupassen? Ich versuche, den direkten Kontakt zu vermeiden."

„Natürlich, das mache ich gerne." Und Livie schien es auch nichts auszumachen. Sie hatte Zuneigung zu Quinn gefasst, aber nicht wie ein Küken zu seiner Henne, so wie Morgan es behauptet hatte. Es bestand kein Zweifel daran, zu welchem Erwachsenen sie gehörte.

Rick kam die Treppe herunter und ging raus, offenbar um das Pferd zu satteln.

„Es tut mir leid, dass du all das mitmachen musst."

„Ich bin zäher, als ich aussehe."

Plötzlich bekam Noelle einen Hustenanfall. Wie bei einer Kettenreaktion hustete jetzt auch Liam mit. Die beiden klangen so schlimm, wie sie sich fühlen mussten. Quinn wollte ja gerne helfen, aber sie wusste nicht wie, also ging sie zu Livie. Fast war sie so weit, dass sie sich einredete, zwischen ihr und Morgan sei nichts vorgefallen und sie und Noelle würden Freundinnen werden. Nur dass sie es sich nicht einredete. Das konnte sie sich gar nicht leisten.

Rick kam wieder rein, wickelte Liam in eine Decke und trug ihn hinaus. Durch das Fenster beobachtete Quinn, wie er den Jungen auf den kräftigen Falben hob und in einer einzigen Bewegung hinter ihm aufsaß. Langsam setzten sie sich durch den fallenden Schnee in Bewegung. An ein Pferd als Transportmittel hatte sie nicht mehr gedacht, seit sie als Mädchen Geschichten über den Wilden Westen gelesen hatte.

„Macht es dir sehr viel aus, wenn ich ins Bett gehe?", krächzte Noelle.

„Nein, geh nur." Quinn sah, wie sie zitterte, jetzt wo sie nicht mehr für ihr Kind stark sein musste. „Schaffst du es bis nach oben?"

Sie nickte. „Danke."

Als Noelle ging, blickte Livie auf und in ihrem kleinen Gesicht lagen Ungewissheit und Bestürzung. Quinn nahm die Kleine in den Arm und spürte, wie das Gefühl ihren Bauch ganz weich machte. „Er wird wieder gesund, Liebes."

Livie schluckte die Tränen hinunter, offenbar viel besser im Bilde, als Quinn erwartet hatte.

„He, wir wollten doch mit den Tieren spielen, oder?"

Livie nickte. Quinn brachte sie zu der Arche und setzte sich. Aber anstatt die Tiere herauszuholen, kletterte Livie auf ihren Schoß und kuschelte sich an sie. Quinn griff in die Spielzeugkiste und holte ein kunstvoll geschnitztes Erdferkel heraus. Kaum zu glauben! Wer dieses Spielzeug hergestellt hatte, der war sehr begabt und kreativ.

„Erdferkel." Livie nahm das kleine Tier entgegen.

Quinn hielt das Knie ruhig und stellte die Holzfigur darauf ab. „Was sagt das Erdferkel?" Sie selbst hatte keine Ahnung, was für ein Geräusch diese Tiergattung von sich gab.

Livie blickte von der Schnitzerei auf. „Das Erdferkel sagt: ‚Hallo, Elefant.'"

Quinn lachte auf. „Natürlich."

Als Morgan und der Professor ins Haus kamen, wanderte Morgans Blick zu ihnen herüber.

Livie wand sich aus ihrem Arm und rannte auf ihn zu. „Tierepielen, Daddy."

Diesen Ausdruck musste sie früh gelernt und die babyhafte Aussprache beibehalten haben, während ihre sonstige Sprachfertigkeit ständig zunahm. Da sie keine Lust auf ein Spiel zu dritt hatte, stand Quinn auf und wandte sich an den Professor. „Sollen wir uns noch ein paar Geschichten ansehen?"

Er blickte zu dem Tisch hinüber, auf dem sie den Umschlag abgelegt hatte. „Wenn Sie sich das antun wollen."

Wenn sie die Wahl zwischen Morgan und den grausigen Geschichten der Irrenanstalt hatte, fiel die Entscheidung leicht.

Rick hatte versprochen, sich zu melden, sobald er beim Arzt angekommen war. Noelle wartete mit fiebrigem Kopf und döste und wartete. Schließlich kam der Anruf. „Du hattest recht", sagte Rick. „Der kleine Kerl ist dehydriert."

„Sein Hals tut zu weh, um zu schlucken." Ihre eigene Kehle fühlte sich auch nicht viel besser an.

„Du musst auch viel trinken. Der Doc sagt, das sei entscheidend, um das Fieber in den Griff zu bekommen."

„Ich weiß." Als Erwachsene konnte sie sich dazu zwingen, das zu tun, was Liam verweigerte.

„In Ordnung", seufzte Rick. „Ich muss ihn halten, während er an den Tropf gelegt wird."

„Gib ihm einen Kuss von mir." Sie wusste, dass Rick ihren kleinen Jungen trösten würde, so gut er konnte. Und er hatte recht damit, dass ihr eigener Körper für dieses neue Baby das Fieber loswerden musste und Sauerstoff und Nährstoffe im Blut brauchte. *Bitte, Gott.*

Sie griff nach der Wasserflasche, die auf ihrem Nachttisch stand, und trank einen Schluck. Krampfhaft stellte sie sich vor, dass er direkt zu dem Baby wanderte, und trank noch einen. Sie kämpfte gegen den Hustenreiz an und nahm einen dritten Schluck, dann wartete sie. Sollte das Wasser erst einmal absorbiert werden. Ihr Magen musste es aufnehmen.

Als es an der Tür klopfte, drehte sie leicht den Kopf. Sie rechnete mit Morgan, aber es war Quinn.

„Ich habe dir Tee gebracht. Meinst du, du bekommst ihn runter?"

„Dich schickt der Himmel." Noelle stützte sich in ihrem Bett auf einen Ellbogen und nahm den Becher entgegen. Diese Frau, die sie kaum kannte, hatte sich mit ihrer Hilfsbereitschaft in die Situation eingefügt und das ganze Chaos nicht nur ertragen, sondern selbst die Initiative ergriffen, indem sie die Gastfreundschaft, die sie ihr angeboten hatten, annahm und nach Wegen suchte, wie sie sich dafür revanchieren konnte.

Quinn ging nicht gleich wieder, sondern zögerte einen Moment.

„Was ist?"

„Ich will dich nicht damit belasten."

„Das wirst du nicht." Noelle zeigte auf den Sessel.

Anstatt sich zu setzen, verschränkte Quinn die Arme. „Morgan hat mich gefragt, ob ich ihn heiraten will."

„Er hat was?" Noelle starrte sie über den dampfenden Becher hinweg an. Sie musste sich verhört haben.

„Ich habe ihn in einer Angelegenheit um Hilfe gebeten und er braucht ein Hausmädchen und eine Köchin. Also hat er mir einen Antrag gemacht. Wenn man das so nennen kann." Quinn fuhr sich mit den Fingern durch die Locken und versuchte streng auszusehen, aber sie wirkte lediglich bedrückt. „Du hättest mir ruhig sagen können, dass er verrückt ist."

„Er ist nicht verrückt." Sie trank einen winzigen Schluck von dem heißen Tee, dann stellte sie den Becher ab und setzte sich im Bett etwas auf. Sie wollte nicht hinter dem Rücken von Morgan reden, aber diese Sache war sehr merkwürdig und Quinn sah aus, als machte es ihr wirklich zu schaffen. „Langsam wacht er auf. Aber es ist wie bei einem Fuß, der eingeschlafen ist. Das Auftreten tut weh und fühlt sich ungelenk an und man ist sich nicht sicher, ob es funktioniert und er das Körpergewicht halten wird."

Sie streckte ihre Hand aus und berührte Quinn am Arm. „Ich weiß nicht, worum du ihn gebeten hast. Aber wenn man Morgan um etwas bittet, dann versucht er immer, es irgendwie hinzukriegen."

„Um jeden Preis?"

„Innerhalb seiner Möglichkeiten. Und dabei ist er nicht gerade konventionell."

Darauf erwiderte Quinn nichts, sondern nickte nur. „Jetzt lasse ich dich schlafen."

Morgan hielt bei seiner Unterhaltung mit Dr. Jenkins mitten im Satz inne und sah, wie Quinn aus Noelles Zimmer kam und die Treppe herunterhuschte. Ihm war nicht bewusst gewesen, dass sie vielleicht Gefühle für ihn entwickelt hatte. Erst als er ihre Reaktion auf seinen Vorschlag gesehen hatte, war ihm das klar geworden. Wahrscheinlich wäre es besser gewesen, wenn er sich das Ganze noch einmal durch den Kopf hätte gehen lassen, bevor er ihr seinen Vorschlag unterbreitet hatte.

Im Geschäftsleben ging er nie in eine Besprechung, ohne vorher jeden Aspekt bedacht zu haben. Trotzdem mochten die Geschäftsführer seine Lösungskonzepte meist nicht, bis sie Stück für Stück die Vorteile erkannten und die Bedingungen akzeptierten. Als Geschäftsmann teilte er nicht nur das Risiko, sondern auch den Gewinn, den seine Sanierungsvorschläge einbrachten. Das war hier genauso.

Sie hatte ihn um etwas Illegales gebeten und er hatte ihr daraufhin einen Alternativvorschlag gemacht. Und sie hatte ihm gesagt, was sie von ihm hielt – als unsoziales Genie hatte sie ihn bezeichnet, das nur eine Zeit lang menschlich sein konnte. Es war ein Reflex gewesen, den er nicht persönlich nahm. Genau genommen bewunderte er sie sogar für ihren Mumm. Als er sie jetzt ansah, war ihm klar, dass jede Bemerkung seinerseits die Sache nur noch schlimmer machen würde, also sagte er lieber nichts.

Sie wandte sich an den Professor. „Noelle sagte, unter den Bäumen liege weniger Schnee. Meinen Sie, wir könnten zu Fuß zu Veras Haus durchkommen?"

Das Gesicht des Akademikers war voller Nachsicht. „Einen Versuch wäre es wert", sagte er.

Morgan streckte die Beine aus. „Wir dürfen aber nicht trödeln. Es ist bald Zeit für Livies Mittagsschlaf."

Quinn drehte sich halb zu ihm um. „Der Professor und ich können auch alleine gehen, wenn du hier nicht weg kannst." Sie deutete auf Livie.

Eine nette Abfuhr, aber er stand auf. „Sollen wir ein bisschen spazieren gehen, Liv?" Er nahm sie auf den Arm und holte ihren Mantel aus dem Wandschrank.

Seufzend zog sich Quinn ihren Mantel über, während er Livie in das Tragegestell setzte, die Arme durch die Tragegurte schob und den Bauchgurt zuschnallte. Quinn und der Professor gingen vor und er folgte ihnen.

Unter den Bäumen war der Schnee nicht ganz so hoch, aber er taute auch nicht wie auf den sonnigeren Abschnitten. Es war ein dickes, luftiges Pulver, das der Wind in zuckrigen Kaskaden von den Ästen der Bäume wehte. Während er hindurchstapfte, spielte er ihre Unterhaltung noch einmal in Gedanken durch.

Er hatte ihr einen Job angeboten. Sie hatte um einen neuen Namen gebeten. Er hatte ihr seinen vorgeschlagen, ohne irgendwelche Bedingungen daran zu knüpfen, außer dem besagten Job. Auch wenn es unkonventionell war, schien es ihm nicht so beleidigend, wie sie es darstellte.

Sie hatte im Internet über ihn recherchiert und hatte nun ein Bild von ihm und seiner Position. Natürlich würde es einen Ehevertrag geben, wenn sie sein Angebot annahm, aber sie hatte für den Job noch nicht einmal Geld haben wollen. Sie hatte angeboten, umsonst für ihn zu arbeiten, als Gegenleistung für seine Bereitschaft, eine Scheinehe mit ihr einzugehen.

Das bedeutete nicht, dass ihr die Gelegenheit nicht irgendwann bewusst werden würde. Sie war schlau genug, um die Vorteile zu erkennen. Und was hatte er davon? Abgesehen von der Tatsache, dass Livie sich mit Quinn angefreundet hatte und dass Letztere gut kochen konnte, hatte sie eine gute Arbeitseinstellung. Sie war hübsch anzusehen. Sie hatte Humor – im Moment nicht, aber normalerweise schon. Er war gerne mit ihr zusammen und wollte helfen. Und er wollte nicht, dass sie auf der Flucht war.

Er beobachtete, wie sie und der Professor lachten, während sie durch den hohen Schnee stapften, und er merkte, wie ihre klangvolle Stimme im Wald widerhallte. Ihre Lage war zwar ernst, aber wenn sie tatsächlich Angst um ihr Leben hätte, dann hätte sie sein Angebot angenommen. Da dies nicht der Fall zu sein schien, hatten sie vielleicht Zeit, um über die Sache in Ruhe nachzudenken oder sich etwas anderes einfallen zu lassen – ein merkwürdig enttäuschender Gedanke.

„Lass mich runter, Daddy. Ich will laufen."

Er holte Livie aus dem Gestell und ließ sie auf dem Weg stapfen, den die anderen beiden gebahnt hatten, und an den Stellen, wo der Schnee noch zu hoch lag, half er ihr. Noch aus einem anderen Grund hatte er Quinn ausgefragt; er wollte den Grad der Bedrohung abschätzen können. Darüber hinaus würde er von Anselm alles erfahren, was er über Markham Wilder herausfinden konnte und auch über Quinn. Hoffentlich konnte sie ihre Verärgerung früh genug überwinden, um sein Angebot wenigstens in Betracht zu ziehen.

Quinn wartete, als Morgan den Hausschlüssel herauskramte, aufschloss und dann die Tür aufhielt. Als er sie am Arm berührte und ihr den Schlüssel zu dem Schrank in die Hand drückte, war das Knistern nicht nur auf statische Aufladung zurückzuführen. Sie hatte einen Kloß im Hals, weil sie daran dachte, als sie das letzte Mal hier waren. Sie war so aufgeregt gewesen und er hatte warmherzig und echt gewirkt, als wären sie auf einer Wellenlinie.

„Er wacht auf und es tut weh und fühlt sich ungelenk und unsicher an."

Niemand konnte behaupten, Morgan Spencer sei unsicher. Er wusste genau, was er tat, die ganze Zeit. Sie nahm den Schlüssel.

In der Küche untersuchte der Professor den Vitrinenschrank. „Ich kann gar nicht fassen, dass ich den übersehen habe."

„Er stand nicht hier oben", erklärte sie ihm. „Er war im Keller, ganz hinten in einer Ecke."

Dr. Jenkins spähte durch das Glas. „Nun verstehe ich erst, warum Sie so fasziniert waren."

„Ich wollte die Arzneiflaschen verkaufen, bevor ich wusste, was darin war. Dann hat Morgan den ganzen Schrank samt Inhalt gekauft, um ihn in die Küche zu stellen." Sie schloss die Vitrine auf und öffnete die quietschenden Türen.

Dr. Jenkins holte eine Ampulle heraus und betrachtete sie. „Das ist LSD. Auf kleinen Quadraten aus Löschpapier wurde es verabreicht. Es gibt sogar einen Kunstzweig, der sich mit dem Design dieser Papiere befasst."

Sie schüttelte den Kopf und griff in das unterste Fach, um ein paar größere Flachen herauszunehmen. Eine davon war mit der Aufschrift *Morphin* versehen, andere enthielten Pulver und Pillen, waren aber nicht beschriftet. Und sie sahen auch viel älter aus. „Das ist es, worauf ich aus war. Einfach alt … egal was es ist."

Dr. Jenkins sagte: „Ich frage mich, ob der Schrank früher hier gestanden hat." Er wippte auf dem betagten Linoleum auf und ab. Dieser Raum war einmal Teil der Anstalt."

Sie blinzelte. „Das wusste ich gar nicht."

„Ich glaube, es war ein Untersuchungsraum, möglicherweise auch für die Behandlung."

„Und der Keller?" Sie warf einen Blick zu der jetzt nicht verstellten Tür hinter der Truhe, die noch von ihrem letzten Ausflug ins Untergeschoss abgerückt war, als Morgans Panikattacke sie beunruhigt und berührt hatte.

„Kein Verlies, glaube ich. Wahrscheinlich ein Lagerraum für Geräte und Möbel." Er wandte sich um. „Sollen wir hinuntergehen?"

„Warum?"

„Ich würde es mir gerne noch einmal ansehen." Etwas funkelte in seinen Augen. „Vielleicht kann es uns beide davon überzeugen, dass unsere Fantasie mit uns durchgegangen ist."

Ihr Herz fing an zu hämmern. „Aber Morgan hat Livie dabei." Die Kleine stiefelte im Wohnzimmer herum und lauschte ihren eigenen widerhallenden Schritten. Sie würde auf keinen Fall diese Treppe hinuntergehen.

„Geht ihr ruhig", sagte Morgan. „Ich bleibe mit ihr hier oben."

Sie warf ihm einen überraschten Blick zu. In diesem Haus hatte sie ihn kennengelernt. Es war seine Idee gewesen, das Kellergeschoss zu erkunden, und sein Arm war es gewesen, an den sie sich geklammert hatte. Sie hatten gelacht und Grimassen gezogen. Seit dieser ersten Begegnung war kaum ein Tag vergangen, an dem sie nicht an ihn gedacht hatte. Dumme, naive Närrin.

Sie wandte sich an den Professor. „Von mir aus können wir los."

Als sie die Tür öffnete, sagte Morgan: „Ihr braucht Licht."

Morgan Spencer, der an jede Einzelheit dachte. Sie holte die Campinglaterne aus der Speisekammer und beleuchtete die Treppe, auf der jetzt jede Menge Fußspuren und nur noch wenige Spinnweben zu sehen waren. Das Geländer war eiskalt, als hätte die Wärme im Haus keine Gewalt darüber. Sie ließ es los und ging hinunter.

Am Fuß der Treppe angekommen, bemerkte sie eine größere Veränderung, als sie gedacht hatte. Die Arbeit war ihr schier endlos erschienen, aber nachdem sie eine Weile fort gewesen war, sah sie, welche Fortschritte sie inzwischen gemacht hatte. Der Professor gesellte sich zu ihr. Oben schloss Morgan die Tür, wahrscheinlich, damit Livie nicht die Treppe runterfallen konnte, aber trotzdem fröstelte Quinn bei dem Gedanken.

Dr. Jenkins sah sich im Keller um. „Ah", sagte er, als sein Blick auf ein Bett mit Fesseln fiel.

„War die Fixierung eigentlich nötig?"

„Wer weiß. Bevor man wirksame Medikamente verabreichen konnte, passierte es, dass Patienten sich selbst oder anderen Gewalt zufügten. In großen Schlafsälen war die Vermeidung von Verletzungen wahrscheinlich oberstes Gebot."

Den Gedanken, dass Patienten sich wanden, während die Mächte in ihrem Innern gegen die Fesseln kämpften, konnte sie kaum ertragen. Langsam ging sie weiter, auf das dunkle Ende des Kellers zu. „Das Gerät für die Elektroschocks ist da drüben." Sie wollte es wirklich nicht noch einmal sehen – es hatte zu viel von Frankenstein –, deshalb reichte sie ihm die Lampe, doch dann wurde ihr bewusst, dass sie selbst im Dunkeln stehen würde, wenn sie ihm nicht folgte. Sie straffte die Schultern und ging hinter ihm her durch das Durcheinander, das sie noch nicht sortiert hatte.

Neben dem Stromgenerator blieb er stehen. Die Kabel führten zu einem metallenen Band, das auf der schmalen Pritsche lag. Ihr Magen zog sich zusammen, als sie sich das Schreien und Wimmern vorstellte. Es war beinahe so, als würde sie die Laute wirklich hören. „Warum ist das Ding so grauenerregend?"

„Weil es an Folter erinnert."

Ein Schauer lief ihr über den Rücken und sie wollte diesen Keller so schnell wie möglich wieder verlassen.

Scheinbar spürte der Professor ihr Unbehagen. „Tut mir leid, wenn ich Ihnen Angst gemacht habe."

„Das haben Sie nicht, aber lassen Sie uns doch schnell wieder nach oben gehen." Sie rannte beinahe zur Treppe und eilte hinauf in die Küche. Als der Professor ebenfalls oben angekommen war, schloss sie die Tür und sagte: „Helfen Sie mir beim Schieben."

Mit Mühe schoben sie die Truhe wieder vor die Wand. Mit klopfendem Herzen ging sie in das sonnenbeschienene Wohnzimmer, wo Morgan und Livie standen und Echos produzierten. Sie zwang sich zu einer Ruhe, die sie nicht empfand, und sagte: „Wir müssen los."

„Okay."

Morgan warf dem Professor einen vielsagenden Blick zu, als sie zur Tür eilte.

Als sie bei der Ranch ankamen, sah sie Rick, der mit dem Schneepflug unterwegs war. Er musste Liam nach Hause gebracht und sich gleich an die Arbeit gemacht haben, da ein stattlicher Teil der Auffahrt bereits frei geräumt war. Sie ging in das Gästehaus, in dem sie übernachtet hatte, zog das Bett ab, nahm das Handtuch, tat alles in die Tasche, die Noelle ihr gegeben hatte, und brachte es ins Haus. Sie bot sich an, die Wäsche mitzunehmen und zu waschen, aber Noelle sagte Nein. Freunde durften kochen, aber nicht ihre Wäsche waschen.

Weil sie sich irgendwie sinnvoll beschäftigen wollte, nahm sie die Schneeschippe, um ihren Pick-up weiter auszugraben. Sie brauchte Distanz und Zeit zum Nachdenken.

Plötzlich tauchte Morgan bei ihr auf. „Quinn?" Er hielt ihr ein Blatt Papier hin. „Hier."

„Was ist das?" Sie überflog das Schreiben, es war ein Reiseplan, samt Buchungsnummer. Einen Augenblick lang dachte sie, er hätte ihre Hochzeit im Ausland geplant, aber dann sah sie das Reiseziel. Dallas. Und das Datum. „Morgen?"

„RaeAnne holt dich am Flughafen ab. Du kannst bei ihr wohnen, erledigst, was du zu erledigen hast, und genießt das Leben ein bisschen, dann fliegst du am Montagmorgen wieder zurück."

Veras Tagebuch und den Schmuck hatte sie ganz vergessen. Offiziell eingewilligt, etwas zu RaeAnne zu bringen, hatte sie nicht, aber es wäre wunderbar, sie zu sehen und ihr das Tagebuch zu übergeben. Und es würde sie von Morgan ablenken.

„Hin und zurück in drei Tagen", sagte er leise. „Kein Stress."

„Du bist offensichtlich in letzter Zeit nicht geflogen." Sie selbst auch nicht, aber man hörte so einiges. „RaeAnne hat nichts dagegen?"

„Sie ist überglücklich."

Das entlockte ihr ein Lächeln. „Gut, ich mach's." Sie hielt ihm die Schaufel hin und machte die Wagentür auf.

„Brauchst du eine Leiter zum Einsteigen?"

„Ha ha."

Er trat zurück, während sie einstieg. Er hatte recht, es war ziemlich hoch, aber eine Leiter brauchte sie deswegen nicht. Und für einen Mann, der selbst keine eins achtzig groß war, nahm er den Mund recht voll, was ihre Größe betraf. Als sie den kalten Motor anließ, stand er neben seinem eigenen Wagen.

Sie warf einen Blick aus dem Fenster und sagte: „Bitte grüß den Professor von mir. Und ein herzliches Dankeschön an Noelle."

Er hob eine Hand zum Gruß, als sie in den geräumten Bereich zurücksetzte. Die Heimfahrt war nicht schwierig, da der Schnee auf den Straßen bereits taute, als hätte er es mit dem Wintereinbruch nicht so ernst gemeint. Sie bog in ihre matschige Auffahrt ein und parkte den Wagen. Zu Hause angekommen schien ihr Haus geschrumpft zu sein. Neben den massiven Wänden und der hohen Decke bei Noelle und Rick wirkte ihr kleines spitzes Häuschen wie ein zu groß geratenes Zelt. Sie ging die steile Treppe hoch, ließ sich mit ausgebreiteten Armen auf ihr Bett fallen und starrte zur Decke hinauf. Etwas später würde sie sich an die Arbeit machen, aber jetzt musste sie das alles erst einmal verarbeiten.

Ihr Handy klingelte. Als sie auf das Display schaute, sah sie, dass es dieselbe Nummer war, die ihr auch die Droh-SMS geschickt hatte. Sie drückte den Anruf weg, rief anschließend ihren Netzbetreiber an und sagte, dass sie eine neue Nummer brauchte. Der Gedanke, dass einer der drei Menschen, die sie liebte, Hannah ihre Handynummer gegeben hatte, tat weh. Sie mussten doch wissen, dass sie sie an Markham weitergeben würde. Aber vielleicht war ihnen auch nicht bewusst, wie viel Macht er immer noch hatte.

Sie wollte es einfach nicht wahrhaben, dass sie sie verraten würden – obwohl sie dasselbe auch von ihr sagen könnten. Indirekt hatte sie gegen ihren eigenen Vater ausgesagt. Sie hatte dafür gesorgt, dass jedem, den sie kannte, der Boden unter den Füßen weggerissen wurde. Es war nur eine Frage der Zeit, bevor auch sie selbst ins Schlingern kam und in einen Abgrund stürzte.

Kapitel 13

Mit knirschenden Zähnen legte Markham auf. Er könnte noch eine SMS schicken, aber von Drohungen hatte er genug. Es wurde Zeit, dass etwas geschah. Hannah hatte ihm eine Spur gegeben, der er folgen konnte, eine nützliche Spur – wie sich herausstellte – mit einem ganz konkreten Ziel. Das Kaninchen war nicht sehr weit gehoppelt. Zum allerersten Mal spürte er die Vorfreude auf die Jagd, obwohl der Gedanke daran seine Knie weich werden ließ.

Gegen seinen Willen erinnerte er sich an eine Zeit, als eine Gewehrsalve auf ein Eichhörnchen bedeutet hatte, dass etwas zu essen im Topf war. Aber das war nicht sein Gewehr gewesen. Er war zu sensibel gewesen, also hatten sie ihm das Häuten und Ausnehmen übertragen, als Strafe für sein Mitgefühl. Blut an den Händen. Den Gestank in der Nase, die Schande in seiner Seele, eine Schande, die er auch heute noch empfand. Aber er hatte gelernt, mit einem Messer umzugehen.

Entschlossen riss er sich von seinen Gedanken los. Er war kein gewalttätiger Mann. Er war intelligent, hatte Charme. Er war so ernsthaft, dass er Männer zu Tränen rührte. Auf vulgäre Werkzeuge, um den Willen anderer zu beugen, war er nicht angewiesen. Er brauchte nur sich selbst – sobald er von Quinn bekommen hatte, was ihm gehörte.

Durch einen Unfall war der Verkehr ins Stocken geraten – ein LKW war vom Wind erfasst worden – und als Quinn beim Flughafen eintraf, rechnete sie fest damit, dass man ihren Flug canceln würde. Aber sie wurde von einer Frau durchgewinkt und zur Sicherheitskontrolle geleitet, wo sie nach einem kurzen Check zu ihrem Gate gehen konnte.

Nach der verstopften Autobahn fühlte es sich wie ein Wunder an. An ihrem Gate wurde sie persönlich begrüßt und zum Flugzeug begleitet, wo man ihr einen bequemen Liegesessel anbot. Sie war in der ersten Klasse gelandet. Entspannt lehnte sie den Kopf an und erinnerte sich an Morgans Lächeln, als er „Kein Stress“ gesagt hatte. Er war nicht zu fassen, nicht nur, weil er Mittel und Wege hatte, sondern weil er sich die Mühe gemacht hatte, ihr die Reise so angenehm wie möglich zu machen. Es tat ihr im Herzen weh.

Dieses Gefühl löste sich in dem Augenblick auf, als RaeAnne sie mit einer herzlichen Umarmung begrüßte. „Ich kann es einfach nicht fassen, dass ihr das gemacht habt. Du und Morgan. Es ist unglaublich.“

„Ich kann es selbst kaum fassen.“

„Als ich anrief, um zu fragen, ob du das Tagebuch geschickt hast, und er mir von seinem Plan erzählte, wusste ich, dass er ein Mann ist, der Dinge geregelt kriegt.“

„Das brauchst du mir nicht zu sagen.“

„Das Auto steht gleich hier.“ RaeAnne schob sie in ihren Toyota. „Morgan hat bestimmt ein Dutzend Mal betont, dass ich unbedingt hier sein soll, wenn du ankommst.“

„Ach ja?“

„Er sagte, er wolle unbedingt vermeiden, dass du Stress hast.“

Quinn rutschte auf ihrem Sitz hin und her.

„Willst du mir erzählen, was zwischen euch läuft?“

„Zwischen uns? Nichts.“

RaeAnne warf ihr einen zweifelnden Blick zu.

„Er ist nicht normal, musst du wissen.“

„Liebes, gegen ihn ist normal so langweilig wie Pfannkuchen ohne Sirup.“

Quinn fingerte an der Tasche herum, in der sich Veras Tagebuch und der Schmuck befanden. „Du bekommst deine Sachen, das ist entscheidend.“

„Und ich kann es kaum erwarten. Es muss etwas Wichtiges in dem Tagebuch stehen, wenn sie es im Keller versteckt hat.“

„Das dachte ich auch. Aufgehoben hat sie alles, aber die wichtigen Dinge hat sie versteckt.“

„Schon das Medaillon bedeutet mir alles.“ RaeAnne fädelte sich in den Verkehr ein. „Aber jetzt erfahre ich vielleicht, was dahintersteckt.“

„Er hat nicht schlecht ausgesehen, dein Dad."

„Ich weiß! Kannst du dir das vorstellen? Ich meine, Mom hat auch auf der Bühne gestanden, aber er sieht wie ein Star aus."

Quinn musterte die Frau neben ihr. Ihre Haare hatten die gleiche blonde Farbe wie die Strähne, die mit dem Foto in dem Medaillon aufbewahrt worden war. „Glaubst du, er hat ihr Herz im Sturm erobert?"

RaeAnne zuckte mit den Schultern. „Ich hoffe sehr, es steht in dem Tagebuch."

„So wie sie es geheim gehalten hat, könnte es ein schlimmes Ende genommen haben."

RaeAnne nickte ernst. „Davon bin ich mein ganzes Leben lang ausgegangen. Alles andere wäre ein Segen." Sie fuhr auf die Autobahn und lehnte sich zurück. „Um diese Uhrzeit werden wir sicherlich eine Stunde brauchen. Willst du es mir vorlesen?"

„Im Ernst?"

„Ich will doch nicht warten, bis wir nach Hause kommen."

Quinn lachte leise und holte das Tagebuch aus ihrer Tasche, selbst ausgesprochen neugierig. Trotzdem zögerte sie, bevor sie Veras private Welt betrat.

„Mach schon. Lies."

Und so las sie.

„Die Gedanken und Träume von Veronica Greenwald."

RaeAnne seufzte hörbar.

„Ich möchte eines klarstellen. Was hier hineinkommt, bleibt auch hier drin."

Quinn blickte auf. „Bedeutet das, dass wir es nicht lesen sollten?"

„Es bedeutet, dass sie es lange genug für sich behalten hat."

Mit dem Gefühl, beiden gegenüber eine Verpflichtung zu haben, las Quinn voller Respekt weiter.

„Ich habe niemals behauptet, den konventionellen Weg zu gehen. Und mein Leben war kein Rosengarten. Die Wege, die ich in die-

sem Leben gegangen bin, sind meine eigenen, mit allen Konsequenzen.“

Quinn wandte sich zu RaeAnne um. „Klingt so, als hätte sie es im Nachhinein geschrieben, als ihre Memoiren, nicht als ihr Tagebuch.“

„Ich hoffe, sie erzählt darin die Wahrheit.“

„Sie hat keinen Grund, es nicht zu tun, wenn niemand sonst es lesen sollte.“

„Stimmt.“ RaeAnne nickte. „Bitte lies weiter.“

Quinn blätterte um.

„Meine Träume als Mädchen waren die jeder anderen jungen Frau damals. Sich zu verlieben, Kinder zu bekommen. Aber dann entdeckte ich das Theater. Oh, wie haben alle aufgeschrien und sie hatten recht, denn am Ende wurde jede ihrer Sorgen wahr. Aber jetzt bin ich alt und ich bereue die Lichter, die Vorhänge, die Aufregung der Premiere nicht. Ich war nie der Star, der ich sein wollte, aber ich hatte meinen Anteil am Applaus. Und ich hatte Raymond.“

RaeAnne machte eine abrupte Bewegung und der Wagen ruckelte. „Tut mir leid.“

„Macht nichts. Jetzt kennst du den Namen deines Vaters. Und ich glaube, er war mehr als ein Abenteuer für eine Nacht.“

RaeAnnes Kinn bebte. „Ich frage mich, ob ich meine Mutter überhaupt gekannt habe.“

Quinn ließ sie in der Stille ihres Kummers verharren.

„Den Rest der Familie kannte ich jedenfalls nicht so gut. Viel Zeit haben wir nicht mit ihnen verbracht. Ich glaube, Mom passte nicht so richtig dort hinein, und ich bezweifle, dass irgendjemand sie jemals dazu gebracht hat, ihre Meinung zu ändern. Ich vermute, es gäbe mich nicht, wenn sie es geschafft hätten.“ Eine Träne bildete sich in ihrem Augenwinkel.

„Willst du den Rest lieber alleine lesen?“

RaeAnne schniefte. „Ich möchte, dass du weiterliest. Irgendwie bist du Teil dieser Sache.“

Quinn las weiter, Seite um Seite, von Veras ersten ungeschickten Proben, in denen sie vorsprechen musste, von den Menschen, denen sie begegnete, den Ratschlägen, die man ihr gab – gute und schlechte und manchmal regelrecht hinterhältige.

„Meine Hüften waren breit, mein Busen war klein, aber ich hatte Talent. Es war keine Karriere für schwache Nerven, aber es war das, was ich mir schon immer gewünscht hatte."

Eine so klare Stimme. Vera wurde auf den Seiten lebendig, sie sprang förmlich heraus und saß bei ihnen, um ihre Geschichte in allen schmerzlichen Einzelheiten zu erzählen. Quinn las ohne Unterbrechung, aber trotzdem erreichten sie RaeAnnes Haus, ohne dass ein weiteres Mal von dem geheimnisvollen Raymond die Rede gewesen wäre.

RaeAnne führte sie in ein Gästezimmer in porzellanblauem Chintz. „Ich würde dich ja gerne mit meinem Mann John Carter bekannt machen, aber er ist auf Dienstreise. Andererseits ist es auch schön, dass wir so ganz unter uns sind."

Nachdem sie zuletzt fast nur in Gesellschaft von Männern gewesen war, würde das ein Vergnügen sein.

„Während du dich frisch machst, organisiere ich uns etwas zu essen. Es ist ein Verbrechen, wie sie einen beim Fliegen heutzutage verhungern lassen."

„Ich hatte eine richtige Mahlzeit. Morgan hat mir ein Ticket erster Klasse gebucht. Vielleicht war es sogar eine besondere erste Klasse für VIPs, von der ich noch nie gehört habe."

„O-o-oh." RaeAnne packte drei Tonhöhen in die eine Silbe.

„Wahrscheinlich reist er immer so."

RaeAnne nickte wissend.

„Aber es ist nicht so, was du denkst." Sie stellte ihre Reisetasche auf die Truhe am Fußende ihres Bettes. „Er will nämlich, dass ich für ihn arbeite."

„Als was denn?"

„Als Haushaltshilfe. Vielleicht ein bisschen auf Livie aufpassen. Das ist seine kleine Tochter."

„Oh."

Quinn lachte. „Lass das! Er ist nicht auf eine Beziehung aus." Das hatte er ihr sehr deutlich zu verstehen gegeben.

„Ich frage mich, was er für eine Geschichte hat."

Quinn starrte aus dem Fenster und wünschte, sie würde sich das nicht fragen. „Davon hat er mir nichts erzählt. Und ich frage ihn auch nicht danach."

„Aber wissen würdest du es schon gerne, oder?"

Sie rieb sich den Nacken. „Hm, manchmal ist es besser, wenn man nicht so viel weiß." Wenn er schon eine solche Wirkung auf sie hatte, wenn sie so gut wie gar nichts über ihn wusste, wie dämlich wäre es dann wohl, noch mehr über ihn zu erfahren?

„Das stimmt so gut wie nie. Glaub mir."

„Wenn man etwas weiß, kann man das nicht mehr rückgängig machen."

„Hm." RaeAnne legte ihr Portemonnaie auf einen Tisch im Flur. „Kann ich dir irgendetwas bringen?"

„Etwas zu trinken, wenn du was hast."

„Oh, wir haben jede Menge. Such dir einfach selbst etwas aus."

Quinn folgte ihr durch die Küche. An den Fenstern hingen dunkelblaue Baumwollgardinen und an der Wand über der Arbeitsfläche waren rotweiße Fliesen. An RaeAnnes Inneneinrichtung sah man auf einen Blick, wie unterschiedlich sie beide waren – nicht, dass sie einen schrecklichen Geschmack gehabt hätte, er war nur völlig anders. Sie ging in die angrenzende Garage, wo ein ganzer Kühlschrank voll mit Getränken stand, aus dem sie sich einen Eistee nahm. „Bist du bereit, dich wieder auf Veras Buch zu stürzen?"

„Auf jeden Fall. Ich will alles über sie wissen."

Sie lachten. „Jetzt brauchst du mich ja nicht mehr zum Lesen."

„Nein, aber es gefällt mir, dir beim Vorlesen zuzuhören. Du hast so eine dramatische Stimme."

„Jetzt mach aber mal halblang!"

„Nein, wirklich. Du hast eine wunderschöne Stimme."

„Also gut." Sie machten es sich in dem porzellanblauen Wohnzimmer bequem. Quinn suchte die Stelle in Veras Geschichte, an der sie ihre Lektüre unterbrochen hatten.

„Die Inszenierung von Oklahoma, *bei der ich Raymond zum ersten Mal begegnet bin, werde ich wohl nie vergessen.“*

Sie blickte zu RaeAnne hinüber, die sich aufgesetzt hatte. „Das ist es, schätze ich.“

RaeAnne hielt sich die Hand vor den Mund. „Ignorier einfach, wenn ich anfange zu heulen.“

„Er sang Curly und ich hatte nur die Rolle der Tante Eller, aber von der ersten Probe an waren wir ineinander verliebt, obwohl er sechzehn Jahre jünger war als ich.“

RaeAnne presste sich eine Hand auf die Brust. „Was?“

Nachdem sie sich vergewissert hatte, dass sie richtig gelesen hatte, blickte Quinn auf. „Das kommt doch vor.“

„In meiner Welt nicht. Sechzehn Jahre? Meine Mutter hat sich über jüngere Männer hergemacht!“

Es war ein wenig schockierend, aber Quinn zuckte mit den Schultern. „Sie haben sich eben verliebt.“

„Schon, aber … vielleicht hat sie es mir deshalb nie erzählt. Glaubst du, das war der Grund?“

„Du scheinst ziemlich empört zu sein.“

„Die ganze Zeit habe ich mir einen … ich weiß nicht, einen Mann vorgestellt, der in etwa so alt war wie meine Mutter oder ein wenig älter. Als sie mich bekam, war sie sechsunddreißig. Das heißt, er muss zwanzig gewesen sein. Du kannst mir nicht erzählen, dass das normal ist.“

„Vielleicht war gegen ihn normal so langweilig wie Pfannkuchen ohne Sirup.“

RaeAnne lachte, aber es klang eher wie ein Krächzen. „Ich glaube nicht, dass du so gelassen wärest, wenn es um deine Mutter ginge.“

Quinn stellte sich die schmächtige Frau vor, die einen Pfarrer geheiratet hatte. Wenn ihre Mutter einen Traum über diese Ehe hinaus gehabt hatte, kannte sie ihn jedenfalls nicht. Aber ihr Vater hatte Träume gehabt. Doch man hatte ihn zur idealen Zielscheibe gemacht. „Soll ich weiterlesen?“

„Ich weiß nicht.“ RaeAnne packte ihre Hände. „Ich muss immerzu daran denken, dass mein Vater nur zwanzig Jahre älter ist als ich."

„Das können viele Menschen von sich behaupten."

„Aber meine Mutter war fast vierzig."

„Na gut, das ist schon ein gewaltiger Altersunterschied. Aber das Gute daran ist, dass dein Vater noch keine siebzig ist."

„Ach, du liebe Güte." Sie ließ sich in die Sofakissen zurückfallen. „Er könnte tatsächlich noch am Leben sein."

Diesen Gedanken ließ Quinn erst einmal sacken. RaeAnne hatte diese Möglichkeit offensichtlich noch nicht in Betracht gezogen. Und es beunruhigte sie verständlicherweise. „Kennst du das Theater, in dem sie *Oklahoma* aufgeführt hat?"

„Ich habe alle ihre Plakate. Sie hatte sie in einer Schublade aufgehoben."

Typisch. „Dann könntest du den vollen Namen deines Vaters herausfinden."

RaeAnne wiegte den Kopf vor und zurück. „Das ist mir alles zu viel. Ich gehe regelmäßig in die Kirche und weiß, was richtig und was falsch ist. Schlimm genug, dass sie nicht verheiratet waren – und jetzt das. Was soll ich nur tun?"

„Du musst überhaupt nichts tun. Aber du würdest Bescheid wissen."

„Da hast du recht. Ach, du liebe Güte." Sie fasste sich an den Kopf. „Ich bin ja so froh, dass du dieses Buch persönlich hergebracht hast. Wenn ich das alles alleine gelesen hätte, ohne dass John Carter hier ist, hätte ich das nicht überlebt."

Quinn lächelte. „Ich weiß zwar nicht, wie ich dir jetzt helfen kann, aber ich bin hier."

Der Rest des Tagebuchs berichtete von einer kurzen, traurigen Leidenschaft. Raymond war immer berühmter geworden, während Veras Stern im Untergehen begriffen war. Er war fort, bevor ihre Tochter zur Welt kam. Kein Wunder, dass sie ihr diese Geschichte nie erzählt hatte.

„So, das ist dann wohl alles", sagte RaeAnne. „Warum sollte ich ihn treffen wollen?"

„Andererseits ist das Ganze ungefähr vierzig Jahre her. Vielleicht bereut er ja, was damals geschehen ist."

RaeAnne schüttelte den Kopf. „Ich brauche jetzt unbedingt Schokolade. Lass uns Brownies backen."

Quinn lachte. „Das Allheilmittel." Vor allem RaeAnnes Komposition, eine Backmischung, die sie noch zusätzlich mit Schokoladenstücken anreicherte. Sie schmolzen förmlich auf der Zunge.

Nachdem sie sich mit dieser Köstlichkeit getröstet hatten, betrachteten sie die verschiedenen Schmuckstücke, die Quinn in der Kleidung gefunden hatte. Vermutlich stammte der Ring ebenfalls von Raymond, daher wollte RaeAnne ihn behalten. Sie nahm die Brosche in die Hand. „Mom liebte Schmetterlinge. Die hat ihr sicher viel bedeutet, selbst wenn sie nur aus Glas ist."

„Es könnte auch Aquamarin sein."

„Sieht wie etwas aus, das ein *junger* Mann aussuchen würde."

Quinn musste lächeln, als sie RaeAnnes ernste Miene sah, während sie versuchte, die neuen Erkenntnisse zu verarbeiten.

„Das war ein besonderer Tag heute", zog RaeAnne Bilanz.

Die nächsten Stunden verbrachten sie damit, sich Geschichten von Überschwemmungen, Tornados und anderen Katastrophen zu erzählen, die immer nur dann eintrafen, wenn John Carter unterwegs war.

Nach einem Tag, der ausgefüllt war mit Lachen und viel zu viel Essen, ließ Quinn eine liebe Freundin in Dallas zurück.

⁂

„Wo ist Queen?", fragte Livie zum vierzehnten Mal innerhalb einer Stunde. An dem Montag nach Thanksgiving, der so mild war wie ein Frühlingstag, standen sie draußen im Hof. Es waren mindestens zwölf Grad. Da der Schnee geschmolzen war, nutzte Rick die Gelegenheit, um seinen Tieren bei dem warmen Wetter Auslauf zu verschaffen. „Wo ist Queen, Daddy?"

„Sie ist mit einem Flugzeug weggeflogen." Er zeigte auf die andere Seite des Hofes. „Und was macht Onkel Rick?"

„Reitet auf einem Pferd."

„Genau. Und ich wette, er würde dich gerne mitnehmen."

Rick, der gerade in Hörweite war, blickte herüber. „Willst du mitreiten, Livie?"

Morgan hob sie auf das Pferd und setzte sie zwischen Rick und das Sattelhorn, froh darüber, dass er ihr pausenloses Fragen nach Quinn erst einmal los war. Im Internet hatte er gesehen, dass der Flieger relativ pünktlich gelandet war. Wahrscheinlich war sie nach zweistündiger Fahrt inzwischen längst zu Hause. Er hatte sie nicht darum gebeten, ihn anzurufen, aber er hätte es tun sollen. Sie hatte zwar seine Nummer und er hatte sich die Nummer von dem Kerl, der sie belästigte, eingeprägt, aber er hatte ihre nicht.

Normalerweise passierte es ihm nicht, dass er die Handynummer einer Frau, für die er auch nur ansatzweise so viel empfand wie für Quinn, nicht in Erfahrung brachte. Das war ihm erst zwei oder drei Mal passiert. Und das beunruhigte ihn. Es war so, als würden ihm gleich beim ersten Footballmatch Fehler unterlaufen. Nicht, dass dies ein Spiel war, für Quinn ganz eindeutig nicht. Und für ihn auch nicht. Aber für den Footballspieler eigentlich auch nicht. Wenn man für Erfolge bezahlt wurde, dann ließ man den Ball nicht einfach fallen.

Nächste Woche würde er zur Beratung von Belcorp fliegen, aber die Sache mit Quinn wollte er noch vor seiner Abreise klären. Vielleicht würde sie sich bei Noelle melden. Oder Noelle konnte sie anrufen. Mit dieser Idee ging er ins Haus.

Noelle saß ausgestreckt auf der Ledercouch, ein Kissen im Rücken. Aus der Stereoanlage erklang ein Brandenburgisches Konzert, während das warme Sonnenlicht Farbe auf ihre Wangen zauberte. Liam saß ihr gegenüber und baute mit Legos. Er war noch nicht wieder ganz so temperamentvoll wie sonst, aber seine schnelle Genesung bedeutete vielleicht, dass auch Noelle schnell wieder gesund werden würde.

Er fragte, ob sie Quinns Handynummer habe.

„Du etwa nicht?“ Sie tat schockiert, aber es war nur teilweise vorgetäuscht. „Die Nummer deiner eigenen Verlobten?“

„Ja, ja.“

Von dem Moment an, als Quinn abgefahren war, hatte sie ihn nur noch aufgezogen. Ihr war nicht bewusst, dass er an einem Plan arbeitete, seit ihm die Idee gekommen war. Quinns „endgültige“ Antwort war wenig überzeugend gewesen und seine Nachforschungen über etwaige Vorstrafen oder zweifelhaftes Arbeitsverhalten hatten nichts ergeben. Scheinbar hatte sie eine reine Weste. Verkehrt war es nicht, positiv zu denken.

Noelle hatte Mitleid mit ihm. „Sie ist in meinen Kontakten gespeichert."

„Danke." Er entdeckte ihr Mobiltelefon auf der Armlehne der Couch, gab die Nummer in sein eigenes Handy ein und ging raus. Die Anspannung in seiner Magengegend nahm noch zu, als er die Ansage hörte: „Die von Ihnen gewählte Nummer ist nicht vergeben." Angesichts der SMS, die sie erhalten hatte, war es nicht unklug, sich eine neue Nummer zuzulegen, aber ihn beunruhigte die Tatsache, dass sie gesagt hatte: *„Ich bin bereit zu fliehen."*

Egal ob die Gefahr real war oder nicht, sie empfand sie als sehr konkret. Die Vorstellung, sie könnte tatsächlich gehen, bereitete ihm ein Unbehagen, das er lieber nicht deuten wollte, das er aber auch nicht ignorieren konnte. Er schloss die Augen und hielt sein Gesicht in die Sonne. Nach einer Weile gab er eine andere Nummer ein, und als RaeAnne abnahm, fragte er sie, wie es gelaufen sei.

„Wundervoll! Sie ist gut angekommen und heute Morgen habe ich sie zum Flughafen gebracht. Wir hatten eine herrliche Zeit zusammen."

Das klang positiv, aber hatte Quinn RaeAnne von ihren Ängsten erzählt oder so getan, als wäre alles in Ordnung? „Haben Sie ihre Telefonnummer?"

„Ja, klar. Warten Sie." Sie gab ihm die Nummer, die er bereits versucht hatte.

„Gut. Danke, RaeAnne." Als Rick angeritten kam und Livie herunterreichte, sagte er: „Weißt du, wo Quinn wohnt?"

Rick schüttelte den Kopf. „Ich habe sie nur in Veras Haus gesehen. Und hier."

Es musste doch … Und dann hatte er eine Idee. Sie hatte doch von seinem Laptop aus ihre geschäftlichen E-Mails erledigt. Er konnte seinen Verlauf überprüfen und per E-Mail mit ihr Kontakt aufnehmen. Es war einen Versuch wert. „Komm mit, Gummibärchen. Wir suchen Queen."

Quinn parkte den Pick-up auf der asphaltierten Straße, weil sie lieber ein Stück zu ihrem Haus zu Fuß ging, als tiefe Spurrillen in der matschigen Auffahrt zu hinterlassen. Der Tag war unglaublich schön, es war fast wie im Frühling und der getaute Schnee tropfte wie Regen von den Bäumen. Der nasse Boden roch frisch und die Luft war warm und klar. Bergmeisen hüpften auf den Ästen der triefenden Bäume herum. Krähen krächzten. Hoch über ihr zog ein Adler oder Habicht seine lautlosen Kreise, so als könnte kein Vogel an einem solchen Wintertag stillhalten.

Aber es war alles nur ein Trugbild, denn morgen würde es wahrscheinlich wieder schneien. Die nächste Kaltfront konnte die Temperaturen weit unter den Gefrierpunkt senken. Doch heute wirkten die Berge wie eine Szene aus dem Julie-Andrews-Film *Meine Lieder – meine Träume.* Nach der Zeit mit RaeAnne fühlte ihr Herz sich so leicht an, dass sie selbst hätte lossingen können.

Sie nahm ihre Tasche, als ihr Handy eine eingehende E-Mail registrierte. Für die neue Nummer hatte sie einen Internettarif dazugebucht, damit sie nicht wieder auf jemand anders angewiesen war, um ihre Mails abzurufen. Sie kramte das Handy aus der Tasche und rief die Nachricht auf, doch dann sank ihre Stimmung. Sie war nicht scharf darauf, sich mit Morgan auseinanderzusetzen.

Seufzend las sie die Nachricht. *Wollte nur hören, ob du gut angekommen bist. Hoffentlich kein Stress. Ruf kurz an, um mir Bescheid zu sagen, wenn es dir nichts ausmacht.*

Da sie nicht mit ihm reden wollte, betätigte sie die Antwort-Taste. *Gut gelandet. Kein Stress. RaeAnne glücklich. Danke.*

Sie schickte die SMS ab und nahm ihre Tasche aus dem Wagen. Noch bevor sie die Tür wieder zugemacht hatte, kam die nächste Nachricht. *Können wir reden?*

Nein. Können wir nicht. Sie wollte seine Stimme nicht hören. Sie wollte die Vögel hören, die aus irgendeinem Grund plötzlich verstummt waren. Genervt blickte sie zum wolkenlosen Himmel hinauf. Kein Adler zu sehen.

Sie stapfte über den schwammigen Erdboden in Richtung Haus und sah, dass die Eingangstür ganz schief in den abgesplitterten Angeln hing. Mit klopfendem Herzen stieß sie sie auf und starrte in das Durcheinander: ihr Sofa war zerfetzt, ihre Bücher zerrissen und auf dem Boden verstreut, ihre Kleider hingen in schmalen Streifen vom Balkon herunter. Sie hatte ganz weiche Knie, als sie zu ihrem

Wagen rannte, die Tasche hineinschob und den Zündschlüssel im Schloss drehte.

Ja, Morgan, wir können reden. Wenn sie wieder atmen konnte. Die Zerstörung in ihrem Haus hatte Zeit, Kraft und Wut gekostet. Die Botschaft war eindeutig. Markham wollte nicht nur das, was er verloren hatte, er wollte ihr wehtun. Während sie zu Ricks Ranch fuhr, versuchte sie den Schrecken in Schach zu halten und dankte Gott dafür, dass es in ihrem Haus nichts gab, das sie mit den Spencers in Verbindung brachte.

In kurzen Abständen sah sie immer wieder in den Rückspiegel, aber niemand folgte ihr. Markham hätte hier auf sie warten sollen, denn er musste doch wissen, dass sie das Durcheinander sehen und die Flucht ergreifen würde. Nicht sehr vorausschauend für einen Propheten. *Bitte, Gott, hilf mir.* Morgan hatte ihr mit der Scheinehe eine Namensänderung angeboten. Aber sie hatte ein schlechtes Gewissen, weil sie ihren Teil der Abmachung nicht würde einhalten können, denn nun hatte man sie gefunden, und das änderte alles.

Sie klopfte an seiner Hütte an, aber niemand machte auf. Hastig lief sie zum Haupthaus. Noch bevor sie geklingelt hatte, öffnete er schon die Tür und sah sie fragend an. Die Wärme, die sie in seinen Gesichtszügen lesen konnte, hätte sie beinahe um die Fassung gebracht. Sie wollte die eiskalt kalkulierte geschäftliche Abmachung, die vernünftige Fusion. Sie wollte den gebieterischen Blick, mit dem er sie aufgefordert hatte, ihm das Medaillon dazulassen.

„Ich wollte doch nur, dass du dich kurz meldest." Eine Brise wehte ihm das Haar in die Stirn.

„Ich weiß." Sie schluckte und zwang sich, ihm in die Augen zu sehen, die sie unter den dunklen, geschwungenen Augenbrauen hervor neugierig anschauten. „Aber ich bin gekommen, um das Fusionsangebot anzunehmen."

Er erstarrte. „Weitere Belästigungen?"

Natürlich würde er diesen Schluss ziehen, weil ihm nichts entging, auch wenn sie ganz gut darin war, es zu verbergen. „Ich muss meinen Namen ändern." Das zuzugeben, trieb ihr die Tränen in die Augen. Sie wäre aufgeschmissen, wenn er sein Angebot zurückziehen würde. Sie wandte den Blick ab und blinzelte. „Wenn du es nicht ernst gemeint hast, dann sag es."

„Natürlich habe ich es ernst gemeint." Er legte ihr seine Hand auf die Schulter. „Aber ich dachte, du –"

„Ich habe überzogen reagiert. Jetzt hatte ich Zeit zum Nachdenken." Sie atmete tief ein und ließ die Luft langsam wieder aus ihren Lungen strömen. „Können wir es gleich machen?" Sie wollte nicht verzweifelt wirken, sondern versuchte, Entschlossenheit auszustrahlen. Die einzige Alternative wäre eine überstürzte Flucht – aber wenn Markham sie hier ausfindig gemacht hatte, wie sollte sie sich dann woanders verstecken können?

Er strich ihr sanft übers Kinn und hob ihr Gesicht ein wenig. Mit einem Blick in ihre tränennassen Augen sagte er: „In Ordnung."

Keine Fragen. Keine Argumente. Die beiden kurzen Worte bebten in ihrer Brust. War dies der größte Fehler ihres Lebens? Sie dachte daran, wie ihr kleines Zuhause zerstört worden war. Nein. Den hatte sie bereits hinter sich.

Überrascht, aber bestimmt führte Morgan Quinn ins Wohnzimmer, wo Noelle mit Liam saß, während Livie vor ihr tänzelte und wieherte und ihre Hände wie Tatzen bewegte. Gerade hatte sie Quinn mit sichtbarer Freude begrüßt, als er sagte: „Ich weiß, dass du noch nicht wieder ganz auf dem Damm bist, aber könntest du ein paar Tage auf Livie aufpassen?"

„Natürlich, aber … wieso?" Sie blickte zwischen Quinn und ihm hin und her.

Sie würde nicht begeistert sein, aber das Zittern in Quinns Händen und der gehetzte Blick in ihren Augen bewiesen, dass er mit seiner Sorge um sie näher an der Wahrheit war, als er gedacht hatte. Sie war kurz davor, für immer abzutauchen, aber seine angebotene Lösung würde ihr das geben, was sie wollte, und sie blieb dazu noch in seiner Nähe. „Wir heiraten."

Noelles Augen zeigten die Bestürzung, die er erwartet hatte, aber sie war zu gut erzogen, um ihn mit offenem Mund anzustarren. Seine Seite des Plans hatte er bereits dargelegt, als sie seinen „Antrag" hinterfragt hatte. Auf Quinns Problem war er nicht eingegangen, weil er zum einen nicht genug darüber wusste und es zum anderen nicht seine Entscheidung war, darüber zu sprechen.

„Wir kommen so bald wie möglich zurück."
Sprachlos schüttelte sie den Kopf.
Er fragte: „Wo ist Rick?"
„Bei einem Züchter, um über Fohlen fürs nächste Frühjahr zu sprechen."
Livie hörte auf zu galoppieren und packte ihn am Bein. „Ich bin ein Pferd, Daddy."
„Ein schönes Pony." Er kniete sich hin und umarmte und küsste sie. „Ich muss für ein paar Tage verreisen, in Ordnung?"
Als ihre Miene sich verfinsterte, fügte er schnell hinzu. „Nicht so lange wie beim letzten Mal, das verspreche ich." Er drückte sie fest an sich, als sie anfing zu weinen. Das würde seine bereits geplante Abwesenheit nur ein bisschen verlängern und das Gute war, dass Quinn anschließend auf sie aufpassen konnte. Das würde für Livie neu und aufregend sein. Aber wie erklärte man das einer Zweijährigen? Schließlich reichte er sie an Noelle weiter.
Die nahm Livie auf den Arm, hielt ihn aber kurz an seinem Ärmel fest. „Bist du sicher, dass das eine gute Idee ist?"
„Wir lösen damit eine Krisensituation."
„Mit einer Heirat?"
„Vertrau mir." Er strich ihr über den Arm, ein wenig gekränkt, weil sie so kritisch nachfragte. „Wenn ich eins kann, dann ist es das: ein Problem lösen. Damit verdiene ich schließlich mein Geld." Er sah ihr ins Gesicht und erinnerte sie an etwas, das sie bereits wusste, oder jedenfalls hoffte er das. Wenn er nicht überzeugt wäre, dass dies der richtige Weg war, würde er ihn nicht beschreiten.
Kaum hatte er die Tür hinter ihnen geschlossen, als Quinn sagte: „Ich will nicht der Grund dafür sein, dass du Probleme mit deiner Familie bekommst."
„Es gibt keine Probleme." Wegen Noelle machte er sich noch am wenigsten Sorgen. „Hast du einen Reisepass?"
„Ja."
„Bei dir?"
„Immer." Das leichte Zittern bei dieser Antwort war vielsagend.
„Wir brauchen auch noch deine Geburtsurkunde."
„Meine wichtigen Dokumente sind alle in meinem Wagen. Als ich gehört habe, dass er wieder auf freiem Fuß ist, habe ich alles zu-

sammengepackt, für den Fall, dass ich schnell untertauchen muss."

„Das war sehr klug." Und weil sie angedeutet hatte, dass sie unter Umständen vom einen auf den andern Tag fliehen musste, hatte auch er sich vorbereitet.

Markham Wilder bezog mit seinem geliehenen Chevrolet wieder Stellung hinter der Stahlscheune und machte sich daran, Quinns Haus weiter zu beobachten. Die Vorräte, die er besorgt hatte, würden noch ein, zwei Tage reichen, bevor er wieder in die Stadt fahren musste. Er riss eine Packung Käsekräcker auf und kaute missmutig darauf herum. Früher oder später würde sie nach Hause kommen und seinen Willkommensgruß vorfinden.

Womöglich würde sie denken, sie sei ausgeraubt worden. Vielleicht würde sie aber auch sofort an ihn denken. Wenn nicht, dann war das sicher ihr zweiter Gedanke. Unter Umständen würde sie auch die Polizei rufen oder wer immer sonst hier der Gesetzeshüter war. Sie würde versuchen, ihn verhaften zu lassen, aber er war schließlich nicht blöd. Er hatte Handschuhe getragen. Und selbst wenn es ihnen durch irgendein Wunder gelingen sollte, seine Anwesenheit in ihrem Haus zu beweisen, würde er sagen, dass er den Ort so vorgefunden und Angst um sie gehabt hätte. Quinn würde das nicht glauben, aber die anderen würde er davon überzeugen können.

Er aß seinen Kräcker und dachte über den Vandalismus nach. Das Einzige, was ihm zu schaffen machte, war die Spontaneität der Aktion. Er konnte es sich nicht leisten zu handeln, ohne vorher nachzudenken. Aber er hatte eine Botschaft ausgesandt und er konnte es kaum erwarten zu sehen, wie sie diese Botschaft aufnahm.

Er wollte unbedingt Angst in ihrem Gesicht sehen. Angst und Reue und vielleicht sogar Hoffnung, dass sie es wiedergutmachen konnte. Sie würde es wiedergutmachen, aber das reichte nicht.

Wie die anderen Leute, die er ausgeschaltet hatte, war Quinn der Grund dafür gewesen, dass er gelitten hatte. Wegen ihr hatte er die Demütigung einer Gefängnisstrafe durchgemacht. Er hatte vier Jahre seines Lebens verloren. Wegen ihr war sein geheimes Lager fort. Aber nicht unwiderruflich.

Kapitel 14

Morgan fuhr mit Tempomat, während er in Gedanken seine To-do-Liste durchging: Er hakte ab, was er schon eingefädelt und erledigt hatte, und konzentrierte sich auf die Dinge, die noch zu tun waren. Bei dem kleinen Gebirgsflughafen parkte er den Range Rover und charterte einen Flug nach New York. Als die Crew eintraf, bedeutete er Quinn, sie solle an Bord des Jets steigen, und er wunderte sich ein wenig, als sie keinen Rückzieher machte. Da sie so gut wie nichts gesagt hatte, war er davon ausgegangen, dass sie sich innerlich schon von seinem Plan verabschiedet hatte.

Sie sagte nur: „Und wohin fliegen wir von New York aus?"

Er antwortete: „Das wirst du schon noch sehen", und sie akzeptierte das, ganz Quinn. Entweder war es Vertrauen oder Resignation.

In den letzten drei Tagen war sie schon zweimal geflogen und wirkte etwas müde, als sie sich neben ihm anschnallte. Kurz nach dem Abflug schloss sie die Augen. Ihre Hand rutschte ihr vom Schoß und die kräftigen, aber trotzdem zarten Finger hingen schlaff herunter. Den Großteil des Fluges verbrachte er damit, ihr beim Schlafen zuzusehen und ihre schmale Nase zu betrachten.

Ihre Haut hatte einen kräftigen Bronzeton, der zu ihren braunen Augen passte. Ihre kühn geschwungenen Lippen waren im Schlaf leicht geöffnet und ließen den Atem leise fließen. Ihr Kopf war geneigt, eine Schulter leicht angezogen. Als er sie so beobachtete, dachte er daran, wie seine Hand diese Schulter umfasst hatte.

Ihr Haar hatte sie mit einer schwarzen Plastikspange zurückgesteckt, aber einzelne Korkenzieherlocken fielen ihr so ins Gesicht, dass er sich nur mit Mühe zurückhalten konnte, sie nicht zu berühren. Es war das Erste, was ihm an ihr aufgefallen war, und das Beständigste. Am liebsten hätte er seine Finger in diesen Haaren vergraben.

Dieser Gedanke erschreckte ihn. Quinn würde nur auf dem Papier seine Frau sein, ihr Körper war tabu, ihre Herzen nicht beteiligt. In Gedanken wollte er dieses Konzept am liebsten umwerfen, aber so war die Abmachung. Plötzlich rührte sie sich und gab einen leisen Laut von sich. Sie hatte einer Scheinehe zugestimmt, nicht seinen Antrag angenommen. Dass ihre Wortwahl Zufall gewesen war, daran glaubte er keine Sekunde.

Und trotzdem stellte er sich vor, wie er ihr mit dem Daumen über die Wange strich und ihren Hals streichelte. Seine Kehle zog sich zusammen. Er musste ihrer Anziehungskraft widerstehen – und der Faszination, die von ihr ausging. Der Wertschätzung, die er für sie empfand.

Wenn Rick ihm nicht den Vorschlag gemacht hätte, ihr einen Job anzubieten, hätte er sich dann mit ihr verabredet? Konnte er eine Beziehung überhaupt in Erwägung ziehen? Sein Mund verzog sich spöttisch. Keine Beziehung, nur eine Scheinehe. Er schüttelte den Kopf. Risiken war er in seinem Leben schon viele eingegangen, aber so hatte er schon lange nicht mehr mit dem Feuer gespielt.

Quinn erwachte, als sie in New York landeten. Als spürte sie, dass er sie beobachtet hatte, schien der Panzer der Selbstbeherrschung, den sie um sich herum aufgebaut hatte, einen Riss bekommen zu haben. Sie schien so verletzlich. Im John F. Kennedy Airport ging sie ungeduldig auf und ab, während er sich nach einem Anschlussflug zu ihrem Zielort bemühte und die Tickets kaufte. Sie würden um Viertel nach sechs abfliegen und um halb acht morgens in Paris ankommen.

Scheinbar sah man ihr den Knoten in ihrem Bauch an, denn Morgan langte herüber und drückte ihre Hand. „Es wird schon klappen."

Vielleicht. Aber es war nicht nur ihr Leben, das sich dadurch veränderte, sondern auch seins, selbst wenn sie ging. Dieser Gedanke schmerzte tatsächlich, nicht nur wegen der Unehrlichkeit, sondern weil er sich wie ein echter Verlust anfühlte. „Was hast du noch mal gesagt, *raison* … irgendwas?"

„*Raison d'être.* Existenzgrund."

„Du lebst, um Dinge zu reparieren?"

Er nickte langsam. „Klingt arrogant, oder?"

„Nein." Sie schüttelte den Kopf. „Nicht, wenn es im Kern darum geht, Dinge zu tun, die andere für sich selbst nicht tun können." In Morgans Fall war es nicht nur sein Beruf, sondern auch noch seine Nebenbeschäftigung.

„Ich finde, dass du ziemlich gut auf dich selbst aufpassen kannst, Quinn. Das hier ist für uns beide, du und ich, wir haben beide etwas davon. In Ordnung?"

Ein Kloß bildete sich in ihrer Kehle. Er verließ sich auf sie. Am liebsten hätte sie ihm alles erzählt, aber sie brauchte dies so dringend.

Als der Jet sich langsam in Bewegung setzte, fragte er sie: „Hast du eigentlich einen zweiten Vornamen?"

„Erin."

„Quinn Erin Reilly. Eine schwarzhaarige Irin. Bist du katholisch?"

„Grandpa ist ausgetreten."

„Das ist der, nach dessen Hund du benannt bist?"

Sie nickte. „Bei meiner Geburt war mein Vater im Ausland und meine Mutter wollte ohne ihn nichts entscheiden. Bevor sie es sich versah, hatte Grandpa meine Geburtsurkunde ausgefüllt. Mein Vater behauptet, das habe er gemacht, damit ich nicht den christlichen Vornamen bekomme, den mein Vater ausgesucht hätte."

Morgan zog eine Augenbraue hoch. „Hat dein Großvater ein gestörtes Verhältnis zum Himmel?"

Sie warf ihm einen schiefen Blick zu. „Dass mein Vater Pastor wurde, war eine Reaktion auf die fanatische Abtrünnigkeit von Corlin Reilly. Aus Rache nahm er den strengsten Glauben an, den er sich ausmalen konnte, und baute eine Gemeinde darum herum auf."

„Aber er hätte doch deinen Namen ändern können."

„Der Name war nur einer ihrer Kriegsschauplätze." Obwohl sie das Gefühl hatte, dass ihr Vater sie schon damals aufgegeben hatte, als hätte der Name sie in das heidnische Lager befördert. Und wenn sie ehrlich war, mochte sie Grandpa. Er war ein bisschen wie Morgan, unheimlich beeindruckend, ohne es darauf anzulegen. Es brach ihr das Herz, dass er sich mit Gott genauso anlegte wie mit seinem Sohn.

Als das Flugzeug beschleunigte und dann abhob, sagte er: „Wie findest du Erin?"

Sie atmete tief ein, während der Jet steil in die Luft stieg. „Es ist ein schöner Name, warum?"

„Ich finde, du solltest Erin Spencer heißen."

Sie runzelte die Stirn. „Warum?"

„Mit Verlaub, Quinn sticht ziemlich aus der Masse heraus."

Eigentlich hatte sie vorgehabt, ihren Nachnamen zu ändern, wenn sie heirateten. Jetzt würde sie auch noch ihren Vornamen verlieren. Selbst wenn Quinn Teil der Altlasten war, verband der Name sie mit Grandpa und mit ihrer Vergangenheit. „Nur auf der Urkunde, oder?"

„Bankkonten, Kreditkarten. Wir wollen doch eine durchgängige Spur."

Alles, was sie brauchte, und noch mehr. „Erin Spencer." Eine Träne schlich sich aus ihrem Augenwinkel.

„Du warst bereit, dir eine falsche Identität zu kaufen. Was wäre denn gewesen, wenn nur noch der Name Brunhilde verfügbar gewesen wäre?"

Das brachte sie zum Lachen. „Das habe ich mir wohl nicht so richtig überlegt. Ich dachte, ich würde weiterhin Quinn heißen und – ich weiß nicht – immer noch ich selbst sein." Sie rieb sich die Stirn.

„Nichts von all dem verändert dich wirklich." Die Güte in seiner Stimme ließ ihr Herz schneller schlagen. „Wenn du in den Spiegel siehst, wirst du immer noch dieselbe vorlaute zierliche kleine Frau mit den widerspenstigen Haaren und dem gewinnenden Wesen sein."

Er neckte sie, aber auf nette Art, und das fühlte sich gut an. „Und übrigens", fügte er hinzu, „wir sind mütterlicherseits fast hundertprozentig irischer Herkunft. Erin ist ein vom Glück verwöhnter Name."

Seine Ermutigung stärkte sie wie frischer Wind im Gesicht. Woher wusste er nur immer, was er sagen musste? Teil seines *raison d'être*, vermutete sie.

„Das heißt, ich heiße dann Erin? Ich meine, wenn wir miteinander reden?"

„Wenn du mit irgendjemandem redest. Ein klarer Schnitt ist sicherer."

Erin Spencer. Erin. „Was ist mit meinem Pass und all dem?"

„Da finden wir schon eine Lösung."

„Wie kannst du dir da so sicher sein?"

Sein Lächeln spiegelte sich bis in seine Augen. Es war verheerend. Das größte Risiko bei all dem hatte sie nicht in Betracht gezogen. Dass sie sich mit Haut und Haaren in ihn verlieben würde.

In den Straßen von Paris schneite es, als das Taxi sie vom Flughafen Orly zum Rathaus brachte, wo Justine sie begrüßte, Morgan auf beide Wangen küsste und Quinns Hand herzlich mit beiden Händen umschloss. „Du weißt, dass es nichts gibt, was ich nicht für dich tun würde, Morgan, aber diese Eile war selbst für meine Möglichkeiten, Einfluss zu nehmen, eine Herausforderung."

„Ich weiß. Danke."

Justine hatte eine Stelle in der Geschäftsleitung von Chanel. Sie war groß gewachsen und sah immer noch so elegant wie früher aus, als sie noch selbst über den Laufsteg gegangen war. Sie war wohlhabend und sehr angesehen und sie hatte nahe Verwandte in der Nationalversammlung und im Senat. Ein Gefallen von Justine Gaudet war keine kleine Sache.

„Ihr müsst trotzdem noch den Bluttest machen. Es gibt einen Arzt ein Stück die Straße hinunter, der das machen kann. Habt ihr die Unterlagen?" Ihre Stimme wurde weicher, als sie das konkretisierte: „Die *Acte de décès*?"

„Ja." Jills Sterbeurkunde hatte er mitgebracht.

„Der vereidigte Übersetzer in diesem Rathaus wird eure Papiere übersetzen. Die Geburtsurkunden, Ehetauglichkeitsbescheinigung – dass ihr nicht schon anderweitig verheiratet seid – und die internationalen Dokumente, dass die Heirat in eurem Land anerkannt wird."

Die Formulare hatte er im französischen Konsulat in New York besorgt.

„Der Arzt wird euch die medizinische Urkunde ausstellen und

dann bleibt noch", sie blinzelte und neigte den Kopf ein wenig, „die *attestation d'hébergement sur l'honneur.*"

Er hielt ihrem Blick stand. „Ich bitte dich nicht um etwas, mit dem du ein Problem hast, oder?"

„Glaubst du, ich würde zögern, nachdem du alle Hebel in Bewegung gesetzt hast, um zu verschleiern, was uns so sehr hätte schaden können?"

Vor sechs Jahren hatte er die Firma ihres Vaters gerettet. Sie hatte daraufhin die Machtstrukturen geändert und den Schaden für die Firma abgewendet, ohne die Vergehen öffentlich zu machen, die auf eine bislang unentdeckte Demenz zurückzuführen waren und den Mann gedemütigt und vernichtet hätten.

Da er während der Beratung und auch noch während der Umstrukturierung in einem der Häuser der Familie gewohnt hatte, war ihre eidesstattliche Erklärung, dass er die Aufenthaltsbestimmungen für die standesamtliche Trauung erfüllte, einigermaßen wahr. Außerdem hatte der Bürgermeister aufgrund ihres illustren Drängens auf das zehntägige Aufgebot verzichtet. Ohne sie wäre die Eheschließung nicht so schnell möglich gewesen, wenn überhaupt.

„Jean kommt gleich und dann werden wir die Trauzeugen sein. Dein Französisch ist so schlecht – *c'est vrai*? –, dass wir einen Dolmetscher engagieren könnten, aber das Gesetz verlangt nur, dass die Zeugen alles verstehen." Sie lächelte breit.

Er berührte ihren Arm. „*Merci*, Justine. *Merci beaucoup*."

Sie beugte sich vor und gab ihm noch einen Kuss auf die Wange. „Es ist mir ein Vergnügen."

Er wandte sich um und sah an Quinns Miene, dass sie verwirrt und offensichtlich nervös war.

Justine sprach mit ihr. „Ihr Verlobter hat meiner Familie einen großen Dienst erwiesen und ich freue mich über die Gelegenheit, mich zu revanchieren."

Quinn nickte.

„So." Sie gab ihm eine Adresse. „Ab zum Doktor mit euch; dann wieder hierher zurück. Wenn euch der Schnee nichts ausmacht, könnt ihr laufen."

„Das nennst du Schnee?" Er nahm Quinns Hand und sah, dass sie im Gesicht ganz blass geworden war und schreckhaft wirkte. „Es ist nur ein einfacher Bluttest und eine allgemeine Untersuchung. Nur eine Formalität. Justine hat alles arrangiert. Sie hat gute Beziehungen und ihr Mann Jean noch bessere."

„Waren sie – ich weiß nicht, wie ich es nennen soll – Klienten von dir?"

„Ich habe die Firma ihres Vaters saniert, aber es gab persönliche und private Elemente, die diese Sanierung zu einer besonders sensiblen Angelegenheit machten."

Er spürte ihre Anspannung. Seitdem sie gelandet waren, sah sie aus, als würde sie jeden Augenblick ohnmächtig werden. Im Taxi hatte sie unaufhörlich auf ihren Fingernägeln gekaut und ihre Hände regelrecht zu Fäusten geballt. Die Aussicht, ihn zu heiraten, musste wirklich abschreckend sein.

Der Schnee fiel lautlos und schmolz unter ihren Schuhen. Um sie herum bewegte sich die Stadt in einer Art Flüsterton, als dächte sie über seine Absichten nach. Du glaubst, du kannst dieses Mädchen heiraten und so tun, als wäre das nichts? Du willst diese Frau in dein Leben holen und sie auf Abstand halten?

Als sie mit den Ergebnissen des Bluttests und den restlichen Unterlagen wieder im Rathaus waren, stellte Justine ihnen den Bürgermeister Henri Brun vor. Er fragte, ob noch Gäste erwartet würden und ob sie sich irgendwo umziehen wollten? Da sie direkt vom Flughafen kamen und die Kleidung trugen, die sie die ganze Reise über anhatten, war seine Frage durchaus nachvollziehbar.

„Wir wünschen uns eine ganz einfache Zeremonie. Eine Vereinbarung."

Der Bürgermeister nickte. „*Mais oui. Je comprends.*" Er hatte verstanden und so konnte es losgehen.

„Warte." Quinn wandte sich ihm zu, ihr Blick durchdringend, zwei rote Flecken auf ihren Wangen. „Ich muss dir etwas sagen."

Als er ihre ernste Miene sah, bat er die Anwesenden um Verzeihung und entfernte sich mit ihr ein paar Schritte. „Was ist los?"

„Er hat mich gefunden."

„Was?"

„Mein Haus ist verwüstet. Alles, was ich hatte, meine Möbel, meine Kleider, alles ruiniert. Es muss passiert sein, als ich in Dallas war. Er hat mich gefunden, Morgan … und das könnte für dich gefährlich sein.“ Tränen traten ihr in die Augen. „Ich dachte, wir könnten das hier tun und ich würde gehen, bevor du noch mehr in die Sache verwickelt wirst. Aber …“ Sie schloss die Augen. „Das ist nicht fair.“

Er war wie vor den Kopf gestoßen. Nicht nur ihre Beichte, sondern auch das Timing machten ihn nachdenklich. Die ganze Zeit hatte sie es in sich hineingefressen. „Wer ist dieser Typ?“ Anselms Version kannte er, aber er wollte ihre hören.

„Ein Betrüger. Ein professioneller Abzocker, der meinen Vater hinters Licht geführt hat. Ich habe ihn dabei erwischt und gegen ihn ausgesagt. Aber er ist wieder draußen und er will, dass ich dafür bezahle.“

„Er ist in Juniper Falls?“

„Zumindest war er es. Und zwar lange genug, um mein Haus zu demolieren. Aber nichts im Haus bringt mich mit einem von euch in Verbindung, Morgan. Ich verspreche es. Falls er sich überhaupt die Zeit genommen hat nachzusehen. Wahrscheinlich ist er nur ausgerastet.“

Nachdenklich kaute Morgan auf seiner Unterlippe. Er würde anrufen und Rick warnen, aber jetzt waren sie in Frankreich. Es hatte sie Überwindung gekostet, es ihm zu sagen, aber an seinem Plan änderte es nichts. Er nahm ihre zitternde Hand und ging wieder zu dem Bürgermeister und den Zeugen, die sie neugierig ansahen. Nachdem er ihnen versichert hatte, dass es nur die Nerven waren, begann die Zeremonie.

Als sie beide Ja gesagt hatten, applaudierten Justine und Jean. Dann streckte der Bürgermeister die Hände aus und sagte auf Englisch: „Sie dürfen die Braut küssen.“

Diesen Teil der Zeremonie könnten sie auch auslassen, aber er wendete sich zu Quinn um – Erin –, legte seine Hand in ihren Nacken und berührte sanft mit seinen Lippen ihren Mundwinkel. Sie erstarrte, und als er sich von ihr löste, hatte sie erneut Tränen in den ausdrucksstarken Augen und die hellen Flecken darin schienen zu flimmern. Er hätte sie doch richtig küssen sollen.

Sie unterschrieben die Urkunde als Morgan und Erin Spencer, sodass ihre Namensänderung offiziell dokumentiert war, und erhielten dann das Familienstammbuch, in dem die Eheschließung eingetragen war und das mehrere Seiten für Geburten und Todesfälle enthielt. Aus irgendeinem Grund traf ihn das kleine blaue Buch, das Justine den Heiligen Gral des französischen Lebens nannte, mehr als alles andere. Er hatte gedacht, alles sei ganz einfach, weil sie ja nur standesamtlich heirateten. Jetzt schien es ihm, als sei diese Trauung nur das erste von wer weiß wie vielen Missverständnissen.

Vor dem Rathaus verabschiedeten sie sich von Justine und Jean und dann fuhren Erin und er zur amerikanischen Botschaft. Er gab an, sie habe ihren Pass verloren, und legte alle seine Dokumente vor, dazu die Heiratsurkunde mit den Unterschriften der Gaudets. Nachdem der Konsulatsbeamte sich hinreichend von ihrer Identität und Nationalität überzeugt hatte, wurde ein Pass auf Spencer ausgestellt, das ein leicht erschüttert wirkendes Foto seiner frischgebackenen Ehefrau zeigte.

Als sie die Botschaft verließen und auf den geschäftigen Pariser Straßen standen, fühlte er, wie seine Brust sich weitete. „Warst du schon mal in Paris?"

Sie starrte ihn an, als hätte er sie gefragt, ob sie schon mal auf dem Mond gewesen sei. „Mehr hast du nicht zu sagen? Nach dem, was ich dir erzählt habe?"

„Das verarbeite ich noch." Er hob die Hand und winkte einem Taxi. „In der Zwischenzeit fangen wir mit dem Eiffelturm an. Im Schnee wirkt er zauberhaft."

Zauberhaftes brauchte sie nicht gerade. Davon hatte sie bereits mehr als sie verkraften konnte. Die Planung, die er investiert hatte, bevor sie auch nur in Erwägung gezogen hatte, Ja zu sagen, und was er alles mit Justine arrangiert hatte, auf den Verdacht hin, dass sie einwilligen würde, das alles machte sie sprachlos. Hatte er geraten, gehofft oder einfach alle Möglichkeiten berücksichtigt?

Und dann, als es ernst wurde, hatte sie ihm die Chance gegeben, einen Rückzieher zu machen, und er hatte nicht einmal mit der Wimper gezuckt. Er hatte die Sache durchgezogen, obwohl er nicht nur Bescheid wusste, sondern ihm auch der Ernst dessen, was sie taten, bewusst war. Er hatte ihr Problem zu seinem gemacht. Ihr

Herz schmolz schneller als der Schnee auf den überfüllten Pariser Straßen.

Da keines der Gebäude in der Altstadt auch nur annähernd so hoch war, ragte der Turm heraus wie auf einer Postkarte. Aber je näher sie ihm kamen, desto weniger schien das zu stimmen. Von unten staunte sie über die Symmetrie der Konstruktion, während das massige, aber doch transparente Bauwerk sie in seinen Bann zog. Die filigrane Struktur umfing sie, riesiger, als sie es sich hätte vorstellen können, aber zugleich in allen Einzelheiten exquisit ausgeführt – ein kompliziertes Gleichgewicht aus Schönheit und Stärke, so wie der Mann, der neben ihr die Treppen hinaufging.

„Der Turm sollte gar keine Dauereinrichtung sein", sagte er, „und doch steht er jetzt hier." Seine Worte hatten eine doppelte Bedeutung, als sie die ersten dreihundert Stufen des Turmes hinaufkletterte und versuchte, den Schritt, den sie soeben getan hatten, irgendwie zu verarbeiten.

Auf der unteren Aussichtsplattform blieben sie stehen, um den Blick über die Stadt zu genießen, dann stiegen sie weitere dreihundert Stufen hinauf zu einem höheren Blick auf dieselbe Stadt.

„Er ist beinahe so hoch wie das Chrysler-Gebäude", erklärte Morgan ihr. „Oder sogar höher, wenn man die Antenne mitrechnet."

„War er schon von Anfang an als Aussichtsturm gedacht?"

„Das Tor zur Weltausstellung 1889."

Und jetzt bildete er das Tor zu ihrem neuen Leben. Es war wie eine Szene aus einem Film, in der sie eine Nebenrolle hatte und der Mann neben ihr jedem die Schau stahl. Jede Miene, Geste und Bemerkung wühlte sie auf. *Herr.* Sie wusste, dass es nicht echt war, aber es war vielleicht ein Eingreifen Gottes nötig, um sie davon zu überzeugen.

Morgan gab ihr ein Zeichen, den Aufzug zu betreten. Mit anderen Touristen quetschten sie sich hinein, um einen Blick aus schwindelnder Höhe hinunterzuwerfen. Sie verließen den Aufzug und traten an die Balustrade. Er wandte sich ihr zu, bis sie ihn ansah. „Eine Sache, die du mir vorhin im Rathaus gesagt hast, muss sich ändern und eine ist falsch."

Sie schluckte den Kloß in ihrem Hals herunter.

„Du gehst nicht und ich bin so oder so in die Sache verwickelt.“

Der Schnee tanzte träge um sie herum, schmolz auf ihrer Mütze und ihren Handschuhen und blieb als Tropfen in ihren Haaren und Wimpern hängen. Er hob ihr Kinn mit einem Finger an und sah ihr tief in die Augen. Zitternd holte sie Luft und ließ seinen Kuss zu, um ihn dann zu erwidern, während seine Finger sich in ihren Haaren vergruben. Zärtlich murmelte er ihr „Erin“ ins Ohr. Quinn hätte sich vielleicht entzogen, aber Erin hatte ein Versprechen gegeben. Sie umarmten und küssten sich, während der Schnee lautlos um sie herum fiel.

Er hatte behauptet, sie seien nur auf dem Papier verheiratet. Aber dann hätte er für die Reise mit einer so reizenden Frau nach zwei schrecklichen Jahren des Alleinseins nicht Paris wählen sollen. Er trat zurück und sagte: „Diese Stadt hat so eine Wirkung.“

Sie nickte.

„Wir werden vorsichtig sein müssen.“

Wieder nickte sie.

Er nahm ihre Hand und führte sie zum Aufzug zurück. Als der nächste Schwung Touristen ausgestiegen war, traten sie ein und fuhren hinunter. Als sie wieder auf der Straße waren, sagte er: „Du brauchst etwas zum Anziehen.“

Plötzlich zog ein Schatten über ihr Gesicht – wahrscheinlich dachte sie gerade an ihre zerstörten Habseligkeiten.

„Das hier ist Paris. Selbst wenn dein Kleiderschrank voll wäre, bräuchtest du etwas zum Anziehen.“

Ihre Stirn legte sich in Falten. „Das sehe ich anders.“

Gut, immerhin hatte er den Ehevertrag noch nicht abgeschlossen. Bern würde ihn zur Schnecke machen. Anwälte taten das, wenn Klienten besonders dämliche Dinge taten. Das Problem war nur, dass er sich in diesem Augenblick überhaupt nicht dämlich vorkam.

Erin beim Einkaufen zuzusehen, war so, wie einen Welpen bei seinem ersten Ausflug in die Natur zu beobachten. Als sie verschiedene Stücke anprobierte, kam eine Figur zum Vorschein, die sie bisher gekonnt unter einer Schicht von weit geschnittenen Kleidern versteckt hatte. Er empfand wachsende Zuneigung und fühlte sich von ihr angezogen. Obwohl sie sich weigerte, mehr zu kaufen, als sie tragen konnte, ließ er ihre Einkäufe trotzdem ins Hotel liefern.

Als der Schnee in Regen überging, spannte er über ihnen einen Regenschirm auf, den er mit der Linken über sie hielt, während er den rechten Arm um ihre Taille gelegt hatte. Zusammen schlenderten sie an der Seine entlang. In diesem Augenblick gab es niemanden außer ihm und dieser Frau. Während der Eiffelturm sie hatte verstummen lassen, lösten das Wasser und die Atmosphäre am Ufer ihre Zunge. Er erkannte, dass dies ihre beiden Modi waren, schweigsam oder redselig, je nach Laune. Ein Lächeln berührte seine Mundwinkel.

Nachdem sie Notre Dame besichtigt hatten, aßen sie an einem der vielen griechischen Imbissstände ein gefülltes Pitabrot mit Pommes.

Zum Nachtisch kauften sie sich Pistazien-Makronen und Quinn erklärte: „Ich will nie wieder etwas essen. Es würde diesen Geschmack überdecken."

Er lächelte. „Das werden wir ja sehen."

„Du glaubst also, ich wäre so einfach herumzukriegen?"

Amüsiert musterte er sie von Kopf bis Fuß. Sie haute ihn einfach um. Er lachte leise und zog sie weiter.

„Wie kannst du nur erwarten, dass ich für dich koche?"

„Liebling." Er grinste. „Ich erwarte von dir doch nicht die Pariser Küche."

Die Suite, die er im Plaza Athénée gebucht hatte, bestand aus zwei Schlafzimmern, einem Bad und einer winzigen Sitzecke, die in hellblau und weiß tapeziert und mit elfenbeinfarbenen Möbeln eingerichtet war. Er gab dem Pagen ein Trinkgeld, dann sah er auf die Uhr. Angesichts der acht Stunden Zeitunterschied konnte er seinen Bruder jetzt anrufen und das tat er auch.

Rick reagierte wie erwartet und sagte ohne jede Begrüßung: „Hast du den Verstand verloren?"

„Nicht ganz."

Nachdem er sich wieder beruhigt hatte, weil er sich ein paar der schlimmsten Schimpfwörter verkniffen hatte, fragte Rick: „Weswegen rufst du mich an?"

Morgan erzählte ihm von Quinns Haus und bat ihn, die Augen offen zu halten. Die Welle aus Angst, die ihn erfasste, war weniger stark, als er erwartet hatte, wahrscheinlich, weil er das Ausmaß noch nicht kannte. Eine Droh-SMS und ein Wutanfall wirkten ziemlich amateurhaft. Es schien ihm, als würde jemand, der auf Mord aus war, nicht so leichtsinnig sein, es sei denn, er war sehr dumm. Aber es konnte nicht schaden, vorsichtig zu sein.

„Jemand belästigt sie. Ich glaube nicht, dass es auf euch überschwappt, aber falls etwas Ungewöhnliches passiert, weißt du Bescheid. Und lass die Kinder nicht aus den Augen, ja?" Sein Magen zog sich zusammen, aber die Panik blieb aus. Erstaunlich. Während er sprach, trat Quinn ans Fenster. Nachdem er die Verbindung beendet hatte, gesellte er sich zu ihr.

Sie sagte: „Es tut mir leid."

„Ist schon gut."

„Ich hätte dich nicht in die Sache hineinziehen sollen."

Inzwischen hatte der Regen aufgehört. Jetzt spiegelten sich die Lichter in den nassen Oberflächen. „Du hast mir ja die Chance gegeben, mich rauszuhalten."

Sie runzelte die Stirn. „War Rick sauer?"

„Nein."

„Wenn du für RaeAnne nicht alles so leicht geregelt hättest …"

Er drehte sie zu sich um. „Wir stecken beide drin und wir lösen das Problem gemeinsam."

Ihr Gesicht errötete, aber, wie es schien, nicht vor Wut, Angst oder Scham.

Sie sagte: „Ich kann immer noch nicht fassen, dass wir hier sind und tatsächlich geheiratet haben."

„Das ist eine Frage der Interpretation, wenn man an die Vereinbarung denkt."

„Ich weiß. Aber jetzt weiß ich nicht, was ich tun soll oder … wie ich sein soll."

Obwohl der Schatten ihrer Wimpern die hellen Sterne in ihren Augen verbarg, wusste er, dass sie da waren. „Das ist meine Schuld. Ich habe die Grenzen verwischt."

Ihre Hand auf seinem Arm bebte. „Das beruhte auf Gegenseitigkeit."

So viel Gegenseitigkeit, dass er die Grenzen aus den Augen verloren hatte. Langsam holte er Luft. „Wir können immer noch nachverhandeln."

„Das wäre aber nicht vorsichtig."

„Ja, das stimmt."

„Eher leichtsinnig."

Er nickte. „Und nicht so leicht zu annullieren."

Eine Locke fiel ihr über die Schulter. „Müssen wir es denn annullieren?"

„Vielleicht willst du das ja irgendwann." Sein Blick wanderte zu ihrem Mund.

„Und wenn nicht?"

Hier war er, der Punkt, an dem es kein Zurück mehr gab. Sie hatten sich ein Eheversprechen gegeben. „Die Frage ist, wie echt wir das Ganze machen wollen."

Er sah, wie sie schluckte. „Möchtest du, dass es echt ist?"

„Damit fragst du mich, ob ich dich will."

Sie errötete. „Ich wollte nicht –"

„Natürlich will ich dich. Aber ich weiß, dass es nicht so einfach ist. Es wäre mehr als eine Geschäftsvereinbarung."

Sie hob den Blick und jetzt sah er all die Sterne in ihren Augen. „Und wenn ich Ja sage?"

„Dann glaube ich dir."

Plötzlich blieb die Zeit stehen. Paris atmete.

Sie legte eine Hand auf seine Brust, aber anstatt einen Schritt zurückzutreten, wie sie es noch bei ihrer Schneeballschlacht auf der Ranch getan hatte, tat sie einen Schritt auf ihn zu. „Ja."

Ein Glücksgefühl überkam ihn, als er ihr Gesicht in beide Hände nahm und sie auf den Mund küsste. Als sie die Arme um seinen Hals schlang, hob er sie hoch und trug sie ins Schlafzimmer.

Kapitel 15

Morgan war hin- und hergerissen, als er Erin über den Tisch hinweg ansah, so als gehöre eine Hälfte von ihm Jill und Livie und die andere Hälfte dieser Frau, die er zu seiner Frau gemacht hatte. Er hatte diese Zweiteilung nicht vorhergesehen, aber irgendwie hatte er das Gefühl, als hätte er es tun sollen. Er senkte den Blick, als ihre Augen die seinen suchten und mehr sahen, als er ihr zeigen wollte.

„Haben wir einen Fehler gemacht?" Sie sprach ruhig, aber er spürte den inneren Tumult.

„Nein."

„Du hast Zweifel."

„Nein." Die Zweifel hatte er schon viel früher abgelegt. „Ich muss mich nur an die Situation gewöhnen." Mit ihr zusammen zu sein, hatte ihn berührt und erstaunt. Aber die Schuldgefühle hatten ihn wie ein Vorschlaghammer getroffen und er wusste nicht, welche Frau er verraten hatte.

Sie legte ihre Gabel fort. „Darf ich wissen, was mit Livies Mom passiert ist?"

Er erstarrte, zwang sich dann aber zu antworten. „Sie ist gestorben. Ein Tankwagen auf dem Weg zu einem Waldbrand hat ihr Auto gerammt, weil es vom Rauch eingehüllt war." Seine Brust zog sich bei der Erinnerung zusammen. „Damals war Livie erst drei Monate alt."

Zwischen ihren Augenbrauen bildete sich eine Falte. „Diesen Schmerz kann ich mir nicht einmal vorstellen."

Er blinzelte. „Danke für dein Einfühlungsvermögen."

„Jetzt verstehe ich auch, warum du mich bei dem Unwetter nicht hast fahren lassen."

„Ich bin froh, dass du geblieben bist." Denn sonst wären sie nicht hier.

Sie fragte leise: „Verrätst du mir ihren Namen?"

Es war verrückt. Wie konnten sie hier sitzen und diese Unterhaltung führen? „Sie hieß Jill. Wir haben uns in der Highschool verliebt. Wir wurden schwanger und haben uns getrennt. Unsere Tochter wurde von einer sehr netten Familie adoptiert, aber sie erkrankte an Leukämie und starb dann."

Erin sah ihn erschüttert an. „Oh, Morgan."

Er gab es auf, so zu tun, als würde er essen, und trank einen Schluck von seinem Mineralwasser.

„Ich hätte nicht davon anfangen sollen." Ihre Stimme bebte.

„Das ist doch ganz normal. Unter diesen Umständen."

Sie wollte etwas sagen, hielt dann aber doch inne. Plötzlich wirkte er so verschlossen, so als würde sie nicht zu ihm gehören. Es war, als würde sich eine Eisschicht um sein Herz legen, die jeden Augenblick, den sie hier saßen, dicker wurde.

„Dessert?"

Offenbar hatte sie bemerkt, dass ihm der Appetit vergangen war, denn sie lehnte ab. Als sie wieder in ihrer Suite waren, blieb er in der Sitzecke stehen.

Sie gähnte. „Du musst doch auch völlig erschöpft sein, oder?"

Er sagte: „Ich brauche Zeit, um abzuschalten." Früher hätte er das mit einem Glas Cognac getan, dem besten, den es gab. Er hätte sich so lange nachgeschenkt, bis der Schmerz nur noch eine dumpfe, pulsierende Erinnerung war. „Ich komme gleich nach."

„Morgan …"

Er drückte ihr einen Kuss aufs Haar. „Geh und schlaf etwas."

Tapfere kleine Soldatin, die sie war, drehte sie sich um und gehorchte. Er schloss die Augen und versuchte erst gar nicht, ihr ins Schlafzimmer zu folgen. In dieser Stimmung wäre jede Zärtlichkeit ein Hohn gewesen. Stattdessen setzte er sich ans Fenster und blickte starr in die kalte Pariser Nacht hinaus.

Quinn hätte es klüger angestellt, aber Erin Spencer war in ihre Fußstapfen getreten, mit Körper, Seele und Geist. Obwohl ihr die Einzelheiten seines tragischen Verlustes nicht bewusst gewesen waren, waren die Auswirkungen von ihrer ersten Begegnung an offensichtlich gewesen. Als seine Augen sich im Restaurant in stählerne

Scheiben verwandelt hatten, hatte sie den Schmerz gespürt, der von ihm ausging und jeden zu verletzen drohte, der ihm zu nahe kam. Konnte man sich von einem solchen Schmerz überhaupt jemals wieder erholen?

Trotz der Tatsache, dass sie noch immer ganz benommen war, fiel sie in einen unruhigen Schlaf, unterbrochen von dem wirbelnden Qualm und den Lichtern und Geräuschen eines Löschzugs, der auf sie zukam.

Gegen Morgen kroch Morgan zu ihr ins Bett und schmiegte sich an sie. „Es tut mir leid", flüsterte er.

„Das braucht es nicht." Der Verlust, den er erlitten hatte, war so tief; den konnte sie nicht wirklich nachempfinden.

Er schloss sie in seine Arme und schlief ein. Sie lag da und dachte darüber nach, wie merkwürdig und ungewiss all das war, worauf sie sich eingelassen hatten. Dann glitt sie in einen traumlosen Schlummer.

Als sie beide fast zur gleichen Zeit wieder aufwachten, kehrte die Fremdheit zurück. Was gestern so natürlich erschienen war, ja, beinahe unvermeidlich, fühlte sich jetzt so unpassend und falsch an.

Morgan fuhr ihr mit den Fingern über die Wange und sagte: „Am besten trödeln wir nicht rum."

Sie sagte: „In Ordnung." Entschlossen standen sie beide auf und machten sich für den Tag fertig.

In Morgans Augen lag nur ein Schatten der letzten Nacht, als er an dem nieseligen Morgen draußen vor dem Café an der Ecke an seinem Kaffee nippte. Auch wenn er keine lähmende Melancholie an den Tag legte, war er nicht gerade lebhaft. Aber er gab sich redlich Mühe. „Wenn du erst einmal in Paris ein Frühstück eingenommen hast, klingt das Wort Frühstück nie wieder so wie vorher."

„Das ist schlecht, wenn wir vorhaben, wieder abzureisen." Erin – sie zwang sich dazu, diesen Namen als ihren anzunehmen – trank einen Schluck von ihrem Kaffee.

„Da es ein kleines Kind gibt, das seinen Vater braucht, fürchte ich, steht die Abreise unmittelbar bevor."

„Natürlich." Ab sofort war sie Livies Betreuerin – falls Morgan das wollte. An diesem Vormittag war es schwer zu sagen, was er wollte. Mit einer guten Portion Selbstironie dachte sie: Aber eines bleibt uns immer: Paris.

Als sie Anstalten machte aufzustehen, streckte Morgan den Arm aus und rückte ihren Stuhl ab. „Willst du noch eine Runde durch die Boutiquen drehen?"

„Nein, danke. Ich weiß sowieso nicht, wie ich das alles ins Flugzeug bringen soll."

„Ich werde im Hotel darum bitten, dass sie es schicken."

„Dauert das nicht Wochen?"

„Nein, Liebling. Per Luftpost geht es sogar von einem Tag auf den anderen, wenn du willst. Ich werde eine New Yorker Adresse angeben, dann haben wir die Sachen für den zweiten Teil der Reise." Er strich ihr über die Schultern, um den kleinen Seitenhieb abzumildern.

Woher sollte sie das wissen? Sie war es schließlich nicht gewohnt, durch die Welt zu jetten. Und ihre Geschäfte machte sie nur innerhalb der USA.

Er sah sich um. „Nicht gerade eine tolle Hochzeitsreise, schätze ich."

„Doch, das war es." Sie hatte gar nichts erwartet.

Er zuckte mit den Schultern. „Vielleicht können wir ja mit Livie wieder herkommen, sobald sich alles normalisiert hat."

„Das wäre schön." *Falls* es sich irgendwann normalisieren sollte.

Er nahm ihre Hand und sie gingen zu Fuß den kurzen Weg zum Hotel zurück. Zwei Stunden später saßen sie im Flieger nach New York und sieben Stunden danach landeten sie. Sie hatte den merkwürdigen Eindruck, als wäre Paris nie geschehen. Aber es musste wahr sein, denn Morgan ließ den Fahrer vor einem Juwelier halten. Überrascht folgte sie ihm zu einer Vitrine, in der Diamanten funkelten.

„Tut mir leid, dass ich die bei der Trauung noch nicht hatte."

„Ich erwarte doch nicht –"

Er zeigte auf ein Paar Eheringe aus Platin, von denen der kleinere mit zwei Diamanten besetzt war.

„Sehr schön", sagte der Juwelier, schloss die Vitrine auf und legte die samtene Schachtel auf den Verkaufstresen.

Allmählich wurde ihr das alles zu viel.

„Haben Sie den in ihrer Größe?“

Der Juwelier holte eine Klammer mit verschiedenen Messringen heraus und probierte zwei davon aus, bevor er einen fand, der klein genug war. Er verschloss die Vitrine und ging nach hinten, wahrscheinlich zu einem Tresor. Kurz darauf kam er mit einer Schachtel wieder, holte den Ring heraus und untersuchte die Diamanten mit dem Okular, dann reichte er das Gerät an Morgan weiter, damit er es ihm gleichtat. Er zeigte ihm die Karte mit dem Zertifikat für die Brillanz und Reinheit der beiden rechteckigen Steine.

Morgan sah ihr in die Augen, als er ihr den Ring an die Fingerspitze hielt, wo er schöner funkelte und strahlte als alles, was sie jemals gesehen hatte.

„Wirst du ihn tragen?“

Sie schluckte die Tränen in ihrer Kehle hinunter. „Wenn du es willst.“

„Sonst ist es nicht sehr überzeugend.“

Wen wollten sie denn eigentlich überzeugen?

Er wandte sich wieder an den Juwelier. „Und für mich?“

Sie hatte es nicht bemerkt, aber irgendwann hatte er seinen vorigen Ehering abgezogen. Als der Juwelier ihm das Gegenstück zu ihrem Ring gab, hätte sie ihn gerne gefragt, ob ihm der Wechsel etwas ausmachte, aber sie fürchtete, er könnte Ja sagen.

Er nannte dem Fahrer ein Hotel und sie hoffte, dass sie dort wenigstens für kurze Zeit absteigen würden. Inzwischen war sie das Reisen so leid, dass sie es bis in die Knochen spürte.

Morgan sah sie prüfend an. „Wir brauchen etwas zu essen, aber was hältst du von Zimmerservice?“

„Wunderbar, solange ich keine Entscheidungen fällen muss.“

„Ich bestelle uns etwas.“

Das Hotelzimmer nahm sie kaum zur Kenntnis, sondern ging gleich ins Bad und duschte ausgiebig. Die Tür öffnete und schloss sich, und als sie aus der Dusche stieg, lag da ein in Plastik verpackter Hotelbademantel in ihrer Größe. Sie trocknete sich die Haare mit einem Handtuch, dann zog sie den weichen Bademantel an und seufzte. Den Gürtel in der Taille gebunden, verließ sie das dampfende Badezimmer und fand einen kleinen Blumenstrauß auf dem

Tisch vor und daneben zwei mit Abdeckhauben versehene Teller. Hatte sie so lange geduscht?

Morgan hielt ihr den Stuhl bereit und sie setzte sich. Er nahm ihr gegenüber Platz und betrachtete sie über die Blumen hinweg, eine bunte Mischung exotischer Sorten. „Möchtest du das Tischgebet sprechen?"

Das überraschte sie.

„Mir scheint, wir haben eine Menge, wofür wir dankbar sein können." Bevor sie überlegen konnte, was sie sagen sollte, fügte er hinzu: „Ansonsten danke ich."

„Das wäre nett."

Er sprach das Gebet und sie lächelte. „Das war das Tischgebet meiner Großmutter. Grandpa konnte es ihr nicht abgewöhnen."

Lächelnd hob Morgan die beiden Abdeckungen hoch, unter denen jeweils ein perfekt gegartes und gewürztes Filetsteak zum Vorschein kam, garniert mit Pommes Frites und glasierten Babykarotten, die noch ihre grünen Stängel hatten. Plötzlich merkte sie, wie hungrig sie war. „Ich tue seit Tagen nichts anderes als essen."

„Immerhin bist du sechshundert Stufen hochgestiegen."

„Und habe ein paar Kilometer beim Shoppen zurückgelegt."

„Manche Frauen würden das als Therapie bezeichnen. Meine kleine Schwester Tara zum Beispiel."

„Kleine Schwester?"

„Sie ist neunzehn."

„Wie ist sie?"

„So wie ich. Leider."

„Inwiefern? Und wieso leider?"

„Sie ist der geborene Clown. Und braucht immerzu die Aufmerksamkeit anderer." Er schnitt einen Bissen von seinem Steak ab.

Sosehr sie sich auch bemühte, keine der beiden Eigenschaften konnte sie mit ihm in Verbindung bringen. Als sie das Steak probierte, war sie von dem Geschmack geradezu hingerissen.

„Mmm." Morgan seufzte. „Beim Gebäck schlagen uns die Franzosen eindeutig, aber es geht doch nichts über ein amerikanisches Steak. Ich habe der Küche gesagt, sie sollen uns die besten Stücke bringen."

„Natürlich."

Er legte den Kopf schief. „Was meinst du damit?"

„Nichts. Ich meine gar nichts. Es ist nur ... Paris, Diamanten, das hier – du verwöhnst mich noch." Sie hatte es nicht aussprechen wollen, aber die Müdigkeit hatte ihre Zunge gelockert.

Seine Augen verengten sich. „Ich wollte, dass du dich geschätzt fühlst."

„Aber ..."

„Brot und Wasser kannst du haben, wenn wir wieder zu Hause sind."

Sie starrte auf das köstliche Essen. „Ich wusste ja, dass du berühmt und reich bist, aber so verschwenderisch zu leben ... das ist mir unangenehm." Woher kam das denn jetzt – von der Verachtung ihres Vaters für jeglichen Überfluss, von seiner Angst, dass es eine Sünde sein könnte, sich zu freuen? Oder war es die tief sitzende Überzeugung, dass sie es nicht verdient hatte?

Offensichtlich hatte sie ihn mit ihrer Bemerkung getroffen, denn Morgan stand auf und ging ans Fenster, das den Blick auf eine Millionen Lichter freigab. Ohne etwas zu sagen, stützte er sich auf die Fensterbank.

„Es tut mir leid, Morgan. Bitte iss doch, solange es noch heiß ist."

„Ich habe gar keinen Hunger." Das sagte er, ohne sich umzudrehen.

Mit einem schlechten Gewissen, weil sie ein sensibles Thema angeschnitten hatte, ging sie in eines der beiden Schlafzimmer und schloss die Tür hinter sich. Sie war einfach zu müde, um sich jetzt damit auseinanderzusetzen. Dann ging sie ans Fenster und ließ ihren Blick über das Lichtermeer schweifen. Sie starrte gerade auf dieselbe Stadt wie er, nur in eine unterschiedliche Richtung. Sie seufzte.

Sie beide waren nun ein Paar, nicht nur auf dem Papier. Wenn die letzte Nacht nicht gewesen wäre, hätte sie mit ihrem neuen Nachnamen – Morgans Namen – einfach verschwinden können. Sie stöhnte auf.

„Erin?" Er klopfte an die Tür.

Mit geschlossenen Augen atmete sie langsam aus und ging dann an die Zimmertür.

An den Türrahmen gelehnt sah er sie an. „Es ist ein alter Streitpunkt, den ich leid bin, aber das ist nicht deine Schuld."

Wie konnte das ein alter Streitpunkt sein, wo sie das Thema doch gerade erst angeschnitten hatte? Aber dann verstand sie.

„Ich bin nicht so wohlhabend, wie du denkst. Ja, ich habe viel Geld verdient, das wiederum Geld einspielt. Ich habe eine Stiftung, die meine finanziellen Bedürfnisse erfüllt. Und entschuldige bitte, aber wenn ich mit meiner Frau ein Steak genießen will, dann habe ich deswegen keine Schuldgefühle."

Sie sah ihn kleinlaut an.

„Wenn wir das also geklärt hätten, isst du dann mit mir zu Abend?"

„Natürlich."

Als sie wieder am Tisch Platz genommen hatten, war das Essen inzwischen kalt, aber keiner von beiden sprach darüber. Sie aß alles auf und tupfte sich dann den Mund ab. „Danke. Das war hervorragend."

„Es war mir ein Vergnügen."

Diese Worte ließ sie auf sich wirken. Es war ihm also ein Vergnügen, andere zu beschenken. Und er schätzte es nicht, wenn sein Geschenk kritisiert oder hinterfragt wurde. Das benutzte Geschirr stellte sie auf den Wagen zurück und rollte ihn auf den Gang hinaus. So machten sie es im Film immer. Als sie wieder hereinkam, hörte sie das Wasser in der Dusche laufen. Wie war sie nur mit Morgan in dieser Hotelsuite gelandet?

Sie setzte sich seitlich auf die Couch und zog die Knie an. Dann legte sie den Arm auf die Rückenlehne, ließ den Kopf auf ihre Schulter sinken, schloss die Augen und betete um Weisheit.

„Ich habe so viele Fehler gemacht. Bitte lass dies keinen sein."

„Erschreckt nicht, habt keine Angst! Vertraut auf Gott." Das waren die Verse, die ihre Großmutter immer gesagt hatte, egal von welchem Kummer sie ihr erzählt hatte. *„Vertraut auf Gott."*

Das wollte sie. Aber selbst das war kompliziert. In Gedanken ging sie die Ereignisse durch, die sie hierher gebracht hatten. Der Prozess natürlich. Die Irrfahrt nach Juniper Falls. Die zarten Wurzeln, die sie dort geschlagen hatte. Ihre erste Begegnung mit Morgan und das Gefühl, dass ihr Leben einen Sinn hatte. All das hatte sich angefühlt wie eine Schicksalsfügung. Sie hatte in ihrem kleinen Universum gelebt; jetzt hatte sie ein anderes betreten.

Jede ihrer Begegnungen ließ sie vor ihrem geistigen Auge ablaufen, Dinge, die er gesagt hatte, und Dinge, die sie vermutet hatte. Sie wusste so wenig über ihn und spürte so viel. Hatte ihre Beziehung überhaupt eine Chance? Tränen traten ihr in die Augen.

Als Morgan im Bademantel aus der Dusche kam, setzte er sich neben sie. Er strich ihr die Haare zur Seite und küsste sie auf den Hals – eine subtile, aber eindeutige Absichtserklärung.

„Morgan." Sie drehte sich zu ihm um. „Könnten wir uns erst ein bisschen besser kennenlernen?"

Er lehnte seine Stirn an ihre. „Wenn du mich *kennen* willst, dann ist das die richtige Methode, Erin."

Sie bemerkte die Nuance, mit der er das Wort bedachte, und sagte: „Ich meinte nicht im biblischen Sinne."

„Aber hast du dich mal gefragt, warum dort dieses Wort steht? Im Bett sind wir, wer wir sind. Und wenn wir zusammenkommen, sind wir, was wir zusammen sind. Ich jedenfalls finde, dass es wundervoll ist, dich zu kennen."

Es war wundervoll. Und sie sehnte sich so sehr nach ihm, dass es ihr Angst machte. Trotzdem sagte sie: „Können wir reden?"

Er zögerte nur eine Sekunde, bevor er sagte: „Klar." Dann zog er sie näher an sich, sodass ihr Rücken an seiner Brust ruhte.

Natürlich fiel ihr nichts ein, was sie sagen könnte.

Er lächelte spöttisch. „Lieblingseissorte?"

Sie versetzte ihm einen Stoß mit dem Ellbogen.

„Du machst es dir schwerer, als es sein muss. Stell dir einfach Paris vor." Er küsste ihren Nackenansatz.

Sie stöhnte. „Das war eine andere Welt, ein anderes Ich."

„Du bist meine Frau. Und wenn du mich fragst, ich bin –"

„Wenn ich dich frage? Du glaubst, es geht hier um dich?"

„Ich bin nicht sicher, worum es geht."

Sie ließ den Kopf auf ihren Arm fallen. „Ich ... ich fühle mich nur so ..." Benommen. Verwirrt. Verängstigt. Paris war ein Traum gewesen und ein kaltes Erwachen. Eine solche Liebe zu erleben und dann einen solch unverarbeiteten Schmerz ...

Er strich ihr über den Arm. „Ich will nicht, dass du dich unter

Druck gesetzt fühlst. Wir können schlafen gehen. Wir können reden. Was immer du willst."

Sie drehte sich um, legte die Arme um seinen Hals und küsste ihn.

Er zog die Augenbrauen hoch. „Interessanter Gesprächsbeginn."

„Meinst du etwa, ich hätte mich das vor einer Woche getraut?"

Mit nachdenklicher Miene zog er an einer ihrer Locken. „Ich verstehe."

„Du bist der Mann, von dem ich … na gut, geträumt habe."

Wieder leuchtete Humor in seinen Augen auf.

„Wir hatten eine Schneeballschlacht. Ein … Truthahnessen."

„Vergiss nicht das Möbelschleppen."

„Einen finsteren Keller und einen Drogendeal."

„Viel interessanter als Abendessen und ein Film."

Sie liebte es, wie er der Stimmung folgte und sich davontreiben ließ. Er lehnte sich vor und küsste sie so lange, bis ihre Zweifel schwiegen und ihr Herz immer schneller schlug.

„Ich will es nicht vermasseln."

„Warum glaubst du, du würdest das tun?"

Wie die „Porzellanpuppe" in der Anstalt war sie mit einer gehörigen Portion Strenge und Kritik gefüttert worden, etwas, das sie bis jetzt erfolgreich überspielt hatte.

Er murmelte: „Erin", und zwar in einem Tonfall, der sie daran erinnerte, was er getan hatte und warum.

Als sie wieder die Arme um seinen Hals schlang, fiel das Licht der Zimmerlampe auf den Ring und ließ den Stein funkeln. Plötzlich durchdrangen Hoffnung und eine tiefe Sehnsucht ihre Unsicherheit. Es war möglich. Sie konnten aus der anfänglichen Scheinehe eine richtige Ehe werden lassen, oder nicht? Vielleicht waren sie ja schon dabei.

Er ließ Erin schlafen und trat in dem eleganten Wohnzimmer ans Fenster. Wieder einmal zerstörte ein Gefühl wie bei einer Vivisektion jegliche Hoffnung auf Schlaf. Er war von ihrer Lieblichkeit hingerissen, von ihrer Energie, der Art, wie sie sprach, wie sie lachte, von ihrem Blick, der halb Vamp, halb Unschuldslamm war und der alle Saiten in ihm zum Klingen brachte, auch die körperlichen. Sexualität war etwas Wunderbares, aber es gab mehr.

Die körperliche Liebe machte die Dinge kompliziert. Sie erhob Ansprüche, forderte eine emotionale, geistliche Bindung, sonst blieb das Tier in ihm hungrig. Er erkannte die Leere, aber er konnte sie nicht füllen, weil sein Reservoir ausgetrocknet und leer war. Und er befand sich auf dünnem, sehr dünnem Eis.

Er lebte vielleicht, um marode Unternehmen zu sanieren, um Kaputtes zu reparieren, aber Gott wusste, dass er auch Dinge zerbrechen konnte. Er hatte auch etwas Zerstörerisches an sich. Nachdenklich schloss er die Augen und sah diesmal nicht seine geliebte Livie vor sich, sondern die Tochter, die er verloren hatte. Manchmal schien es ihm, als hätte sich der einzige Blick, den sie ihm durch das Krankenhausfenster zugeworfen hatte, in sein Gehirn eingegraben. Ihre Augen hatten die gleiche Farbe wie seine gehabt, ihr Gesicht war aufgedunsen gewesen, die Haut dünn und aufgeplatzt, vom Tod gezeichnet, und wenige Herzschläge später hatte sie schon nicht mehr gelebt.

An diesem Schmerz hatte Erin keinen Anteil. Es war Jills Kummer und ihre Verzweiflung, die sich mit seinen Gefühlen vermischt hatte, aber ihre gegenseitige Liebe hatte einen Weg hindurch gefunden. Was würde Jill jetzt denken? Verriet er sie mit Erin? Er presste die Fäuste in seine Augenhöhlen.

Was würde sie ihm sagen, wenn sie antworten könnte? „Ich habe nie jemand anderen geliebt als dich“?

Er ließ den Kopf sinken und der Verlust, den er erlitten hatte, verursachte in ihm ein unsagbares Gefühl der Trauer. Die aufsteigenden Tränen in seinen Augen fühlten sich an wie abgestandenes Wasser aus einem Brunnen. Ätzend. Giftig. Wenn er diese Tränen vergoss, würden sie seinen Schmerz nicht lindern. Er hätte sie früher vergießen müssen, bevor er es noch einmal versuchte. Es war nicht fair ...

Als Erins warme Hand seinen klammen Arm berührte, erstarrte er. Er wollte ihr widerstehen, sie wegschicken. Doch stattdessen drehte er sich zu ihr um. „Es ist schon zwei Jahre her und ich dachte, ich hätte es hinter mir.“

„Du warst alles für Livie. Wann hast du die Zeit gefunden, zu trauern?“

Er wollte etwas sagen, unterließ es dann aber wieder.

Liebevoll fuhr sie ihm mit der Hand über den Arm. „Du bist ja ganz kalt.“

Sie hatte recht. Starr vor Kälte fühlte sich sein Körper an, als könnte nichts ihn auftauen. Er streckte die Arme aus und sie schmiegte sich an ihn, voller Wärme, Weichheit und Kraft. Er fand ihren Mund und presste seine Lippen auf ihre.

In seinem Kuss spürte sie die Verletzung, den Verlust, die Scherben seines Wesens. Als er sein Gesicht in ihrem Haar verbarg, hielt sie ihn und spürte, wie der Altersunterschied zwischen ihnen schwand – sie fühlte sich sogar älter, stärker. Beinahe konnte sie sehen, wie etwas in ihm aufbrach, etwas, das er mit allen Mitteln verteidigte. „Wie kann ich dir helfen?“

„Gar nicht.“ Er löste sich von ihr, so als hätte er Angst, seine Trauer könnte auch sie verschlingen. Er ging zum Sofa und sank darauf nieder. „Es gibt zu viel, das du nicht weißt.“

Entschlossen setzte sie sich neben ihn und wartete.

„Ich werde nicht …“ Seine Stimme erstarb.

„Über Jill reden?“

„Über alles.“ Seine Hand ballte sich zur Faust. „Über sie, über mich … über alles, was vorher war.“

Sie saßen im Schein der Großstadtlichter, der durchs Fenster fiel, und sein Zögern war ein ungebetener Gast.

„Einmal bin ich mit dem Fahrrad gestürzt“, sagte sie, „und all die Steinchen haben sich in mein Knie gebohrt. Einer saß so tief, dass man ihn im Krankenhaus nicht gesehen hat. Eine Woche später hatte die Infektion mein ganzes Bein durchzogen und die Stelle war geschwollen und entzündet.“ Sie zog die Füße unter sich. „Ich dachte, ich hätte beim ersten Entfernen der Steine und beim Reinigen der Wunde schon genug gelitten, und wollte nicht, dass sie den Stein herausholten. Weil ich ungezogen gewesen war, sagte mein

Vater der Krankenschwester, sie solle nichts machen. Drei Tage später wachte ich mit schrecklichen Schmerzen auf, die nur durch eine Operation gelindert werden konnten."

Eine eindeutige Botschaft. „Wie alt warst du da?"

Sie blinzelte. „Ich weiß nicht. Vier vielleicht."

Er fuhr ihr mit dem Finger übers Knie, das unter ihrem Bademantel hervorlugte, als wäre die Wunde immer noch da. Vielleicht war sie es innerlich ja auch. Langsam wagte er sich in die Stille vor, die sie ihm bot. „Als Jill schwanger wurde, hätte ich sie geheiratet, aber ihr Vater sagte, sie hätte das Kind abgetrieben und ich würde seine Tochter nie wiedersehen." Eine Welle der Wut ließ die Muskeln in seinem Kiefer zucken.

„Die offizielle Version war ein Missionseinsatz in den Sommerferien, aber sie ging irgendwohin, um das Baby zu bekommen, und gab es sofort nach der Geburt zur Adoption frei." Wieder legte die Emotion sich schwer auf seine Stimme. „Die Adoptivfamilie liebte sie. Kelsey." Sein Gesicht verzerrte sich zu einer Grimasse. „Sie haben sie Kelsey genannt."

Es brach ihr das Herz, ihn so zu sehen.

„Wie ich dir erzählt habe, bekam sie Leukämie. Als sie vierzehn war, hatte sie einen heftigen Rückfall. Da sie keine Geschwister hatte, war die einzige Chance eine allogene Knochenmarktransplantation." Er schluckte. „Im besten Falle gibt es mit den Eltern eine halbe Übereinstimmung. Jills DNA kam leider nicht infrage. Also musste sie mich finden." Seine Stimme senkte sich zu einem heiseren Flüstern. „Ich wünschte, meine hätte auch nicht gepasst."

Sie litt mit ihm.

„Es ist kompliziert, aber im Wesentlichen hat mein gesundes Knochenmark ihren entkräfteten Körper angegriffen und sie starb an den Folgen." Seine Stimme war jetzt so rau wie ein Reibeisen. „Du kannst dir nicht vorstellen, wie es sich angefühlt hat zu wissen, dass mein Knochenmark sie letzen Endes umgebracht hat."

„Es tut mir ja so leid, Morgan", flüsterte sie.

„Manchmal denke ich, wenn ich etwas so Unschuldiges zerstören konnte …" Er grub die Finger wie Krallen in sein Gesicht, dann ließ er sie langsam sinken. „Ich bin einfach nicht sicher, was noch übrig ist. Ob das, was ich dir geben kann, genügt."

Alles in ihrem Innern wurde weich. „Vielleicht kann ich dir ja etwas geben.“ Ihre Augen durchbohrten seine Schutzmauer.

Er kehrte zu der Geschichte zurück, die sie ihm erzählt hatte, und umfasste ihr Knie. „Was muss das für ein Mensch sein, der ein Kind dafür bezahlen lässt, dass es Angst hat.“

Kapitel 16

Das Büro in Manhattan, in das Morgan sie am nächsten Vormittag mitnahm, war unbeschreiblich. Wo bekam man überhaupt solche noblen Möbel? Die Gemälde an den Wänden waren signierte Originale. Die Skulpturen auf den Beistelltischen hätten auch in ein Museum gepasst. Menschen liefen zielstrebig hin und her, ohne auf dem edlen Designerteppich, der den korallenfarbenen Marmorboden bedeckte, ein Geräusch zu machen. Als sie durch die geräumigen Korridore liefen, lag der Geruch von geöltem Holz und Leder in der Luft

„Morgan." Ein Mann, der perfekt in diese Umgebung passte, erhob sich hinter einem Tresen aus Wurzelholz.

„Hallo, William." Morgan und der silberhaarige Mann gaben sich freundschaftlich die Hand. „Danke, dass ihr die Pakete angenommen habt."

„Natürlich. Darum hat sich Ellen gekümmert."

Das hier war also die New Yorker Lieferadresse.

Morgan sagte: „William, dies ist meine Frau Erin."

Darauf wurde sie herzlich begrüßt, obwohl der Handschlag selbstbewusst war und seine Augen sie neugierig musterten. „Davon wusste ich ja noch gar nichts. Herzlichen Glückwunsch."

„Wir haben in Paris geheiratet", sagte Morgan, „und sind gerade auf dem Heimweg."

„Ah, Paris." In seiner Stimme lag ein Anflug von Nostalgie. „Mein Sommer dort mit Noelle weckt viele schöne Erinnerungen."

„Das ist William St. Claire", sagte Morgan, „Noelles Vater."

„Schön, Sie kennenzulernen." Genau so hatte sie sich Noelles Herkunft vorgestellt, begütert und mit Stil.

William verschränkte die Finger lässig vor seinem Körper. „Wie geht es deiner Kleinen?"

„Sie ist wundervoll."

„Und meine Tochter? Die Wahrheit, wenn du nichts dagegen hast."

Morgan nickte. „Sie spielt die Lungenentzündung herunter?"
„Stimmt."
„Zum Glück haben sie sie rechtzeitig erkannt und ich glaube, es geht ihr schon besser."
William nickte ernst. „Trotzdem mache ich mir Sorgen."
„Das verstehe ich." Sie lächelten sich grimmig zu. Elternschaft hatte so ihre Tücken. „Aber du hast Arbeit und wir müssen einen Flieger erwischen. Danke noch mal für die Paketannahme."
„Gern geschehen. Und herzlichen Glückwunsch." Er nickte ihr zu. „Es war mir ein Vergnügen, Sie kennenzulernen."
„Ganz meinerseits."
Während sie im Aufzug nach unten fuhren, erinnerte sie sich daran, wie Noelle gesagt hatte, sie sei sehr behütet, mit Zittern und Zagen, erzogen worden. Aber es musste ein schönes Gefühl sein zu wissen, dass der eigene Vater einen liebte.
Draußen in der vom Verkehr verstopften Straße, wo es nach Abgasen und allem möglichen Menschlichen roch, luden gerade zwei Helfer mehrere Kisten auf Wagen und dann in ein Großraumtaxi. Entweder hatte sie in Paris viel mehr Kleidung gekauft, als sie in Erinnerung hatte, oder das Hotel hatte jeweils nur einen Gegenstand in jeden Karton getan. Etwas verunsichert sah sie Morgan an, der sich aber eines Kommentars enthielt.
Die vergangene Nacht hatte an seinem makellosen Äußeren keine Spuren hinterlassen. Wenn überhaupt, schien er sich ein wenig leichter zu bewegen, wie ein geölter Blechmann, der zu lange im Regen gestanden hatte.
Er schob sich neben sie auf die Rückbank des Taxis. „Bist du bereit für zu Hause?"
Der Gedanke an ihre Rückkehr brachte auch die Erinnerung an das zurück, wovor sie fortgelaufen war. „Ich muss das Chaos aufräumen."
„Dein Haus?"
„Und vielleicht mein Lager. Ich bin Hals über Kopf geflüchtet und habe nicht mehr nachsehen können."
„Du kannst doch nicht dorthin zurück und das Risiko eingehen, dass Markham dich sieht." Als er ihre Miene sah, fragte er: „Bist du überhaupt versichert?"

Sie seufzte. „Vor Veras Nachlass hatte ich nie viel Ware. Und ich habe die Sachen auch nicht als mein Eigentum betrachtet, weil ich im Hinterkopf immer den Gedanken hatte, sie irgendwann zurücklassen zu müssen."

„Das wusstest du schon vor den Drohungen?"

„Markham hat mir an dem Tag, als er verurteilt wurde, gedroht, ich würde dafür bezahlen." Wenn sie sich an das Funkeln in den eiskalten Augen erinnerte, lief es ihr eiskalt den Rücken herunter. Schon damals hatte sie den Eindruck gehabt, es steckten zwei unterschiedliche Personen in ein und demselben Körper.

„Du hast wirklich genug Sorgen und ich war dir dabei nicht gerade eine große Hilfe."

„Wovon redest du?"

„Von dem, was ich dir letzte Nacht so alles aufgebürdet habe."

Glaubte er wirklich, Schweigen sei besser? „Ich weiß es zu schätzen, dass du es mir erzählt hast. Noelle hat mir immer nur kleine Häppchen erzählt, nur das, womit du einverstanden gewesen wärst, dass ich es erfahre."

„Du hast sie gefragt?"

„Nur nach den Panikattacken."

„Das ist das Wenigste – das kannst du mir glauben."

Nachdem sie einen Eindruck davon bekommen hatte, was ihn sonst noch belastete, sagte sie: „Das tue ich."

☙

Als sie im verschneiten Colorado gelandet waren, lud Morgan ihr Gepäck in den Range Rover, den er am Flughafen abgestellt hatte. Mit jeder Minute wuchs seine Sorge. Er musste sein kleines Mädchen sehen und wissen, dass sie in Sicherheit war, dass es ihr gut ging. Er brauchte Livie ganz einfach um sich.

Daher fuhr er schneller, als der Zustand der Straße es ratsam erscheinen ließ, doch als er Quinns – Erins – Nervosität bemerkte, nahm er den Fuß vom Gas. Je weiter sie sich von Paris entfernten und je näher sie ihrem Wohnort kamen, desto schwerer fiel es ihm, in ihr seine Frau zu sehen. Seine Bleibe war nur vorübergehend sein

Zuhause, sie war nichts weiter als ein Kokon, der ihnen eine gewisse Immunität bot.

Er warf ihr einen Blick zu. „Wir sollten besser darüber sprechen, wie es weitergeht."

Sie hatte die Schuhe ausgezogen und zog ein Knie hoch. Die Ferse setzte sie auf den Sitz und umschloss ihr Bein mit den Armen. „Du hast gesagt, ich kann nicht zu mir nach Hause zurück, aber ich brauche ein paar Dinge. Eine Schmuckschatulle und ein Foto." Sie versuchte es zu verbergen, aber sie hatte Tränen in den Augen und ihre Stimme klang belegt. „Falls sie überlebt haben."

Erschrocken beobachtete er die Veränderung an ihr. Sie hatte es mit einer großen Gelassenheit akzeptiert, dass sie unter Umständen ihre Waren verloren hatte, aber diese beiden Dinge waren ihr scheinbar äußerst wichtig. „Ich suche danach, sobald wir uns einen Eindruck davon verschafft haben, was passiert ist."

Sie blinzelte die Tränen zurück und nickte.

Er bremste ein wenig ab, weil ein Fahrzeug vor ihm am Berg immer langsamer wurde. „Ich habe Veras Haus sozusagen als Übergangslösung gekauft, um Livie von Noelle zu entwöhnen. Ich glaube nicht, dass das jetzt funktionieren wird."

„Gott sei Dank. Ich möchte nämlich nicht unbedingt wieder einen Fuß in ein Haus setzen, in dessen Keller eine Anstalt untergebracht war."

Er blickte nachdenklich drein und nickte dann langsam. „Dann gehen wir eben zurück nach Santa Barbara."

Sie neigte den Kopf. „Wo Consuela ist."

„Ja."

„Wenn sie dort ist, was mache ich dann?"

„Du bist meine Frau, Erin. Du tust, wozu du Lust hast."

„Aber meine Rolle war doch –"

Er strich ihr übers Knie. „Vergiss es. Du bist doch nicht meine Köchin oder mein Kindermädchen. Ich dachte, das hätten wir in Paris geklärt." Mit allen Vor- und Nachteilen.

Sie musste den gereizten Tonfall bemerkt haben, aber sie sagte nur: „Ich war noch nie in Kalifornien."

Als er versuchte, sie sich dort vorzustellen, sah er stattdessen ein Bild von Jill vor sich, wie sie an dem Abend ausgesehen hatte, als sie ausgegangen war. Und dann war sie bis zur Unkenntlichkeit zermalmt worden. Sein Puls raste. Sein Kopf hämmerte. Seine Handflächen waren klebrig vor Schweiß. „Erin."

„Ja?"

„Kannst du fahren?"

Sofort erkannte sie, was mit ihm los war. Schnell zog sie ihre Schuhe wieder an und er fuhr auf den Standstreifen. Während sie ausstieg und um den Wagen herumging, legte er die Stirn aufs Lenkrad und versuchte zu atmen. Sie öffnete die Tür. Mit zusammengebissenen Zähnen stieg er aus. Das musste aufhören.

Als sie sich am Griff zum Fahrersitz hochzog, wurde ihm wieder einmal bewusst, wie klein sie war. Jills Hürdenläuferbeine hatte sie nicht. Aber die Ehe mit Jill war Vergangenheit. Er musste lernen, sie aus seinem Leben herauszuhalten. Was genauso hoffnungslos war wie ein Heilmittel gegen den Krebs zu finden und den Weltfrieden herzustellen.

Als sie losfuhr, bedankte er sich bei ihr, dass sie das Steuer übernommen hatte.

„Willst du darüber reden?"

„Ich glaube, ich habe genug gesagt." Als die Panik nachließ, seufzte er. „Das sind nur Überbleibsel."

„Ich verstehe dich."

„Ich hoffe nicht, denn das kann man nur begreifen, wenn man es selbst erlebt hat." Jetzt schuf er wieder eine gewisse Distanz zwischen ihnen, aber er konnte nicht anders.

Um sich gegen die grelle Gebirgssonne zu schützen, klappte sie den Blendschutz herunter und entdeckte die Fotos, die er darauf angebracht hatte.

Er räusperte sich. „Tut mir leid."

„Ist das Kelsey?"

„Ganz rechts." Als würde der kahle Kopf nicht schon für sich sprechen.

„Sie sieht aus wie ein Engel."

„Stimmt." Seine Stimme klang heiser.

Über Livie oder Jill verlor sie kein Wort. Er streckte sich, nahm die Fotos ab und steckte sie sich in die Tasche.

„Das wäre nicht nötig gewesen."

„Ich darf nicht weiter in der Vergangenheit leben." Als sie die Stadt erreichten, sagte er: „Wir übernachten heute auf der Ranch."

„Soll mir recht sein, wenn sie nichts dagegen haben –"

„Schließlich bist du meine Frau", erinnerte er sie erneut. „Ich wette, sie erwarten es sogar."

„Was nicht bedeutet, dass sie damit einverstanden sind." Sie bog in die Auffahrt zur Ranch, wo die Reifen auf dem dichten Schneeuntergrund knirschten.

„Sie mögen dich. Als Rick dich das erste Mal gesehen hat, hat er versucht, mein Interesse für dich zu wecken."

„Was?"

„In der Konditorei."

„Du machst Witze."

„Über so etwas scherze ich nicht. Es hat mich richtig genervt."

Sie sah ihn an, um zu sehen, ob er es ernst meinte.

„Da habe ich beschlossen auszuziehen. Ich bin ihnen auf die Nerven gegangen und sie mir."

„Und jetzt sind wir hier", sagte sie und meinte es wörtlich und im übertragenen Sinne, als sie den Wagen parkte. „Willst du zuerst alleine reingehen?"

Er lächelte schief. „Für den Fall, dass es Spinnweben gibt?"

„Nein, für den Fall, dass die Messer fliegen."

„Die wären dann auf mich gerichtet."

„Das wäre aber ziemlich unfair."

Ihm war es lieber so. Er half ihr aus dem Auto und nahm ihre Hand. Gemeinsam gingen sie ins Haus, wo er „Livie?" rief. Als aus der Küche das Geräusch kleiner Füße zu hören war, rannte er auf sie zu, hob sie hoch und warf sie in die Luft. Dann fing er sie wieder auf und sie schlang die Arme um seinen Hals. Überglücklich hielt er sie fest und wollte sie nie mehr loslassen.

Ein angenehmer Duft nach Zimt kam aus der Küche, als er seine Tochter endlich wieder losließ. Das konnte doch nicht Noelle sein, die backte, und falls doch, würde es doch nicht so gut duften. Er hob den Blick und sah … seine Mutter.

„Willkommen zu Hause", sagte Celia mit einem feierlichen Lächeln.

Er fragte nicht, was sie hier tat. Offenbar hatten Rick oder Noelle sie eingeweiht. Jetzt wünschte er sich, er hätte Erin draußen warten lassen. „Mom." Er drehte sich um und zog Erin an seine Seite. „Dies ist meine Frau Erin. Erin, meine Mutter Celia."

Ihre Begrüßung war steif.

„Das ist ... eine Überraschung." Erin räusperte sich.

„Oh ja, das ist es."

Erin knöpfte sich den Mantel auf. „Sie sind zu Besuch?"

„Ich bin hier, um zu erfahren, warum zwei Menschen, die sich gerade erst kennengelernt haben, das Land verlassen und heiraten."

Morgan sagte: „Daran bin ich schuld."

Sie lächelte dünn und wenig überzeugend.

„Riecht es hier nach Plätzchen?" Er zog die Augenbrauen hoch.

„Livie hilft ihrer Granny beim Backen." Celia strich über den Arm des kleinen Mädchens.

Er hielt Livie auf der Hüfte, umklammerte Erins Hand und folgte seiner Mutter in die Küche. Dort ließ er Erin los, nahm einen noch heißen Keks vom Blech, warf ihn ein, zwei Mal von einer Hand in die andere, damit er abkühlte, und schob ihn sich dann in den Mund. „Wo ist Noelle?"

„Oben. Sie ruht sich aus."

Er schluckte die weiche, gehaltvolle Masse herunter. „Und Rick?"

„Mit deinem Vater unterwegs."

„Dad ist auch hier? Sag nicht, ihr habt auch noch die Mädchen mitgebracht."

„Dein Vater und ich sind hergeflogen."

Wenn sie in ein Flugzeug gestiegen waren, war es ernst. Er gab Erin auch einen Keks. „Niemand macht so gute Zimtplätzchen wie Celia Spencer."

„Jeder, der ein Rezept lesen kann", sagte Celia.

„Nein, glaub mir, das ist noch keine Garantie." Livie klammerte sich an ihn, deshalb versuchte er erst gar nicht, sie auf den Boden zu stellen.

Erin probierte den Keks und nickte. „Wundervoll."

Aus Erfahrung wusste er, dass es keinerlei Wirkung auf sie hatte, wenn sie ihre Plätzchen lobten. Nichts konnte einen Gletscher aufhalten.

„Also, Erin", sagte Celia, „was können Sie mir über sich erzählen?"

Nachdenklich sah Erin die Frau mit der entschlossenen Miene und den durchdringenden Augen an und hätte beinahe gesagt: „Gute Frage."

„Sie sind jünger als Morgan."

„Ich bin siebenundzwanzig." Weil sie klein war, hielten die meisten Leute sie für noch jünger.

„Und Sie kommen hier aus der Gegend?"

„Nein. Ich bin seit etwa sechs Monaten in Juniper Falls, davor habe ich in ein, zwei anderen Städten gewohnt."

„Was machen Sie denn beruflich, dass Sie so oft umziehen müssen?"

„Ich bin selbstständig und kaufe den Nachlass von Verstorbenen auf, den ich dann bei eBay weiterverkaufe. Unterschiedliche Orte bringen frische Kundschaft."

Celia wartete auf mehr, und zwar mit einer Miene, die besagte, dass höchstens ein Aderlass ihr genügen würde.

Erin hob das Kinn. „Ich mag Kinder und Hunde, fahre einen Pick-up und bin nicht auf Morgans Geld aus." Celias Augenbrauen fuhren nach oben. Morgan richtete sich auf, als sie fortfuhr: „Aus mehreren Gründen machte diese Eheschließung für uns beide Sinn, und so ist es jetzt."

„Ich verstehe." Celia blickte von ihr zu Morgan.

Langsam verzog er den Mund zu einem Lächeln. „Das Verhör ist ein bisschen ungerecht."

„Vielleicht, aber ich mache mir nun mal Sorgen, wenn eines meiner Kinder sich auf so lebensverändernde Weise untypisch verhält."

„Deine Sorge wird zur Kenntnis genommen."

„Wie wollt ihr euch ohne jegliche Grundlage lebenslang aneinander binden?"

„Stück für Stück, Mom. Livie braucht schließlich eine Mutter." Typisch Morgan, dass er die Verantwortung ganz übernahm.

Celia runzelte die Stirn. „Dagegen hätte ich ja nichts einzuwenden, wenn du auch nur etwas Zeit in diese Beziehung investiert hättest."

Erin versuchte nicht zu schrumpfen, als die Adleraugen sich wieder auf sie richteten.

„Was sagen denn Ihre Eltern dazu?"

Ihre Kehle war wie zugeschnürt. „Wir … haben keinen Kontakt."

„Dann muss Ihnen ein etablierter Mann, der sich einen Namen gemacht hat und einigermaßen wohlhabend ist, sehr attraktiv erschienen sein."

Zugegeben, Morgan war sehr attraktiv, aber nicht aus den genannten Gründen. Die hatte sie bereits von sich gewiesen und sie hatte nicht vor, sich zu wiederholen. „Wenn Sie mich bitte entschuldigen wollen? Es war eine lange Reise und ich möchte mich ins Badezimmer zurückziehen."

„Na", sagte Morgan, „da hast du aber das irische Blut in ihr aufgestachelt."

„Es geht hier nicht nur um dich, Morgan. Du hast ein Kind, an das du denken musst."

„Ich denke an nichts anderes." Sanft strich er Livie über den Rücken.

„Dann …" Seine Mutter hob die Hände.

Wenn sie auf Logik aus war, dann viel Glück. Es hatte Gründe gegeben, die einen Sinn ergaben, wie Erin gesagt hatte, aber Verstand und Vernunft hatten sie in Paris gelassen. „Du bist nicht fair. Du kennst sie ja nicht einmal."

„Du auch nicht."

„Ich brauche nicht lange, um Menschen einzuschätzen."

„Das ist in geschäftlichen Dingen in Ordnung. Aber dies hier ist das Leben. Deins und Livies Leben."

„Und Erins."

Sie runzelte die Stirn. „Kannst du mir nach ein paar Begegnungen und einem Festessen sagen, dass du diese Frau von ganzem Herzen liebst? Denn ich liebe dich, Morgan. Ich weiß, welche Tiefen du hast und wie rückhaltlos du liebst."

„Das werde ich nicht noch einmal tun." Als er ein Geräusch hinter sich hörte, wurde ihm sein Fehler bewusst.

„Das erwarte ich auch nicht von ihm." Erin kam näher, ruhiger als vorher, beinahe stoisch. „Ehrlich gesagt ist es nach dem, was er alles durchgemacht hat, ein Wunder, dass er überhaupt noch aufrecht gehen kann." Sie wandte ihm ihr angespanntes Gesicht zu. „Ich fahre zu mir nach Hause."

„Das geht nicht, Erin."

Sie schob sich an ihm vorbei, griff sich die Schlüssel ihres Pickups vom Haken an der Küchenwand und stapfte hinaus.

Einen strengen Blick auf seine Mutter gerichtet setzte er seine Tochter ab und folgte seiner Frau nach draußen.

Sich selbst belügen war etwas, das sie nicht tat. Morgans Worte schmerzten sie. Natürlich liebte er sie nicht, aber dass er es nicht einmal vorhatte? Das warf ein anderes Licht auf die Situation.

„Warte, Erin."

Sie blickte über die Schulter zurück. „Geh und setz dich zu deiner Mutter. Wirklich." Ihr Atem bildete eine schwache Wolke.

„Warte einen Moment. Bitte."

Rick hatte ihren Wagen neben die Scheune gefahren und sie ging weiter darauf zu. „Ich will sehen, was übrig geblieben ist."

„Aber Markham weiß, dass es dein Haus ist."

Sie betätigte die Fernbedienung der Zentralverriegelung und drehte sich zu ihm um. „Inzwischen sind mehrere Tage vergangen. Bestimmt glaubt er, dass er mich verscheucht hat."

„Erin, der Zweck des ganzen Unternehmens war zu verschwinden. Dein Haus ist der einzige Ort, von dem er definitiv weiß, dass du dort auftauchen kannst."

Das stimmte. Sie machte die Augen zu und konnte die Tränen nur schwer zurückhalten.

Er atmete langsam aus. „Ich hätte das vorhin nicht sagen sollen."

„Wie ich deiner Mutter schon gesagt habe –"

„Ich habe mich für diese Ehe entschieden." Er streckte die Hand nach ihr aus, aber sie drehte sich schnell weg.

Langsam ließ er die Hand wieder sinken. „Na gut, wir haben eine kleine Krise. Gibst du jetzt etwa auf?" Seine Augen durchbohrten sie.

Sie wendete den Blick ab. Seine Mutter hatte recht, was den Fehler betraf, den sie gemacht hatten, aber aufgeben? Sie biss die Zähne zusammen. Nein. Und das wusste er auch.

„Daddy!" Livie kam aus dem Haus gerannt, als hätte sie panische Angst davor, er könnte sie wieder verlassen.

Mit einem Kloß im Hals sah Erin dabei zu, wie die beiden aufeinander reagierten. Im Leben der beiden hatte sie nichts verloren. Wie hatte sie sich das nur einbilden können?

Als er Livie auf den Arm nahm, sagte Morgan: „Ich muss sie zum Mittagsschlaf hinlegen." Er blickte zum Haus zurück. „Und die Gemüter besänftigen."

„Deine Familie hat das Recht, die Wahrheit zu erfahren. Du kannst es ihnen genauso gut sagen, dann können wir die ganze Heimlichtuerei beenden."

„Erin."

Sie ergriff Livies kleine Hand. „Wollen wir zwei ein Nickerchen machen, du Süße?"

Zu ihrer Überraschung lehnte Livie sich ihr entgegen. Während sie dem schläfrigen Kind über den Rücken rieb, ging sie mit müden Schritten zu Morgans Gästehaus.

Morgan sah ihnen nach und bereute seine gedankenlos dahingesagten Worte, obwohl sie wahrscheinlich recht hatte, was die Heimlichtuerei betraf. Karten auf den Tisch und das ganze Theater war vergessen. Menschen heirateten aus allen möglichen Gründen. Ihre gehörten nicht zu den schlimmsten.

Als er gerade ins Haus gehen wollte, fuhren sein Vater und Rick vor und parkten den Wagen. Morgan ergriff Hanks Hand und umarmte ihn. „Hi, Dad."

„Tja, mein Junge. Du hast deine Mutter in ein Flugzeug gekriegt."

„Ihre Bedenken hat sie mir schon mitgeteilt."

Hank nickte. „Du siehst gut aus."

Wirklich?

„Könnte das bedeuten, dass es gar nicht so schlimm ist, wie sie denkt?"

Er schüttelte den Kopf. „Nichts ist so schlimm, wie Mom denkt."

„Die Ehe ist eine ernste Angelegenheit, Morgan."

„Wir hatten ernste Gründe."

„Ich bin gespannt."

Rick sah sich um. „Wo ist Quinn?"

„Erin ist mit Livie im Gästehaus, um sie zum Mittagsschlaf hinzulegen."

„Erin?"

„Gehen wir rein, dann erkläre ich es euch."

Seine Familie hörte mit ernster Miene zu, als er die Situation erläuterte. Vielleicht hätte er warten sollen, bis Erin sich an dem Gespräch beteiligen konnte, aber so bekam nur er die volle Wucht ihrer Reaktion ab.

„Es gibt eine Reihe von Möglichkeiten, jemandem zu helfen, der sich verstecken muss", sagte Hank, „die keine lebenslange Verpflichtung erfordern."

Seine Mutter zog eine Augenbraue hoch. „Hast du dir wenigstens eine Hintertür offen gelassen?"

„Wir haben die Möglichkeit einer platonischen Beziehung ausgeschlossen. Es war" – er zuckte mit den Schultern – „Paris."

Noelles Augen glänzten feucht. „Und das war auch Quinns Entscheidung?"

Glaubte sie das etwa nicht? „Ja. Und bitte nennt sie Erin. Wir brauchen einen Neuanfang."

„Mit einem falschen Namen?" Sie wirkte bestürzt.

„Es ist ihr zweiter Vorname."

„Morgan." Hank schüttelte den Kopf. „Man sollte meinen, du wärest inzwischen vernünftiger geworden."

Es war schon Ironie des Schicksals – ein weltbekannter Problemlöser wurde von seinen eigenen Angehörigen für seinen Lösungsversuch getadelt. „Erin ist nur ein Teil der Gleichung. Livie hat sie ins Herz geschlossen. Wir können eine Familie sein."

„Wie denn?“, wollte seine Mutter wissen. „Ohne dass ihr euch liebt.“

Nur weil er nicht wie Prometheus auf einem Felsen stehen und sich von einem Adler die Leber herauspicken lassen wollte, bedeutete das nicht, dass er nicht eine gute Ehe mit Erin führen konnte. „Ich mag sie sehr. Und ich respektiere sie. Sie ist zäh und gerecht und gütig. Hervorragende Eigenschaften, um auf Livie einen guten Einfluss auszuüben.“

„Aber sie ist ein Kindermädchen.“

Der anhaltende Duft der Zimtplätzchen schien zu süß, ja, beinahe klebrig. „Ich behaupte ja gar nicht, dass ich für alles eine Lösung habe. Aber es ist jetzt so und ich wäre froh, wenn ihr mich unterstützen könntet.“ Er schaffte es gerade so, die Schärfe aus seiner Stimme zu nehmen. Er war klug, er war nüchtern und er hatte ihr Vertrauen verdient.

Rick war der Erste, der die Hand über den Esszimmertisch streckte. „Herzlichen Glückwunsch. Ich mochte Quinn – Erin – von Anfang an.“

„Ich mag sie auch.“ Noelle sah immer noch weinerlich aus. „Aber ich fühle mich verantwortlich.“

„Die Verantwortung liegt ganz und gar bei uns.“ Komisch, wie natürlich er von ihnen beiden als Einheit sprach. Sie mochte aufgebracht sein, aber er hatte die Starke ihrer Verbindung gespürt. Sie war belastbar. Und sie würden sich nicht gegenseitig loslassen.

Seine Mutter seufzte. „Da wir wieder einmal an diesem Punkt sind, unterstützen wir dich, so wie wir es auch damals getan haben.“

Wieder einmal an diesem Punkt? Als hätte er sich jetzt so unverantwortlich verhalten wie damals, als er Jill geschwängert hatte. In ihren Augen waren die Situationen vielleicht vergleichbar. Er hoffte nur inständig, dass es dieses Mal nicht so schmerzlich sein würde.

Kapitel 17

Livie ließ sie nicht gehen, als sie versuchte, sie ins Kinderbett zu legen, also kuschelte Erin sich in das Bett daneben und schlief ein, während sie den Kleinkindgeruch einatmete. Jedes Mal, wenn sie aus dem Schlaf erwachte, kämpfte sie gegen das Bewusstsein an, weil sie dem Streit und der Enttäuschung – der anderen oder ihrer eigenen – nicht ins Auge sehen wollte, bis eine Hand ihre Schulter berührte. Da ihr nichts anderes übrig blieb, öffnete sie die Augen.

Morgans Blick war verführerisch weich und warm. „Wie ich sehe, hat sie dich um den kleinen Finger gewickelt."

Livie wurde mit einem Quieken wach und purzelte über sie, um in seine Arme zu klettern.

„So fängt es an und dann dauert es nicht mehr lange, bis du ihr Eigentum bist."

„Ich kann mir Schlimmeres vorstellen." Das kleine Äffchen hielt seinen Daddy, als wollte es ihn nie wieder loslassen. Es tat ihr weh, das zu beobachten.

„Ich habe die Drachen gezähmt, falls du etwas zu essen möchtest. Mom kocht."

„Danke, aber ich habe keinen Hunger."

„Dein Biorhythmus ist durcheinander, aber wir sollten versuchen, ihn wieder auf Spur zu bringen."

„Vielleicht morgen früh." Sie war nicht mehr müde. Es war reine Vermeidungstaktik.

Seine Stimme wurde weicher. „Muss ich betteln?"

Wovon redete er?

„Wenn Noelle nicht sieht, dass es dir gut geht, wird sie noch krank vor Sorgen."

So zu tun, als gehe es ihr gut, würde bei Noelle nichts bewirken, denn ihre Zweifel waren von Anfang an deutlich gewesen.

„Komm wenigstens zum Essen rüber."

Livie legte ihm die Hände auf die Wangen. „Plätzchen essen, Daddy."

„Erst musst du etwas Richtiges essen, Schätzchen."

„Aber Plätzchen sind doch etwas Richtiges, Daddy."

Er drückte sie. „Verstehst du jetzt, was ich meine?"

Oh ja. Dieses kleine Mädchen hatte sie mit ihrem ersten verstohlenen Blick erobert.

Morgans Blick wanderte wieder zu ihr. „Bitte."

Resigniert schob sie sich die Haare hinter die Ohren. Eigentlich müsste sie sich ein wenig zurechtmachen, aber sie konnte sich einfach nicht dazu bringen. Morgan packte Livie warm ein und setzte sie sich auf die Schultern. Sie zog sich den Mantel über, eines der wenigen Kleidungsstücke aus ihrer eigenen Garderobe, da sie ihn getragen hatte, als Markham in ihrem Haus gewütet hatte.

„He." Morgan holte sie ein. „Wieso hast du es so eilig?"

„Ich will es hinter mich bringen."

„Du gehst dem Ärger wohl nicht aus dem Weg."

Das hatte sich nicht als die klügste Taktik erwiesen, wie ihre jüngsten Narben zeigten.

Als sie das Wohnzimmer betrat, überraschte Rick sie, indem er den Arm um sie legte und ihre Schulter drückte. „Willkommen in der Familie."

Angesichts seiner Freundlichkeit blieb ihr beinahe das Wort im Halse stecken. „Danke."

Noelle kam, drückte sie und flüsterte: „Bist du okay?"

Sie antwortete mit einem beschwichtigenden Blick. Natürlich war sie okay.

Eine ältere Version von Rick mit weiß meliertem Haar und Morgans eindrücklichen dunkelblauen Augen streckte ihr die Hand entgegen und umarmte sie dann väterlich. „Willkommen, Erin. Ich bin Hank."

Sie lächelte. „Hi."

Dem Klappern von Küchenutensilien und Liams lauten Kommentaren entnahm sie, dass Celia in der Küche zugange war. Ging sie ihr aus dem Weg oder war sie einfach nur beschäftigt?

„Wir können gleich essen", sagte Noelle. „Hilfst du beim Auftragen?"

Sie musste unwillkürlich an ein Zitat aus dem Film *Die Braut des Prinzen* denken. „*Und wo du schon mal dabei bist, kannst du mir gleich eine hübsche Papierschnittwunde zufügen und ein bisschen Zitronensaft drübergießen.*" Sie sagte: „Klar."

Erstaunlicherweise wandte sich Celia, die am Herd stand, mit so etwas wie Freundlichkeit zu ihr um. „Ich bin froh, dass wir jetzt die ganze Geschichte kennen. Und es tut mir leid, dass du es so schwer hast."

„Und mir tut es leid, dass ihr es so schwer habt." Celia sah sie skeptisch an, aber Erin hatte es ernst gemeint. Diese Entscheidung betraf sie alle. Weihnachten zum Beispiel. Sie würde die Fremde sein, zu der alle höflich sein mussten.

„Was können wir tun?", fragte Noelle enthusiastisch und gab sich dabei alle Mühe, ihre Übelkeit, die Lungenentzündung und die emotionale Belastung zu überspielen.

„Ihr könnt das Essen rüberbringen." Celia reichte Noelle eine riesige Schüssel mit Pasta ohne Sauce. Erin nahm eine Platte mit Hühnchen, leicht paniert und knusprig gebraten, und Celia folgte mit einer Terrine Marsalasauce. Oh ja, sie würde essen und für die Menschen danken, die das Essen zubereitet hatten.

Sie wollte niemandem zur Last fallen, und wenn sie Morgans Familie den Grund für ihre Sorgen hätte nehmen können, dann hätte sie es vielleicht getan. Was sie beide angezettelt hatten, grenzte schon an ein krummes Geschäft. Als Morgan ihr einen Platz anbot und mit der Hand über die Schulter fuhr, hatte sie Mühe, ihre Enttäuschung zu überspielen.

Während der Mahlzeit stellte er Fragen über seine Schwestern und andere Familienmitglieder – um sich auf den aktuellen Stand zu bringen, aber zugleich auch, um ihr Informationen über die Familie zu geben, vermutete sie. Die Fragen, die an sie gerichtet wurden, waren eher banal. Obwohl sich alle darum bemühten, sie ins Gespräch miteinzubinden, war sie, wie Morgan es geahnt hatte, eindeutig eine Außenseiterin. Und das würde sie bleiben, Jahr für Jahr für Jahr.

Noelle spürte Quinns – Erins – Kummer, auch wenn sie es ihnen gegenüber nicht zugegeben hatte. Verständlich nach dem, was

Morgan über ihre Beziehung gesagt hatte. Wieder flackerte Zorn in ihr auf. Warum sagte er so etwas Verletzendes? Und wenn er sie nicht liebte oder wenigstens vorhatte, sie zu lieben, wie konnte er dann rechtfertigen, was er getan hatte?

Sie hatte zu Erin gesagt, sie könne ihm vertrauen, sich auf ihn verlassen und glauben, dass er tat, was er sagte. Aber ihre neue Identität erforderte keine Intimität, Paris hin oder her. Sie wusste, dass diese Bemerkung nur halb ernst gemeint gewesen war, aber sie konnte sich vorstellen, dass Erin von dem Ort verzaubert gewesen war und noch viel mehr von dem Mann. Wenn Morgan auch nur seinen halben Charme versprühte, wie sollte sie dann nicht davon überzeugt sein, dass er es ernst meinte?

Rick hatte sie gewarnt, dass Morgan eventuell nicht zu seiner vollen emotionalen Stärke zurückfinden würde, aber er konnte gut schauspielern. Sie blickte zu ihm hinüber und sah, dass er sie beobachtete. Er musste die Verärgerung, die sie innerlich spürte, wahrgenommen haben. Obwohl sie wusste, wie verletzlich er war, hatte sie ihn und Erin zusammengebracht. Daher gab sie sich auch selbst die Schuld an der Misere. Erin musste doch große Erwartungen in die Beziehung gesteckt haben, wenn sie seine Erklärung geglaubt hatte.

Das Interesse und das Mitgefühl ihrer Freundin hatte sie gesehen. Morgans Verletzlichkeit, seine Attraktivität und seine Anziehungskraft hatten sie wahrscheinlich in einen Strudel hineingezogen. Sein Blick war fragend, aber sie konnte ihm nicht geben, was er wollte – Absolution.

Entschlossen widmete sie ihre ganze Aufmerksamkeit Livie, die Erin gerade mit einer Nudel fütterte. Erin aß mit Appetit und ersparte dem Kind jegliches Gefühl von Unbehagen. Morgan sagte, sie hätten ein unheimliches Band geknüpft. Wenigstens das war hoffnungsvoll.

Der Gedanke an Livie hinterließ in ihr einen dumpfen Schmerz. Aber Erin und Livie taten sich gegenseitig gut. Und vielleicht auch Morgan. Sie musste einfach glauben, dass seine Wunden heilen konnten. Sie wünschte nur, er hätte sich zuerst darum gekümmert.

Morgan ging mit seiner Frau und seiner Tochter zum Gästehaus. Ihm war bewusst, wie es hätte sein sollen, und doch war es nicht so. Sie hatten allen die Wahrheit gesagt, aber damit gab es keinen Grund mehr dafür, eine tatsächliche Beziehung vorzutäuschen. Und das Wenige, das zwischen ihnen gewesen war, schien sich in Luft aufgelöst zu haben. So jedenfalls kam es Morgan vor, denn Erin vermied jeglichen körperlichen oder emotionalen Kontakt zu ihm.

In dem Holzhaus spulte er Livies Einschlafritual ab, legte sie schlafen und ging dann ins Wohnzimmer, wo er Erin mit einer Steppdecke und einem Kissen auf der Couch vor dem Holzofen vorfand. „Ist dir kalt?"

„Nein, es ist angenehm warm."

„Die Schlafzimmer sind auch warm."

„Das hier ist in Ordnung."

„Erin." Er setzte sich auf den Couchtisch und sah sie an. „Es waren gedankenlose Worte, die ich einfach so dahingesagt habe." Er wünschte, sie hätte sie nicht gehört. „Ich wollte dich nicht verletzen."

„Ich weiß deine Ehrlichkeit mehr zu schätzen, als du denkst. Ich wünschte nur, ich hätte es vorher gewusst."

Die Feuerflammen aus dem Ofen spiegelten sich in ihren Augen wider. Er stand auf und schloss die Eisentür, damit sie nicht sah, wie er selbst verbrannte. „Wir wussten, worauf wir uns einließen –"

„Und hätten es dabei belassen sollen."

Er legte frustriert den Kopf in den Nacken. „Ich mag dich sehr."

„Und ich bin dir sehr dankbar."

Dankbar? Am liebsten hätte er laut geflucht. Seine Zuneigung hatte er ihr doch nicht nur vorgespielt. Und er hatte sie für zäher gehalten. Oder vielleicht war dies ein Ausdruck ihrer Zähigkeit. Er sagte: „Du bekommst unser Schlafzimmer und ich ziehe zu Livie."

„Das Bett dort ist für dich zu klein. Und es ist schließlich dein Schlafzimmer, Morgan. Ich komme hier gut klar." Ihre Miene und ihr Tonfall waren bestimmt und ernsthaft.

Zu erschöpft, um zu widersprechen, ging er zu Bett. Und tat kein Auge zu.

Er wusste zwar nicht so genau, was sie sich gegenseitig versprochen hatten. Aber eines war es jedenfalls nicht: sich zu lieben und zu ehren, bis dass der Tod sie schied. Sie waren eine rechtliche Verbindung eingegangen, die so verbindlich war wie ein Vertrag. Und jetzt änderte sie einfach die Bedingungen.

Er wälzte sich hin und her, weil er etwas wollte, was er nicht haben konnte, und das passte ihm nicht. Er respektierte sie zu sehr, um ihr etwas vorzuspielen. Die Fähigkeit, eine andere Frau zu lieben, besaß er nicht mehr, aber es musste einen Weg geben – und dann kam ihm eine Idee. Erin würde er nicht in die Nähe ihres Hauses lassen, aber Rick und er konnten hingehen.

In dem Chevrolet, der jetzt unter dem Balkon hinter dem kleinen Haus stand, graute Markham vor noch einem zermürbenden Tag des Wartens. Seine letzten Vorräte waren bald erschöpft und langsam fing er an zu riechen. Er dachte an das Chaos, das er in dem Haus angerichtet hatte, aber vielleicht spielte das keine Rolle. Dreck hatte er schon öfter überlebt.

Er traf eine Entscheidung und stapfte hinein, während er sich vorstellte, wie Quinn hier lebte, eine Puppe in einem Puppenhaus. Die verdorbenen Lebensmittel, die er in ihrer Küche verteilt hatte, stanken, aber nicht so schlimm, wie es hätte sein können, da kein Fleisch und keine Milch dabei waren, sondern nur Brot und Gemüse und alles aus ihren Schränken. Seine Schuhe klebten an dem Honig fest, den er auf dem Boden verteilt hatte.

Seine Schuhe ließ er an der Besenkammer stehen und kletterte auf Socken die schmale Leiter zu dem winzigen Bad hinauf. Aufmerksam hielt er die Ohren offen, während er sich auszog und in ihre Dusche stieg, und es bereitete ihm eine ungeheure Genugtuung, nach den Demütigungen, die sie ihm zugefügt hatte, in ihre Privatsphäre eingedrungen zu sein.

Er stellte das Wasser an und sprang fluchend zurück. Es war eiskalt. Während er auf warmes Wasser aus der Leitung wartete, wurde ihm bewusst, dass er vielleicht nicht alles hörte, was unten geschah. Da er gelernt hatte, sich nie verwundbar zu machen, holte er das Messer aus seiner Hosentasche und legte es griffbereit auf den Waschtisch. Für den Fall, dass er es brauchte.

Der Duschvorhang lag in Fetzen auf dem Boden, aber nun spielte es auch keine Rolle mehr, wie viel Schaden das Wasser noch anrichtete. In der durchlöcherten Flasche war noch immer etwas Shampoo und er genoss die heiße Dusche, bis er daran erinnert wurde, wie er gemeinsam mit den anderen Betrügern im Knast hatte duschen müssen, so als wären sie eine verdammte Kommune. Die angeblich gewaltlosen Kriminellen wie er hatten trotzdem Mittel und Wege gefunden, andere zu verspotten und zu unterdrücken. Und dann waren da noch die Wachen gewesen. Sie hatten einen gestoßen, geschubst und an einem gezerrt, als wäre man ein Schaf, das nicht weiß, in welche Richtung es gehen soll.

Er trocknete sich mit dem zerschnittenen Handtuch ab und schnupperte daran, ob er Quinns Duft riechen konnte, aber es war zu lange her. Die ganze Zeit, während er gewartet hatte, war sie nicht nach Hause gekommen. Weil in der Küche frische Lebensmittel waren, hatte er angenommen, sie würde nicht so lange wegbleiben. Selbst wenn er sie nicht in der Küche verteilt hätte, wären die Sachen schlecht geworden.

Scham stieg in ihm auf. Dem Drang nach Gewalt hätte er nicht nachgeben dürfen. Vielleicht war sie gekommen, als er einmal kurz weg gewesen war, hatte das Chaos gesehen und war geflohen. Ein dämlicher Fehler. Der Fehler eines eingerosteten Mannes – die Reaktion eines Tieres, das eingesperrt gewesen war. Er war klüger als das, in jeder Hinsicht darüber erhaben.

Er zog seine Kleider wieder an und steckte das Messer ein. Als er das Schlafzimmer betrat, drang das Dröhnen eines Automotors durch die dünnen Wände. Er schlich zum Fenster und sah, wie ein Pick-up vor der metallenen Lagerhalle hielt. Eine unbändige Vorfreude stieg in ihm auf, bis er sah, dass es nicht Quinn war.

Zwei Männer stiegen aus, einer groß und rustikal in Jeans und mit einem Cowboyhut auf dem Kopf, der andere dunkelhaarig und elegant, vielleicht der Anwalt des Ranchers. Als sie die Stahltür beiseiteschoben und sein Werk betrachteten, durchfuhr ihn ein Adrenalinschub. Kalter Schweiß brach ihm aus.

Angst und Wut vermischten sich. Wer waren die beiden und

was machten sie hier? Dies war Quinns Haus und deshalb indirekt auch seins. Eindringlinge sollten sich hüten. Mit dem Messer in der Hand konnte er sie verletzen, selbst wenn sie in der Überzahl waren.

„Da hat jemand gründliche Arbeit geleistet." Zusammen mit Rick betrachtete sich Morgan den Schaden. Die Hoffnung, dass Erins Lagerhalle verschont geblieben sein könnte, wurde von dem Anblick zertrümmerter und im Raum verteilter Waren und Gegenstände zunichte gemacht. Ihr Flachbildschirm war eine dankbare Zielscheibe gewesen, wenn man die tintenartigen Flecken unter der Oberfläche betrachtete. Die Sehnen in seinem Hals spannten sich an, als er daran dachte, wie gewissenhaft sie hier gearbeitet hatte.

Der Gedanke daran, dass sie gerade bei RaeAnne gewesen war, als Markham zugeschlagen hatte, erschütterte ihn. War es Zufall oder Gottes Fügung. Der Grad der Verwüstung deutete darauf hin, dass er die Bedrohung unterschätzt hatte. Was auch immer in seinem Gerichtsurteil stand, Markham war ein brutaler Gewalttäter.

Rick sah ihn an. „Was hast du vor?"

„Wir rufen den Sheriff. Einer seiner Leute soll kommen und sich die Sache ansehen."

Der Schnee fiel jetzt in dichten Flocken. Morgan musterte Erins Haus kritisch. Wenn sie so einfach lebte, war es kein Wunder, dass Paris und New York sie überwältigt hatten. Er sagte zu Rick: „Ich muss im Haus nach ein paar Dingen suchen."

Rick sah ihn skeptisch an. „Ich weiß nicht, Morgan. Irgendetwas stimmt hier nicht."

Vielleicht, aber er musste es trotzdem tun. „Es dauert nicht lange."

„Gut. Ich halte Wache."

Die beschädigte Tür stieß er mit dem Ellbogen auf und wartete. Er meinte einen Wasserhahn tropfen zu hören, aber angesichts der massiven Zerstörung hier konnte es auch irgendwo ein Leck geben. Er streifte sich seine schwarzen Lederhandschuhe über und ging direkt zu der steilen Treppe, die nach oben führte. Er vermutete, dass Erin etwas, das ihr viel bedeutete, nachts in ihrer Nähe haben wollte. Als er die Dachkammer betrat, schlug ihm der Geruch von Seife entgegen und er bewegte sich rasch. Die Luft im Bad war feucht. Jemand hatte geduscht.

Adrenalin schoss ihm durch die Adern. Prüfend sah er sich in dem winzigen Raum um. Der Wandschrank war leer. Auf dem Balkon war nichts. Niemand unter dem Bett. Er betrachtete das Chaos und erblickte in einer Ecke eine mit Intarsien verzierte Dose mit Spieluhr. Der Deckel stand offen und hing halb herunter. Schmuck war nicht darin. Er schob die Dose in die Tasche seines schwarzen Kaschmirmantels.

Dann ging er ans Kopfende des Bettes, hob zerfetzte Kissen und Decken und eine zertrümmerte Lampe hoch. Und da, zwischen dem Kopfteil und der Wand, war ein zehn mal fünfzehn Zentimeter großer Bilderrahmen. Wärme durchströmte ihn und Mitgefühl, als er auf dem Foto Quinn erkannte, etwa sieben oder acht Jahre alt, beim Fischen mit einem Mann am Ufer eines Flusses. Neben ihnen stand mit gespitzten Ohren ein Jagdhund.

Als sie Livie hörte, wartete Erin einen Augenblick darauf, dass Morgan ihr antwortete, doch dann wurde ihr bewusst, dass sie mit dem Kind allein war.

„Hallo, du Süße." Sie half Livie aus dem Bett, zog ihr den Schlafsack aus und führte sie ins Bad. Sie wollte mit dem Duschen fertig sein, bevor Morgan zurückkam, daher benutzte sie sein Shampoo für sich und Babyshampoo für die Kleine, dann wickelte sie Livie wie ein Innuitbaby in ein dickes, weiches Handtuch und trocknete sich selbst mit dem anderen ab.

Sie wischte über den beschlagenen Spiegel und betrachtete sich darin. Ihre langen, dichten Wimpern brauchten keine Mascara, aber der Optik halber verteilte sie ein wenig pflaumenfarbenes Puder auf ihren Lidern und brachte ihre Lippen mit einem Glossstift zum Glänzen. Weil Livie auch etwas wollte, verteilte sie etwas Gloss auf ihren unglaublich winzigen Lippen.

Als sie Livie ihre zauberhaften Sachen angezogen hatte, fand sie ein paar Teile für sich selbst in einer Schachtel gleich hinter der Tür. Wie vermutet enthielt sie Kleidungsstücke, die sie nicht in den Boutiquen ausgesucht hatte. Während sie mit Anprobieren beschäftigt gewesen war und hin und her überlegt hatte, musste Morgan alles bestellt haben, was ihm gefallen hatte.

Sie schlüpfte in eine schmale Jeans und einen Pullover, der sich anfühlte wie gewebte Seide. Sie stellte sich Millionen von fleißigen Seidenraupen vor, wie sie die Fäden spannen, die sich auf ihrer Haut so fein anfühlten. Weich und doch warm. Ein Wunder der Natur. Vorher hatte sie moderne Kleidung mit Vintage zu ihrem eigenen Stil zusammengefügt. Jetzt trug sie Haute Couture.

Erin Spencer, Pseudogattin des Turnaround-Gurus Morgan Spencer. Sie nahm die Tochter des reichen – und großzügigen – Mannes auf den Arm und trug sie ins Haus. Beim Stall sah sie, dass sich nicht Rick, sondern Hank um die Pferde kümmerte. Interessant.

Als sie Liam im Wohnzimmer sah, von Duplosteinen umgeben, wand Livie sich auf ihrem Arm und wollte mitspielen.

Erin gesellte sich zu Noelle und Celia in der Küche. „Wo ist Morgan?"

„Er und Rick sind schon früh irgendwohin gefahren." Noelle musterte sie. „Du siehst hübsch aus."

„Danke."

Celia sagte: „Möchtest du einen Tee?" Und es klang so, als sei das Angebot ernst gemeint.

Dankbar nahm Erin die Tasse Tee entgegen, und während sie an dem dampfenden Earl Grey nippte, wurde sie daran erinnert, wie sie ihren ersten Kakao mit Liam und Noelle getrunken hatte. So naiv wie damals war sie seit Paris nicht mehr und es war Zeit, die Entscheidung, die sie getroffen hatte, zu akzeptieren. Morgan die Schuld zu geben, brachte nichts. Und es war auch nicht einmal gerecht. Er hatte ihr nicht versprochen, sie zu lieben, und hatte auch nicht so getan. Seine Zärtlichkeit hatte sie falsch gedeutet.

Livie kam hereingerannt, weil sie sich wehgetan hatte. Als Noelle sie getröstet hatte, gab ihre Großmutter ihr ein paar Bananenscheiben zu essen. Daraufhin polterte Liam ins Zimmer, energiegeladen und mit lautem Organ. Er bekam einen Becher Milch zu trinken und ein Erdnussbutterbrot mit Banane. In dieses Durcheinander platzten schließlich noch Rick und Morgan. Rick, in Jeans und Sweatshirt, nahm seinen Cowboyhut ab, während Morgan seinen Mantel, der mit Schnee gepudert war, anbehielt.

Ihre Augen begegneten seinem Blick und sie wünschte, sie fühlte sich nicht mit jeder Faser zu ihm hingezogen. Als er ihr mit dem Kopf ein Zeichen gab, folgte sie ihm nach draußen. „Ich wusste nicht, wo du warst, also habe ich Livie geduscht. Ich hoffe, das war in Ordnung."

„Fantastisch. Aber ich will dir zeigen, wo ich war." Er zog sie ins Wohnzimmer und holte etwas aus seiner Manteltasche.

Sie sog scharf die Luft ein, als sie die Schmuckschatulle sah, die ihre Großmutter ihr geschenkt hatte.

Er hob den Deckel an und sagte: „Das kann man reparieren."

Natürlich konnte man das. Als er das kleine gerahmte Foto hervorzog, lachte und weinte sie gleichzeitig. „Grandpa."

„Das dachte ich mir." Er ergriff ihr Handgelenk. „Erin …"

„Danke." Sie presste die Stirn an seinen nassen Mantelärmel und unterdrückte ein Schluchzen. „Danke."

Sein Arm legte sich um sie. „Erin, hör zu."

Sie hob den Blick, das Gesicht noch immer an seinen Ärmel gedrückt.

„Jemand hat dein Bad benutzt."

„Was?"

„Es roch nach Seife und die Dusche war nass."

Plötzlich drehte sich ihr Magen um. „Markham?"

„Fällt dir sonst noch jemand ein?"

„Nein, aber …" Ihre Euphorie verflüchtigte sich. „Er war da?"

„Gesehen habe ich ihn nicht. Ich bin gegangen, als wir –"

In diesem Moment kam Hank mit einem fröhlichen Gruß herein. „Ist das Frühstück fertig?"

„Ich weiß nicht, Dad." Morgans Tonfall wischte das Lächeln vom Gesicht des älteren Mannes. „Aber wir müssen abreisen."

„Probleme?"

„Probleme." Morgan drehte sich um. „Wir brauchen Sachen für Livie, Erin. Du und ich, wir kommen mit unseren Reisetaschen klar und den Rest lassen wir liefern."

„Ist gut.“ Eine Aufgabe zu haben, half ihr dabei, ihre Angst unter Kontrolle zu bekommen. Insgeheim hatte sie schon immer gewusst, dass sie würde fliehen müssen. Jetzt, so schien es, war sie wenigstens nicht allein.

Auf dem Dach seines Chevrolets herumzulungern, der unter dem Balkon stand, während der Mann Quinns Schlafzimmer durchsuchte, hatte ihn wütend gemacht, aber Markham hatte sich nicht gerührt, bis die Luft wieder rein war. Wenn der Mann auf den Balkon getreten wäre, hätte er das Fahrzeug darunter gesehen. Und wenn er sich über die Balustrade gebeugt hätte, hätte Markham ihm die Kehle durchgeschnitten.

Aber jetzt waren sie weg. Wer sie waren, das wusste er nicht. Freunde von Quinn vielleicht oder jemand, der sie vertrat? Was für eine Rolle spielte das schon? Jetzt, wo sie hergekommen waren, musste er seine Strategie ändern. Er konnte nicht mehr hier warten, wo man ihn sehen konnte.

Er stieg in den Wagen und fuhr in Richtung Stadt. Anstatt vor dem Supermarkt zu parken, wo er seine Vorräte gekauft hatte, stellte er den Wagen vor dem Gemischtwarenladen ab. Er war mitten im Herzen der Stadt und sah aus wie ein Geschäft, in dem jeder jeden kannte. Gespannt betrat er den Laden und zuckte zusammen, als gleich hinter der Tür eine Bodendiele knackte.

„Besser als eine Türglocke“, sagte der Koloss hinter dem Tresen.

„Das kann man wohl sagen.“ Markham verbarg seine Verärgerung.

„Was kann ich für Sie tun?“

Markham setzte eine Miene auf, die ihn als kumpelhaften Typ erscheinen ließ. „Ich habe mich gefragt, ob Sie mir vielleicht helfen können. Ich bin auf der Suche nach Quinn Reilly.“ Er zeigte dem Mann das Foto, das er mitgebracht hatte.

Die Miene des stämmigen Mannes wurde weich. „Schönes Bild.“

Um einen Kommentar hatte er ihn nicht gebeten. „Haben Sie sie gesehen?“

„Seit Thanksgiving nicht mehr.“

Volltreffer. „Ist sie verreist?"

„Könnte sein, dass sie Verwandte besucht oder so was."

„Oh, sie hat keinen Kontakt zu ihrer Familie. Es gab nämlich einen Riesenkrach."

Der Mann runzelte die Stirn. „Das ist aber schade. Wann denn?"

„Ist schon eine Weile her." Markham bog sich die Lüge zurecht. „Deshalb bin ich ja hier, um zu sehen, wie es ihr geht."

„Ich weiß nicht." Der Typ hatte den Verstand eines Ochsen. „Sie könnten Rick fragen. Thanksgiving war sie bei ihm auf der Ranch. Sie hat das ganze Essen gekocht."

„Haben Sie Ranch gesagt?" Auf einmal fügten sich die Puzzleteile zusammen. Sie arbeitete für die Männer – jedenfalls für den einen von ihnen. Den Rancher Rick. „Wo finde ich denn diese Ranch?"

„Ein paar Kilometer die Straße entlang." Der Mann zeigte in die entsprechende Richtung. „An der einzigen anderen Auffahrt vorbei und dann geradeaus bis zum Ende der Straße."

Markham grinste. „Vielen Dank." Er gab dem Mann die Hand, so als hätte der ihm ein Auto verkauft. Für ihn gab es zwei Kategorien von Menschen: die einen waren misstrauisch, die anderen leichtgläubig. Er betrachtete es als seine Begabung, dass er neunzig Prozent aller Personen in die zweite Kategorie befördern konnte.

Er lachte leise vor sich hin, als er den Schotterweg zur Ranch hinauffuhr, und dachte, dass vielleicht nur dieser Bauer nötig war, um die Königin zu schlagen. Als er sich dem Anwesen genähert hatte – Holzhäuser vor einem kleinen Bach und wunderbare Weiden in einem von Felsen umrahmten Tal –, stellte er sich vor, wie Quinn wie eine fleißige kleine Biene in der Küche werkelte.

Sie war so wachsam gewesen, so aufmerksam – und vom ersten Augenblick an misstrauisch. Dass sie Schwierigkeiten machen würde, hatte er gewusst, aber er hatte nicht geahnt, was für welche. Er bremste, als er die Anhöhe erreicht hatte, und überlegte, ob er abwarten oder angreifen sollte. Er entschloss sich zum Angriff, vor allem, weil er das lange Warten leid war.

Erin spürte, dass Noelle sich unbehaglich fühlte. In den letzten beiden Jahren war sie so sehr in das Leben von Morgan und seiner Tochter verwickelt gewesen, hatte Livie wie ihr eigenes Kind großgezogen und auch ihr Sohn Liam würde betroffen sein. Bestimmt hatte Morgan all das bedacht, als er seinen ursprünglichen Plan geschmiedet hatte – aber jetzt war alles anders.

Mit seiner Tochter auf dem Arm bat er Noelle: „Könntest du ein paar Snacks fertig machen, die Livie unterwegs essen kann?"

Das bedeutete, sie würden abreisen, vermutete Erin, obwohl sie nicht darüber gesprochen hatten.

„Das mache ich." Celia legte Noelle eine Hand auf die Schulter. „Iss du dein Frühstück auf."

Als es plötzlich an der Tür klingelte, erstarrten alle. Mit zittrigen Beinen ging Erin einen Schritt auf Morgan zu und packte ihn am Arm, weil sie die Berührung brauchte, der sie am vergangenen Abend aus dem Weg gegangen war.

„Erwarten wir jemanden?" Rick sah insbesondere Noelle an, dann blickte er in die Runde. „Versteck deine Familie, Morgan."

Hank ging mit Rick zur Tür und blieb an der Seite stehen, während sie, Morgan und Livie sich in der Speisekammer versteckten.

„Es tut mir leid", flüsterte sie.

Er legte einen Finger auf seine Lippen. Ängstlich drückte sie sich an ihn und Livie. Sie hörte, wie die Haustür geöffnet wurde, und dann hörte sie eine aalglatte Verkäuferstimme, die ihr den Magen umdrehte.

„Hallo. Sind Sie Rick?"

Rick antwortete: „Wer will das wissen?"

„Ich heiße Ken West und bin ein Freund von Quinn Reilly. Man hat mir gesagt, sie würde für Sie arbeiten."

Sie und Morgan sahen sich an.

„Wer hat Ihnen das denn erzählt?" Rick klang einigermaßen freundlich, aber nicht so herzlich wie sonst.

„Der Typ im Laden, in der Stadt. Er sagte, sie hätte Ihnen das Thanksgiving-Essen gekocht oder gebracht."

Rudy. Sie hatte so lange die Luft angehalten, dass sie beinahe ohnmächtig wurde.

Morgan flüsterte: „Er konnte es nicht wissen."

Natürlich nicht.

Als Rick diese Behauptung weder bestätigte noch leugnete, sprach Markham weiter. „Ich hoffe, Sie können mir sagen, wo ich sie finde. Ich habe versucht, sie anzurufen, aber ich konnte sie nicht erreichen. Wahrscheinlich kein Empfang hier in den Bergen."

Sie stellte sich vor, wie Rick dort stand, seine stoische Miene undurchdringlich. Als Morgan sie an der Schulter hielt, merkte sie, dass sie zitterte, aber sie konnte nicht sagen, ob vor Angst oder vor Wut.

Dann ertönte Hanks Stimme. „Alles in Ordnung, mein Sohn?"

Im Esszimmer brachte jemand Liam zum Schweigen. Der Junge wollte wissen, was los war.

Rick sagte in ruhigem Ton: „Ja ja, alles in Ordnung. Da ist ein Freund von Quinn Riley."

„Ich bin weit gefahren, um ihr einen Besuch abzustatten." Markham übertraf sich selbst mit seiner vorgetäuschten Ernsthaftigkeit.

„Vielleicht sollten Sie es bei ihr zu Hause versuchen", schlug Hank vor.

„Ja, natürlich. Können Sie mir sagen, wo das ist?"

Als wüsste er das nicht ganz genau.

Rick sagte: „Ungefähr fünf Kilometer in Richtung Osten, dann auf der Arch Canyon Road nach Norden. Ein Haus mit einem kleinen Spitzdach." Da Markham es ja bereits ausfindig gemacht hatte, konnte es nicht schaden, ihn dorthin zurückzuschicken. So gewannen sie vielleicht ein bisschen Zeit, um zu verschwinden.

Morgan massierte ihr den Nacken und seine Stimme war kaum zu hören. „Rudy hat uns einen Gefallen getan, als er sagte, du hättest hier gekocht."

„Inwiefern?"

„West wird nicht darauf kommen, dass Rick dich beschützt."

Sie blickte auf. „Er heißt nicht Ken West. Er heißt Markham Wilder."

Sein Gesicht zeigte keine Überraschung. „Warum das Pseudonym?"

„Er ist ein pathologischer Lügner. Sein ganzes Leben ist ein einziger Betrug."

„Also gut", sagte der Lügner. „Danke für die Auskunft."

Sie stellte sich Markhams schleimiges Lächeln vor. Er würde die Hand ausstrecken. Bei dem Gedanken, dass Rick ihm die Hand gab, wurde ihr ganz schlecht, aber wenn er es nicht tat, würde das sein Misstrauen wecken. Sie hoffte, er würde endlich gehen, und als die Tür sich schloss, sackte sie erleichtert in sich zusammen.

Livie sagte: „Spielen wir Verstecken, Daddy?"

„Ja, Kleines. Aber jetzt können wir raus."

Die anderen warteten draußen schon auf sie.

„Du hast richtig gehandelt", sagte Celia, „als du gegen ihn ausgesagt hast."

Sie spuckte das Wörtchen *ihn* förmlich aus. Und es stimmte, aber sie kannten ja nicht die ganze Geschichte. „Wie sah er aus?"

„Wie ein Politiker, der im Knast war." Rick musterte seinen Bruder. „Willst du eine Waffe haben?"

Waffe? Sie blinzelte, als sie diese Worte von dem gläubigen Mann hörte, der mit erhobenen Händen betete.

„Ich bin ein lausiger Schütze", antwortete Morgan.

Sie schüttelte den Kopf, als Ricks Blick zu ihr wanderte. Damals, als ihr Großvater sie mit seiner Pistole hatte schießen lassen, hatte sie gezittert wie Espenlaub. Grandma Pearl hatte mit ihm geschimpft und ihm war das Lachen vergangen. Er hatte sich hingekniet und sich entschuldigt. „Du bist wohl noch ein bisschen zu klein dafür."

Morgan riss sie aus ihren Gedanken. „Wir müssen deinen Pick-up loswerden. Wenn er dein Haus gefunden hat, könnte er auch das Kennzeichen haben. Rick, kannst du dich darum kümmern?"

Er nickte grimmig.

„Wir packen die Taschen in den Range Rover." Seine Hand ruhte auf ihrer Schulter. „Du und Livie könnt damit fahren. Ich nehme den Maserati."

Sie drehte sich um. „Den was?"

Er lächelte langsam.

Kapitel 18

Morgan sah sich im Hof um, während er Erin durch die wirbelnden Schneeflocken zum Gästehaus brachte, um die Sachen für Livie zu packen. Rick hatte gesehen, wie Markham weggefahren war, aber es konnte sein, dass er zu Fuß zurückgekommen war, um sich auf die Lauer zu legen. Eine schnelle Durchsuchung zeigte, dass er nicht in dem Gästehaus war. „Schließ hinter mir ab und warte, bis ich mit dem Wagen vor der Tür bin, bevor du herauskommst. Wahrscheinlich braucht die Batterie des Maserati Starthilfe, es könnte also ein bisschen dauern."

Inzwischen waren Rick und Hank bewaffnet und patrouillierten über das Gelände. Noelle und Celia waren mit den Kindern im Haus. Sie hätten den Sheriff rufen können, aber Morgan würde lieber verschwinden wollen, als stundenlang auf einen der Bezirks-Deputys zu warten. Und was sollten sie ihm überhaupt sagen? Konnten sie beweisen, dass Markham per SMS eine Drohung geschickt und Erins Haus verwüstet hatte? Vielleicht, vielleicht auch nicht. Flucht schien die bessere Lösung.

Er eilte zur Scheune, zog das Tor auf und lief an dem Traktor mit dem Schneepflug vorbei. Neben dem Fahrzeug, das komplett mit einer schwarzen Hülle abgedeckt war, blieb er stehen. So vorsichtig, wie eine Katzenmutter die Fruchtblase um ihre Jungen öffnet, hob er die Abdeckung von seinem Maserati Gran Turismo in der Farbe *rosso trionfale*. Wenn man diesen Wagen fuhr, hatte man den Eindruck, als würde man auf einem Gepard reiten, die angespannten Muskeln spüren und den bevorstehenden Ausbruch, ihn aber mit einem Flüstern zurückhalten können. Es würde nicht einfach sein, sich an Markham vorbeizuschleichen, aber andererseits fragte er sich, ob sie das überhaupt wollten. Wenn der Kerl sie beobachtete, konnten sie vielleicht die Lockvogeltaktik anwenden.

Als der Maserati wie ein mürrisches Tier aus dem Winterschlaf erwachte, klingelte sein Handy. Anselm. Das ließ sein Herz schneller schlagen. Die wenigen Male, die der Detektiv angerufen hatte, anstatt eine Mail zu schicken, konnte er an den Fingern einer Hand abzählen.

„Morgan, gut, dass ich Sie erreiche."

„Was gibt es?"

„Ich habe noch ein bisschen nachgebohrt, was den Verbrecher betrifft, nach dem du gefragt hast. Wie es aussieht, wurde Markham Wilder drei Jahre vor seiner Verurteilung im Zusammenhang mit zwei Morden befragt, aber nicht angeklagt."

Angst flackerte auf. „Und warum kam es nicht zur Anklage?"

„Die Polizei konnte sein Alibi nicht knacken. Eine fromme Frau, deren Aussage kein Richter angezweifelt hätte, hat geschworen, dass er den ganzen Tag für sie gearbeitet hat. Sie hat die Ermittlungen damals als Hexenjagd bezeichnet."

Morgan schluckte. „Wer wurde denn ermordet?"

„Zwei Schurken, die mit Wilder verwandt waren. Cousins, glaube ich."

„Fall gelöst?"

„Noch offen, aber sie arbeiten dran. Der zuständige Beamte ist sicher, dass Wilder schuldig ist."

„Gut. Danke." Er beendete die Verbindung und ließ den Motor laufen, um die Batterie aufzuladen. Dann ging er ins Haus zurück, um das Angebot von Rick doch anzunehmen. Vorsichtshalber schloss er die Waffe im Handschuhfach des Maserati ein. Beim Schießstand konnte er zwar keine Treffer landen, aber wenn ein Menschenleben auf dem Spiel stand, verbesserte das vielleicht seine Zielsicherheit.

Im Gästehaus war Erin mit dem Packen gerade fertig geworden. „Alles bereit?"

Sie nickte. „Kleidung und Wickeltasche. Bei den Büchern war ich mir nicht sicher –"

„Das ist schon in Ordnung." Er zog sie am Ellbogen hoch. „Und ich habe es mir anders überlegt. Ich möchte, dass du den Maserati zu Rudy fährst. Er hat eine Waffe hinter dem Tresen. Ich sage ihm Bescheid, dass du kommst."

Mit großen Augen starrte sie ihn an. „Und dann schießt Rudy auf Markham?"

„Hoffentlich kann er ihn verscheuchen. Aber schießen ist auch okay."

Sie sah ihn prüfend an. „Und dann?"

„Bleibst du bei Rudy, bis Livie und ich mit dem Range Rover dort sind."

Sie fuhr sich mit den Fingern durchs Haar und sah zum ersten Mal wirklich aus, als hätte sie Angst.

Er ging an seinen Kleiderschrank und holte die bunte Skimütze mit Ohrenklappen heraus, die seine Mutter ihm letztes Jahr zu Weihnachten geschenkt hatte. Er entfernte das Etikett und sagte: „Kriegst du deine Haare hier rein?"

Sie warf einen Blick auf die Mütze. „Müsste ich eigentlich."

„Wenn du so weit bist, steck deine Haare hoch und setz das Ding auf. Ich muss mit Rick und Noelle reden."

Ihre Hände zitterten, als sie die Mütze nahm, aber sie würde klarkommen. Er ging zum Haus und sah das Gepäck seiner Eltern an der Tür stehen. Celia, die ihren Enkeln etwas vorlas, blickte von dem Buch auf. Sein Vater stand am Fenster im Wohnzimmer, eine Hand in der Hosentasche, in der sich höchstwahrscheinlich eine neun Millimeter Automatik befand. Rick und Noelle kamen die Treppe herunter, beide mit besorgter Miene.

Morgan holte tief Luft. „Gerade habe ich erfahren, dass der Kerl, der Erin belästigt, in zwei Mordfälle verwickelt ist." Er berichtete, was Anselm herausgefunden hatte. „Das wusste ich bislang nicht. Als bei meinen Nachforschungen nur Betrug und Steuerhinterziehung herauskamen, dachte ich, Erin hätte vielleicht überreagiert. Nun sieht alles anders aus." Er schüttelte den Kopf, während er spürte, wie sich eine düstere Stimmung auf ihn legte.

Hank runzelte die Stirn. „Wir sollten den Sheriff informieren."

„Macht das", stimmte Morgan zu. „Aber sagt nichts von mir oder unserer Heirat. Ich will, dass das so lange wie möglich geheim bleibt."

Noelle berührte seinen Arm. „Können sie ihn nicht verhaften?"

„Wofür?" Er wandte sich an Rick. „Hast du eine Drohung gehört?"

„Nein. Aber ihr Haus ist verwüstet."

„Hast du gesehen, dass er das war?"

„Das ist doch eine realistische Vermutung."

Aber tatsächlich hatten sie nichts gegen ihn in der Hand. „Jemand soll dorthin fahren. Vielleicht können sie ihn finden und befragen, aber das hilft Erin nicht wirklich. Sie muss sich vor ihm in Sicherheit bringen."

Noelle hob ratlos die Hände. „Und was willst du jetzt machen?"

„Ich werde Markham ablenken."

„Wie denn?", schaltete sich nun auch sein Vater ein.

„Ich habe einen Plan. Er hat etwas mit Rudys Gewehr zu tun."

Die drei anderen sahen ihn grimmig an, aber keiner widersprach.

Erin versuchte ruhig und tapfer zu wirken, als Morgan die Tür des Gästehauses schloss.

„Du weißt noch, was du zu tun hast?"

Sie nickte.

„Fahr langsam und vorsichtig. Wenn Markham da draußen ist, soll er wissen, dass du es bist."

„Warum dann die Mütze?"

„Das wirst du noch sehen. Du fängst mit dem Tanken an und gehst dann gleich zu Rudy in den Laden."

Sie zwang sich zu einem gelassenen Tonfall. „In Ordnung."

Während sie durch den aufwirbelnden Schnee zu dem Maserati lief, dessen Motor er hatte laufen lassen, stellten sich ihre Nackenhaare auf. Konnte Markham sie sehen? Jeder Nerv war angespannt, als sie Ricks Ranch auf der einspurigen Straße verließ, die erst in der Nähe der Stadt breiter wurde. Nach ungefähr zwei Dritteln des Weges kam sie an Veras Auffahrt vorbei, einem Schotterweg, der von Kiefern gesäumt war. Lauerte Markham dort?

Sie hatte eine Gänsehaut, als sie an der Kreuzung anhielt und dann den Highway überquerte, bei den Tanksäulen parkte und den Zapfhahn in die Tanköffnung schob. Dann eilte sie mit klopfendem Herzen über den grob befestigten Parkplatz. Kurz bevor sie den Laden betrat, zog sie den Ehering von ihrem Finger und steckte ihn sich in die Hosentasche. Je weniger Personen außerhalb von Ricks Familie davon wussten, desto besser.

Mit schuldbewusster Miene kam ihr Rudy an der Tür entgegen, seine Flinte in der Hand.

„Sie müssen sich nicht entschuldigen. Das konnten sie unmöglich wissen.“ Sie wollte nicht, dass er sich schuldig fühlte, und es war ihr unangenehm, dass sie ihn und die anderen in ihre eigenen Probleme hineingezogen hatte. Aber da die Angst ihr immer noch einen Schauer über den Rücken jagte, fragte sie: „Können wir hinter dem Tresen warten, bis Morgan kommt?“

„Er ist nicht hier?“ Er stützte die Hände in die Hüften. „Aber das ist doch sein Wagen.“

„Er hat das andere Auto genommen.“

Rudy fiel die Kinnlade herunter. „Er hat Sie den Maserati fahren lassen?“

Sie hätte einen Schrein als solchen erkennen sollen. Als Rudy die Klappe öffnete, schlüpfte sie in die relative Sicherheit hinter dem überwiegend aus Glas bestehenden Verkaufstresen. Wenigstens war er eine Art Sperre.

Rudy neben ihr roch nach Trockenfleisch, die Plastikverpackung klebte noch am Mülleimer. „Wollen Sie sich ducken und verstecken?“

„Ja. Aber ich glaube, er soll mich sehen.“

Rudy stöhnte. „Er sah eigentlich okay aus, ein bisschen glatt vielleicht, aber –“

Jemand ging an dem getönten Ladenfenster vorbei und kam zur Tür herein. Sie zuckte zusammen, als sie dem Mann gegenüberstand, den sie so verachtete. Er war kein Politiker, der wegen unsauberer Geschäfte im Knast gesessen hatte, auch wenn er Rick so erschienen war, sondern ein wahnsinniger religiöser Fanatiker, der durchgedreht war. Er wusste, dass sie ihn durchschaute, und versuchte nicht, dieses Wissen zu verbergen.

„Hallo, Quinn.“ Eine gewisse Boshaftigkeit schwang in dem jovialen Ton mit, den er aufgesetzt hatte. Und er hatte Ringe unter den Augen.

Forsch reckte sie das Kinn vor. „Was willst du hier?“

„Wir müssen reden.“

„Hast du deshalb mein Haus verwüstet und meine Sachen zerstört?“ Sie fühlte, wie Rudy erstarrte.

Markhams Blick wurde eiskalt. „Ich weiß nicht, wovon du redest. Komm mit nach draußen, dann können wir darüber sprechen.“

Rudy rührte sich. „Sie will bleiben, wo sie ist.“

„Hör zu, du Witzbold –“

Rudy nahm das Gewehr vom Regal, wo er es versteckt hatte, und hielt es locker im Arm.

„Machst du Witze?“ Markhams Verachtung war in jedem Wort zu spüren.

„Es ist mit Schrot geladen. Einen Bären kann man damit nicht töten, aber menschliches Fleisch ist weicher.“

Erin sah den Range Rover an der Tanksäule halten und sagte: „Du musst gehen.“

Mit zusammengekniffenen Augen zischte Markham sie an: „Du hast von meinem Geld einen *Maserati* gekauft.“

Sie hätte es beinahe bestritten, aber dann wurde ihr klar, dass alles, was sie über Morgan sagte, ihre Tarnung platzen lassen würde. „Dieses Geld gehört dem Reich Gottes.“

„Du hast Gottes Geld für einen Maserati ausgegeben!“

Als sie seine frommen Worte hörte, konnte sie nicht widerstehen, das Messer in der Wunde umzudrehen. „Ich muss mich schließlich irgendwie fortbewegen.“

Er bedachte sie mit einem Namen, der die Ältesten in Schockstarre versetzt hätte. Rudy hob das Gewehr, jederzeit bereit, es auf Markham zu richten, falls dieser es darauf anlegte. „Zeit zu gehen.“

„Wir sind noch nicht fertig, Quinn.“ Aus Markhams Mund klang ihr Name genauso schmutzig wie der Schimpfname vorher. Gott sei Dank benutzte sie ihn nicht mehr.

Nachdem er hinausgestapft war, richtete sie sich auf. Da Morgan nicht reingekommen war, sagte sie: „Rudy, würde es Ihnen etwas ausmachen, mich zur Tür zu begleiten und sich mit dem Gewehr dort hinzustellen?“

„Ich gehe mit und schieße notfalls auch.“

Sie schluckte. „Danke.“

Er hielt ihr die Tür auf. „Passen Sie auf sich auf.“

Sie stellte sich auf die Zehenspitzen und gab ihm einen Kuss auf die Wange, die prompt errötete. „Sie auch.“

Sie hielt nach Markham Ausschau, während sie zu den Zapfsäulen eilte, doch dann erschrak sie, als Morgan die Hand aus dem Fenster des Maseratis streckte und sie am Arm festhielt. Als sie sich bückte, zog er ihr die bunte Mütze vom Kopf und setzte sie sich selbst auf.

„Steig in den Range Rover und bleib unten, bis ich verschwunden bin. Dann fahr in Richtung Westen."

Sie gehorchte und hielt sich geduckt, sodass sie kaum über den Rahmen der Wagentür hinausragte. Morgan stob davon und ließ den Geruch von Gummi und Abgasen zurück. Beinahe sofort bog ein weißer Chevrolet, den sie an dem Kreuz-Aufkleber auf der Heckscheibe erkannte, um die Ecke hinter dem Laden. Sie schlug sich die Hand vor den Mund und starrte den beiden Fahrzeugen hinterher, bis sie aus ihrem Blickfeld verschwunden waren.

„Wo ist Daddy?" Livies klagende Frage vom Rücksitz holte sie in die Realität zurück.

„Er hat den roten Wagen genommen."

„Warum?"

„Weil er schneller ist." Und einen auffälligen Lockvogel abgab. Sie legte den Gang des Range Rovers ein. Das GPS schaltete sich ein und zeigte ihr eine vorprogrammierte Route an. Sie holte tief Luft und blickte über die Schulter. „Los geht's, meine Süße. Los geht's."

Morgan wurde langsamer, damit der Chevrolet mithalten konnte, und nahm eine der Routen zum Rocky Mountains Nationalpark. Er trat aufs Gaspedal und versuchte so zu fahren, wie Erin es vielleicht tun würde. Ein bisschen ruckartiger, da sie nicht seit Jahren mit einem so hochmotorisierten Fahrzeug unterwegs war, so wie er. Er legte sich in die Kurven und gab ordentlich Gummi.

Im Rückspiegel sah er, wie Markham ihm folgte und damit den Weg für Erin und Livie freimachte. Bei dem Gedanken daran machte sich in seiner Brust ein Gefühl von Angst breit. An Livie zu denken, konnte ihn schwächen. Er musste sich auf die Straße und auf den Plan konzentrieren. An Erin denken. An Markham und die Art, wie er sie behandelt hatte, die Drohungen, die er ausgestoßen hatte, den Vandalismus. Er dachte an ihren Mut, ihr Temperament, wie sie seiner Mutter gegenüber für sich selbst und für ihn eingetreten war. Er hätte bei dem Gedanken daran beinahe gelächelt, bis ihm einfiel, was als Nächstes geschehen war.

Nur weil er ihr nicht geben konnte, was sie wollte, bedeutete das doch nicht, dass er ihr nicht geben würde, was er zu geben bereit war: die Möglichkeit zur Flucht aus den Schwierigkeiten, in die sie geraten war. Dieser Widerling Markham hatte keine Chance – oder?

Ihm stockte der Atem, als er sah, was vor ihm lag – die Straße war wegen Schneefall gesperrt. Kein Zutritt zum Nationalpark. Daran hätte er denken müssen. Der erste Fehler.

Er fuhr hinter das Häuschen am Eingang zum Park und hoffte, das Gebäude würde sein Fahrzeug verdecken, bis Markham ebenfalls hier hielt. Es war seine einzige Chance, die Richtung zu wechseln, ohne dass Markham einen guten Blick auf den Fahrer des Maserati hatte, aber wenn der Mann ihn warten sah, konnte er ihm den Weg versperren.

Er hörte den anderen Motor näher kommen und wusste, dass sein eigenes Fahrzeug im Leerlauf zwar wesentlich leiser lief, aber lautlos war es auch nicht. Markham würde die Situation abschätzen und sich fragen, wohin das Kaninchen gelaufen war und ob er vielleicht eine Abzweigung verpasst hatte. Der Chevrolet wurde langsamer, fuhr an der Stelle vorbei, an der er die Straße versperren würde, wenn er seitlich parkte, fuhr weiter, weiter …

Morgan trat das Gaspedal durch. Die Reifen quietschten. Mit dem kleinen Gebäude zwischen ihnen kreischte er davon und flog in die Richtung, aus der er gekommen war, und der Chevrolet folgte ihm schwerfällig. Schwerfälligkeit konnte gegen Geschwindigkeit nichts ausrichten, aber bei diesen vereisten, verschneiten Straßen hatte sie einen Vorteil.

Er schlingerte um eine Kurve und verlor wertvolle Sekunden. Der Chevrolet donnerte weiter, leichtsinnig in dem Bestreben zu überholen. Anstatt zu rasen, beschleunigte Morgan vorsichtig wie ein Pferd, das sich auf den letzten Metern von den anderen Tieren löst. Soweit er wusste, glaubte Markham immer noch, er wäre Erin. Er lächelte freudlos.

Als er wieder auf dem Highway war, dicht gefolgt von dem Chevrolet, lenkte Morgan seinen Wagen in Richtung Stadt, während er betete, dass Erin und Livie an dieser Stelle bereits vorbeigekommen waren und sich von der Stadt entfernten. Durch den Umweg über den Park hatte er ihr mehr Zeit geben wollen. Aber manchmal ging etwas schief. „Nur ein bisschen Hilfe, Herr. Wie beim Roten Meer. Dass Livie und Erin trockenen Fußes das andere Ufer erreichen, und dann, wenn das nicht zu viel verlangt ist, würde ich mich auch noch durchschmuggeln."

Am Stadtrand wartete er hinter einer Kurve auf seinen Verfolger und überholte anschließend einen Schneepflug. Auch diesmal wieder gemäßigt beschleunigend, nahm er die Kurven schnell und genau, bis er in die schmale, abfallende Ausfahrt einbog, die zu einigen Häusern in einem niedrigen, engen Tal führte.

Am Fuß des Hügels drehte er um und schlingerte auf eine Landstraße, die auf der anderen Seite von Juniper Falls endete. Markham würde es nicht bemerken, es sei denn, er blickte rechtzeitig hinunter und zurück. Morgan atmete heftig aus und dankte Gott für diesen Schneepflug und einen heißen Streitwagen.

Markham brüllte vor Frust und verfluchte den Schneepflug, den Erin in ihrem dunkelroten Maserati überholt hatte. Seine Knöchel waren ganz weiß, so verkrampften sich seine Hände um das Lenkrad, als er daran dachte, was sie dafür ausgegeben haben musste. Die Sehnen an den Seiten seines Halses und zwischen den Schulterblättern fühlten sich wie Stäbe an. Endlich kam seine Chance.

Er gab Gas und schüttelte die Faust in Richtung Schneepflug, als er das Räumfahrzeug überholte. Dann riss er das Lenkrad herum und jubelte, bis plötzlich die Räder unter ihm wegrutschten. Die Wucht zog an der Vorderachse, als das Heck herumriss. Er trat das Bremspedal durch und das ABS, das angeblich so intelligente Bremssystem, trommelte nur nutzlos vor sich hin. Er versuchte gegenzulenken, während der Wagen sich drehte, und rutschte dabei seitlich über die Gegenfahrbahn und kam von der Straße ab.

Seine Schulter schlug gegen die Wagentür und der Gurt spannte über seiner Brust, während der Chevrolet mit der Breitseite in die Felswand krachte. Dann war alles ruhig. Keine Airbags explodierten. Er blinzelte und öffnete die Augen, schloss sie gleich wieder und blinzelte dann erneut.

Da die Fahrertür gegen die Felswand gedrückt war, schnallte er sich ab und kroch zur Beifahrertür heraus, als ein anderer Wagen vorbeifuhr, dessen Passagiere ihn anstarrten. Sie würden halten, wenn er ihnen ein Zeichen gab. Stattdessen knallte er die Tür zu und trat eine Beule hinein. Er trat gegen das Seitenblech. Immer wieder und wieder. Dann rammte er die Fäuste in die Motorhaube. Keine Beulen, aber es war ein gutes Gefühl. Er griff sich einen melonengroßen Brocken vom Fuß der Felswand und ließ ihn mit einem wütenden Brüllen auf die Windschutzscheibe niederkrachen. Spinnennetzrisse durchzogen das Sicherheitsglas.

Und schließlich hob er die Hände an seinen Hinterkopf und sah mit zunehmender Bestürzung, was er angerichtet hatte. Die Wut war verraucht und hinterließ einen eiskalten Hass. Er blickte über die Schulter in die Gesichter der Menschen, die an ihm vorbeifuhren. Niemand hielt. Niemand traute sich.

Erins Nacken schmerzte, weil sie sich so oft umdrehte. Obwohl sie seinen Plan nicht kannte, hatte sie erwartet, Morgan hätte längst zu ihr aufgeschlossen. Ihre Sorge musste spürbar sein, denn Livies aufmerksamer Blick wich nicht von ihr. Mit jedem Kilometer, den sie zurücklegte, wog Morgans Vertrauen schwerer, während das Unbehagen des Kindes zunahm.

„Wo ist Daddy?"

„Er kommt gleich, Liebes. Er wird jeden Augenblick zu uns stoßen." Vor ihnen erstreckte sich der Highway und wand sich durch die auf beiden Seiten aufragenden Berge hindurch. Wie der Pick-up, der ihr jetzt nicht mehr gehörte, war dieses Fahrzeug solide und zuverlässig. Auf dieser Straße war sie schon oft unterwegs gewesen. Aber nicht mit Livie.

Eine halbe Stunde, dann eine Stunde. Sie kam zum Highway 70 und fuhr an Idaho Springs vorbei.

„Ich will meinen Daddy." Livies Stimme klang jetzt weinerlich, und es tat Erin in der Seele weh.

Erin fragte munter: „Sollen wir ein Lied singen?“

Nach kurzem Überlegen nickte Livie. „Sing ‚Sonnenschein‘.“

„Umm …“

„Mein Sonnenschein … kleiner Sonnenschein.“

Sie begann zu singen, während Livie dabei ihren Mund, ihre Augen, jeden Teil von ihr beobachtete, um zu sehen, ob sie es auch ehrlich meinte. „Du bist mein Sonnenschein, mein kleiner Sonnenschein. Du machst mich glücklich bei Tag und Nacht.“

Ihre Stimme brach. Wie konnte sie sein, was dieses Kind brauchte?

„Du kannst nicht wissen –“ Sie warf einen Blick in den Rückspiegel und sah durch den Schnee Morgans Maserati näher kommen. Erleichtert sagte sie: „Daddy ist hier, Livie. Gleich ist er hinter uns.“

Sie hatte geglaubt, das wäre eine gute Nachricht, aber Livie hatte Tränen in den Augen. „Daddy.“ Ihre Sehnsucht wurde so groß, dass sie anfing zu weinen. Sie war tapfer gewesen, aber der Gedanke, dass er so nah war und doch unerreichbar, war offenbar mehr, als sie ertragen konnte. „Ich will Daddy.“

„Sobald wir eine Gelegenheit haben, Liebes. Sobald es geht.“

Sie ging sofort dran, als Morgan anrief, und sagte zu ihm: „Livie will zu dir.“

„Fahr bis Lawson Dumont. Halt nicht am Straßenrand an.“

Auf den acht Kilometern bis zur Ausfahrt schlief Livie ein, aber Erin fuhr trotzdem ab. Sie hielt auf dem ersten verfügbaren Rastplatz und eilte zu Morgan, der aus seiner weinroten Rakete stieg. „Livie ist eingeschlafen. Ich habe versucht, die ganze Zeit mit ihr zu reden, damit sie nicht einschläft und dich sehen kann, aber –“

Morgan ergriff ihren Arm. „Es ist in Ordnung.“

Die Angst und der Druck brachen wie eine emotionale Lawine über sie herein. Sie fing an zu zittern. „Ist er weg? Hast du ihn abgehängt? Ich bin immer weitergefahren und –“

Er nahm sie in den Arm und drückte sie kurz an sich, selbst angespannt und überreizt. „Du hast deine Sache gut gemacht, aber wir sind noch nicht weit genug entfernt, um entspannen zu können.“

„Okay.“

„Geht es dir gut?“

Wenn sie ehrlich antworten wollte, würde sie nur wieder in Tränen ausbrechen. „Ich bin froh, dass Rudy ein Gewehr hatte.“

Morgan legte den Kopf schief. „Habe ich richtig gesehen, dass du ihn geküsst hast?"
„Er hatte es verdient."
„Aha."
Sie schloss die Augen. „Ich habe für dich und Livie alles durcheinander gebracht. Du hattest einen Plan –"
„Pläne ändern sich auch mal." Er runzelte die Stirn. „Ich will nur nicht, dass es Livie zu sehr mitnimmt."
Das Weinen war herzzerreißend gewesen. „Was willst du tun?"
Er ging an den Wagen und sah hinein. „Da sie jetzt schläft, fahren wir weiter wie bisher."
„Bist du sicher?"
Er nickte. „Es kann sein, dass sie wieder zu weinen anfängt, wenn sie aufwacht, dann ruf mich einfach an. Dieses Sturmtief ist ziemlich anhaltend, aber du hast gute Reifen. Aber geh kein Risiko ein."
„Das werde ich nicht. Morgan …" Sie suchte nach den richtigen Worten, mit denen sie so viel ausdrücken wollte.
Er strich ihr mit dem Daumen über die Wange. „Du schaffst das. Lass uns noch ein paar Kilometer hinter uns bringen, in Ordnung?"
Das nächste Mal hielten sie an, als Livie aufwachte und weinte, als hätte ihr jemand im Schlaf das Herz gebrochen.

Kapitel 19

Das Gefühl des Triumphs, das er verspürt hatte, weil er Markham abgehängt hatte, verpuffte in dem Moment, als er Livie weinen sah. Er küsste sie immer wieder und murmelte: „Ist ja gut, Süße. Ist ja gut." Aber das war es nicht. Sie konnte nicht einordnen, was hier geschah. Es machte ihn ganz schwach, als sie nach Mommy Noelle jammerte. So viel zur sanften Trennung. „Willst du sie mit meinem Handy anrufen?"

„Nein." Trotzig schlug sie nach dem Handy, aber nicht so fest, dass es ihm aus der Hand fiel, dann schlang sie die Arme um seinen Hals. „Mich festhalten, Daddy."

„Ich halte dich ja fest, Liebling. Ich lasse dich nicht los." Erin hatte das WC in der Tankstelle aufgesucht, während er Livie tröstete und beide Wagen betanken wollte. Da er zum Tanken nicht gekommen war, ging er ebenfalls hinein.

Erin kam gerade von der Toilette zurück und sah elend aus. Sie sagte: „Es tut mir so leid. Ich konnte sie nicht trösten."

„Es geht ihr gut. Und dir?"

Sie warf einen starren Blick auf ein Regal, das nichts Interessanteres enthielt als Luftdruckprüfer. „Ihr könnt zurückfahren, Morgan. Wenn ich gehe –"

„Hör auf. Wir trennen uns nicht."

„Aber es muss dir doch klar sein, dass er nicht aufgeben wird."

„Ich weiß jetzt, was Sache ist." Dabei strich er seiner Tochter über den Rücken.

Ihre Lippe bebte. „Fahrt ihr zurück und tu, was du für Livie geplant hattest."

„Kommt nicht infrage."

Sie hob die Hände. „Ich heiße jetzt Erin Spencer. Du hast mir gegeben, was ich brauchte."

„Okay, aber du schuldest mir noch deine Hälfte der Abmachung."

„Als würde das, was ich hier mache, etwas bringen! Sie kennt mich doch gar nicht und will wieder zu Noelle."

„Aber sie ist erst zwei und das ist nicht ihre Entscheidung." Vielleicht waren zu viele seiner Entscheidungen nach diesem Kriterium getroffen worden.

Erin trat näher. „Ich bin dir wirklich dankbar für alles, was du getan hast, aber nun ist es genug."

Hier ging es nicht nur um Livie. Es ging um gestern und letzte Nacht, um Paris und darum, dass sie um ihr Leben lief. Er hatte zwar nach ihren Wertsachen gesucht und sie auch gefunden, aber das machte nicht alles wieder gut. Sie war verletzt und sie hatte Angst. „Ich werde einen Weg finden, wie ich mich bei dir revanchieren kann. Aber nicht so. Bitte lass mich meinen neuen Namen nehmen und gehen."

„Selbst wenn du dich Methusalem nennen würdest, würde das nichts bedeuten. Denn sobald du das erste Mal etwas tust, wozu du deine Sozialversicherungsnummer brauchst, ist alles wieder beim alten."

„Was?" Sie starrte ihn an. „Aber warum –"

„Ich will nicht, dass du gehst."

Sie verdaute das mit einer Miene, die ihn wie einen Verräter dastehen ließ, so als hätte er sie in eine Falle gelockt.

„Mit unserer Aktion haben wir dir zwar einen Puffer verschafft, der dir eine gewisse Anonymität bietet. Aber das reicht nicht. Ich bin sicher, dass er dich wieder aufspüren wird. Darin ist er besser, als ich gehofft hatte. Was du brauchst, ist ein persönlicher Schutzwall, und den kann ich dir geben."

Sie runzelte die Stirn. „Vielleicht hast du recht, aber ich kann es nicht ertragen, dich und Livie in die Sache zu verwickeln. Ich gehe."

„Wie denn? Livie kann ich nicht in den Maserati setzen." Er hatte nicht absichtlich den Pick-up genommen, mit dem sie hätte fliehen können, aber jetzt dankte er Gott dafür, dass es so war. An ihren hängenden Schultern sah er, dass ihr das gerade bewusst geworden war. Inzwischen hatte Livie sich wieder beruhigt und weinte nicht mehr. „Bist du jetzt fertig?"

Sie starrte auf den Boden. „Ich hätte meinen Wagen doch lieber behalten sollen."

„Jedenfalls gibt es noch etwas: Ich brauche dein Handy."

Sie blickte auf und funkelte ihn an. „Warum?"

„Es ist eine weitere Verbindung, die eine Spur hinterlassen könnte."

Während sie mit den Tränen kämpfte, kramte sie ihr Handy heraus. Er öffnete die Tür zur Herrentoilette und warf es in den Mülleimer, dann kam er wieder heraus. „Wenn wir ankommen, melde ich ein zweites Handy auf meinen Namen an. Für den Augenblick kaufen wir eins von denen da." Er zeigte auf eine Reihe von Handys mit Prepaidkarte.

Sie rieb sich die Augen.

„Er meint es ernst, Erin."

„Meinst du, das wüsste ich nicht?" Inzwischen hatte ihre Stimme alle Kraft verloren.

Nachdenklich strich er ihr über den Arm. „Also verschwenden wir keine Zeit und Energie mehr auf Dinge, die nichts nützen, sondern sorgen dafür, dass das hier funktioniert."

Nach einem kurzen Augenblick des Überlegens nickte sie.

Da Livie ihn nicht loslassen wollte, nahm er sie mit, als er in den Waschraum ging. Als sie zurückkamen, wartete Erin mit einem kleinen Teddy auf sie. Mit einem Schluckauf vom Schluchzen akzeptierte Livie den Trost, den das kleine Plüschtier bot, und lockerte ihren Griff um seinen Hals ein wenig.

Erin sagte: „Vielleicht solltest du erst mal den Range Rover fahren."

Sie hatte recht. Livie brauchte ihn jetzt. „Ist gut. Aber wir sollten heute noch so weit wie möglich fahren." Er bezahlte für den Treibstoff, das Handy und eine vorab aufgeladene Geldkarte für Erin, nur für den Fall. „Alle Karten, die du außer dieser hast –"

„Ich weiß."

Sie musste sich völlig nackt fühlen. Wie gern hätte er ihr das alles erspart, aber er wusste nicht, wie. Den Maserati überließ er ihr nicht gerne – nicht, weil er dachte, sie würde sich damit aus dem Staub machen. Er machte sich eher Sorgen wegen des Schnees und der glatten Straßen und wegen Erins emotionalem Zustand. Aber momentan konnte er es nicht ändern.

Als er seine Tochter in ihrem Autositz festgeschnallt hatte, ging er mit Erin zum Maserati und öffnete die Fahrertür. „So wie vorhin, in Ordnung? Der Motor hat viel Kraft, die du kontrollieren musst." Er legte ihr eine Hand auf den Rücken. „Und hör auf, dir Sorgen zu machen."

Er konnte beinahe sehen, wie die neuen Tatsachen sich in ihrem Kopf überschlugen. Hatte sie wirklich geglaubt, es wäre nur eine Zeremonie auf dem Standesamt? Hatte er das geglaubt? In dem Moment, als er die nasse Dusche in ihrem verwüsteten Haus gerochen hatte, war ihm die ganze Wirklichkeit mit einem Schlag bewusst geworden. Sie musste panische Angst haben.

Sein Blick wanderte zu ihr, zu ihrem Mund, aber er riss sich davon los. „Machen wir uns auf den Weg."

Die Angst schmeckte wie Quecksilber auf ihrer Zunge. Morgans Worte waren bei ihr angekommen und verselbständigten sich unaufhörlich – sie teilten und trennten sich und wuchsen zu einem eigenständigen Wesen heran. Eigentlich war sie davon überzeugt gewesen, dass sie vorsichtig und klug gehandelt hatte. Aber sie hatte nicht einmal den Anschein von vorsichtig hinbekommen, ja sie wusste gar nicht, wie man diese Art Vorsicht walten ließ.

Die neue Person, Erin Spencer, war aufgetaucht, wie ein Clown mit teuflischem Gelächter. Um sie daran zu hindern, dass sie floh, hatte Morgan ein Kartenhaus errichtet. Aber mit seinem Geständnis Celia gegenüber war es in sich zusammengefallen und ein einziges Streichholz von Markham reichte, um es in Flammen aufgehen zu lassen.

Jetzt versprach Morgan ihr eine Brandschutzmauer und naiv, wie sie war, glaubte sie ihm. Zeig mir noch einen Kartentrick, du Zauberkünstler. Sie würde seine Hände beobachten und den Teil verpassen, bei dem wieder etwas verschwand.

Als sie sich ans Steuer des Maserati setzte, kam es ihr so vor, als wäre sie im Bauch eines Tieres, und sie fühlte sich noch kleiner als in dem Range Rover. Aber sie konnte es nicht ertragen, sich noch länger zwischen Livie und ihren Daddy zu schieben, jedenfalls im Moment nicht. Sie hatte eine Trennung vorgeschlagen, aber was würde dann aus ihr? Sie müsste Ersatz für alles anbieten, was sie nicht liefern konnte, und hätte nichts, was sie stattdessen auf eBay einstellen konnte. Ihr eBay-Geschäft trug nicht ihren Namen, aber ihre Kontodaten bei PayPal schon.

Ohne eine gestohlene Sozialversicherungsnummer konnte sie nur durch Morgans Spiegellabyrinth verschwinden. Sie hatte sich selbst in eine so sichere Falle begeben, wie selbst Markham sie nicht hätte bewerkstelligen können. Sie hatte nur nicht damit gerechnet, dass es so wehtun würde.

Der Schnee fiel jetzt dichter, als sie durch die schmale, gewundene Schlucht fuhr und Glenwood Springs hinter sich ließ. Ihre Scheibenwischer gingen rhythmisch hin und her und hinterließen beim Wischen kleine Schneespuren auf der Scheibe. Während sich der Range Rover kraftvoll durch den Schnee gewühlt hatte, versuchte dieses seltene exotische Tier, dessen Kraft sie ängstlich im Zaum hielt, elegant auf der Oberfläche zu gleiten.

Hinter einer Kurve ging es plötzlich steil bergab. Während der Range Rover abtauchte und aus ihrem Blickfeld verschwand, kam der Maserati ins Rutschen und prallte mit dem hinteren Kotflügel gegen die Leitplanke.

Als sie daran dachte, wie ehrfürchtig Rudy über das Fahrzeug gestaunt hatte und dass Morgan über den Blechschaden am Boden zerstört sein würde, kamen ihr die Tränen.

Im Rückspiegel hatte er gesehen, was passiert war. In dem Augenblick, als er die Gefahr erkannt hatte, fing der Maserati bereits an zu rutschen. Dreißig Meter weiter fuhr er an den Rand und hielt an. Er schärfte Livie ein, still sitzen zu bleiben, und stapfte vorsichtig die steile Straße hoch, während er Gott dafür dankte, dass nicht viel Verkehr war.

Erin hatte die Hände vors Gesicht geschlagen, als er die Wagentür aufmachte. Nach all den Gelegenheiten, bei denen sie stark gewesen war, schien es ihm falsch, dass sie jetzt weinte. „Bist du verletzt?“

Sie schüttelte den Kopf, aber er sah einen roten Fleck gleich über ihrer Schläfe.

„Es tut mir so leid." Sie schluchzte noch heftiger. „Er ist einfach weggerutscht. Und ich konnte nichts –"

„Die Reifen sind praktisch profillos. Bei der Kurve und diesem Gefälle ..."

Schniefend nahm sie die Hände von ihren tränennassen Wangen. „Wie schlimm ist es?"

Er beugte sich über die Seite. „Ich bin froh, dass die Leitplanke da war. Tut außer der Prellung noch etwas weh?"

„Nein." So zart wie ihre Stimme war, genauso stark war ihre Antwort. Sie litt auf eine Weise, die er nicht einmal erahnen konnte. Das hatte ihn noch jede Beziehung gelehrt.

Er wollte sie ja trösten, aber der Straßenrand war nicht der richtige Ort dafür. Entschlossen zog er die Tür so weit wie möglich auf, ohne die Leitplanke zu berühren. „Du nimmst den Range Rover. Livie hat sich inzwischen beruhigt."

Sie ließ den Motor laufen, legte den Leerlauf ein und zog die Handbremse an. Sie stieg aus und betrachtete sich den Schaden. Niemand brauchte ihr zu sagen, wie teuer die Reparatur werden würde und was der Wagen an Wert verloren hatte.

Leise drängend strich er ihr über den Arm. „Livie wartet."

Sie nahm ihre Handtasche und machte sich auf den Weg zu dem anderen Fahrzeug, während sie sich Vorwürfe machte, obwohl dies nichts war im Vergleich zu –

Der Schmerz in seiner Brust ließ ihn erstarren. *Das Knirschen von Metall, der Aufprall von weichem Fleisch. „Sie war sofort tot. Sofort tot."* Er musste Livie und Erin auf der Stelle hier rausbringen. Entschlossen beugte er sich in den Wagen, stellte den Motor aus, betätigte Schlösser und Alarmanlage und verriegelte die Tür. Erin beobachtete, wie er ihr folgte.

„Rutsch rein", krächzte er.

„Kannst du fahren?"

Besser als in dem Moment, als er ihren Unfall mit angesehen hatte. Er atmete tief ein und lehnte die Stirn auf seine Hände, die das Lenkrad umfasst hielten. Das Hämmern seines Herzens ließ Lichter hinter seinen Augenlidern aufblitzen. „Schnall dich an", sagte er zu Erin, die zu warten schien.

Sie gehorchte. „Was ist mit dem Maserati?"

„Ich lasse ihn von jemandem abholen." Sein Straßenrettungsdienst würde den Wagen zur nächsten Werkstatt bringen und irgendwann konnte Rick ihn von dort abholen. Wenn er Glück hatte, schoss vorher niemand um die Kurve und schlidderte in das liegen gebliebene Fahrzeug. Er hob den Kopf und blickte zum Rücksitz. „Bei dir alles okay, Livie?"

Mit ernstem Blick murmelte sie: „Okay, Daddy", und kuschelte sich an den kleinen Bären.

Er lenkte den Wagen auf die Fahrbahn zurück und warf Erin einen kurzen Blick zu. „Du kannst nichts dafür."

Ihr Blick senkte sich auf ihre Hände und sein eigener folgte ihm. Die Hände waren klein, angespannt und nackt.

„Du trägst deinen Ring ja gar nicht."

Sie streckte die Finger aus. „Ich wollte nicht, dass Rudy ihn sieht."

„Gute Überlegung. Aber jetzt solltest du ihn tragen." Vielleicht wollte sie es nicht wahrhaben, aber sie waren nun einmal verheiratet. Vielleicht war es nicht so, wie sie es sich vorgestellt hatte, aber das war die Wirklichkeit ohnehin nur selten.

Sie beugte sich zur Seite und holte den Ring aus ihrer Hosentasche. Das Funkeln erinnerte ihn daran, dass dies kein Spiel war. Er und Erin waren miteinander verbunden. Er musste einen Weg für ihre Beziehung finden. Seine Tochter hatte es verdient. Und seine Frau – er schluckte – auch.

Noelle ließ Liam bei einem Freund und stieg wieder zu Rick in den Pick-up. Da es wegen der glatten Straßen zu zahlreichen Unfällen im Bezirk gekommen war, dauerte es Stunden, bis das Büro des Sheriffs auf ihren Anruf reagierte, den sie getätigt hatten, nachdem sie Hank und Celia zum Flughafen gebracht hatten. Jetzt war endlich jemand da, mit dem sie über den Vandalismus sprechen konnten.

Rick hatte gemeint, sie solle zu Hause bleiben, aber sie wollte sich selbst ein Bild davon machen, was Erin und Morgan in diese überstürzte Ehe getrieben hatte. Also trafen sie sich beide mit Officer Wentz, einem etwas dicklichen Beamten, dessen Haar schon leicht ergraut war, am Haus von Quinn – Erin. Sie stand mit Rick hinter dem Mann, während er den Schaden von der Tür aus begutachtete. Sie war nicht sicher, ob der Polizist die leiterartige Treppe hinaufkommen würde, aber er betrachtete das Szenario lediglich von der Tür aus.

„Sie beide wohnen hier?", fragte er mit gerunzelter Stirn.

„Nein", erklärte sie ihm. „Das Haus gehört unserer … Freundin."

„Und wo ist sie?"

„Sie ist verreist. Der Mann, der das hier getan hat, belästigt sie." Die ganze Sache würde nicht einfach sein, ohne alles bis ins Detail zu erklären, aber Morgan hatte darauf bestanden.

Der Beamte drehte sich um. „Also ist sie nicht hier, um Anzeige zu erstatten?"

„Nein, aber wir sind hier", sagte Rick. „Die Lagerhalle da drüben sieht genauso schlimm aus. Ich zeige sie Ihnen."

„Und ich sehe sie mir an. Aber bis die Eigentümerin zurückkommt –"

„So schnell wird sie nicht wiederkommen." Noelle blickte von einem Mann zum anderen. „Sie hat nämlich Drohungen erhalten und …"

„Was für Drohungen denn?" Als er ihre skeptische Miene sah, fügte er hinzu: „Haben Sie sie gehört oder gesehen?"

Sie atmete aus. „Nein, aber …"

„Den Mann, der das hier getan hat", sagte Rick. „Er war heute Morgen bei unserer Ranch und hat nach ihr gefragt."

„Haben Sie einen Namen?"

„Er hat sich als Ken West vorgestellt. Aber wir glauben, dass er Markham Wilder heißt. Er wurde vor Kurzem aus dem Gefängnis entlassen."

„Auf Bewährung?"

„Das weiß ich nicht."

„Gut, das kann ich überprüfen. Aber ohne Ihre Freundin … Wie heißt sie noch mal?"

„Er- Quinn Reilly." Noelle warf Rick einen Blick zu und er nickte.

„Bei Drohungen und Vandalismus kann ich erst etwas unternehmen, wenn ich mit ihr sprechen kann."

Bei der Eiseskälte schlang Noelle die Arme um ihren Oberkörper. „Können Sie denn keine Fingerabdrücke nehmen?“

„Nur mit der Erlaubnis der Eigentümerin. Es sei denn, Sie glauben, dass ihr etwas zugestoßen ist.“ Er sah fragend zu ihnen auf.

Sie schüttelte den Kopf. Als Morgan wegen des Maseratis angerufen hatte, schien er ziemlich sicher gewesen zu sein, dass sie Markham aus der Fassung gebracht hatten. Und Erin war nicht verletzt.

„Haben Sie eine Telefonnummer von ihr?“

„Ja.“ Noelle zog ihr Handy heraus und sah in ihren Kontakten nach, um ihm die Nummer zu geben, aber Rick sagte: „Ich glaube nicht, dass die noch aktiv ist.“

Der Polizist wählte die Nummer und sagte: „Nummer nicht vergeben.“ Er richtete sich auf, jetzt wo die Sache etwas mehr Gestalt annahm. „Können Sie sie erreichen?“

Rick sagte: „Vielleicht.“

„Wenn Sie mit ihr sprechen, sagen Sie, dass sie anrufen soll. Sie kann telefonisch Anzeige erstatten. Aber zu einem Gerichtstermin müsste sie persönlich erscheinen.“ Officer Wentz warf noch einen Blick in das Haus. „Falls sie nicht gesehen hat, wie er es getan hat, brauchen wir Beweise. Ohne eine Anzeige kann ich keinen meiner Männer reinschicken.“

Es war so, wie Morgan gesagt hatte.

„In Ordnung. Danke.“ Rick war wahrscheinlich zu dem gleichen Schluss gekommen. Warum sollte Erin ihre Flucht aufs Spiel setzen, um möglicherweise einen Schadensersatz zugesprochen zu bekommen, den sie höchstwahrscheinlich nie in Empfang nehmen würde.

Als das Polizeifahrzeug in Quinns Auffahrt bog, hatte Markham den Chevrolet – der auf einen anderen Namen zugelassen war – unter dem Balkon hinter dem Haus abgestellt und war um die Ecke geschlichen, um zu lauschen. Er hätte in den Wald laufen können, falls eine richtige Suche erfolgt wäre, aber der Beamte tat ohnehin nur so viel beziehungsweise so wenig, wie er in der Situation konnte.

Markham grinste spöttisch. Nachdem er Quinn aus den Augen

verloren hatte, war er zu ihrem Haus zurückgekehrt, obwohl es als Versteck nicht mehr infrage kam. Er hatte richtig vermutet. Wegen des Vandalismus' würde man wenig gegen ihn unternehmen, solange Quinn auf der Flucht war. Aber seine ganze Lage war unsicher, deshalb tätigte er, als die anderen abgefahren waren, den Anruf, den er eigentlich hatte vermeiden wollen. „Hannah", sagte er, „du musst herkommen."

Ihr Schweigen dauerte an, bis sie schließlich streitlustig sagte: „Herkommen? Du hast meinen Wagen."

„Dann nimm meinen." Er hatte ihr seinen bescheidenen Toyota dagelassen, da er für eine längere Reise zu unbequem war, währenddessen er sich überlegen wollte, ob er ihr den Chevrolet überhaupt zurückgab. Wenn er Quinn sofort gefunden und das bekommen hätte, was er brauchte, hätte er sich aus dem Staub gemacht.

Jetzt brauchte er Hannah, obwohl es nicht einfach werden würde. Beim kleinsten Anzeichen von Verärgerung brach sie in Tränen aus und vor allem seit seiner Haftstrafe hatte er Mühe, sich zu beherrschen – was der heutige Tag schändlich bewiesen hatte. „Ich nenne dir eine Anschrift, die du in das Navi im Auto eingeben kannst. Du müsstest es ohne Probleme finden."

„Aber … warum kannst du nicht zurückkommen?"

„Ich erkläre dir alles, wenn du hier bist. Und du weißt doch, dass ich nicht darum bitten würde, wenn ich dich nicht bräuchte." Pfadfinderehrenwort. Sie würde kommen. Die treue, anhängliche Hannah. Da war er sich sicher. Und das Beste war, dass sie ihrer kleinen Schwester Quinn so ähnlich sah.

Gegen sieben hielt Morgan bei einem Motel an der Straße, das von einer großen Hotelkette aufgekauft, aber nicht modernisiert worden war. Er wäre gern bis nach St. George oder sogar Vegas gefahren, aber Livie brauchte etwas zu essen und einige Stunden Schlaf. Das Zimmer war sauber und mit zwei französischen Betten möbliert. Für Livie baute er ein wackliges Reisebett auf und richtete sich dann auf. „Restaurant oder Fastfood?"

Erin blickte zum Fenster hinaus und zu dem niedrigen, mit

Holzschindeln gedeckten Gebäude mit dem teilweise von Neonröhren beleuchteten Schriftzug –AURANT. Kein schicker Name für dieses Lokal. „Zu dem da können wir laufen."

Wahrscheinlich die beste Empfehlung, die dieser Ort zu bieten hatte. Auch wenn sie steif und fest behauptete, sie sei nicht verletzt, war sie doch erschüttert und Livie würde sich gegen den Autositz wehren, wenn er versuchte, sie festzuschnallen, um nach einem anderen Restaurant zu suchen.

Also nahm er Livie auf den Arm und überquerte mit Erin die Straße. Das Restaurant roch wie eine altmodische Cafeteria nach Dosensuppe und Gasherd.

Die unterschiedlichen Mahlzeiten, die sie zusammen eingenommen hatten, von Thanksgiving über Paris bis zu dieser hier, waren in gewisser Weise ein Spiegel ihrer Beziehung. Jede Phase hatte Höhepunkte und Tiefpunkte, obwohl er Mühe hatte, jetzt, als er sich in eine Sitzecke schob, etwas Positives auszumachen. Livie platzierte er in dem Kindersitz und Erin ließ sich ihm gegenüber auf die Sitzbank fallen. „Ich habe ein furchtbar schlechtes Gewissen wegen deines Autos."

„Das weiß ich." Eine andere Nische und zwei Hocker an der Bar waren besetzt. Wahrscheinlich Reisende, da die Kellnerin mit ihnen sprach wie mit Fremden.

„Schließlich kann ich die Reparatur nicht bezahlen."

„Das ist doch nicht wichtig." Er gab Livie die Dose mit dem Süßstoff zum Spielen und sie kletterte aus dem Stuhl und auf seinen Schoß.

„Aber dein Maserati –"

„Zur Hälfte deiner."

„Nein." Erin starrte auf die Hände, die sie flach auf die Tischplatte gepresst hatte. „Deine Sachen gehören mir doch nicht, nur weil –"

„Wir verheiratet sind? Du musst dir den Kopf heftiger angeschlagen haben, als ich dachte."

Sie berührte die Beule, doch dann wurde ihr bewusst, was er meinte, und sie seufzte.

Die Servietten waren zwar dünn und verblichen, aber immerhin waren sie aus Stoff. Er nahm eine, tat einige Eiswürfel aus dem

Wasserglas, das die Bedienung ihm gebracht hatte, darauf und hielt Erin den improvisierten Eisbeutel hin.

„Danke." Sie drückte es an ihren Kopf. „Bist du in Ordnung?"

Er runzelte die Stirn. „Natürlich."

„Angesichts von Jills Unfall war es sicherlich nicht gerade leicht für dich –"

„Ich will nicht darüber reden." Ihre Worte waren wie Sand in der Wunde.

„Vielleicht solltest du einen Termin –"

„Ich komme schon damit klar."

Sie ließ den Eisbeutel sinken. „Ich weiß. Aber L-i-v-i-e fängt an, etwas zu merken."

„Erzähl mir nicht, wie ich mein Kind zu erziehen habe."

Sie zuckte zurück und ihm wurde bewusst, dass er zu heftig reagiert hatte. Er entschuldigte sich.

„Nein, ich habe schon verstanden", sagte sie zu schnell. „Ich habe nicht das Recht ..."

„Erin ..."

„Entschuldige mich bitte einen Augenblick."

Er sah zu, wie sie aufstand, und blickte ihr nach, wie sie zur Damentoilette ging. Sie waren beide mitgenommen, aber das hatte sie nicht verdient.

„Daddy? Sing ‚Sonnenschein' für mich."

„Ja, meine Kleine." Er seufzte, dann hob er Livie hoch und setzte sie vor sich auf den Tisch. Leise sang er das Lied, das zugleich Bitte und Liebeslied war. Bitte, bitte nimm mir meinen Sonnenschein nicht.

Erin bestellte Putenfleisch mit Sauce auf einer Scheibe billigem Sauerteigbrot. Er bemerkte kaum, was er aß, aber Livie verschlang ihre Käsenudeln förmlich. Als sie zurückgingen, waren die Wolken aufgerissen und gaben den Blick auf die Sterne frei. In dem kleinen Bad wusch er sein Gesicht und putzte sich die Zähne; dann badete er seine Tochter, cremte sie ein, zog ihr den Schlafanzug an und legte sie in das Reisebettchen. Sie machte die Augen zu und war im nächsten Moment eingeschlafen.

Als Erin ins Bad ging, um sich umzuziehen, hängte er seinen Pullover und seine Jeans über einen Stuhl und legte sich ins Bett. Nach einer Weile kam sie in einem weich fließenden Schlafanzug zurück. Als sie sah, in welchem Bett er lag, ging sie auf das andere zu.

Er folgte ihr mit den Augen. „Ist das eine Dauereinrichtung oder bestrafst du mich nur?"

„Was meinst du denn?"

„Die getrennten Betten."

„Morgan, wir haben doch darüber geredet –"

„Du hast geredet. Was mich betrifft, gibt es nur wenig, was so deprimierend ist, wie alleine zu schlafen."

Sie setzte sich auf die Kante ihres Bettes und starrte auf ihre Hände. Nach einer Weile blickte sie auf. „Es ist besser, wenn wir die Sache nicht verkomplizieren."

Die Anstrengung war ihr ins Gesicht geschrieben und er nickte. „Okay." Dann zog er die Decke hoch und rollte sich auf die Seite. Mit Livie im Zimmer hätte er sich sowieso zurückgehalten, aber es wäre schön gewesen, seine Frau im Arm zu halten. Er schloss die Augen und betete, dass er einschlafen konnte.

Irgendwann mitten in der Nacht merkte er, dass sein Gesicht ganz nass war. Jetzt kamen ihm die Tränen? Für wen vergoss er sie? Für Jill? Er presste sich die Handballen auf die Augen. Die Trauer hatte ihn nicht zerbrochen. Aber vielleicht würde es der Prozess des Heilwerdens tun.

Kapitel 20

Als Morgan aufwachte, war er so wütend wie damals, als Jill ihm von Kelsey erzählt hatte. Als Erin im anderen Bett ihren zerzausten Lockenkopf hob, gab er sich große Mühe, seine Gefühle von Wut zu verbergen. Weil Livie noch fest schlief, stand er auf und ging heiß duschen.

Dann tauschten sie die Plätze. Während Erin im Bad war, weckte er Livie. Er wollte so schnell wie möglich weiterfahren. Hoffentlich würde Erin nicht Stunden damit verbringen, sich zu frisieren, aber dass sie sich das feuchte Haar nur mit einer Spange hochstecken würde, hatte er nicht erwartet. „Du kannst dir ruhig die Haare fönen."

„Nicht nötig." Sie packte ihre Sachen zusammen und brachte sie zum Range Rover. Wenn sie versuchte, ihre Attraktivität zu verstecken, dann gelang ihr das nicht. Egal was sie sich anzog oder wie sie sich stylte, er war einfach von ihr hingerissen. Die Tatsache, dass sie versuchte, ihre Reize zu verstecken, verstärkte seine schlechte Laune nur noch.

„Wir holen uns etwas zum Frühstück, dann fahren wir."

„In Ordnung." Sie überquerte die Straße und ging auf dasselbe Restaurant zu wie am Vorabend. Mit seiner kleinen Tochter im Schlepptau folgte er ihr und hoffte, dass sie dort einen starken Kaffee brauten.

Livie spürte seine aggressive Stimmung und benahm sich daneben, wie sie es sonst eigentlich nie tat. Unwirsch sagte er zu ihr: „Wenn du jetzt nichts isst, bekommst du später Hunger." Zu Erin hätte er dasselbe sagen können, tat es aber nicht.

Während sie kurz auf Toilette war, rief Rick an und erläuterte die Reaktion des Sheriffs. Morgan wunderte sich nicht darüber, sondern sagte: „Wenigstens ist es jetzt gemeldet. Nun kann Erin selbst entscheiden, ob sie Anzeige erstatten will oder nicht." Wenn sie wieder miteinander redeten, würde er ihr davon erzählen.

Als sie die Taschen in den Wagen luden, weigerte Livie sich lautstark, in dem Fahrzeug zu sitzen. Daher schlug Erin vor: „Setz dich nach hinten zu ihr und lass mich fahren."

Da sie den ganzen Tag über unterwegs sein würden, war das sinnvoll. Die Beule an ihrer Stirn sah besser aus und offensichtlich hatte sie geschlafen. Eine Diskussion war also überflüssig. Und nur um auf Nummer sicher zu gehen, stöpselte er seinen MP3-Player in die Anlage und wählte eine Playlist, die so ganz nach seinem Geschmack war.

Als der Titel „Engel" von Rammstein erklang, lehnte er seinen Kopf zurück. Manchmal wollte er, dass die Musik wehtat.

In ihrem Kindersitz neben ihm vergnügte Livie sich mit einem Buch über Tiere im Zoo. Erin saß am Steuer und schwieg. Seine Hand auf Livies Brust und ihre Hand auf seiner, schlossen sie irgendwann beide die Augen und schliefen ein.

Sie hatte gedacht, Morgan würde selbst fahren wollen, aber er hatte gar nicht erst den Versuch gemacht, sich ans Steuer zu setzen, und auch sonst hatte er kaum gesprochen, was bei den herben Texten, den kreischenden Gitarren und dem dröhnenden Schlagzeug ohnehin schwierig gewesen wäre. Seine Musikauswahl klang wie ein Aufstand der Orks, aber Morgan hatte sie nicht nach ihrer Meinung gefragt. Er war eingeschlafen.

Gegen Mittag hielt sie nach einem Ort Ausschau, an dem sie Rast machen konnten. Auch wenn die Erwachsenen keinen Appetit hatten, brauchte Livie etwas Vernünftiges zu essen und eine Pause von ihrem Kindersitz. Erin hielt an einem Rastplatz, wo es mehrere kleine Restaurants und Imbissbuden gab.

Zum ersten Mal seit Tagen fühlte sie sich wieder wie sie selbst, eine Frau, die sich gegen das Unrecht erhoben hatte und nun mit den Konsequenzen leben musste, die aber eine gefährliche Situation unter Kontrolle hatte und den Preis dafür bezahlte. Sie fühlte sich wie Quinn Reilly – nur dass sie Morgans Kreditkarte benutzte, als sie an der Tankstellen bezahlen wollte, auf dem Weg zu Morgans Haus, in einen Bundesstaat, wo sie noch nie gewesen war. Na gut. Das war die Realität. Sie musste damit fertig werden.

Morgan nahm seine Tochter aus ihrem Sitz und ließ sie auf dem Parkplatz herumlaufen, damit sie sich die Beine vertreten konnte. Es war zwar kühl, aber es schneite nicht mehr. In einem der Restaurants bestellten sie sich etwas zu essen, ließen es sich aber einpacken, damit sie nicht so viel Zeit verloren und schneller vorankamen. Außerdem vermieden sie auf diese Weise unangenehme Tischgespräche oder dass sie sich gegenseitig anschwiegen. Erin setzte sich wieder hinters Steuer und entfernte Morgans MP3-Player. Die arme Livie fing an zu bocken, als sie den Autositz sah, und weinte, als ihr Daddy nicht locker ließ, aber es war nur ein halbherziges Weinen und schon bald beschäftigte sie sich ganz vergnügt mit den Spielsachen, die sie unterwegs noch gekauft hatten.

Morgan schlief nicht wieder ein, sondern arbeitete an seinem Laptop. Schön für ihn. Er hatte schließlich noch ein Unternehmen, hatte noch ein Leben und eine Identität. Als sie wieder an einer Tankstelle anhielten, wollte er wissen, wie es ihr ging.

„Ich bin ein bisschen k. o., würde ich sagen." Sie war den ganzen Weg durch Arizona, Nevada und bis hinein nach Kalifornien gefahren.

„Soll ich dich ablösen?"

„Ich glaube, Livie fühlt sich sicherer, wenn du neben ihr sitzt."

In dem mehrstöckigen Einkaufszentrum, bei dem sie angehalten hatten, ging er vor seiner Tochter in die Hocke und fragte sie: „Was hältst du davon, wenn Erin neben dir sitzt, Livie?"

Zunächst sah sie ihn verständnislos an, bis sie begriff, was er meinte. Schnell nahm sie ein neues Plüschtier vom Regal und strahlte. „Tierepielen?"

Morgan richtete sich auf und er schien auf einmal um Jahre jünger. „Das war ihr erstes Verb. Ich bringe es einfach nicht über mich, sie zu berichtigen."

Nach der Mauer des Schweigens rührte dieses winzige Zeichen des Zutrauens sie beinahe zu Tränen. „Das dachte ich mir schon." Sie reichte ihm die Schlüssel und stieg hinten ein. Sein Laptop lag auf einer Kiste neben ihr. Sie tat ihn in eine Laptoptasche und brachte ihn in Sicherheit. Als sie aufsah, bemerkte sie, dass er sie im Rückspiegel beobachtete.

„Du kannst ihn gerne benutzen, wenn du willst."

„Wozu denn?“ Sie machte es sich neben Livie bequem und seufzte.

Als er im Dunkeln nach Santa Barbara hineinfuhr, spürte er ein großes Unbehagen. Die Fahrt war wie eine Art Folter gewesen, die er nicht noch einmal durchmachen wollte, aber was als Nächstes kam, konnte noch viel schlimmer werden. Seit dem Tag von Jills Beerdigung hatte er sein Haus nicht mehr betreten.

Die Meeresluft wehte herein, als er das Autofenster herunterließ und den Code eingab, der das Tor zu seiner Enklave öffnete. Widerstrebend fuhr er zu dem dritten der fünf Häuser, die am Feldrand standen. Er nahm Livie, die in ihre Decke eingehüllt war, aus dem Kindersitz und küsste sie auf die weiche Wange. „Wie geht es dir, meine Süße?“

Sie blinzelte in dem von Laternen beleuchteten Hof. „Wo sind wir?“

„Das ist Daddys Haus. Willst du es von innen sehen?“

Erin schob sich den Riemen ihrer Handtasche über die Schulter und wartete. Es gab für ihn tausend Gründe, sich bei ihr zu entschuldigen, aber er brachte nur ein „Bist du so weit?“ heraus.

Ihre Miene verriet nicht viel, als sie ihm über die Steinplatten zu der schlichten Eingangstür folgte. Als er die Hand nach dem eisernen Türgriff ausstreckte, flog die Tür auf.

„Ay!“ Consuelas Aufschrei war so laut, dass die Nachbarn alarmiert waren. „Señor Morgan! Sie haben mir gar nicht erzählt, dass Sie kommen. Warum haben Sie nicht –“ Als sie plötzlich Erin hinter ihm stehen sah, war die Überraschung perfekt. „Sie bringen einen Gast mit und warnen mich nicht?“

Es wäre einfach gewesen, sie anzurufen. Vielleicht hatte er es nicht getan, weil er sich ein kleines bisschen dafür rächen wollte, dass sie sich geweigert hatte zu springen, als er gepfiffen hatte.

„Consuela, das ist meine Frau Erin.“

Sie warf ihm einen düsteren Blick zu, drängte sich an ihm vorbei, nahm Erin an den Schultern und küsste sie auf beide Wangen. „*Lo siento* für Señor Morgans schlechte Manieren. Wenn er mir das erzählt hätte, dann hätte ich etwas ganz Besonderes vorbereitet. Und du." Sie drehte sich um. „Diese *niña preciosa* ist meine kleine Olivia?"

Weil sie nicht daran gewöhnt war, dass jemand so einen Lärm machte, klammerte sich Livie ängstlich an ihn.

Consuela kniff die Augen zusammen. „Sie erkennt mich nicht. Das bricht mir das Herz, Señor Morgan."

„Sie braucht nur ein bisschen Zeit." Und Ruhe. Warum war es in Ricks Haus so ruhig gewesen? Abgesehen von Liam natürlich.

Consuela warf den Kopf zurück. „Erin, Sie kommen erst einmal rein. Ich will mir die Frau ansehen, die Morgan ausgewählt hat. *Está muy hermosa.* Und so winzig."

„Ich bin ein bisschen zerzaust von der Reise." Sie nahm die Spange aus dem Haar, sodass ihr die Locken über die Schultern fielen.

„Oh, so schöne Haare sollten nicht gefangen sein."

Er war ganz ihrer Meinung, aber Erin zuckte nur mir den Schultern.

„Kommen Sie mit. Ich lasse Ihnen das Badewasser ein."

Morgan blieb stehen und gab ihr auf Spanisch Anweisung, ihr ein Gästezimmer mit Bad zu geben. Verwirrt warf Consuela ihm einen düsteren Blick zu, aber sie nickte. Seine Tochter hatte er immer noch auf dem Arm. Sie war müde und musste ins Bett.

Das Bett, das im Kinderzimmer stand, hatten Jill und er vorbereitet und mit Spitzen und Blumen dekoriert. Während er die Treppe hochging, fing sein Herz an zu hämmern und seine Brust zog sich zusammen, als hätte eine Riesenschlange ihn im Würgegriff.

„Daddy." Sanft legte Livie ihm die Arme um den Hals.

Er erwiderte ihre Umarmung und zog Kraft aus der Liebe seiner winzigen Retterin. Auch wenn sie noch ein Säugling gewesen war, als sie das letzte Mal in diesem Zimmer geschlafen hatte, standen schon viele Bücher in dem Bücherregal, da Jill als Lehrerin davon überzeugt gewesen war, ihre Tochter würde lesen können, bevor sie anfing zu laufen. Als er die Lampe neben dem Schaukelstuhl einschaltete, wand Livie sich aus seinem Arm und lief zu dem Regal.

„Vorlesen, Daddy."

„Natürlich." Es war unmöglich, ohne ein richtiges Einschlafritual zu Bett zu gehen.

Dieses Kinderzimmer lag direkt neben dem Elternschlafzimmer, und als er Livie einen letzten Kuss gab und sie in die Decke einkuschelte, ging er durch die Tür in sein Zimmer und schlug die Hände vors Gesicht. Heute Nacht würde er auf gar keinen Fall dort schlafen.

Erin sank in das heiße, duftende Wasser und spürte, wie ihr Körper sich entspannte. Nach den Turbulenzen der Flucht, dem Wechselbad von Morgans Stimmungen, der Schönheit dieses Hauses – oder jedenfalls dessen, was sie draußen gesehen hatte und als sie Consuela nach oben gefolgt war – hatte sie das Spiegellabyrinth verlassen und das Schleuderkarussell bestiegen.

Jetzt, wo sie endlich zur Ruhe kam, sog sie jeden Tropfen Trost aus diesem Bad, dann zog sie den weichen Schlafanzug an, den jemand auf das Gästebett gelegt hatte. Sie war hier Gast. Ihr Spanisch mochte nicht so gut sein wie das von Morgan, aber seine Anweisung an Consuela hatte sie sehr wohl verstanden. Sie sollte froh sein, aber plötzlich fühlte sie sich doch einsam.

Sie holte das Foto von Grandpa und seinen beiden Quinns aus der Reisetasche. Es versetzte ihr einen leichten Stich, als sie es auf den Nachttisch stellte, dann packte sie schnell die Schmuckschatulle aus und stellte sie neben den Bilderrahmen. Als sie die Reisetasche abstellte, sah sie, dass etwas aus der Seitentasche lugte. Sie machte den Reißverschluss auf und holte einen Umschlag heraus. Ganz unten hatte sie ihre Kontaktdaten aufgeschrieben – *damit du mich jederzeit erreichen kannst.* Erin presste sich den Brief ans Herz und ließ sich von der Welle der Emotionen tragen, die er auslöste. Dann tippte sie mit ihrem Handy RaeAnnes Nummer ein, bevor ihr bewusst wurde, dass sie ja jetzt an der Westküste war und RaeAnne in einer ganz anderen Zeitzone. „Es tut mir wirklich leid“, entschuldigte sie sich, als RaeAnne sich mit müder Stimme meldete.

„Quinn?“

„Ich habe den Zeitunterschied völlig vergessen.“ Es war selbst in Kalifornien schon später Abend. Die Flüge quer durchs Land und ins Ausland und die lange Fahrt auf dem Highway hatten ihr Zeitgefühl völlig durcheinandergebracht.

„Ich bin ja so froh, dass du anrufst, Quinn. Schon die ganze Zeit habe ich versucht, dich zu erreichen."

Sie stellte sich vor, wie ihr altes Handy nun in dem Mülleimer der Herrentoilette klingelte. „Ich musste meine Nummer ändern. Jemand hat mich belästigt."

„Ist diese Telefonwerbung nicht eine Pest?"

„Stimmt." Sie sah Markhams bösartiges Gesicht vor sich. „Habe ich jetzt deinen Mann aufgeweckt?"

„Nein, er ist immer noch verreist. Ich wünschte, du wärst hier, dann könnten wir Brownies backen."

„Ich auch." Bei der Erinnerung daran musste sie lächeln.

„Und Liebes, ich freue mich immer, wenn du anrufst. Ich wollte dir nämlich erzählen, dass ich weiß, wer mein Dad ist."

„Ist?"

„Ja, er lebt noch. Raymond Hartley. Und ich weiß sogar, wo er wohnt."

„Da hast du aber eine Menge herausgefunden." Wenn es so einfach war, wie lange würde es dann dauern, bis Markham ihr wieder auf der Spur war?

„Das stimmt. Und wenn ich will, könnte ich sogar Kontakt zu ihm aufnehmen."

Sie stand am dunklen Fenster und legte sich eine Hand auf die Brust. „Und, willst du?"

„Ich weiß nicht. Ich werde noch verrückt, weil ich immer hin und her überlege." RaeAnne stöhnte frustriert. „Was würdest du an meiner Stelle tun?"

Erin dachte an ihren eigenen Vater. Könnte sie damit leben, wenn ihm etwas zustieß, bevor sie sich mit ihm versöhnt hatte? „Ich würde nicht wollen, dass ich hinterher etwas bereuen muss. Ich finde, es ist eine Chance für dich."

„Ich wusste, dass du das sagen würdest. Du hast so ein gutes Gespür in Sachen Beziehungen."

Sie atmete langsam aus. „Warum glaubst du das?"

„Überleg doch mal, wie nett du zu mir warst. Ich habe das Gefühl, als würde ich dich schon ewig kennen."

Aber sie wusste gar nichts über sie. Jedenfalls nicht die Fakten. Nicht einmal die größte Veränderung in ihrem Leben. Erinnerst du dich an Morgan? Ach, übrigens, wir haben geheiratet.

„Wie läuft es mit deinen Geschäften? Bist du das Zeug aus Moms Keller losgeworden?"

Der Stich war unvermeidlich. „Noch nicht."

„Morgan hat kein Problem damit?"

„Er ist in Kalifornien."

„Oh."

„Aber um auf deinen Dad zurückzukommen …"

RaeAnne seufzte. „Ich glaube, ich muss es wenigstens versuchen."

„Wird es dir das Herz brechen, wenn er Nein sagt?"

„Dann wüsste ich wenigstens, dass Mom gut daran getan hat, ihn in ein Medaillon zu stecken und ihn da drin zu lassen."

Erin lachte. „Das gefällt mir."

„Aber jetzt kommt das Beste. Er wohnt in Juniper Falls."

„Du machst Witze."

„Nein, im Ernst. Ich glaube wirklich, deshalb ist Mom dorthin gezogen."

„Glaubst du, sie haben sich ausgesöhnt?"

„Vielleicht."

„Aber hätte sie dir das nicht erzählt?"

Wieder ertönte ein Seufzen am anderen Ende. „Vera war nicht wie andere Menschen. Sie tat nie das, was andere von ihr erwarteten. Sie lebte nach ihren eigenen Regeln und scherte sich nicht darum, was die anderen über sie dachten."

„Aber du hast sie doch besucht."

„Wir haben beinahe jeden Tag telefoniert. Aber ich war nicht so oft dort. Vielleicht dreimal in all den Jahren, die sie dort gelebt hat. Sie war auch ein paarmal bei mir, aber meistens haben wir nur miteinander gesprochen."

Da sie ihrer eigenen Mutter auch nicht sehr nahestand, konnte Erin das gut nachvollziehen. Gwen Reilly hatte sich schrecklich geschämt, als sie in einem Alter schwanger wurde, in dem das nicht mehr als anständig empfunden wurde. Und sie hatte zu ihrer peinlichen Tochter nie eine wirkliche Bindung aufgebaut.

„Das Gute ist, dass ich dir dann begegnen werde. Und vielleicht könntest du mich begleiten. Wir könnten uns zusammen mit ihm treffen."

Erin presste sich eine Hand auf die Stirn. „Aber was ist mit deinem Mann? Würde John –"

„Nein. Er ist so viel unterwegs. Der einzige Ort, an den er freiwillig fährt, ist der Strand. Und ich habe ihm nichts davon erzählt, Quinn – du weißt schon, die Sache mit dem jüngeren Mann. Würdest du mitkommen und mit mir zusammen meinen Vater finden?"

„Ja, aber ich bin momentan nicht ... in Juniper Falls."

„Dann warte ich eben, bis du zurück bist."

„Weißt du, RaeAnne, ich bin ..." Ganz allein in einer schrecklichen Situation.

„Quinn?"

Erin fuhr sich mit der Hand übers Gesicht. Lügen hasste sie mehr als alles andere auf der Welt. „Wenn ich dir etwas erzähle, darfst du es niemandem auf der Welt verraten."

„Ich bin zwar von Natur aus gesprächig, aber ich weiß, wann ich den Mund halten muss. Habe ich beides von meiner Mutter." Sie lachte.

Mit rasendem Herzen flüsterte Erin: „Ich bin in Kalifornien bei Morgan."

„Morgan Spencer?"

Sie wartete darauf, dass das ungläubige Staunen nachließ, aber RaeAnne schien sich gar nicht zu wundern. „Ich wusste es. Ich hatte so ein Gefühl, was euch beide betrifft."

„RaeAnne ... wir ..."

„Ich weiß, dass ich bei Vera und meinem Vater sehr kritisch war, aber ich verurteile niemanden, Quinn. Wenn du und dieser einsame Mann ..."

„Wir sind verheiratet."

„Was?"

„Es ist zu meinem Schutz. Deswegen habe ich auch eine neue Handynummer. Und du darfst es wirklich niemandem erzählen."

„Ach, Liebes." Jetzt fehlten selbst RaeAnne die Worte.

Auch wenn sie schreckliche Angst hatte, weil sie es jemandem erzählt hatte, war es zugleich ein gutes Gefühl, einen Menschen auf ihrer Seite zu haben, der nicht mit Morgan verbunden war. „Ich bete, dass du so eine Freundin bist, wie ich es glaube."

„Ich würde niemals etwas tun, was dir schadet." Die Überzeugung in ihrer Stimme nahm ihr ein wenig die Angst. „Also ..." RaeAnne räusperte sich. „Wie funktioniert das Ganze?"

„Das", seufzte sie, „ist eine sehr gute Frage."

Morgan hatte halb erwartet, dass Erin nach ihm suchen würde, obwohl Consuela ihr Nachtwäsche herausgelegt und das Bett aufgeschlagen hatte. Die Situation war unangenehm und sie wollte vielleicht eine Klarstellung – als wäre er sich über irgendetwas im Klaren. Aber Erin tauchte nicht auf. Als einige Zeit verstrichen war, wurde ihm klar, dass sie nicht kommen würde.

Er drehte sich um, als Consuela das Atrium betrat. „Brauchen Sie noch etwas, Señor?"

„Nein, Consuela. Sie können schlafen gehen."

„Möchten Sie etwas Besonderes zum Frühstück?"

„Alles, was Sie machen, ist immer etwas Besonderes. Ich habe Ihre Kochkünste vermisst."

Sie stemmte die Hände in die Hüften. „Das sagen Sie doch nur, damit ich Sie nicht frage, warum Ihre Frau in einem anderen Zimmer schläft als Sie. Oder gehen Sie gleich zu ihr?"

„Nein. Wir arbeiten noch an ein paar kleineren Absprachen."

„Absprachen?"

„Problemen."

„Oh." Ihr Blick wurde weicher, wahrscheinlich dachte sie an Jill. Sollte sie ruhig denken, dass es die Trauer war, die zwischen ihm und Erin stand. Vielleicht war das ja auch so.

„Es gibt hier keine Geister, Señor Morgan. Das wüsste ich."

„Danke."

„Gehen Sie schlafen. Und morgen früh werde ich dafür sorgen, dass Sie einen vollen Bauch bekommen." Sie warf ihm einen kritischen Blick zu. „Das ist auch dringend nötig."

Er lächelte. „*Gracias.*"

An der Wand des Innenhofes plätscherte ein Brunnen, den Jill und er entworfen hatten. In den Bäumen, deren Äste über die verglaste Kuppel über ihm ragten, hatten immer Vögel gezwitschert. Aber jetzt in der Nacht war ihr Singen verstummt. Jill hatte diesen Ort geliebt und auf eine besondere Weise spürte er ihre Gegenwart noch immer, nicht traurig oder schmerzlich, sondern so glücklich, wie sie es gewesen war.

Er legte sich auf die gepolsterte Liege, die sie immer als Chaiselongue bezeichnet hatte, und stellte sich vor, wie sie an ihn geschmiegt darauf lag. Mit geschlossenen Augen spürte er die Liebe, die sie füreinander empfunden hatten, eine Liebe, wie er sie mit niemandem sonst erlebt hatte. Verzweiflung überkam ihn, aber er rührte sich nicht. Er lag dort, nahm sie wahr und ließ den Schmerz zu, den er die ganze Zeit verdrängt hatte. Hier, wo sie glücklich gewesen waren, stellte er sich seinen Wunden.

Kapitel 21

Erin setzte sich in dem luxuriösen Bett auf und sah sich um. Bei Tageslicht wirkte der Raum sogar noch großartiger als am Abend zuvor. Die pflaumefarbenen Wände, die auch hätten erdrückend wirken können, sahen stattdessen fantastisch aus. Mit den dunklen Holzleisten an der Decke, dem dichten Schattenmuster auf den Vorhängen und der zartgrünen Bettwäsche kam sie sich wie Däumeline in einem botanischen Garten vor.

Sie ging in das mit bernsteinfarbenen Fliesen gekachelte Bad, wo eine üppige lachsfarbene Bougainvillae auf dem Waschtisch stand. Sie wusch sich das Gesicht und putzte sich die Zähne. Als sie aus Ermangelung eines Kamms mit den Fingern durchs Haar gegangen war, hörte sie ein Klopfen an der Tür. „Ja?"

„Ein paar Kleider für Sie, Señora."

„Kommen Sie rein."

Consuela trat ein, mit einem Arm voll Kleidungsstücken. „Ich habe eine Auswahl mitgebracht."

„Danke."

Die Frau legte verschiedene Outfits aufs Bett und sagte: „Heute regnet es zwar, aber so kalt wie in den Rocky Mountains ist es nicht. Es wird keinen Schnee geben." Dann murmelte sie noch etwas Unverständliches vor sich hin und fügte dann hinzu. „Wenn Sie sich angezogen haben, kommen Sie in die Küche frühstücken."

„Ist … Morgan schon auf?"

„Gesehen habe ich ihn noch nicht." Ihre Miene wurde weicher und sie sah aus, als wollte sie etwas sagen, aber dann schien sie es sich anders zu überlegen.

Erin zog eine braune Jeans an und eine Seidenbluse, die ihr bis über die Hüften fiel, dazu eine dünne Weste. Wo hatte er diese Sachen nur gefunden? Sie blickte in den Standspiegel und nahm die Verwandlung staunend zur Kenntnis. Wenn sie ein paar Zentimeter größer wäre, könnte sie in dieser Kleidung glatt auf dem Laufsteg auftreten. Aber würde sie sich auch aus dem Schlafzimmer trauen?

Ihr Gespräch mit RaeAnne hatte sie auf den Boden zurückgeholt. Quinn Reilly würde sich der Situation mutig stellen. Dass sie jetzt Erin hieß, hatte sie RaeAnne nicht erzählt, also reckte Quinn das Kinn vor und verließ entschlossen das Zimmer.

Das Haus war von herrlichem Duft erfüllt. Schon vom Riechen nahm sie zehn Pfund zu. Kein Wunder, dass Morgan der Meinung war, Essen müsse ein Ereignis sein. Consuela hatte ein regelrechtes Bankett gezaubert.

„Möchten Sie Saft?“ Consuela hielt eine Schale mit Orangen hoch.

Sie meinte wohl Obst. „Ja, gern.“

Anstatt ihr eine Orange zu reichen, schnitt Consuela sie auf und presste den Saft heraus. Der erste Schluck war himmlisch und das Gefühl ließ auch nicht nach.

Consuela lud sie ein, mit dem Frühstück schon zu beginnen, aber sie wehrte ab: „Ich warte.“

Einen Augenblick später kam Morgan herein. Er trug dieselbe Jeans und denselben Pullover mit V-Ausschnitt, den er auch gestern schon getragen hatte. Offenbar war er gar nicht zu Bett gegangen. Er hatte dunkle Ringe unter den Augen und seine Wangen wirkten eingefallen, aber er sagte: „Ich verspreche, nicht zu beißen.“

„Gut.“ Sie hatte sich schon länger nicht mehr gegen Tollwut impfen lassen.

Er wollte gerade um Kaffee bitten, als Consuela ihm bereits einen Becher reichte.

„Eine Tasse für Sie, Señora?“

„Ja, gerne.“

Morgan lehnte sich an die marmorne Frühstücksbar, umschloss den Kaffeebecher mit beiden Händen und trank ehrfurchtsvoll einen Schluck nach dem andern. Als sie auch probiert hatte, verstand sie, warum. Morgan hatte beim besten Willen keine Verwendung für sie.

„Ihr esst jetzt.“ Consuelas halb als Frage, halb als Anweisung vorgebrachten Worte setzten sie in Bewegung.

Morgan und sie nahmen an dem Tisch Platz, der für zwei Personen gedeckt war. Ihre Stühle standen sich gegenüber und Consuela fing an, lauter Köstlichkeiten aufzutischen: kleine Teller mit gerösteten Paprika, ein köstlich aussehendes Fleischgericht, eine Art Rührei, Wurst, milde Salsa, scharfe Salsa, Melone und Ananas und Erdbeeren. Erin sah Morgan erstaunt an, der nur mit den Schultern zuckte und lächelte.

Sie neigten die Köpfe und Morgan und Consuela dankten in einem gemeinsam gesprochenen Gebet für das Essen. Erin fügte im Stillen ihren Dank hinzu. Welch andere Reaktion wäre auf all dies denkbar? Obwohl sie relativ klein war, hatte sie einen guten Appetit. Morgan sagte nichts, aber Consuela schien hoch erfreut.

Er fragte sie: „Hast du gut geschlafen?"

„Das Zimmer ist wunderschön. Danke."

Dann nippte er an seinem Kaffee.

Schließlich nahm sie noch einen Bissen zu sich. „Bei der Hälfte dieser Leckereien weiß ich gar nicht, was es ist, aber das ist mir egal. Es schmeckt jedenfalls alles fantastisch."

Er nahm eine Erdbeere und biss hinein.

„Schläft Livie noch?" Sie tat sich etwas Rührei auf den Teller.

Mit dem Finger deutete er auf die Gegensprechanlage an der Küchenwand. „In ihrem Zimmer ist alles ruhig."

Die Anlage sah aus wie eine Kommandozentrale. „Werden alle Zimmer im Haus überwacht?" Dabei kam ihr das Gespräch mit RaeAnne in den Sinn.

„Ja, alle sind an die Anlage angeschlossen, aber der Monitor wird für jedes Zimmer manuell eingerichtet." Er legte die Erdbeere auf seinen Frühstücksteller. „Es war uns wichtig, dass Livie in jedem Teil des Hauses sicher ist."

Sie kaute auf der würzigen Wurst, die Consuela als *chorizo* bezeichnet hatte. „Gibt es auch Kameras?" Aus eigener Erfahrung wusste sie, wie unauffällig sie sein konnten.

„Alle Häuser hier haben eine am Eingang und einen Monitor, der das Tor unten zeigt. Wenn du dir Sorgen machst, kann ich hinten noch eine anbringen lassen."

Das hatte sie nicht gemeint, aber es erinnerte sie an die Wirklichkeit. Wie lange würde es dauern, bis Markham sie hier ausfindig gemacht hatte und vor der Tür stand? Oder hatten sie ihn abgehängt? Sie schüttelte den Kopf. „Nicht nötig."

Morgan spielte mit seiner Erdbeere.

„Wird Consuela nicht traurig sein, wenn du nichts isst?"
„Daran ist sie gewöhnt."
Erin schüttelte den Kopf. „Warum tischt sie dann so viel auf?"
„Das macht sie gerne."
„Was für eine Verschwendung."
„Was übrig bleibt, bringt sie in die Kirchengemeinde zum Verteilen."
Erin betrachtete ihn. „Wie lange ist es eigentlich her, dass du etwas gegessen hast?" Auch auf der Fahrt hatte er kaum etwas zu sich genommen.
„Um mich brauchst du dir keine Sorgen zu machen."
Sie legte ihre Gabel hin. „Was soll ich denn tun?"
„Dein Frühstück genießen."
Nachdenklich fuhr sie sich mit der Stoffserviette über den Mund. „Wenn du mich bitte entschuldigst?" Sie hatte versucht, fröhlich und positiv zu sein. Jetzt ging sie durch die geschwungene Terrassentür hinaus ins Freie. Dahinter war ein Swimmingpool in Kobaltblau zu sehen, umgeben von einer Terrasse aus terracottafarbenen Fliesen. Auch ein Gästehaus war da, das von einem schmalen Streifen Büschen und kleineren Bäumen umgeben war, aber ansonsten konnte man den Blick ungehindert bis zum Meer wandern lassen.
Es hatte angefangen zu nieseln, aber das machte ihr nichts aus. Sie ging auf ein weißes Gartentor zu, von wo aus man über eine steile Treppe, die in die Felswand gebaut war, zu einem schmalen Stück Strand kam, der von Felsbrocken durchsetzt war. Als sie die Stufen hinunterging, hatte sie ein seltsames Gefühl in der Magengegend.
„Nimm das hier", sagte Morgan, der ihr nachgekommen war und ihr einen Poncho hinhielt. „Und pass auf, wo du hintrittst. Hier ist bestimmt schon lange niemand mehr entlanggegangen."
Der schieferblaue Poncho war aus einer Mischung aus Lyra und Nylon. Damengröße M. Erin zog ihn sich über den Kopf und ging weiter die Treppe hinunter, weil sie Zeit und Luft und einen Plan brauchte. Sie hatte nicht vor, ein Gast in diesem Haus zu sein.
In Juniper Falls hätte es eine echte Aufgabe für sie gegeben, aber hier schien das unmöglich. Wenigstens –
Plötzlich brach eine Stufe unter ihrem Fuß ein und sie blieb mit der Spitze ihres Schuhs darin hängen. Dabei verdrehte sie sich den

Knöchel und stürzte vornüber auf Knie und Handgelenk. Sie biss die Zähne zusammen, schloss die Augen und konzentrierte sich auf das Geräusch der Wellen und Möwen, den Geruch nach Salz und Seetang, während sie darauf wartete, dass der Schmerz nachließ. Innerlich stöhnte sie auf, als Morgan die Stufen heruntergeklettert kam und die Hand nach ihrem Fuß ausstreckte.

„Nicht!" Sie umfasste ihren Unterschenkel und zog den Fuß aus dem Loch, wobei das morsche Holz absplitterte. Der Schmerz in ihrem Knöchel fühlte sich so an, als wäre er von einem stachligen Kugelfisch angegriffen worden.

„Wie schlimm ist es?"

„Gebrochen ist nichts." Sie wusste, wovon sie sprach, denn als Kind war sie einmal von einer Leiter gefallen und hatte sich dabei drei Fußknochen gebrochen – das hatte anders wehgetan.

Er blickte über die Schulter nach oben. „Schaffst du es wieder rauf?"

„Ja."

„Kann ich dir irgendwie helfen?"

„Nein."

„Erin ..."

„Im Moment möchte ich gerne allein sein."

Die Muskeln in seinem Unterkiefer zuckten. „Du weißt schon, dass das verrückt ist, oder? Gebrochen oder nicht, dein Fuß ist verletzt."

Das Pochen des Schmerzes sprach eine deutliche Sprache.

„Na gut, du bist wütend. Du kannst stur sein und die Treppe hinaufrobben oder du lässt mich dir helfen. Aber ich lasse dich jetzt nicht einfach so allein zurück."

Sie blickte auf die graue Weite des Wassers und die weißen Schaumkronen der Wellen, die sich brachen. „Ich wollte zum Strand."

Er runzelte die Stirn, dann verlagerte er seine Position und hob sie hoch.

„Nicht mit … ich meinte alleine."

Da er sie nicht losließ, hielt sie sich an seinem Hals fest, während er vorsichtig eine Stufe nach der anderen ausprobierte. Sie merkte, wenn er eine morsche Stufe erwischte, aber keine davon brach.

Als sie am Strand angekommen waren, blieb er einfach stehen und nahm den Anblick in sich auf. Inzwischen hatte es aufgehört zu nieseln und der Nebel schien sich zu lichten, als eine leichte Brise vom Meer herüberwehte. Der Salzwassergeruch vermischte sich mit seinem, eine Mischung, die fremd war, aber sich auch irgendwie richtig anfühlte.

„Wie viel von diesem Meer gehört dir?"

Er schüttelte den Kopf und nahm die Stichelei hin. „Dieses Stück Privatstrand gehört zu den fünf Häusern hier."

„Und die Gäste?"

„Du bist kein Gast."

Sie sah zu, wie ein großer grauer Vogel über das Wasser glitt, die Flügel anlegte und steil nach unten schoss, um eine Sekunde später wieder aufzutauchen und auf der Wasseroberfläche zu schwimmen. Sie konnte nicht sehen, ob sich die Mühe für ihn gelohnt hatte oder nicht.

Morgan setzte sich auf einen flachen, löchrigen Fels, hielt sie auf dem Schoß und starrte auf das Meer hinaus. Nach einer Weile sagte er: „Seit der Beerdigung bin ich nicht mehr in diesem Haus gewesen."

Langsam ließ sie ihren Atem entweichen. „Und wie geht es dir?"

Während der Himmel heller wurde, wirkte die Feuchtigkeit, die in seinem Haar winzige Tropfen gebildet hatte, ebenso silbern wie die Strähnen an seinen Schläfen.

„Ich brauchte die letzte Nacht für mich allein. Und für Jill. Ich habe mich nie richtig von ihr verabschiedet." Er schluckte. „Es gab keine … Ein Besuch war nicht möglich."

Sie hatte keine Erfahrung mit dieser Art Verlust und doch hatte sie das Gefühl, ein Teil davon zu sein.

Er fuhr fort: „Mein unmögliches Verhalten auf der Fahrt hatte damit zu tun, dass ich mich innerlich dagegen gewehrt habe, mich dem allem hier zu stellen. Ich war ziemlich gut darin, alles zu verdrängen."

„Ja, es war schon ziemlich heftig."

Sein Mundwinkel zuckte. „Ich glaube, es war die Wutphase."

„Meine Trommelfelle beben immer noch."

Er versetzte ihr einen Stoß in die Rippen. „So laut war es nun auch wieder nicht."

„Du hast hinten gesessen."
Endlich wanderte sein Blick vom Meer zu ihr. „Es tut mir leid."
„Es klang nicht mal wie richtiger Text."
„Teilweise war es auf Deutsch."
„Ich dachte, es wäre Ork."
Um seine Augen herum bildeten sich Lachfältchen, doch dann wurde er gleich wieder ernst. „Können wir noch mal von vorne anfangen?"
„Den Tag heute?"
„Nein, alles. Ich will keine Scheinehe."
Aber das war es doch.
Er schob seine Hand in die Kapuze ihres Ponchos und strich ihr sanft über die Wangen. Dabei fühlte sich seine Hand warm und fest an. „Ich will dich."
Das bezweifelte sie mit keiner Faser ihres Lebens, aber sie schüttelte den Kopf. „Das ist nicht dasselbe."
Die Sonne brach durch den Nebel und das Blau kehrte in seine Augen zurück. „Im Moment ist das alles, was ich habe."
Eine Möwe stieß einen klagenden Schrei aus, während Erin die Worte sacken ließ und das, was sie dahinter sah. Darauf wollte sie sich einlassen. Sie presste ihre Finger auf seine Lippen. Dann ließ sie sie sinken und küsste ihn.

Es fühlte sich wie ein Geschenk an, als er ihren Kuss wie die hohe Note einer Arie andauern ließ. Er wollte ihn einfach nur genießen.
Zärtlich strich er ihr die Haare aus dem Gesicht, unwillig, diese zerbrechliche Versöhnung zu unterbrechen, aber eine Sorge trieb ihn um. „Ich muss nach Livie sehen." Wenn Erin nicht gestürzt wäre, hätte er das sofort getan.
Sie riss die Augen auf. „Geh nur. Ich komme schon allein klar."
Er schüttelte den Kopf, streckte die Beine aus und stand mit Schwung auf. Er wankte ein wenig, gewann aber das Gleichgewicht wieder, als sie ihren Griff in seinem Nacken verstärkte. Natürlich hätte Consuela ihn beim ersten Laut, den Livie von sich gab, angeklingelt, aber er wollte dort sein, wenn sie die Augen aufschlug. Sein

kleines Mädchen musste völlig erschöpft sein, wenn es um diese Zeit noch schlief, aber jetzt, wo sie zu Hause waren, würde sich wieder ein fester Rhythmus einspielen.

Zu Hause. Er drückte seine Wange an Erins Haar, während er mit Erin im Arm die Treppe hochging. Zu Hause.

„Was ist passiert?", wollte Consuela wissen, als sie das Haus betraten.

„Sie hat sich den Fuß verstaucht", sagte er und trug Erin zum Atrium. Er lächelte, als sie diesen Raum mit offenem Mund anstarrte. „Du darfst ruhig beeindruckt sein." Er drückte sie kurz und legte sie dann auf die Chaiselongue.

Sie zuckte zusammen.

„Ich mache einen kalten Umschlag." Consuela eilte zum Medizinschrank, während er nach oben ging.

Livie hörte ihn hereinkommen. Sie setzte sich auf und blinzelte in die ungewohnte Umgebung. „Wo sind wir?"

„Das hier ist Livies Zimmer. Gefällt es dir?"

Es schien so, als würde es noch ein wenig dauern, bis sie sich darüber eine Meinung gebildet hatte. Verschlafen rieb sie sich die Augen und zog sich an ihrem Gitterbettchen hoch.

„Was sollen wir zuerst machen – baden oder frühstücken?"

Sie gähnte und streckte die Ärmchen aus. „Cheerios, Daddy."

„Ich weiß nicht, ob wir Cheerios haben. Wir gucken mal, was es gibt." Er nahm sie mit in die Küche, um die Leckereien zu probieren, und dabei wurde ihm bewusst, dass er selbst auch Hunger hatte. Während Consuela Erin verarztete, machten sie sich einen Spaß daraus, alles durcheinanderzuessen. So dunkel die Nacht auch gewesen war – wenn er Livie ansah und an Erin dachte, dann spürte er doch einen Lichtstrahl der Hoffnung. Juniper Falls und Markham Wilder schienen weit weg und unwichtig zu sein. Sein einfaches Danke fühlte sich kaum wie ein Gebet an, und doch war es möglicherweise die ehrlichste Kommunikation seit Langem.

Erin saß im Atrium und sah wie gebannt auf den Wasserfall, die winzigen Singvögel und die grünen und blühenden Pflanzen. Die

Schmerzen waren heftiger, als sie es zugeben wollte. Draußen am Strand und in diesem Garten im Innern des Hauses war der Winter verschwunden. Man hätte leicht glauben können, dass auch alles andere verschwunden war. Was, wenn Markham sie nie fand?

Diese Vorstellung nahm immer mehr Gestalt an und machte sich in ihr breit. Dies könnte ihre Zukunft sein und sie war voller Chancen. Sobald sie wieder auf den Beinen war, würde sie etwas finden, womit sie sich nützlich machen konnte.

Livie kam hereingerannt und lief gegen die Couch, um ihren Schwung abzufangen. „Guck mal." Sie hielt einen Kiesel hoch. Erin nahm den Stein in die Hand, um ihn zu betrachten, während Livie erklärte: „Er ist rund und latt." Offenbar fiel es ihr schwer, den Doppelkonsonanten gl auszusprechen. Erin lächelte. Sie mochte die Bezeichnung *latt* für etwas, das gerollt und gefallen war, bis die Kanten abgeschliffen waren.

„Da hast du recht", sagte sie. „Kennst du diese Farbe?"

Livie nickte und verkündete: „Weiß mit grauen Punkten."

Sie hatte nur die Hauptfarbe weiß erwartet und war nicht einmal sicher gewesen, ob Livie die richtig benennen konnte. Beeindruckt tippte sie auf Livies Nase. „Du bist ganz schön schlau." Sie blickte zu Morgan hinüber, der sie beobachtete.

Sein Blick umfing sie beide. „Kochen und Putzen sind völlig unwichtig. Was mir viel mehr bedeutet, ist, dass mein kleines Mädchen glücklich ist, wenn ich nicht hier sein kann." Er setzte sich auf die Kante der Liege. „Mein Fehler war es, dir eine Arbeit anzubieten, obwohl ich eine Frau und für Livie eine Mutter brauchte."

„Ich kann mich aber des Eindrucks nicht erwehren, dass ich deine Auswahl ziemlich eingeschränkt habe."

Er neigte den Kopf. „Ich brauchte nur eine."

Sie stieß ihn mit dem gesunden Fuß an. „Auf diesem Planeten gibt es keine Frau, die –"

„Hypothetische Frauen nützen mir nichts."

Livie hob das Gesicht. „Hör mal die Vögelchen, Daddy."

Er blickte ebenfalls nach oben. „Ich höre sie." Dann wanderte sein Blick zu ihr zurück. „Mein Beruf macht es erforderlich, dass ich oft länger weg bin. Deshalb habe ich in den letzten zwei Jahren auch nicht meinen üblichen Job gemacht. Bitte mach dir keine Gedanken darüber, was du sonst noch tun solltest. Livie ist das Wichtigste."

„Ist gut." Wie hätte sie auf der Ranch reagiert, wenn er hereingekommen wäre und gesagt hätte: „Ich möchte, dass du Livies Mutter bist"? Ihre Brust zog sich zusammen.

„Was ist?" Er runzelte die Stirn.

„Es ist nur ... Woher weißt du, dass ich die Richtige dafür bin?"

„Ein Teil meiner Arbeit, vielleicht sogar der größte Teil, der wichtiger ist als alle Zahlen, die meine Analysten wälzen, und alle Strategien, die ich mir überlege, besteht darin, die Menschen, mit denen ich zu tun habe, zu durchschauen. Ich bin nicht einmal sicher, ob ich das immer ganz bewusst mache."

„Du hast mich also durchschaut?"

„Ich habe dich beobachtet, dir zugehört, dich mir eingeprägt."

Sie schluckte. „Und was siehst du?"

„Jemanden, dem ich Livie guten Gewissens anvertrauen kann." Seine Worte hätten eine Enttäuschung sein können, aber nicht aus Morgans Mund und nicht, nachdem das Erste, was sie in ihm gesehen hatte, seine innige Liebe zu seinem Kind gewesen war.

„Danke", flüsterte sie.

„Ich bin unten und arbeite, falls ihr mich braucht. Hast du ein Handy bei dir?"

Sie tastete nach ihrer Tasche. „Ich habe eins."

„Ich werde das neue für dich bestellen. Es wird als Zweithandy auf meinen Namen laufen, deiner taucht dabei nicht auf."

Sie nickte und wieder fühlte sie ihre bedrückende Lage.

„Brauchst du noch etwas?"

Sie sah Livie an. „Vielleicht braucht Livie irgendwelche Spielsachen ..."

„Bei allem, was es hier mit Steinen, Pflanzen und Wasser zu sehen gibt, bezweifle ich das." Er zeigte auf die Dinge um sie herum. „Aber ich sage Consuela, dass sie ein paar Bücher bringen soll, für den Fall, dass sie kein Interesse mehr an ihrer Umgebung haben sollte, aber ich gehe nicht davon aus, dass das bald der Fall sein wird."

Nach einer Weile lockte Consuela Livie mit einem selbst gebackenen Zimtplätzchen, das sie *churro* nannte, in die Küche zum Mittagessen.

Sie sagte: „Ich bringe Ihnen etwas zu essen, Señora, sobald die Kleine fertig ist."

„Aber ich kann doch selbst kommen und –"

„Anweisung von Señor Morgan."

Erin lehnte sich auf ihrem Sofa zurück und dachte darüber nach, dass er Consuela die Anweisung gegeben hatte und nicht ihr. Sie setzte ihren Fuß auf den Boden, versuchte, den Knöchel zu belasten, und zog eine Grimasse. Keine schlechte Idee, ihn hochgelegt zu lassen. Sogar als sie ihn wieder an seinen Platz zurücklegen wollte, tat es weh.

„Haben Sie Schmerzen, Señora?" Consuela brachte ihr einen Teller mit gebratenem Hühnchen, würzigem Reis und gegrilltem Gemüse herein.

„Mir geht es gut. Ist Livie ..."

„Señor Morgan ist bei ihr. Kann ich Ihnen noch etwas bringen?"

„In meinem Zimmer ist ein Umschlag mit Papieren." Beim Packen hatte sie die Unterlagen in ihre Reisetasche gestopft. Letzte Nacht hatte sie von Veras Keller geträumt – wahrscheinlich eine Kombination aus ihrem Gespräch mit RaeAnne und dem eigenen Gefühl der Heimatlosigkeit. Wenn Morgan auf Livie aufpasste, konnte sie die Zeit nutzen, die Geschichten des Professors zu lesen.

„Ich hole ihn", sagte Consuela, als wäre es ihre Aufgabe.

„Danke." RaeAnnes Mutter hatte zwölf Jahre lang dort gelebt. Wie kam es, dass diese Umgebung sie nicht verrückt gemacht hatte? Oder hatte sie …

Sie hatte alles aufbewahrt und ihre Schätze an bizarren Orten versteckt. Vielleicht war Vera schon immer etwas verschroben gewesen. Jedenfalls hatte sich das Haus wie eine Festung angefühlt. Hatte sie sich aus Angst und Unsicherheit darin verbarrikadiert?

Erin aß von ihrem Hühnchen und zog mit der anderen Hand die Mappe aus dem Umschlag und wollte einen Blick über das Kapitel „Berühmte Patienten" werfen.

Die Namen der Persönlichkeiten, die heimlich einen Alkoholentzug gemacht hatten, kannte sie nicht, aber den Menschen damals waren sie wahrscheinlich bekannt gewesen. Aber als sie die Hälfte der Liste durchgegangen war, erstarrte sie. Ihr Blick ruhte auf einem Namen. *Raymond Hartley*. Eine Randbemerkung lautete: *Theaterschauspieler*.

Erin legte die Mappe auf ihrem Schoß ab und starrte vor sich hin. RaeAnnes Vater war in der Anstalt in Juniper Falls wegen Schlaflosigkeit, Wutanfällen und suizidaler Depression behandelt worden. Sie schloss die Augen und stöhnte. Wie sollte sie das RaeAnne beibringen?

Sie öffnete die Augen wieder, als Morgan mit einem beladenen Teller hereinkam. „Livie?"

„Die wickelt gerade den nächsten hilflosen Menschen um den Finger." Er setzte sich auf den niedrigen, aus Gusseisen geschmiedeten Tisch neben ihr, obwohl es auf der anderen Seite zwei völlig brauchbare Sessel gab. „Consuela sagt, du hast Schmerzen."

„Nein, ich habe ihr gesagt, dass es mir gut geht."

„Aber sie glaubt dir nicht."

Sie warf ihm einen schiefen Blick zu. „Ich komme schon eine ganze Weile alleine klar."

„Willkommen in meiner Welt", sagte er reumütig.

„Du kommst nicht alleine klar."

Er tat so, als würde er ihr einen Hieb gegen die Schulter versetzen, widersprach aber nicht.

„Ist es gut, wieder hier zu arbeiten?"

Seine Miene wurde weicher. „Es ist gut, wieder hier zu sein."

Sie wusste nicht so recht, was sie von dieser Richtigstellung halten sollte, und sah ihn nachdenklich an.

Ein bisschen souveräner sagte er: „Nicht alle, die herumziehen, haben sich verirrt, aber bei mir war es so."

Sie drückte seine Hand. „Willkommen zu Hause."

Er ließ die Gabel sinken und seine Augen streichelten sie, aber dann lehnte er sich entschlossen zurück. „Ich muss gleich wieder an die Arbeit. Bevor ich abreise, gibt es noch viel zu tun."

„Du musst weg?"

„Die Unternehmensberatung. Meine Leute haben die Handbremse gezogen, als ich nach Paris geflogen bin. Sie brauchen ihren Hintermann."

„Wann musst du los?"

„Sobald hier alles läuft."

Sie legte ihre Gabel ebenfalls ab. „Das heißt …"

„Es hängt von dir und Livie ab."

„Wie lange wirst du fort sein?“

„Höchstens fünf Tage. Ich werde versuchen, so viel wie möglich vorher von hier aus zu erledigen.“

„Meinst du, Livie kommt mit mir klar?“

„Erin, wenn ich nicht gesehen hätte, wie sehr sie sich zu dir hingezogen fühlt, wäre es mir niemals eingefallen, dich zu heiraten.“

„Erst als ich dir von Markham erzählt habe, ist es dir eingefallen.“

„Vorher habe ich dich ja auch nicht gefragt.“

Sie legte den Kopf schief.

„Stimmt. Von dem Augenblick an, als du ihre Tiere hast sprechen lassen.“

Sie lachte laut auf.

„Das war ein entscheidender Augenblick.“ Er aß einen Streifen Zucchini.

Jedes Mal, wenn er sprach, fiel sie tiefer und tiefer.

Sie stellte ihren Teller ab. „Morgan, ich muss dir etwas erzählen. Du kannst mir helfen zu entscheiden, was ich tun soll.“

„Mein *raison* –“

„Ja, ich weiß.“ Sie versetzte ihm einen Stoß.

Er erwischte ihre Hand und hielt sie fest, während er seinen eigenen Teller ebenfalls abstellte. „Schieß los.“

Sie berichtete ihm, was sie in Veras Tagebuch gefunden hatten, da RaeAnne ihm bereits ausführlich von dem Medaillon erzählt hatte. Angesichts des Altersunterschiedes zog er bedeutungsvoll eine Augenbraue hoch, aber seiner Miene nach zu schließen fand er die Sache eher amüsant. „Doch jetzt kommt der merkwürdige Teil. Er wurde in der Anstalt in Juniper Falls behandelt.“

Morgan neigte den Kopf ein wenig. „Wirklich?“

Sie zeigte ihm den Bericht. „Er wohnt immer noch in der Stadt. RaeAnne will sich mit ihm treffen und … sie will, dass ich dabei bin.“

Er runzelte die Stirn. „In Juniper Falls. Sind wir nicht gerade unter dramatischen Bedingungen von dort geflohen?“

„Ja.“

„Und deine Frage ist?“

„Ich weiß. Ehrlich. Aber RaeAnne tut mir leid und ich dachte, vielleicht findest du ja eine Lösung, wie es gehen könnte.“

„Erin, es geht nur, wenn wir wissen, dass Markham nicht mehr dort ist."

Sie seufzte. „Darauf bin ich auch schon gekommen."

Kapitel 22

In den nächsten Stunden widmete sich Morgan seiner Arbeit mit einer inneren Ruhe, die sich wie ein ganz neuer Zustand anfühlte. Weil er wusste, dass Livie glücklich und in besten Händen war und Erin ihn trotz seines Musikgeschmacks nicht länger als Boten des bösen Sauron betrachtete, empfand er eine beängstigende Zufriedenheit. Sie wurde perfekt durch Consuelas liebevoll zubereitetes Essen: frischer Thunfisch, mit Limetten und Koriander im Ofen gegart, gefolgt von einem selbst gebackenen Kuchen, der eines himmlischen Festmahles würdig gewesen wäre. Sie hatte ihm verziehen, dass er ohne Vorwarnung nach Hause gekommen und so lange fort geblieben war.

Ein wenig Sorge bereitete ihm der schmerzende Knöchel von Erin. Er vermutete jedenfalls, dass das der Grund dafür war, warum sie nur halbherzig in ihrem Essen herumstocherte. Sie schien nicht gerade bedrückt zu sein, aber etwas stimmte nicht. Und er wollte nicht, dass sie es für sich behielt. Nach einer Stunde Versteckspielen mit Livie ließ er das Kind ein paar Minuten bei *Findet Nemo* zur Ruhe kommen und half Erin die Treppe hinauf.

„Consuela hat mir vorgeschlagen, den verstauchten Fuß in Salz zu baden."

„Consuela ist eine kluge Frau." Er wappnete sich und führte sie an dem Zimmer, in dem sie übernachtet hatte, vorbei und zum großen Schlafzimmer. Die Schatten verflüchtigten sich, als er den Lichtschalter betätigte und die Deckenleuchte anging.

Erin zögerte. „Du willst, dass ich hierher umziehe?"

„Dieses Schlafzimmer hat ein Badezimmer mit einer ziemlich schönen Badewanne." An einem Ende floss ständig heißes Wasser zu, während es am anderen Ende überfloss und wieder aufgefangen wurde. Er half ihr, sich auf die gekachelte Bank zu setzen, dann zündete er Consuelas Duftkerzen an, die ein angenehmes Aroma verströmten. „Ich bringe Livie zu Bett und komme dann."

Offenbar hatte sie an ihrer Antwort zu knabbern. Machte sie sich

Sorgen wegen heute Nacht? Er hätte am Strand ihren Kuss erwidern sollen. Dann würde sie sich das jedenfalls nicht mehr fragen.

Als sein Sprössling gut versorgt war, ging er zurück in seine Suite. Nach der traumatischen Fahrt hätte er nicht gedacht, dass Livie sich so schnell eingewöhnen würde. Für so ein kleines Wesen wie sie war sie ziemlich zäh. Genauso wie noch jemand, den er kannte.

Als sie gebadet hatte, wickelte Erin sich in den Hotelbademantel, den Morgan in New York gekauft hatte. Während des Abendessens war ihr der Verlust, den er erlitten hatte, nicht mehr aus dem Kopf gegangen. Die ganze Nacht über hatte er aktive Trauerarbeit geleistet und sie konnte sich nicht vorstellen, wie er danach irgendetwas anderes tun konnte, auch wenn sein Gemüt etwas leichter wirkte.

„Willst du mir sagen, was dich umtreibt?", fragte er hinter ihr, als sie vor dem beschlagenen Spiegel stand.

Sie würde sich daran gewöhnen müssen, dass er ihre Stimmungen durchschaute. „Ich frage mich nur, wie es dir geht", sagte sie.

Er drehte ihr Gesicht zu sich und sagte: „Darf ich es dir zeigen?"

Er war so entspannt, dass auch sie sich entspannte. Es musste schmerzhaft sein, sich dort aufzuhalten, wo er seine Frau geliebt hatte. Aber er schenkte ihr, was er zu geben bereit war, und sie erwiderte sein Geschenk voller Zärtlichkeit.

Irgendwann vor Morgengrauen sagte er: „Erin?"

„Mmm."

„Bist du wach?"

Nicht genug, um die Augen ohne überzeugenden Grund zu öffnen.

„Ich habe nachgedacht."

„Muss ich mir Sorgen machen?"

Er küsste sie am Hals. Es kitzelte und sie drückte das Kinn auf die Brust, woraufhin er sie leicht an den Haaren zog. „Hörst du mir zu?"

„Ich verteidige mich nur."

Er fuhr ihr mit der Hand über den Arm. „Ich habe gedacht, nur weil ich dich jetzt noch nicht so sehr liebe, wie ich es in Zukunft tun werde, heißt das nicht, dass ich dich nicht liebe."

Sie wandte sich ihm zu und schlug die Augen auf. „Kannst du das noch mal sagen?"

„Du hättest besser aufpassen sollen."

Spielerisch versetzte sie ihm einen kleinen Hieb auf die Brust.

Als er ihre Hand zu fassen bekam, hielt er sie fest. „Wir sind seit sechs Tagen verheiratet."

Sie konnte kaum glauben, dass noch nicht einmal eine Woche vergangen war, seit sie in Paris gewesen war und ihre Identität gewechselt hatte. „Das heißt, du empfindest für mich eine Sechs-Tage-Liebe?"

Er strich ihr über die Finger. „Thanksgiving müssen wir dazurechnen, das war klasse. Und das Schrankschleppen."

„Die sprechenden Tiere."

„Streng genommen war das Thanksgiving, aber rechnen wir es extra."

„Wir haben das Medaillon und das Tagebuch gefunden." Wie Detektive in einem Abenteuerfilm.

„Und psychedelische Drogen und Betten mit Hand- und Fußfesseln."

Sie fädelte ihre Finger zwischen seinen hindurch. „Und wie ist es mit der Spüle und den Papiertüchern für deine blutende Hand?"

„Unvergesslich." Er schloss die Augen bei der Erinnerung daran.

„Es müsste eigentlich doppelt zählen, weil du ziemlich biestig warst."

„Ach, so läuft das."

Sie wurde wieder ernst. „Müssen wir abziehen, dass ich deinen Maserati demoliert habe?"

„Das war doch nur ein Kratzer." Er streichelte die Haut über ihrem Ellbogen.

Sie schob sich die Locken hinters Ohr und betrachtete ihn. „Herzlichen Glückwunsch zum Fast-eine-Woche-Jubiläum."

Er streckte die Hand aus und befreite die Haare, die sie sich gerade hinters Ohr gesteckt hatte, dann nahm er sie in seine Arme und küsste sie. Glücklich schmiegte sie sich in seine Armbeuge und spürte Wärme und Freude.

Als Livies leises Weinen ihren Nebel durchdrang, schrak sie hoch und sah Morgan makellos gekleidet, der das Kind zu ihr brachte. Livie klammerte sich an seinen Hals, aber er löste ihre Ärmchen sanft von seinem Nacken.

„Hallo, Süße. Guten Morgen." Erin zog sie an sich und küsste ihre weichen Haare.

„Ich bin den ganzen Vormittag in Besprechungen, vielleicht auch länger." Morgan legte drei Bilderbücher neben sie aufs Bett. „Ich rufe dich an, wenn ich mehr weiß."

„Ist irgendetwas passiert?"

„Belcorp hat Probleme. Wenn ihr heute gut klarkommt, werde ich die Beratung morgen beginnen. Es steht eine Menge auf dem Spiel."

„Wir schaffen das schon."

Sein Kuss schmeckte nach Pfefferminz und war lang genug, um einen Hauch mehr zu vermitteln als nur ein Auf Wiedersehen. Er drückte noch einen Kuss auf Livies Kopf und ging. Morgan, der Erfolgsguru, in all seiner Herrlichkeit.

Als Hannah eintraf, sah Markham so glücklich aus, wie sie es von ihm erwartete, die Rolle für diese Pastorentochter war eine seiner besten – die des verschmähten Propheten. Sie bewunderte seine Langmut ja so.

Verzweifelt rang sie die Hände. „Es tut mir leid, dass es so lange gedauert hat und –"

„Hannah. Das spielt jetzt alles keine Rolle mehr." Er streckte seine eigenen ehrenwerten Hände aus und sie ergriff sie so zögernd, wie sie alles tat. „Du bist hier. Das ist alles, was zählt."

Freude und Angst flackerten in ihren Augen auf. „Aber ich weiß nicht, warum, Markham."

„Weil ich deine Hilfe brauche."

Sie fröstelte in der kalten Bergluft und sagte: „Wirklich?"

Sie bettelte weniger um eine Bestätigung als um Anerkennung. Mit einem Nicken gab er ihr beides. „Du bist der einzige Mensch, der mir auf diese Weise helfen kann."

Jetzt war keine Angst mehr da – nur Eifer. „Was kann ich für dich tun? Sag schon."

Er setzte eine ernste Miene auf. „Der Herr hat mir offenbart, dass ich mich von Angesicht zu Angesicht mit deiner Schwester versöhnen muss."

Sie wirkte erstaunt und beleidigt. „Aber wie kannst du das, Markham?"

„Ich weiß nicht wie, aber ich weiß, dass ich es tun muss."

Mit schmerzverzerrtem Gesicht starrte er zu Boden und hob den Blick dann wieder zu ihr auf. „Weißt du, was eine solche Wunde anrichten kann? Sie bietet eine Angriffsfläche … für das Böse." Er hatte den Tonfall genau richtig getroffen. Das war seine Kunst, seine Gabe, seine große Leistung.

Aber es gab auch einen wahren Kern. Wunden boten tatsächlich eine Angriffsfläche und die Natur verabscheute jedes Vakuum. Vielleicht war er rachsüchtig geboren worden. Oder vielleicht hatte er es erlernt. Er wusste nur, dass es ihm nützte, wenn alle die Verletzungen, die er erlitten hatte, ihm ins Ohr flüsterten. „Es ist keine Bitte, sondern eine Forderung. Wir müssen vergeben."

Und wenn der Sünder nicht bereute, musste man ihn vernichten und so behandeln wie einen Steuereintreiber oder eine Hure. Quinn hatte sich gegen ihn versündigt, und wenn sie sich weigerte, Buße zu tun, würde sie für alles bezahlen müssen.

Ihre Augen füllten sich mit Tränen. „Oh, Markham, ich glaube nicht, dass ich vergeben kann."

„Du hast nichts zu vergeben, Hannah. Ich war es, den sie für dreißig Silberlinge verraten hat. Und ich trage die Last, vergeben zu müssen."

Sie flüsterte fast: „Ich würde es für dich tun, wenn ich könnte."

Was für eine simple Seele. „Darum würde ich dich nie bitten." Er führte sie in Quinns Haus, das er nach seinem Wutanfall aufgeräumt hatte. Ihm war klar geworden, dass er diese Rolle spielen würde. Alle beschädigten Gegenstände waren in einem Müllcontainer hinter dem Supermarkt und so wirkte es, als hätte sie klar Schiff gemacht und wäre gegangen, ohne etwas Wesentliches zurückzulassen.

„Das ist Quinns Haus?" Hannah sah sich um.

„Ja."

„Hat sie denn gar keine Sachen?"

Er blickte betrübt drein. „Ich fürchte, dein Anruf hat sie auf den falschen Gedanken gebracht."

Sie starrte ihn entsetzt an. „Ich habe ihr doch nur damit gedroht, dass sie dafür bezahlen soll, weil sie dir Unrecht getan hat."

„Ich weiß. Aber sie hat es ernst genommen. Sie denkt, ich wollte mich an ihr rächen."

Ein unbändiger Zorn zog über Hannahs Gesicht. „Aber es ist doch genau anders herum."

„Aber sie kann andere überzeugen. Der Mann im Laden hatte schon ein Gewehr auf mich gerichtet, bevor ich auch nur den Mund aufmachen konnte. Und jemand anders hat mich von der Straße gedrängt." Er zeigte auf ihren Chevrolet, der vor dem Küchenfenster stand. Ihr Vater hatte Hannah das große, schwere Fahrzeug gekauft, weil ihre Fahrkünste sehr eingeschränkt waren, genauso wie ihr Verstand.

Sie schluckte und flüsterte: „Du hättest umkommen können."

Das war ihm nicht einmal bewusst geworden. Nur die Wut der Niederlage. „Vielleicht hätte ich dich nicht hierherbringen sollen."

„Nein! Es ist gut, dass ich hier bin."

„Aber was ist, wenn ich dich in Gefahr bringe?"

Ihre Augen sahen hektisch hin und her. „Würden sie mir etwas antun?"

Obwohl sie elf Jahre älter war als Quinn, war sie die Schwächere. Das sah man auf den ersten Blick. Er hatte sofort erkannt, was für ein wertvolles Werkzeug sie war. Eine einfache Kirchenmaus, die auf ihren Messias wartete. Wer war da besser geeignet als er?

„Du bist doch nicht in Gefahr, Hannah. Du bist Quinns große Schwester. Und du machst dir Sorgen um sie."

„Ja?"

„Hast du Angst davor, was ich tun könnte."

Sie errötete. „Nein. Niemals."

„Du musstest herkommen und sie warnen. Welchen Grund könnten sie haben, euch beide voneinander fernzuhalten?"

Langsam schien sie zu begreifen. „Du willst, dass ich das über dich sage?"

„Was immer nötig ist, um die Last leichter zu machen."
„Oh, Markham."
Er schloss die Augen und ließ etwas von dem echten Schmerz heraus. „Ich habe versucht, ein *Wunder* zu vollbringen, aber der Herr hat sich von mir abgewendet.
„Nein. Das war nicht der Herr, sondern Quinn. Sie hat dich verachtet. Ich werde nie verstehen, warum."
„Das ist auch gar nicht wichtig." Er kämpfte gegen die ansteigenden Tränen. „Wichtig ist nur, dass ich es tue."
Sie nickte feierlich.
„Du fährst zu der Ranch, wo sie kocht, und redest mit den Leuten dort."
Ihre Augen leuchteten eifrig und ihr Herz brannte vor Erregung. „Ja."
„Sag ihnen, dass du deine Schwester finden musst."
Er ging mit ihr zu dem Toyota, dessen Motor noch warm war.
„Du … du willst, dass ich alleine hinfahre?"
„Hast du etwa Angst?"
„Ja." Ihre Lippe bebte.
Er runzelte die Stirn. „Ich könnte hinten sitzen und mich unter einer Decke verstecken, Hannah, aber sie dürfen mich nicht sehen. Sie hat diese Leute gegen mich aufgehetzt."
„Wie beim letzten Mal." Ihre Stimme zitterte.
Beim letzten Mal war er im Gefängnis gelandet. Diesmal würde es anders sein, ganz anders.
Er setzte sich auf den Rücksitz, deckte sich aber noch nicht zu, weil es zu entwürdigend für ihn war. Er beschrieb ihr den Weg zu Ricks Ranch, aber als der Gemischtwarenladen vor ihnen auftauchte, ließ eine Windböe die Plane über einem Auto hochwehen, das auf der Ladefläche eines Abschleppwagens stand. Er rief: „Halt!"
Hannah würgte vor Schreck beinahe den Motor ab.
Die Plane flatterte im Wind und enthüllte einen verbeulten Maserati.
„Was ist denn, Markham?"
Er starrte auf den Wagen, den Quinn zu Schrott gefahren hatte – ein Beweis dafür, dass sie nicht weit gekommen war. Aber wo war sie? Als Rick und der Idiot mit dem Gewehr ausstiegen und

die Plane mit Mühe wieder über dem Maserati befestigten, verbarg Markham sein Gesicht vor Hannah. Sie sollte nicht den teuflischen Zorn in seinen Augen sehen.

Als die Männer hineingegangen waren, sagte er zu ihr: „Fahr hinter den Laden."

Sie gehorchte und rutschte im Schneematsch auf dem Parkplatz in eine Lücke.

„Hör mir gut zu." Er gab seine Anweisungen langsam, obwohl das auch keine Garantie dafür war, dass sie es richtig machen würde. „Lauf rein und frag sie, was mit dem Auto deiner Schwester passiert ist."

„Dem Auto meiner Schwester?"

„Mit dem Maserati."

Ihr fiel die Kinnlade herunter. „Das Auto auf der Ladefläche? Wie konnte –"

„Sie hat das Geld genommen, Hannah. Das Geld, das ich für Gott gebrauchen wollte – *sie* hat es dafür ausgegeben." Er zeigte mit dem Finger auf das Götzenbild.

„Oh, Mark."

Er hasste es, wenn sie den Namen abkürzte, den er sich gegeben hatte, aber diesmal berichtigte er sie nicht. „Geh, Hannah. Deine Schwester ist in Schwierigkeiten. Du willst ihr helfen."

Die Wut in ihrem Gesicht konnte sie vielleicht nicht gut verbergen.

„Du hast Angst um sie, Hannah. Jedenfalls solltest du das. Sie könnte ihre Seele verlieren."

„Das hat sie schon."

„Helfen können wir ihr nur, wenn wir sie finden. Finde sie für mich, Hannah."

Während sie um das Gebäude herumging, schlich er zur Hintertür des Geschäfts und probierte den Türknauf. Als er feststellte, dass abgeschlossen war, zog er einen Meißel heraus und hebelte die Tür auf. Er zog sie leise auf, schlüpfte hinein und schlich zu der angelehnten Tür, die den Laden von dem trennte, was eine kleine Wohnung zu sein schien. Von diesem Standpunkt aus sah er Hannah eintreten.

„Bitte." Sie lief auf die Männer zu, die beide über einen Mülleimer gebeugt waren und etwas suchten. „Was ist mit dem Wagen meiner Schwester passiert?"

Der Ladenbesitzer mit dem rotblonden Pferdeschwanz richtete sich auf. „Entschuldigung. Was haben Sie gesagt?"

„Der Maserati." Ihr Gesicht entgleiste. „Er gehört meiner Schwester Quinn."

Der große Rancher neben dem Pferdeschwanz musterte sie. „Sie sind Quinns Schwester?"

Sie nickte eifrig. „Sie … ist in Schwierigkeiten."

„Was für Schwierigkeiten?"

„Ein Mann. Ich habe Angst vor dem, was er tun könnte. Ich muss mit ihr reden." Sie klang wie ein Roboter.

„Wieso glauben Sie, dass der Wagen ihr gehört?", fragte der Pferdeschwanz.

„Tut er doch, oder?"

„Garantiert nicht. Das ist Mor–"

Rick packte den Mann an der Schulter und sagte zu Hannah: „Ich habe Ihren Namen nicht mitbekommen."

Sie schluckte. „Ich heiße Hannah. Bitte, ich muss sie finden."

„Ich kann sehen, dass Sie sich Sorgen machen, Hannah. Aber Ihrer Schwester geht es gut."

„Woher wissen Sie das?"

Gute Frage, aber Hannah gab ihm keine Zeit zum Antworten.

„Ich … ich meine, ihr Auto ist kaputt."

Diesmal widersprach ihr der Pferdeschwanz nicht, aber die Katze war aus dem Sack. Wenn der Wagen nicht Quinn gehörte, wem dann?

Rick sagte: „Ich bin sicher, wenn Sie Quinn anrufen, wird sie Ihnen sagen, dass alles in Ordnung ist."

„Aber ich habe ihre Nummer nicht. Ich … ich hatte sie, aber sie hat scheinbar eine neue."

Die Männer standen schweigend da.

„Ich meine, sie ruft mich an, zu Hause an. Aber … ich kann auf dem Display dann ihre Nummer nicht erkennen."

Diese Frau sollte eingeschläfert werden.

Rick musterte sie so lange, bis Hannah sich förmlich wand. „Hat jemand Sie zu der Sache hier angestiftet?"

„Mich angestiftet ...“ Ihr langsames Gehirn bemühte sich herauszufinden, was das bedeutete.

„Sind Sie in Gefahr, Hannah?“

„Ich?“, quiekte sie. „Nein, Quinn.“

So viel zu der Hoffnung, dass sie etwas herausfinden würde, was er nicht herausgefunden hatte.

Ihre Stimme klang jetzt schrill. „Wenn Sie wissen, wo meine Schwester ist, dann sagen Sie es mir jetzt auf der Stelle.“

„Sie sollten die Sache besser auf sich beruhen lassen.“

Normalerweise hätte Ricks Tonfall sie in die Flucht schlagen müssen, aber Hannah stampfte mit dem Fuß auf. „Wissen Sie eigentlich, wen Sie da beschützen? Sie hat das Geld des Herrn genommen, um einen Sportwagen zu kaufen.“

Halt den Mund.

„Sie ist kein guter Mensch!“

Die Männer sahen sich an. Es war kaum zu glauben, aber Hannah stürzte sich auf sie und sie schlug wie wild mit ihren Fäusten auf die beiden ein. Als der Pferdeschwanz sie schließlich an den Schultern festhielt, brach Hannah in Tränen aus. „Sie müssen es mir sagen. Sie müssen. Sie hat gelogen. Egal, was sie gesagt hat, so war es nicht.“

Angewidert drehte Markham sich um und schlich schließlich aus dem Haus.

Noelle musste blinzeln, als Rick die Küche betrat, und einen Augenblick lang glaubte sie, Erin ginge vor ihm. Doch die Frau war nicht Erin, sah ihr aber ähnlich.

„Noelle, dies ist Quinns Schwester Hannah.“ Seine Miene verriet ihr, dass er nicht aus Versehen Quinn gesagt hatte. „Sie ist in Rudys Laden gestrandet.“

„Das tut mir leid.“ Sie deutete auf einen Stuhl. „Bitte setzen Sie sich doch. Möchten Sie einen Kakao?“ Wie gut sie sich noch daran erinnerte, dass sie Erin das Gleiche angeboten und gedacht hatte, sie könnten Freundinnen werden.

Verwirrt und benommen blinzelte Hannah sie an. „Ich muss meine Schwester finden. Ihr Mann hilft mir nicht. Können Sie mir helfen?"

Sie blickte auf. Wenn es eine Pattsituation war, wieso brachte Rick die Frau dann hierher zur Ranch? Sie sagte: „Ich sehe, dass Sie ganz außer sich sind."

Hannah schlug die Hände vors Gesicht und weinte leise.

Noelle warf einen Blick zu Liam, der seine Marshmallows mit einem Zahnstocher aufspießte. Rick fing ihren Blick auf, nahm Liams Kakao und ging mit ihm ins Esszimmer.

Hannah fing an zu reden. „Quinn hat alles ruiniert. Nie hat sie zugehört, nie gehorcht. Immer wusste sie alles besser als die anderen – sogar besser als ihr Vater, der Pastor." Sie blickte auf, schockiert und entrüstet.

Noelle lächelte höflich.

„Sie hat einen unschuldigen Mann hinter Gitter gebracht. Wussten Sie das?"

„Nein."

„Ihre Lügen haben ihn vier Jahre seines Lebens gekostet."

„Gab es denn keine Verhandlung?"

Hannah schnaubte verächtlich. „Eine Farce. Sie hat ausgesagt, er hätte die Spenden unterschlagen!"

„Es muss doch Zeugenaussagen gegeben haben."

„Von Quinn! Sie hat nie die Vision erkannt, hat nie geglaubt. Nicht einmal unser Herr könnte bei so einem Unglauben Wunder wirken."

„Der Mann hat Wunder vollbracht?"

„Er war nur das Werkzeug." Hannah presste die Lippen aufeinander. „Das Wunder hat Gott gewirkt."

„Was für ein Wunder denn, wenn ich fragen darf?"

„Die Vermehrung der Brote und Fische. Wenn man ihn nicht aufgehalten hätte, bevor das Wunder geschehen konnte, würden jetzt alle den Segen ernten."

Er musste eine ziemliche Show abgezogen haben. „Aber eins verstehe ich nicht: Wenn Sie so wütend auf Quinn sind, warum wollen Sie sie dann finden?"

Sie riss die Augen auf. „Damit er ihr vergeben kann."

Was für eine verworrene Geschichte. „Ist das der Mann, der Sie bei dem Laden hat sitzen lassen?"

Hannahs Kinnlade fiel herunter. „Es … er ..." Wieder kamen ihr die Tränen. „Er will doch sicher nur das Richtige tun."

„Dann sollte er das unterschlagene Geld zurückgeben."

Hannah starrte sie ungläubig an. „Aber er hat es doch gar nicht genommen. Quinn war es."

Kapitel 23

Morgans Besprechungen, die er für den Vormittag geplant hatte, hatten sich bis in den Nachmittag hineingezogen, deshalb hatte Erin Livie zum Mittagsschlaf in das Gitterbettchen gelegt, das mit Klöppelspitze und cremefarbenen gestickten Rosenknospen verziert war. Weil sie sich nicht sicher war, bot sie ihr ein Windelhöschen an, aber Livie erhob Einspruch.

„Die sind für nachts. Nicht Mittagsschlaf." Ihre ernsten Augen blickten nicht direkt beleidigt drein, aber es fehlte nicht viel. Auch wenn sie während der Fahrt Windeln getragen hatte, war Morgan mit ihr zur Toilette gegangen, das heißt, sie war offenbar trocken. Es gab so viele Dinge, die Erin nicht in Erfahrung gebracht hatte und die sie nicht wusste. Aber sie würde sich nach und nach einarbeiten.

Mit nur einem leichten Hinken schloss sie die Tür zu Livies Zimmer und beschloss, das Haus zu erkunden. Das Elternschlafzimmer mit seinem angrenzenden Bad nahm den größten Teil des Obergeschosses auf der dem Meer zugewandten Seite ein und Livies Zimmer war gleich daneben. Gegenüber vom Kinderzimmer war das Gästezimmer, in dem sie geschlafen hatte, und ein zweites, das in Ringelblumengelb mit petrolfarbenen Akzenten gestaltet war. Da hatte jemand ein Gespür für Farben gehabt.

Eine kleine offene Sitzecke war um ein Fenster herum angeordnet, das auf den hübsch gestalteten Garten hinausging, und auf der anderen Seite war ein Zimmer, das als Werkstatt eingerichtet war. Auf einem Tisch befanden sich Plastikdosen wie kleinere Versionen ihrer eigenen Vorratscontainer. In diesen Behältern waren verschiedene Papiere, Aufkleber, Scheren, Locher und ähnliche Dinge untergebracht – Schulmaterialien? Dann dämmerte es ihr. Dies war Jills Raum.

„Señora." Consuela kam mit einem schnurlosen Telefon herein. „Ihre Schwester."

Erin trat zu heftig mit ihrem Fuß auf und zuckte zusammen,

dann ließ sie sich auf einen Bürostuhl am Ende eines langen Tisches fallen. Woher hatte Hannah Morgans Festnetznummer?

Sie kämpfte gegen die aufsteigende Panik an und sagte: „Hallo?“

„Hi, Erin. Ich hoffe, ich störe nicht –“

„Noelle.“ Erleichterung durchströmte sie. Ihre Schwägerin.

„Kannst du reden?“

„Ja.“ Sie gab Consuela mit einem Lächeln zu verstehen, dass sie gehen konnte. „Was ist los?“

„Also … Hannah ist hier.“

„Was?“ Es fühlte sich an, als hätte man eine Begnadigung wider rufen. „Was will sie? Weiß sie –“

„Wir haben ihr nichts gesagt.“

Noch mehr Erleichterung, gemischt mit Schuldgefühlen.

„Es tut mir leid, dass ihr da mit hineingezogen worden seid.“

Noelle sagte: „Bitte mach dir darüber keine Sorgen. Ich rufe an, weil ich Angst um sie habe.“

Angst. „Warum?“

„Sie ist mit Markham zusammen.“

Das würde jemanden, der die Lage nicht kannte, natürlich überraschen. „Solange sie den Boden unter seinen Füßen küssen kann, geht es ihr bestens.“

„Niemandem, der mit einem Mörder zu tun hat, geht es bestens.“

Es dauerte eine Weile, bis ihr die Bedeutung der Worte ganz klar wurde. „Mörder.“

„Morgan hat uns von dem Doppelmord erzählt.“

„Wovon redest du?“ Sie fuhr sich mit den Fingern durchs Haar. „Und was meinst du damit, dass Morgan es euch erzählt hat?“

„Sein Detektiv –“

„Morgan hat einen Detektiv angeheuert?“, fragte sie ungläubig.

„Er nimmt Drohungen ernst. Jedenfalls hat der Detektiv gesagt, dass die Behörden Markham in zwei Mordfällen verdächtigen, aber sie haben keine Beweise. Das ist nicht dasselbe wie eine Unschuldsfeststellung.“

Nein, das war es nicht. Und sie hatte keine Ahnung gehabt. Hätte sie es gewagt, sich mit ihm anzulegen, wenn sie es gewusst hätte? Sie zwang sich, ruhig zu atmen. „Was will Hannah?“

„Dich finden. Damit Markham dir vergeben kann."

Sie ließ den Kopf auf ihre Hand sinken.

„Erin, kannst du das glauben?" Noelle sagte es nicht mit einem sarkastischen Tonfall.

„Ja. Sie wird so von ihm manipuliert, dass sie sich vor einen Zug legen würde, wenn er ihr sagte, Gott habe es befohlen."

„So gut ist er?"

„Wenn er richtig aufdreht, kann er den verklärten Mose auf dem Berg spielen. Für meine Schwester ist er ein einsamer Prophet, dem man Unrecht getan hat. Ich glaube, er hat versucht, seine Nummer auch bei Rick abzuziehen, aber da hatte er wenig Erfolg."

Noelle lachte. „Bei Rick kann man auf Granit beißen. Früher hat mich das zur Weißglut gebracht. Eigentlich tut es das immer noch."

Trotz ihres hämmernden Herzens stimmte Erin in das Gelächter ein. Aber nichts von all dem war lustig. Mörder … Was dachte Hannah sich nur?

„Erin." Noelle räusperte sich. „Sie sagt, du hättest das Geld genommen."

Ihre Kehle zog sich zusammen.

„Erin?"

„Das stimmt nicht." Die Hand auf ihrem Schoß öffnete und schloss sich wie eine Seerose.

„Hannah ist davon überzeugt, dass du das Geld hast. Für sie ist das Ganze ein heiliger Kreuzzug."

„Sie tut mir leid. Wirklich. Sie alle tun mir leid." Sie schluckte den Kloß in ihrem Hals hinunter. „Aber irgendwann … müssen die Leute es erkennen, weißt du?"

„Erkennen?" Noelles Stimme war sanft, aber sie klang besorgt. „Erin … weiß Morgan alles?"

Sie schloss die Augen. Es war nicht nur Noelle, die diese Frage stellte, sondern auch Gott. „Es ist kompliziert."

Nach einer Pause sagte Noelle: „Wenn es jemanden gibt, dem du vertrauen kannst, dann dem Mann, den du geheiratet hast."

„Ist gut." Sie dankte ihr für den Anruf, legte auf und hielt sich dann das Telefon an die Brust. Zu Morgan hatte sie Vertrauen. Aber für den Ernstfall brauchte sie trotzdem einen Fluchtplan.

Morgan kam kurz vor dem Abendessen hereinspaziert und hatte den Büroalltag vergessen, als Livie in seine Arme rannte. Aus seiner Hockstellung auf dem Boden blickte er zu Erin auf. „Du bist auf den Beinen?“

„Das sollte ich besser. Hier ist ziemlich viel los.“

„Tut mir leid.“ Er hob entschuldigend die Hände. „Ich habe nicht gedacht, dass es so lange dauert.“

„Kein Problem. Mir ist nur klar geworden, dass ich eine Art Checkliste brauche, bevor du abreist, damit ich über so Dinge wie Windeln Bescheid weiß.“

„Nach dem Essen machen wir einen Plan. War alles in Ordnung?“ Damit meinte er Livie, aber das wollte er nicht laut sagen.

„Wir sind prima klargekommen.“ Die Worte waren richtig, aber etwas an ihrem Tonfall stimmte nicht.

„Weißt du was? Consuela kann Livie etwas zu essen geben und wir beide trinken draußen etwas.“ Der Abend – wie es in Santa Barbara an dreihundert Tagen im Jahr der Fall war – war klar und mild. Da es nur winzige saisonale Veränderungen gab, herrschte eine Art Zeitlosigkeit, so als könnten die Bewohner ewig leben, ohne es zu merken. Er wusste nur zu gut, dass das nicht stimmte.

Er übergab seine Tochter an Consuela, die sich bereits völlig in das Kind verliebt hatte. Dann sagte er zu Erin: „Was möchtest du trinken? Wein. Saft. Tee.“

„Ich nehme ein Glas Wein, wenn du ...“

„Weiß oder rot?“

„Weiß.“

Vor der großen Veränderung in seinem Leben hatte er den Weinkeller aufgefüllt und das meiste davon war noch da. Er öffnete eine Flasche Chardonnay, die im Weinkühler stand, und schenkte ihr ein Glas ein.

„Ich habe nie Wein getrunken, solange ich noch in meiner Heimatstadt gewohnt habe.“

„War es gegen die Regeln?“

„Es war nicht gern gesehen. Andere hatten offenbar einen göttlichen Dispens.“

„Und manche von uns ein göttliches Eingreifen." Er nahm sich ein Wasser mit Fruchtaroma aus dem Kühlschrank. Sie gingen hinaus und setzten sich an den Pool. Die Terrassenmöbel waren sehr komfortabel und stylisch. „Was hast du auf dem Herzen, Erin? Abgesehen von dem Plan für Livie."

Sie zog ein Knie an und schob den Fuß hinter das andere Knie. Die weiche, dünne Hose umhüllte ihr schlankes Schienbein. „Meine Schwester ist bei Rick. Sie versucht Markham bei der Suche nach mir zu helfen."

„Das wird sie nicht schaffen. Jedenfalls nicht bei Rick und Noelle." Und dann wurde ihm erst bewusst, was sie gesagt hatte. „Warte mal. Sie arbeitet mit Markham zusammen gegen dich?"

Sie zuckte mit den Schultern, ein wenig zu lässig. „Wir verstehen uns nicht so gut."

Sie nahm noch einen Schluck, um sich Mut anzutrinken oder zum Trost, das war schwer zu sagen. Obwohl er wusste, dass er ihr beides nicht bieten konnte, war es ein Zeichen dafür, dass ihr etwas zu schaffen machte. Und zwar mächtig.

Sie sprach leise. „Noelle sagte, du hättest einen Detektiv engagiert."

„Es ist jemand, den ich damit beauftrage, Firmen zu überprüfen. Ich habe ihn gebeten, der Telefonnummer nachzugehen, nachdem Markham dir die Drohung per SMS geschickt hatte."

„Er hat für dich herausgefunden, dass Markham zwei Menschen auf dem Gewissen hat?" Sie hob den Blick und die hellen Sterne um ihre geweiteten Pupillen waren in der Dämmerung nur winzige Punkte. „Aber das hast du mir gar nicht gesagt."

„Er hat mich angerufen, als wir gerade bei Rick losfuhren. Bei allem, was anschließend passiert ist, habe ich es einfach nur vergessen, dir zu erzählen." Es klang wie eine lahme Ausrede, aber es stimmte tatsächlich. Er hatte Markham auf mehr als eine Weise hinter sich gelassen. Dass der Mann an diesem Punkt wieder auftauchte, wurmte ihn. Er trank einen Schluck von seinem Wasser. „Man konnte ihm die Morde nicht wirklich nachweisen, sondern er stand lediglich unter Verdacht. Er hat ein Alibi."

„Ich wette, das hat er." Sie runzelte die Stirn. „Wen hat er denn umgebracht?"

„Vielleicht niemanden." Als er sah, dass sie ihm das nicht abkaufte, sagte er: „Zwei ältere Cousins."

Sie rieb sich die Schläfen. „Und jetzt hat er meine Schwester in seiner Gewalt."

„Wie meinst du das?"

„Er hat sie in seinen Bann gezogen." Ihre Stimme brach … „Morgan ..."

Er musste sie aufhalten, bevor sie um etwas bat, was er nicht tun würde. „Das können wir nicht ändern. Du nicht und ich im Moment auch nicht. Ich muss die Beratung weiterführen. Ich habe nicht viel Zeit."

„Also ..." Sie ließ ihr Knie los und zog eine Grimasse, als sie den Fuß aufsetzte. „Dieser *raison* ist also begrenzt?"

„Ich gebe es nicht gerne zu."

Sie biss sich auf die Lippen. „Vielleicht … nach der Beratung?"

„Ich tue nichts, was ihn in unsere Richtung führt. Soweit ich weiß, hat Markham keine Ahnung, dass es mich gibt. Wenn ich etwas für deine Schwester täte, würde sich das ändern. Und wenn er von mir weiß, wird er auch von uns erfahren."

Sie schloss die Augen. „Du hast recht." Und jetzt war ihre Angst deutlich zu sehen. Es ging nicht nur um ihre Schwester.

„Ich werde die Polizei bitten, ein Auge offen zu halten, während ich weg bin."

„Das machen sie?"

„Ich kenne ein paar Leute." Und die Stadt hatte ihm viel zu verdanken. „Consuela hat ein paar Bekannte, die sich hier postieren und sich um den Garten kümmern können. Er könnte ein bisschen Zuwendung gebrauchen." Um hier Wache zu halten, würde er eine kleine Armee bezahlen.

Er streckte den Arm aus und drückte ihr die Hand. „Mach dir keine Sorgen, wir schaffen das." Wenn er sich nicht selbst davon überzeugen könnte, würde er in die Angst zurückrutschen, die ihn lähmte, und darauf warten, dass das Unglück erneut zuschlug.

Markham hatte nicht geplant, dass Hannah in das feindliche Lager eindrang, aber er konnte so tun, als gehörte das zu seinem Plan. „Hannah", flüsterte er, als sie aus dem Gästehaus kam, in dem sie die Nacht verbracht hatte.

Sie wandte ihren verwunderten Blick zu der Stelle um, an der er sich vorsichtig zeigte.

Als er sie zu sich winkte, zögerte sie kurz. Aber dann gehorchte ihm jede gefügige Zelle in ihrem Körper. Er sah sofort, dass die kleine Maus Aufmunterung brauchte, und sagte: „Du warst perfekt, Hannah."

„Wie meinst du das?"

„Du hast genau das gemacht, was wir brauchen."

„Wirklich?" Ihre Stimme zitterte.

„Du bist hier, im feindlichen Lager."

„Ich musste herkommen." Sie legte die Stirn in Falten. „Denn du hast mich ja im Stich gelassen."

„Niemals." In seine nächste Bemerkung legte er eine nachdrückliche Ernsthaftigkeit. „Hannah, Gott erhebt dich. Der Herr hat dich zu meiner Dienerin gemacht."

Die Hände, die sie unter dem Kinn gefaltet hatte, bebten. „Meinst du das ernst?"

„Ich habe noch nie etwas so ernst gemeint." Eine wohlwollende Wärme durchzog ihn, als er an ihren bescheidenen Dienst dachte. Daran, wie ehrlich ihre Hingabe war. Wie liebreizend ihr Glaube. Er schüttelte sich. „Haben sie dir gesagt, wo Quinn ist?"

„Das tun sie nicht." Sie fröstelte in der kalten Bergluft. „Sie glauben, dass ich auf deiner Seite stehe und dir helfe."

„Du musst sie davon überzeugen, dass du das nicht tust. Wenn sie glauben, dass du dich gegen mich wendest, werden sie dir dabei helfen, Quinn zu finden."

„Nein, das kann ich nicht."

„Doch Hannah, das kannst du. Sag ihnen, dass du nirgendwo anders hingehen kannst." Er drückte ihr fest die Hände. „Du brauchst deine Schwester."

Nach einem kurzen Augenblick des Nachdenkens wurde sie still und ernst. „Und wenn das erledigt ist?"

Er hob den Blick zum Himmel. „Alles zu seiner Zeit. Nach seinem Willen."

Der Anflug von frommem Eifer überraschte ihn. Glaubte er sein eigenes Theater? Was war, wenn … es kein Theater war?

Der Hinterhuf klapperte auf dem Stallboden, als Noelle Destinys rotbraune Flanken striegelte und den Hengst beruhigte. Sie hatte so hartnäckig darum gekämpft, dieses Tier trainieren zu dürfen, und Rick endlich überzeugt, der nichts, was seine Tiere betraf, auf die leichte Schulter nahm. Eine Box weiter war er dabei, die Hufe von Aldebaran auszukratzen, Destinys Muttertier.

Noelle lächelte. In ihrer ersten Zeit auf der Ranch war sie nicht damit einverstanden gewesen, die Stute zu reiten, bis ihr klar wurde, dass es bei Ricks Entscheidung nicht darum ging, einen eigensinnigen Gast zu kontrollieren, sondern dass er ihr ein Tier gab, das er liebte. Ihre Gedanken wanderten zu dem regnerischen Tag zurück, an dem sie und das Pferd gestürzt waren und sie sich die Knochen gebrochen hatte, aber Aldebaran zum Glück nicht ihre. Diese Beinahekatastrophe hatte sie gelehrt, auf Rick zu hören und ihm zu vertrauen. Seither hatte er gelernt, auch auf sie zu hören und ihr zu vertrauen – ein Vertrauen in den jeweils anderen, das nichts mit Hannahs blindem Gehorsam einem Scharlatan gegenüber zu tun hatte.

Gestern Nacht hatte sie Gott im Gebet angefleht, der Frau die Augen zu öffnen, und sie wusste, dass er die Sache besser regeln würde, als sie oder auch Rick es konnten. Destiny warf den Kopf in den Nacken, als die Stalltür aufging und Hannah zögernd eintrat. War dies die Chance?

„Guten Morgen“, sagte Rick über den Rücken der Stute hinweg.

„Ich muss Ihnen etwas erzählen“, platzte Hannah heraus.

Noelle trat aus Destinys Stall, weil die schrille Stimme den Hengst nervös machte. Auch wenn sie sich nicht fürchtete, hatte sie doch Respekt vor der Kraft, die er in dem beengten Raum entfalten konnte.

Rick legte eine Hand auf Aldebarans Rist. „Wir hören.“

Hannah schien zu erstarren.

„Was ist denn, Hannah?“ Noelle federte Ricks direkte Aufforderung ein wenig ab.

Hannah sah sie an, als wäre sie gerade erst aus dem Nichts aufgetaucht. Rick hatte eine starke Präsenz, aber er war nicht die einzige Person im Raum.

„Äh“, sagte Hannah, „es ist Markham.“

„Er ist hier?“ Sie warf einen Blick zur Tür und dankte Gott dafür, dass Liam bei seiner Spielgruppe war.

Die Frau errötete und starrte sie aus großen Augen an. „Ich meine … es betrifft ihn.“

„Was ist denn mit ihm?“ Ricks Frage löste einen Redeschwall aus.

„Quinn hat ja versucht, es mir zu sagen, aber ich habe es ihr nicht geglaubt. Weil sie immer eifersüchtig war.“ Hannah schluckte. „Aber sie hat recht. Er hat mir … Lügen erzählt. Jetzt hat er mich verlassen und ich brauche Quinn unbedingt.“

Konnte es irgendwo auf der Welt eine unbegabtere Lügnerin geben? Noelle verspürte Mitleid mit ihr. „Hannah, es tut mir leid zu hören, dass er Sie in diese missliche Lage gebracht hat.“

Ohne ihre Blickrichtung zu ändern, fuhr sie fort: „Bitte sagen Sie mir, wo sie ist.“

„Hannah.“ Rick lehnte sich an Aldebarans Box. „Warum erweisen Sie uns nicht den Respekt, den wir Ihnen entgegengebracht haben, und hören mit der Lügerei auf?“

Ihr Gesicht lief rot an, als sie schrie: „Sagen Sie mir bitte, wo sie ist!“

Bei dem lautstarken Ausbruch trat Destiny mit dem Huf gegen die Tür und wich zur Seite. Noelle streckte die Hand nach dem Tier aus, um es zu besänftigen.

„Es tut mir leid“, sagte Rick, „aber das können wir nicht.“

Sie hatten Hannah über Nacht bei sich aufgenommen; da waren ihre Not und ihre Verwirrung echt gewesen. Aber die Feindseligkeit, die sie jetzt ausstrahlte, war spürbar.

Wie von Sinnen brüllte sie: „Ihre Freundschaft hat sie nicht verdient. Sie ist eine Lügnerin und eine Diebin. Sie hat Markham sein Leben gestohlen. Warum verstehen Sie das denn nicht?“

Ricks Stimme war leise, aber bestimmt. „Warum rufen Sie ihn nicht an und lassen sich von ihm abholen?“

Die Röte in ihrem Gesicht nahm noch zu und ihre Lippen bewegten sich, als überlegte sie, was sie noch sagen könnte. „Sie hätten ihm lieber helfen sollen. Jetzt wird er den Staub dieses Hauses von den Füßen schütteln."

Entschlossen holte Rick seine Wagenschlüssel aus der Hosentasche. „Ich fahre Sie jetzt zum Laden in der Stadt. Dort kann er Sie treffen."

Noelle seufzte. Erin hatte gesagt, dass Hannah in Sicherheit sei, solange Markham sie brauchte, aber sie wünschte, sie hätten sie überzeugen können.

Mit enormer Selbstbeherrschung hatte Markham die verheulte Hannah zu Quinns Haus zurückgefahren, ohne auszurasten. Er war nicht gewalttätig, ja, er verachtete gewalttätige Männer geradezu; Männer, die ihn erzogen hatten und deren größte Intelligenzleistung es gewesen war zu erkennen, dass er mit blauen Flecken weniger effektiv war, und die trotzdem mit Fäusten auf ihn losgegangen waren und ihre Gürtel nicht geschont hatten.

Der Gedanke daran, Hannah zu schlagen, fühlte sich an wie Granatsplitter in seinem Gehirn – fremd und zerstörerisch. Wie konnte er ihr die Schuld an der Misere geben, wo seine eigenen Bemühungen doch ebenso gescheitert waren? Hatte er etwa seine Fähigkeit, Menschen zu beeinflussen, verloren? Diese Einsicht erschütterte ihn bis ins Mark. Seine Begabung war es immer gewesen, anderen etwas vorzuspielen, sie dahin zu lenken, wo sie seinen Zwecken dienten. Was war er noch ohne diese Fähigkeit?

Hinter dem Lenkrad seines Toyotas entkam er Hannah und suchte eine Möglichkeit, seine Ängste zu lindern. Wie riskant wäre es, sich selbst in der Stadt zu zeigen? Er hatte sich nichts zuschulden kommen lassen, was man ihm beweisen konnte, selbst wenn Quinn ihn anzeigte. Er hatte nur reden wollen. War Versöhnung denn ein Verbrechen?

Zuversicht breitete sich in seiner Brust aus. Unschuldige Männer schmollten nicht. Männer, die nichts zu verbergen hatten, gingen hin, wohin sie wollten und wann sie wollten. Er legte den Mantel der Unschuld an und fühlte die Bestätigung wie eine Droge.

Schließlich musste er einem Hinweis folgen. Und er hatte alles Recht dazu.

Der Maserati.

Wer von den beiden Männern, die das Fahrzeug abgeschleppt hatten, war wohl der Besitzer? Vermutlich Rick. Dass es dem anderen Kerl gehörte, konnte er sich beim besten Willen nicht vorstellen. Und wenn er es Quinn geliehen hatte, steckte hinter der Beziehung vielleicht doch mehr, als der Mann zugeben wollte. Das erklärte auch, warum er sich auf der Ranch so ausweichend gegeben hatte. Es erklärte auch seine Sorge um Quinns Haus. Seine Frau musste blind sein.

Mit einem spöttischen Grinsen betrat Markham die Wirtschaft *Zum Wildschwein*. Er setzte sich zwischen die Gäste an der Bar, handfeste Kerle, denen es nichts ausmachte, zum Mittagessen ein, zwei Bier zu trinken. Nach ein bisschen anbiederndem Geplänkel sagte er: „Eine Schande mit dem Maserati, oder? Habt ihr die Beule gesehen?"

Wie erwartet löste seine Bemerkung ein lautstarkes Wehklagen aus. Und er hatte sich geirrt. Der Wagen gehörte gar nicht Rick, sondern seinem Bruder Morgan Spencer. Ein richtiger Kleinstadtheld, dieser Morgan. Eine Legende. Und wenn man den Bemerkungen über ihn Glauben schenken konnte, eine ziemliche Goldmine – auch wenn es, wie bei allen Minen, eine Kunst war, sie zu finden.

Obwohl jeder Morgan wie einen Bruder kannte, hatte keiner eine Adresse von ihm. „Ach, der wohnt bei Rick. Ja, oben auf der Ranch. Mit seiner kleinen Tochter. Schlimm, das mit seiner Frau. Eine schreckliche Sache."

Markham versuchte es noch einmal bei dem Barkeeper mit dem vernarbten Gesicht. „Nur damit ich es richtig verstanden habe – Morgan wohnt auf der Ranch seines Bruders?"

„Wenn er hier ist. Und er ist seit" – der Mann zuckte mit den Schultern – „ungefähr zwei Jahren hier."

Doch Hannah hatte außer Rick, seiner Frau und dem Jungen niemanden gesehen.

„Aber wenn er nicht auf der Ranch ist, wo wohnt er denn dann?"

Wieder ein Schulterzucken. „Irgendwo an der Küste, glaube ich."

„Ost oder West?"

„Keine Ahnung. Vielleicht beides."

„Ich dachte, ihr seid Kumpels."

Der Mann lächelte. „Ja, Morgan ist in Ordnung. Eine richtige Stimmungskanone. In den letzten zwei Jahren war er nicht oft hier, aber vor dem Baby war er hier Stammkunde. Wenn er in der Stadt war, ist er jeden Abend reingekommen."

„Und er hat nie gesagt, wo er den Rest seiner Zeit verbringt?"

„Überall auf der ganzen Welt, Mann. Unternehmensberatung. Hat auch ein paar Bücher geschrieben. Ich habe signierte Exemplare, aber gelesen habe ich sie nicht. Der ganze Finanzkram ist mir zu hoch."

„Sie haben sie nicht zufällig hier, oder?"

„Klar!" Der Mann drehte sich zu dem verspiegelten Regal um, in dem die Flaschen standen. Gleich unter dem riesigen Wildschweinkopf standen zwei Bücher mit festem Einband. „Ich habe sie da hingestellt, weil Morgan einmal gesagt hat, das Wildschwein würde ihn an die Nonne erinnern, die ihn in der dritten Klasse unterrichtet hat. Klasse Sinn für Humor."

Markham lächelte. Diesen Morgan war er jetzt schon leid. Er nahm das erste Buch in die Hand und erkannte auf dem Autorenfoto den Mann, der mit Rick in Quinns Haus gewesen war – die gelackte, unwiderstehliche Miene wie ein Hohn. „Das muss man also machen, um sich einen Maserati leisten zu können."

„Ein himmlisches Gefährt. Als er mich mal mitgenommen hat, habe ich mein ganzes Leben an mir vorbeiziehen sehen. Es war jede Minute wert."

Er schlug das Buch auf und überflog den Text über den Autor, der vor Lobeshymnen und Empfehlungen nur so strotzte – aber keine Adresse, nicht einmal ein ganz allgemeiner Wohnort. Nirgendwo ein „Spencer lebt in ..." Er gab die Bücher zurück. Wenn Spencer so bedeutend war, dann würde er ihn im Internet finden. Und wichtiger noch: Wenn er Quinn den Maserati geliehen hatte, bedeutete sie ihm vielleicht etwas. Dahinter steckte mehr, als selbst er sich hätte träumen lassen.

Da Livie in der Küche spielte, während Consuela die Fenster putzte, ging Erin wieder hoch in Jills Arbeitszimmer, getrieben von dem Wunsch, die Frau kennenzulernen, die Morgan schon als Jugendlicher kennengelernt und geliebt hatte und bis heute liebte – obwohl sie fünfzehn Jahre davon getrennt gewesen waren. Was für ein Mensch war sie wohl gewesen?

Als er an diesem Morgen abgereist war, hatte er ihr zu verstehen gegeben, dass sie in Sicherheit waren. Aber wer würde sie vor dem starken Wunsch schützen, seine tote Frau kennenzulernen? *„Ich weiß, welche Tiefen du hast und wie rückhaltlos du liebst.“* Die Worte seiner Mutter waren wie ein Hohn und Morgans Antwort tat immer noch weh. *„Das werde ich nicht noch einmal tun.“*

Versuchte sie, diese besondere Verbindung zu stören? Oder galten die Gefühle, die sie für Morgan empfand, automatisch auch für die Menschen, die ihm wichtig waren? Konnte es sein, dass sie von Jill fasziniert war, weil Morgan sie so fasziniert hatte? Und würde sie ihn noch besser verstehen, wenn sie seine verstorbene Frau kennenlernte?

Diese Fragen schwirrten ihr im Kopf herum, ohne dass sie Antworten darauf hatte. Vielleicht war es die Neugier, die sie immer wieder verletzt hatte, aber sie wollte es wissen. Bei Markham hatte sie unbedingt die Wahrheit herausfinden und den Betrug aufdecken wollen. Dies hier war aber ganz anders. Es war nicht ihr Wunsch, Jill kleinzumachen, sondern sie wollte sie verstehen.

Sie ging in den Raum und bemerkte, dass die Dinge hier ähnlich organisiert und geordnet waren, wie sie es tun würde. Die Bücher auf einem Regal hatten mit frühkindlicher Entwicklung und Erziehungstheorien, geistigen und emotionalen Störungen, kreativem Lernen und Unterrichtsorganisation zu tun. Das, verbunden mit den Büchsen voller Materialien, war ein Hinweis darauf, dass Jill Lehrerin gewesen war. Besondere Handbücher ließen darauf schließen, dass sie mit schwerbehinderten Kindern gearbeitet hatte. Natürlich.

Erin ging an ein anderes Regal, in dem Fotoalben standen. Sie waren nach Jahren beschriftet und sie zog das älteste heraus und setzte sich auf den Bürostuhl. Das Album zeigte Seite für Seite Kinder mit offensichtlichen und nicht so offensichtlichen Behinderungen, die einzeln oder in Gruppen lernten und interagierten. Jill hatte die Kinder anderer Leute archiviert, die vielleicht nur eine kurze Zeit gelebt hatten. Aber auf diesen Regalen lebten sie weiter.

Unter diesen Bänden waren auch unbeschriftete Alben. Erin zog das dunkelblaue, das ganz links stand, heraus und setzte sich wieder. Sie schlug das Album auf und sah etwas, das ein Schulfoto von Morgan aus der Grundschule sein musste. Selbst mit Zahnlücke und einem schrecklichen Haarschnitt sah er attraktiv aus. Schon damals war erkennbar, wie umwerfend er als Mann einmal aussehen würde. Sie blätterte weiter und fand verschiedene Bilder von ihm bei unterschiedlichen Aktivitäten. Dieses Album war eine Chronik seiner Kindheit und sie strahlte eine ungeheure Lebendigkeit aus. Mit jedem Schnappschuss verliebte sie sich mehr in ihn.

Der kleine Junge wuchs und seine Züge wurden kantiger. Die Pubertät war mit Morgan gnädig gewesen. Gedankenversunken fuhr sie mit dem Finger über sein Gesicht.

Und dann war sie da. Die hellblonde Schönheit musste Jill sein. Sie war sportlicher, als Erin sie sich vorgestellt hatte. Es gab mehrere Fotos, auf denen die beiden im Sportdress waren, und ein eher lustiges, das beide hinter einem Stehpult zeigte, elegant gekleidet in Anzug und Kostüm, während sie sich um den Posten des Klassensprechers bewarben. Morgan hatte scheinbar alles, was er hatte, in die Waagschale geworfen, aber Jill hatte ihn lässig auflaufen lassen. Sie fragte sich, wer von beiden die Wahl gewonnen hatte.

Das Foto vom Abschlussball raubte ihr den Atem. Morgan trug den geliehenen Smoking, als wäre er ihm auf den Leib geschneidert, und Jill wirkte mit ihrer Krone auf dem Kopf wie eine wahre Königin. Erin seufzte. An ihrer Schule hatte es keine Bälle gegeben und das war angesichts dessen, was mit Jill und Morgan passiert war, gar nicht so unklug gewesen. Aber trotzdem konnte sie ein wehmütiges Seufzen nicht unterdrücken.

Was wäre, wenn Morgan und sie so jung und hoffnungsvoll begonnen hätten? Wenn sie sich nicht mit Markham angelegt hätte? Wenn sich Morgan und Jill nie begegnet wären? Dumme und nutzlose Gedanken. Diese Fotos dokumentierten die Wirklichkeit. Jill hatte den Mann geliebt und er hatte sie geliebt, wie er vielleicht niemals wieder eine Frau lieben würde.

Erin klappte das Album zu und stellte es zurück, ohne ein weiteres herauszuziehen. Egal was sie beim Betrachten der anderen Fotoalben entdecken würde, es war mehr, als sie verkraften konnte.

Kapitel 24

Erin konnte noch immer nicht fassen, dass es im Dezember bei achtzehn Grad und klarem, ruhigem Wetter so aussehen und duften konnte wie im Frühling. Manche Bäume hatten die Blätter verloren, andere nicht. Leuchtende Blumen blühten ohne Unterlass. Das Wasser des Meeres bahnte sich seinen Weg an den Strand und floss wieder ab, so ruhig und zeitlos wie ein Traum. Ihr ganzes Leben hatte sie dort verbracht, wo die Natur in jeder Jahreszeit ihre Besonderheiten zur Schau stellte, daher konnte sie ihren Sinnen nicht so ganz trauen.

Oder vielleicht hatte es auch gar nichts mit dem Klima oder ihrer Umgebung zu tun. Was sie nicht glauben konnte, war das Wunder dieses neuen Lebens und alles, was damit zusammenhing. Natürlich wusste sie, dass ihr dies alles von heute auf morgen entrissen werden konnte, so unerwartet, wie es ihr zugefallen war. Noelles Anruf hatte das erneut deutlich gemacht. Es war nur eine Frage der Zeit, bis sie die Vergangenheit und die Entscheidungen, die sie getroffen hatte, einholten.

Und was würde dann aus Morgan? Und aus Livie? Ihre Kehle war wie zugeschnürt.

„Guck mal." Livie rannte über den feuchten Sand des Privatstrandes, um ihr ein vom Wasser rund geschliffenes Stück Glas zu bringen, das so blau war wie die Augen von Morgan.

„Das ist aber schön. Steck es dir am besten in die Tasche." Sie half ihr, den Schatz zu verstauen, dann richtete sie sich auf, als eine Möwe vorbeiwatschelte und ihren Blick auf das Meer zurücklenkte. „Sieh doch mal, Livie." Sie hob das kleine Mädchen hoch und zeigte auf eine Robbe, die ein Stück weiter auf- und abtauchte. „Da ist ein Seehund. Siehst du ihn?"

Livie streckte die Arme aus. „Kann ich ihn streicheln?"

„Nur, wenn er an den Strand geschlappt kommt und uns umarmt."

Livie kicherte.

„Das findest du lustig?"

Als Livie wieder kicherte, konnte Erin nicht widerstehen, sie zu kitzeln, nur um zu hören, wie ihr kindliches Lachen höher und kehliger wurde. Livie wand sich auf ihrem Arm, hatte aber sichtlich Spaß daran, gekitzelt zu werden.

Dann machte Livie plötzlich einen Riesensatz nach vorn und Erin hatte Mühe, sie festzuhalten. Ihr Herz machte einen Satz, als Morgan seine kleine Tochter hochhob und ihr Gesicht mit Küssen bedeckte. Ihre Ärmchen um seinen Hals drückten so fest zu, dass es ein Wunder war, dass er überhaupt noch atmen konnte. Dann lehnte sie sich zurück und legte die Hände um sein Gesicht. „Wir spielen am Strand, Daddy."

„Das sehe ich."

Erin sagte: „Consuela hat die Treppe reparieren lassen. Sonst hätte ich nicht riskiert, mit Livie hier herunterzugehen."

„Ich habe es bemerkt." Er sah sich um und betrachtete das Ergebnis.

„Die Gärtner mussten irgendetwas tun und wir brauchten einen Weg zum Strand."

„Das Geld ist gut angelegt."

„Gut, dass du einverstanden bist. Wir haben nämlich wichtige Dinge zu erledigen." Sie schüttelte Livies kleine Hand.

„Zum Beispiel?"

„Krebse jagen, Möwen beobachten, mit den Nachbarn und ihren Hunden reden."

Er warf ihr einen fragenden Blick zu. „Welche Nachbarn?"

„Hauptsächlich die Nachbarin mit den üppigen Kurven, die wissen will, warum du in letzter Zeit nicht mehr zu einem Drink rübergekommen bist."

„Aha." Er sah verärgert aus. „Das hat sie schon bei Jill immer probiert. Und für den Fall, dass du dich das fragst, da war nie etwas."

„Erwischt. Ich habe mich das tatsächlich gefragt."

„Ihre Anspielungen sind anzüglich."

„Sie ist sehr attraktiv."

„Auf eine sehr künstliche Weise. Sie hat in ein paar kleineren Filmen mitgespielt und als Model gearbeitet." Als er Livie wieder absetzte, tanzte sie voller Freude darüber, dass er wieder zu Hause war, um ihn herum.

Erin hob das Gesicht zu ihm auf. „Du hast von fünf Tagen gesprochen und es waren nur drei."

„Komisches Gefühl, zu jemandem nach Hause zu kommen."

„Hast du uns denn vermisst?"

„Tja, vor allem Livie." Er wich ihr aus, als sie ihn boxte, dann packte er sie am Handgelenk und zog sie an sich heran, während er ihr Gesicht mit den Augen abtastete. „Ja, ich habe dich vermisst."

Er gab ihr den Kuss, den sie wollte, auch wenn er ihr ein bisschen das Herz brach.

„Ich dachte, ich könnte die Sache knacken, ein Schlag, ein Gegenschlag. Dann müsste ich nicht so lange wegbleiben, aber ..."

„Aber du musst noch mal weg."

„Ja. Trotzdem könnte das der neue Prototyp einer Beratung sein. Jedenfalls, was die häuslichen Verhältnisse betrifft."

„Ich glaube, in Livies Welt sind Tage wie Jahre."

„Da könntest du recht haben." Er schob seine Finger zwischen ihre und wandte sich ab, um seine kleine Tochter dabei zu beobachten, wie sie in ihrer Kapuzenjacke durch den Sand stapfte. Die feuchten kleinen Abdrücke, die sie hinterließ, hatten etwas Besonderes.

„Sag mir, dass sie mich ein bisschen vermisst hat."

„Sie hat dich sehr vermisst. Aber wir sind zurechtgekommen." Am Ufer huschte ein winziger Krebs in Richtung Wasser und zuruck in die Gischt.

„Ich habe genau gesehen, wie traurig ihr beiden wart, als ich euch hier überrascht habe."

„Das war nur eine kleine Alberei. Den Rest der Zeit haben wir gejammert und geheult: ‚Wann kommt Morgan endlich wieder nach Hause?'"

„Du ziehst mich schon genauso auf wie Noelle."

Sie lachte. „Als ich dich das erste Mal gesehen habe, dachte ich, sie wäre deine Frau. Aber dann kam Rick und gab ihr einen Kuss."

„Er sorgt immer dafür, dass es keine Verwirrung gibt."

Steckte hinter dieser Bemerkung eine gewisse Reue? „Gab es die mal?"

Er zuckte mit den Schultern. „Mein Bruder und ich haben sie

zusammen kennengelernt. Ich habe es bei ihr versucht, aber Rick kam mit der heimlichen Nummer. Ein Jahr später war Jill wieder ein Teil meines Lebens." Er schüttelte den Kopf. „Nicht auszudenken, was für ein Durcheinander es gegeben hätte, wenn es anders gekommen wäre."

Erin nickte. „Aha."

„Ja." Er ergriff wieder ihre Hand. „Hast du ein Problem damit?"

„Ich glaube nicht."

„Gut." Er ließ ihre Hand los und rannte Livie hinterher, die einen Regenpfeifer jagte, nahm sie in seine Arme und kitzelte sie mit seinem Gesicht am Hals und am Bauch.

Während sie den beiden zusah, bemühte sie sich darum, ihre Gefühle zu unterdrücken. Aber genauso wenig wie das Meer die Wellen in Schach hielt, genauso wenig hatte sie ihre Gefühle im Griff. Es war hoffnungslos. Es wäre besser für sie, sich nicht zu verlieben. Sie hatte die beiden nicht verdient. Und es konnte sein –

Die zwei unterbrachen ihr Spiel und Morgan übergab ihr Livie wieder, um an sein Handy zu gehen, das vibrierte. Ein vorbeifliegender Pelikan warf einen Schatten auf sein Gesicht. Auf ihr Herz legte sich ein Schatten, als Morgan den Anruf entgegennahm und sie ihn sagen hörte: „Anselm. Was gibt es?"

Während er zuhörte, konnte sie ihn dabei beobachten, wie sich seine Miene veränderte. Dabei zog sich ihr Magen krampfhaft zusammen. Es war, als hätte sie einen Stein im Bauch. Vielleicht hatte der Anruf ja mit seinem Job zu tun, aber irgendwie glaubte sie das nicht. Plötzlich veränderte sich sein Auftreten und die alten Mauern standen wieder zwischen ihnen.

„Gut. Danke." Er steckte das Handy ein, setzte sich Livie auf die Schultern und sagte: „Gehen wir ein Stück."

„Was ist los?"

„Das war Richard Anselm, der Privatdetektiv." Seine Sportschuhe quietschten in dem nassen Sand. „Du hast gar nicht erwähnt, dass das FBI in die Sache mit Markham verwickelt ist."

„Das FBI?" Sie schüttelte den Kopf. „Es war eine Verurteilung vor dem Gericht eines Bundesstaates."

„Vielleicht, aber Anselm hat die Alarmglocken schrillen lassen. Die Bundesbehörde hat ihm ein paar Fragen gestellt."

„Warum?“

„Das Geld wurde nie gefunden. Sie glauben, er hatte einen Komplizen.“

Einen Komplizen. Der Stein in ihrem Bauch wurde immer größer und schwerer.

„Erin.“ Er drehte sich um und sah sie an. „Ist es deine Schwester?“

„Hannah? Nein. Ich schwöre, sie ist es nicht.“ Komplize! So war es nicht.

„Wie kannst du dir da so sicher sein.“

„Weil sie … nicht dazu in der Lage wäre.“ Und weil sie die Wahrheit kannte. Die Schuldgefühle drückten sie nieder.

Als Morgan sie prüfend ansah, verengten sich seine Augen. Sie bemerkte, wie ein unaussprechlicher Verdacht in ihm aufstieg. „Was ist hier los, Erin? Sag mir die Wahrheit.“

Die *Wahrheit.* Warum sollte er ihr Glauben schenken? Angst erfasste sie. Markham. Das FBI. Und jetzt Morgans Zweifel.

Sie musste sich zur Flucht bereit machen. *Lauf nicht weg!*

Wenn er ihr nicht glaubte, wie sollten sie es dann tun?

Seine Miene verfinsterte sich. „Hast *du* mit Markham gemeinsame Sache gemacht? Benutzt du mich, um deinen Partner reinzulegen?“

Sie hatte das Gefühl, als bräche alles über ihr zusammen, und es tat weh. Nach allem, was gewesen war, konnte er so etwas doch nicht wirklich glauben. Sie holte tief Luft und zitterte dabei. Dann drehte sie sich um und rannte los.

Schockiert rief Morgan ihr nach, aber sie rannte weiter die Treppe hinauf und verschwand oben hinter der Klippe. Er hatte fest zugeschlagen, weil er gehofft hatte, er könne auf diese Weise aus ihr herauskitzeln, was sie ihm verschwiegen hatte. Aber sie war weggelaufen. Hatte die Flucht ergriffen!

Mit Livie auf dem Arm ging er die Treppen zum Haus hoch. Dort traf er mit Consuela zusammen, die mit brennenden Augen auf die Haustür starrte. „Wo will sie hin? Was ist passiert?“

Hastig reichte er ihr Livie und eilte zur Tür. Auf der Kamera war zu sehen, wie sich das Tor schloss, und er erhaschte einen Blick auf sie, wie sie immer noch rannte. Entschlossen lief er zur Tür hinaus und rannte so schnell, wie schon lange nicht mehr. Glaubte Erin wirklich, sie könnte einfach davonlaufen? Er betätigte die Taste, die das Tor öffnete, und zwängte sich überhastet durch.

Wo war sie? Da. Sie lief durch das Unterholz in einer Senke neben der Straße. Er beschleunigte seine Schritte und war froh, dass er Jeans, Sweatshirt und Turnschuhe angezogen hatte, bevor er zu ihnen an den Strand gegangen war. Er nahm eine Abkürzung. Er wusste, dass auf diesem Stück kein Strand war, sondern nur Sandsteinklippen, die ins Meer abfielen.

„Erin! Bleib stehen!"

Er konnte sie jetzt hören, wie sie durch die Weinstöcke in der Senke rannte. Ihr Aufschrei ließ sein Herz stocken. Er brach durch das Gebüsch und wäre beinahe abgestürzt, so wie sie auch. Mit beiden Händen klammerte sie sich an einen dünnen Baum und ihre Handtasche hing von ihrem Hals.

Er machte einen Hechtsprung ihr entgegen und packte sie an den Handgelenken. „Hör auf zu treten."

Sie blickte auf, ihr Gesicht ganz nass vor Schweiß und Tränen. Ein Handgelenk weiterhin umklammert, packte er sie an einem Oberarm. Dann warf er sich zurück und zog sie über die Kante, bevor er sich wutentbrannt auf sie stürzte.

Sie wand sich. „Lass mich los."

„Na klar."

Keuchend stieß sie nach ihm und drehte sich weg.

„Hör auf damit", funkelte er sie an. „Was soll das?"

Sie biss die Zähne zusammen. „Lass mich los!"

Aber er ließ nicht locker, sondern hielt sie mit einer Hand am Boden fest. „Ich will Antworten und ich will sie jetzt."

„Ich kann nicht atmen."

Er verlagerte sein Gewicht nur minimal.

„Ich bin keine Komplizin."

„Sehr überzeugend nach diesem kleinen Stunt."

Wieder versuchte sie, sich zu befreien. „Geh runter von mir."

„Wenn du versuchst abzuhauen, bringe ich dich so zu Fall, dass du dir wünschst, du hättest dir den Knöchel gebrochen.“

Ungläubig starrte sie ihn an.

„Habe ich eigentlich erwähnt, dass ich mal Ringer war? Ich kann dich auf eine Weise verdrehen, die du dir nicht im Traum vorstellen kannst.“

„Du tust mir weh.“

„Aber auch nicht annähernd.“

„Eine Wurzel bohrt sich in meinen Rücken.“

Er schob eine Hand unter sie, ertastete die Wurzel und zog Erin hoch, sodass sie zu sitzen kam. „Fang an zu reden.“

„Warum sollte ich dir etwas erzählen, wenn du sowieso glaubst, was du selbst behauptet hast?“

„Vergiss, dass ich das gesagt habe.“

„Vergessen?“

„Dreh mir nicht das Wort im Mund um. Erzähl mir, was du weißt.“

„Ich weiß nichts vom FBI.“

„Aber du weißt alles andere.“

Mit dem Handrücken fuhr sie sich über die Wange und hinterließ dabei einen Schmutzstreifen. Ihr Atem ging jetzt etwas ruhiger. „Ich konnte sie einfach nicht damit durchkommen lassen.“

„Sie?“

„Markham, die Ältesten, meinen ... Man kann die Bibel doch nicht verdrehen und Geld vom Himmel regnen lassen. Es ist unrecht.“

Er betrachtete sie. „Ich höre.“

Sie war immer noch aufgebracht, schien sich aber in die Situation zu fügen. „Also gut.“

„Von Anfang an.“

„Redest du oder ich?“

„Dann fang endlich an.“

Ihr Gesicht war rot vor Zorn. „Es fing an, als mein Vater Markham zum Hilfspastor ernannte. Er hatte schon lange einen Assistenten gebraucht, aber niemand wurde seinen Maßstäben gerecht oder teilte seine extremen Vorstellungen und Ideen. Markham passte zu ihm, weil er genauso in der Steinzeit lebte wie mein Vater.“

„Wieso Steinzeit?“

„Seine Ansichten waren völlig antiquiert, vor allem was den Umgang mit dem schwachen Geschlecht betraf. Er war so extrem, dass es mir peinlich ist, davon zu reden.“

„Viele christliche Gruppen sind beim Thema Frauen eher konservativ. Das muss nicht immer schlecht sein.“

„Aber … das war es.“

„Also hat dein Vater ...“

„Markham angeheuert. Er wurde von allen bewundert. So ein feiner junger Gottesmann. Solche Visionen, eine solche Demut.“ Sie machte ein Geräusch, als müsse sie würgen. „Mir war das von Anfang an suspekt, aber niemand hörte auf mich. Die Frauen sagten, ich solle keine Fragen stellen; und die Männer lächelten nur, als hätte ich keine Ahnung.“

„Und dann?“

„Es fing damit an, dass er Geld sammelte, zunächst für besondere Projekte, dann für Missionseinsätze und Katastrophengebiete, nur um die Menschen an die Freude des Spendens zu gewöhnen. ‚*Im Geben empfängt man.*‘ Das war seine Devise. Dann schilderte er allen seine ‚Vision‘ und damit meine ich nicht einen Plan. Seine Vision kam direkt von Gott und kein Schlangenbeschwörer hätte diese Rolle besser spielen können als er.“

Ihre zerkratzten Hände bluteten ein wenig, aber sie sah weg und schaute in eine andere Richtung. „Genauso wie der kleine Junge seine Brote und Fische hergegeben hat, damit die Menschenmenge satt wurde, so würde Gott jedes Opfer annehmen und vervielfachen, wenn es nur von ganzem Herzen kam.“

Sie schüttelte den Kopf. „Die Menschen nahmen Kredite auf und ließen sich ihre Lebensversicherungen vorzeitig auszahlen. Ich glaube, mein Vater hatte Bedenken, aber er verwarf sie, als er sah, wie die Menschen auf Markhams Prophezeiung reagierten. Es konnte doch so viel Gutes getan werden, wenn sie weiterhin daran glaubten: Je mehr du gibst, desto mehr wirst du bekommen.“ Ihre Stimme bebte. „Ich will ihm ja abnehmen, dass er wirklich daran geglaubt hat.“

„Aber wie bist du dahintergekommen?“

„Da niemand auf mich hören wollte, habe ich eine Monitorsoftware auf Markhams Computer installiert. Sie hat alles aufgezeichnet, auch jede Tasteneingabe. Während er vor den Augen der Gemeinde in den siebten Himmel gehoben wurde, habe ich dafür gesorgt, dass das Geld, das Gott vermehren sollte, auf einem Konto auf den Cayman-Inseln landete."

Er bekam ein mulmiges Gefühl. „Erin ..."

„Ich habe die Gelder nur geparkt."

Sein Atem entwich langsam.

„Ich wollte einfach nicht, dass er mit den Spendengeldern verschwand, wenn man ihn zur Rede gestellt hätte. Aber als ich es meinem Vater erzählte, sagte der, das Konto sei bestimmt nur dazu da, um die Gelder in Sicherheit zu bringen, und sie könnten nicht aufhören, bevor das Wunder geschah."

Das klang gar nicht gut.

Sie legte die Stirn in Falten. „Als ich versuchte, ihm die Augen zu öffnen, hat er so getan, als wäre ich ein ungezogenes Kind. Er weigerte sich zu glauben, dass ich einem Betrüger auf die Spur gekommen war und dass Markham gar nicht so vollkommen war, wie er immer angenommen hatte." Ihre Stimme brach. „Also bin ich zu Markham gegangen und habe ihm gesagt, dass er ein Betrüger ist und dass die Software es beweisen würde. Dann habe ich mich an die Behörden gewandt und ihnen erzählt, was Markham getan hat. Wenn mein Vater in die Sache verstrickt war, konnte ich daran nichts ändern." Sie kämpfte mit den Tränen.

Sein Mut sank. „Und was geschah dann?"

Sie schnaubte und sagte: „Sie hielten den Pastor für naiv und leichtgläubig, aber nicht für schuldig."

„Und das Geld?"

Sie starrte auf ihre Hände. „Ich habe die Software deinstalliert, bevor ich die Spenden auf das andere Konto überwiesen habe."

„Das heißt, sie konnten die Spur bis zu dem ersten Konto verfolgen, aber dann verlor sie sich."

„Ich habe ihnen alle Beweise geliefert, die die Software gesammelt hat."

„Aber deinen Teil hat sie nicht aufgezeichnet."

Sie wendete den Blick ab. „Sie wollten wissen, wer noch über die Software informiert war, und ich habe ihnen gesagt, dass ich Markham zur Rede gestellt hatte."

Sodass der Verdacht wieder auf ihn fiel. Warum hatten die Bundesbeamten dann den Verdacht, dass es einen Komplizen gab? „Hast du das Geld ausgegeben?"

„Nicht einen Cent. Ich habe es ja nicht so an mich genommen, wie sie es vermuteten."

„Aber du hast es ihnen auch nicht zurückgegeben."

Sie presste die Lippen zusammen.

„Die Gläubigen hätten wenigstens ihr Geld zurückbekommen können."

„Aber sie hatten es nicht verdient. Sie haben Gott wie einen himmlischen Spielautomaten benutzt. Und weißt du was? Sie haben dabei verloren."

Aus ihren Worten sprach der Verrat ihres Vaters. Sie hatte vielleicht eine bestimmte Absicht gehabt, als sie das Geld überwiesen hatte, aber als ihr eigener Vater sich auf die Seite von Markham geschlagen hatte, war daraus etwas anderes geworden.

„Einmal in meinem Leben wollte ich, dass er meine Partei ergreift, dass er sich für mich einsetzt." Ihre Stimme bebte. „Ich hätte wissen müssen, dass er das nicht hinkriegen würde, aber wenn jemand etwas gesagt hätte ..." Tränen traten ihr in die Augen. „Stattdessen musste ich gehen. Ich konnte diese Heuchelei nicht mehr ertragen. Und ich wusste, wenn Markham entlassen würde, wäre ich allein. Niemand würde mich verteidigen."

Es tat weh, das zu hören, aber er wusste, dass es die Wahrheit war. Er legte ihr einen Arm um die Schulter und blickte zum Himmel hinauf, wo er weniger nach einem Geldregen Ausschau hielt, sondern vielmehr nach einem Hoffnungsstrahl.

Sie spürte, wie die Tränen kamen, aber sie konnte sie nicht zurückhalten. „Ich wollte dich und Livie nicht in Schwierigkeiten bringen. Lass mich gehen, bevor sie es sich zusammenreimen."

„Du trägst jetzt meinen Namen, Erin. Was meinst du, wie lange es dauern wird?"

Ärgerlich wischte sie die Tränen weg. „Du kannst ihnen ja sagen, ich hätte dich reingelegt."

„Glaubst du wirklich, dass sie mich für so naiv und leichtgläubig halten?“

Sie zitterte, weil sie plötzlich fröstelte und ihr jeder Knochen wehtat.

„Komm mit.“ Er zog sie hoch.

Der Knöchel, den sie sich bei ihrem Sturz verstaucht hatte, tat ihr jetzt wieder weh. Ihre Arme fühlten sich an, als hätte jemand sie auf die Streckbank gelegt. Ihre Rippen schmerzten, ihre Hände kribbelten und der Riemen ihrer Handtasche hatte Striemen an ihrem Hals hinterlassen.

„Du bist nicht unbesiegbar, musst du wissen. Ich habe schon mit Felsen wie diesem hier gekämpft. Sie gewinnen.“

„Willst du mich aufmuntern?“ Sie schob eine Haarsträhne aus ihrem Gesicht.

„Eigentlich nicht. Ich bin nur wütend, weil dein erster Instinkt war, mir und Livie den Laufpass zu geben.“

„Du hast ja auch behauptet, ich hätte dich benutzt, um Markham reinzulegen.“

„Du wolltest eine falsche Identität.“

„Weil ich wusste, dass er mich suchen würde.“

Er drehte sich um und starrte ihr ins Gesicht. „Lauf nie wieder vor mir weg. Ich bin nämlich kein solcher Dreckskerl wie dieser Markham.“

Sie schluckte. „Du bist eine Persönlichkeit des öffentlichen Lebens. Wie wird es aussehen, wenn du jemanden versteckst, der von der Polizei gesucht wird?“

„Du wirst nicht von der Polizei gesucht. Soweit ich weiß, verdächtigen sie dich noch nicht einmal.“

„Nur eine Komplizin.“ Sie zog eine Grimasse. „Von *Markham.*“

„Ich habe das gesagt, um dich zu provozieren, damit du mir die Wahrheit sagst.“

„Angelogen habe ich dich nie.“

„Aber du hast entscheidende Informationen für dich behalten.“

„Ich dachte, wenn du es wüsstest –“

„Was? Dann würde ich dich nicht heiraten?“

„Das mit der Hochzeit war deine Idee.“ Er sollte wissen, dass sie sich niemals auf diese Weise in sein Leben eingeschlichen hätte.

Wenn er ihr einen Pass besorgt hätte, wäre sie einfach weitergeflohen und hätte sich versteckt, ohne dass es irgendeine Auswirkung auf ihn gehabt hätte. Sie machte einen Schritt und zuckte zusammen. „Stecke ich in Schwierigkeiten?"

Er half ihr durch das Unterholz zur Straße. „Darüber soll sich jemand den Kopf zerbrechen, der sich damit auskennt."

„Wer?"

„William St. Claire, Strafverteidiger."

Während sie neben Morgan entlanghinkte, kam sie sich schlimmer vor als eine Närrin. Sie hatte nicht weiter gedacht als bis zu Markham und ihrem Vater und den Ältesten, die mit Gott gespielt hatten. Sie hatte allen bewiesen, dass sie auch nicht besser war als die anderen.

Die Last ihrer falschen Entscheidungen legte sich auf sie, als das Tor langsam aufging. Morgan spürte, wie enttäuscht sie war, und beugte sich über sie, um sie auf den Arm zu nehmen und reinzutragen. Sie verbarg das Gesicht an seiner breiten Schulter.

„Besitzt du vielleicht zufällig irgendwelche kleinen Drittweltländer?"

Er lachte grimmig. „Ich wusste nicht, dass ich eins brauchen würde."

Als sie den Hof überquerten, öffnete Consuela ihnen die Tür. Sie hatte Livie auf dem Arm, die sie beide anstarrte. Morgan beugte sich vor und küsste das Kind, dann ging er weiter, den ganzen Weg die Treppe hinauf bis zum Schlafzimmer.

„Wenn du dich frisch gemacht hast, sehen wir uns den Schaden an."

Stumm nickte sie.

„Mach dir keine Sorgen."

Glaubte er wirklich, dass das möglich war?

Auf dem Weg hinaus blieb er stehen. „Besteht die Chance, dass du wieder durchbrennnst?"

Wohin sollte sie gehen?

„Ich habe eine hervorragende Alarmanlage, damit keine bösen Menschen hier reinkommen. Zwing mich nicht, sie dazu zu benutzen, dass du nicht rauskommst."

Sie schluckte den Kloß in ihrem Hals hinunter und schüttelte dann den Kopf. Die Flucht war ein Reflex gewesen. Die Katastrophe an der Klippe, der sie nur knapp entronnen war, hatte gezeigt, wie nutzlos es war, einfach kopflos wegzurennen. Sie hätte dabei sterben können. Oder zermalmt und verstümmelt werden. „Ich gehe nirgendwohin." Außer vielleicht ins Gefängnis.

Kapitel 25

Morgan fuhr sich mit den Fingern durchs Haar. Er brauchte Antworten, und Richard Anselm, der ehemalige Spezialagent, der jetzt als Privatdetektiv arbeitete, hatte Beziehungen. Warum mutmaßten die Bundesbehörden, dass es einen Komplizen gab, und wen hatten sie dabei im Visier? Wahrscheinlich stand Erin gar nicht auf der Liste der Verdächtigen. Dann brauchte sie sich auch überhaupt keine Sorgen zu machen. Sie würden die Sache schon hinkriegen, aber Angriff war ihm immer lieber als Verteidigung.

Als Reaktion auf seine Bitte sagte Anselm: „Ich melde mich wieder bei Ihnen."

Da er wusste, dass Livie sicherlich beunruhigt war, holte er sie bei Consuela ab und ging wieder zurück nach oben. Erin kam mit einer so zerbrechlichen Miene aus dem Bad, dass er seine Schimpftirade augenblicklich herunterschluckte.

Sie sagte: „Ich möchte nicht, dass Livie durch mich in Gefahr ist. Weglaufen werde ich nicht, aber ich habe Verständnis dafür, wenn du lieber willst, dass ich gehe."

„Und was ist, wenn ich will, dass du bleibst?"

„Das FBI, Morgan. Und nach dem, was du gesagt hast, ist Markham sogar noch gefährlicher, als ich angenommen hatte. Du musst mir glauben, dass ich das nicht wusste, sonst hätte ich nie –"

„Ist er ein Mörder?" Er drückte Livie fester an sich.

„Ich weiß es nicht." Sie sah furchtbar verletzlich aus. „Aber wenn ich dem FBI das Geld übergebe, hat er keinen Grund mehr, mich am Leben zu lassen."

Während er Livie auf dem Arm hatte, spürte er, wie die Angst von ihm Besitz ergreifen wollte. Es stand so viel auf dem Spiel. Und so leicht konnte er alles verlieren. Sein Herz hämmerte. Seine Schläfen pochten. Er sah Erins grimmige Entschlossenheit. Sie würde gehen, wenn er es von ihr verlangte.

Die Augenblicke dehnten sich aus. Er fühlte Livies Arme um sich. Und dann kam ihm ein Gedanke, den Kelsey gesät hatte und der während seiner Zeit bei Rick Wurzeln geschlagen hatte. „Ich finde, wir sollten beten."

Erin senkte den Blick. „Nein."

„Nein?"

„Ich werde Gott nicht so benutzen."

„Gott benutzen?"

„Ich habe mich selbst in die Sache hineinmanövriert, Morgan. Ich kann doch nicht erwarten, dass Gott mich da herausholt. Dann bin ich ja nicht besser als die anderen. Wenn ich dies tue, was wird Gott dann tun? Wenn ich so viel gebe, wie viel werde ich dann bekommen?" Sie hinkte zum Bett und setzte sich. „Ich kann das nicht tun, sonst bin ich die größte Heuchlerin von allen."

Er verstand, dass die Dinge verzerrt waren. Aber das Entscheidende begriff sie nicht. „Es ist eine Beziehung, Erin. Glaubst du wirklich, dass Gott nicht zu deinem Leben gehören will?"

„Ich glaube an Gott. Ich bitte ihn nur um nichts."

„Ehrfurcht ist eine Sache. Aber sie hat auch noch eine andere Seite." Er strich Livie über den Rücken. „Dieses kleine Mädchen vergöttert mich. Glaubst du, ich könnte es ertragen, sie nicht zu lieben und für sie zu sorgen?"

Morgans Beziehung zu Livie war das beste Argument, das er hatte vorbringen können. Er war der Vater dieses Kindes, er sorgte für sie. Er verdiente es, dass sie ihn verehrte, aber das war nicht alles. Sie spürte es selbst – die Freude daran, Livies Bedürfnisse zu stillen, sich an ihr zu freuen, sie zu beschützen und zu fördern. Was wäre, wenn sie sich danach sehnte, Livie zu lieben, und die Kleine würde jeden Versuch der Annäherung ablehnen? Wenn Livie sie zwar umarmte, aber im Gegenzug jede liebevolle Geste von Erin ablehnte?

Sie ballte die Fäuste. Wenn sie es zuließ, dass Gott für sie sorgte, fühlte es sich so an, als hätte ihr Vater recht behalten, als wäre sie schwach und hilflos, unfähig, ihre eigenen Entscheidungen zu treffen.

„Erin." Als Morgan sich neben sie setzte, kroch Livie auf ihren

Schoß. „Ich habe den Großteil meines Lebens damit verbracht, die Dinge auf meine Art zu tun. Es bringt nichts."

Sie erschrak. „Machst du Witze? Sieh dir doch an, was du alles erreicht hast und wie viel dir gehört!"

„Ich könnte auch alles verlieren und wäre dann nicht wirklich ärmer, als ich es immer war. Das Einzige, was zählt, sind die Menschen, die wir lieben. Ich habe es nicht in der Hand, wer lebt und wer stirbt, aber ich kann alles, was ich bin, denen geben, die ich habe." Er umschloss ihre Hand mit seiner. „Glaubst du, ich wäre großzügiger als Gott? Bist du es etwa?"

„Nein! Natürlich nicht."

„Wenn wir Hilfe brauchen, heißt das nicht, dass wir unfähig sind. Es bedeutet, dass wir Menschen sind. Und dass wir so vernünftig sind, unsere Grenzen zu erkennen."

„War dann alles falsch, was ich getan habe? Dass ich versucht habe, ihnen die Augen zu öffnen?"

Seine Miene wurde weicher und um seine Augen erschienen kleine Fältchen. „Du hast einen Betrüger entlarvt. Die Ältesten haben es nicht gemerkt und dein Dad wollte nichts davon hören."

„Das hätte er aber tun sollen!"

„Niemand ist vollkommen."

Sie schlug eine Hand vors Gesicht. „Ich dachte, ich wüsste so viel."

Er lachte. „Als ich so alt war wie du, wusste ich auf jede Frage eine Antwort."

„Und jetzt, wo du alt bist?"

Er piekste sie, und als er merkte, dass sie kitzelig war, drückte er sie aufs Bett und fing an, sie richtig durchzukitzeln.

„Hör auf damit!"

Er bekam ihr Gesicht zu fassen und küsste sie.

„*Mich* küssen, Daddy."

Morgan küsste sein kleines Mädchen, dann wandte er sich mit einem leidenschaftlichen Blick wieder ihr zu. „Ich werde tun, was ich kann. Aber es gibt Dinge, die sind uns Menschen nicht möglich."

Sie streckte die Arme in die Luft und legte sie um seinen Nacken. „Dann bete."

Markham stand am Fenster von Quinns Spitzdachhaus und sein Kiefer fühlte sich an, als hätte jemand einen Eispickel in sein Kiefergelenk gebohrt. Wenn er den weinerlichen Tonfall in Hannahs Stimme noch einmal hörte, könnte es sein, dass er sie erwürgte. Es wäre eine Gnade – weil es sein Elend beenden würde.

„Wir müssen Pläne machen", sagte sie.

Wo hatte sie diesen Charakterzug vorher versteckt? Die Frau hatte seine Bemerkung über die Dienerin als eine Art Antrag aufgefasst und nervte ihn jetzt mit Daten und Einzelheiten. Ihre Hartnäckigkeit entsetzte ihn und machte ihn zugleich wütend.

„Ich muss weg."

„Ich komme mit."

„Das geht nicht. Vielleicht musst du noch mal Quinns Schwester spielen."

„Aber ich bin doch Quinns Schwester."

„Ich meine ihre liebende Schwester."

Mit ihren großen, kummervollen Augen blinzelte sie ihn an. Sie wussten beide, dass sie diese Rolle nicht gut spielte.

„Ich bringe dir etwas zu essen mit." Er streckte die Hand nach ihr aus. „Gib mir deine Bankkarte."

Sie schluckte die Tränen herunter und gab sie ihm. „Aber ich will nicht allein hierbleiben."

Er überlegte. Natürlich wollte er nicht, dass sie mitkam, aber er konnte sie auch nicht heulend hier zurücklassen. Dafür würde er mit Sicherheit bezahlen. „Warte mal kurz."

Er ging zum Lager hinüber und schlüpfte hinein, halb bedauernd, aber zugleich schadenfroh wegen der Zerstörung, die er angerichtet hatte. Er durchsuchte den Schutt und fand ein paar Bücher, die man für gelangweilte Gäste zum Durchblättern auf den Tisch legte. Er wählte drei aus, die einigermaßen unbeschädigt waren, und brachte sie Hannah.

„Hier."

Sie blickte zwischen den Büchern und ihm hin und her. „Für mich?"

„Natürlich. Quinn hat sie hiergelassen."

Dankbar nahm sie die Bücher entgegen und war sogleich in sie vertieft. Und er ging mit dem Gefühl, frei und großmütig zu sein.

Die Bemerkung des Barkeepers über Spencers Frau hatte ihn auf eine Spur gesetzt. Er benutzte den PC in der armseligen Bücherei der Stadt und durchforstete Seite um Seite, bis er endlich einen Artikel über Spencers Frau fand, die bei einem tragischen Unfall im Bezirk Santa Barbara ums Leben gekommen war. Es war eine große Sache. Die Feuerwehr hätte verklagt werden können, aber es wurde nicht von einer Entschädigung berichtet – es hieß nur, Mr Spencer sei der Ortsgemeinde weiterhin sehr verbunden.

Was war das für ein Mann, der für seine tote Frau keine Rache forderte? Markham rieb sich das Kinn. Er musste mehr über ihn herausfinden und die Informationen würde er nicht in Wirtschaftszeitungen finden. Er ging ins Wirtshaus *Zum Wildschwein* zurück und warf dem riesigen Kerl aus dem Gemischtwarenladen, der an der Bar saß, einen vernichtenden Blick zu, bevor er sich am anderen Ende des Tresens niederließ.

Mit Hannahs Karte bestellte er einen Grillteller und ein Bier und ein Sandwich zum Mitnehmen. Es war Prasserei, denn seit der finanziellen Krise der Kirche war der monatliche Betrag, den ihr Vater auf ihr Konto überwies, ziemlich mager. Schon beeindruckend, dass der Mann den Sturm überlebt und seine Anhänger nicht verloren hatte. Man sollte nie die Gutgläubigkeit von Menschen unterschätzen, die auch das Lebenselixier seiner eigenen Arbeit war.

Die Leute wollten betrogen werden. Wie die naiven Hausfrauen in Pastor Reillys Gemeinde hatte die ganze Gemeinde sein Spiel mitgespielt. Je größer der Eifer war, mit dem sie glaubten, selbst wenn es Lügen waren, desto bereitwilliger ließen sie sich auf eine spirituelle Ebene ein, die ihnen große Opfer abverlangte.

Er trank einen Schluck Bier und der kalte, malzige Geschmack erinnerte ihn an den schlechten Atem und den abgestandenen Urin der Männer, die ihn das Lügen gelehrt hatten. Er hatte diese Fertigkeit als Mittel zur Selbstverteidigung vervollkommnet und dann mit einer solchen Begabung benutzt, dass sie die Wahrheit erst erkannt hatten, als der Tod ihre Augen trübe werden ließ.

Als das Sandwich kam, biss er hinein, um den Malzgeschmack loszuwerden. Er hatte gerade ein Gespräch mit dem Barkeeper angefangen, als er sah, dass der fette Hilfssheriff zur Tür hereinkam. Der Mann sprach mit dem Typen aus dem Laden und ein Anflug von Nervosität breitete sich in Markhams Magengegend aus. Er hatte nichts zu befürchten, aber die Erinnerung ans Gefängnis stieg wie eine Drohkulisse vor seinem inneren Auge auf.

Der Deputy, der einem der Wärter unangenehm ähnlich sah, musterte ihn eingehend. Markham erwiderte seinen Blick – etwas, das er im Knast niemals getan hätte.

Der Mann kam zu ihm herübergeschlendert. „Markham Wilder?"

„Ja, Sir."

„Rudy Bauer da drüben sagt, Sie hätten in seinem Laden eine Frau bedroht."

Markham warf Rudy mit dem Pferdeschwanz einen gleichgültigen Blick zu. „Da irrt er sich."

„Sie waren nicht im Laden und haben nach Quinn Reilly gesucht?"

„Ich habe sie gesucht. Aber der Einzige, der bedroht wurde, war ich – mit einem Gewehr."

Der Beamte blickte über seine Schulter. „Hast du die Flinte gezogen, Rudy?"

„Ich habe sie ihm gezeigt."

„Das nennt man Einschüchterung, Deputy." Markham konnte seine Schadenfreude kaum verbergen. „Aber ich will keine Anzeige erstatten. Leben und leben lassen ist meine Devise."

Der Hilfssheriff stemmte die Hände in die Hüften. „Haben Sie was mit ihrem Haus zu tun?"

„Ihrem Haus?"

Deputy Wentz wirkte verärgert. „Haben Sie es verwüstet?"

„Es sah nicht verwüstet aus, als ich ihre Schwester besucht habe."

Der Beamte runzelte die Stirn. „Ihre Schwester wohnt dort?"

Markham zuckte mit den Schultern. „Die Familie ist zerstritten. Hannah will sich mit Quinn versöhnen, aber sie hat sie bisher nicht finden können."

„Ich sollte wohl besser mit ihr sprechen."

„Ich möchte Sie bitten, das nicht zu tun."

„Und warum nicht?" Plötzlich klang seine Stimme autoritär.

„Sie ist geistig zurückgeblieben. Es würde sie verwirren."

Er machte sofort einen Rückzieher. „Und was haben Sie mit der ganzen Sache zu tun?"

„Ich? Ich bin der Hüter ihrer Schwester." Vielleicht hätte er nicht diese merkwürdige Formulierung wählen sollen, denn der Polizist sah ihn mit düsterer Miene an. Er fügte schnell hinzu: „Ich passe auf sie auf." Er griff in seine Brieftasche und holte den Ausweis heraus, auf dem er als Doktor der Theologie ausgewiesen war. „Wie ich schon sagte, Officer, ich bin hier nicht der Unruhestifter."

Morgan vergewisserte sich, dass niemand das Gespräch in seinem heimischen Arbeitszimmer mitbekam. Wenn es schlechte Nachrichten gab, brauchte er Zeit, um sie zu verarbeiten, bevor er Erin darüber informierte.

„Folgendes habe ich herausgefunden", sagte Anselm. „Während der Verhandlung ist das FBI auf Vorwürfe gestoßen, die Markham Wilder mit der gleichen oder einer ähnlichen Art Kirchenbetrug in anderen Bundesstaaten in Verbindung brachten. Da die Gelder offenbar von einem Betrug zum nächsten mitgenommen wurden, konzentrierten die Ermittlungen sich darauf, was mit dem angesammelten Geld passiert war, nachdem Quinn Reilly ihn verpfiffen hatte."

„Klingt logisch. Wie kommen sie auf die Theorie mit dem Komplizen?"

„Ein Informant im Knast. Ein einfacher Arbeiter, der Gelder veruntreut hatte, hat von Äußerungen berichtet, die Markham von sich gegeben hatte. Diesem Zeugen zufolge behauptet Markham, das Geld sei von jemandem gestohlen worden, den er eliminieren wolle – endgültig."

„Hat er auch gesagt, wer das ist?"

„Er hat keinen Namen genannt. Aber offensichtlich gibt es eine Mordabsicht und eine Spur, was das Geld betrifft."

„Wurde der Mann für seine Informationen belohnt?"

„Ja, das wurde er. Und nicht nur das – Markhams Haftstrafe wurde verkürzt."

„Das FBI wollte ihn auf freiem Fuß haben?“

„Der Informant hat ihnen Anlass gegeben, Markham nach seiner Entlassung zu beschatten, obwohl sie das sicher ohnehin getan hätten, aber es sieht besser aus, wenn man einen konkreten Hinweis hat. Der Plan ist also: Markham spürt diese andere Person auf, die Agenten finden ihn, sie bekommen das Geld. Das einzige Problem dabei ist, dass Markham von ihrem Radar verschwunden ist.“

„Wie das?“

„Keine Ahnung. Ein Komplize?“

Er dachte sofort an Erins Schwester. „Was müsste der tun?“

„Seine Rechnungen bezahlen.“

„Das ist alles?“

„Er ist nicht gerade einer der zehn meistgesuchten Verbrecher auf der FBI-Liste.“

Morgan runzelte die Stirn. „Wenn er das Geld bekommt, könnte er ganz verschwinden.“

„Das passiert öfter, als man wahrhaben möchte.“ Anselm räusperte sich. „Wollen Sie mir erzählen, warum Sie das alles so interessiert?“

„Irgendwann“, sagte er. Wenn alles vorbei war.

Er ging nach oben und führte Erin in die Küche, wobei er sie dabei stützte, um ihren Knöchel zu entlasten. In der Küche duftete es noch immer nach Kreuzkümmel und gegrillten Paprika und Koriander vom Mittagessen. Sie gingen durch den Garten bis zu dem Zaun an der Klippe, von wo aus man einen Blick über den Pazifik hatte. Ein seltener Nachmittagsnebel hüllte Santa Cruz Island beinahe vollständig ein, sodass die Insel wie ein langes, brütendes prähistorisches Tier aussah. Er hielt inne, wie er es immer tat, und ließ den Anblick auf sich wirken. In mancher Hinsicht veränderte sich die Aussicht nie, in anderer Hinsicht war sie ständig anders.

Erin lehnte sich, vielleicht unbewusst, an ihn.

„Wie fühlst du dich?“

„So, als wäre ich in einen Tornado geraten und im Land Oz gelandet.“

Während er so dastand, einen Arm um ihre Schultern gelegt, fühlte ein Teil von ihm Erins Fremdheit an seiner Seite, aber mit jedem Tag hatte er mehr das Gefühl, dass sie dorthin gehörte.

„Glaubst du, dass ich ins Gefängnis muss?"
„Nein."
„Was ist, wenn sie glauben, dass ich das Geld gestohlen habe? Die ganze Sache könnte über uns einstürzen."
„Wie Dorothys Haus über der Hexe?"
Sie sah ihn an und reckte das Kinn vor. „Das ist nicht witzig."
„Ich versuche nur, die Dinge mit Humor zu nehmen. Außerdem hast du das Geld gestohlen."
Sie stöhnte. „Das ist deine Vorstellung von Humor?"
Er wandte sich ihr zu und nahm ihre Hand. „William hat im Moment einen Fall. Sobald er damit fertig ist, holen wir ihn ins Boot."
„Wird das … eure Beziehung beeinträchtigen?"
„Zwischen William und mir?"
„Ich habe gesehen, wie sehr ihr einander respektiert. Wenn deine Frau –"
„Dich respektiere ich auch, Erin. Und das wird er auch tun. Was du getan hast, war eine falsche Entscheidung, aber es war nicht böse. Und wir können das aufklären."
Sie schüttelte den Kopf. „Ich habe zu Noelle gesagt, dass ich eines nicht leiden kann: wenn jemand nicht ehrlich ist. Und jetzt sieh mich nur an, ein Musterbeispiel."
Er zog sie näher an sich. „Denk erst mal nicht mehr daran."
„Dann bringst du mich besser zum Zauberer."
Er grinste. „Wollen wir dem gelben Ziegelsteinweg folgen?"
„Und Vorsicht vor fliegenden Affen."
„Einer der wahren Kinoschrecken."
Ihr Lachen wärmte ihn, wie es in der Vergangenheit nur Livies Lachen gekonnt hätte. Und nicht nur ihr Lachen, sondern auch ihre Miene, ihre Wortwahl, ihr Humor, ihr enges Gewissen – obwohl sie einen bedeutenden Fehler gemacht hatte. Er spürte ihre Angst hinter der tapferen Fassade und wollte ihr helfen. „Lass uns ausgehen."
„Ein Rendezvous?"
„Wir hatten eine Hochzeitsreise."
„Und eine Hängepartie."
„Auf die hätte ich verzichten können."

„Ich auch." Sie zog eine Grimasse.

„Was hältst du davon?"

„Hm." Sie zog eine Schulter hoch. „Ich muss sehen, ob ich was anzuziehen habe."

Er lachte. „Für den Ort, der mir vorschwebt, brauchst du dich nicht aufzubrezeln, aber das Essen ist hervorragend und das Ambiente einmalig." Er konnte es kaum erwarten, ihre Reaktion zu sehen. „So manche Berühmtheit schleicht sich abends dorthin."

„Also gut. Jetzt bin ich neugierig."

„Irgendein Hinweis?"

„Trag keine Stöckelschuhe."

„Mit meinem geschwollenen Knöchel?"

Er küsste sie. „Ich werde auch niemand verraten, dass du selbst schuld daran bist."

„Aber du denkst es."

Jede Einzelheit des San-Marco-Passes nahm sie in sich auf, als sie in die Santa Ynez Mountains hinauffuhren. Sie waren so früh aufgebrochen, dass sie die Landschaft mit ihren blassen Gräsern und knorrigen Eichen genießen konnten, die sich gar nicht so sehr von den niedriger gelegenen Regionen Colorados unterschied. „Ich dachte, es wäre viel tropischer hier, wie die Palmen unten am Strand."

„Das sind Importe für die Hotels. Was du hier siehst, ist einheimische Vegetation. Die Zentralküste ist ziemlich ideal mit ihren ganzjährigen gemäßigten Temperaturen und sie ist … echt. Auf der anderen Seite dieser Hügel sind Weinberge und Pferdezüchter.

„Welche Rasse?"

„Andalusier, Friesen, Percheron-Kaltblüter. Bevor ich mich versehe, wird Livie reiten können."

Solange sie es nicht auch musste. „Wie bist du hierhergekommen?"

Er nahm die nächste Kurve mit elegantem Schwung. „Das verdanke ich einer kleinen Firma, die ich als eine der ersten unternehmerisch beraten habe. Sie hatten eine große Idee, wussten aber nicht, was sie damit machen sollten. Sie haben mir Aktien gegeben, dafür, dass ich es ihnen beibringe. Diese Aktien haben mich in der Finanzwelt bekannt gemacht und sie sind immer noch die beste Investition, die ich je getätigt habe. Und sie haben mich nach Santa Barbara gebracht."

„Ich verstehe, warum du die Gegend liebst. Es gibt zwar keine schneebedeckten Gipfel, aber alles andere."

„Wenn dieser Ort dich erst einmal erobert hat, dann ist es zwar auch woanders schön, aber es ist eben nicht wie zu Hause."

„Ich habe den Eindruck, Rick empfindet in Bezug auf seine Ranch genauso."

„Stimmt. Früher waren wir in den Ferien in Colorado und es hat ihn erobert."

„Glaubst du, dass jeder Mensch einen Ort hat, der zu ihm passt?"

Er warf ihr einen Blick zu. „Ich hoffe, dieser passt zu dir."

Sie starrte geradeaus. „Ich weiß nicht, was passt. Ich war immer nur damit beschäftigt, mit dem Ort klarzukommen, wo ich mich gerade aufhielt."

„Vielleicht wird es allmählich Zeit, dass du Wurzeln schlägst."

Sie runzelte die Stirn. „Da ist noch das kleine Problem eines Soziopathen, der es auf mich abgesehen hat."

„Heute Abend sprechen wir nicht über Markham."

„Weißt du was? Damit bin ich einverstanden."

Er bog in eine schmale Straße, die im Wald verschwand. Schattige Bäume und luftiges Gebüsch drängten sich um den schmalen, gewundenen Asphalt.

„Was sind das für Bäume? Sie riechen gut." Sie hatte ihr Fenster ganz geöffnet, um den Duft richtig zu genießen.

„Platanen und Lorbeer. Sehr typisch für diese Gegend."

Als sie auf einem einfachen Parkplatz aus festgestampfter Erde hielten, starrte sie auf die Holzhütten, die gemauerte Schornsteine an der Seite hatten und sie an eine Filmkulisse aus einem Western erinnerten. „Was ist das hier?"

„Eine alte Poststation. Sie wurde als Haltestelle in den Sechzigerjahren des neunzehnten Jahrhunderts gebaut."

„Du meinst, sie ist echt?"

Er half ihr aus dem Wagen und stützte sie, bis sie an dem ersten

Gebäude vorbeigegangen waren, dessen Terrasse von verzweigten und knorrigen Trieben umrahmt und gehalten wurde. Eine eiserne Straßenlaterne beleuchtete einen baufälligen erhöhten Holzsteg zwischen dem ersten und dem zweiten Gebäude. Das Haus war mit Efeu bewachsen und hatte rot-weiß karierte Vorhänge und über dem Eingang baumelte ein altmodisches Schild, auf dem *Ye Cold Spring Tavern* stand – ein krasser Gegensatz zu den Harleys und den in Leder gekleideten Bikern, die sich ein Gebäude weiter um ein offenes Feuer scharten. Aus der letzten Hütte drangen Geräusche von einer Rockband.

Sie warf ihm einen Blick zu. „Du hast mir gar nicht gesagt, dass ich Leder tragen soll."

Lachfältchen erschienen um Morgans Augen. „Ich wünschte, ich hätte daran gedacht."

Er zog die Tür unter dem Schild auf und sie hinkte in einen Raum, der von Petroleumlampen und einem riesigen Kaminfeuer beleuchtet wurde. Die einzelnen Stuben waren mit wenigen Tischen und hölzernen Stühlen ausgestattet. Ein Hirschkopf, der über dem Kamin hing, sah aus, als hätte er der ersten Mahlzeit um 1860 entstammen können. Der Kojote über der langen hölzernen Bar schien diese Mahlzeit ebenso dringend benötigt zu haben wie derjenige, der sie letzten Endes verzehrt hatte. Der räudige Rotluchs jagte ihr lediglich einen Schauer über den Rücken.

Sie konnte einfach nicht glauben, dass dies ein Ort war, an dem Morgan sich wohlfühlte. Wo waren seine Kellner im Smoking, der gekühlte Champagner? Die Stühle waren hart, die Wände aus rauem Holz. Sie konnte das Petroleum riechen, auch wenn es dort, wo sie sich setzten, nur ein Hauch war. Trotzdem fragte sie sich, ob er ihr einen Streich spielte.

„Morgan." Die Bedienung, die an ihren Tisch kam, strahlte ihn mit warmherzigen braunen Augen unter dicken schwarzen Augenbrauen hervor an und ihr breites Lächeln galt nur ihm. „Ich wusste gar nicht, dass du wieder da bist."

„Gerade erst zurückgekommen." Er blickte über den Tisch. „Tam, das ist meine Frau Erin."

Überraschung und Enttäuschung huschten über ihr Gesicht.

Erin lächelte. „Hi."

Tam stemmte die Hände in den Rücken und nahm dabei eine Pose ein, die ihre Reize gut zur Geltung brachte. Als sie nach ihren Wünschen fragte, ließ Morgan Erin den Vortritt.

Sie sagte: „Nur ein Wasser, danke."

„Für mich auch." Er lächelte. „Und wir fangen mit den Riesengarnelen an."

„Ist gut." Tam warf ihr noch einen Blick zu und verschwand dann in der Küche.

Erin legte den Kopf schief. „Es macht mich ein bisschen nervös, von allen Leuten, die du kennst, gemustert zu werden, vor allem, weil du offenbar jeden kennst."

„Ich verstecke mich oft hier."

Entweder war es sein Ernst oder er war wirklich so bekannt wie ein bunter Hund.

Mit dem Kinn deutet er in Richtung Fenster. „Sieh mal hinaus."

Sie betrachtete die kühlen bewaldeten Hänge im letzten Tageslicht.

„Eines der Gebäude hier war das Nachtlager für die chinesischen Arbeiter, die beim Bau der Passstraße beteiligt waren. Ein anderes ist das Gefängnis von Ojai. Die vier kleinen Hütten dahinter sind alles, was von der Geisterstadt Gopherville, Kalifornien, noch übrig ist."

„Ich wusste gar nicht, dass du dich mit Geschichte so gut auskennst."

„Normalerweise stehe ich eher auf neu und glänzend."

„Aber du hast den alten Vitrinenschrank gekauft."

„Das war ein Experiment, nur um zu sehen, wie du darauf reagieren würdest." Dabei zuckten seine Mundwinkel.

„Ich wusste, dass etwas an dem Deal faul war, nur nicht, dass er illegal war. Mist, was ist, wenn sie das zu den anderen Anklagepunkten hinzufügen?"

Er warf einen Blick aus dem Fenster. „Dann wird deine Unterkunft besser sein als die in Ojai."

„Hauptsache, es gibt keine räudigen Hunde dort."

Er lächelte langsam. „Dann sorgen wir besser dafür, dass du gar nicht erst im Gefängnis landest."

Kapitel 26

Während Livie ihren Finger umklammerte, hinkte Erin hinter Consuela her über den Parkplatz zu dem niedrigen Steinbrunnen, der auf dem Platz vor der alten Missionsstation von Santa Barbara stand. Livie stellte sich auf Zehenspitzen und spähte zwischen den Seerosen hindurch, auf der Suche nach Fischen, während Consuela mit ihrer Lehrstunde fortfuhr, die sie auf der Fahrt begonnen hatte.

„Die Mission wurde am Tag der Heiligen Barbara gegründet, die von ihrem Vater enthauptet wurde, weil sie gläubig geworden war. Die Kirche wurde für die Chumash-Indianer gebaut, wurde aber zum Lebensmittelpunkt der ganzen Stadt."

Erin blickte an der flachen romanischen Fassade mit ihren zwei Glockentürmen hinauf und stellte sich eine einfachere Zeit vor, doch dann wurde ihr bewusst, dass es eine solche Zeit nie gegeben hatte. Politische Querelen und Machtkämpfe hatte es schon immer gegeben, auch die Mission war davon nicht verschont geblieben, und doch hatte sie mehr als zweihundert Jahre lang ihre Arbeit getan, trotz zweier schrecklicher Erdbeben und eines Feuers, und war damit ein Zeugnis der Nächstenliebe.

Mit einer Kiste „übrig gebliebenen" Essens, das sie in den letzten beiden Tagen gekocht hatte, machte sich Consuela auf den Weg über den Platz.

Auch wenn die Chumash keine erkennbare Gruppe mehr waren, weil sie sich im Laufe der Zeit mit den anderen Bewohnern vermischt hatten, gab es in der reichen Stadt immer noch Obdachlose und Menschen, die hungerten. Erin hatte sie auf den Straßen, in den Parks und am Strand gesehen – Ausgestoßene, an denen die Leute wie an Gespenstern vorbeigingen, während sie die Auslagen in den Schaufenstern begutachteten. Sie hatte mit Morgan geschimpft, weil Consuela so viel kochte, dabei wollten die beiden nur großzügig sein. Wie schnell hatte sie ein Urteil gesprochen, ohne die Zusammenhänge wirklich zu verstehen.

„Im Mai", sagte Consuela, „malen sie überall auf dem Platz Kreidebilder. Es wird das I-Madonnari-Fest genannt. Italienische Straßenmalerei. Herrlich. Sie werden es sehen." Sie nickte. „Wir kommen dann und sehen den Künstlern zu."

Für Consuela gab es keinen Grund anzunehmen, dass die Dinge im nächsten Mai nicht mehr so sein könnten, wie sie es jetzt waren. Erins Magen zog sich vor Sorge zusammen. Sie wollte so sehr ein Teil dieses Lebens sein, aber was war, wenn das nicht ging? Was, wenn ihr alles genommen wurde? Livie klammerte sich an ihren Hals und zeigte ein unheimliches Gespür, das tröstete, aber zugleich auch ihre Angst verstärkte.

Während Consuela die Lebensmittel zur Verteilstelle brachte, betrat Erin die verzierte historische Kirche und sog den Duft von Holzöl und Kerzenwachs ein. So schön diese Umgebung auch war, das Gebäude war nicht das Entscheidende. Was zählte war das Herz, der Sinn hinter der Schönheit. Eine Feier der Liebe? Die Sehnsucht in ihrem Herzen sagte Ja.

Zu glauben, dass Gott sie liebte und für sie sorgte, war nicht ein Zeichen von Schwäche. Es war Gnade. Mit Livie auf dem Arm sank sie auf die Knie und formulierte ein Gebet, das weder Lob noch Dank war, sondern ein kühnes Flehen. *Bitte hilf mir, das Richtige zu tun.*

Als sie wieder ins Freie hinaustrat, sah sie auf ihrem Handy, dass Noelle versucht hatte, sie zu erreichen. Ohne zu zögern rief sie sie an. „Noelle, was ist los? Ist etwas mit Hannah?" Sie wappnete sich für schlechte Nachrichten und sank auf die Treppe, wo sie Livie neben sich setzte.

„Nein. Ich habe sie nicht mehr gesehen, seit Rick sie zu Rudys Laden gebracht hat. Ich vermute, sie ist wieder bei Markham."

„Sind sie fort?"

„Ich weiß nicht. Ich komme im Moment nicht viel raus, deshalb habe ich noch nichts von ihnen gehört."

Erin starrte über den Hof zu den riesigen Rosensträuchern, die im Dezember genauso üppig blühten wie in allen anderen Monaten, und fühlte sich plötzlich einsam. „Was für einen Eindruck hast du von Hannah?"

„Um ehrlich zu sein, sie wirkt verbittert und unglücklich. Und ich hoffe, du nimmst mir die Frage nicht übel, aber ist sie in gewisser Weise eingeschränkt?“

„Ich bin mir nicht sicher. Die Schule hat sie zwar geschafft, aber es war eine kirchliche Schule und mein Vater war der Pastor. Es hätte nicht gut ausgesehen, wenn sie nicht bestanden hätte.“ Einen Augenblick lang fragte sie sich, was eine Lehrerin wie Jill wohl mit ihr hätte erreichen können.

„Wir haben versucht, sie zu überzeugen, aber Markham hat sie stark beeinflusst.“

Erin stöhnte. „Und sie lässt es gerne mit sich machen.“ Hannah hatte immer von einem Leben mit Markham geträumt und ihm immer alles geglaubt, auch die Wunder, die er versprochen hatte. Wenn jemand ihre früheren, kleineren Fehler korrigiert hätte, wäre sie vielleicht nicht so empfänglich für die großen gewesen. „Danke, dass ihr es wenigstens versucht habt. Ich hoffe nur … Ich bete, dass ihr nichts zustößt.“

Noelles Stimme klang mitfühlend. „Rick und ich unterstützen dich dabei. Er weist nicht gerne jemanden ab, aber Erin … dieser Hass.“

Ein Kloß bildete sich in ihrer Kehle. „Ich weiß. So war es schon immer. Als ich klein war, hat sie meine Sachen kaputt gemacht und meinen Eltern erzählt, sie sollten mir kein Spielzeug mehr kaufen, weil ich nicht darauf aufpassen könne.“ Sie hatte sich schon oft gefragt, ob das der Grund dafür war, dass sie nie ein Haustier bekommen hatte, obwohl sie es sich so sehr gewünscht hatte.

Livie untersuchte ein vertrocknetes Blatt, das auf dem Boden lag, und versuchte, es glatt zu streichen. Aber dabei zerbrach es.

„Das erklärt die Gemeinheit, die aus ihren Worten sprach, als sie dich erwähnte.“

„So ist sie bei keinem anderen Menschen. Normalerweise ist sie sehr freundlich und lieb.“

„Das macht es noch schwerer, nicht wahr?“

„Ja.“

„Aber“, fuhr Noelle fröhlicher fort, „ich wollte hören, wie es Morgan und dir geht.“

Erin schüttelte den Kopf. Jede Antwort wäre völlig unzulänglich. „Uns geht es gut.“ Sie konnte kaum begreifen, was seit dem Augenblick, als sie sich zum ersten Mal begegnet waren, geschehen war. „Morgan verändert das Leben von Menschen."

„Das brauchst du mir nicht zu erzählen. Ohne Morgan hätte Rick mich in die Wüste geschickt."

„Was?" Das konnte sie nun wirklich nicht glauben.

„Rick hatte es sich zur Auflage gemacht, keine alleinstehenden Frauen in seinem Haus aufzunehmen. Ich weiß nicht, was ich getan hätte, wenn Morgan ihn nicht dazu gebracht hätte, seine Meinung zu ändern. Er ist ein Menschenversteher."

„Genau das ist er." Erin legte eine Hand auf ihr Herz.

„Und glaub mir, bei Rick ist das wirklich eine Leistung. Natürlich ist seine strenge Konsequenz eine Reaktion auf Morgans … oh. Tut mir leid."

Erin lachte. „Auf Morgans Unverbesserlichkeit?"

„Na ja … schon." Noelle musste auch lachen.

„Was sagt das über mich, wenn ich selbst das liebe?" Sie schwiegen, während ihr bewusst wurde, was sie da gerade zugegeben hatte.

„Mir sagt es, dass du genau so bist, wie ich es mir erhofft habe."

Markham lächelte, als die zu sehr mit Parfüm eingenebelte Lydia Patterson ihn zu ihrem Schreibtisch führte. Er hatte sie im Supermarkt gesehen, und nachdem er den Anstecker mit der Aufschrift *Fragen Sie mich nach Immobilien* entdeckt hatte, hatte er genau das getan.

Sie bedeutete ihm, er könne sich setzen, und sagte: „Ich mache uns frischen Kaffee und wärme ein paar Scones auf, während Sie im Computer die Angebote durchgehen."

„Sie sind ein Engel", sagte er.

„Sie müssen es ja wissen … Herr Pfarrer." Sie klimperte mit den Wimpern. „Rufen Sie mich einfach, wenn Sie noch etwas brauchen."

Abgesehen von dem Zugriff auf ihre bundesweite Datenbank fiel ihm nichts ein. So hatte er auch Quinn ausfindig gemacht, da sie nicht hatte widerstehen können, ihrer Mutter zu erzählen, dass sie ein Haus gekauft hatte, auch wenn sie nicht sagen wollte wo.

Er hätte beinahe einen Anfall bekommen, bis Hannah ihm erklärt hatte, Quinn habe das kleine Haus mit ihren eigenen kostbaren Ersparnissen bezahlt – ein Schnäppchen bei einer Zwangsversteigerung, wie es sich für eine Schrotthändlerin gehörte.

Seine Finger huschten über die Tasten. Als er das Haus verwüstet hatte, hatte er so ziemlich alles zerstört, was sie besaß, auch wenn man darin immer noch wohnen konnte. Vielleicht würde er es anzünden, wenn sie fertig waren – eine symbolische Tat sozusagen.

Jetzt konzentrierte er sich aber nicht auf Quinn, sondern auf Morgan Spencer. Leider brachte seine Suche keine sofortigen Ergebnisse. Santa Barbara County wies keine Immobilie auf den Namen Morgan Spencer auf, nicht einmal ein Verkauf war dokumentiert, denn es konnte ja sein, dass er sein Haus nach dem Tod seiner Frau verkauft hatte. Er durchsuchte die Bezirksunterlagen nach Grundbucheintragungen auf den Namen seiner Firma und der Kelsey Foundation.

Über beide Institutionen hatte er bei der umfassenden Internetrecherche, die mehrere Tage gedauert hatte, mehr gelesen, als er wissen wollte. Alle Berichte und Bilder, die er verkraften konnte, aber keine Immobilien. Als er gerade überlegte, den Bildschirm an die Wand zu schmeißen, kam Lydia mit ihrem Snack zurück und lächelte übers ganze Gesicht. „Haben Sie etwas gefunden, das Ihnen gefällt, Herr Pfarrer?"

Er ließ seinen Blick über ihre Figur gleiten. „Ich glaube ja, Lydia."

Sie errötete und fächelte sich mit der Hand Luft zu und plötzlich hatte sie einen Südstaatenakzent. „Verstößt es nicht gegen eines Ihrer Zehn Gebote zu flirten?"

„Ich würdige nur Gottes Schöpfung."

Sie lachten herzhaft, mit einem kleinen unartigen Unterton. Er hatte perfekt mit ihr gespielt und sein Selbstvertrauen flammte auf. „Kennen Sie die Spencers?"

Der Themenwechsel überraschte sie. „Rick und Noelle?"

„Und gibt es nicht noch einen Bruder?"

„Ach, Morgan. Er ist ein dicker Fisch."

„Wirklich."

Sie war ganz aufgeregt und erzählte ihm alles über den Mann, aber nichts davon war ihm neu. „Ich konnte es nicht fassen, als er Veras Haus gekauft hat, obwohl es gleich neben Ricks Ranch ist. Was will er mit diesem Gebäude, das auf einem alten Keller errichtet wurde, in dem es spukt?"

„Sie bringen mich ganz durcheinander, Lydia."

„Ach, Sie." Sie lachte. „Ich meine nur, Morgan Spencer hat eine schäbige kleine Hütte gekauft, obwohl er jedes Haus auf der Liste hätte haben können." Sie zeigte auf den Computer. „Natürlich hat er mich nicht zu Rate gezogen."

„Wie konnte er dann etwas kaufen?"

„Nun, er hat direkt mit Veras Tochter gesprochen. Ich glaube nicht, dass der Kauf schon registriert ist." Einen Augenblick lang hatte ihr Gesicht den Ausdruck eines Raubvogels. „Ich frage mich, was er dafür bezahlt hat."

Als ihm bewusst wurde, dass er auf ihrem Stuhl saß, sprang Markham auf. „Wo sind nur meine Manieren geblieben?"

„Ach, ist schon gut. Ich sitze schließlich den ganzen Tag dort."

„Nein, bitte. Ich hoffe, Sie haben sich selbst auch etwas zu essen gemacht."

„Das habe ich." Sie lächelte. „Aber ich brauche es wahrscheinlich nicht."

„Jeder verdient eine kleine Belohnung." Er zog den Plastikstuhl aus der Ecke zu sich heran und setzte sich wie ein alter Freund zu ihr oder … Was sah sie wohl in ihm? Einen Kunden? Oder einen potenziellen Liebhaber? Oder beides? „Sie sagten, dass Morgan in einem Haus in der Nähe seines Bruders lebt."

Sie runzelte die Stirn. „Ich weiß nicht, ob er schon dort wohnt. Ich glaube, er hat sich ein paar Möbel liefern lassen, aber er muss irgendwo anders Urlaub machen. Ehrlich gesagt kann ich mir nicht vorstellen, dass er dort überhaupt einziehen wird." Sie schüttelte den Kopf. „Vielleicht hat er das Haus ja für jemand anders gekauft."

Markham rührte sich nicht. Natürlich. Spencer hatte die Verwüstung in Quinns Haus gesehen und ihr ein neues gekauft. „Würde er so etwas tun?"

„Oh ja, so ist er." Lautstark schlürfte sie ihren Kaffee. „Je mehr ich darüber nachdenke, desto mehr Sinn ergibt es. Wenn er hier ist, wohnt er bei Rick. Veras Haus braucht er nicht."

„Aber für wen würde er es dann kaufen?“

Lydia zuckte mit den Schultern und dachte einen Moment nach. Dann stellte sie mit Nachdruck ihre Tasse ab. „Also, ich habe da etwas gehört. Aber ich zögere noch, es einem Pastor zu erzählen, es könnte schließlich Tratsch sein.“

Er wartete mit einer freundlichen, aber nicht übermäßig ermutigenden Miene, bis sie ihr Zögern überwunden hatte. Sollte ihr Gewissen die Entscheidung selbst treffen.

„Es gibt ein Mädchen, Quinn Reilly. Sie hat sich vor sechs Monaten ein hübsches kleines Häuschen gekauft, eine Zwangsversteigerung durch die Bank, aber ich glaube, sie hatte dort Schwierigkeiten. Rudy vom Gemischtwarenladen hat gesagt, jemand sei eingebrochen und habe das Haus verwüstet.“

Dieser Laden könnte auch in Flammen aufgehen. Entspannt lehnte er sich zurück. „Ich hätte gar nicht gedacht, dass es hier Verbrechen gibt.“

„Normalerweise nicht. Die Leute schließen noch nicht mal ihre Haustüren ab.“

„War es dann etwas Persönliches?“

Sie biss etwas von ihrem Scone ab und fing die Krümel mit der Hand auf. „Der Deputy hat es sich angesehen, aber wer weiß das schon.“

Über den Deputy wusste er alles. „Wie ist sie denn mit Morgan Spencer verwandt?“

„Sie ist nicht mit ihm verwandt. Vielleicht befreundet.“

„Er kauft Häuser für seine Freunde?“

„Ich spekuliere ja nur. Aber wenn er wusste, dass sie ein Dach überm Kopf brauchte, und Veras Haus zu haben war …“

„Was für ein Kerl.“ Markham nippte an seinem Kaffee.

„Immobilien sind eine gute Geldanlage. Das Haus ist vielleicht nicht viel wert, aber es steht auf einem guten Grundstück. Es liegt an derselben Straße wie Ricks Ranch.“ Sie zog die Schultern hoch und ließ sie wieder sinken, sodass ihr Busen bebte. „Vielleicht vermietet Morgan es ja an sie.“

„Würde das aus Ihren Unterlagen hervorgehen?“

„Wie ich schon sagte, wahrscheinlich ist es noch zu früh.“

„Aber sie … wohnt jetzt dort?“

Lydia trank einen Schluck von ihrem Kaffee. „Um ehrlich zu sein, habe ich sie nicht mehr gesehen, seit sie das Haus damals gekauft hat."

Er spitzte die Lippen und schloss den Bogen zu dem eigentlichen Grund, warum er hier war. „Sagen Sie, Lydia, wie würde jemand eine Immobilie verstecken?"

Sie blinzelte. „Verstecken?"

„Ist es möglich, eine Immobilie zu besitzen, ohne dass andere wissen, dass sie einem gehört?"

„Oh. Natürlich. Der einfachste Weg, eine Immobilie zu verstecken, wäre ein Treuhandkauf. Dann erscheint Ihr Name nicht in den öffentlichen Urkunden. Niemand weiß dann, wem die Immobilie gehört, außer natürlich Ihr Anwalt, der Treuhänder und Sie selbst. Wollen Sie … etwa einen geheimen Kauf tätigen?"

Er wollte überhaupt keinen Kauf tätigen, aber es war ein so gutes Gefühl, sie am Haken zu haben, dass er nicht widerstehen konnte. Schließlich hatte er ja schon befürchtet, er hätte seine Fähigkeit, andere zu manipulieren, verloren. „Die Menschen erwarten, dass ein Geistlicher ein einfaches Leben führt. Wenn ich also etwas Extravagantes kaufen wollte und dieses Geschäft über einen Treuhänder tätigte, könnte das niemand herausfinden?"

Sie lächelte strahlend. „Ja, Herr Pfarrer. Es wäre unser Geheimnis."

Da Morgan nur das Wochenende frei hatte, nutzten sie die Zeit, so gut es ging. Der gestrige Abend hatte ihnen gehört und heute war Livies Tag und der erste Halt war ein antikes Karussell, an dem die Kinder Schlange standen. Elfen, Rentiere und Spielzeugsoldaten und irgendwo in der Mitte eine „lebensgroße" Weihnachtsmannpuppe gaben der uralten Tradition eine originelle Wendung.

Sie bemühte sich, ihre Schmerzen zu verbergen, aber Morgan entging nicht viel. „Tut's weh?"

Von der Kollision mit der Klippe taten ihr heute der Knöchel und so ziemlich jeder andere Körperteil noch mehr weh als gestern, aber für Livie riss sie sich zusammen. Auch wenn der Tag sich sommerlich anfühlte – konnte es eine bessere Zeit geben als ihr erstes gemeinsames Weihnachten, um Erinnerungen zu schaffen? „Es geht schon.“

Kritisch betrachtete er ihren blau angelaufenen Fuß, der in einer Sandale steckte. „Vielleicht solltest du einen Arzt draufsehen lassen.“

„Wenn es was Ernstes wäre, wüsste ich das. Ich habe mir einmal den Fuß gebrochen, als ich mit meiner Schwester Äpfel gepflückt habe. Sie hat versehentlich die Leiter umgestoßen, die am Baum stand.“

„Versehentlich?“

Sie wollte etwas sagen, behielt es dann aber doch lieber für sich. Es war ihr unheimlich, wie scharfsinnig er war. „Das haben alle gesagt.“ Sie schob Livie vorwärts. „Hannah ist ein gutes Mädchen. Ein perfektes Ergebnis der Indoktrination, geübt in Ehrfurcht und Gehorsam.“

Ein kleines Mädchen vor ihnen steckte die Finger in den Mund und zog ein langes Band aus Kaugummi heraus. Es riss wie ein Gummiband und klebte an seiner Wange, woraufhin die Mutter es ausschimpfte. Erin fand, dass das Kind noch viel zu klein war, um schon Kaugummi zu kauen.

„Dieselbe Indoktrination, der du ausgesetzt warst.“ Morgan fuhr mit dem Daumen über ihre Wirbelsäule. „Und wo sind Ehrfurcht und Gehorsam bei dir?“

Sie funkelte ihn an. „Die Mahlzeit war aufgetragen, aber ich habe nicht gegessen.“

„Aha.“ Ein Lächeln umspielte seine Lippen. Er hockte sich hin und hob Livie hoch, die sich umgedreht hatte und sein Bein umklammerte. „Bald sind wir dran, Liebling.“ Er strich über ihr feines Haar.

Erin zählte die Kinder, die vor ihnen in der Schlange standen. Es würde eine Weile dauern, bis alle mit dem Karussell gefahren waren und für ein Foto mit dem Weihnachtsmann posiert hatten, der sich die Herzenswünsche jedes Kindes anhörte. Das kleine Mädchen mit dem Kaugummi hatte offensichtlich einen Wunsch geäußert. Als die Mutter Nein sagte, kniff das Kind seiner Mutter wütend in die Wade. Anstatt der Kleinen zu erklären, dass man vor den Augen des Weihnachtsmannes nicht die eigene Mutter kniff, riss die Frau ihre Tochter unsanft am Arm aus der Schlange.

Morgan zog eine Augenbraue hoch, während die beiden davonstapften. „Einer weniger."

Erin kicherte, aber da sie mitgezählt hatte, wusste sie, dass Livie in der nächsten Runde dabei war.

Morgan ließ seine Hand auf ihrem Rücken liegen. „Was stimmt dann nicht mit deiner Schwester?"

„Was meinst du?"

„Sie stößt eine Leiter unter dir weg. Sie ist linientreu und verfällt Markham."

Erin seufzte. „Sie ist … leicht zu beeinflussen."

„Das ist alles?"

„Vielleicht hat sie eine leichte Behinderung."

„Aber du bist dir nicht sicher?"

„Es spielt keine Rolle. Wenn sie sich etwas in den Kopf gesetzt hat, ist sie so stur wie …"

„Du?"

„Ich bin vernünftig. Ich bin schließlich nach Paris geflogen und habe dich geheiratet."

Als sie Paris erwähnte, sah er sie unter halb geschlossenen Lidern hervor an und seine Hand wanderte tiefer, als der Weihnachtsmann es gutheißen würde.

„Morgan."

Die Hand rutschte ein wenig höher. „Ich frage mich, wie sehr die Einschränkungen deiner Schwester die Grundsätze deines Vaters geformt haben."

„Wie meinst du das?"

„Vielleicht hat er gedacht, dass alle Menschen diese intensive Fürsorge und seinen Beschützerinstinkt nötig haben. Dadurch fiel die Beeinträchtigung, mit der deine Schwester zu kämpfen hatte, nicht so auf und alle wurden gleichviel bevormundet."

Von dieser Seite hatte sie es noch nie betrachtet. „Das ist das Netteste, was du hättest sagen können."

Er zuckte mit den Schultern. „Ich kann es verstehen – das ist alles. Wenn Livie eine Behinderung hätte, würde ich die Welt um sie herum ändern."

Plötzlich wurde es ihr angenehm warm. „Ich liebe … diesen Zug an dir."

Er lächelte langsam. „Vorsicht! Du könntest etwas sagen, wozu du noch nicht bereit bist."

Ihr Herz raste. Am liebsten würde sie ihm ja etwas Liebes sagen, doch dann wieder …

Er beugte sich vor und küsste sie. „Aber das macht nichts. Ich kann es in deinem Gesicht lesen."

Die Ratte. Sie zog ihn am Ärmel.

Grinsend setzte er Livie auf das Karussell. Mit überfließendem Herzen folgte sie ihnen aufs Karussell.

Als Morgan seine Tochter nach mehreren zauberhaften Stunden im Zoo in ihrem Kindersitz festschnallte, fragte er Erin: „Würde es dir etwas ausmachen, neben ihr zu sitzen, um sie wach zu halten?" Wenn sie jetzt einschlief, würde sie keinen richtigen Mittagsschlaf mehr machen.

„Kein Problem." Sie nahm ihren Platz ein – nicht aus Ehrfurcht oder Gehorsam, sondern weil sie Teil eines Teams war, das gemeinsam arbeitete, mit einer Meinung, einem Ziel. Er hatte gesehen, dass sie anpassungsfähig war. Sie konnte entweder die Führung übernehmen oder die Unterstützerrolle. Gute Eigenschaften. Mit einer entsprechenden Ausbildung könnte sie in der Geschäftswelt viel erreichen – oder überall sonst, wo sie das wollte. War es fair anzunehmen, dass sie nichts anderes wollte, als das Kind zu lieben, das er mit in die Ehe gebracht hatte?

Livie schlief schon halb, als er sie zu Hause hinlegte. Sein Herz ging ihm dabei auf, wie jedes Mal, wenn er sie ins Bett brachte. Er hatte angenommen, Erin sei ihnen ins Haus gefolgt, aber als er Livies Zimmer verließ und hinunterging, konnte er sie nirgends sehen. Er ging in den Garten hinaus, wo sie auf ein Büschel lavendelfarbener Blüten zeigte, die an den grauen Zweigen des Palisanderholzbaumes sprossen.

„Er blüht im Dezember."

„Das ist nur eine Nachblüte. Im Frühjahr werden die Blätter abfallen und im Juni explodiert der Baum dann vor Blüten."

„Das heißt, ihr habt hier den Herbst im Frühling und den Frühling im Winter."

„Nur bei dieser Baumart." Eine Erinnerung stieg in ihm auf und sie versetzte ihm einen Stich. Er dachte daran zurück, wie er mit Jill hier gestanden und ihr die gleiche Erklärung gegeben hatte, und es hatte sie amüsiert, dass Weihnachten vor der Tür stand und dieser dumme Baum dachte, es sei Frühling.

Er verspürte zwar keine Panik, aber eine tiefe Traurigkeit, und er merkte, dass sie ihm anzusehen war. „Es tut mir leid."

„Ist schon in Ordnung."

Er senkte den Blick zu Boden. „Manchmal überkommt es mich einfach. Alles ist wunderbar und dann ..." Er schüttelte den Kopf. „Es ist so hinterhältig, dass diese Momente ohne jeden Grund kommen."

„Doch, es gibt einen Grund." Sie legte eine Hand auf seinen Arm. „Du hast mir kein Datum genannt, aber wenn Livie im September Geburtstag hat und sie drei Monate alt war ..."

Er schloss die Augen und öffnete sie dann wieder. „Am siebten Dezember."

„Aber das ist ja morgen."

Er nickte. Natürlich verging dieses Datum nicht, ohne dass es ihm bewusst war, aber es war sehr einfühlsam von ihr. „Eigentlich haben wir jetzt Regenzeit. Aber in dem Jahr war es sehr trocken und die Temperaturen waren hoch." Er schluckte. „Einer dieser wahnsinnig heißen Winde kam über die Berge geweht wie der Atem der Hölle." Er schüttelte den Kopf. „Zur falschen Zeit am falschen Ort. Drei junge Mütter. Die anderen beiden haben überlebt." Er warf ihr einen Blick zu. „Darüber bin ich froh."

Sie nickte und glaubte ihm, dann fuhr sie mit der Hand über seinen Arm und ergriff seine Hand. „Können wir ihr Grab besuchen?"

Er spürte, wie sein Brustkorb in sich zusammenfiel, so als hätten seine Knochen sich in Wachs verwandelt und könnten ihn nicht mehr halten. Alle Gedanken daran hatte er vermieden und doch waren sie da gewesen. Welcher Mann kehrte dem Grab seiner Frau den Rücken und blickte kein einziges Mal zurück? Der Kummer ließ seine Stimme rau klingen. „Willst du?"

„Livie könnte ihrer Mutter ja Blumen bringen."

Wieder sackte er zusammen. „Sie weiß es noch nicht einmal. Ich habe keinen Sinn darin gesehen, weil sie zu klein war, um überhaupt den Verlust zu verstehen."

„Das war auch richtig. Aber jetzt könnte sie es erfahren, wenn du es willst."

Erin hätte ihn zu einem klaren Schnitt drängen können. Mit ihren zwei Jahren war sie immer noch klein und ihre Situation würde sich im Laufe der Zeit festigen. Aber dies war ebenso Livies Realität wie seine und Erin erkannte das. Er nickte nur. Morgen würden sie gehen.

Es regnete, als sie über den Friedhof von Santa Barbara gingen; das Gras war wie ein feuchter Teppich auf den sanften Hängen und der ebenen Fläche mit den Gräbern. Es hatte ihr Herz angerührt, als Consuela gefragt hatte, ob sie mitkommen dürfe, und Morgan das begrüßt hatte. Jetzt ging Livie auf Zehenspitzen vor den drei Erwachsenen, vielleicht, weil Morgan ihr erklärt hatte, dass dies kein Park zum Spielen war. Es war ein Ort zum Beten.

Erin trug den kleinen Blumenstrauß, den sie mitgebracht hatte, damit Livie ihn ihrer Mutter aufs Grab legen konnte. Sie wusste nicht, wie viel das kleine Mädchen verstand, aber für Morgan war es wichtig. Am Grab hockte er sich in seinen khakifarbenen Hosen und der schwarzen Lederjacke hin und nahm Livie zu sich, während er leise mit ihr sprach. Erins Kehle war wie zugeschnürt.

Consuela überraschte sie, indem sie ihre Hand drückte. Sie flüsterte: „*Gracias*, Señora Erin. Sie tun seinem Herzen gut."

Nach einer Weile ließ Morgan die Hände sinken und Livie kam zu ihnen gelaufen. „Kann ich die Blumen für Mommy haben?"

Erin hockte sich hin und drückte den Strauß in Livies kleine Hände. „Hier hast du sie."

Livie drehte sich um und ging feierlich zu der Platte, die den Namen ihrer Mutter trug. Sie hockte sich wie ein Grashüpfer auf den Boden und legte die Blumen darauf. „Hier hast du sie, Mommy."

Morgans Gesicht verzog sich und lautlose Schluchzer erschütterten ihn, während er dort kauerte.

Sie blieb neben Consuela stehen, während Livie zwischen den Gräbern herumlief. Der Regen hatte ein wenig nachgelassen. Auf der nahe gelegenen Straße fuhr langsam ein Auto vorbei, auf dem Weg zu einem Namen auf einem der Gräber, so wie sie. Langsam erhob Morgan sich und gesellte sich zu ihnen. Wortlos sah er in Consuelas Gesicht. Sie streckte die Hände nach ihm aus und er drückte sie; dann ging sie an ihm vorbei, um sich um Livie zu kümmern.

Erin sah ihm in die Augen, als Morgan sie in die Arme nahm. Sie drehte ihren Kopf zur Seite und legte ihn an seine Brust, umarmt von Trauer und Trost. Lange standen sie so da, dann strich er ihr mit seiner Hand übers Haar.

Sie blickte zu ihm auf und sagte: „Ich liebe dich."

Sein nächster Atemzug schien tiefer zu sein. Er zog sie wieder an sich und drückte seine Wange an ihren Kopf. „Gehen wir nach Hause."

Kapitel 27

Noelle versuchte erst gar nicht, mit Liam mitzuhalten, als sie die Treppe zu der kleinen Stadtbücherei hochging. Er griff nach der Türklinke und lehnte sich zurück, um die Tür aufzuziehen, als jemand sie von innen öffnete. „Hannah. Hallo."

Hannah erkannte sie und errötete. „Oh. Hallo."

„Wie geht es Ihnen? Ich wusste gar nicht, dass Sie immer noch hier sind."

„Mir geht es gut."

Sie sah tatsächlich besser aus als beim letzten Mal, dachte Noelle. Ihr Herz schlug schneller. Hatte Hannah sich von Markham getrennt?

„Ich wollte ein Buch ausleihen, aber wer nicht hier wohnt, bekommt keinen Ausweis."

„Kein Problem, ich kann es doch für Sie ausleihen."

Liam nahm das als Aufforderung, hineinzurennen, und Noelle hielt die Tür fest, als diese zufallen wollte. Sie war sich sicher, dass Hannah ablehnen würde, aber Quinns Schwester sagte: „Ich lese gerne."

„Haben Sie sich schon etwas ausgesucht?"

„Ja." Sie ging mit hinein. „Es liegt noch da auf dem Tresen und soll wieder zurückgeräumt werden."

Noelle ging zu dem alten, kunstvoll geschnitzten Tresen, an dem Pike Gregory ihnen mit bedauernder, aber entschlossener Miene entgegensah. „Ich mache die Regeln nicht", sagte er zu Hannah. „Ich befolge sie nur."

„Ich leihe das Buch für sie aus." Noelle legte ihren Ausweis auf den Tresen.

„Dann sind Sie dafür verantwortlich."

„Das ist in Ordnung." Ihr gefiel, wie ernst Pike seinen Job nahm. Gefühlt war er schon seit seiner Geburt für die Bücherei zuständig – als die Dinosaurier noch auf der Erde lebten. Sie reichte ihm den Ausweis und er zog die Karte und Hannahs historischen Roman unter einem Scanner entlang, eine wunderbare Mischung aus altmodisch und modern.

Als Hannah ihr dankte, sagte sie: „Gern geschehen. Viel Spaß beim Lesen."

„Ich mag diese alten Geschichten. Ich meine Geschichten über frühere Zeiten."

Noelle nickte. Sie hätte es sich denken können, weil Hannah nicht besonders gut in diese Zeit zu passen schien. Sie wollte nach Markham fragen, ließ es dann aber doch lieber bleiben. Als Liam mit einem großen Bilderbuch über Haie zu ihr gerannt kam, das sie für ihn ausleihen sollte, schlüpfte Hannah hinaus. Noelle ging ans Fenster und sah, wie sie in einen weißen Chevrolet mit einer zertrümmerten Windschutzscheibe stieg. Sie musste durch die Beifahrertür einsteigen.

Mit einem Anflug von Kummer und auch Reue fasste Noelle sich an die Kehle. Vielleicht gab es doch noch eine Möglichkeit, der Frau zu helfen. Sie hätte wenigstens fragen sollen, wo Hannah wohnt.

„Was ist das?" Markham beugte sich vor, um zu sehen, was Hannah in der Hand hielt, während sie steif auf dem beschädigten Sofa saß, das zugleich als ihr Bett diente.

Sie machte schon Anstalten zu antworten, dann riss sie die Augen auf.

Da er die letzten paar Tage damit verbracht hatte, sich im Wirtshaus *Zum Wildschwein* beliebt zu machen und irgendetwas herauszufinden, was ihn zu Quinn und Morgan führte, hatte er sich nicht viel darum gekümmert, was Hannah tat – er hatte angenommen, dass sie das Haus von Quinn nur zum Einkaufen verließ. Offenbar hatte er sich geirrt.

Sie schluckte. „Ein Buch aus der Bücherei."

„Woher hast du das?"

Wieder dieses Schlucken und der ängstliche Blick. „Noelle hat es für mich ausgeliehen."

Er runzelte die Stirn. „Noelle?"

„R-Ricks Frau. Sie hat mir gerne geholfen … mit dem Buch, meine ich."

„Was hast du ihr gesagt?" Sosehr er es auch versuchte, er konnte die Schärfe nicht aus seiner Stimme verbannen.

Ihre Lippen bebten. „Ich habe gesagt, dass ich Geschichten von früher mag."

„Das meine ich nicht. Weiß sie, dass wir hier wohnen? Zusammen?"

Sie schüttelte den Kopf. „Mehr habe ich nicht gesagt." Sie hatte Tränen in den Augen, als sie flüsterte: „Ich würde dich doch niemals in Schwierigkeiten bringen, Markham. Schließlich hat mich Gott zu deiner Dienerin gemacht."

Ein Satz, von dem er wünschte, er hätte ihn nie ausgesprochen. „Ich will nicht, dass du mit irgendjemandem in dieser Stadt sprichst."

Sie zog sich zurück wie eine Schildkröte, die unter ihrem Panzer in Deckung geht, aber anstatt den Mund zu halten, sagte sie beinahe trotzig: „Dann bin ich aber froh, dass ich mein Buch habe. Für die ganze Zeit, wenn ich dich nicht habe."

„Glaubst du, es macht mir Spaß, den ganzen Tag herumzurennen, um Quinn zu suchen?" Er senkte seine Stimme. „Ich *muss* das machen." Ausnahmsweise schien die Wichtigkeit seiner Mission keinen Eindruck auf Hannah zu machen.

„Aber ich bin die ganze Zeit allein. Warum kann ich nicht mitkommen, wenn du weggehst?"

„Kritisierst du mich etwa? Glaubst du vielleicht gar nicht mehr, dass ich Gottes Stimme höre. Vielleicht denkst du ja –"

„Nein, Mark. Bitte sag das nicht. Natürlich glaube ich das. Ich weiß ja, dass du nur versuchst das zu tun, was Gott von dir verlangt."

„Ich heiße Markham."

Sie blinzelte verständnislos.

„Du hast mich Mark genannt. Mach das nicht noch einmal."

Ihr Gesicht entgleiste. „Oh, Mark-ham."

„Ich bin nicht sauer." Entschlossen atmete er durch die zusammengebissenen Zähne aus. Eine dreiste Lüge. Wenn nicht bald etwas geschah, würde die Wut zunehmen. Der Zorn würde übersprudeln. Aber was konnte er tun?

Nirgendwo in der Stadt war etwas von Quinn oder dem fantastischen Morgan Spencer zu sehen. Soweit er das beurteilen konnte, gab es nur einen Ort – Lydia sei Dank –, der sich als nützlich erweisen könnte.

Morgan half Erin, von der Hantelbank aufzustehen. Auf der Heimfahrt vom Friedhof hatte er gemerkt, dass der Besuch am Grab sie verunsichert hatte. Für ihn hatte der Gang ans Grab etwas Reinigendes gehabt, aber er wusste auch, dass er nicht endlos in seinem Kummer baden durfte. Es war heute auf den Tag genau zwei Jahre her, dass er seine Frau verloren hatte. Das war eine Tatsache, mit der er jedes Jahr würde leben müssen. Aber der Tag hatte mehr Stunden als Tränen, auch wenn dies die ersten gewesen waren, die er an ihrem Grab vergossen hatte, und jede einzelne kam aus einer Wunde seines Herzens, die geheilt werden wollte.

Erin hatte die Augenbrauen hochgezogen, aber keine Einwände gehabt, als er ein Training vorgeschlagen hatte. Hätte sie ihn schon früher kennengelernt, dann wäre das keine Überraschung für sie gewesen. Seine Fitness hatte in den vergangenen zwei Jahren nachgelassen, aber sie war ein wichtiger Teil von ihm. Die Verfolgungsjagd hinter Erin her und dieses Training machten ihm deutlich, dass er den Sport wieder ernster nehmen musste. Die Heilung der Seele ging Hand in Hand mit einem gesunden Körper.

Er hatte gehofft, einige leichte Übungen an den Geräten würden Erin helfen, den Muskelkater loszuwerden, und das schien funktioniert zu haben. Sie waren beide verschwitzt und ihre Wangen waren gerötet.

Er warf ein Handtuch um ihren Nacken, ohne die Enden loszulassen. „Nicht schlecht für einen Kobold."

„Vorsicht! Ich habe noch alle meine Zähne."

„Sogar die Weisheitszähne?"

„Mhm. Sie sind ganz gerade gewachsen und haben einen guten Biss."

„Lass mich mal sehen." Er legte ihr einen Finger unters Kinn und sah ihr in den Mund. „Aha."

„Und du?“

„Meine wurden gezogen. Anschließend hatte ich schreckliche Zahnschmerzen, aber ich habe sie mannhaft ertragen.“

„Ich frage mich, ob deine Mutter das auch so sehen würde.“

„Was Celia betrifft, so hat sie immer große Stücke auf mich gehalten, egal, was ich getan habe.“

„Ach ja, das hatte ich ganz vergessen.“

Er musterte sie. „Erzähl mir noch etwas von dir.“

Sie lachte über seine Albernheit. „Ich habe jeden Buchstabierwettbewerb gewonnen, an dem ich teilgenommen habe.“

„Das überrascht mich nicht.“

„Es waren nur drei. In der ersten, der zweiten und der dritten Klasse. Dann fand mein Vater, es sei für eine Pastorentochter nicht angebracht, sich mit anderen zu messen.“

Er hielt die Handtuchenden mit einer Hand zusammen und tippte mit der anderen auf ihr Kinn. „Er wusste, dass die anderen gegen dich keine Chance hatten.“

Mit einem Achselzucken legte sie ihre Hände auf seine. „Und jetzt du.“

Er zögerte, dann entschied er sich für das Offensichtliche. „Ich habe mit elf zum ersten Mal ein Mädchen geküsst.“

„Das überrascht *mich* nun nicht. Wer war es?“

„Ein Gentleman genießt und schweigt.“

„Du kannst dich wahrscheinlich nicht mehr daran erinnern.“ Sie nahm ihm das Handtuch aus der Hand. „Ich will noch etwas wissen, erzähl mir mehr.“

Er legte seine Unterarme auf ihre Schultern. „Als ich klein war, vielleicht vier oder fünf Jahre alt, habe ich mich bei einer Tierschau selbständig gemacht. Ich bin von Stall zu Stall und von Scheune zu Scheune gegangen und dachte, ich würde meine Eltern und Rick sehen oder jemanden, den ich kannte.“ Er erinnerte sich daran, wie riesig der Markt gewesen war und wie es gerochen hatte, nach Tieren, Dung und Heu.

„Hattest du Angst?“

„Bestimmt, aber ich habe nicht geweint. Ich habe weitergesucht, bis irgendwann so ein Cowboy vor mir stand und mich fragte, zu wem ich gehöre.“ Er erinnerte sich an den Mann mit dem braunen

Hemd, dem Cowboyhut auf dem Kopf und den Beinschützern. „Ich habe ihm gesagt, dass ich nur mir selbst gehörte. Er fand das lustig, aber ich wusste nicht, warum. Selbst damals hatte ich schon eine genaue Vorstellung von meiner Identität."

„Und was ist dann passiert?"

„Er hat mich nach meinem Namen gefragt und ich habe ihm geantwortet, dass ich Morgan Spencer heiße und dass meine Familie verloren gegangen ist."

Erin hörte belustigt zu. „Was hat er daraufhin gemacht?"

„Er hat mich auf sein Pferd gesetzt und ist mit mir zum Mikrofon gegangen, wo er den Ansager gebeten hat, die verloren gegangenen Spencers auszurufen, damit sie Morgan am Musikpavillon treffen."

Sie strahlte über das ganze Gesicht. „Livie ist genauso. Sie weiß nicht nur, wer sie ist, sondern sie hat auch uns anderen alle im Blick."

Er beugte sich vor und gab ihr einen Kuss. „Ich finde es toll, dass du das erkennst." Dann küsste er sie noch einmal. Sie hatte ihm erzählt, dass für Livie Tage wie Jahre seien, aber jetzt schien es ihr, als würden sie in jeden Tag gleich mehrere Jahre packen und sich mit fieberhafter Geschwindigkeit und auf einer ganz tiefen Ebene kennenlernen.

Nachdenklich fuhr sie ihm mit den Fingerspitzen über die Wange, dabei waren ihre Augen leuchtend und geheimnisvoll und ihre elfenhaften Züge zum Anbeißen. „Als ich klein war, wollte ich immer ein Pferd haben. Ein paar Leute in unserer Gemeinde hatten Land und Tiere und ich wünschte mir das Pferd so sehr, dass ich es kaum noch aushielt. Ich las Geschichten über Pferde, zeichnete sie und träumte von ihnen und bettelte ständig darum. Und schließlich ging mein Vater mit mir zu einer Auktion, um zu sehen, was im Angebot war.

Ich war so aufgeregt, dass ich beinahe in Tränen ausgebrochen wäre." Sie legte eine Hand auf seinen Arm. „Die Stute war braun mit einer weißen Blesse und ich wusste schon, was ich alles versprechen würde, wenn ich sie nur bekäme."

Abwartend neigte er den Kopf, weil er eine Wendung spürte.

„Als ich näher trat, wurde mir bewusst, wie groß das Tier war, und da ich – wie du nicht müde wirst zu erwähnen – sehr klein bin, zögerte ich. Während ich dastand, stampfte die Stute mit einem Huf auf und warf den Kopf zurück, sodass ihre riesige Schnauze über mir schwebte. Auf einmal hatte ich Angst vor ihr. Es war so, als hätte jemand meinen Kopf geöffnet und mir einen riesigen Sandberg aus Angst hineingeschüttet. Ich bestand nur noch aus Angst, meine Füße waren wie am Boden festgeklebt, meine Hände an der Seite erstarrt. Plötzlich hatte ich schreckliche Angst vor dem, was ich mehr liebte als alles andere in der Welt."

„Und dann?"

„Mein Vater drehte sich zu mir um und sagte: ‚Überleg dir gut, was du dir wünschst.'"

Morgan stieß pfeifend die Luft zwischen den Zähnen hindurch. „Warum hat er dich nicht genommen und dich auf den Rücken der Stute gesetzt?"

Sie lächelte schwach. „Ihm war es wichtiger, mir eine Lektion zu erteilen."

„Dass ganz natürliche Gefühle gefährlich sein können?"

„Dass ich mich nicht darauf verlassen sollte, selbst zu wissen, was gut für mich ist. Auch dann nicht, wenn mein eigenes Herz betroffen ist."

„Hast du immer noch Angst vor Pferden?"

Sie zog eine Schulter hoch. „Darüber habe ich noch nicht wirklich nachgedacht."

Also ja, aber die Lektion hatte sie nicht davon abgehalten, sich etwas zu wünschen oder Risiken einzugehen. Sie war ihrem Gewissen gefolgt und hatte gelernt, auf eigenen Füßen zu stehen. Diese starke, kesse Frau, die er am Anfang gesehen hatte, war echt, war der Kern, trotz der Missverständnisse und fragwürdigen Entscheidungen. Quinn Erin Reilly Spencer hatte mehr Substanz, als man hinter ihrer zierlichen Gestalt vermuten konnte.

Erin eilte aus der Dusche und schlüpfte schnell in ihren Bademantel, um ans Handy zu gehen. Dabei war sie ganz unbesorgt, da kaum jemand ihre Nummer hatte.

„Quinn? Ich bin es, RaeAnne. Ich hoffe, ich störe nicht, aber ich habe immerzu an dich gedacht und musste einfach anrufen." Sie nahm sich gerade so viel Zeit, um Luft zu holen, und sagte dann: „Wie geht es dir und deinem feschen Gatten?"

Erin lachte, weil es unmöglich war, die Riesenschritte auszudrücken, die sie gemacht hatten, selbst seit Noelle ihr die gleiche Frage gestellt hatte. „Es ist wirklich erstaunlich."

„Ach, Liebes, da bin ich aber froh. Und sein kleines Mädchen?"

„Sie ist wundervoll. Ich dachte, sie würde Noelle schrecklich vermissen, und das tut sie natürlich auch, aber Morgan war immer so sehr Teil ihres Lebens, dass die Trennung nicht so schmerzlich ist, wie er befürchtet hatte. Wie geht es dir?"

„Ach, weißt du, ich hoffe immer noch auf Antworten oder einen Abschluss oder was auch immer."

Erin wurde bewusst, dass sie RaeAnne noch gar nichts von Raymond Hartleys Krankengeschichte erzählt hatte. „Sitzt du gerade?"

„Ja ... was gibt's denn?"

„Du erinnerst dich doch an die Berichte über die psychiatrische Anstalt, auf deren Fundament das Haus deiner Mutter errichtet wurde, oder?"

„Als wir mit Moms Tagebuch fertig waren, warst du am Überlegen, ob du sie lesen sollst."

„Aber außer dem, was Dr. Jenkins und ich an Thanksgiving gelesen hatten, bin ich erst hier wieder dazu gekommen, mir die Unterlagen anzusehen."

„Und?"

„RaeAnne, dein Vater wurde dort behandelt."

„In einer Nervenheilanstalt?" Sie holte hörbar Luft. „Weswegen?"

„Es handelt sich hier um aufgeschriebene Geschichten, nicht um richtige Krankenakten."

„Und ich bin kein Gericht."

„Sie haben ihn wegen Wutanfällen und Depressionen im Zusammenhang mit Selbstgefährdung eingewiesen."

„Puh", machte sie. „Damit habe ich nicht gerechnet."

„Vielleicht ist er so nach Juniper Falls gekommen und dann ist deine Mutter auch dorthin gezogen."

„Das ergibt schon einen Sinn."

Sie fuhr sich mit den Fingern durch das feuchte Haar. „Wenn es sehr schlimm war, könnte das ein Grund dafür sein, warum Vera dir nicht mehr von ihm erzählt hat. Ich wünschte, ich könnte dir wenigstens helfen, ihn zu besuchen."

Aber sie erzählte ihr, dass Markham und ihre Schwester in Juniper Falls waren, und erklärte ein wenig, warum das ein Problem war.

„Deine eigene Schwester?"

„Leider. Aber sie können ja nicht für immer dort bleiben, und sobald die Luft rein ist, gehen wir zusammen zu deinem Vater."

„Bitte bring dich nicht meinetwegen in Gefahr."

Sie presste sich eine Hand aufs Herz. „Das lässt Morgan sowieso nicht zu."

„Ich bin so froh, dass du ihn hast."

„Ja", flüsterte sie. „Ich auch."

Nachdem sie so weit gekommen war, gab es wirklich keinen Grund, warum ihre Gedanken ihr keine Ruhe ließen. Aber als Morgan neben ihr fest schlief, schlüpfte sie hinaus und ging leise den Flur entlang. Sie machte das Licht an, nahm die drei restlichen Fotoalben vom Regal und setzte sich im Schneidersitz auf den Boden.

Das erste Album enthielt Hochzeitsfotos. Das Foto vom Abschlussball war fünfzehn Jahre vorher aufgenommen worden. In der Zwischenzeit waren sie getrennt gewesen und nun sah sie sich die Bilder der beiden Liebenden an, die wieder vereint waren. Jeder Augenblick, jedes Lächeln, jeder Kuss wurde festgehalten. Andere Gesichter und Gestalten gesellten sich dazu, aber sie hatte nur Interesse an Jill und Morgan. Foto um Foto nahm sie in sich auf.

Das nächste Album enthielt Fotos, die sie an verschiedenen Orten bei unterschiedlichen Aktivitäten zeigten – und überall waren die hübsche schlanke Jill und der attraktive Morgan zu sehen. Im dritten Album verfolgte sie, wie Jills Bauch immer dicker wurde, beobachtete sie beim Einrichten des Kinderzimmers, beim Geburtsvorbereitungskurs, sah die Liste mit Namen, die sie sich ausgedacht und dann doch wieder verworfen hatten. Und dann Olivia Joy.

Plötzlich hörte sie ein Geräusch und sah Morgan im Türrahmen stehen, die Haare zerzaust, der Blick nervös.

„Ich hoffe, es macht dir nichts aus", sagte sie mit Geisterstimme, dann wurde ihr bewusst, wie dumm diese Bemerkung war. „Natürlich macht es dir etwas aus. Ich werde nicht –"

Sein Blick hob sich und wanderte durch den Raum. „Ich hatte dieses Zimmer schon ganz vergessen." Er kam auf sie zu und setzte sich dicht neben sie auf den Boden, sodass sie den Rücken an sein angewinkeltes Bein lehnen konnte, während er einen Arm um ihre Schulter legte, die andere Hand auf ihren Arm. In beinahe jeder Hinsicht umfing er sie.

Sie blickte in seine tiefblauen Augen und sagte: „Ich musste mich meiner Angst stellen."

Sein Blick ging zu dem Album auf ihrem Schoß und zu den Bildern von Mutter und Tochter. Er sah die anderen Alben in der Nähe liegen und musste wissen, dass ihr Inhalt offenbart, studiert und verarbeitet worden war. Seine Stimme klang leise und belegt, aber fest. „Sie hatte keines von Noelles Problemen. Die Schwangerschaft war einfach für sie, wie alles andere, was sie tat. Livies Geburt war für sie ein Spaziergang, obwohl ich das so nicht gesagt hätte."

„Kluger Mann."

„Sie wäre eine großartige Mutter gewesen." Es klang rau. „Sie hat Kinder so sehr geliebt, hat so für sie gekämpft, für sie gelitten." Er blickte zu dem Regal hinüber. „Hast du ihre Schüler gesehen?"

„Ja", flüsterte sie.

Er runzelte die Stirn. „Es hat sie alles gekostet, Kelsey nach der Geburt wegzugeben. Ich glaube, deshalb hat sie auch nicht geheiratet. Sie war nicht in der Lage …"

„Sich in einen anderen Mann zu verlieben, der dich ersetzt hätte?"

Er drückte ihren Arm. „Als Livie geboren wurde, fiel all das von ihr ab. Da hätte sie vielleicht endlich Heilung erlebt."

Sie konnte sich gut vorstellen, dass Livie alle Wunden heilte. Auch sie hatte sich in dieses Kind verliebt, bevor sie überhaupt gewusst hatte, dass sie diesen Mann liebte.

„Ich bin sicher, Frauen hassen es, wenn sie miteinander verglichen werden. Aber so wie du mit Livie umgehst, erinnert mich das an

Jill." Er warf ihr einen Blick zu, um zu sehen, wie sie das aufnahm. „In anderer Hinsicht wiederum seid ihr euch kaum ähnlich, aber darin …" Er strich ihr mit der Hand über den Arm und seine Augen wurden dabei dunkel und ernst. „Weißt du, was ich möchte?"

„Nein, aber du wirst es mir gleich verraten?"

Seine Stimme war jetzt ganz heiser. „Ich möchte gerne Kinder mit dir haben."

Ihr Herz machte einen Satz und sie sah ihn voller Fragen an. Er meinte es ernst, wie immer, wenn er zu etwas entschlossen war. „Willst du Kinder, weil ich wie Jill bin?"

„Was ich in ihr gesehen und geliebt habe, kann ich in dir sehen und lieben. Das bedeutet aber nicht, dass du so wie Jill sein sollst. Es ist mein tiefster Wunsch, mehr als nur ein Instinkt, dass wir zusammen Kinder bekommen."

Sie holte zitternd Luft, erstaunt darüber, dass sie überhaupt atmen konnte. Sie schob sich die Haare hinters Ohr und brachte heraus: „Irgendwann?" Dabei sah sie ihn mit großen Augen an. Plötzlich wurde ihr bewusst, dass sie sich um Empfängnisverhütung gar keine Gedanken gemacht hatte. In diesem ganzen emotionalen und verwirrenden Wirbelsturm hatte sie sich darauf konzentriert, für Livie zu sorgen, Morgan bei seinem Heilungsprozess zu begleiten und ihr eigenes Herz zu beschützen. Sie fühlte sich unreif und kindisch, weil sie nicht an die möglichen Folgen ihrer Liebe gedacht hatte.

Er strich ihr über ihre Wange. „Falls es dich beruhigt – ich würde es so wollen. Gottes Timing ohne unsere Einmischung."

„Selbst nach …"

„Kelsey?"

Sie nickte.

„Als Jill schwanger wurde, war ich ein verantwortungsloser junger Kerl. Viele Leute, darunter ihre eigenen Eltern, dachten, dieser Fehler könnte ungeschehen gemacht werden." Wut flackerte in seinen Augen auf. „Aber so schmerzlich es am Ende auch für uns war, kein anderes Baby, das vielleicht zu einem passenderen Zeitpunkt geboren worden wäre, hätte unsere Kelsey ersetzen können. Wenn sie nicht auf die Welt gekommen wäre, hätte sie nicht so einen großen Einfluss auf das Leben von so vielen Menschen gehabt, auch von so vielen sterbenden Kindern, denen sie Mut gemacht und Hoffnung geschenkt hat – auch ihrer Mutter und mir." Er schluckte. „Sieh dir irgendwann mal ihre Internetseite an. Sie war das Wunder, das wir hätten wegwerfen können."

Sein Blick wanderte durch den Raum. „Aber das und dies hier ist Vergangenheit." Dann sah er wieder sie an. „Die Sache zwischen uns, die ist nicht nur körperlich. Und es geht nicht nur darum, wie gut du mit Livie umgehst. Wenn ich dich ansehe, dann fühlt es sich manchmal so an, als wäre alles … vorherbestimmt."

Kapitel 28

Erin stand in Morgans schick eingerichtetem Arbeitszimmer und bewunderte seine Effizienz, während er sich auf seine Abreise früh am nächsten Morgen vorbereitete. Aber er unterbrach seine Tätigkeit, als eine Frau in einem figurbetonten grauen Kostüm eintrat, ohne von Consuela angekündigt oder hereingeführt zu werden.

Er wirkte kaum überrascht und sagte: „Erin, das ist meine Assistentin Denise."

In Augenblicken wie diesem wurde ihr bewusst, wie wenig sie bisher über Morgans Leben wusste.

Die Überraschung der anderen Frau war ihr anzusehen, als er sagte: „Denise, das ist meine Frau Erin."

Das war eine Neuigkeit und Morgan genoss es.

„Hallo, Erin." Denise hatte einen Teint wie Porzellan, aber eine leicht vertiefte Linie auf ihrem Wangenknochen und eine weitere am Unterkiefer ließen Narben vermuten. Irgendein Unfall vielleicht.

„Hi." Erin lächelte, während sie sich darüber wunderte, dass sie nie daran gedacht hatte, Morgan könnte Angestellte haben. Er hatte theoretisch von Teams und Quarterbacks gesprochen, aber Denise passte irgendwie nicht in dieses Bild und sie hatte scheinbar freien Zutritt zum Haus. Consuela hatte er ihr gegenüber erwähnt, warum also nicht Denise?

Die Blondine mit den eleganten Zügen warf ihm einen vielsagenden Blick zu. „Eine standesamtliche Trauung?"

„Wir haben in Paris geheiratet."

„Ah. Daher die Verzögerung bei Belcorp. Und der Grund deiner aktuellen Umstrukturierung?"

„Ich habe auch noch eine zweijährige Tochter."

„Ja, natürlich."

Er sah auf seine Uhr. „Ich dachte, wir treffen uns am Flughafen."

„Es gibt Komplikationen." Ihre Haltung wurde etwas entspannter. „Glen Conyer wurde heute Morgen um drei Uhr notoperiert, eine Blinddarm-OP."

Morgan ließ die Hand sinken. „Ist alles in Ordnung mit ihm?"

„Es war ein Blinddarmdurchbruch, das heißt, die Genesung ist keine reine Formsache."

Morgan überlegte. „Ich glaube nicht, dass wir warten können. Wen haben wir, der für ihn einspringen könnte?"

Erin wartete, während sie Namen und geschäftliche Dinge besprachen, und währenddessen musterte sie Denise. Ihr strohblondes Haar war zu einer Hochsteckfrisur im Stil der Zwanzigerjahre frisiert und sah naturblond aus, aber ihre Figur wirkte wie das menschliche Pendant zu einer Barbiepuppe.

Morgan sagte: „Nein, ich ersetze ihn nicht. Wenn er wieder fit ist, können sie zusammenarbeiten."

„Für die Analyse werden keine zwei Personen gebraucht."

„Aber ich werde uns nicht jemanden ins Boot holen und denjenigen dann anschließend wieder fallen lassen. Wenn Glen wiederhergestellt ist, stößt er dazu."

„Oder wir könnten ein neues Projekt vorbereiten."

Er zog eine Augenbraue hoch. „Hast du etwas Bestimmtes im Sinn?

„Oh ja."

„In Ordnung. Wir reden unterwegs darüber." Er nahm seinen Aktenkoffer und trat hinter dem Schreibtisch hervor. Dann beugte er sich vor, küsste die Frau, die er zu erwähnen vergessen hatte, als er mit der ebenfalls unerwähnten Assistentin gesprochen hatte, und murmelte: „*Wir* unterhalten uns heute Abend."

Es war ein merkwürdiges Gefühl, als sie an Consuelas Wohnung und dem Fitnessraum vorbei in die Küche ging, während sie über das ziemlich große Büro mit den zwei Schreibtischen und einer Assistentin nachdachte, die zudem noch einen Hausschlüssel hatte. Consuela musste ihre Gedanken erraten haben – eine Kunst, die sie ebenso gut beherrschte wie Morgan –, denn sie sagte: „Sie haben Bekanntschaft mit der Assistentin gemacht."

Sie lachte. „Ist es so offensichtlich?"

„Sie ist nicht so hart, wie sie auf andere wirkt. Es ist eher das ... Gesicht, das sie aufsetzt." Consuela hängte das Handtuch auf, das sie zum Geschirrabtrocknen benutzt hatte, und stellte den Teller auf den Stapel.

„Niemand würde bezweifeln, dass sie unentbehrlich ist."

„Sie ist schon viele Jahre bei Señor Morgan. Eine gewisse Zeit lang hat sie im Gästehaus gewohnt." Sie zeigte auf das Cottage auf der anderen Seite des Swimmingpools.

„Auf diesem Grundstück? Warum?"

„Wegen ihrem Freund. Señor Morgan sagte, sie hätte die Wahl zwischen dem Frauenhaus und ihm. Wenn sie sterben wollte, würde er eine neue Assistentin finden."

Sie dachte an die Narben in Denises makellosem Gesicht und fühlte sich elend. „Sie hat sich für Morgan entschieden."

„Was die Arbeit betrifft", betonte Consuela. „Es war nie persönlich. Zu viele … schlimme Gefühle."

„Warum ist sie weggezogen?"

„Señora Jill war nicht so … selbstbewusst. Es gab Spannungen." Consuela hob die Hände. „Also hat Señor Morgan sein Büro in der Stadt wieder eröffnet und Denise dort einen Platz eingerichtet."

„Und der Freund?"

Ihre Miene verdüsterte sich. „Er ist böse. Schikaniert sie immer noch. Aber ich glaube, es ist Geld im Spiel."

„Von Morgan?"

„Es hält den Wolf in Schach."

Mit Denise zu fahren, war nicht geplant gewesen, aber es war gut, weil sie die Personalfrage klären mussten. Während sie zum Flughafen von Santa Barbara in Goleta fuhr, rief er seine besten Buchhalter an, die einigermaßen an Glens Fähigkeiten heranreichten. Bevor sie den Flughafenparkplatz erreicht hatten, war Alyssa Vogler zu ihrem Team gestoßen und es war verabredet, dass sie sich in LA treffen würden.

Denises Absätze klackerten neben ihm, als sie das neue Terminal durchquerten und in den Flieger stiegen. Sie waren bereits in der Luft, als sie fragte: „Deine Frau?"

„Meine Frau." Er lächelte.

„Du hättest mir ruhig eine SMS schicken können, dass dein privater Notfall eine Hochzeitsreise war."

„Das hätte ich. Aber es war nur wenig Zeit und jetzt weißt du es ja." Ihre Beziehung war rein dienstlich, aber sie hatte etwas gegen seine erste Ehe gehabt und vielleicht war es bei dieser auch so.

„Wenigstens musst du dir um Olivia keine Sorgen machen, wenn wir arbeiten."

Er lächelte ein wenig. „Ja, das stimmt."

„Natürlich hattest du ja auch Consuela."

„Ja."

„Es ist also nicht nur wegen des Kindes."

„Nein."

Sie nickte. „Gut. Wenn es sich herumgesprochen hat, wird es alle noch verbleibenden Bedenken in Bezug auf deinen Gemütszustand fortwischen."

„Wie gut."

„Es ist mein Ernst, Morgan. Die Wahrnehmung entscheidet."

„In der Tat."

„Es ist dir doch bestimmt lieber, wenn die Leute dir zur Hochzeit gratulieren, anstatt dir herzliches Beileid zu wünschen?"

Er schluckte. „Doch. Schon."

„Wir sollten ein Ereignis planen. Sie einführen. Die richtigen Stellen informieren."

„Nein."

Sie warf ihm einen Blick zu. „Warum nicht?"

„Der Zeitpunkt ist nicht günstig."

„Der Zeitpunkt ist mehr als günstig. Wir bekommen dadurch eine gute Presse."

„Ja, okay, aber nicht jetzt."

„Bist du wieder da oder nicht?" Sie musterte ihn kritisch.

Er lächelte nur.

Markham nahm Hannah mit, nicht nur, um seine Hingabe zu beweisen, sondern um sie mit im Boot zu haben, für den Fall, dass man ihnen Fragen stellte. Die arme Hannah, die immer noch ihre

Schwester suchte und der niemand helfen wollte. Er bog in die Straße ein, die zu Ricks Ranch führte.

Hannah umklammerte die Armlehne, offensichtlich beunruhigt. „Warum fahren wir hierher?"

„Nicht dahin, wo du denkst." Statt bis zur Ranch zu fahren, bog er in eine schmale Zufahrt ein, die schräg zwischen Pinien und Pappeln hindurch zu einem Haus führte, das nicht annähernd so unspektakulär war, wie Lydia gesagt hatte. Es war größer und praktischer als Quinns anderes Haus. Sie musste von dem Geschenk berührt und beeindruckt gewesen sein.

Er stieg aus dem Wagen, während Hannah ihm zögernd folgte. Bei der verschlossenen Haustür suchte er nach dem Schlüssel und fand keinen. Die hintere Tür war ebenfalls abgeschlossen, entgegen Lydias Beteuerungen, was diese Stadt betraf. Aber er war gewappnet. Er zog einen Dietrich aus der Tasche und bearbeitete das Schloss so lange, bis es aufsprang.

„Wie hast du das denn hingekriegt?" Hannahs Bewunderung enthielt zugleich einen Anflug von Angst. Woher kannte ein heiliger Mann solche Tricks?

Er senkte das Kinn, dann warf er Hannah einen widerwilligen, aber verschwörerischen Blick zu. „Ich erzähle das nicht vielen Leuten. Genau genommen … habe ich es noch niemandem erzählt."

Diese Ehre und Verantwortung ließen sie förmlich erschauern.

„Meine arme Mutter hatte eine Kopfverletzung. Sie hat – so leid es mir tut, das sagen zu müssen – schlicht und einfach vergessen, dass ich dort wohnte und für sie sorgte. Wegen ihrer Paranoia hat sie immer das Schloss auswechseln lassen, wenn sie einen Eindringling vermutete, also hat es uns beiden durch eine schwierige Zeit geholfen, dass ich lernte, wie man Schlösser knackt."

„Oh, Markham. Wie schwer das für dich gewesen sein muss!"

„In schweren Zeiten offenbart sich Gott."

Ihre Augen weiteten sich. „War es schon damals, dass Gott dich berufen hat?"

Er hätte es nicht besser ausdrücken können. Seine Miene spiegelte ihre Erleuchtung wider.

Trotzdem schien sie zu zögern, als er hineingehen wollte. „Wem gehört denn das Haus?"

„Quinn."

„Aber ich dachte –"

„Hannah." Er lächelte. „Mach dir keine Gedanken." Sie erwies sich als ein solcher Gewinn, dass er tatsächlich so etwas wie Zuneigung zu ihr empfand. Niemand konnte bezweifeln, dass Quinn ihrer geistig zurückgebliebenen Schwester erlauben würde, in ihrer Abwesenheit ihr Haus zu betreten.

Er nahm ihre Hände und sagte: „Komm." Dann gingen sie zusammen hinein.

Markham runzelte die Stirn. Es sah nicht so aus, als würde jemand hier wohnen. Keine Post, die an den Eigentümer gerichtet war. Kein PC. Möbel, aber keine Lebensmittel, keine Bücher oder Zeitschriften. Der Kühlschrank und die Speisekammer waren leer. Wenn dieses Haus Quinn gehörte, dann war sie noch nicht eingezogen.

Vielleicht war es eine Frage des Timings. Sie hatte Ricks Ranch verlassen, wo sie wahrscheinlich gewohnt hatte, bis dieses Haus hier fertig war. Aber dass sie noch nicht hierher zurückgekehrt war, bedeutete nicht, dass sie es nicht irgendwann tun würde.

Er sah sich in der Küche um. Die Möbel in den anderen Räumen waren neu, aber hier gab es einen alten Schrank, der etwas enthielt. Er zog an dem antiken Türknauf. Verschlossen. Durch das Milchglas sah er Flaschen mit etwas, das aussah wie Medizin. Eine wertlose Antiquität, obwohl sie zu dem Rest von Quinns Schrott passte. Vielleicht sollte er die Scheiben der Vitrine einschlagen, nur um konsequent zu sein.

Dann fiel ihm Hannah ein, und als er sich umdrehte, sah er, dass sie zitterte.

Sie sagte: „Warum hat Quinn denn zwei Häuser?"

„Sie wollte von dem anderen Haus hierherziehen. Jemand hat das Haus gekauft und es deiner Schwester gegeben."

„Ihr gegeben?"

„Oder vermietet. Wer weiß."

„Hier stehen zwar Möbel, aber keine persönlichen Sachen von ihr."

„Sehr gut beobachtet, Hannah. Ich glaube nicht, dass sie schon eingezogen ist."

„Weil sie abgehauen ist?"

„Sieht so aus."

„Aber sie kommt wieder?"

Das war eine gute Frage. „Ich glaube schon." Vor allem, wenn Hannah und er sich eine Weile bedeckt hielten. Er ging zur Spüle und probierte den Wasserhahn aus. Da es an diesem winterlichen Ort auch eine Heizung gab, war das Wasser offenbar nicht abgedreht. Vielleicht würde sie schneller zurück sein, als er gedacht hatte. „In der Zwischenzeit werden wir Quinns *Segen* gut nutzen."

Als er das Wort aussprach, verspürte er ein leichtes Unbehagen.

Erin saß neben der hölzernen Spielküche, die sie gekauft hatten, um Livie von Consuelas Küchenschränken fernzuhalten, und genoss es, dem Mädchen beim Spielen zuzusehen. Mit dem hochwertigen Kochgeschirr im Miniaturformat und Lebensmitteln aus Holz hatte Livie sich sofort darauf gestürzt, wie eine kleine Köchin. Sie streckte Erin den winzigen Pfannenwender entgegen und tat so, als gebe sie ihr etwas von den „gekochten" Speisen zum Probieren.

„Mmm. So etwas Leckeres habe ich noch nie gegessen."

Ihr Handy klingelte und Morgans erste Worte, als sie antwortete, waren: „Ist Livie in der Nähe?"

„Direkt neben mir."

„Kann ich mit ihr sprechen?"

„Natürlich."

Sie schaltete den Lautsprecher ein und legte das Mobiltelefon auf den Spielherd, während Vater und Tochter sich unterhielten. Als sie ihren Namen hörte, nahm Erin das Handy, strich Livie über den Kopf und entfernte sich ein Stück, um ungestört zu reden. „Wie geht es dem Mann, der notoperiert wurde?"

„Er ist über den Berg. Danke, dass du fragst."

„Und sonst?"

„Denise will eine Debütantinnen-Party für dich schmeißen."

„Eine was?"

Er lachte. „Sie meint, ich soll der Welt zeigen, dass ich Sack und

Asche abgelegt und stattdessen das Hochzeitsgewand des seligen und unbesiegbaren Erfolgsgurus angezogen habe."

„Ich verstehe." Obwohl sie das nicht tat.

„Leider ist der Zeitpunkt für eine Pressemeldung denkbar ungünstig."

Jetzt wurde ihr mit einem Schlag das Problem bewusst. „Das ist richtig."

„Die gute Nachricht ist, dass sie dich für segensreich hält."

„Ich bin gerührt."

Er gluckste amüsiert. „Das dachte ich mir."

„Consuela hat mich aufgeklärt."

„Das dachte ich mir."

„Warum ist Denise mit Jill nicht so gut klargekommen?"

„Ich glaube, die Ehe mit Jill hat mein Image als internationaler Playboy zerstört. Du weißt schon, der geheimnisvolle Bruce Wayne."

„Der dunkle Ritter?" Sie schob sich die Haare hinters Ohr. „Das passt."

„Nicht, wenn man meine Leistung im Fitnessstudio gestern betrachtet. Da wäre ich derjenige, der die Schläge abbekommt."

„Na ja, aber die Sache mit dem Ritter."

„Jetzt werde nicht sentimental. Ich muss mich konzentrieren. Ich wollte dir nur sagen, dass die *Gärtner* zurückkommen. Durch die Umstellung in meinem Team könnte es sein, dass ich die ganze Woche weg bin."

„Unsere Wochenenden sind ziemlich klasse."

„Stimmt." Seine Stimme klang weicher, dann knurrte er plötzlich. „Jetzt sieh nur, was du angerichtet hast. Ich werde Mühe haben, mich wieder auf die Arbeit zu konzentrieren."

„Du schaffst das schon, Batman. Geh und besieg die Schurken der Unterwelt."

„Wenn es nur so einfach wäre." Er seufzte leise.

Kapitel 29

„Das ist nicht dein Ernst“, sagte Erin mit einer Blässe auf den Wangen, die in dem warmen Wasser des riesigen Whirlpools nicht hätte möglich sein dürfen, auch wenn er die Temperatur um Livies willen gesenkt hatte.

„Ach, komm schon.“ Seine Mundwinkel zuckten. „Es ist Weihnachten.“

„Bei deinen Eltern?“

„Das ist die Tradition.“

„Warum können wir nicht hier feiern? Oder bei Rick und Noelle?“

„Weil meine Mutter uns auf die Welt gebracht hat.“

„Mich aber nicht“, murmelte sie.

Leuchtend rote Sandverbenen und Lotusblumen erfüllten die Luft im Badezimmer mit ihrem Duft, aber ohne Erins Laune zu versüßen. Er war erst vor einigen Stunden angekommen. Sein Anteil an der Belcorp-Rettung war nun erledigt. Jetzt mussten seine Leute an die Arbeit. Während er sich entspannte und sich von den Düsen des Whirlpools massieren ließ, beobachtete er Livie, die in ihrer winzigen Rettungsweste im Wasser paddelte. Sein Kind war eindeutig im Paradies. Seine Frau nicht so ganz. „Rick und seine Familie werden auch da sein.“

„Ricks Familie mögen sie ja auch.“

„Erin.“

Sie schloss die Augen – und stellte sich wahrscheinlich eine stundenlange Inquisition vor.

Vielleicht würde es für sie nicht ganz einfach werden. Aber Livie brauchte dieses Weihnachtsfest bei der Familie und er brauchte es auch, stellte er überrascht fest. „Du machst es schlimmer, als es ist. Entspann dich.“

„Ich würde lieber Markham und dem FBI gegenübertreten als deiner unglücklichen Mutter.“

Er grinste. „Celia ist eine Kriegerin, das gebe ich zu. Wie Deborah aus dem Alten Testament. Kämpferisch und treu.“

„Es ist der kämpferische Aspekt, der –"

Er packte sie an den Schultern. „Sei einfach du selbst."

„Und das wäre?"

Er überlegte einen Augenblick. „Ruth."

„Ruth?"

„Loyal. Ergeben. Tapfer. Sie ist im Stammbaum Christi aufgeführt."

Sie warf ihm einen überraschten Blick zu.

„Was ist?"

„Erstaunlich, dass du so etwas weißt."

„Das habe ich den Jesuiten zu verdanken."

Prüfend sah sie ihn an. „Das kann ich nur schwerlich zusammenbringen mit –"

„Meinem sinnlichen Wesen?" Er grinste sie etwas schief an.

„Mit deinem Bruce Wayne."

Er spielte mit einer ihrer Haarsträhnen. „Was für ein Bild hat Jesus vom Himmel gezeichnet? Ein Fest. Eine *Hochzeitsfeier*. Oder in diesem Fall" – er tippte ihr auf die Nase – „ein Weihnachtsessen."

Sie stöhnte. „Das wird wohl kaum himmlisch werden."

„Wir fliegen erst in ein paar Tagen und werden auch nur eine Woche bleiben."

Livie beugte sich von einem der Sitze in das tiefere Wasser. „Guck mal, Daddy. Ich bin ein Seehund. Guck, Mommy Erin."

Er wandte sich ihr mit großen Augen zu. „Wann hat das denn angefangen?"

Ein Lächeln überzog Erins Gesicht. „Nach dem Gang zum Friedhof."

„Macht es dir etwas aus?"

„Wie könnte es?"

Er streichelte ihre Wange und küsste sie dann. Sie würde das schon machen, egal wo sie Weihnachten verbrachten.

Sosehr sie sich auch bemüht hatte, es zu verdrängen, es wurde Wirklichkeit. Die mondartige Landschaft auf der Erde unter ihr war der Beweis dafür, dass sie unwiderruflich zu der gefürchteten Familienfeier flogen.

„Besuchen wir Granny?“, wollte Livie wissen.

„Ja.“ Morgan strich seiner Tochter, die zwischen ihnen saß, über den Kopf.

„Und Grandpa?“

„Auch.“

„Und Mommy Noelle?“

„Ja, Süße.“ Er lächelte. „Tante Noelle ist auch da.“

„Und Liam?“

„Liam und Onkel Rick und alle deine Tanten.“

Ruth, dachte sie. Dein Volk soll auch mein Volk sein.

Ihre unsanfte Landung passte zu Erins Gemütszustand, aber es hatte keinen Sinn, Morgan auf das Omen hinzuweisen. Ihm war nicht klar, dass die ruhige See, auf der er dahinglitt, das Auge des Hurrikans war. Und der gesamte Sturm würde sich auf sie konzentrieren.

Als Rick mit seinem Pick-up am Flughafen erschien, half sie Morgan, ihre Taschen und Geschenke und den halben Hausstand, den man mitnehmen musste, wenn man mit einem Kind verreiste, einzuladen. Sie wollte sich hinten neben Livies Kindersitz setzen, aber die Männer bedeuteten ihr, sie solle vorn Platz nehmen, wo sie in die Mitte rutschte. Morgan legte ihr einen Arm um die Schultern und fragte Rick, wann sie angekommen waren.

„Vor zwei Tagen.“

„Und der Rest der Horde?“

„Alle da.“ Rick warf ihr einen Blick zu. „Bist du gewappnet?“

„Ich bin gut im Nahkampf.“

„Ach, es wird keine Auseinandersetzungen geben. Aber es kann sein, dass sie dich mit Beschlag belegen.“

Morgan zog sie scherzhaft an den Haaren. „Sie rechnet fest damit, dass Mom sie bei lebendigem Leibe verschlingen wird.“

Rick fädelte sich in den fließenden Verkehr ein. „Celia ist kein Drachen – außer du bedrohst ihren Schatz.“

„Also ihre Brut“, fügte Morgan düster hinzu.

Der nervöse Wirbelsturm in Erins Magen verdichtete sich zu einem kleinen Tornado. Da Celia ihre Ehe nicht befürwortete, zeichnete Weihnachten sich so bedrohlich ab wie ein mittleres Erdbeben.

„Atmen nicht vergessen", flüsterte Morgan ihr ins Ohr.

Er hatte gut reden. Ihm hatte man schließlich keine Schlinge um den Hals gelegt.

Sie musste zugeben, dass die idyllische, vom Schnee bedeckte Farm wie ein Bild von Thomas Kincaid wirkte – Laternen auf der Veranda und an der Scheune, eiszapfenförmige Lichterketten an den Dachrinnen und bunte Weihnachtsbeleuchtung waren um Büsche und Bäume und makellose weiße Zäune gewunden. Während Rick und Morgan sich mit Gepäck beluden, holte sie Livie aus dem Autositz und murmelte: „Wir sind da, Liebling."

Das kleine Mädchen klammerte sich an ihren Hals, als die Haustür aufflog und eine Horde Menschen auf die frei geschaufelte Veranda und den Weg hinausströmte.

Mit einem Kreischen stürzte sich ein Mädchen im Teenageralter auf Morgan, der das zusammenklappbare Reisebett und zwei Taschen fallen ließ, um sie zu umarmen.

„Wie konntest du nur!", schimpfte sie. „Wie konntest du die gleiche Nummer abziehen wie Rick und ohne mich heiraten?"

„Dazu kann ich nur sagen: So ist eben das Leben, Tara."

„Und dann noch in Paris!" Sie boxte ihn und schnaubte frustriert.

Morgan lachte. „Ich weiß, das macht es noch schlimmer. Aber sieh mal", er drehte sich um, „ich habe meine Braut mitgebracht."

Mit Livie auf dem Arm, die sich wie eine Klette an sie klammerte, trat Erin einen Schritt vor. Sosehr das Kind sich auch darauf gefreut hatte, sie alle zu sehen, in diesem Augenblick war es genauso nervös wie Erin.

„Ich bin Tara", sagte die junge Frau.

Erin machte eine Hand frei und streckte sie aus. „Erin."

Mit den dunkelbraunen Haaren und den indigoblauen Augen in einem herzförmigen Gesicht sah Tara umwerfend aus. „Ich vermute, du bist unsterblich in meinen Bruder verliebt. Das sind sie alle. Ich habe neunzehn Jahre damit zugebracht, ihm meine Freundinnen vom Leib zu halten."

Morgan zog eine Augenbraue hoch. „Seit deiner Geburt?"

Tara zuckte nicht einmal mit der Wimper. „Dem rosa Bündel neben mir im Krankenhaus? Dem habe ich ganz schön die Meinung gegeigt."

Er lachte herzhaft und drückte sie.

Andere junge Männer und Frauen drängten sich um ihn und im Türrahmen erschienen Hank und Celia. Celias Blick riss sich von Morgan los. Es war zweifellos Livie, die sie suchte, aber da sie im Augenblick miteinander verbunden waren, blieb ihr Blick an Erin hängen – und wurde zu deren Überraschung freundlicher. Eine Enkelin auf dem Arm hatte so eine Wirkung.

„Alles in Ordnung", flüsterte sie Livie ins Ohr.

„Lass mich nicht los." Livies Stimme klang ganz klein.

„Natürlich nicht."

In dem riesigen Durcheinander von Menschen schätzte Morgan die Lage ab, schien aber den Eindruck zu haben, dass sie alles im Griff hatte. Sie fand seine Zuversicht reichlich optimistisch.

Tara kam auf Livie zu. „Na, du Äffchen? Erkennst du mich noch?"

„Halten, Mommy Erin." Livie vergrub ihr Gesicht in beide Hände.

„Es ist ein bisschen viel auf einmal", erklärte sie Tara und dann war Celia da und drückte Livie einen Kuss auf den Kopf.

„Da ist mein kleines Mädchen ja." Livie ließ los und Celia nahm sie entgegen. „Wir gehen in die Küche, Erin." Die leichte Berührung an der Schulter konnte sowohl eine Einladung als auch eine Entlassung sein.

Morgan nahm ihre Hand. „Hört mal alle her: Das hier ist Erin. Erin, meine Schwestern Tiff und Steph. Tara hast du schon kennengelernt und da drüben das ist Therese mit ihrem Mann Stephen und ihren Zwillingen." Die beiden Jungen waren etwa drei Jahre alt.

„Die beiden Typen da kenne ich nicht." Er zeigte auf die jungen Männer, die scheinbar zu Tiff und Steph gehörten. Luke und Danny stellten sich selbst vor.

Erin schüttelte allen die Hände und wurde umarmt, von manchen begeisterter als von anderen. Therese, die aussah wie Rick, war zurückhaltend und schien sich ein Urteil für später aufzuheben.

Erin vermutete, dass Celia und sie in enger Verbindung standen. Dann kam Noelle mit Liam heraus und diese Umarmungen kamen von Herzen.

„Danke, dass ihr hier seid", flüsterte Erin.

Noelle drückte ihre Hände. „Du siehst toll aus."

„Wirklich?"

Noelles Lächeln strahlte. „Und glücklich."

Erin holte zitternd Luft. „Das stimmt."

„Morgan sogar noch mehr."

Erin nickte und ihre Gefühle für ihn erwärmten sie aufs Neue.

Liam zog an ihrem Hosenbein und sie hockte sich hin. „Ja, Liam?"

„Wo ist Livie?"

„In der Küche bei deiner Oma."

„Komm mit." Zu ihrem Erstaunen nahm er sie bei der Hand und zog sie mit sich.

Sie zog die Augenbrauen hoch und sah Noelle an. „Ich schätze, dann gehen wir mal rein."

Als die anderen hineingingen, schloss Morgan sich ihnen an. Er sah, wie tapfer Erin sich schlug, und es erinnerte ihn an Thanksgiving und daran, wie sie nicht nur das Essen gekocht, sondern voller Gutmütigkeit und Mitgefühl mit vier quasi wildfremden Menschen gefeiert hatte. Sie hatte tote Gefühle wiedererweckt; Gefühle, die jetzt so natürlich und wesentlich waren wie das Atmen. Er hoffte, dass seine Mutter Erins Potenzial erkannte.

Celia war keine harte Frau, sie liebte nur mit einer grimmigen Liebe, die sie nicht wahllos über alle ausgoss, sondern individuell und unerschütterlich verlieh. Sie wollte sicher sein, dass die Menschen, die ihr wichtig waren, nicht verletzt wurden. Und wenn sie in Gefahr waren, verteidigte sie sie wie eine Löwin ihre Jungen.

Im Haus roch es nach Zimt und gebratenem Fleisch, wahrscheinlich die Koteletts mit gebackenem Apfel, die seine Mutter immer machte. Ihre gutbürgerlichen Kochkünste waren anders als die von Consuela – nahrhaft und deftig, aber ohne das Prickeln. Er ging ins Wohnzimmer, wo ein perfekter Weihnachtsbaum stand, gleichmäßiger geformt als die, die sie selbst geschlagen hatten. Er war überwiegend mit selbst gebasteltem Schmuck behängt und sein Duft vermischte sich mit den Gerüchen aus der Küche.

„Du siehst gut aus", sagte sein Vater.

„Mir geht es auch gut."

„Dann kannst du Gott danken."

„Das mache ich auch."

Sie umarmten sich. Hank musterte ihn. „Die Ehe funktioniert."

Funktionieren schien ihm eine Untertreibung zu sein. „Sie funktioniert."

„Na, du hast die Dinge ja nie so gemacht wie andere Menschen, Morgan."

„Besonders orthodox bin ich nicht, das stimmt."

„Aber du landest immer wieder auf den Füßen."

„Diesmal war es ein langer Fall."

Hank wurde ernst. „Das weiß ich, mein Sohn. Für uns alle."

Morgan nickte und sah sich um. Jill war nicht so oft bei ihren Familienzusammenkünften gewesen, sodass es nicht so viel gab, das ihn an sie erinnerte. Aber ein wenig von ihr hing doch in der Luft, vor allem der Kummer des letzten Weihnachtsfestes. Er hatte in der vergangenen Woche so viel Energie darauf verwendet, Erin Mut zu machen, dass er selbst nicht genügend Kraft getankt hatte.

Celia rief ihre Küken zusammen wie eine Glucke, die keinen Zweifel daran ließ, wer an ihrem Überfluss teilhaben würde. Als er einen Stuhl für Erin herauszog, vergewisserte er sich, dass es ihr gut ging. So weit, so gut.

Sie sagte zu Livie: „Falte die Hände, Liebes." Und als Livies kleine Stimme in das Tischgebet einstimmte, blickte er zu ihr hinüber. „Wir haben geübt", sagte sie.

„Ich bete, Daddy."

„Das habe ich gehört, Liebling. Du warst klasse."

Als sie ihn anstrahlte, sah er, dass der nächste Zahn durchgebrochen war. Vorher hatte er jede winzige Einzelheit bemerkt, weil sein Leben sich nur um sein Kind gedreht hatte und sie eine ganz besondere Schwerkraft besaß. Jetzt hatte Erin ihr etwas beigebracht, was er nicht mitbekommen hatte, und eine körperliche – wenn auch kleine – Veränderung war ihm entgangen.

„Morgan."

„Danke." Er nahm von Tiffany, die auf der anderen Seite von ihm saß, die Schüssel mit den Stampfkartoffeln entgegen. Livie und sich selbst tat er etwas davon auf den Teller, dann reichte er die Schüssel an Erin weiter. Eine würzige Sauce folgte, dann Rosenkohl und Blumenkohl. Er bezweifelte, dass Livie etwas davon essen würde, aber er tat ihr auch von dem Gemüse ein wenig auf. An den beiden Kopfenden des Tisches gaben seine Eltern eine Platte Schweinekoteletts herum, die saftig und zart und köstlich sein würden.

Tara hatte sich auf Erins andere Seite gesetzt und löcherte sie mit Fragen über Paris. Genauso wie Tiffany war das Mädchen ein großer Frankreichfan.

Erin sagte: „Wir waren nur anderthalb Tage dort."

„Aber ihr wart shoppen." Tara berührte den Ärmel von Erins Bluse und die mehrlagige Weste. „Ich weiß, dass das hier nicht aus dem Kaufhaus um die Ecke kommt."

„Wir waren in einigen Boutiquen, aber da musst du Morgan fragen, für mich war alles wie ein Nebel."

Er ließ die Namen der Couturiers über seine Lippen gleiten und Tara quiekte. „Ich glaube ich sterbe. Du hast mir ein Messer ins Herz gejagt."

Morgan erzählte ihr nicht, dass er ihr zu ihrem Collegeabschluss eine ausgedehnte Frankreichreise schenken wollte. Drei Jahre waren eine schmerzlich lange Zeit der Vorfreude. Vielleicht würden seine Eltern für ihre jüngste Tochter ein Auslandssemester in Erwägung ziehen, aber er bezweifelte es. Sie war zu impulsiv, ließ sich zu sehr von ihren Gefühlen leiten, war ihrem ältesten Sohn zu ähnlich. Er glaubte auch nicht, dass ihr kleines College ein Auslandsstudium anbot. Er lächelte nachsichtig. Irgendwann vielleicht.

Noelle sah Morgan über den Tisch hinweg an und erkannte ihn kaum wieder. Er hatte eine Leichtigkeit an sich, als hätte sich die bleierne Trauer von seinen Schultern gehoben. Und Erin war im Umgang mit ihm und Livie so selbstbewusst und entspannt, dass es eine Freude war. Sie hatte sich zunächst wegen der überstürzten Heirat Sorgen gemacht, aber dies war daraus geworden. Gottes Wege waren wirklich wunderbar.

Nach dem Essen kümmerten Celia und Therese sich darum, die Reste zu verstauen, Tiffany und Tara räumten ab und Steph übernahm die Verantwortung für die Spülmaschine. Wohl wissend, dass sie in der Küche überflüssig waren, zog Noelle Erin mit ins Wohnzimmer. „Hast du dich in Santa Barbara schon eingelebt?"

„Ich bin dabei. Morgan mag die Stadt und es ist nicht schwer zu verstehen, warum."

„Ich hatte befürchtet, die Erinnerungen ..." Sie zögerte, weil sie Erin damit nicht belasten wollte, aber sie stellte sich vor, wie seltsam es sein musste, mit Jills Schatten zu leben.

„Natürlich tauchen da immer wieder Erinnerungen auf. Im Haus. In seinen Augen." Erin blickte ins Feuer und dann wieder zu Noelle. „Wir waren an Jills Grab."

Sie zog die Augenbrauen hoch. „Hat er dich darum gebeten?"

„Nein, ich habe ihn gefragt. Ich dachte, es könnte den beiden helfen. Consuela war auch mit. Es hat geregnet."

„Bei der Beerdigung hat es auch geregnet." Sie stellte sich die Gruppe vor und die Bilder überlagerten sich. Morgan, so grau wie der Regen, unwirklich wie ein Geist. „Hat er getrauert?"

„Ja."

„Gott sei Dank."

„Ja."

„Aber wie ist Livie damit klargekommen?"

„Überraschend gut. Für ein so zierliches Wesen hat sie ein erstaunlich sicheres Auftreten."

Noelle lächelte. „Dasselbe könnte ich von dir auch sagen. Ich glaube, für beide war es gut, dass du mitgegangen bist."

„Tja, wir passen gut zusammen. Ich hoffe nur, dass nicht alles in die Luft fliegt."

„Du meinst Markham?"

Sie runzelte die Stirn. „Und das FBI."

„Was?"

Sie lauschte bestürzt, als Erin ihr die Lage erklärte. Es war so viel schlimmer, als sie vermutet hatte. „Was sagt Morgan dazu?"

„Er hofft, dass dein Vater sich für mich einsetzt und ich nicht ins Gefängnis muss."

„Oh, gut. Das hätte ich auch vorgeschlagen."

„Ob er ihn schon gefragt hat, das weiß ich nicht. Aber er hat es vor. Demnächst fliegt Morgan nach New York, um sich mit einem potenziellen Klienten zu treffen. Dann will er dort die Situation mit deinem Vater besprechen."

„Bei ihm bist du in guten Händen."

Erin seufzte. „Es ist so demütigend. Was habe ich mir nur dabei gedacht?"

„Du warst erst dreiundzwanzig."

„Trotzdem ..."

Noelle schlug sich die Hand vor den Mund und lachte leise. „Ich wünschte, ich hätte Morgans Gesicht gesehen, als du ihm ausgerissen bist."

„Das war nicht lustig. Er hat mich auf den Boden geschmissen und mich mit Ringertricks bedroht."

Wieder lachte sie.

Erin stemmte die Hände in die Hüften. „Du hast ja Markham gehört. Dir hätte es auch nicht gefallen, wenn man dir vorgeworfen hätte, du hättest mit dieser Ratte gemeinsame Sache gemacht."

„Das wäre widerlich." Aber dann wurde sie wieder ernst, weil sie an die Frau dachte, die genau in der Situation war. „Deine Schwester tut mir wirklich leid."

Erin sah sie mit bedrückter Miene an. „Ich weiß. Ich denke, ich sollte vielleicht anrufen und noch einmal versuchen, ihr die Augen zu öffnen. Aber ich bin die Letzte, auf die sie hören würde."

„Warum ist sie so?"

„Das weiß ich nicht. Ich habe dir ja schon erzählt, dass sie mich als kleine Schwester nie akzeptiert hat. Wahrscheinlich ist es schlimmer mit ihr, als ich dachte."

„Jedenfalls bin ich froh, dass wir jetzt Schwestern sind." Sie ergriff Erins Hände.

„Du hast keine Ahnung, wie froh ich darüber bin."

Morgan betrachtete sie, während das Licht des Feuers auf ihr Gesicht fiel. Auch Noelle war sehr hübsch, aber Erins Ausstrahlung und Schönheit waren einfach umwerfend. Er hatte nicht vorgehabt, sich noch einmal so zu verlieben. Mit der Gefahr des Verlusts war er vertraut und er wusste, wie wenig er dazu tun konnte, ihn zu verhindern. Und doch kam diese Liebe wie der Frühling und durchbrach den Frost.

Er trat zu ihnen und legte von hinten die Arme um Erin. „Und, überlebst du?"

Sie lachte. „Bis jetzt noch."

Er sah Noelle an. „Danke, dass du ihr Rückendeckung gibst."

„Das kann sie schon selbst."

In der Tat. „Ich wollte nur sagen, dass Hank und Rick und ich ausgehen."

„Jetzt?" Noelle zog die Augenbrauen hoch.

„Wir holen etwas ab, das Hank nicht zu früh hierhaben wollte." Er deutete mit dem Kopf in Richtung Küche.

„Oh", sagten die Frauen wie aus einem Mund.

Er drückte seine Frau und ließ sie dann los. „In einer Stunde dürften wir wieder da sein."

„In Ordnung."

Auf dem Weg nach draußen kam Livie ihm entgegen und zögerte, verwirrt, weil sie beide Frauen dort sitzen sah. Er hockte sich hin, nahm sie hoch und sagte: „Willst du Tante Noelle mal drücken?"

Livie streckte die Arme aus und kuschelte sich an Noelle. Sie hätte die ganze Zeit schon Tante Noelle sein sollen, aber er hatte nicht vorgehabt, eine andere Mutter für sie zu finden. Wieder der Stich, eine Kombination aus Liebe und Angst. Vielleicht würden diese beiden Gefühle immer vermischt sein. Vielleicht gehörten sie zusammen. Er ging in die kalte, frostige Nacht hinaus.

Hank schloss den Kofferraum auf und sagte: „Bis zum Weihnachtsmorgen lasse ich ihn in der Scheune. Aber die Turners verreisen heute, also muss ich ihn holen."

Von dem neuen Herd mit Backofen und Grill würde Celia begeistert sein. Es wurde Zeit, dass das alte Modell, das längst ausgedient hatte, aus ihrer Küche verschwand. Rick stieg vorne ein und Morgan setzte sich nach hinten. Als ihm bewusst wurde, dass er neben dem Autositz von Livie Platz genommen hatte, fühlte er wieder dieses panische Stechen. Was war, wenn es einen Notfall gab? Wenn sie mit der Kleinen wegfahren mussten und kein Kindersitz da war – *bumm!* Das hämmernde Herz, die Schweißperlen, das Nicht-atmen-Können. Wie lange hatte er das nicht mehr erlebt?

„Warte, Dad." Er versuchte, seiner Stimme einen kräftigen Klang zu geben, während er die Gurte des Kindersitzes löste.

„Morgan, was ist?"

„Ich bringe das hier nur schnell rein." Wo konnte seine Tochter sicherer sein als im Herzen seiner Familie an einer ruhigen Winternacht? Aber die Panikattacke hatte ihn aus heiterem Himmel getroffen, ohne erkennbaren Grund. Er stolperte förmlich, die Handflächen feucht.

Erin kam ihm an der Tür entgegen und nahm ihm den Sitz ab. „Gute Idee", sagte sie und ignorierte seine zitternden Hände. Wie blass und erschrocken er aussah. Sie beugte sich über den Autositz und gab ihm einen Kuss. „Ihr geht es gut und es wird ihr nichts passieren."

Ihre Blicke begegneten sich und ihr Versprechen nahm er wie eine Droge in sich auf. „Danke."

Ihre ruhige Art tat ihm gut und seine Schultern entspannten sich wieder. Er lockerte den Griff um den Sitz und die Panik ließ nach, als er wieder hinausging.

Erin stellte den Kindersitz neben der Tür ab und sah Celia im Eingang zum Esszimmer stehen. „Er hat den Sitz für Livie hier gelassen, für alle Fälle. Ist das in Ordnung?" Sie zeigte ihr, wo sie ihn abgestellt hatte.

„Natürlich."

Als sie wieder zu Noelle und Livie gehen wollte, sagte Celia zu ihr: „Trinkst du einen Tee mit mir?"

Nein. Danke. Wirklich. „Gerne." Sie drehte sich zu Noelle um. „Seid ihr ..."

„Geh du nur, wir sind gut versorgt." Sie setzte sich in einen Sessel und nahm ein Kinderbuch vom Tisch. Liam musste mit seinen Cousins irgendwo sein und Livie würde die Zeit mit Noelle, die sie immer noch vermisste, genießen.

Erin betrat Celias Höhle. Die Essensgerüche waren von dem seifig heißen Dampf der Spülmaschine vertrieben worden und man hörte das gurgelnde Geräusch von Wasser.

„Das Wasser ist schon heiß", sagte Celia zu ihr. „Ich habe losen englischen Tee oder möchtest du lieber einen koffeinfreien Kräutertee?"

„Kräutertee ist wahrscheinlich vor dem Schlafengehen besser."

Celia hielt ihr ein Körbchen mit einer Auswahl hin. Erin entschied sich für Kamillentee, den sie eigentlich gar nicht mochte, aber sie hoffte darauf, dass er seine beruhigende Wirkung entfalten würde. Celia goss einen Becher auf und reichte ihn ihr, dann bedeutete sie ihr, sich an den Küchentisch zu setzen. Erin atmete den Dampf ein und hoffte inständig, dass er ihre Sinne betäuben möge.

„Möchtest du Zucker oder Süßstoff?"

„Nein, danke."

Celia setzte sich ihr gegenüber auf einen der Holzstühle. Auch sie hatte sich Kamillentee aufgebrüht. Musste sie ebenfalls ihre Nerven beruhigen? Celia hielt den Teebeutel am Etikett und schwenkte ihn durch den Becher, dann sagte sie. „Den Morgan, wie er sich heute am Tisch gegeben hat, habe ich schon sehr, sehr lange nicht mehr gesehen."

Verwirrt sagte Erin: „Ich dachte, er sei zu Weihnachten immer hier gewesen."

„Nicht immer." Celia blickte auf. „Aber ich meine nicht, dass er nicht anwesend war. Obwohl das im Kern wahrscheinlich stimmt. Heute sah er so aus wie früher, als noch alles möglich war."

Erin zog den Teebeutel heraus und legte ihn auf die Untertasse. Celia musste ihn mit Jill gesehen haben, endlich glücklich, weil er die Frau hatte, nach der er sich sehnte.

„Du denkst an Jill."

Erin hob überrascht den Blick.

„Jill war eine warmherzige und liebevolle Frau, aber was sie in der Highschool durchgemacht haben und all die Jahre später mit Kelsey hatte eine Wirkung auf alles andere." Celia seufzte. „Mit der Zeit hätten sie es vielleicht überwunden."

„Diese Zeit war ihnen aber nicht gegeben", murmelte Erin und hob ihren Becher. Der Dampf benetzte ihre Nase und Lippen, als sie vorsichtig die Temperatur prüfte.

„Anderthalb Jahre" – Celia lehnte sich auf ihrem Stuhl zurück – „eine sehr zerbrechliche Liebe."

Obwohl sie es nicht scharf gesagt hatte, hinterließ die Beschreibung einen unangenehmen Nachgeschmack.

„Ein Traum", sagte Celia, „an den sie sich klammerten, weil sie nicht wussten, was sie sonst tun sollten."

„Immerhin hat er fünfzehn Jahre Trennung überlebt." Wie konnte sie nicht die Kraft sehen, die darin lag?

„Vieles von dem, was sie hatten, existierte nur in ihren Wunschträumen für eine gemeinsame Zukunft", sagte Celia sanft.

Erin wollte nicht widersprechen, aber sie hatte in Jills Zimmer gesessen und die Bilder von ihrem Leben gesehen. Und natürlich konnten Schnappschüsse nicht die ganze Wirklichkeit abbilden.

„Es ist ein schrecklicher Verlust. Das will ich nicht kleinreden." Celia stellte ihren Becher ab. „Aber was ich vorhin gesehen habe, was zwischen dir und Morgan an der Tür war, wie du seine Angst in dich aufgenommen hast und er es dir erlaubt hat … Das ist etwas, das nicht einmal ich ihm geben kann."

Ihr Herzschlag beschleunigte sich.

„Du sollst wissen" – Celia streckte die Hand aus und ergriff Erins Hand –, „dass es für diese Familie ein Segen ist, dich zu haben."

Erstaunt blinzelte Erin die Tränen fort. „Und für mich ist diese Familie ein Segen."

Kapitel 30

Hannah hörte einfach nicht auf zu weinen. Obwohl sie es viel bequemer hatte, seit sie in Quinns anderes Haus gezogen waren, und sie hätte zufrieden sein müssen, brachte sie alles zum Weinen, egal was er sagte oder tat. Es zermürbte seine Selbstbeherrschung, bis gottlose Gedanken ihn erfüllten. Schneidende, bissige Worte stiegen in ihm auf, aber er hielt sie zurück. Und trotzdem weinte sie.

„Bald ist Weihnachten. Ich habe noch nie Weihnachten ohne meine Eltern verbracht“, schluchzte Hannah.

Er ging im Wohnzimmer auf und ab. *Hör auf. Hör auf. Hör auf.*

„Meine Mutter braucht mich. Jeden Tag ruft sie an.“

Nimm das Telefon. Mach es kaputt. Zertrümmere es. Zertrümmere sie.

Aber das durfte er nicht tun. Er brauchte sie. Wenn irgendetwas Quinn dazu bewegen konnte, herzukommen, dann ihre arme, arme Schwester.

„Oh, Markham“, jammerte sie. „Nur über Weihnachten.“

Es gab nur einen Grund für ihn, sie nach Hause fahren zu lassen. „Meinst du, Quinn kommt an Weihnachten nach Hause?“

Sie riss die Augen auf. „Ich weiß nicht. Kann sein.“

„War sie letztes Jahr da?“

Sie schüttelte den Kopf.

„Im Jahr davor?“

„Nicht, seit sie ausgezogen ist. Sie hat sich seitdem bei niemand mehr blicken lassen.“

„Warum sollten wir dann hinfahren?“

Wieder brach sie in Tränen aus.

Er warf einen finsteren Blick in die Küche. Dort stand der Schrank. Vielleicht gab es darin etwas, das sie zum Schlafen brachte. *Sie soll aufhören. Sie soll schlafen. Sie soll aufhören.*

Er stapfte zu der Vitrine und zog an dem Türknauf. Verschlossen, immer noch abgeschlossen. Mit einer Bewegung, die sich anfühlte, als würde etwas anderes seine Arme führen, packte er einen Stuhl und hieb mit der Rückenlehne auf eine der Milchglasscheiben ein. Hannah kreischte. *Sie soll schlafen. Sie soll aufhören.*

Vorsichtig steckte er die Hand durch das Loch und schnitt sich dabei am Arm. Ein wenig Blut trat aus der Wunde aus. Er packte eine Flasche, eine winzig kleine Flasche. Dann las er das Etikett und ein Teil der Aufschrift stach heraus. LSD. *Ja …*

Erin stand auf der großzügigen Veranda, die um das ganze Haus herumlief, einen Becher mit heißem Kakao in der Hand. Ihr Herz machte vor Dankbarkeit einen Sprung. Die komplette Großfamilie mit vier Enkeln hatte die räumlichen Möglichkeiten und die Gastfreundschaft der Familie Spencer aufs Äußerste strapaziert. Als sie mit Morgan auf dem Bettsofa im Musikzimmer gelegen hatte, Livies Reisebettchen direkt neben ihnen, und in den anderen Zimmern all die anderen Gäste und Verwandten, hatte die letzte Nacht sich angefühlt wie die Geschichte aus Livies Bilderbuch über einen Handschuh, in den so viele Tiere gekrochen waren, dass er aus den Nähten platzte.

Aber als sie jetzt zwischen den Eiszapfen hindurch auf die schneebedeckten Büsche und Äste blickte und auf die Schneefelder, die sich bis zu dem vereisten Teich erstreckten, dankte sie Gott dafür, dass Morgan ihren Bedenken nicht nachgegeben und in Santa Barbara geblieben war. Wie konnte es sich am Strand mit weichem Sand und Möwen wie Weihnachten anfühlen?

Sie trank ihren Kakao in kleinen Schlucken und blickte zu dem großen weiß-grauen Stall hinüber, wo sie einen Mann mit einem Pferd sah. Morgan. Ein leichtes Gefühl des Unbehagens stieg in ihr auf und sie stellte den Becher auf der Balustrade ab. Er kam langsam näher und führte das Tier, das größer war als er selbst, ganz souverän am Zügel.

Zwei Meter von der Veranda entfernt blieb er stehen. Von ihrem erhöhten Standpunkt aus schien sie dem Pferd, einer braunen Stute mit einer weißen Blesse, zwei weißen Fesseln und einer schwarzen Schwanzspitze, Auge in Auge gegenüberzustehen.

Entschlossen riss sie ihren Blick von dem Pferd los und sah Morgan an, bevor sie so ruhig wie möglich sagte: „Ich weiß, dass du es gut meinst."

Er lächelte. „Komm her."

„Ich habe die Sache überwunden, Morgan. Inzwischen kann ich Pferde aus der Entfernung würdigen. Es sind wirklich wunderschöne Tiere."

„Erin."

Von der gleichen Angst wie damals auf der Veranda festgehalten biss sie sich auf die Lippen. Er streckte eine Hand nach ihr aus. Nein, nein, nein, nein, nein. Aber seine Anziehungskraft war unwiderstehlich. Langsam setzten sich ihre Füße in Bewegung. Wie in Trance ließ sie den Kakao auf dem Geländer stehen und tat einen Schritt nach dem anderen. Das Pferd wurde immer größer.

Sie sagte: „Ich bin einfach nicht ..."

„Natürlich bist du."

Sie erreichte den verschneiten Weg und blieb stehen, um das Pferd zu mustern. Es stampfte nicht auf. Aber es könnte. Den Kopf warf es nicht zurück. Obwohl es durchaus möglich war.

„Sie ist ausgesprochen gut erzogen." Er streckte den Arm ein Stückchen weiter nach ihr aus und berührte ihre Fingerspitzen.

Mit stolperndem Herzschlag legte sie ihre Hand in seine. „Wie heißt sie denn?"

„Maple Sugar."

„Abgekürzt Maple?" Ihre Stimme überschlug sich.

Er zog sie zu sich an die Seite. „Streich ihr über den Hals. Das mag sie."

Inzwischen gehorchte ihre Hand ihrem Gehirn nicht mehr. Stattdessen war sie mit seiner Stimme verbunden. Maples Fell war glatt, aber nicht weich, und ihre Mähne bestand aus steifen Strähnen. Wimpern wie bei einer Disney-Prinzessin umrahmten ihre großen, sanften Augen, die sie von der Seite ansahen, um diese fremde Person zu begutachten, die da Kontakt aufnahm. Morgan fuhr mit der Hand über das lange, knochige Gesicht der Stute, tätschelte ihre Wange und strich über die samtige Nase.

Erin blickte in sein Gesicht und sah den Jungen darin, der dem Züchter gesagt hatte, er gehöre sich selbst. Es stimmte nicht. Mehr als jeder andere Mensch, den sie kannte, gehörte Morgan allen. Sie berührte die Stute noch einmal, fühlte ihre Wärme, ihren massigen Körper, die Geduld. Während sie den Pferdegeruch einatmete, berührte sie das Tier mit beiden Händen und genoss die Zufriedenheit, die sie durchströmte.

Morgan sah ihr dabei zu, ohne etwas zu sagen. Sie bewegte eine Hand zum Gesicht des Pferdes und fuhr ihr über die unglaublich weiche Schnauze. Als Kind hatte sie sich vorgestellt, wie es wäre, eine solche Nase zu küssen, wie es wäre aufzuspringen und wie eine Sternschnuppe durch den Himmel zu reiten – Träume, die von ihrer Angst und von einer Lektion, die sie hatte lernen müssen, vernichtet worden waren.

„Setz deinen linken Fuß in den Steigbügel", sagte Morgan.

Er konnte unmöglich mit ihr sprechen.

„Halt dich am Sattelknauf fest und zieh dich hoch."

Sie trat einen Schritt zurück und da war seine Hand, die sich auf ihren Rücken legte und sie stützte.

„Du schaffst das."

„Ich will nicht. Wirklich. Ich bin über die Sache hinweg." Die Stute blinzelte langsam.

„Halt mal." Er drückte ihr die Lederzügel in die Hand. Dann ging er um sie herum, packte den Sattel und schwang sich mühelos dahinter auf den Rücken des Tieres. Es war, als hätten das Pferd und er ihre Kräfte gebündelt. Er nahm ihr die Zügel aus der Hand und hielt sie auf die andere Seite der Stute, die ruhig dastand, als hätte sich nichts verändert.

„Den linken Fuß in den Steigbügel."

Sie schloss die Augen.

„Schwing dich rauf. Ich fang dich auf."

Ihre Brust bebte, als sie eine zitternde Hand zum Sattelknauf hinaufstreckte. Sie hob den Fuß und schob ihn in den Steigbügel, und als sie sich hochzog, fühlte sie, wie Morgan ihr Bein über den Pferderücken lenkte und sie auf dem Sattel landete.

„Jetzt schieb den anderen Fuß in den Steigbügel."

Während sie mit den Augen nach dem Bügel suchte, hatte er seine Arme um sie gelegt und berührte mit den Zügeln den Hals des Pferdes, woraufhin die Stute sich langsam drehte. Erin hielt die

Luft an und versuchte, sich an das merkwürdige Gefühl zu gewöhnen, dass ein Tier sie trug, während sie hoffte, dass Morgan wusste, was er tat.

Außer bei der einen Gelegenheit, als sie gesehen hatte, wie er Ricks Tiere versorgt hatte, hatte sie ihn nie reiten gesehen. Jetzt wurde ihr bewusst, dass er auf dieser Farm groß geworden war, und auch wenn er es nicht zu seinem Beruf gemacht hatte, war dieses Leben ein Teil von ihm. Langsam entspannte sich ihre Wirbelsäule. Morgan küsste sie leicht auf die Wange, ohne ermutigende Worte zu finden. Die brauchte sie auch nicht.

Zuerst dachte sie, sie würden gemeinsam zum Stall reiten und damit wäre die Sache erledigt. Stattdessen bewegten sie sich auf den Teich zu, während der stille Vormittag sich um sie herum ausdehnte, die Hufgeräusche vom Schnee gedämpft. Kleine Wölkchen stiegen von den Nüstern der Stute auf. Morgan saß fest und zugleich beweglich hinter ihr und lenkte das Tier auf beinahe unmerkliche Weise.

Nach einer Weile murmelte er: „Was meinst du?"

„Es ist fantastisch."

Er drückte sie fester an sich. „Dich hält nichts und niemand auf."

„Ich sollte vorsichtig sein, was ich mir wünsche."

„Was könntest du dir wünschen, das du nicht schon hast?"

Sie lehnte sich an ihn. „Ich liebe dich."

„Ich weiß." Er lachte ihr leise ins Ohr.

„Ist das verrückt?"

„Ja. Aber unvermeidlich. Ich schwöre, dass ich mich in dich verliebt hatte, bevor du den Kürbiskuchen serviert hast."

Das Herz ging ihr auf. „Glaubst du, Rudy hat es gewusst?"

„Er hat es so deutlich gesehen wie eine blinkende Neonreklame." Morgan führte die Stute in eine schmale Senke.

„Hattest du wirklich Angst, mich heimfahren zu lassen, oder war das eine Strategie?"

„Die Panikattacke war echt. Aber dich dort zu haben, hat etwas in mir in Gang gesetzt. Es war wie dieser Schlüssel, der die ganze Zeit versteckt ist, bis er irgendwann ein ganz neues Schloss öffnet."

„Du erinnerst dich daran, dass das Schloss gefährliche illegale Drogen gesichert hat."

Sie fühlte, wie er erstarrte, und sagte: „Was ist?"

„Mir ist gerade klar geworden, dass wir uns gar nicht mehr darum gekümmert haben. Ich wollte es tun, aber dann bist du gekommen und hast mich nach Paris geschleift."

Sie kicherte. „Als hätte ich da groß schleifen müssen. Ich glaube, es war dein Ernst, als du mir den Heiratsantrag gemacht hast. Sonst hättest du das Problem so lösen können wie bei Denise und wer weiß wie vielen anderen noch."

Er schwieg so lange, dass sie sich auf dem Sattel umdrehte. „Was ist?"

„Mir wird nur gerade bewusst, dass du recht hast. Rick hat mir vorgeschlagen, dir eine Stelle anzubieten, aber das wollte ich nicht. Mit diesem plumpen Antrag habe ich versucht, die beiden Dinge miteinander zu vereinen, aber nachdem das Trauversprechen erst einmal gegeben war, konnte ich mich nicht mehr verstellen."

Sie schmiegte sich an ihn. „Gott hat das für uns gefügt, nicht wahr?"

„Sieht so aus."

„Das ist … erstaunlich."

Seine Arme umfingen sie mit stiller Kraft. „Ja."

Schweigend ritten sie weiter, bis er die Stute zur Farm zurücklenkte.

„Wir gehen rein?"

„Da dies dein erstes Mal auf einem Pferd ist, wirst du dich wund sitzen, wenn wir zu lange reiten. Und mein Sitz hier ist auch nicht gerade superbequem."

„Oh."

„Keine Sorge, du wirst andere Gelegenheiten haben. Wie ich schon sagte, Livie braucht ein Pferd und du kannst vielleicht gleich mit ihr aufsitzen. Vielleicht sehe ich mich nach einem schönen Stück Land mit Meerblick um, irgendwo in den Santa Ynez Mountains oder den Hügeln von Montecito. Wir könnten ein paar Pferde halten – Andalusier vielleicht."

„Und du willst dein wundervolles Haus verkaufen? Warum?"

Er presste seine Wange auf ihren Kopf. „Ich weiß nicht. Vielleicht war das mein früheres Ich. Die Person, die ich mit Jill zu sein versuchte. Aber jetzt gibt es uns und du warst ein Mädchen, das ein Pferd wollte."

Seinen Worten entnahm sie, dass es nicht so sehr um ein Pferd ging, sondern um sie beide. Eine neue Vision.

Als sie beim Haus ankamen, rutschte sie ungelenk von Maples Rücken und überließ es Morgan, die Stute in den Stall zu bringen.

Tara lehnte auf dem Geländer der Veranda. „Dein erster Reitversuch?"

„Ist es so offensichtlich?"

Taras perfekte weiße Zähne kamen zum Vorschein. „Jeder fängt irgendwann an."

„Du bist wahrscheinlich schon mit zwei geritten."

„Genau genommen war ich erst acht Monate alt. Sobald ich sitzen konnte, ohne vornüber zu fallen."

Erin starrte sie an. „Das ist verrückt."

„Mom glaubt an natürliche Instinkte. Je eher ein Mädchen sich mit einem Pferd verbündet, desto besser."

Ihren ersten Eindruck von Celia musste sie gründlich überdenken und ihr wurde klar, wie anders diese Familie war als ihre eigene.

„Du brauchst nur einen guten Lehrer, dann holst du das schnell auf."

Während Erin die Treppe hochging, musterte Tara ihre Jeans und den figurbetonten Mantel. „Wieder Paris?"

„Ich fürchte, alles, was ich habe, ist aus Paris."

„Alles?"

„Die Kleider, die ich vorher hatte, sind ... nicht mehr da."

„Nicht mehr da?" Tara zog eine Augenbraue hoch und sah dadurch Morgan noch ähnlicher.

„Jemand ist in mein Haus eingebrochen und hat alles verwüstet."

„Das ist ja schrecklich! Für wen halten diese Leute sich eigentlich?"

Für wen Markham sich hielt, das wusste sie ganz genau.

„Ich habe immer Angst, dass jemand in mein Studentenwohnheim einbricht, aber es hat Sicherheitstüren und ist ein kleines College."

„Was studierst du eigentlich?" Erin nahm den Becher mit Kakao, den sie auf der Balustrade zurückgelassen hatte. Die Haut auf dem Kakao fing schon an, Eiskristalle zu bilden.

„Eigentlich alles. Da ich erst im zweiten Jahr bin, kann ich mich noch nicht spezialisieren. Aber ich will Schauspielerei studieren, und wenn ich kein berühmter Filmstar werde, will ich benachteiligte Kinder am Musiktheater unterrichten."

Erin lächelte. „Zwei gute Pläne." Tara hatte die Schönheit für den Film, aber sie schien zu unverdorben für diese Branche.

„Völlige Gegensätze, ich weiß. Ruhm und Reichtum oder Dienst für einen Hungerlohn."

Der theatralische Tonfall amüsierte Erin und sie sagte: „Musiktheater bedeutet, dass du viele Talente hast."

„Schauspielerei, Gesang, Tanz. Noelle hat mir das Klavierspielen beigebracht – eine Zeit lang – und dann musste ich richtigen Unterricht nehmen. Du wirst mich heute Abend hören. Eigentlich alle."

„Alle spielen Klavier?"

„Unterschiedliche Instrumente oder sie singen. Jeder führt irgendetwas auf bei unserem Talentwettbewerb. Das ist die Regel."

Eine Regel, die niemand – vor allem nicht Morgan – ihr gegenüber erwähnt hatte. „Ich kann kaum den Ton halten."

„Das stimmt nicht. Ich habe dich mit Livie gehört."

Das war eine Idee. Sie konnte sich mit Livie zusammentun und ihr die Show überlassen. „Wo wir gerade von Livie sprechen – ich sehe besser nach, wie sie sich gegen die wilden Jungs behauptet."

„Granny passt auf."

„Vielleicht ist deine Mutter ganz froh über eine Ablösung, vor allem, weil sie versucht zu backen."

„Okay." Tara stieß sich von der Balustrade ab und sprang die Treppe hinunter. „Bis später."

Erin brachte ihren Kakaobecher in die Küche. Dass Livie auf sie zugelaufen kam, wärmte ihr Herz – und Celias offenbar auch. Zweifellos war sie erleichtert, dass nicht nur Morgan, sondern auch sein kleiner Engel Zutrauen zu ihr gefasst hatte. „Wie geht es dir, Liebling?"

„Gut. Willst du mit Tieren spielen?"

Sie bemerkte, dass Livie ihre kindliche Version dieser Frage abgelegt hatte, und spürte einen Anflug von Verlust. „Gibt es hier welche?"

„Weiche aus Plüsch."

„In Ordnung ..." Sie legte den Kopf schief. „Reden die denn?"

„Natürlich können sie reden!“, beharrte sie und zog Erin mit sich.

Erin lächelte Celia zu, bevor sie sich neben die Spielzeugkiste setzte, wo sie ihr Spiel ebenso sehr genoss wie Livie. Hin und wieder kamen die Jungs hereingeplatzt, kleine Energiebündel, die so ganz andere Interessen hatten. Sie lachte, als alle drei sie „gefangen“ nahmen und sich wie ein Rugbyteam auf sie stürzten.

Als Livie sich ebenfalls ins Getümmel stürzte, wehrte sich Erin und kitzelte die Kinder, bis Morgan und die anderen Männer hereinkamen. In dem Wissen, dass Rettung nahte, ließ sie sich auf den Rücken fallen und streckte alle viere von sich, während die diversen Väter ihre Sprösslinge an sich nahmen. Morgan reichte ihr eine Hand und zog sie auf die Füße. „Da lass ich dich mal eine Minute allein ...“

Sie stemmte die Hände in die Hüfte. „Du bist mir eine Erklärung schuldig, mein Lieber.“

Er zog eine Augenbraue hoch.

„Die Sache mit dem Talentwettbewerb?“

Er setzte eine mitleidige Miene auf. „Kein Talent?“

„Vielleicht nicht.“ Sie kniff die Augen zusammen. „Aber ich habe einen geheimen Plan.“

Er lachte. „Klar hast du den.“

Markham saß auf dem Küchenfußboden und spürte noch den leichten Schmerz von der Schnittwunde am Arm. Die zerbrochene Scheibe der Schranktür erinnerte ihn daran, dass er sie eingeschlagen hatte. Neben ihm war eine kleine Glasampulle gegen den Fuß der Vitrine gerollt. Jetzt fiel ihm wieder ein, dass er sie aufgebrochen hatte. Der Inhalt war für Hannah gedacht gewesen, aber die Flüssigkeit hatte sich über seine Hand und sein Handgelenk ergossen und war in die Wunde gelaufen.

Schwindelig und nervös war er in der Küche herumgelaufen, während Hannah im Zimmer nebenan heulte. Oder vielleicht war es gar nicht Hannah gewesen. Es hatte wie eine ganze Horde Menschen geklungen.

Er wusste noch, dass er in einem wunderbaren Rausch zu Boden gesunken war, während sein stimulierter Geist fantastische Formen und kaleidoskopische Farben gebildet hatte. Aber dann hatte alles sich zu drehen begonnen, die Dinge waren zu erschreckenden Parodien verzerrt und Hannahs Gesicht hatte sich in die Maske eines Ungeheuers verwandelt.

Er hatte sich nicht rühren können, hatte sich wie gelähmt gefühlt, am Boden festgeklebt, während der Schrank über ihm aufragte und auf seinen Kopf zu stürzen drohte. Hannah, die schreiend danebengestanden hatte, war zu einer Hexe mit buschigen grünen Haaren geworden und einem Mund, der so groß war wie eine Tür.

Er hatte die Augen geschlossen und sie nicht wieder aufgemacht. Dabei hatte er jegliches Zeitgefühl verloren. Er wusste nicht, wie lange der Schrecken gedauert hatte, die Farben waren zurückgekehrt, waren wie ein buntes Feuerwerk abwechselnd umeinandergewirbelt. Jedes Geräusch hatte die Vision verändert und eine neue und fantastische Landschaft erschaffen, bis er am Ende vor Erschöpfung eingeschlafen war.

Jetzt, wo man hätte meinen sollen, dass er furchtbare Nachwirkungen spürte, war er erfrischt und im Kopf klar wie seit Tagen nicht mehr. Mit einem euphorischen Gefühl der Erneuerung und Lebendigkeit erhob er sich.

Als er sah, dass Hannah auf dem Sofa lag und schlief, ihr Gesicht vom Weinen aufgedunsen und gerötet, lief er zu ihr und fiel neben ihr auf die Knie. „Hannah."

Sie schlug die Augen auf. „Du bist wach!"

„Natürlich bin ich wach."

„Ich habe die ganze Zeit versucht, dich aufzuwecken."

„Alles ist gut. Es ist wunderbar."

„Ja?"

„Ja, verstehst du nicht? Es wird alles gut. Ich habe es gesehen."

„In einer Vision?"

„Oh, Hannah. Was für eine Vision!"

Wieder kamen ihr die Tränen. „Können wir dann nach Hause? Wegen Weihnachten, Markham?"

Einen Augenblick lang ließ sein Glücksgefühl nach. „Du weißt doch, was ich tun muss, Hannah. Daran hat sich nichts geändert."

Sie machte ein langes Gesicht. „Reicht es denn nicht, wenn du ihr in deinem Herzen vergibst? Du musst es nicht Auge in Auge tun. Gott weiß es doch."

„Natürlich weiß Gott es." Sein Verstand schien immer noch beschleunigt und erfrischt – sogar brillant. „Aber Quinn wird keinen Frieden finden. Quinn kann nicht nach Hause, bis ich ihr verziehen habe. Sie wird immer weiterfliehen. Nur ich kann sie aufhalten. Nur ich kann ihr Frieden geben." Und eine tiefe, ewige Ruhe.

Hannah kroch förmlich in die Couch hinein und sagte mit kleinlauter Stimme: „Immer geht es nur um Quinn."

„Hannah." Er umschloss ihre Hände mit seinen. „Wie können wir einen Neuanfang machen, wenn dieses Damoklesschwert über meinem Kopf hängt?"

„Damo–"

„Egal." Wie gebannt starrte er auf ihre blutunterlaufenen Augen, ihre rot geschwollene Nase, ihre fleckigen Wangen. Hassen konnte er sie nicht und er fragte sich, ob das, was sie wollte, gut wäre. Quinn hatte eine neue Handynummer und niemand, den Hannah fragte, gab zu, ihre neue Nummer zu haben, aber könnte es nicht sein, dass sie zu Weihnachten anrief? Wenn sie zusammen dort waren, wenn er seinen Wunsch äußerte, ihre Tochter zu heiraten, ihre einfältige Tochter …

„Also gut, Hannah. Für dich fahren wir Weihnachten nach Hause."

Ihr ganzer Körper bebte. „Meinst du das ernst?"

„Ja. Wir fahren gleich jetzt."

Sie sprang auf, die Hände unter dem Kinn gefaltet. „Oh, Markham!"

Während sie ihre Sachen packte, stellte er sich vor, wie er Quinn fand und das ganze Geld, das sie gestohlen hatte, und all das Geld, das vielleicht noch von Morgan Spencer dazukam, und das Leben, das er sich damit kaufen konnte. Keine Betrügereien mehr, nie mehr etwas sein, was jemand anders wollte, nur das, was er selbst wollte. Genug Geld, um ganz oder gar nicht zu sein.

Das musste er irgendwie hinkriegen. Aber wie? Und dann sah er die Tür hinter der Truhe.

Kapitel 31

Irgendwann würden sie den kleinen Flügel für die weihnachtliche Talentshow ins Wohnzimmer rollen müssen, aber bis jetzt ging es noch. Gerade so. Morgan sah sich im Musikzimmer um. Stephen hatte diese Veranstaltung schon einige Male mitgemacht, aber für Luke und Danny war es neu. Und für Erin.

Seine Eltern begannen mit einem Duett, um das Eis zu brechen, dann spielte Noelle auswendig ein wundervolles Stück, bei dem Tara vor Neid stöhnte. Dann brachte sie das Haus zum Toben, indem sie sich auf Hanks Knie setzte und „Santa Baby" sang. Die Welt würde gut daran tun, mit seiner kleinen Schwester Tara zu rechnen.

Morgan winkte sie zum Klavier, damit sie ihn bei seinem Lied für Livie begleitete, „Ich wünsch mir ein Nilpferd zu Weihnachten". Und für Erin sang er „All I Want for Christmas is You."

Als er in den Augen seiner Verwandten die Tränen sah, war es ihm unangenehm, aber es war ihm auch egal. Schließlich hatte er sich in eine Frau verliebt, die anders war als alle anderen – ausgenommen vielleicht Livie. Sie hatten beide den gleichen wachen Geist.

Erin trocknete sich die Augen und nahm seinen Platz auf dem Barhocker ein. Sie nahm das Mikrofon in die Hand und stellt sich dem Talentwettbewerb: „Das hier ist kein Weihnachtslied, aber ich glaube, das wird niemandem etwas ausmachen." Sie hielt Livie das Mikro vor den Mund und flüsterte etwas.

Das Herz ging ihm auf, als sein kleines Mädchen, unter leisem Zuflüstern von Erin, das Lied sang, das er ihr schon so oft vorgesungen hatte. „Du bist mein Sonnenschein, mein kleiner Sonnenschein."

Als die letzten Töne verklangen, füllte Applaus den Raum. Erin legte das Mikrofon zurück, nahm Livie auf den Arm und ging an ihren Platz zurück. Zum Leidwesen seiner Frau fingen alle an zu rufen: „Erin, Erin, Erin." So viel zu ihrem geheimen Plan.

Sie warf ihm einen flehenden Blick zu. Lachend zog er sie zum Mikro zurück, flüsterte ihr etwas ins Ohr, und als sie nickte, weihte er Steph, die Taras Platz am Klavier eingenommen hatte, ein, welches Lied sie ausgesucht hatten. Zusammen sangen Erin und er „Ich hab gesehen, wie Mama den Weihnachtsmann geküsst hat". Am Ende demonstrierte er das Ganze noch ausgiebig unter Lachen, Buhrufen und Pfiffen.

Als er sich wieder aufrichtete, sah er, dass Noelle vor Rührung weinte. Sie hatte an ihm gezweifelt, war nicht damit einverstanden gewesen, dass er Erin so überhastet geheiratet hatte, aber sie musste jetzt erkannt haben, dass seine Entscheidung ihm das Leben gerettet hatte.

Nach einem mitternächtlichen Gottesdienst, in dem sie die Geburt des Heilands feierten, und ein paar Stunden Schlaf versammelten sie sich alle am nächsten Morgen im Wohnzimmer zur Bescherung um den Weihnachtsbaum. Zwischen seinen Geschwistern eingequetscht warf er Erin einen schrägen Blick zu. „Was ist?"

„Machst du Witze? Diese Enge hier muss gegen so ziemlich jede Feuerschutzregel verstoßen, die jemals erfunden wurde."

Die Räume in dem alten Bauernhaus seiner Eltern waren eng und klein, aber der Baum hatte immer in der Ecke im Wohnzimmer gestanden, und was machte es schon, dass ein paar von den jungen Männern stehen mussten und die meisten Mädchen auf dem Boden saßen? In die unteren Äste des Baumes gedrückt, mit Livie zwischen den Knien und Erin halb auf seinem Schoß, war es ein bisschen gedrängt, aber wen kümmerte das?

Obwohl es so aussah, als würde das Chaos herrschen, folgten die Ereignisse einer langjährigen Ordnung, bei der es der Reihe nach vom Jüngsten zum Ältesten ging. Das nächste Päckchen wurde erst ausgepackt, wenn alle das Geschenk bewundert hatten. Es war inzwischen Tradition, dass man sich kleine Geschenke machte, seitdem die Familie so groß geworden und der Platz geschrumpft war. Nur Hanks Geschenk für Celia verstieß gegen diese Regel – und das Geschenk für Erin würde es auch tun. Es war zwar nicht übermäßig groß, aber es nahm doch viel Platz ein.

Sie hatten schon mehrere Runden des Auspackens hinter sich, als es an der Tür klingelte. Die Familienmitglieder sahen sich an, bis Morgan Danny zunickte. „Kannst du mal aufmachen?" Denn er selbst war so eingepfercht, dass er gar nicht bis zur Tür durchkommen würde.

Zwei Minuten später kehrte Danny mit einer sehr runden Frau zurück, einen halb ausgewachsenen australischen Hirtenhund auf dem Arm, der ängstlich in die Runde blickte, während seine struppigen Beine herunterhingen. Erins Kinnlade klappte herunter, als Morgan ihr einen Blick zuwarf. „Du hast doch überlegt, dir einen Hund zuzulegen."

„Morgan", hauchte sie.

„Die bläuliche Färbung seines Fells ist nicht ganz so wie bei deinem Namensvetter früher, aber die Rasse hat einen guten Instinkt fürs Hüten und Beschützen, was du beides zu brauchen scheinst."

„Ist das mein Hund, Daddy?"

„Nein, der Hund gehört Mommy." Mommy. Er hatte es gesagt, ohne nachzudenken.

„Dann machen Sie mal Platz", sagte Cleo vom Tierheim und legte das Tier schließlich in Erins Arme. „Sie hatte ein gutes Zuhause, bis ihre Besitzerin eine neue Arbeit angenommen hat und in eine Wohnung in der Stadt ziehen musste. Es hat ihr das Herz gebrochen, sich von Bella zu trennen, aber eine so aktive Rasse sollte nicht auf beengtem Raum leben." Cleo sah Erin in die Augen. „Sie werden sie lieb haben, nicht wahr?"

Erin streichelte ihr das weiche Fell und Bella leckte ihr die Hand. „Das habe ich jetzt schon."

Da all die Menschen für Bella ein bisschen zu viel waren, brachte Erin sie in die Küche. Morgan folgte mit Livie, die auf ihre charmante Weise zum Ausdruck brachte, dass der Hund ihr und Mommy gehörte. Sie war offenbar ebenso leicht zu dieser Bezeichnung übergegangen wie er.

Erin setzte Bella auf dem Boden ab und füllte eine Schüssel mit Wasser. Er hatte Cleo vor einer Woche angerufen und ihr beschrieben, was er suchte. Sie waren sich einig gewesen, dass Bella der richtige Hund war, da sie nicht misshandelt worden war, und für Livie war das wichtig. Ein Tier, das Schmerzen und Grausamkeit kannte, konnte die unschuldigen Fehler eines Kindes falsch deuten.

Wenn Erin und sein kleines Mädchen jetzt am Strand spielten oder spazieren gingen, würde jemand da sein, der ein Auge auf sie hatte, wenn er nicht da sein konnte. Mit ihren fünf Jahren, hatte Cleo gesagt, zeigte Bella schon die Instinkte ihrer Rasse. Livie vergrub vor lauter Freude das Gesicht in Bellas weichem Fell. Und Bella drehte sich daraufhin um und leckte Livies Wangen mit einer Schnauze, die von dem Wassernapf pitschnass war. Genau. Morgan lachte. Es würde funktionieren.

„Nicht zu fassen, dass du das gemacht hast." Erin blickte in das liebe Gesicht der ängstlichen jungen Hündin und versuchte sie, so gut es ging, zu trösten. „Woher wusstest du, dass ich mit dem Gedanken gespielt habe, mir einen Hund zuzulegen?"

„Noelle hat erwähnt, du würdest an Thanksgiving vielleicht mit einem Hund erscheinen." Er zuckte mit den Schultern. „Aber das bist du nicht."

„Ich war im Tierheim, aber dort waren vor allem misshandelte Tiere und meine Situation war zu prekär dafür." Und das war sie immer noch, wenn sie es sich recht überlegte.

Er hockte sich auf den Boden. „Hallo, Bella. Nun sieh nicht so besorgt drein. Du wirst es gut bei uns haben." Er kraulte ihr das Fell hinter den Ohren, was Bella offensichtlich gefiel.

Während sie die beiden beobachtete, nahm Erin allen Mut zusammen. „Ich habe dir mein Geschenk noch gar nicht gegeben."

Er blickte über die Schulter in Richtung Wohnzimmer. „Unsere Plätze werden wir nie im Leben wiederbekommen."

„Mein Geschenk liegt auch gar nicht unter dem Baum." Sie ging ins Musikzimmer, wo sie übernachtet hatten, holte das kleine Päckchen, das sie gerade erst gepackt hatte, und brachte es ihm. „Es ist gar nicht so einfach, einem Mann etwas zu schenken, der sich alles kaufen kann."

Er richtete sich halb auf. „Aber ich habe den Eindruck, dir ist etwas eingefallen."

Sie kaute auf der Unterlippe, als er sich erhob, das Band löste und das Papier zurückschlug. Dann holte er einen Plastikstift heraus, auf dem zwei blaue Linien zu sehen waren. Sie beobachtete, wie die Erkenntnis sein Gesicht überzog, und ihre Blicke begegneten sich.

Sie zog eine Schulter hoch. „Paris hat so eine Wirkung."

Er stieß einen Freudenschrei aus, der Bella in der hintersten Ecke der Küche Zuflucht suchen ließ, dann umarmte er sie so stürmisch, dass sie gar nicht versuchte zu atmen, bis ihre Füße wieder auf dem Boden standen.

„Daddy, warum weinst du denn?"

„Es ist in Ordnung, Livie. Alles gut, Bella." Seine beruhigenden Worte klangen heiser. „Erin, Erin ..." Er presste sein Gesicht an ihren Hals und drückte sie wieder an sich.

Sie hielt ihn genauso fest und erst jetzt wurde ihr ihre eigene Wirklichkeit bewusst. Er flüsterte ihr immerzu „Ich liebe dich" zu und sie hielt ihn lachend und weinend fest, bis sie merkte, dass sein Ausruf die anderen herbeigelockt hatte. Sie bückte sich und hob Livie hoch, während die anderen sich um sie drängten, allen voran Tara.

„Was ist? Nun sag schon."

Wieder suchte Morgan ihren Blick. „Es gibt keine Geheimnisse." Er hielt den Teststab hoch.

„Du bist schwanger?", platzte Noelle heraus.

Rick lachte. „Ihr macht aber auch keine halben Sachen."

Erin drehte sich besorgt um, bis sie sah, dass Steph neben der Hündin kniete und sie streichelte und beruhigte. Dann überließ sie sich den Gratulanten.

Als die anderen wieder ins Wohnzimmer gegangen waren und Livie und sogar Bella mitgenommen hatten, schob Morgan seine Finger zwischen ihre. „Wie geht es dir?"

„Gut. Bis jetzt."

„Wieso hast du den Test gemacht?"

„Nachdem wir uns darüber unterhalten hatten, wurde mir bewusst, dass ich spät dran war. Ich habe ihn erst heute Morgen gemacht, damit wir beide es fast gleichzeitig erfahren." Sie hätte es sonst nicht verschweigen können. „Unter dem Weihnachtsbaum liegt eine Sonnenbrille, für den Fall, dass es ein Fehlalarm gewesen wäre. Livie hat den Bügel an deiner alten Brille abgerissen."

Grinsend fuhr er ihr mit der Hand über den Arm. „Beides sehr wohl überlegte Geschenke. Danke." Um seine Augen erschienen Lachfältchen. „Gut, dass wir hier waren, um den anderen die freudige Nachricht zu sagen. Sie haben so viel mit mir durchgemacht. Das hier ist ... außergewöhnlich."

Das schien ein zu kleines Wort dafür.

„Weißt du, Erin", sagte er mit weicher Stimme, „das hier ist etwas, das deine Eltern wissen sollten."

Plötzlich hatte sie Tränen in den Augen. Scheinbar ahnte er, wie gerne sie es ihnen sagen würde, ihrer Mutter und Grandpa, ihrem Vater und sogar Hannah. Sie bekam ein Baby. Und sie wussten nicht einmal von Morgan.

„Aber wie? Sie können dann ja meine Nummer auf dem Display erkennen, und wenn Hannah sie in die Finger bekommt, wird Markham sie bekommen und dann müssen wir wieder ganz von vorne anfangen."

„In ein paar Tagen fliege ich mit den Informationen, die du hast, zu William. Wenn er erst einmal etwas ausgearbeitet hat, wird das FBI den Druck auf Markham erhöhen. Dann wird er ganz andere Sorgen haben, als sich an dir zu rächen."

Sie dachte darüber nach. Das Handy lief nicht auf ihren Namen, nicht einmal auf den von Morgan, sondern auf seine Firma. Und wenn Markham die Nummer in Erfahrung brachte, konnte sie sie wechseln. „Aber wenn ich ihnen erzähle, dass ich schwanger bin, muss ich ihnen auch von dir erzählen."

„Gut. Nur keine Namen."

Unsicher presste sie sich eine Hand aufs Herz, während Angst und Sehnsucht miteinander rangen. Aber sie brachte es nicht über sich, ihre Eltern anzurufen. Nein, wenn sie es irgendeinem Menschen sagen wollte, dann Grandpa. Es war Weihnachten und es wäre ein wunderbares Geschenk, seine Stimme zu hören. Sie sah Morgan in die Augen und sagte: „Grandpa kann Markham nicht ausstehen. Er würde ihm niemals helfen, mich zu finden."

„Wünsch ihm frohe Weihnachten von mir." Er bückte sich und küsste sie.

Als sie die Nummer eintippte, zitterte sie vor Sorge und Aufregung. Als die Stimme ihres Großvaters am anderen Ende ertönte, stiegen ihr die Tränen in die Augen. „Grandpa? Ich bin es … Quinn."

„Quinn, Liebes. Ich habe so lange nichts mehr von dir gehört."

„Ich weiß. Es tut mir leid." Es tat ihr leid, all die Zeit verschwendet zu haben, die sie nie würde zurückholen können – Zeit, von der ihr Großvater mit seinen einundneunzig Jahren vielleicht nicht mehr viel hatte. Sie wischte eine Träne aus ihrem Augenwinkel. „Ich habe Neuigkeiten."

Hannah sah beinahe hübsch aus, nein sie war hübsch in ihrem Weihnachtskleid, mit den hochgesteckten Haaren und dem leuchtenden Gesicht.

Markham stand im Wohnzimmer ihres Elternhauses und beobachtete sie voller Staunen, als sie die wunderbare Nachricht mit fester Stimme und ohne das für sie typische weinerliche Zittern verkündete. „Markham und ich werden heiraten."

„Mit Ihrer Erlaubnis, Sir. Ich bitte um Verzeihung, weil ich nicht zuerst gefragt habe, aber ..." Er machte eine Handbewegung in Hannahs Richtung, so als wäre sie eine ausreichende Erklärung. Er räusperte sich. „Hannahs Glaube und Hingabe beschämen mich."

Mit einem seltsamen Gefühl im Bauch sah er in Hannah mit einem Mal einen Glauben an ihn, den niemand sonst hatte. Hunderte waren beeinflusst worden, seine Schauspielerei zu glauben, seine Lügen, seinen Betrug, aber niemand hatte an *ihn* geglaubt. So verrückt es war, aber er stellte sich vor, wie es wäre, mit ihr verheiratet zu sein. Hatte er mit ihr etwas, das er nirgends sonst finden würde?

Der Pastor sah ihn mit einer Mischung aus Kummer und Freude an. Wahrscheinlich dachte er daran, wie seine Schäfchen unter dem Verlust ihrer Rentenansprüche litten, dem Verlust ihres Vermögens, dem Verlust der Hoffnung. Glaubte er wirklich, dass Markham Wilder in gutem Glauben gehandelt und auf ein Wunder des Überflusses für diejenigen vertraut hatte, die großzügig und von Herzen gaben? Oder würde er ihn jetzt verdammen?

Markham senkte den Kopf. „Ich bete, dass Sie über meine Bitte nachdenken werden. Ich wurde durch die Prüfungen im Feuer der Drangsal geläutert und bin ohne jede weltliche Hoffnung daraus hervorgegangen. Bis auf die eine, die ich Ihnen nun zu Füßen lege – ich weiß, es ist mehr, als ich verdient habe." Sein Blick huschte kurz zu Hannahs tränennassem Gesicht, das immer noch erstaunlich schön war. Warum nur hatte sie es nie zuvor mit Freude geschmückt?

Thomas Reilly wandte sich an Hannah, seine Miene besorgt und zärtlich. „Hannah?“

„Oh ja. Ich wünsche es mir so.“ Der zittrige Ton war zurück, aber ausnahmsweise rührte es ihn.

Voller Güte erwiderte Thomas ihren kummervollen Blick, als er zu ihr sagte: „Markham wird von einigen vielleicht nicht gerade freundlich aufgenommen – die jetzt Schwierigkeiten haben oder finanziell ruiniert sind. Du könntest ausgegrenzt werden.“

„Daran ist Quinn schuld, Daddy. Ihr Unglaube. Quinn hat den Ruin verursacht, nicht Markham. Er hat den Preis dafür bezahlt und er will ihr nur vergeben, Daddy.“

Die Frau des Pastors kam und stand im Türrahmen zwischen Wohnzimmer und Küche. In den vergangenen vier Jahren war sie gealtert und er fragte sich unwillkürlich, ob es stimmte, wie Hannah sagte, dass Quinn in all den Jahren nicht mehr zu Hause gewesen war und nur ein paarmal mit ihrer Mutter telefoniert hatte. Er verbannte alle Wut und Feindseligkeit aus seiner Seele, als er an sie dachte. Nichts sollte diesen Augenblick trüben.

„Du bist jünger als Hannah, Markham“, sagte der Pastor. „Ich dachte eigentlich immer, du würdest dich mehr für Quinn interessieren.“

Merkte er eigentlich, welche Wirkung seine Worte auf seine Tochter hatten?

„Aber du hast die Reinheit von Hannahs Geist erkannt“, fuhr der Mann fort. „Das spricht für den Charakter, den ich in dir gesehen habe, und das Vertrauen, das ich in dich gesetzt habe.“ Sein Blick wurde butterweich, als er zu Hannah wanderte.

Der Mann liebte seine Tochter, aber Markham fragte sich, ob er die Frauen, die er gezeugt hatte, überhaupt verstand.

„Markham, ich gebe dir Hannahs Hand und meinen Segen. Ich nenne dich Sohn.“

Seine Frau schloss die Augen und senkte das Gesicht, um ihre Fassung zu bewahren, dann rang sie sich für ihre Tochter zu einem Lächeln durch. Hannah warf sich in ihre Arme. „Oh Mama. Das ist das beste Weihnachten, das ich je hatte!“

Ein lautes Hämmern an der Tür unterbrach sie. Thomas ging, um zu öffnen, und als er die Tür aufzog, sah er überrascht aus. „Dad.“ Die Stimme des Pastors klang kurz angebunden.

„Frohe Weihnachten, mein Sohn, Hannah, Gwen."

Markham blieb in aufrechter Haltung stehen. Als der alte Mann ihn sah, rötete sich sein Gesicht. Markham erwiderte den finsteren Blick. Etwas anderes hatte er von dem Mann auch nicht erwartet, aber seine Wut war lodernd und unmittelbar.

„Was soll das?" Corlin Reilly starrte seinen Sohn mit sturmumwölkter Stirn an. „Du empfängst diesen Betrüger hier, aber nicht deine eigene Tochter? Was ist nur mit dir los?"

„Nicht jetzt, Dad. Dein Timing ist wie immer miserabel."

„Mein Timing, ja? Weißt du, dass deine Tochter geheiratet hat? Sie erwartet ein Baby."

Es war still im Raum, abgesehen von dem Rauschen in Markhams Ohren. Hannah wand sich in den Armen ihrer Mutter und Gwens Gesicht verdüsterte sich, leuchtete dann kurz auf und wurde wieder düster.

Thomas plusterte sich auf. „Es überrascht mich nicht, dass Quinn, die von dir ihren Namen hat, ohne mein Wissen oder meinen Segen geheiratet hat und schwanger geworden ist – falls das die Reihenfolge war."

Es überraschte den Mann nicht, aber es schien ihn traurig zu machen. Markham sah, wie sich die Erkenntnis wie ein schwerer Mantel um ihn legte und seine Schultern niederdrückte. Liebte er seine aufmüpfige Tochter selbst nach dem, was sie ihm angetan hatte?

„Meine … andere Tochter, meine Hannah ...", seine Stimme klang rau, „wird ebenfalls heiraten und Markham hat mich um meinen Segen gebeten und ihn erhalten."

Corlins Augen weiteten sich. „Das … das muss Gott selbst sein, der mich auslacht. Meinen Sohn mit solch einer frommen Blindheit zu schlagen, dass er mit Narren und Lügnern im Bund ist."

Dafür würde der Mann sterben.

„Pass auf, was du sagst, Dad. In meinem Haus wirst du Markham nicht beleidigen."

„Markham, ach ja? Wurdest du etwa mit dem Namen geboren, Mann? Oder ist das noch so eine Maske, die dein wahres Gesicht verbirgt?" Er wandte sich wieder an seinen Sohn, während er das Handy aus der Tasche kramte. „Ruf Quinn an. Sag ihr, sie soll nach

Hause kommen. Und ihren Mann soll sie mitbringen, damit du ihr deinen *Segen* geben kannst."

Thomas stand steif da, seine Wirbelsäule ein Zeugnis seiner Standhaftigkeit. „Meine Tochter weiß, wo sie mich findet."

„Stimmt." Corlin warf den Kopf in den Nacken. „Aber warum sollte sie das wollen?" Er steckte das Handy wieder in seine Hosentasche, drehte sich mit einem letzten funkelnden Blick um und ging.

Erin war im Hof und führte Bella Gassi. Sie erschreckte sich beinahe zu Tode, als plötzlich ihr Handy klingelte. Seit sie Grandpa angerufen hatte, lagen ihre Nerven blank, aber sie atmete erleichtert auf, als sie sah, wer der Anrufer war. „Frohe Weihnachten, RaeAnne."

„Dir auch, Quinn. Ich konnte doch den Tag nicht verstreichen lassen, ohne dir alles Gute zu wünschen. Wie geht es dem Sahneschnittchen Morgan?"

Erin lachte. „Ich kann es kaum erwarten, ihn Sahneschnittchen zu nennen."

„Du klingst glücklich, noch glücklicher als letztes Mal."

„Ich bin verliebt. Und wir bekommen ein Baby."

„Ach … du … *meine Güte*", schrie RaeAnne. „Herzlichen Glückwunsch! Bei meinem stressigen Job und John Carters ständigen Dienstreisen haben wir das irgendwie nicht auf die Reihe gekriegt, aber ich freue mich unheimlich für dich."

Vielleicht war es die Tatsache, dass sie RaeAnnes Stimme hörte oder etwas in ihren Worten, aber plötzlich sah Erin die schwangere Vera vor sich, verlassen von der Liebe ihres Lebens. Kein Wunder, dass die Frau seinen Namen nie wieder ausgesprochen hatte. Kein Wunder, dass sie das Tagebuch versteckt und das Medaillon in ein Mauseloch geschoben hatte. Das war nicht verrückt, es war einfach nur traurig.

„Quinn?"

„Tut mir leid, ich …" Sie versuchte, ihre Stimme nicht so emotional klingen zu lassen. „RaeAnne, meinst du, es war richtig, dass wir das Tagebuch gelesen haben, um herauszufinden, wer dein Vater ist? Ich bin nicht sicher, ob Vera das gewollt hätte."

„Bestimmt nicht." RaeAnne wurde wieder ernst. „Aber ich habe auch Rechte." Erin entnahm ihrer Stimme, dass sie mit ihren Gefühlen kämpfte. „Weißt du, wie viele Weihnachten ich mich gefragt habe, was mein Vater mir wohl geschenkt hätte? In der Schule habe ich sogar kleine Geschenke für ihn gebastelt. Für den Fall, dass er in dem Jahr auftaucht."

„Oh, RaeAnne."

„Meine Mutter konnte ihn nicht halten, aber was mich betraf, hat sie ihn ganz für sich behalten."

So hatte sie das noch nicht betrachtet.

„Vielleicht wollte er mich nicht. Oder er hatte nie die Chance. Aber selbst nach all den Jahren sehne ich mich immer noch nach meinem Vater." RaeAnne schniefte. „Ehrlich gesagt habe ich deswegen auch keine Kinder. Er war nicht da und ich konnte einfach nicht verstehen, was zwischen den beiden gewesen war. Wenn man nicht durchschaut, was falsch läuft, dann weiß man auch nicht, wie man es besser machen kann."

Erin schloss die Augen. Sie konnte es so sehr nachempfinden, dass es wehtat. „Dann tun wir es. Sobald wir können."

„Deine Situation ist immer noch ungeklärt?"

„Inzwischen sind wir einer Lösung auf der Spur, hoffe ich."

„Ich auch, Liebes. Und Quinn …? Ich freue mich unheimlich für dich und Morgan. Und für das Baby. Lass nichts zwischen euch kommen."

„Das werde ich nicht." Wenn es ihr möglich war.

Sie legte auf und ging weiter zum Stall. Rick hatte vermutet, dass sie dort Noelle finden würde. Als sie den Stall betraten, schnupperte Bella neugierig an allem. Es roch süßlich nach Heu und alles sah so sauber und ordentlich aus wie bei Rick und Noelle. Alles hatte seinen Platz, war gepflegt und gut verstaut. Sie spürte das Gute, Gesunde daran und verstand, warum Menschen das Landleben liebten. Vielleicht weckte es die alte Sehnsucht nach einem eigenen Pferd in ihr, obwohl sie jetzt auch verstand, warum ihr Vater den Aufwand gescheut hatte. Wenn er sie doch nur nicht mit ihrer Angst alleingelassen hätte.

An einem Ende einer Boxenreihe fuhr Noelle mit der Hand über die pechschwarze Wange eines stattlichen Pferdes und sprach mit ihm, so als hätte sie zu Hause nicht genug Zeit mit Pferden. Im vergangenen Monat hatte ihr Bauch ein wenig an Umfang zugenommen, aber sie war immer noch schlank und groß, ihre Haare ein seidiger Schleier über ihren Schultern. Als sie Erin näher kommen hörte, lächelte sie sie an. „Viel Aufregung an diesem Morgen."

Erin erwiderte das Lächeln. „Dass Morgan sich freuen würde, damit hatte ich schon gerechnet, aber eine solche Begeisterung hatte ich nicht erwartet."

Noelles Blick war voller Wärme. „Niemand mag Babys so sehr wie Morgan. Oh!"

„Was ist?"

„Leg deine Hand hierhin."

Erin drückte eine Hand auf Noelles Pullover und spürte ein winziges Flattern. „War das –"

„Ja." Noelle strahlte. „Warte ab, bis du die Kindsbewegungen fühlst."

Erstaunt von dem Testergebnis, auch wenn Schwangerschaften ständig vorkamen und es der natürliche Lauf der Dinge war, fand sie die Vorstellung, dass etwas in ihr heranwuchs, immer noch seltsam. „Ich vermute, ich werde mich an den Gedanken gewöhnen."

„Hmm." Noelle lächelte wissend. „Halt diesen Traum fest."

„Es ist schon verrückt, oder?" Sie musste lachen, als sie an Morgans Gesichtsausdruck dachte, als der Groschen gefallen war. Ihr Leben hatte eine neue Wendung genommen. „Es fühlt sich beinahe so an, als wurde mein eigenes Leben gerade erst beginnen, als wäre alles vorher ein merkwürdiger Traum und jetzt bin ich wach."

„Und Morgan ist wach. Aber er ist aus einem schrecklichen Albtraum erwacht. Danke, dass du ihn geheilt hast."

„Ich habe ihn nur in die richtige Richtung geschubst. Gott und er selbst haben den Rest erledigt."

Kapitel 32

Morgan lehnte sich an die Küchenwand, während Rick und sein Vater den alten Herd abklemmten und versuchten, den neuen zu installieren. Dazu waren keine drei Männer nötig und er hätte ohnehin nicht viel dazu beitragen können. Solche Aufgaben überließ er gern den Experten. Und angesichts der Schwierigkeiten, die sie dabei hatten, sah er keinen Grund, daran etwas zu ändern.

„Hast du einen Vorschlag?“ Hank sah ihn an.

„Nein. Ihr zwei habt die Sache doch im Griff.“

„Er hat sowieso nur eins im Kopf“, sagte Rick.

„Stimmt.“ Stunden später hatte er es noch immer nicht ganz begriffen. Diese beiden dachten, er würde sich brüsten, und ein bisschen stolz war er natürlich schon, aber jedes Mal, wenn er daran dachte, dass Erin neues Leben in sich trug, würde er am liebsten auf die Knie sinken. Livie war ein hinreichender Beweis für dieses Wunder.

Außerdem stand dadurch ungleich mehr auf dem Spiel. Sein Treffen mit dem Geschäftsführer der asiatischen Firma, die Denise für ihre nächste Beratung ausgewählt hatte, war erst in zwei Tagen geplant. Aber der Mann war eine ganze Woche in New York. Vielleicht konnten sie den Termin auch vorziehen. Dann konnte er sich früher mit William treffen und für Erins Problem schneller eine Lösung finden. Er wollte nicht, dass dieses Kind Angst und Ungewissheit erlebte, und er wollte nicht, dass Erin mehr durchmachen musste als nötig.

Obwohl es Weihnachten war, rief er Denise an und erreichte sie – bei der Arbeit. „Ja, Morgan.“

„Besteht die Chance, dass wir meine Besprechung mit Mr Funaki auf morgen vorziehen? Ich möchte so bald wie möglich ein paar Dinge in New York erledigen.“

„Ich werde tun, was ich kann.“

Noch bevor der Herd seiner Mutter angeschlossen war, rief sie zurück. Er würde Mr Funaki am nächsten Tag zum Abendessen treffen. Das Restaurant war gebucht. Alle wichtigen Einzelheiten hatte sie ihm gemailt. Er sagte: „Du weißt, dass du die Beste bist, oder?"

„Hauptsache du weißt es. Frohe Weihnachten."

Er lachte leise und überprüfte die Informationen, die sie geschickt hatte. Sein Flug am nächsten Morgen gab ihm vielleicht die Chance, sich zuerst mit William zu treffen. Er erwartete keine Wunder, aber er würde ruhiger schlafen, wenn all das hinter ihnen lag.

„Du sprichst morgen mit ihm?", sagte Erin mit einem mulmigen Gefühl in der Magengegend, als Morgan ihr seine geänderten Pläne erläuterte. Sie war dankbar, dass er sich so für sie einsetzte, bedauerte aber, dass er dadurch weniger Zeit für seine Familie hatte. Gerade erst hatten sie das Weihnachtsessen hinter sich gebracht und seine Schwestern freuten sich darauf, die nächsten Tage mit Morgan zu verbringen. Das wusste sie.

Sie biss sich auf die Unterlippe. „Soll ich mitkommen?"

Morgan überlegte. „Du kannst, wenn du willst. Aber vielleicht ist es besser, wenn ich die Situation erst einmal kläre. Dann kann William sich die Sache ansehen, bevor wir dich auch noch hineinziehen."

„Aber ich stecke schon mitten drin, Morgan. Du bist derjenige, der nicht hineingezogen werden sollte."

Er lächelte. „Ich habe sowieso dienstlich dort zu tun. Mit William zu sprechen, bringt die Sache einfach nur in Gang." Seine Worte klangen verdächtig beiläufig.

Sie kniff die Augen zusammen. „Was verschweigst du mir?"

Er merkte, dass sie sich nicht täuschen ließ, und holte langsam Luft. „Im schlimmsten Fall könnte das FBI, wenn er sich mit der Behörde in Verbindung setzt, einen Haftbefehl gegen dich ausstellen. Als Vertreter des Gesetzes müsste dich William ihnen dann vorführen."

Sie starrte ihn mit offenem Mund an. „Im Ernst?"

„Wie gesagt, das wäre der schlimmste Fall. Wenn du nicht da bist, steht das nicht zur Debatte."

Wie vom Donner gerührt lehnte sie sich an den Flügel im Musikzimmer, wo sie gestern Abend noch vor Freude gestrahlt hatte. Plötzlich erschien ihr etwas weniger Zeit mit der Familie vergleichsweise unwichtig.

„Aber ich glaube nicht, dass das passieren wird. William ist hoch angesehen und gefürchtet. Wenn die Leute vom FBI bekommen, was sie wollen, ohne ihm vor Gericht gegenüberzustehen, dann wäre das besser für sie."

„Was wird er tun?"

„Ich weiß es nicht genau. Ich muss ihm die Informationen über das Konto auf den Cayman-Inseln geben und er wird sie zu deinen Gunsten einsetzen."

Ob angesehen und gefürchtet oder nicht – wie viel konnte er bewirken? Sie holte einen Block aus der Schublade des Bücherschranks und notierte die Kontonummer, die Passwörter und alles andere.

Er zog die Augenbrauen hoch. „Du weißt das alles auswendig?"

„Alles andere wäre leichtsinnig gewesen." Sie schob sich die Haare hinter die Ohren. „Das Geld gehörte Gott. Ich wollte nicht, dass jemand es findet, bevor ich die Sache richtiggestellt habe."

„Du bist eine erstaunliche Frau."

„Dann sieh zu, dass du deine erstaunliche Frau vor dem Gefängnis bewahrst."

„Ja." Er nahm ihre Hände und küsste sie. „Ich bin nämlich selbst auch erstaunlich."

Die Nachricht, dass Quinn verheiratet und schwanger war, löschte die Schönheit aus, die Hannah für kurze Zeit an den Tag gelegt hatte. Sie war ein jammerndes Weib geworden, das selbst die eigene Mutter nur mit Mühe ertrug. Thomas hatte sich in seinem Arbeitszimmer eingeschlossen, um eine Predigt zu schreiben, von der er hoffte, dass sie die Wellen glätten würde, die Markhams Rückkehr schlagen würde. Aber Markham hatte gar nicht vor, sich dem Sturm auszusetzen. Auf ihre Akzeptanz war er nicht angewiesen. Er brauchte nur eins von dem alten Mann – die Information, um mit Quinn in Kontakt zu treten. *Mach es. Mach ihn fertig.*

Er schüttelte den Kopf, überrascht, die Stimme zu hören, die er zuerst vor Quinns Haus gehört hatte. Vielleicht waren es die Nachwirkungen der Droge. Hieß es nicht, dass sie Flashbacks verursachte? Oder war die Stimme da gewesen, bevor er das Glas zerbrochen hatte? Wenn er überlegte, schien das die Reihenfolge gewesen zu sein, obwohl es eigentlich keine Rolle spielte.

„Markham?“ Immer wenn Hannah seinen Namen sagte, klang ihre Stimme nun lieblicher.

Sie tat ihr Möglichstes. Ein Teil von ihm verstand, dass da einfach zu viel Bitterkeit war, eine kritische Menge, die sich selbst durch eine Tränenflut nicht auflösen ließ.

„Was machst du?“

Er sagte: „Ich muss weg.“

„Warum?“

Er zwang sich, nicht verärgert zu klingen, als er antwortete. „Verlange ich denn von dir, dass du jede deiner Handlungen erklärst?“

„Nein.“ Sie schrumpfte förmlich vor seinen Augen. „Tut mir leid.“

Als spielte das eine Rolle. „Ich bleibe nicht lange fort.“ *Mach es. Mach ihn fertig. Lass ihn bezahlen.*

Es war beinahe wie Musik in seinen Ohren, als er fuhr, den Wagen abstellte und sich seinem Opfer näherte. Warum hatte er die Jagd eigentlich immer gehasst? Es gab keine größere Befriedigung – wenn es nicht um dumme Tiere ging, sondern um eine dankenswerte Beute.

Was hatte er getan, um den Hass des alten Mannes zu verdienen? Nichts. Er hatte kein schroffes Wort gesprochen und diesen Geizhals nicht um einen einzigen Cent erleichtert. Der alte Rebell hatte sich aufgrund seiner eigenen verdorbenen Seele eine Meinung über ihn gebildet – und zweifellos war er auch von Quinn aufgehetzt. Wie ähnlich sie sich doch waren, die beiden Ausgestoßenen, Außenseiter, Übeltäter. *Zerbrich sie. Zerbrich sie beide.*

Energisch schüttelte er die Stimme ab. Was er jetzt tat, musste seine eigene Entscheidung sein und nicht ein Befehl, den ihm ein anderer auftrug. Keine Befehle. Nie wieder. Süße Stille legte sich auf ihn und mit ihr ein klares Ziel an diesem kalten, klaren Tag.

Während die Rachlust wie Quecksilber durch seine Adern strömte, schlich sich Markham von hinten an den alten Mann heran, der am Ufer zwischen seinem kleinen Haus und dem Fluss kauerte. Eine Angel hing unbenutzt in dem halb gefrorenen Strom, während Corlin ins Handy brüllte: „Quinn, Liebes, dein Vater ist ein Dickschädel und deine Mutter hat überhaupt kein Rückgrat. Wenn du deiner Schwester nicht gut zuredest, wird sie diese schwarze Seele heiraten. Und du kannst dich darauf verlassen, dass er sich wie ein Wurm benimmt, und sie ist zu einfältig, um das zu sehen."

Kaltes Feuer verwandelte das Silber zu Stahl, als Markham sich langsam bückte und einen Gesteinsbrocken aufhob.

„Ich habe es versucht, Mädchen. Das weißt du. Bei der heiligen Seele deiner Großmutter, ich habe mein Bestes getan. Mir hören sie noch weniger zu als dir." Während der alte Mann Quinn am Telefon zuhörte, hob Markham den Stein in die Höhe.

„Tja, der Teufel fordert seinen Tribut. Gut, dass du von hier weg bist. Und vielleicht solltest du das auch bleiben. Aber du musst wissen, dass ich dich von ganzem Herzen lieb habe." Er wischte sich eine Träne fort. „Aye, Mädchen, aye."

Als Corlin sein Handy zuklappte und es locker in der Hand hielt, spannte Markham seine Muskeln an und schlug zu.

Erin wünschte sich, Morgan wäre hier. Dann könnte sie mit ihm über die ganze Sache sprechen. Entmutigt steckte sie das Handy in die Hosentasche und sah Celia an, die auf der anderen Seite der Küche war.

„Stimmt etwas nicht?"

„Ja, und ich weiß nicht, was ich tun soll."

Celia hörte zu, den Kopf leicht zur Seite geneigt, während ihre Töchter um sie herum gleichzeitig verschiedene Küchenarbeiten erledigten. Sie hörten alle, wie sie die Bitte ihres Großvaters erklärte, aber sie schienen zu spüren, dass sie vor allem an Celias Meinung interessiert war. Ratlos hob Erin die Hände. „Ich will helfen, aber ich bin der letzte Mensch, auf den Hannah hören würde. Sie hasst mich so abgrundtief."

Bemerkenswerterweise reagierte Celia nicht mit einer typischen

Antwort wie: „Ach, das bildest du dir bestimmt nur ein." Sie sagte: „Es ist frustrierend, aber du kannst nicht durch verschlossene Türen gehen. Nach allem, was du gesagt hast, hat Hannah diese Tür schon vor langer Zeit zugesperrt."

Erin sah zu Morgans Schwestern hinüber. Sie sagten nichts und arbeiteten schweigend weiter – erstaunlich eigentlich, wenn man bedachte, wie laut sie sonst waren –, tauschten gegenseitig Blicke aus und machten kurze Bemerkungen. Es war ein gut abgestimmtes Zusammenspiel, etwas, das sie mit Hannah nie gehabt hatte. Und was war mit ihren Eltern? Wenn Morgan recht hatte und sie um Hannahs Einschränkungen herum eine Welt erschaffen hatten, was wurde dann aus einem wissbegierigen, frühreifen Kind?

Allmählich beschlich sie der Verdacht, dass sie alles verhindern wollten, was Hannah durcheinanderbringen könnte. Warum sonst hatte Hannah jede Auseinandersetzung für sich entschieden, selbst als es ganz offensichtlich war, dass sie im Unrecht war? Sie erinnerte sich an Gelegenheiten, bei denen ihre Großeltern sich für ihre Rechte eingesetzt hatten, aber entweder gar nicht erst angehört oder zum Schweigen gebracht worden waren. Nach dem Tod von Grandma Pearl hatte Grandpa den Kampf weitergeführt und den Krieg noch angeheizt.

„Mein Vater hat ihnen seinen Segen für die Hochzeit gegeben", erzählte sie Celia und es war ein schmerzliches und verwirrendes Gefühl.

„Erin, um einen Blick für Markhams Schuld zu bekommen, müsste er sie sich selbst eingestehen. Es ist doch viel einfacher zu glauben, dass Gottes Wunder durch Unglauben verhindert wurde, als zuzugeben, dass er sich getäuscht hat."

„Aber das Gericht konnte es beweisen."

„Eine weltliche Institution, die auch manchmal Fehler macht. Jesus wurde vor Gericht gestellt und als Verbrecher hingerichtet."

„Markham glaubt wahrscheinlich, dass es das Gleiche ist." Sie seufzte. „Ich hasse es, so hilflos zu sein."

Celia sah, wie verzweifelt sie war, und sagte: „Wenn das Wasser an einer Stelle nicht weiterfließen kann, sucht es sich einen anderen Weg."

In der Küche, in der es nach Speck und Zwiebeln duftete, dachte sie darüber nach. Für Hannah konnte sie nichts tun, aber weil sie wusste, dass Markham und ihre Schwester bei ihren Eltern waren und sich auf die Hochzeit vorbereiteten, gab es jemanden, dem sie helfen konnte. „Celia, könnte Livie bei dir bleiben, wenn ich für zwei Tage verreise?"

„Ja, natürlich, aber ich dachte, du könntest nichts tun."

„Meiner Schwester kann ich nicht helfen. Aber ich habe eine gute Freundin, die in Juniper Falls meine Hilfe braucht, und eine andere Chance bietet sich mir vielleicht nicht." Morgan war vor einer knappen Stunde nach New York aufgebrochen, aber sie hatte die Kreditkarten mit dem Prepaid-Betrag, die er ihr gegeben hatte. „Wenn ich die Sache organisiert bekomme, könnte mich dann jemand zum Flughafen fahren?"

Celia sah beunruhigt aus, nickte aber. „Das geht bestimmt."

Erin ging ins Musikzimmer und rief RaeAnne an. „Ich kaufe dir ein Flugticket. Pack deine Sachen, dann treffen wir uns in Denver."

Morgan versuchte Erin anzurufen, um ihr zu sagen, dass er gelandet und auf dem Weg zu William war. Eigentlich gab es keinen Grund, mit ihr zu sprechen. Er wollte sie nur noch einmal beruhigen. Oder vielleicht wollte er auch einfach ihre Stimme hören. Als sie nicht an ihr Handy ging, rief er Noelle an.

„Wie geht es Livie?"

Sie lachte. „Nach drei Stunden, Morgan? Es geht ihr gut. Sie genießt die Zeit mit ihren Großeltern."

„Natürlich." Er hatte sich keine Sorgen gemacht, sondern nur aus Interesse gefragt. „Ist Erin in der Nähe? Sie hat versucht, mich anzurufen, aber keine Nachricht hinterlassen, und sie geht nicht an ihr Handy."

„Sie sitzt wahrscheinlich gerade im Flieger."

„Im Flieger?"

„Sie ist nach Denver geflogen, um RaeAnne zu treffen. Bestimmt wollte sie dich deshalb anrufen."

Er spürte das Adrenalin durch seine Adern schießen. Mit zusammengebissenen Zähnen sagte er: „Wie kommt sie nur auf eine solche Idee?“

„Markham ist bei ihrer Familie, Morgan.“

„Woher weißt du das?“

„Ihr Großvater hat es ihr erzählt. Er hat heute Morgen angerufen, um ihr zu sagen, dass Markham und ihre Schwester heiraten wollen. Nach allem, was war.“

Er holte tief Luft. „Du meinst also, Markham ist nicht in Juniper Falls?“

„Er und Hannah sind im Haus ihrer Eltern. Ihr Großvater hat sie selbst dort gesehen.“

Wenn das stimmte, dann hatte Erin nicht übertrieben, was die Halsstarrigkeit ihres Vaters betraf. Und sie hatte dadurch die Gelegenheit, auf die sie gehofft hatte. Sein Herzschlag verlangsamte sich und die Panik ließ nach.

„Sie wollte die Gelegenheit nutzen und RaeAnne dabei helfen, ihren Vater zu besuchen. Morgan, du weißt doch, wie wichtig ihr das ist.“

„Ja, ich weiß.“ Der schlimmste Schock hatte sich gelegt. „Weißt du, wann sie landet?“

„Sie treffen sich am Flughafen in Denver gegen ein Uhr Ortszeit und fahren dann nach Juniper Falls.“

„Okay. Danke, Noelle.“ Er hätte es wahrscheinlich nicht befürwortet, aber er wusste, wie sehr seiner mitfühlenden Frau die Situation von RaeAnne zu schaffen machte. Sobald er in New York fertig war, konnte er sie dort treffen. Er steckte sein Handy ein und erinnerte sich daran, dass Erin schließlich nicht Livie war. Sie konnte eigene Entscheidungen treffen und tat es auch. Darum richtete er seine Aufmerksamkeit auf die Fahrt zu William.

Es war schon lange her, dass er das Anwesen auf Long Island besucht hatte. Jetzt zog Williams fester Handschlag ihn ins Haus. Als Ellen ihn mit Handschlag begrüßte, wurde ihm bewusst, dass das alles war, was sie an Vertrautheit jemals zeigte. Jahrzehnte als Assistentin an der Seite von William St. Claire hatten eine Förmlichkeit erzeugt, die sie niemals ablegte, obwohl sie vor fünf Jahren geheiratet hatten und sie nun seine Frau war.

„Wie schön, dich zu sehen, Ellen." Er erwiderte den Händedruck der beiden.

„Wie geht es deiner neuen und umstrittenen Frau?", fragte William mit einem Funkeln in den Augen.

Einen Augenblick lang dachte Morgan, jemand hätte ihm ihre juristischen Probleme zugetragen, aber dann wurde ihm bewusst, dass Noelle ihnen von dem Familienstreit berichtet haben musste. „Ich finde keine Worte dafür." Er versuchte, nicht wie ein verliebter Narr auszusehen. „Und Erin ist übrigens der Grund, warum ich hier bin. Eine juristische Angelegenheit."

„Ach ja?" William blieb an der Tür zur Bibliothek stehen. „Möchtest du etwas Heißes trinken oder ist Brandy okay, während wir reden?"

„Kaffee wäre fantastisch", sagte er zu Ellen. „Dann kann ich die Augen offen halten, wenn William zu abstrakt wird."

„Du meinst langweilig", sagte William.

Lachend betraten sie die Bibliothek. Bei einer Tasse feinsten Kaffees aus Costa-Rica erklärte Morgan Erins Dilemma so deutlich wie möglich und fragte dann: „Wie sieht es aus? Ist die Sache schlimm?"

William antwortete mit ernster Miene. „Unproblematisch ist das Ganze nicht. Im Wesentlichen hat sie während des Prozesses und der Ermittlungen Informationen verschwiegen und damit die Wiederbeschaffung der Gelder verhindert, die sie veruntreut hat."

„Sie hat das Geld nicht ausgegeben."

„Dann ist gestohlen das passendere Wort."

Morgan runzelte die Stirn. „Werden die Behörden den Ansatz mit der Komplizin verfolgen?"

„Dass sie ihn angezeigt und gegen ihn ausgesagt hat, spricht dafür, dass sie nicht gemeinsame Sache gemacht haben, obwohl sich Partner gelegentlich auch gegenseitig in die Pfanne hauen. Das habe ich selbst ein paarmal miterlebt." Er lächelte grimmig.

Auch wenn er die Ironie nachvollziehen konnte, hatte Morgan Mühe, das Ganze mit Humor zu nehmen. „Sie wollte nur eine Entschuldigung und das Eingeständnis der anderen, dass sie das Richtige getan hat. Sie war dreiundzwanzig und idealistisch."

„Kein juristisches Argument zur Verteidigung."

„Was haben wir dann?"

Ganz Spitzenverteidiger, antwortete William: „Wir haben das Geld."

RaeAnne drückte sie fest und lachte und weinte gleichzeitig, als sie sich an der Gepäckausgabe trafen. „Das ist es. Das ist das Größte."

Erin erwiderte ihre Umarmung. „Nicht direkt ein Weihnachtsgeschenk, aber dicht dran."

„Oh, Quinn." RaeAnne küsste sie auf beide Wangen. „Du bist die beste Freundin, die man sich wünschen kann. Oh, ich habe ganz vergessen zu fragen: Wie geht es dir?"

„So weit, so gut."

„Das ist prima. Ich kenne ein Mädel, das vom ersten bis zum letzten Tag ihrer Schwangerschaft krank war."

„Das sind ja wunderbare Aussichten." Erin schob sich den Riemen ihrer Reisetasche über die Schulter. „Noelle geht es immer noch nicht so gut. Aber ich habe gefühlt, wie ihr Baby sich bewegt hat. Es war ..." Sie lachte. „Tut mir leid. Hier geht es nicht um mich, RaeAnne. Es geht um dich und deinen Dad. Wie sieht der Plan aus?"

„Das fragst du mich?"

„Ja, schon."

„Ich habe eine Adresse. Also ..." Sie fächelte sich mit der Hand Luft zu. „Soll ich da einfach hingehen?"

Erin lächelte. „Als Erstes nehmen wir uns einen Mietwagen."

„Oh, gut. Kleine Schritte."

„Warte." Erin fischte ihr Handy aus der Tasche. „Das ist Morgan."

RaeAnne entfernte sich drei Schritte und winkte ihr zu.

Sie holte tief Luft und nahm das Gespräch an. „Morgan, ich habe mehrmals versucht, dich zu erreichen. Nach der Landung habe ich eine Nachricht hinterlassen und –"

„Erin."

„Ja?"

„Ich brauche keine Entschuldigungen oder Erklärungen. Du hast die Situation realistisch eingeschätzt und dich entschieden. Ich wollte mich nur davon überzeugen, dass es dir gut geht."

Sie spürte die Wärme in ihrem Innern. „Wirklich?"

„Du bist klug, entschlossen und fürsorglich. Gute Mischung."

Ihre Augen brannten. „Ich glaube, das wird eine tränenreiche Schwangerschaft."

Er lachte leise. „Nur eins, in Ordnung? Ich will nicht, dass du in die Nähe deines Hauses gehst."

„Wir wollen auf der Ranch übernachten, in deinem Appartement."

„Gut. Aber er kennt die Verbindung."

„Er ist nicht hier." Alles, was Grandpa ihr erzählt hatte, gab sie an Morgan weiter. „Ich bin sicher, sie schmieden Hochzeitspläne und Gott weiß, was noch. Er wird die ganze Gemeinde glauben machen, ich sei die böse Jezebel und er der weinende Jeremia im Brunnen." Sie warf die Prophetengeschichten durcheinander, aber egal.

Eine Gruppe Mädchen im Teenageralter in einheitlichem Sportdress lief lautstark hinter ihr vorbei.

„Ich weiß, das tut weh."

„Nun, inzwischen sollte ich daran gewöhnt sein."

„Wie du selbst gesagt hast, dadurch hast du jetzt diese Chance. Ich vertraue deinem Urteilsvermögen, aber wenn dir irgendetwas merkwürdig vorkommt, sei vorsichtig."

„Das werde ich."

„Jetzt hör zu und ich will nicht, dass du widersprichst." Sein Tonfall war so ernst geworden, dass ihr Herzschlag stockte. „Im Handschuhfach des Maserati liegt eine Waffe."

Sie drückte eine Hand auf ihr Herz. „Ich will nicht –"

„Du sollst sie nur für den Notfall im Appartement haben. Das Auto steht in Ricks Scheune." Er erklärte ihr, wo sie den Ersatzschlüssel fand, den er nicht mitgenommen hatte, als sie abgereist waren, und gab ihr den Code der Alarmanlage durch. „Ich habe das Handschuhfach nicht abgeschlossen, damit ich immer schnell Zugriff habe, wenn es nötig ist."

Sie lauschte halb ungläubig. „Ich hatte gar keine Ahnung, dass du eine Waffe hattest."

„Damit wollte ich dich nicht beunruhigen." Seine Stimme klang jetzt belegt. „Aber ich will, dass du gewappnet bist."

„Dann werde ich sie an mich nehmen."

„Gut", sagte er. „Ich wünsche RaeAnne viel Glück. Hoffentlich läuft alles gut."

Sie lächelte. „Ich liebe dich."

„Ich dich noch mehr." Sie hörte die Ernsthaftigkeit in seiner heiseren Stimme.

Einen Augenblick lang drückte sie sich das Handy an die Brust und seufzte, dann ging sie auf RaeAnne zu und sie gingen gemeinsam zum Shuttlebus.

RaeAnne musterte sie, während sie zum Parkplatz für die Mietwagen fuhren, und als sie sich hinters Lenkrad setzte, fragte sie: „Alles in Ordnung?"

Sie erzählte ihr von dem Telefonanruf und was Morgan ihr gerade gesagt hatte. RaeAnne wischte die Sache mit der Waffe kurzerhand beiseite und konzentrierte sich auf das Wesentliche. „Ich bin froh, dass er nicht böse ist, weil er nichts von deiner Reise wusste."

„Es ist das erste Mal, dass jemand mir zutraut, die richtige Entscheidung zu treffen."

„Dann wurde es aber höchste Zeit. Du bist wie ein Katalysator, weil du so viel Gutes auf den Weg bringst."

Und trotzdem war Morgan in New York, um sie vor dem Gefängnis zu bewahren. Sie hatte nicht einmal gefragt, ob er sich mit William getroffen hatte. Ihre Sorge wuchs und deshalb sollten sie keine Zeit verlieren. „Fahren wir gleich hin, RaeAnne. Gehen wir deinen Vater besuchen."

Sie holte zitternd Luft. „In Ordnung. Es ist vierzig Jahre her – warum warten?"

Er wohnte in einem der beiden kleinen Appartementblocks in Juniper Falls. Auch wenn es sich offiziell nicht um eine Seniorenwohnanlage handelte, bot sie älteren Menschen doch das, was sie brauchten. Es gab Rampen und die Außentüren waren mit automatischen Türöffnern in Rollstuhlhöhe versehen. Die rustikal anmutenden Gebäude waren von Fichten und Douglastannen umgeben, der Schnee war von den Wegen geräumt, lag aber noch auf den im Schatten liegenden Rasenflächen.

Sie betraten das Gebäude und gingen zu seinem Appartement. An der Tür drehte Erin sich zu RaeAnne um. „Bist du bereit?"

„Ich glaube schon." Sie drückte die Hand, die Erin auf ihren Arm gelegt hatte. „Danke dafür, dass du hier bist."

Erin klingelte, selbst ein wenig nervös, obwohl es sicher nichts war im Vergleich zu dem, wie RaeAnne sich fühlte.

Der Mann, der die Tür öffnete, war im Vergleich zu dem Foto im Medaillon gealtert, aber seine Züge waren immer noch markant, trotz der Tränensäcke unter seinen Augen. Er war ergraut, aber seine Haarfarbe wirkte eher wie ein verblassendes Blond. Er blickte zwischen ihr und RaeAnne hin und her und sagte: „Kann ich Ihnen helfen?"

Sie hatte sich darauf vorbereitet, die beiden einander vorzustellen, falls es nötig sein sollte, aber RaeAnne sagte: „Raymond Hartley?"

„Ray, ja."

„Ich glaube, Sie sind mein Vater."

Eine tiefe Furche bildete sich zwischen seinen Augenbrauen. Die schlaffe Haut an seinem Hals verzog sich, als sein Adamsapfel sich hob und senkte. „Das kann nicht sein, aber kommen Sie erst mal rein."

Er führte sie in ein spärlich möbliertes kleines Zimmer mit einem blassgrünen Sofa, auf dem mehrere Ausgaben einer Tageszeitung lagen. In der Mitte stand ein elfenbeinfarbener Couchtisch mit einem Berg ungebügelter Wäsche darauf und an der Wand hing ein riesiger Flachbildschirm. Keine Frage, womit Ray seine Zeit verbrachte, obwohl es auch mehrere Regale mit Büchern gab.

Er bedeutete ihnen, auf dem Sofa Platz zu nehmen, dann zog er den Tisch zurück und hockte sich neben die Wäsche. „Sie sind Veras Tochter."

RaeAnne starrte ihn an. „Woher wissen Sie das?"

Er lächelte schwach. „Sie sehen genauso aus wie sie."

Erin spürte, wie aufgeregt RaeAnne war, aber auch, wie sehr sie sich zurückhielt.

„Sie wussten, dass sie eine Tochter hatte?"

„Natürlich. Sie hat mir ja von Ihnen erzählt."

Kränkung und Erstaunen lagen in ihrem Blick. „Wann?"

„Als sie hierhergezogen war und wir wieder Kontakt hatten."

Nur mit Mühe beherrschte RaeAnne ihr Gefühl der Zurückweisung, das in ihr aufkam, weil ihre Mutter ihn nie erwähnt hatte. „R-Ray. Aber warum glauben Sie dann nicht, dass ich Ihre Tochter bin?"

„Ich kann keine Kinder … Ich …" Er fuhr sich mit der Hand durchs Haar. „Ich habe verschiedene psychiatrische Probleme, daher habe ich eine Vasektomie durchführen lassen."

„Wann war das?", flüsterte RaeAnne.

„Als ich einundzwanzig war. Sie sehen also …" Er hob die Hände.

„Meine Mutter war schwanger, als Sie gingen. Ich habe das Medaillon, das Sie ihr geschenkt haben. Wir könnten die Haare darin testen lassen, wenn Sie mir nicht glauben."

Er ließ langsam die Hand sinken. Der Blick, mit dem er sie musterte, war fragend, während er sich einen Reim darauf machte. „Aber … sie hat nie etwas davon gesagt. I-ich meine, all die Jahre."

„Na … willkommen im Klub."

Zitternd versuchte Markham noch einmal, zu ihr durchzudringen. „Du hattest Weihnachten mit deinen Eltern, Hannah. Wie du es wolltest. Und wieder einmal konnte Quinn nicht hier sein."

„Es spielt keine Rolle. Sie ist verheiratet. Sie bekommt ein Baby. Das ist jetzt ihre Familie."

„Aber meine Mission hat sich nicht geändert."

Unruhig bewegte Hannah ihre Hände auf ihrem Schoß hin und her. „Warum ist dir das denn so wichtig? Sie macht sich nichts daraus."

In dem winzigen Arbeitszimmer ihrer Eltern ging er wieder einen Schritt auf sie zu. „Hannah. Du bist bald meine Frau. Ich sage dir doch nur, dass wir abreisen müssen. Das ist alles." Er hatte Quinn für stur gehalten, aber Hannah hatte passiv-aggressives Verhalten zu einer wahren Kunst erhoben.

„Mama und ich müssen die Hochzeit planen. Es gibt so viel zu tun. Warum denkst du immer nur an Quinn? Warum kannst du nicht auch mal an mich denken?"

„Hannah." Sein Unterkiefer war so verkrampft, dass es ihm Schmerzen bereitete. „Ich dachte, du wärest bereit, deine Eltern zu verlassen und mir anzuhangen. Ich sehe, dass ich mich geirrt habe."

Misstrauisch und mit Tränen in den Augen sah sie zu ihm auf.

„Natürlich werde ich dich deiner Mutter nicht wegnehmen." Er legte ihr eine Hand auf den Kopf, so als wäre sie ein Kind und er müsse sich vergewissern, dass sie seinen Kummer sah. „Aber ich muss gehen." Er wandte sich zur Tür um.

„Markham, warte bitte. Ich will doch bei dir sein. Ich weiß nicht, warum es unbedingt heute sein muss, aber ... wenn du es sagst."

Er blickte zurück und sah sie über die Schulter hinweg an. „Ich bin kein Kinderräuber."

„Ich bin achtunddreißig. Also eine erwachsene Frau."

„Aber so hast du dich nicht benommen. Ich glaube, ich habe mich geirrt." Vielleicht brauchte er sie noch, aber Zeit für Diskussionen hatte er nicht. Er musste verschwinden, bevor der alte Mann entdeckt wurde. Die Tat klebte an ihm wie Teer und er bekam den Kopf nicht frei. Er brauchte die Droge, die ihn unbesiegbar gemacht hatte, die ihm geholfen hatte, alles so klar zu sehen. „Wir haben schon zu viel Zeit verloren. Es ist dunkel, bis wir ankommen."

„Wir könnten doch bis morgen warten."

„Nein, Hannah, das können wir nicht."

„Dann komme ich mit dir. Bitte lass mich nicht hier."

Er forschte in ihrem Gesicht, ob es ihr Ernst war, suchte nach der Loyalität, die er für selbstverständlich gehalten hatte, bis die Eifersucht sie so sauer wie Essig gemacht hatte. „Also gut, Hannah. Wenn du dir sicher bist."

„Ich bin mir sicher."

Plötzlich durchströmte ihn ein Gefühl der Erleichterung, aber als er die Tür aufmachte, stand der Pastor davor.

„Auf ein Wort, Markham."

„Ja?" Sein Herz raste plötzlich so heftig, dass er schwankte. Hatten sie etwa den alten Mann schon gefunden? Unsicher hielt er sich am Türrahmen fest.

Sie konnten ihn nicht damit in Verbindung bringen. Auf keinen Fall war er gesehen worden. Er ging hinaus und schloss die Tür hinter sich.

Thomas Reilly sprach leise, aber bestimmt. „Markham, ich kann nicht zulassen, dass du Hannah mitnimmst."

Verblüfft starrte er ihn an. „Aber … du ..."

„Ich gebe euch meinen Segen, ja. Aber sie ist zu unschuldig, um den Versuchungen zu widerstehen. Wenn du darauf bestehst und sie jetzt mitnimmst, dann werde ich die Trauung vornehmen, bevor ihr das Haus verlasst."

„Aber sie möchte eine richtige Hochzeit, Thomas."

„Wenn du die Sache mit Quinn ins Reine gebracht hast, wird es eine richtige Feier geben. Die Gemeinde wird sehen, dass wir alle wieder vereint sind. Bis dahin bleibt meine Tochter hier oder sie wird auf der Stelle deine Frau. Eine andere Möglichkeit gibt es nicht."

Dies war der Mann, der seine eigene Gefolgschaft aufgebaut hatte, dessen Urteil sie vertrauten. Ganz und gar. Er hatte ihn für schwach gehalten, aber er war das Gegenteil. Hannah an ihm vorbeizuschmuggeln, würde ihm nicht gelingen. Markham neigte den Kopf. „Es wird mir eine Ehre sein." Der Schmerz war schier unerträglich geworden, bevor er daran dachte, seinen Kiefer zu entspannen.

Kapitel 33

Im Supermarkt kaufte Erin ein paar Kleinigkeiten zum Essen ein. Sie hatte nur den Hinflug gebucht, damit RaeAnne und sie unabhängig voneinander zurückreisen konnten, wenn das nötig war. Sie war sich sicher, dass Rick und Noelle nichts dagegen haben würden, wenn RaeAnne länger blieb und so lange in dem Appartement wohnte. Vierzig Jahre holte man nicht so schnell nach. Vier Jahre wären schon viel – falls das jemals geschah.

Sie stieg in den Mietwagen und stellte sich vor, wie ihre Mutter und Hannah Pläne schmiedeten und von der Zukunft träumten. Hannahs Hochzeit würde ein besonderes Ereignis für die ganze Gemeinde sein, und wenn Markham der Bräutigam war, den Segen von Hannahs Vater, ihrem Hirten hatte, dann musste ein anderer dafür verantwortlich sein, dass ihr Wunder, das sie sich ersehnt hatten, gescheitert war. Sie blinzelte die Tränen zurück und zuckte mit den Schultern. Hannah wäre bei ihr sowieso nicht Brautjungfer gewesen.

Mit dem Ärmel trocknete sie sich die Augen und fuhr zu Rudys Laden. Sie parkte und ging hinein und unwillkürlich musste sie an das letzte Mal denken, als sie hier hereingestürmt war, Markham auf den Fersen. Rudy saß auf einem Hocker hinter der Ladentheke. Als er aufblickte, grinste er. „Hi, Quinn. Sie wieder hier zu sehen, damit habe nicht gerechnet."

„Sollen wir nicht Du sagen? Schließlich hast du mir schon mal das Leben gerettet. Ich bin nur für ein, zwei Tage hier, aber ich wollte wenigstens Hallo sagen – und mich bedanken."

„Das hast du doch schon irgendwie." Er berührte seine Wange.

Sie lächelte. Morgans Blick hatte sich ein wenig verdunkelt, als er nach dem Kuss gefragt hatte. „Du hast Markham nicht zufällig in letzter Zeit gesehen, oder?"

„Er war eine Zeit lang immer im *Wildschwein* und hat nach dem Maserati gefragt, als deine Schwester dachte, er gehörte dir."

Sie runzelte die Stirn. „Woher wusste Hannah denn von dem Maserati?"

„Sie hat gesehen, wie wir ihn abgeschleppt haben. Hat sich tierisch aufgeregt über die Beule, so als wäre dir etwas zugestoßen."

Erin stöhnte. „Erinnere mich nicht an die Beule."

„So schlimm ist sie doch nicht. Nur das hintere Blech."

„Zweitausend oder was meinst du?"

Er blinzelte. „Ich bin kein Experte."

Das hieß, es würde deutlich mehr kosten. Sie schlug die Hände vors Gesicht.

„Hey!" Rudy erhob sich von seinem Hocker. „Du bist verheiratet."

„Oh." Als sie die Hände sinken ließ, funkelte ihr Ring in der klaren Wintersonne. „Wir versuchen zu verhindern, dass Markham davon erfährt."

„Wer ist wir?" Er sah sie prüfend an. „Du und Morgan?"

Sie nickte.

„Ich dachte, ihr wärt euch gerade erst begegnet."

„Mhm."

Ein Grinsen breitete sich langsam auf seinem Gesicht aus. „Wieder so eine Morgan-Legende."

„Nein, bitte. Du darfst es niemandem erzählen. Nicht, bis die andere Sache geklärt ist."

„Keine Angst." Rudy hob die Hände. „Ich werde nur vor dem Feuer sitzen und mir eins ins Fäustchen lachen, während ich das Glas auf euch erhebe." Sein Blick wanderte wieder zu ihrer Hand. „Aber in dem Fall solltest du den Ring lieber abnehmen."

„Markham ist doch jetzt nicht hier."

„Aber die Leute reden. Und dieser Klunker fällt wirklich auf."

Sie musste lachen. „Hast du gerade Klunker gesagt?"

„Klar, ich lese auch Zeitschriften. Was meinst du, was ich so den ganzen Tag mache?"

Trotz des Gelächters fiel es ihr schwer, den Ring von ihrem Finger zu ziehen, der jetzt so viel mehr bedeutete als beim ersten Mal, als sie ihn ohne lange nachzudenken abgenommen hatte. Aber sie steckte ihn sich trotzdem in die Hosentasche und sagte: „Ich bin froh, dass du es weißt, Rudy. Und danke, dass du das Geheimnis für dich behältst."

„Sag mal, wo ist Morgan eigentlich?"

„Er ist in New York." Wieder überfiel sie ein Anflug von Sorge. Sie musste wissen, was los war. „Ich bin mit Veras Tochter RaeAnne hier."

Er runzelte die Stirn. „Bist du sicher, dass das eine gute Idee ist?"

„Ich weiß, dass Markham im Moment woanders ist. Aber falls du ihn siehst, wäre ich froh über eine Warnung."

„Dann gib mir deine Handynummer."

Er zog ein altmodisches klobiges Klapphandy aus der Tasche und speicherte ihre Nummer. Sie selbst tippte Rudys Nummer in das neue Smartphone, das Morgan ihr gegeben hatte, und wies der Nummer eine Kurzwahl zu. Falls sie Rudy anrufen musste, war es vielleicht eilig.

Wehmütig lächelte er. „Wenn es nicht Morgan gewesen wäre, der an Thanksgiving seine Annäherungsversuche gestartet hat, dann hätte ich dich vielleicht um deine Handynummer gebeten."

„Annäherungsversuche?"

„Wie gut, dass du es nicht einmal bemerkt hast."

Morgan behauptete, er hätte sich noch vor dem Kürbiskuchen in sie verliebt. Und Rudy hatte es mitbekommen. Wie hatte sie selbst es nicht merken können? Und dann wurde ihr mit einem Mal bewusst, dass Livie sie abgelenkt hatte.

Ihr Blick fiel auf die Fliegen zum Angeln. „Bindest du die selbst?"

„Klar."

„Sie sind fantastisch. Mein Grandpa macht seine eigenen Fliegen. Ich fand immer, dass sie zu hübsch waren, um sie an eine Angel zu hängen, damit ein Fisch sie schluckt."

„Wenn du den Haken richtig anbringst, verschlucken die Fische sie eigentlich nicht."

„Ich weiß, aber die Fliege war trotzdem im Fischmaul und vom Flusswasser ganz nass."

„Klingt so, als würdest du öfter fischen gehen."

„Schon länger nicht mehr." Sie konnte nicht verhindern, dass ihre Stimme wehmütig klang, als sie an ihren Großvater dachte. Wenn Markham in die Familie einheiratete, würde sie dann jemals wieder nach Hause zurückkehren können?

„Schon mal eisangeln gewesen?"

Sie riss sich von ihren Gedanken los. „Nein."

„Lust?"

„Also …“

„Ich zieh morgen früh los. Du weißt erst, was Angeln heißt, wenn du auf einem Bergsee aus gefrorenem Silber gefischt hast.“

Sie blickte zu Rudy auf. „Wann willst du los?“

„Wir treffen uns um halb sieben. Auf dem See bei Sonnenaufgang. Es ist ein Stück abseits der ausgetretenen Pfade.“

„Das klingt wunderbar.“ Dieser Ausflug gehörte zwar nicht zu ihrem Plan, aber RaeAnne und ihr Vater konnten Zeit ohne sie gebrauchen. Und mit wem könnte sie besser etwas unternehmen als mit Rudy? „Gut, ich komme mit.“

Sein Lächeln wurde noch breiter. „Super.“

„Nun muss ich aber los. RaeAnne wartet bestimmt schon. Dann sehen wir uns morgen früh.“

„Bis dann, Quinn.“ Dass er und RaeAnne sie so nannten, kam ihr irgendwie komisch vor, aber andererseits war es auch konsequent. Hier war sie Quinn gewesen. Sie war überall Quinn gewesen, wo sie nicht Morgans Frau war.

Als sie bei Rays Wohnung eintraf, gesellte RaeAnne sich in der Küche zu ihr, um Brote fürs Abendessen zu richten.

„Quinn, es ist so, als wollte ich ein Meer aus Geschichten in einen Fingerhut gießen.“

„Du musst doch nicht alles jetzt gleich erfahren. Du hast deinen Dad. Ihr könnt euch treffen, miteinander telefonieren, E-Mails schreiben.“

„Aber er hat keinen PC.“

„Dann Briefe. Altmodische Briefe.“

RaeAnne konnte ihr Lächeln kaum beherrschen. „Er hat gesagt, ich sehe wie Mom aus, aber ich habe das Gefühl, dass ich auch etwas von ihm habe.“

„Natürlich. Und ist dir aufgefallen, dass Vera dich nach ihm benannt hat? Ray, RaeAnne.“

Nachdenklich berührte RaeAnne ihre Lippen mit den Fingern. „Das hat sie, nicht wahr?“

Es fühlte sich unglaublich gut an, dabei zuzusehen, wie für die Tochter, die einem Vater Geschenke gebastelt hatte, obwohl sie ihn nie gekannt hatte, endlich die Wahrheit ans Licht kam. „Wie geht es ihm, was meinst du – ich meine psychisch?“

„Er nimmt Medikamente, aber wer tut das heutzutage nicht?"
„Ob er etwas dagegen hätte, wenn ich ihn nach dem Keller frage?"
„Nein. Ich habe ihm erzählt, dass du Veras Tagebuch da unten gefunden und mich dazu gebracht hast, nach ihm zu suchen. Er ist nicht befangen."
Sie trugen die Sandwiches in das andere Zimmer. Ray hatte im Fernsehen einen Sender mit alten Filmen eingeschaltet, hatte aber den Ton ausgestellt. Er lächelte, als sie zurückkamen.
„Weißt du, was deine Mom geliebt hat?", sagte er. „Stummfilme. Die alten körnigen, ruckeligen Stummfilme. Wir haben sie uns hier zusammen angesehen und unheimlich viel gelacht." Seine Augen wurden feucht. „Ich vermisse sie."

Nach sechs Stunden mit der weinerlichen Hannah wäre Markham am liebsten in den Graben gefahren. Sie hatte eine andere Erwartung an die Hochzeitszeremonie gehabt, die sehr einfach gestaltet gewesen war. Egal, wie oft er ihr erklärte, dass sie die richtige Feier nachholen konnten, endete sie immer wieder bei demselben Refrain: „Aber wir sind schon verheiratet. Das ist nicht dasselbe."
„Hör mir zu, Hannah. Weißt du, was eine Ehefrau tut?"
„Natürlich. Sie liebt und ehrt ihren Mann und gehorcht ihm."
Die Schlichtheit ihrer Worte weckte in ihm den Wunsch, alles im Leben wäre so einfach. „Das war das Trauversprechen, aber kennst du auch die körperlichen Pflichten?"
Sie lief puterrot an. „Natürlich kenne ich die." Ihre Lippe bebte.
Er sprach leise. „Wenn du aufhörst zu weinen, warten wir damit bis zu der Hochzeitsfeier, die du dir so sehr wünschst."
Hannah blinzelte mit tränennassen Augen und schluckte. „Das würdest du tun?"
Er würde alles tun, damit sie endlich den Mund hielt. „Es ist recht und billig, dass wir uns vereinen, aber um dein zartes Herz zu beruhigen, ja. Es wird sein, als wären wir nicht verheiratet, bis du deine besondere Feier gehabt hast." Warum war es so einfach, das

zu versprechen? Weil er sie gar nicht wollte oder weil etwas Wichtigeres Vorrang hatte?

„Oh, Markham."

„Aber es ist mein Ernst, Hannah. Du hörst auf zu weinen und zu jammern und redest nur, wenn ich dich etwas frage. Verstanden?"

„Ja, Markham", antwortete sie mit zittriger Stimme. Dann war wieder Schweigen.

Oh, dieser Friede. Eigentlich hatte er gar nicht vorgehabt, sie zu heiraten. Wenigstens glaubte er das. Was der Pastor sagte, das war ihm egal. Er hatte die Rolle gespielt, wie er so viele andere Rollen gespielt hatte. Gwen hatte geweint. Hannah hatte geweint. Thomas hatte streng dreingeblickt, aber zugleich stolz. Vielleicht fühlte er sich insgeheim sogar bestätigt. Ihr Wahn kannte wirklich keine Grenzen.

Oder sahen sie etwas, das er übersehen hatte? Vielleicht war es gar kein Betrug. Vielleicht war das, was er vorgetäuscht hatte, ja mit der Zeit wahr geworden. Zwischen Glaube und Illusion verlief eine feine Grenze. Er hatte kaum mehr getan als der Reverend Thomas Reilly, um die Gedanken und das Verhalten seiner Herde zu beeinflussen. Auch wenn die theologischen Qualifikationen von Pastor Markham Wilder gefälscht waren, konnte die Berufung nicht trotzdem echt sein?

Es würde sein fehlerloses Auftreten erklären, die eifrigen Reaktionen. Wenn er Gott anrief, erschien Gott. Die Visionen, die prophetischen Worte waren Gottes eigene Worte. Könnte es sein, dass das Wunder geschehen wäre, wenn Quinn sich nicht eingemischt hätte?

Und wenn sie erst ausgeschaltet war, könnte das Wunder vielleicht doch noch passieren. Er stellte sich vor, wie er Hannah in die Kirche führte, den Pastor an seiner Seite, die ehrfürchtige Stille der verwirrten und verletzten Menschenmenge. Er sah, wie er selbst die Arme hob und den Himmel anrief und wie das Geld, das Quinn gestohlen hatte, sich in Körben vervielfältigte, bis es überfloss.

Der Jubel der Menge. Die heilige Ekstase. War es nicht möglich – wenn nur Quinn zur Strecke gebracht wurde? Er sah vor sich, wie sie hereingeschleift und auf den Boden geworfen wurde. Er hatte ihr vergeben, aber die anderen forderten ihr Blut. *Sie muss für ihre Sünde bezahlen. Wie die Ehebrecherin in der Bibel. Steinigt sie. Schlagt sie.*

Er umklammerte das Lenkrad. Nein. Er durfte sich eine solche Gewalt nicht wünschen. Nicht mehr. Nie wieder. Er hatte seine letzte Rache gefordert. Und trotzdem musste es eine Abrechnung geben. Quinn musste nicht nur das zurückzahlen, was dem Kaiser gehörte, sondern auch das, was Gott gehörte. Sie musste ihn anerkennen und *ihn* um Vergebung bitten. Das war eine Vision, die sich auszumalen lohnte.

Bald würden sie in Juniper Falls sein. Er dachte über den Plan nach, den er vor seiner Erweckung gefasst hatte, und befand ihn so weit für gut. Zuerst musste er das Geld zurückbekommen und dann kam natürlich die Vermehrung. Mit Hannah als Köder konnte er Quinn überall hinlocken. Aber ihm gefiel die Symmetrie, sie an den Ort zurückzuholen, an dem er sie gefunden hatte, den Ort, an dem sie ihm entwischt war und ihn gedemütigt hatte. Diesmal würde er bestimmen, was geschah.

Sie fuhren in die verschlafene winterliche Stadt, in der Hannah und er in dem Haus wohnen würden, das Morgan Spencer für Quinn gekauft hatte. Die reine und keusche Hannah und ihr Prophet. Eine schwangere Hure und der weltliche Mogul. Eine weiße Königin und eine schwarze Königin und jeweils ein Ritter, der sie verteidigte.

Er nahm die Straße zur Ranch und bog wieder in die schmale Zufahrt ein. Quinn mochte geflohen sein, ohne hier gewohnt zu haben, aber das Haus gehörte ihr, da war er sich ganz sicher. Als er Lydia gefragt hatte, war immer noch kein Name im Grundbuch eingetragen gewesen. Spencer hatte den Kauf ebenso geheim gehalten wie alle seine anderen Immobilien. Für Quinn, seine Frau und die Mutter seines Kindes.

Wieder überkam ihn die blanke Wut. Nur weil Quinn sich eingemischt hatte, war er erniedrigt worden und vier Jahre im Gefängnis gewesen. Er wollte, dass sie dieses Leid erfuhr, es selbst ertragen musste. Er würde dafür sorgen, dass ihr jeder Tag wie ein Jahr erschien. Es wäre eine Läuterung. Dabei seufzte er zufrieden.

Morgan erhob sich und reichte dem bemerkenswerten japanischen Manager die Hand. Er war von seiner Haltung, Energie und augenscheinlichen Integrität ebenso beeindruckt wie Denise. Mit ihrer Gründlichkeit und ihrem natürlichen Instinkt für Menschen hatte sie sich wieder einmal als unverzichtbare Mitarbeiterin erwiesen. Umso erstaunlicher waren ihre zweifelhaften Entscheidungen im Privatleben. Und obwohl es ihm lieber wäre, wenn ihr lausiger Freund im Gefängnis säße, Denise aber nicht gegen ihn aussagen wollte, lohnte es sich, ihm Geld zu geben, damit er sie in Ruhe ließ.

Er rief sie an, um ihr zu sagen, dass sein erster Kontakt mit Mikio Funaki ihn so fasziniert hatte, dass er nun weitere Verhandlungen angehen wollte. Die würden einen Großteil des morgigen Tages in Anspruch nehmen. Besonders beeindruckt war sie davon, dass er ihre Fähigkeiten und ihr Potenzial erkannt hatte. Als er auflegte, zuckte ein Lächeln um seine Mundwinkel. Es war gut, Menschen wie Denise an seiner Seite zu haben, Menschen, die ihn voranbrachten. Zwischen ihm und Denise würde es nie knistern, aber sie waren eindeutig ein gutes Team.

Die Besprechungen würden ihn auch von Williams anstehenden Gesprächen mit dem FBI ablenken. Er war überzeugt davon, dass er und Erin bei Williams in guten Händen waren – den besten. Allerdings hatte sie ein Verbrechen begangen, Naivität hin oder her, und dafür würde sie geradestehen müssen. Nach allem, was er gehört hatte, bevor er die Akten, die Anselm zusammengestellt hatte, durchsehen konnte, erwartete William mindestens eine Anhörung vor der Anklagejury.

Während er allein im Aufzug stand, betete Morgan darum, dass es nicht schlimmer kam. Wenn Erin die Gelegenheit hatte, sich zu erklären, würden sie ihre Ernsthaftigkeit und ihre Anständigkeit sehen. Ihr war es gelungen, ihn aus dem Leben im Schatten der Vergangenheit herauszuholen. Ihr kluger Geist hatte seiner dahindümpelnden Seele neues Leben eingehaucht. Er wollte nur eines: in Frieden leben und seine Kinder mit ihr zusammen großziehen.

Er stieg in ein Taxi und fuhr zu dem Hotel, in dem Erin und er die zweite stürmische Nacht ihrer Ehe verbracht hatten. Er war versucht, sie noch einmal anzurufen, aber er wollte ihr vertrauen. Sie würde sich melden, wenn etwas nicht in Ordnung war. Nach dem, was sie ihm erzählt hatte, hatte es in ihrem Leben immer wieder Männer wie ihren Vater und andere gegeben, die ihr Misstrauen entgegengebracht und an ihrer Intelligenz und Kreativität gezweifelt hatten. Er würde nicht einer dieser Männer sein.

Stattdessen rief er seine kleine Tochter an und freute sich an ihrem Geplapper. Dann legte er sich hin und gönnte seinem Körper Ruhe. Schließlich brauchte er eine Menge Energie, um für den nächsten Tag gewappnet zu sein.

In der Wohnung in den Bergen, wo sich die Nacht hart und kalt auf ihn senkte, wurde Rays Gesicht düster, während er seine Gedanken in eine Zeit zurückschickte, an die er ganz offenbar nicht gerne zurückdachte. Nach einer Weile sagte er: „Die psychiatrische Anstalt von Juniper Falls fing als geschlossene Institution für richtig Verrückte an. Das Zeug im Keller stammt überwiegend aus der Zeit. Als ich dorthin kam, war es eine experimentelle Rehaklinik für Drogen- und Alkoholabhängige. Ein Ort, an dem man Aggressionen und Depressionen überwinden sollte und an dem sich bekannte Persönlichkeiten aufhielten, um ihre Aura mit Drogen und Ritualen aufpeppen zu lassen. Es gehörte schon fast zum guten Ruf, eine Weile dort verbracht zu haben."

„Keine Elektroschocks?"

„Das war ein, zwei Jahrzehnte früher. Danach kamen die eher progressiven, experimentellen Behandlungsmethoden."

Erin lauschte aufmerksam und merkte, dass RaeAnne ebenfalls gefesselt war, während er die Therapien beschrieb, die in ihren Ohren eher wie Riten klangen.

Als sie Rays Wohnung wieder verließen, war Erin nicht zum Reden zumute. Und RaeAnne schien es ausnahmsweise ebenso zu gehen. Sie fuhren schweigend zu Ricks und Noelles Ranch, wo sie RaeAnne das Appartement aufschloss und anschließend Morgans Waffe aus dem Maserati holte. Sie nahm sie aus dem Handschuhfach in dem Wissen, dass sie geladen und gefährlich war. Morgan hatte ihr kurz erklärt, wie man sie benutzte, welche Sicherungen sie besaß usw.

Sie war leichter und kleiner als der Revolver, mit dem sie bei Grandpa geschossen hatte. Vielleicht hatte diese Waffe nicht den gleichen Rückstoß und die gleiche Durchschlagkraft, aber sie hatte nicht vor, es zu testen. Als Nächstes nahm sie den Schlüssel aus dem Geheimversteck, das Noelle ihr verraten hatte, und holte die Schlüssel zu ihrem Pick-up. Rick hatte ihn noch nicht verkauft, wie sie entdeckt hatte, als sie die Alarmanlage des Maserati deaktiviert hatte. Auf diese Weise konnte RaeAnne den Mietwagen nehmen und sie hatte einen eigenen fahrbaren Untersatz.

Sie legte die Waffe und die Schlüssel auf den Nachttisch in Morgans Schlafzimmer, in dem sie in der Nacht, die sie hier verbracht hatten, nicht hatte schlafen wollen. Damals war es richtig gewesen, aber jetzt wünschte sie, er wäre bei ihr.

Als sie das andere Zimmer betrat, lächelte sie RaeAnne zu. „Und?"

„Er ist ganz süß, meinst du nicht auch?" RaeAnnes Blick war hoffnungsvoll.

Sie rief sich Ray in Erinnerung. „Er ist nicht nur süß, sondern auch gütig und bescheiden. Alles Eigenschaften, die ein guter Vater haben sollte."

RaeAnne kamen die Tränen. „Ich kann es kaum fassen. Obwohl ich wahnsinnig glücklich bin, macht es mich auch wahnsinnig wütend. Wie konnte Vera mir das antun? Und ihm? Warum hat sie uns voneinander ferngehalten und uns nie etwas gesagt?"

Erin schüttelte den Kopf. „Ich glaube, du hattest schon recht. Sie wollte ihn ganz für sich."

CB

Markham hatte überlegt, Hannah etwas von der Droge zu geben, überlegte es sich dann aber anders, weil er die Erfahrungen nicht mit ihr teilen wollte. Seine Visionen waren persönlicher Natur, eine Sache zwischen Gott und ihm, und auch wenn die Bergluft kalt war, ja sogar eisig, ging er nach draußen, um seine Gralssuche zu erleben, ohne dass Hannah ihn nervte.

Er wollte wissen, wie die Sterne und Bäume aussahen, wenn die Wirkung anfing. Er hatte sich den Stoff auf die Zunge tropfen lassen, aber dieses Mal schien es länger zu dauern, bis die Wirkung einsetzte. Wenn es losging, würde er wieder ins Haus gehen, bevor die eingebildete Lähmung es ihm unmöglich machte, sich zu bewegen. Im Moment wanderte er im Mondschein zwischen den Bäumen hindurch.

Bislang spürte er nur einen ersten Anflug von Schwindel, als er im Schnee einem festgetretenen Weg folgte. Es hätte ihn nicht überraschen sollen, dass er zu Ricks Ranch führte. Sie teilten sich dieselbe Straße und die beiden Häuser waren die einzigen hier.

Seine Schritte schienen schwerer zu werden, zugleich aber überkam ihn ein Gefühl des Fliegens, so als würde er große Entfernungen zurücklegen, ohne sich von der Stelle zu rühren. Eine außerordentliche Erfahrung, sagte er sich mit einem lautlosen Lachen. In einem der Gästeappartements war Licht zu sehen und er ging darauf zu. Er fühlte sich unsichtbar und es war ihm auch nicht mehr kalt – ganz im Gegenteil, eine wohlige Wärme durchströmte ihn. Als er zu dem erleuchteten Fenster schlich und hineinsah, war er fassungslos.

Quer auf dem Bett lag Quinn, den Blick an die Decke gerichtet, und telefonierte mit ihrem Handy. Er sah zu, wie sie mit ihren Locken spielte, ihre Miene sanft, dann lebhaft, ernst, dann belustigt. Es musste ihr Mann sein, mit dem sie da telefonierte, wenn solche Gefühle über ihr Gesicht huschten. Markham kniff die Augen zusammen, als sie eine Hand auf ihren Bauch legte. Was würde der Mann wohl für seine Frau *und seinen Nachwuchs* bezahlen?

Quinn schloss die Augen, noch immer am Telefon, und ihr Gesicht hatte einen Ausdruck, den er bei Hannah noch nie gesehen hatte. Dabei wäre das nur logisch gewesen, wo die beiden sich so ähnlich sahen. Sein Atem ging flacher und schneller – die Droge, sagte er sich, und er wusste, dass er zurückmusste. Hannah betete ihn an. Er war nicht nur ein Prophet, sondern ein Gott.

Der Himmel explodierte in allen Farben und die Sterne huldigten ihm, während er den Weg zurückging. Er war großartig und herrlich und verdiente Anbetung. Nicht nur ein göttlicher Bote, er war selbst göttlich. Warum also hatte er den Blick, den er bei Quinn gesehen hatte, noch nie in Hannahs Augen gefunden?

Kapitel 34

Noch vor Morgengrauen schlug Markham die Augen auf und sah Hannah neben sich liegen. Sie glotzte ihn an wie eine Kuh. Eine Frau in der Gemeinde hatte ihm erzählt, Hannahs Geburt sei kompliziert gewesen, irgendetwas mit der Nabelschnur und Sauerstoffmangel. Ehrfurchtsvoll hatte sie sich an ihn gewendet, um sich für Hannah einzusetzen. Vielleicht noch ein kleines Wunder? Wenn er Zeit hatte?

„Bist du wach?" Hannahs Stimme bebte. Er hätte am liebsten Luft in ihre Lungen gepumpt und sie kraftvoll und lebendig wieder herausgedrückt – wie bei ihrer Schwester. *„Ich hatte erwartet, dass du dich eher für Quinn interessieren würdest."* Oh ja. Aber sie war schlau und misstrauisch gewesen und hatte ihn auch nicht im Geringsten ermutigt, während Hannah …

Er runzelte die Stirn, weniger euphorisch als beim letzten Mal, als die Wirkung der Droge nachgelassen hatte und er aufgewacht war. „Was machst du in meinem Bett, Hannah?"

„Du warst so kalt und verwirrt. Ich habe nur versucht, dich zu wärmen."

Er hatte keine Erinnerung an sie. Offenbar konnte er von Glück sagen, dass er es bis zum Haus zurückgeschafft hatte.

„Danke, Hannah. Gott spricht auf neue und beängstigende Weise zu mir."

„Ich hatte solche Angst. Du warst gar nicht du selbst. Es … klang nicht nach dir."

Er lächelte. „Meine reizende Hannah. Ich war es ja auch nicht."

Sie riss die Augen auf – staunend, aber auch voller Angst. Er stand auf und ging hinaus. Nachdem er den Weg zurückgegangen war, den er am Abend zuvor genommen hatte, suchte er sich einen Platz zwischen den Bäumen und wartete. Nach einer Weile kam Quinn heraus und ging in die Scheune. Kurz darauf fuhr sie mit einem schwarzen Pick-up davon. Er brauchte ihr nicht zu folgen, sondern wollte sich nur vergewissern, dass er letzte Nacht nicht halluziniert und sich alles eingebildet hatte.

Jetzt, wo er Gewissheit hatte, lief er zum Haus zurück und ging hinein. Hannah wartete an der Tür, ein wenig verwirrt, aber noch immer – wie er erleichtert feststellte – hingebungsvoll. Diese Ergebenheit würde sie für die kommende Prüfung brauchen. „Es ist gut, dass du hier bei mir bist, wie die Witwe bei Elia."

„Ich will aber keine Witwe sein."

„Nein, meine liebe Hannah. Keine Witwe. Aber du bist auch auserwählt."

„Als deine Frau und Dienerin."

„Ja." Er legte ihr die Hände auf den Kopf. „Und du erinnerst dich an dein Trauversprechen. Es ist für uns noch wichtiger als eine normale Hochzeit. Wir sind ausgesondert."

„Du, Markham."

Er lächelte. „Aber wie Esther bist du mir an die Seite gestellt worden."

Sie blinzelte ehrfürchtig.

„Bist du bereit? Auch wenn es schwer wird?"

„Das bin ich", hauchte sie.

„Dann komm mit."

Ihre Augen weiteten sich, als er sich gegen die Truhe lehnte und sie von der versteckten Tür fortschob. Sie hatte keine Ahnung, wohin sie führte. Aber er wusste es.

Voller Vorfreude stieg Erin in Rudys verrosteten Jeep. Der schmale See war abgelegen, in einem Tal versteckt, von dem aus steile bewaldete Hänge in einen schiefergrauen Himmel hinaufragten. Die Luft, die sie einatmete, war so kalt, dass sie in der Nase stach, und sie sah frierend zu, wie Rudy mit einem mindestens einen Meter langen Korkenzieher ein Loch ins Eis bohrte. Als er sich neben sie gesetzt und sich in eine Decke gehüllt hatte, die genauso aussah wie ihre, sagte sie: „Es ist unglaublich friedlich hier."

„Stimmt." Rudy reichte ihr eine Angel nebst Zubehör, zu dem auch eine Made aus Kunststoff zählte, die er mit dem Leuchtköder an seiner eigenen Angel vergleichen wollte. „Ich probiere die Ware gerne aus“, sagte er, „und das hier ist eine gute Gelegenheit für einen direkten Ködervergleich.“

„Möge der beste falsche Wurm gewinnen“, rief sie begeistert und klatschte Rudy ab.

Im Tal war es vollkommen still und die graue Morgendämmerung wurde nur von einem kalten silbrigen Sonnenaufgang hinter einem Schleier aus Wolken durchbrochen. Am Himmel kreisten Adler, und ein Elchbulle stakte majestätisch zu der Stelle, wo das Wasser unter einer dünneren Eiskruste floss. Mit seinem kräftigen Huf drückte der Elch das Eis ein und trank. Es erinnerte sie an den Elch, über den Morgan und sie gelacht hatten, eine kleine Vignette in ihrer Bilderbuchromanze.

Bevor sie damit gerechnet hätte, bog ihre Angelrute sich. Sie warf Rudy einen triumphierenden Blick zu, der es auch bemerkt hatte. Als es wieder an der Angel zog, riss sie sie hoch und spürte, dass etwas in dem dunkelgrauen Loch daran hängen geblieben war. Dieses Etwas zog jetzt kräftiger. Mit beiden Händen hielt sie die Angel und spulte die Schnur auf, während Rudy schweigend zusah. Der Fisch hatte dafür, dass er in Eiswasser eingelegt war, viel Gewicht und Kampfgeist, aber sie hievte eine blassgelbe, grau gesprenkelte Forelle heraus, die bestimmt 25 cm lang war.

Rudy schob ihr mit einem breiten Grinsen den Eimer zu und sagte: „Wenn ich dich zuerst zum Fischen mitgenommen hätte, hätte Morgan keine Chance gehabt.“

„Wahrscheinlich.“ Sie warf ihm einen schrägen Blick und ein Lächeln zu.

„Damit hast du ein schönes Abendessen.“

„Stimmt. Leistest du mir dabei Gesellschaft?“

„Würde ich ja gerne, aber ich habe heute Abend ein Pfadfindertreffen. Da muss ich noch viel vorbereiten.“

„Bist du der Leiter der Gruppe?“

„Sie haben halt keinen anderen gefunden.“

Sie boxte ihn gegen sein Knie. „Ich bin sicher, du machst das großartig. Gibt es etwas über das Pfadfinderzeug, das du nicht weißt?“

„*Pfadfinderzeug?*“ Er schüttelte den Kopf. „Pfadfinderzeug.“

Sie blieben noch eine Weile sitzen, aber es biss kein Fisch mehr an und allmählich wurde es Zeit, nach Ray und RaeAnne zu sehen. Als sie den Eimer in die Hand nahm, tat ihr der Fisch ein wenig leid, aber er würde einem guten Zweck dienen. Selbst durch drei geteilt würde er ein leckeres Essen ergeben und Ray würde sich darüber freuen, wenn er hörte, dass ihre gesprenkelte Made den Wettbewerb gewonnen hatte.

Als sie wieder bei ihrem Pick-up ankamen, dankte sie Rudy für einen ganz besonderen Ausflug – ungewöhnlich vielleicht, aber eine Erinnerung an die Angeltouren mit Grandpa.

Als er mit seinem Jeep davonfuhr und ihr zum Abschied winkte, vibrierte ihr Handy. Sie kramte es aus der Tasche und sah, dass acht Nachrichten eingegangen waren. Offenbar hatte es in dem kleinen Tal keinen Empfang gegeben. Abgesehen von einer Nachricht von Morgan waren alle Anrufe von Grandpa. Sie betätigte die Gesprächstaste. „Hi, Gr–“

„Quinn!“, keuchte ihre Schwester. „Bitte komm.“

Was? Ihre Gedanken überschlugen sich. Warum hatte Hannah das Handy ihres Großvaters? „Hannah? Was ist los?“ Wenn Grandpa etwas zugestoßen war …

„Es ist so dunkel und –“

Sie spürte eine Bewegung hinter sich und wollte sich gerade umdrehen, als ein Schlag sie auf dem Rücken unterhalb ihrer linken Schulter traf. Ihre Muskeln zuckten unkontrolliert. Die Arme konnte sie nicht mehr bewegen. Millionen winziger Nadelstiche jagten durch ihren Körper, während Verwirrung und Schwindel sie erfassten.

Etwas Großes bewegte sich hinter ihr und dann neben ihr. Ihr Arm flog nach hinten, aber nicht aus eigener Kraft oder nach ihrem Willen. Ein kräftiger Stoß ließ sie vornüberfallen, dann wurde ihr anderer Arm zurückgerissen. Ein Geräusch wie von zerreißendem Stoff drang zu ihr durch, aber es ergab keinen Sinn, bis sie das klebrige Band fühlte, das um ihre Handgelenke geschlungen wurde.

Sie flog – nein, jemand hob sie vom Boden hoch und warf sie hinter den Fahrersitz in der Fahrzeugkabine. Eine schreckliche Hilflosigkeit übermannte sie, während das Zucken in ihren Armen nachließ. Benommen lag sie da, die Wange auf den rauen Teppich des Wagens gepresst.

Wo war ihr Handy? Wo ihre Waffe? Sie brauchte nicht zu fragen, wer oder warum – nur, was tat er hier?

Die Benommenheit legte sich, während der Wagen sich in Bewegung setzte, zuerst langsam, dann hielt er wieder und beschleunigte schließlich. Immerhin konnte sie klar denken, aber sie schien nichts tun zu können. Als die letzten Krämpfe abgeklungen waren, blieb das Fahrzeug stehen. Die Tür ging auf, und bevor sie noch aufschreien konnte, traf sie der nächste Schlag am Rücken – wie hundert Hammerschläge, die ihr Rückgrat hinauf- und hinunterjagten. Ihre Glieder zuckten und erstarrten dann und ein schrecklicher Schwindelanfall raubte ihr das Bewusstsein.

Auf seinem Weg zu Mikio Funaki versuchte Morgan noch einmal, seine Frau zu erreichen. Diesmal sprang nicht gleich die Mailbox an, wie es vorher der Fall gewesen war, sondern es klingelte, aber sie ging nicht dran. Bei jeder anderen Gelegenheit hätte er Gründe dafür gefunden. Jetzt überkam ihn eine Unruhe, die seinen ganzen Körper erfasste.

Geh an dein Handy, Erin.

Williams Besprechung mit dem stellvertretenden Direktor des FBI hatte bereits begonnen. Nachdem er Markhams Verurteilung und Erins Zeugenaussage ebenso gründlich studiert hatte wie den aktuellen Fall, den die Behörden jetzt anstrebten, hatte er ganz zuversichtlich geklungen. Ihre Chance auf eine Strafminderung stand gut und er war sogar vorsichtig optimistisch, dass es gar nicht zur Anklage kommen würde. Sie konnte ihnen geben, wonach sie suchten, und es mit Markham in Verbindung bringen – ein Hebel in Williams Händen, der wie eine Wunderwaffe wirkte.

Morgan wischte sich den Schweiß von den Handflächen. Bevor er in die Besprechung mit dem japanischen Manager ging, wollte er Erin noch unbedingt mitteilen, dass es gut aussah für sie. Sie sollte wissen, dass alles gut werden würde. Aber die Unruhe konnte er nicht abschütteln.

Bei der Ranch hatte man mit dem Handy guten Empfang, aber er wusste nicht, in welchem Teil von Juniper Falls der Vater von

RaeAnne wohnte, und es gab in einigen Ecken auch Funklöcher. Das brachte ihn auf einen Gedanken und er rief eine andere Nummer an.

„Hi, RaeAnne, hier ist Morgan", sagte er. „Ich versuche Erin zu erreichen und habe keinen Erfolg."

„Erin?" Sie klang verwirrt. „Wer ist Erin?"

Eine Sekunde lang war er derjenige, der verwirrt war, dann sagte er: „Hat Quinn Ihnen nicht erzählt, dass sie sich jetzt Erin nennt?"

„Warum denn das? Quinn ist doch ein toller Name."

Er erklärte ihr kurz den Grund.

„Das meiste davon weiß ich, aber für mich ist sie immer noch Quinn."

Er rieb sich die Augen. „Es spielt vermutlich keine Rolle. Ist sie da?"

„Nein. Ich bin bei meinem Vater. Sie sagte, sie würde wahrscheinlich später zu uns stoßen, weil sie mit Rudy eisangeln gegangen ist."

Eisangeln. In dem Tal, in dem Rudy normalerweise fischte, hatte man keinen Handyempfang. Erleichtert atmete er aus. „Gibt es einen Plan für später?"

„Sie sagte, wir würden uns sehen. Ich überlege, bei meinem Vater zu übernachten. Es gibt noch so vieles, was ich bei ihm machen möchte, bevor ich wieder abreise."

„Ist gut. Aber wenn Sie sich nicht bald bei Ihnen meldet, könnten Sie dann zur Ranch fahren und nachsehen, was sie macht?"

„Natürlich. Ist alles in Ordnung?"

Er runzelte die Stirn. „Wahrscheinlich schon."

„Ich sage Ihnen jedenfalls Bescheid, sobald ich etwas von ihr höre."

Er dankte ihr und legte auf. Sobald Erin wieder ein Netz hatte, würde sie sehen, dass er versucht hatte, sie anzurufen. Und dann würde sie sich bei ihm melden und ihm sagen, dass alles in Ordnung war. Vielleicht konnte er ihr dann, was die Anklage betraf, dasselbe sagen.

Ihr war schwindelig, und als sie die Augen aufschlug, wusste sie nicht, wo sie war. Es war dunkel und sie hörte Hannah weinen. Um ihr linkes Handgelenk spürte sie kaltes Metall. Das Klebeband, mit dem er sie ursprünglich gefesselt hatte, war verschwunden. Sie drehte sich auf der harten Oberfläche und rollte sich über die Hüfte, bis sie aufrecht an ein Metallbett gelehnt saß, das sie allein durch die Berührung wiedererkannte. Sie tastete und fand Hannahs Hand in der anderen Schelle am selben Bett und sagte: „Bist du in Ordnung?"

Das Gcräusch, das Hannah von sich gab, war kcinc Sprachc. Angst, Wut, Hass.

„Hannah, bist du verletzt?"

„Nein", jammerte sie.

Erin ließ ihre Schwester los und tastete nach ihrer Tasche. Keine Waffe. Entweder sie war herausgefallen, als Markham sie durch die Gegend geschleift hatte, und sie lag irgendwo auf dem Boden … oder er hatte sie.

Auch ihr Handy konnte sie nicht ertasten. Dann plötzlich, so als hätte sie es durch ihre Willenskraft dazu gebracht, klingelte es. Aber nicht in ihrer Tasche.

Es war Morgans Klingelton von der modernen Rockoper, die er so gerne mochte. Eine Orgelfanfare und dann die Zeile „Was nützt mir meine Taubheit, wenn ich dieses Geschwätz anhören muss?"

Sie hatte sich vor Lachen gekringelt, als sie den Klingelton zum crstcn Mal gchört hattc. Jctzt war ihr das Lachcn vcrgangcn.

In der beinahe vollständigen Dunkelheit berührte Markham ihr Handy. Das Display ließ seine Züge in dem schwachen bläulichen Licht aufleuchten, als er sagte: „Wir gehen mal nicht dran", und den Anruf abwies.

Dass er so plötzlich in der Dunkelheit erschienen war, machte ihr Angst – genau das war seine Absicht. Sie wartete, aber als er leise lachte, sagte sie: „Du machst Hannah Angst." Ihre Schwester hasste die Dunkelheit.

„Hast du Angst, Hannah?"

Sie wimmerte nur.

„Siehst du? Keine Klagen."

„Das hier ist eine Sache zwischen uns beiden. Lass sie raus."

Verächtlich lachte er und schaltete die Campinglampe aus der Küche an. Dann musterte er sie beide. „Scheinbar glaubst du immer noch, du hättest das Sagen. Aber das ist nicht so. Die Hilflosigkeit, die du jetzt erlebst, kennst du nicht, also denkt sich dein Gehirn Fluchtszenarien aus. Wenn du dies tust oder jenes sagst ..."

Sie antwortete nicht. Sollte er seine Fantasie ruhig ausleben.

„Dann kommt ein Zwischenfall, etwas, das erste Risse in der Fassade verursacht. Du erkennst, dass Chaos möglich ist. Du siehst einen Zustand der Hilflosigkeit, in dem du nicht die Kontrolle hast. Du kannst dich nicht rausreden. Dir keinen Weg nach draußen erkämpfen. Du kannst nicht raus."

Als sie seine Wut sah, zitterte sie. Dass er sie bestrafen wollte, das wusste sie, nur hatte sie es sich nicht so vorgestellt.

Er sagte: „Dieser Augenblick, das, was dich in den Wahnsinn treibt, ist noch nicht gekommen. Aber er wird kommen." Er nahm die Lampe, die er auf dem Möbelstück abgestellt hatte, und ging langsam die Treppe hoch.

Sie hätte ihm freiwillig alle Informationen gegeben, die er brauchte, um an das Geld zu kommen, aber darum ging es nicht mehr. Wie bei allem anderen würde Markham aus dieser Sache eine Show machen. Obwohl Hannah wie ein hilfloser kleiner Hund winselte, als er oben angekommen war, drehte er sich nicht noch einmal um, sondern schloss die Tür hinter sich, sodass der Keller wieder in völlige Dunkelheit gehüllt war. Hannah stieß einen schrillen Schrei aus, wie eine Todesfee, deren Klage im Wind verhallt.

Erin zählte die Schläge ihres Herzens, bis sie sicher war, dass er nicht auf Hannahs Schrei reagieren würde. Dann tastete sie in ihrem Mantel nach der Innentasche und zog ihre kleine, extrem helle LED-Taschenlampe heraus. Sie betätigte den Schalter und ein grelles blaues Licht erhellte den Raum. Mit offenem Mund starrte Hannah sie an.

„Siehst du", sagte sie. „Du brauchst keine Angst zu haben." Als würden die Worte etwas bewirken. Sie betrachtete ihre Schwester und war ehrlich verwirrt. Konnte Grandpa alles so falsch verstanden haben? „Hannah, warum tut er dir das an? Ich dachte, ihr wollt heiraten."

Hannah fing an zu schluchzen. „Er wollte dir verzeihen. Er musste dir einfach vergeben, damit du nicht mehr weglaufen musst. Damit wir heiraten können, ohne dass ein Schwert zwischen uns steht."

Wie immer ergab das, was Hannah sagte, nicht so richtig Sinn, aber seine dreiste Lüge durchschaute sie sofort. Erin hatte so starke Hassgefühle gegen ihn, dass sie sich nicht sicher war, ob sie sie einmal bereuen würde. Sie sagte: „Wenn es das ist, was er will, warum hat er es dann nicht getan?"

„Ich weiß nicht." Bevor Hannah weitersprechen konnte, weinte sie lang anhaltend. „Vielleicht kann er dir ja erst vergeben, wenn du das Geld zurückgegeben hast, das du gestohlen hast. Wenn er es bekommt, kann Gott ein Wunder vollbringen."

„Das hat Markham dir erzählt?"

„Gott hat es ihm offenbart. Er wird das Geld vermehren. Und dann feiern wir richtig Hochzeit."

„Richtig?"

Hannah schluckte. „Daddy hat die Trauung schon vollzogen, aber das zählen wir nicht."

Sie waren also dort gewesen, sechs Stunden entfernt in Hot Springs, South Dakota, so wie Grandpa es gesagt hatte. Sie hatte nicht gedacht, dass ihr Vater sie auf der Stelle verheiraten würde. Was hatte er sich nur dabei gedacht? Dass ein Vertrauensbeweis alles andere ungeschehen machen würde?

„Hannah, warum hat Markham Grandpas Handy?"

„Was?"

„Das Handy, mit dem du mich angerufen hast. Es gehört Grandpa."

Hannah runzelte die Stirn. „Er ist plötzlich bei uns zu Hause aufgetaucht und hat uns erzählt, dass du ein Baby bekommst. Stimmt das?"

Erin presste sich eine Hand auf den Bauch, als könnte sie dadurch das Menschenleben in sich schützen. „Hat Markham ihm sein Handy weggenommen?"

„Natürlich nicht. Grandpa hat unseren Vater angeschrien und ist wieder gegangen."

Ihr Brustkorb zog sich zusammen. „Aber er hat es jetzt, Hannah. Nur woher?"

„Ich weiß nicht", jammerte sie. „Woher soll ich das wissen?"

„Warst du denn nicht bei ihm?" Sie versuchte die Angst in Schach zu halten, die in ihr aufstieg. „Warst du bei ihm, als er das Handy bekommen hat?"

„Ich weiß nichts davon, dass er es hat. Ich weiß nur, dass du das steif und fest behauptest."

Und warum sollte sie ihrer Schwester, die sie so verachtete, glauben? Krampfhaft versuchte sie, sich an irgendwelche guten Zeiten zu erinnern, die sie gemeinsam erlebt hatten, aber das Einzige, was ihr einfiel, waren die Unfälle.

Die Leiter, die Hannah umgestoßen hatte – woraufhin Erin sich den Knöchel gebrochen hatte. Das heiße Wasser, das Hannah verschüttet hatte – und Erin hatte sich den Arm verbrüht. Das Fahrrad, das Hannah entglitten war – und Erins kleines Rad mit den Stützrädern war die Böschung runtergerollt.

Plötzlich legte sich eine tiefe Traurigkeit über ihre Angst und ihre prekäre Lage. „Hast du mich eigentlich jemals geliebt, Hannah? Wenigstens ein kleines bisschen?"

Hannah schniefte. „Wie konnte ich denn?"

„Aber warum? Was habe ich dir denn getan?"

„Alles. Alles das, was ich nicht konnte." Sie strömte die Verbitterung aus wie einen Duft. „Selbst an dem Tag, als Markham bei unserem Vater um meine Hand angehalten hat. Du warst nicht einmal da, und trotzdem ging es um dich."

„Inwiefern?"

„Das habe ich dir doch gesagt. Grandpa kam reingeplatzt und hat uns erzählt, dass du geheiratet hast. Du bekommst ein Baby. Immer die Erste. Immer besser."

Erin schloss die Augen. Also war Markham darüber informiert, dass Grandpa wusste, wie er sie erreichen konnte. Er wusste, dass sie seinen Anruf annehmen würde. Aber … oh Gott, wie war er nur an das Handy gekommen?

Sie spürte ein erdrückendes Gefühl in ihrer Brust, eine Sorge, dass sie für das, was geschehen war, verantwortlich sein könnte. Wenn sie Grandpa nicht angerufen hätte, ihm nicht von ihrer Freude erzählt hätte … Nein. Sie kannte die Zusammenhänge nicht wirklich und sie durfte sich nicht der Verzweiflung überlassen. Markham wollte sie zerbrechen, aber das würde sie nicht zulassen.

Ohne ihr Handy wusste sie nicht, wie lange Hannah und sie dasaßen, ohne zu reden. Das Letzte, was sie gegessen und getrunken hatte, war eine Flasche Wasser und etwas Studentenfutter gewesen, die Rudy zu ihrer Angeltour mitgebracht hatte. Vom Sitzen auf dem kalten, harten Beton taten ihr die Knochen weh und egal, in welche Position sie sich verlagerte, ihr gefesselter Arm schmerzte. Die Betäubungspistole schien keinen bleibenden Schaden angerichtet zu haben, aber das Baby?

Mehr als alles andere trieb dieser Gedanke ihr die Tränen in die Augen. Ihr Kind musste so winzig sein, so beschützt durch ihren Körper, Gottes erstaunliches Werk. Sie musste einfach glauben, dass der Schock nur auf sie selbst eine Wirkung gehabt hatte. Trotzdem flüsterte sie: „Es tut mir so leid, Kleines."

Nach einer Weile kroch Hannah auf das mit Federn versehene Bettgestell, auf dem früher eine Schaumstoffmatratze gelegen hatte. Erin seufzte. Sie hatte sie wahrscheinlich in den Müll entsorgt, nicht ahnend, dass sie sie eines Tages gebrauchen könnte. Als sie hörte, dass Hannah schlief, schaltete sie die Taschenlampe aus, weil sie nicht wusste, wofür sie die Batterien noch brauchen würden. Bei einer gründlicheren Durchsuchung hätte Markham sie auch gefunden. Er musste so euphorisch gewesen sein, weil er ihr die Waffe und das Handy abgenommen hatte, dass er nicht nach weiteren Gegenständen gesucht hatte.

Die Lampe zu haben, war zwar nur ein kleiner Triumph, aber er machte ihr trotzdem Mut, selbst wenn sie ausgeschaltet war. Obwohl es für Hannah schlimmer war, fühlte sie sich selbst in völliger Dunkelheit auch nicht besonders wohl. Aber wenigstens war es ruhig.

Das vordringlichste Problem war, dass sie keine Toilette benutzen konnte. Sie war mit Rudy in der Wildnis gewesen und dann hatte Markham sie überfallen. Sie versuchte, sich anders hinzusetzen, um den Druck auf ihre Blase zu verringern. Egal was Markham im Gefängnis durchgemacht hatte, wenigstens hatte er eine Toilette gehabt.

Herr. War dies der Lohn dafür, dass sie das Geld der gutgläubigen Gemeindeglieder in Sicherheit und Markham ins Gefängnis gebracht hatte? Sie kniete sich hin, wobei sie darauf achtete, nicht an dem Bett zu rütteln, und versuchte, das Ganze zu verstehen.

Reverend Reilly hatte Markham mit offenen Armen empfangen und ihm geglaubt und die Gemeindeglieder hatten es ihm gleichgetan.

„Die Gläubigen übergaben die Früchte ihrer Arbeit, damit das Wunder Gottes alle befriedigen konnte. Gebt, damit ihr mehr zurückerhaltet, als ihr hergegeben habt."

Sie dachte daran, wie Morgan Livie über den Rücken gestrichen hatte. *„Glaubst du, ich wäre großzügiger als Gott?"*

Dieselbe Botschaft, aber die Absicht war so anders. Morgan war ein vorbildlicher Vater, der seine Tochter sehr liebte. Sie selbst hatte eine solche Liebe nie erfahren, aber jetzt, wo sie die beiden beobachtet hatte, verstand sie, wenn er sagte: *„Könnte ich leben, ohne sie zu lieben und für sie zu sorgen?"* Auch für ihr Baby würde diese Liebe da sein. Was sie beide für Livie empfanden, würde nicht weniger werden, wenn sie ihr Herz einem zweiten Kind öffneten. Kein Baby sollte so nach Zuneigung hungern, wie sie es getan hatte.

Morgan hatte sie aufgefordert, das, was sie von Menschen nicht erwarten konnte, von Gott zu erbitten. Ihr brach es das Herz, als sie daran denken musste, er könnte noch einmal Frau und Kind verlieren. Mit diesem schmerzlichen Gedanken flüsterte sie: „Hilf mir, Herr. Ich brauche dich. Dieses Baby braucht dich. Und Morgan braucht uns. Bitte, bitte, hilf."

In dem furchtbar dunklen Keller war sie von Gnade umgeben. Plötzlich wurde ihr sehr bewusst, dass Markham sie würde töten können. Aber Gott würde da sein, so kämpferisch wie Celia, so großherzig wie Morgan, so rein wie Livie. Da war sie sich ganz sicher. Die Zweifel waren ausgeräumt.

Kapitel 35

Markham presste die Hände gegen seine Schläfen, weil Hannah wieder weinte. Allerdings musste er zugeben, dass sie diesmal allen Grund dazu hatte. Ursprünglich hatte er vorgehabt, sie als Köder zu benutzen und sie dann gehen zu lassen, während er mit Morgan Spencer Kontakt aufnahm, um ein Lösegeld für Quinn zu fordern. Hannah hatte nur das Pech gehabt, dass er keinen Schlüssel für die Fesseln hatte.

Er hatte sie beide in der Dunkelheit zurückgelassen, während er eine psychedelische Reise antrat. Eine kleinere Dosis verminderte die Lähmung und die Erschöpfung, aber er erlebte trotzdem einen Kick der Euphorie beim Aufwachen. Vielleicht würde er Hannah irgendwann die Droge geben, damit sie nicht so leiden musste.

Er betrachtete den Vitrinenschrank mit der einen zerschmetterten Glasscheibe und den Ampullen darin. Sie musste nur mit der Flüssigkeit in Berührung kommen, aber er zögerte. Vielleicht hatte sie nicht die geistigen Fähigkeiten, mit der Wirkung umzugehen. Hatte sie nicht bei seinem ersten Trip unentwegt geschrien? Er konnte es nicht riskieren, die Lage zu verschlimmern. Sie verstand zwar die Bedeutung seiner Mission, aber trotzdem weinte sie, als er mit der Lampe in der Hand die Treppe hinunterging.

„Bitte, Markham. Ich muss aufs Klo."

Er war kein Unmensch. Bei seiner ersten Erkundung des Kellers hatte er ein paar nützliche Dinge gefunden. Von einem kleinen Müllberg hatte er eine verbeulte Bettpfanne gerettet. „Es ist die einzige", sagte er. „Die müsst ihr euch teilen."

Hannahs Gesicht erschien ihm in ihrem Opfer beinahe reizend. „Sie ist hier, Markham. Ist es nicht an der Zeit?"

Die Komplexität und Größe seines Planes schien sie nicht zu begreifen, sondern sie erinnerte sich nur an die kleine Lüge, die er ihr erzählt hatte, als könnte jemals Vergebung stattfinden. „Gottes Wege sind nicht unsere Wege, Hannah. Ich muss hören und gehorchen – so wie du es auch versprochen hast."

Als er Quinns finsteren Blick sah, dachte er, sie würde widersprechen, aber sie sagte nur: „Wir brauchen Wasser."

„Ja, bitte, Markham", flehte Hannah.

Warum bettelte Quinn nicht? Würde sie es tun, wenn er sich nur um Hannah kümmerte? Wenn es nach Hannah ginge, würde Quinn nichts zu trinken bekommen.

Er ließ die Lampe an und stellte sie auf den Boden. Dann ging er die Treppe hoch und hinaus zur Garage, wo mehrere Kisten Wasser auf einen Notfall warteten. Wahrscheinlich war dies einer, zumindest aus ihrer Perspektive betrachtet. Er nahm zwei Flaschen an sich und ging zurück in den Keller. „Trinkt es lieber langsam, sonst reicht die Bettpfanne nicht."

Erin kochte. Hannah hatte sich in seiner Abwesenheit erleichtert. Jetzt war er wieder da, und obwohl sie dringend auf die Toilette musste, würde sie lieber in die Hose machen, als ihm diese Befriedigung zu gönnen. Während er dort stand und über Gottes Wege nachdachte, klingelte ihr Handy in seiner Tasche. Er lächelte schief und griff danach. „Wer ist RaeAnne?"

Sie knirschte mit den Zähnen. „Eine Freundin." Wenn sie nicht abnahm, würde RaeAnne sich Sorgen machen. Sie könnte –

Er hielt ihr das Handy hin. „Wenn du durchblicken lässt, dass etwas nicht stimmt, schneide ich Hannah und lasse sie verbluten." Er zog ein Messer aus der Tasche und ließ eine rasierklingenscharfe Klinge herausschnellen. So tödlich sie auch war, konnte er Hannah kaum mehr verletzen als mit seiner Drohung.

Erin nahm das Handy und sagte: „Hi, RaeAnne."

„Hat das Angeln Spaß gemacht?"

„Ja. Ich habe eine Forelle gefangen, eine Cutthroat-Forelle." Ihre Stimme zitterte ein wenig bei dem Wort. „Wie geht es deinem Vater?"

„Ich glaube, er ist richtig froh darüber, dass ich hier bin. Würde es dir sehr viel ausmachen, wenn ich heute Nacht hier bliebe? Ich möchte die Wohnung so sauber kriegen, wie du Veras Haus hinterlassen hast."

Sie wollte schreien, dass sie in Veras Haus gefangen war und Hilfe brauchte, aber Markhams Stimme war blutleer gewesen. In seinen Augen sah sie das, was sie schon früher darin gesehen hatte – eine kalte Leere und zugleich einen glühenden Eifer.

„Wir wollen uns ein paar Filme ansehen", sagte RaeAnne. „Die alten, die er mit meiner Mutter geschaut hat."

„Das ist eine gute Idee." Sie wollte nicht, dass RaeAnne in die ganze Sache hineingezogen wurde. „Wir sprechen uns bald." Als sie das Gespräch beendet hatte, hielt sie das Handy fest.

Aber Markham sagte: „Schieb es rüber."

Angst erfüllte sie, als sie ihre einzige Verbindung zur Außenwelt hergab. Sie hatte ihm gerade mehr Zeit verschafft. Es sei denn, Morgan …

Hannah schniefte. „Ich habe Hunger. Markham, bitte lass mich mit raufgehen."

Das Problem war offensichtlich, aber wenn er keinen Schlüssel hatte, konnte er in Rudys Laden einen Bolzenschneider kaufen. Irgendwie glaubte sie nicht, dass es auf seiner Prioritätenliste sehr weit oben stand.

„Ich sehe mal nach, was ich für dich zu essen finde", sagte er zu Hannah und ging hoch. Während sie hören konnte, wie er oben in der Küche herumlief, benutzte Erin die Bettpfanne und schaffte sich Erleichterung. Der Geruch nach Urin ließ sie beinahe würgen und sie betete, dass er den Behälter hinaustragen und ausleeren würde. Aber als er die Treppe herunterkam, sah Markham nicht so aus, als hätte er das vor. Er brachte ihnen altbackene Baguettebrötchen.

„Brot?" Hannah starrte ihn an. „Trockenes Brot, Mark?"

Seine Augen verwandelten sich in Stahl. „Wie hast du mich genannt?"

„Markham. Ich … ich meine Markham."

Als Hannah wieder zu weinen anfing, unterdrückte Erin ein Stöhnen. Sie wollte Mitleid empfinden, aber stattdessen hätte sie den beiden am liebsten einen Tritt in den Hintern versetzt.

Markhams Absicht war es eindeutig, diese Sache hinauszuziehen und den Schrecken in einer Art krankem Spiel zu maximieren, aber sie weigerte sich mitzuspielen. Als er wieder hochgegangen war und sie im Dunkeln zurückgelassen hatte, schaltete sie die Taschenlampe ein. Vor allem anderen musste sie sich aus diesen Fesseln befreien. Die Kette war alt und vielleicht war das Material ermüdet. Aber ihre Hände waren zu zart, um einen genügend großen Druck auf die Schellen um ihre Handgelenke auszuüben. Sie brauchte etwas anderes.

Der Müll, den sie beim Ausräumen des Kellers zunächst in der Ecke aufgestapelt hatte, bot die besten Möglichkeiten. Eine Art Stange, mit der man die Kette oder sogar die Fessel selbst aufbrechen konnte. Von ihrem jetzigen Standort aus konnte sie die Sachen nicht erreichen, aber das Bett war nicht am Boden befestigt. Es war zwar schwer, aber beweglich.

„Hannah, ich will etwas suchen, um diese Handschellen loszumachen."

Hannah schmollte. „Es ist deine Schuld, dass wir sie überhaupt haben."

„Hilf mir, das Bett zu dem Haufen da drüben zu tragen."

„Das ist nicht Gottes Wille."

Es war unglaublich frustrierend. „Wie kannst du immer noch glauben, dass er Gottes Sprachrohr ist? Sieh uns doch nur an."

„Paulus hat auch in Ketten gelegen und Josef wurde in die Sklaverei verkauft. Manchmal ist das eben Gottes Methode."

„Hat Markham dir das erzählt, als er dich an dieses Bett gekettet hat?"

„‚Wir danken Gott auch für die Leiden.'"

Erin atmete hörbar aus. „Also gut. Wir machen es so, wie Markham es will." Sie schaltete die Taschenlampe aus.

Hannah schrie auf.

„Wenn er zurückkommt, gebe ich ihm die Lampe."

„Mach sie an", krächzte sie.

„Das kann ich nicht. Wir müssen erst abwarten, ob er kommt."

Tatsächlich öffnete Markham gleich darauf die Tür. „Hannah?"

„Ich … ich habe etwas gehört. Es hat mir Angst gemacht."

Er leuchtete mit der Lampe in ihre Gesichter.

„Markham", schrie Hannah. „Bitte lass das Licht an."

Es war sinnlose Grausamkeit, sie im Dunkeln zu halten, aber er schloss die Tür ohne ein weiteres Wort. Bevor sie die Taschenlampe wieder einschaltete, sagte Erin: „Wenn ich das Bett alleine ziehe, hört er es. Wir müssen es zusammen hochheben." Hannah mochte keine große Hilfe sein, aber sie hing ebenfalls an dem Bett. „Wir können es anheben und abstellen, dürfen dabei aber keinen Lärm machen."

Hannah winselte. „Mach das Licht an."

Erin betätigte den Schalter und hielt die Lampe mit den Zähnen, als sie aufstand. Sie zeigte Hannah, wie sie das Bettgestell anfassen sollte. Beim ersten Versuch hob Hannah es nur wenige Zentimeter vom Boden und sie kamen kein Stück voran.

Erin nahm die Lampe aus dem Mund. „Hilf mir dabei, Hannah, sonst zertrümmere ich die Taschenlampe, das schwöre ich dir."

Sie zischte: „Ich kann nicht."

„Du musst aber. Los, noch mal." Sie biss auf die Lampe und packte das Bettgestell.

Stück für Stück bewegten sie das Bett vorwärts. Sie kamen nur langsam voran und neben ihrer Schwester kam sie sich wie Herkules vor, aber das spielte keine Rolle. Allmählich kamen sie dem Haufen näher.

Mit der Lampe suchte sie die Gegenstände ab, bis sie eine Eisenstange fand. Sie hockte sich hin und streckte den Arm aus, dann schob sie ihre Finger langsam vorwärts und berührte und umfasste schließlich die kräftige Eisenstange.

Während sie die Kette mit ihrem Fuß und dem gefesselten Arm festhielt, schob sie die Stange in eins der Kettenglieder. Das Glied rührte sich nicht, aber sie bemerkte einen Riss am Verschlussmechanismus. Natürlich. Die Lötstelle war der Schwachpunkt. Schwach, dachte sie grimmig. Sie konnte nur beten.

Sie nahm die Lampe aus dem Mund. „Wir müssen das Bett zurücktragen."

„Warum?", jammerte Hannah. „Was spielt das für eine Rolle?"

Sie wagte es nicht, Markham wieder ins Spiel zu bringen, und sagte einfach: „Wir müssen eben."

Hannahs Bemühungen waren auf dem Rückweg noch schwächer und es kam Erin so vor, als würde sie das Bett doch noch ziehen müssen. Als sie dicht genug waren, machte Erin sich wieder an die Arbeit und bewegte das Schloss erst in die eine, dann in die andere Richtung. Die Stange erwies sich als gutes Werkzeug, aber es konnte sehr lange dauern – falls es überhaupt funktionierte.

Hannah sah missmutig zu. Erin versuchte nicht, mit ihr zu reden. Was sagt man zu einer Schwester, die offen zugibt, sie wünsche sich, man wäre nie geboren? Auf Versöhnung zu hoffen, hatte keinen Sinn.

Nach einer Weile sagte Hannah: „Warum hast du es getan?"

„Was getan?" Der Schweiß stand ihr jetzt auf der Stirn und machte ihre Hände rutschig, während sie sich abmühte, das Schloss von dem Bettgestell zu lösen.

„Das Wunder verderben."

Sie schob die Stange dazwischen und zog mit aller Kraft nach oben, wobei sie die Anstrengung in der Schulter spürte und die Haut in ihren Handflächen aufriss. Was hätte sie darum gegeben, sich durch eine Schneewehe zu schieben, hinter der Morgan auf sie wartete. Sie erinnerte sich an den Blick in seinen Augen, als er sie in ihren verschneiten Klamotten betrachtet hatte und Livie sie ein Schneemädchen genannt hatte. Sie brauchte die beiden so sehr.

„Warum?", wollte Hannah wissen.

„Es gab kein Wunder, Hannah. Und ich erwarte auch gar nicht, dass du mir das glaubst." Sie ließ die Stange los und presste ihre schmerzenden Handflächen aufeinander, dann griff sie erneut zu. Das Wunder würde sein, lebend aus Markhams Falle zu entkommen.

Morgan hatte Mikio Funaki gesagt, dass er während der Besprechung zwei Anrufe würde entgegennehmen müssen. Bislang war keiner eingegangen. Als sie eine Pause machten, um etwas zu Mittag zu essen, erreichte er Erin nicht. Er versuchte es bei Rudy, hatte dort aber ebenso wenig Erfolg. Vielleicht waren sie immer noch gemeinsam in einer Gegend, wo sie keinen Empfang hatten. Rudy kannte sich in dem Gebiet gut aus und das war auch der Grund, warum Morgan in der Lage war, sich auf Funaki zu konzentrieren, bis sie mit ihrer Besprechung fertig waren.

Am späten Nachmittag, als sie die Sitzung gerade beendeten, rief William mit der Nachricht an, die er sich erhofft hatte. Das FBI würde einem Handel zustimmen. Erleichterung durchströmte ihn wie ein Fluss und nahm ihm die Angst, die er zu ignorieren versucht hatte.

„Beim Abendessen berichte ich dir von den Einzelheiten“, sagte William. „Bei uns daheim, Ellen besteht darauf.“

„Klingt gut“, sagte Morgan und betrat den Aufzug des Bürogebäudes, um hinunterzufahren.

„Du kannst deiner Braut sagen, dass die Behörde ihr nicht mehr im Nacken sitzt.“

„Das würde ich ja gerne, aber ich kann Erin nicht erreichen. Allmählich mache ich mir Sorgen.“

„Wusste sie denn, dass du heute dienstliche Termine hast?“

„Ja.“ Er blieb stehen und zog seinen Mantel an, der ihn gegen den Schneeregen draußen schützen würde.

„Dann hat sie wahrscheinlich nicht damit gerechnet, dass du anrufst.“

Er wusste, dass es bei William zweifellos so wäre, denn er war berühmt dafür, dass er jedem Fall seine ungeteilte Aufmerksamkeit widmete. Vielleicht war Erin tatsächlich davon ausgegangen. Er trat in den Regen hinaus und hob die Hand, um ein freies Taxi anzufordern.

„Wenn sie eisangeln gegangen ist –“

„Eisangeln?“

„Ja. Der Mann, mit dem sie unterwegs ist, kennt sich in den Bergen aus und ist ein guter Freund.“ Er stieg in das Taxi. „Ich sollte mir keine Sorgen machen.“ Er wünschte nur, sie hätte sich bei ihm gemeldet.

„Du hast kein Monopol aufs Sorgenmachen. Aber es klingt, als wäre sie in guten Händen.“

War sie das wirklich? Er wollte Sicherheit.

„Wir sehen uns heute Abend“, sagte William. „Punkt sieben.“

„Ich werde da sein.“ Er wünschte, Erin wäre mit dabei. Warum nur hatte er sie zurückgelassen? Weil sie bei seinen Eltern hatte bleiben sollen.

Markham ging in der Küche auf und ab und sein Blick wanderte zu der Waffe, die er Quinn abgenommen hatte. Er verzog den Mund. Hatte sie vorgehabt, sie zu benutzen? Natürlich hatte sie das. Er konnte noch den Kampfgeist in ihren Augen sehen. Sie hatte nicht klein beigegeben und hatte sich ihm gegenüber auch nicht hilflos gefühlt. Das war es, was er wollte. Sie sollte vor Angst vor ihm erzittern.

Hätte sie ihn erschossen? Könnte sie das tun? Er warf einen düsteren Blick auf die Waffe und Erinnerungen stiegen in ihm auf. Eine andere dunkelhaarige Frau.

Schüsse. Der Körper, der zu Boden fiel. Das Blut. *„Du hast nichts gesehen, Kleiner, verstanden?“* Der stinkende Atem seiner Cousins und der Geruch nach dem Blut der Frau war ihm noch Jahre in der Nase geblieben und hatte jeden Geschmack von Essen, jeden Duft von Blumen oder frischer Luft beeinträchtigt. Er hatte sich nachts übergeben müssen und der Geruch von Erbrochenem hatte sich mit dem Rest vermischt.

Quinn hatte eine Waffe bei sich gehabt. Er hatte sie ihr weggenommen, aber selbst jetzt schmiedete sie noch Pläne gegen ihn. Er kannte sie. Sie würde nicht aufgeben, bis er sie so weit gebracht hatte, dass sie sich machtlos, hilflos, hoffnungslos fühlte.

Nachdenklich ging er auf dem rissigen Fußbodenbelag hin und her. Was war nötig, um das zu erreichen? Er konnte sie schänden.

Er wandte sich wieder dem Vitrinenschrank zu und starrte durch das zerbrochene Glas, das aussah wie ein Schlund mit Zähnen. Er konnte sie mit Drogen vollpumpen, sie kaltstellen und ihr Gewalt antun.

Er schritt wieder zurück, während er grübelte. Sie musste bezahlen – nicht nur mit Geld, sondern mit Angst und Demütigung. Er wollte sie machtlos und hilflos sehen. Dazu konnte er sie bringen. Plötzlich verspürte er ein Kribbeln im Bauch, während er an den Ausdruck dachte, den er in ihrem Gesicht gesehen hatte, während sie mit dem Mann sprach, mit dem zusammen sie verschwunden war. *Zerbrich sie, nimm sie dir, zerbrich sie.*

Dann fiel ihm Hannah ein. Auch wenn er Quinn vor ihren Augen vergewaltigen konnte, würde er nichts tun, was ihn in ihren Augen herabsetzen würde. Es erstaunte und berührte ihn, dass sie immer noch an ihn glaubte. Und er schwor sich, dass sie am Leben bleiben würde, solange sie das tat.

Er blieb stehen. Seine Gedanken waren jetzt klarer. Zunächst musste er noch warten. Es war noch zu früh, um Quinn wehzutun. Jetzt war es Zeit, seinen Plan in die Tat umzusetzen.

Als er mit dem Taxi nach Oyster Bay fuhr, um mit William zu Abend zu essen, konnte Morgan nicht mehr so tun, als hätte er keine Angst. Weil er immer noch nichts von Erin gehört hatte, versuchte er es noch einmal bei Rudy – und erreichte ihn diesmal. „Rudy!", brüllte er beinahe in sein Handy.

„Morgan, du schlauer verheirateter Hund!"

Jetzt war keine Zeit für Scherze, darum sagte er nur knapp: „Rudy, ist Erin bei dir?"

„Wer?"

„Erin. Quinn. Meine Frau." Er umklammerte das Handy so fest, dass seine Knöchel weiß hervortraten. „Ist sie bei dir?"

„Nein. Ich habe sie nicht gesehen, seit wir heute Morgen angeln waren."

Sein Herzschlag stockte. „Hat sie gesagt, was sie vorhat?"

„Etwas mit Veras Tochter und ihrem Vater."

Nur dass sie nicht bei RaeAnne war. Sie hatten miteinander gesprochen, waren aber nicht zusammen. Keiner hatte sie seit heute Morgen gesehen. „Rudy, kannst du etwas für mich tun?"

„Was –"

„Warte mal." Ein Klopfen kündigte einen eingehenden Anruf an. Er blickte auf die Anruferkennung und schaltete um. „Erin, Gott sei Dank."

„Wer?"

Es war nicht die Frage, die ihn erstarren ließ. Es war die Stimme. Markham Wilders Stimme, die sagte: „Wer ist Erin?"

Adrenalin schoss ihm durch den Körper, sodass er regungslos dasaß. Dass Markham mit Erins Handy telefonierte, konnte nur eines bedeuten. Durch zusammengebissene Zähne sagte er: „Wenn du meine Frau anrührst, werde ich dich finden und umbringen."

Der Fahrer warf einen Blick in den Rückspiegel.

„Wenn man bedenkt, dass ich gerade eine Klinge an ihren Hals halte, ist es nicht besonders klug von Ihnen, mir zu drohen." Markhams Tonfall machte ihn wild. „Sag es ihm, Quinn."

Er hörte einen erstickten Aufschrei.

„Haben Sie das gehört? Nur ein kleiner Kratzer mit dem Messer."

Er hatte nie gewusst, ob er in der Lage wäre zu töten, ob irgendeine Sperre ihn daran hindern würde. Jetzt wusste er es. Aber sich auf Markhams Niveau hinabzubegeben, würde ihn seinen Vorteil kosten. „Was wollen Sie?"

Noch ein leises Wimmern, das ihn unmittelbar ins Herz traf. Erin würde mit aller Macht gegen die Laute ankämpfen, wütend und gedemütigt. Er hörte Schluchzen, aber es war nicht Erin oder jedenfalls hatte er sie noch nie so weinen hören. „Ich habe gefragt, was Sie wollen."

Mit einer teuflischen Stimme krächzte Markham: „Ich will, dass sie leidet."

Sein Magen drehte sich um.

„Sie soll wissen, wie es ist, wenn jemand anderes die Macht hat. Dass ich ihr wehtun kann. Ich kann sie töten."

Wie ein gähnender Abgrund tat sich die Verzweiflung vor ihm auf, aber er bekämpfte sie mit schierer Willenskraft. „Und was haben Sie davon?"

„Befriedigung."

„Und dann? Wieder Gefängnis?"

Nach einer Pause lachte Markham. Als er erneut sprach, war er wie ausgewechselt. „Haben Sie ein besseres Angebot? Was ist Ihnen Ihre Frau denn wert? Ach, warten Sie mal. Es sind ja Frau und Kind, oder?"

Morgan zuckte zusammen. „Nennen Sie Ihren Preis."

„Wo ist denn da der Spaß? Handeln wir doch ein bisschen. Was geben Sie mir denn für eine erstklassige schwangere Frau – ein Doppelangebot sozusagen?"

Noch ein Geräusch von Erin löste alle möglichen Bilder in seinem Gehirn aus, aber er ließ Markham weitersprechen.

„Was ist es, ein Millionen-Dollar-Baby?"

„Wenn Sie es sagen." Der Mann wollte Macht haben.

„Also muss Quinn zwei wert sein. Das sind drei Millionen, wenn Sie kopfrechnen können. Eine gute Rendite für meine Investition."

„Nehmen Sie die Klinge weg, sonst bekommen Sie keinen Cent."

Markham lachte, als wären sie zwei Burschenschaftler, die sich betrinken wollten. „Sie denken immer noch, Sie hätten die Macht hier. Ich weiß, das sind Sie so gewohnt. Aber die Wahrheit ist" – da war die andere Stimme wieder –, „dass Sie keine Ahnung haben, was ich gerade mit ihr mache und was ich in der Zeit machen werde, die Sie brauchen, um mir das Geld zu besorgen."

Er würde dieses kranke Spiel nicht mitspielen. „Ich sage Ihnen, wie es läuft. Sie wollen das Geld, ich besorge es. Wenn ich feststelle, dass Sie ... Quinn in keiner Weise angerührt haben, bekommen Sie ein Transportmittel. Einen Privatjet, der Sie hinfliegt, wohin Sie wollen." Er konnte Markham förmlich sabbern hören.

„Woher weiß ich, dass das kein Trick ist."

„Wir werden gemeinsam zum Flughafen fahren. Es gibt einen kleinen in der Nähe von Juniper Falls."

Das Schweigen am anderen Ende dehnte sich aus.

„Ich werde zwei Millionen in Hundertdollarscheinen bei mir haben. Die dritte Million wartet im Jet, der Sie wegbringt."

Markham atmete schwer, so als kämpfe er gegen großen Widerstand an, dann sagte er mit gepresster Stimme: „Abgemacht."

„Wo ist meine Frau?"

„In einem alten dunklen Loch in der Erde. Keine Schießscharten. Ein neues Schloss an der Tür und ich habe den Schlüssel."

Der Keller.

„Ich habe vorsorglich einige Propangasflaschen besorgt. Abgesehen von dem Messer habe ich auch eine Pistole – die von Ihrer Frau, um genau zu sein. Wenn Sie auch nur einen Gesetzeshüter anschleppen, gibt es ein Feuerwerk."

Er schloss die Augen. „Ich will mit ihr sprechen."

„Sie haben Ihren Lebensbeweis. Und Sie haben bis morgen Mittag um zwölf, um das Geld herzuschaffen. Sonst gilt unsere Abmachung nicht mehr."

„Das ist nicht genügend Zeit." Solche Summen hatte er nicht zur Verfügung. Kapitalanlagen zu liquidieren, in Bargeld zu verwandeln und nach Juniper Falls zu bringen, würde viel länger dauern.

„Morgen Mittag." Die Verbindung wurde unterbrochen.

Sein Kinn sank ihm auf die Brust.

Aber dann war Rudys Stimme zu hören. „Morgan? Was ist los?"

Er unterdrückte die aufsteigende Panik. „Der Typ, der hinter Erin her war, hat sie in seiner Gewalt."

„Markham Wilder?"

„Ich glaube, er hält sie in dem Keller von Veras Haus gefangen."

„Ich hole den Sheriff."

„Nein. Er hat das Haus mit Propangas gespickt."

Rudy fluchte.

„Ich muss bis morgen Mittag um zwölf mit dem Lösegeld da sein. Kannst du das Haus beobachten, ohne dass er dich sieht, und mir Bescheid geben, wenn sich irgendetwas tut?"

„Klar kann ich das", sagte Rudy. „Was ist, wenn er sie woanders hinbringt?"

„In einer vollkommenen Welt würdest du ihm folgen."

„Meine Welt ist ziemlich vollkommen."

Morgan schluckte. „Danke."

Die Limousine bog in Williams Anwesen ein. Er trat ohne anzuklopfen ein und fand William in der Bibliothek.

William hob den Blick und war schlagartig ernst.

Morgan sagte: „Der Mistkerl hat Erin."

Voller Euphorie ließ Markham Quinns Haare los und zog die Klinge fort. Er würde mehr bekommen, als er sich erträumt hatte, wenn die Sache hier erledigt war – ein Wunder der Vermehrung, wie in seiner Vision. Er zog Papier und Bleistift aus der Tasche. „Schreib alles auf. Alles, was nötig ist, um an das Konto zu kommen, das du angelegt hast."

Mit zitternder Hand gehorchte sie.

„Ich werde oben die Zahlen überprüfen, dann sehe ich, ob irgendwelche Nummern falsch sind." Dass er keine Möglichkeit hatte, die Angaben zu verifizieren, wusste sie ja nicht.

„Die Zahlen stimmen. Das ist alles, was du brauchst, um das Geld abzuheben. Bitte lass uns gehen."

„Du hast nicht zugehört. Das ist nur die Hälfte von dem, was passieren wird."

Als er ihr in die Augen sah, spürte er ein Brennen in seinen Eingeweiden, als ihm langsam dämmerte, dass er überlistet worden war. Morgans Angebot hatte ihn überrascht und geblendet. Das Geld *und* ein Flugzeug. Ein Jet, der ihn überall hinbringen würde.

Und die einzige Bedingung dafür war, dass er Quinn nicht anrührte. Das war der Haken an der Sache.

Sie weinte nicht wie Hannah, die Angst im Dunkeln hatte. Sie sah ihn verurteilend und hasserfüllt an. Er hatte sie aufschreien hören, als seine Klinge sie geritzt hatte, aber immer noch funkelte sie ihn böse an. Vielleicht sollte er Hannah mitnehmen und Quinn allein im Keller lassen, aber dann musste er sich mit Hannah abgeben.

Er brauchte Zeit zum Nachdenken. Es musste einen Weg geben, wie er alles haben konnte. Zur Abschreckung hatte er den Keller mit Propangasflaschen versehen. Er brauchte sie nicht in die Luft zu jagen. Und jetzt verdoppelte Morgan den Einsatz – mehr Geld, als er jemals durch Betrügereien machen konnte. Wenn er Quinn tötete, würde er auch Morgan töten müssen.

Dann würde er das Flugzeug verlieren und die Chance auf eine Freiheit, die er nie erlebt hatte. Der schwarze Ritter hatte seine Königin bewundernswert beschützt. Aber der Wurm in seinem Innern fraß weiter.

Markham starrte an dem Licht der Lampe vorbei in die Dunkelheit. Was war dieses unruhige Gefühl? *Töte sie, töte beide, töte sie trotzdem.*

Er hatte seine Cousins ausgeschaltet und danach war die Welt ein besserer Ort gewesen. Konnte er dasselbe von Quinn sagen? Was spielte es für eine Rolle, ob er sie am Leben ließ? Entschlossen ballte er die Fäuste und widerstand der Versuchung. Er wollte, dass der Jet ihn wegbrachte. Also würde er Quinn am Leben lassen. Aber er konnte sie trotzdem leiden lassen.

„Ach, übrigens." Er sah sie durchdringend an. „Dein Großvater lässt dich schön grüßen."

Er sah, wie sie erstarrte.

„Oder würde es sicher tun, wenn er könnte."

Ihr Atem ging flach und ihre Stimme klang keuchend. „Was hast du getan?"

„Nichts, was der alte Idiot nicht verdient hätte."

„Markham?" Hannah blinzelte und zum ersten Mal sah er Zweifel und Anklage in ihren Augen.

„Er war auf dem Weg in die Hölle, Hannah. Das hat dein Vater selbst gesagt. Nur Quinn hier hatte noch Hoffnung und Zuneigung für ihn. Schade eigentlich." Er blinzelte. „Eure letzte Unterhaltung bot die Tarnung und Ablenkung, die diese ‚verdorbene Seele' brauchte, um sich anzuschleichen."

Sie schlug sich eine Hand vor den Mund und Tränen füllten ihre Augen.

„Keine Angst, Quinn." Er hob ihr Kinn mit der flachen Klinge des Messers an. „Er wird in der Hölle auf dich warten."

Als die Tür ins Schloss fiel, sank sie in der Dunkelheit in sich zusammen, das Gesicht in den Händen vergraben. Hannah winselte, bat aber nicht um Licht. Keine Grausamkeit, die Markham verüben konnte, wäre schlimmer als das Wissen, dass sie Grandpas Tod verursacht hatte. Die quälenden Schuldgefühle raubten ihr den Willen zu kämpfen. Irgendwo in ihrem Kopf wusste sie, dass Morgan kommen würde, aber dieser Kummer würde kein Ende nehmen.

„Hör auf", sagte Hannah.

„Womit soll ich aufhören", fragte sie kaum hörbar.

„Mit dem Flüstern. Hör auf, über mich zu flüstern."

Gedanken huschten durch ihren benommenen Verstand.

„Nicht." Hannahs Stimme überschlug sich. „Sag das nicht."

„Ich sage gar nichts, Hannah. Was immer du da hörst, ich bin es nicht."

„Natürlich bist du es. Du hasst mich."

„Ich hasse dich nicht." Tränen ließen ihre Stimme belegt klingen. „Aber Grandpa ist tot. Und wir sind daran schuld."

„Nein." Hannah hielt sich die Ohren zu und die Kette klirrte. „Hör auf."

Allmählich dämmerte es Erin. Sie hob ruckartig den Kopf und

sah, wie die Schatten sich bewegten. „Denk an deinen Lieblingspsalm, Hannah. Den, der in deinem Zimmer an der Wand hängt." Der bekannteste Psalm der Welt, weil er so schön und so tröstlich war. „Der Herr ist mein Hirte ..."

„Mir wird nichts mangeln."

„Genau. Sprich weiter."

Während Hannah die Verse aufsagte, kniete Erin sich voller Wut und Kummer hin. Sie schob die Stangen in den geschwächten Verschluss, der verbogen war, aber immer noch an der Handschelle hing. Ihre Hände waren ganz aufgerissen und geschwollen. Die Schmerzen darin waren jedoch nichts im Vergleich zu dem Schmerz in ihrem Herzen. Oh, Grandpa!

Und dann war es ihr, als hörte sie ihn sagen: „Was soll die Heulerei? Streng dich an und befrei dich." Sie biss die Zähne zusammen und vergaß den Schmerz. Dann drückte sie mit aller Kraft auf die Stange und die Lötstelle brach, sodass die Kette sich von der Handfessel löste.

Sie war frei. Sie konnte fliehen. Sie konnte die Stange als Waffe benutzen und an Markham vorbeikommen. Sie konnte fliehen, bevor Morgan sich in Gefahr begab. Allerdings war der Keller mit Propangasflaschen bestückt.

Der Gedanke, das Gleiche noch einmal mit der anderen Fessel machen zu müssen, trieb ihr die Tränen in die Augen, aber sie keuchte: „Du hast die Wahl, Hannah. Bleibst du hier bei Markham oder kommst du mit mir?"

Kapitel 36

Markham hatte zwölf Uhr gesagt. Mit Williams Hilfe würde er eine Stunde eher da sein. An Bord des Firmenjets der Kanzlei las er die Akte, die Anselm zusammengestellt hatte. Er las sie, um seinen Feind kennenzulernen und genau zu erfahren, wer Markham war.

Er war das Kind einer süchtigen Mutter, die kaum fünf Monate nach seiner Geburt gestorben war. Der Säugling Mark Withers war zu einem Verwandten gekommen, Leon Gaines, der während der ersten vier Lebensjahre des Jungen mit einer Frau von zweifelhaftem Charakter zusammenlebte. Sie verschwand unter mysteriösen Umständen und Withers und Leon zogen zu einem anderen männlichen Verwandten, Hugh Bower.

Auch wenn er keine Sympathie für den Mann aufbringen konnte, der Markham geworden war, musste Morgan zugeben, dass der Junge einen ungünstigen Start gehabt hatte. Wahrscheinlich hatten Lügen ihm mehr als einmal das Leben gerettet, wenn das Vorstrafenregister seiner Cousins irgendwelche Schlüsse zuließ. In den nächsten fünfzehn Jahren hatten die drei gemeinsam von Betrügereien gelebt, bis die beiden Männer tot aufgefunden wurden und man Mark Withers befragte und laufen ließ – mit gravierenden Bedenken.

Der junge Mann gab sich als Markham Wilder aus und perfektionierte seine Prophetenshow, um kleine freie Gemeinden durch seine Visionen vom Überfluss auszunehmen. Die Akte enthielt jede Menge Berichte, aber trotzdem wurde ihm nie die Schuld gegeben, nie fiel ein Verdacht auf ihn. Immer war es jemand aus der Gemeinde, der verantwortlich gemacht wurde – wahrscheinlich jemand, den er hereingelegt hatte.

War das Erin gewesen? Hatte er angefangen, Zweifel zu säen und Unruhe zu stiften? Vielleicht hatte sie das gespürt und daraufhin beschlossen, Nachforschungen über ihn anzustellen. Markham hatte sicherlich keinen Widerstand von der Tochter des Pastors erwartet, vor allem, wo doch die ältere Tochter so fügsam war. Morgan lächelte freudlos bei dem Gedanken, dass der Mann keine Ahnung hatte, wen er da provoziert hatte.

Er las weiter. Während die Erträge sich häuften, lernte Markham, wie man das Geld im Ausland anlegte, und zweigte einen Teil davon für den nächsten Betrug ab. Die reifste Frucht war die Gemeinde von Erins Vater gewesen und dank Erin war er deswegen angeklagt, verurteilt und eingesperrt worden. Vier Jahre Zeit, in denen sein Groll hatte wachsen können.

Der Knoten in seinem Bauch zog sich noch fester zusammen. Markham hatte seine Cousins getötet, aber der Gedanke, dass er Erin töten könnte, lähmte Morgan und durch seine Verluste darauf programmiert, das Schlimmste anzunehmen, kämpfte er mit aller Macht gegen dieses Gefühl an. Diesmal würde er nicht hilflos dabei zusehen. Diesmal hatte er die Abrechnung in der Hand.

Weniger als eine Stunde später traf er zwischen den Bäumen auf Rudy und starrte auf das Haus, das er mit ganz anderen Absichten gekauft hatte. „Irgendetwas passiert?"

Rudy ließ seinen Feldstecher sinken. „Draußen nicht. Ich habe gesehen, wie er in der Küche herumgelaufen ist. Die ganze Nacht ist er auf und ab gegangen und hat mit sich selbst geredet."

„Niemand sonst?"

„Scheint allein zu sein, aber er geht durch die Tür da und kommt wieder zurück."

„Das ist die Tür zum Keller der alten Anstalt." In dem es Erin so unheimlich gewesen war, dass sie das Haus nie wieder hatte betreten wollen.

Rudy stieß hörbar die Luft aus. „Quinn ist da drin?"

Er schluckte. „Rudy, würde es dir etwas ausmachen, sie Erin zu nennen? Das ist seit unserer Hochzeit ihr Name."

„Klar, kein Problem. Tut mir leid."

„Ich versuche nur …" Ja, was eigentlich?

„Ich verstehe schon."

Morgan starrte wieder zu dem Haus hinüber. Seine Nerven waren so angespannt, dass seine Haut kribbelte. Diese Sache musste schnell erledigt werden. Er schaltete sein Funkgerät ein und berichtete dem Leiter von Williams Sicherheitsdienst, dass er anfangen wollte.

Duane Bow bestätigte. „Alles klar, los geht's.“

Weil der Keller eine potenzielle Propangasbombe war, konnten sie nicht das Risiko eingehen, Schüsse abzufeuern. Und da man davon ausgehen konnte, dass Markham die Sache überleben wollte, würde er alles tun, um Schüssen aus dem Weg zu gehen. Morgan holte sein Handy aus der Tasche und rief Markham an. „Ich bin mit dem Geld hier.“

„Wo?“ Markham verließ die Küche. „Ich sehe Sie nicht.“

„Ich fahre jetzt damit die Einfahrt entlang.“ Er war bereits auf dem Weg zu der Limousine, die am Flughafen auf ihn gewartet hatte. Er hielt vor Veras Garage und holte zwei Sporttaschen heraus, die jeweils elf Kilo wogen und insgesamt zwei Millionen Dollar enthielten. Durch seine Bank hatte William die Transaktion schneller und reibungsloser abwickeln können, als es vorher möglich erschienen war.

Morgan betete, dass die Gnade siegen würde, und ging zu dem freien Platz vor dem Haus, nicht zu nah, aber so, dass man ihn gut sehen konnte. Er stellte die Taschen rechts und links von sich ab. Dies war die eine Hälfte seines Teils der Abmachung. Wenn Markham ihn erschoss, würde er weder die dritte Million noch das Flugzeug bekommen. Bei einem Verrückten war auch das denkbar, aber er setzte auf die Habgier.

Als er Markham am Fenster sah, sprach er ins Handy: „Hier ist das Geld. Bringen Sie mir Quinn.“

Markham hatte beabsichtigt, sich an die Vereinbarung zu halten, aber als er Morgan dort stehen sah, so blasiert und selbstbewusst und all das, was Mark Withers einmal hatte sein wollen, spürte er Wut in sich aufsteigen. *Zerbrich ihn, töte ihn, töte sie alle.*

Er drehte sich um und stapfte zum Keller, riss die Tür auf und ging die Treppe runter. Er sah die Frauen kaum an. Sie würde er einfach als Kollateralschaden betrachten.

„Du hast nicht an den Kollateralschaden gedacht.“ Die Schläge regneten auf ihn nieder. *„Du hast uns ein Heidengeld gekostet, du undankbare Kröte.“*

Er hatte sie Geld gekostet und er hatte es ihnen zurückgezahlt. Neunzehn Jahre Kollateralschaden. Er hatte die batteriebetriebene Lampe in der Hand und ging von einer Propangasflasche zur nächsten, um die Ventile aufzudrehen. Etwas tief in ihm öffnete sich ebenfalls und ließ ein Gift entströmen, das ebenso brennbar war. *Verbrenn sie, verbrenn sie.*

„Markham?“ Hannahs zweifelnde Stimme fachte seine Wut nur noch mehr an.

Quinn starrte durch ihn hindurch, als wäre er gar nicht da, als wäre er nichts. Sie würde schon noch sehen. Jetzt würde sie es endgültig sehen.

Als aus allen Flaschen langsam das Gas entwich, warf er ihnen einen Blick zu und stapfte die Treppe wieder hoch, wobei er die Tür offen stehen ließ, um einen Luftzug zu erzeugen. In der Garage füllte er ein Schraubglas mit Benzin und stopfte einen Lappen in die Öffnung. Selbst ohne die Droge funktionierte sein Gehirn so klar und scharf wie noch nie zuvor. Dies war seine prophetische Berufung, seine Vision von Gott – das Feuer auf die ungläubigen Huren und den gierigen Geschäftsmann herunterregnen zu lassen. *Brenn, brenn, brenn.*

Das Glas und das Feuerzeug versteckte er hinter seinem Rücken, zog Quinns Waffe heraus und trat um das Haus herum. „Ich will das Geld sehen.“

Morgan drehte sich erstaunt um. „In Ordnung.“ Er bückte sich und machte den Reißverschluss der Taschen auf.

Es sah echt aus und war kaum zu glauben. „Gehen Sie weg.“ Er umkreiste Morgan, während dieser in Richtung Haus ging.

„Zwei Millionen“, sagte Morgan, so als wäre es nichts. „Die dritte im Flugzeug. Ich will nur Quinn.“

„Dann gehen Sie und holen Sie sie.“

Morgan warf einen Blick über seine Schulter und sah dann wieder Markham an. „Wir gehen zusammen.“

Markham hob die Waffe.

Morgan breitete die Arme aus. „Der Pilot wird nur auf meinen Befehl hin abheben. Verscherzen Sie sich die Sache nicht.“

Markham lachte finster. Erstaunlich, was ein Pilot tat, wenn man ihm eine Pistole an den Kopf hielt. Er konnte es genau vor sich sehen. Ein Flughafen in der Nähe von Juniper Falls. Ein Privatjet. Ein widerwilliger Pilot, der plötzlich begriff.

Mit genau der Pistole in der erhobenen Hand sagte er: „Wenn Sie Ihre Frau haben wollen, sollten Sie sie holen, bevor ich es mir anders überlege.“ Er konnte die Angst des Mannes sehen und genoss sie. „Die Kellertür habe ich für Sie offen gelassen.“

Brenn, brenn. Es spielte keine Rolle, wie viel Geld Morgan Spencer verdiente, wie viele Bücher er schrieb, wie berühmt er war. Markham schwoll die Brust. Er musste nur die beiden Damen opfern, dann würde er alle Macht haben – der Prophet, die Hand Gottes. Gott.

Als Morgan im Haus verschwand, schob Markham die Waffe in seine Jeans, betätigte das Feuerzeug und zündete den Lappen an. Seht an das Werkzeug. Er lief auf das Haus zu und spürte plötzlich einen Schlag, der ihn halb umdrehte, bevor er den Schuss hörte. Das Letzte, was er sah, waren der Idiot aus dem Gemischtwarenladen mit einem Jagdgewehr und der Erdboden, der in Flammen aufging, als er fiel.

Als Erin den Schuss hörte, stieß sie noch einmal die Eisenstange in den Verschluss von Hannahs Fessel und schrie laut. „Zieh, Hannah!“

„Aber es tut weh.“

„Zieh!“, brüllte sie.

Mit vereinten Kräften zerbrachen sie die Lötstelle in dem Moment, als ein Mann die Treppe heruntergerannt kam. Sie biss die Zähne zusammen und hob die Stange, um zum Schlag auszuholen, doch dann sah sie ihn im Schein der Taschenlampe. „Morgan!“

„Komm. Schnell!“

Sie hustete von dem Propangas, das sich in ihren Lungen wie Blei anfühlte, packte Hannah am Arm und zerrte sie in Richtung Treppe. Sie stolperten und fielen in ihrer ungeschickten Eile übereinander, während sie ihre Schwester vorwärtsstieß und Morgan ihnen folgte. In der Küche schob er sie zur Hintertür hinaus. So schnell sie konnten, liefen sie von dem Haus weg.

Die frische Luft schien wie von selbst in ihre Lungen zu strömen. Dann wurde sie von einer Kraft von den Füßen gerissen und landete wieder unsanft auf dem Boden. Hinter ihr stieg eine entsetzliche Wand aus Hitze auf und sie bedeckte Gesicht und Augen mit ihrem Arm. Sie musste nicht hinsehen, um die Zerstörung zu begreifen. Wie durch Watte hörte sie Hannah weinen und Morgan brüllen: „Erin!"

Sie drehte das Gesicht, um ihn anzusehen. „Mir geht es gut."

Sanft hob er sie vom Boden auf, tastete sie ab, umarmte sie, klammerte sich an sie.

„Alles ist gut." Sie hielt ihn, streichelte ihn, legte die Hände um sein Gesicht und küsste ihn. „Wir haben es geschafft." Sie hielt ihn an sich gedrückt, ihre Brust an seiner, und ihre Herzen schlugen schnell und kräftig.

Hinter ihnen knisterte das Feuer und die Flammen stoben zum Himmel hinauf, während die Feuerwehrwagen eintrafen. Jemand musste sie schon vor Ausbruch des Feuers alarmiert haben. Aber wenn sie auf Rettung gewartet hätten …

Sie schloss die Augen und mit bebender Brust dankte sie Gott für die Kraft, die er ihr geschenkt hatte. Dann sank sie neben Hannah auf die Knie und hielt ihre benommene und schluchzende Schwester im Arm.

Ascheflocken fielen wie schmutziges Konfetti zu Boden. Der Rauch und Gestank von verkohlten Baumaterialien und chemischen Stoffen brannte ihm in der Nase, als Morgan Erin und Hannah um das brennende Haus herumführte. Die Flammen, die Feuerwehr und der schreckliche, undurchsichtige Qualm erinnerten ihn an einen anderen Vorfall.

Er wappnete sich schon für eine Panikattacke, aber mit Erin an seiner Seite spürte er nur eine tiefe Dankbarkeit. Sie hatten die Feuerwehr und die Polizei alarmiert, sobald er vor Ort gewesen war, aber er hatte nicht gewollt, dass es zu diesem schrecklichen Szenario kam. Ihm wäre es lieber gewesen, Markham mit friedlichen Mitteln wegzulocken. Bis zu dem Augenblick, als er das Haus betreten hatte, hatte er an dieser Hoffnung noch festgehalten. Doch als er an der Tür angekommen war, hatte er es besser gewusst.

Als sie bei den Trümmern des Hauses ankamen, riss Hannah sich los und warf sich auf die verkohlten Überreste auf dem Boden, wo sie schrie und um sich schlug, als die Feuerwehrleute sie fortzogen. In einer merkwürdigen Assoziation blickte Morgan von der Leiche auf zu dem stämmigen Mann, der ihn an Evander Holyfield erinnerte und der zwei Sporttaschen in den Händen hielt.

„Die Leiche konnte ich nicht bergen", sagte Duane. „Ich hatte nur zwei Hände."

Der Sheriff traf mit zwei Deputys ein, aber bevor sie alles erklären konnten, schaltete die Sonderkommission des FBI sich ein und übernahm die Ermittlungen. Morgan beobachtete alles wie aus der Ferne, während Duane und Rudy ihre Aussagen machten. Ihm war nicht bewusst gewesen, dass Rudy die Schüsse abgefeuert hatte. Auf jeden Fall gerechtfertigt, aber es konnte nicht schaden, dass das FBI einen Haftbefehl für Markham Wilder ausgestellt hatte, bevor er New York verlassen hatte.

In diesem Augenblick war Rudy zu einer Legende im Gasthaus *Zum Wildschwein* geworden, aber der Miene seines Freundes nach zu urteilen war das das Letzte, woran er dachte, als man sein Gewehr als Beweisstück einpackte.

„Bist du in Ordnung?"

Rudy nickte langsam. „Aber es ist nicht dasselbe. Ich kann das erjagte Wild nicht aufbrechen. Ich meine, der Kerl war verrückt, aber ..."

„Denk als Soldat, nicht als Jäger. Das hier war Krieg."

Duane Bow kam auf sie zu. „Ich habe mit dem FBI geklärt, dass Mr St. Claire sein Geld zurückbekommt. Brauchen Sie den Jet?"

Morgan sagte ihm, sie könnten darüber verfügen, dann sah er zu Erin hinüber, die bei dem diensthabenden Agenten ihre Aussage machte. Er sah, wie sie ihrer Schwester besorgte Blicke zuwarf. Offenbar hatte man Hannah ein Beruhigungsmittel verabreicht. Heute begegnete er Erins Schwester zum ersten Mal und er bemerkte die Ähnlichkeiten, aber sie waren nur oberflächlich. Hannah sah aus wie ein Blatt, das von einem Lagerfeuer geweht war, brüchig und versengt.

Erin sah ebenfalls mitgenommen aus, mit ihren verbundenen Händen. Sie hatte sich bei der Befreiung von den Fesseln die Haut aufgeschürft. Und trotzdem hatte sie eine Klarheit an sich, die er kaum fassen konnte. Rein und durchdringend, wie dünne Luft, aber doch so wunderbar einzuatmen.

„Haben Sie sich untersuchen lassen?", fragte Sheriff Ingram. „Medizinisch?"

„Mir fehlt nichts. Wir sind heil rausgekommen."

„Wissen Sie, es gibt eine Alternative zu solchen Aktionen – dafür gibt es uns Gesetzeshüter."

Morgan nickte. „Manchmal handelt man einfach."

„Ich sage nicht, dass die Sache anders ausgegangen wäre, aber Sie haben sich in Gefahr begeben."

Er deutete mit dem Kopf auf seine Frau. „Die beiden waren bereits in Gefahr. Wenn er das Angebot angenommen hätte, wären sie in Sicherheit gewesen."

„Dann hätten die Beamten im Jet ihn sich gekrallt."

„Das war der Plan." Morgan fuhr sich mit der Hand durchs Haar. „Den Molotowcocktail habe ich nicht kommen sehen." Er schüttelte den Kopf. „Ich dachte, alles, was er tat, sei von Habgier getrieben gewesen."

„Ich weiß nicht", sagte der Sheriff. „Bei Trickbetrügern und Hochstaplern sind auch immer Macht und Manipulation im Spiel."

Und vielleicht etwas noch Gefährlicheres. Morgans Blick wanderte zu den Flammen hinüber, die die Feuerwehrleute mit ihren Schläuchen zu löschen versuchten. Dies war ein Haus, das man nicht wieder aufbauen würde.

Erin trat zu ihm und blickte auf dasselbe schreckliche Szenario. „Da wünschte ich fast, ich hätte nicht so viel repariert und gestrichen."

Er lächelte ein wenig. „Das hat sich wie ein Akt der Freundlichkeit für mich und Livie angefühlt."

„Das war es auch."

„Diese Güte, wie du dich um RaeAnne gesorgt hast und um die Menschen, die dort behandelt wurden – und um mich –, hat dich die ganze Zeit über beschützt."

Sie runzelte die Stirn. „Aber Markham ..." Ihre Miene verzog sich schmerzhaft. „Morgan, er hat Grandpa umgebracht. Nachdem ich angerufen hatte. Er hat ihn getötet und sein Handy an sich genommen.“ Sie zitterte, während ihr die Tränen über die Wangen liefen. „Ich dachte, es wäre Grandpa, der anruft.“

Bestürzt fasste er sie bei den Schultern. „Er ist ein Lügner.“

„Ich habe das blutige Handy gesehen. Und er wusste genau, was Grandpa zu mir gesagt hatte. Er hat sich angeschlichen, während Grandpa und ich –“

„Damit hattest du nichts zu tun.“

„Wenn ich ihn nicht angerufen hätte –“

„Nein. Es war Markham. Nicht du.“ Aber der Gedanke, dass ihre Entscheidung, Kontakt zu ihrer Familie aufzunehmen, vielleicht den alten Mann das Leben gekostet hatte, erschütterte auch ihn. Sie hatten es nicht wissen können. Aber es tat weh. Er hielt seine Frau im Arm, während der Kummer sie überwältigte. So viel Zerstörung, und wofür?

Zärtlich drückte er sie an sich und sah über ihren Kopf hinweg zu Hannah hinüber, das bemitleidenswerte Puzzleteil. „Wird deine Schwester damit klarkommen?“

„Ich weiß nicht.“ Erin blickte auf und riss sich zusammen, wie sie es bestimmt schon oft tun musste. „Können wir sie nach Hause bringen?“

„Mit zu uns?“

„Nein, ich meine zu meinen Eltern.“ Sie wischte ihre Tränen fort und schluckte.

Die Wut ließ ihn seine Hände zu Fäusten ballen. „Bist du schon so weit, dass du dir das antun willst?“

Sie sah sich nach ihrer Schwester um, die in eine Decke gewickelt dasaß und vor sich hin starrte. „Sie braucht ihren Vater.“

„Aber ich will wissen, wie es dir geht.“

Sie zog eine Schulter hoch. „Markham lebt nicht mehr. Wenn nicht jetzt, wann dann?“

Er zwang sich, die Fäuste zu lockern. Sie hatten Erin nicht verdient, aber er sagte: „Sobald wir hier wegkommen.“ Sie würden noch eine Weile brauchen, um alles zu entwirren. Er rieb ihre Arme. „Aber können wir uns bei Rettungsaktionen in Zukunft auf Kleinkinder und Tiere beschränken?“

Sie riss die Augen auf. „Bella! Livie!"

„Entspann dich. Dein einziges Problem wird sein, Livie davon zu überzeugen, dass Bella nicht ihr Hündchen ist. Sie redet von nichts anderem mehr."

Erin presste sich eine Hand auf die Brust. „Ich vermisse sie so sehr, dass mein Herz wehtut."

Dem war nichts hinzuzufügen.

Die Fahrt nach Hot Springs, South Dakota, mit einer weinenden Hannah wäre schrecklich gewesen. Die gleiche Fahrt in Stille und Schweigen gehüllt brach ihr das Herz. Da Morgan wegen ihrer bandagierten Hände am Steuer saß, blickte Erin zu ihrer Schwester nach hinten, die stumm auf der Rückbank lag und vor sich hin starrte. Sie wünschte, so vieles könnte anders sein. Aber wo sollte sie überhaupt anfangen?

Als sie sich wieder umdrehte, um Morgan von der Seite zu betrachten, stieg ein tiefes Gefühl in ihr auf, das mehr war als bloße Emotion. Es war, als wäre er ein Teil von ihr und sie von ihm. Die Schönheit dieser Empfindung ließ ihr Herz nur noch schwerer werden, wenn sie an Hannah dachte. Die Grausamkeit dessen, was Markham vorgehabt hatte, würde noch viel länger schmerzen als alle körperlichen Verletzungen. Wahrscheinlich ihr Leben lang.

Wie hatte ihr Vater das alles geschehen lassen können? Hatten sein Stolz und seine Unfähigkeit zuzugeben, dass er im Unrecht war, den Menschen in Gefahr gebracht, den er am meisten von allen liebte? Jetzt verstand sie, was Morgan damit gemeint hatte, als er gesagt hatte, dass er eine Welt für Hannah erschaffen hatte, aber warum hatte er die Schlange in den Garten gelassen?

Oder war er nur ein fehlbarer Mensch, der wie sie alle versuchte, das Richtige zu tun? Sie suchte nach der richtigen Einstellung, um ihm gegenüberzutreten. *Herr.*

Sie waren kurz auf der Ranch gewesen und hatten sich gewaschen, bevor sie losgefahren waren. Hannah hatte sie in die Dusche geholfen und wieder hinaus und sich aus Noelles Kleiderschrank Anziehsachen für sie beide ausgeliehen. Sie hatten gar nicht erst versucht, etwas zu essen, auch wenn das Letzte, was Hannah und sie zu sich genommen hatten, Markhams Brot und Wasser gewesen waren und eine Flasche Limonade von den Rettungssanitätern.

Es war schon dunkel, als sie den Ort erreichten, den sie vor vier Jahren in gerechtem Zorn verlassen hatte. Dieser Zorn regte sich wieder, als sie an den Häusern der Menschen vorbeikamen, die sie schon ihr ganzes Leben kannte – Gemeindemitglieder, die in der Nähe ihres Pastors wohnten wie eine Herde, die sich um ihren Hirten scharte. Wie es aussah, würden sie ihr Geld zurückbekommen, sobald das FBI die ganze Angelegenheit geklärt hatte.

Sie fröstelte, während sie bezweifelte, dass diese Menschen jemals die ganze Wahrheit dessen erfahren würden, was er getan hatte. Ein winziger Lichtblick war, dass sie selbst nicht angeklagt werden würde und auch nicht noch einmal bei Markhams Prozess aussagen musste. Sie war frei, ihr eigenes Leben zu leben. Oder beinahe frei. Ihr Magen zog sich zusammen, als Morgan vor dem Haus ihres Vaters hielt.

Grandpa hatte die müde Reaktion ihrer Eltern auf ihre Neuigkeiten beschrieben – in ihrer letzten Unterhaltung vor seinem Tod. Sein Handy war wohl mit Veras Haus in die Luft geflogen oder mit Markham verbrannt, sodass es für dieses Verbrechen keine Beweise gab. Vor lauter Kummer zitterte sie.

Morgan warf ihr einen Blick zu. „Bist du bereit?"

Sie sah nach hinten zu Hannah, die immer noch auf dem Rücksitz lag. „Mein Vater soll sie holen."

Sie und Morgan gingen zur Tür. Es dauerte lange, bis jemand auf das Klingeln reagierte. Dann stand ihr Vater im Schlafanzug und einem grünen Veloursmorgenmantel in der Tür, sein Haar noch überwiegend braun mit silbernen Strähnen an der Seite, und sah sie verwirrt und verärgert an. „Weißt du, wie spät es ist?"

Sie fragte sich, wie lange ihr diese ersten Worte, die er seit vier Jahren zu ihr sagte, noch nachgehen würden. „Hannah ist im Wagen, Dad. Sie braucht dich."

Die sichtbare Verwandlung des Mannes tat ihr weh.

„Dad?" Sie hielt ihn am Ärmel fest, als er an ihr vorbeigehen wollte. „Markham ist tot."

Fassungslos sah er sofort zu Hannah hinüber und sein Blick war voller Mitgefühl. Wie es sein sollte. Schnell ließ sie seinen Ärmel wieder los.

„Quinn?“ Die Stimme ihrer Mutter ließ sie herumfahren.

„Mom.“ Sie schloss die Frau in die Arme. Diese Berührung brauchte sie mehr, als sie es sich eingestanden hatte. Dann drehte sie sich um. „Das ist Morgan, mein Mann.“

„Oh“, murmelte Gwen. Sie wusste nicht, wie berühmt und erfolgreich er war – obwohl er auf der kleinen Veranda am Haus ihrer Eltern eine beeindruckende Figur machte –, aber die Augen ihrer Mutter weiteten sich trotzdem, als sie ihn ansah. Erin schüttelte den Kopf. Sosehr sie ihn liebte und achtete, sie hoffte, dass sie ihn niemals so ansehen würde.

„Morgan, das ist meine Mutter, Gwen Reilly.“

„Kommt rein“, sagte Gwen zu ihnen. Hatte sie schon immer so geflüstert? Im Vergleich zu der handfesten, aus Hartholz geschnitzten Celia war sie nur ein Windhauch, aber es war nicht fair, die beiden miteinander zu vergleichen.

„Wir haben Hannah nach Hause gebracht.“ Erin legte eine Hand auf den Arm ihrer Mutter und ihre feinen Knochen fühlten sich unter der Haut zerbrechlich an. „Es tut mir leid, aber Markham ist tot.“

„Tot?“ Sie schien eher verwirrt als entsetzt über die Nachricht. „Wie denn das?“

„Wir warten auf Dad, wenn du nichts dagegen hast. Dann muss ich alles nur einmal erzählen.“

„Ja, natürlich. Er sollte es als Erster erfahren.“

Das hatte sie nicht gemeint, sondern nur, dass sie emotional noch sehr mitgenommen war und nicht die Kraft hatte, alles zweimal zu erzählen.

„Ich sollte nachsehen, ob ich etwas tun kann, um deiner Schwester zu helfen.“

Erin nickte und wurde wieder einmal Zeuge dessen, wie die Dinge lagen.

Als ihre Mutter das Zimmer verließ, um ihrem Mann mit Hannah zu helfen, lehnte Erin sich an die makellose Küchenzeile, unter ihren Füßen das frisch gewischte Linoleum. Die Schränke dufteten schwach nach Seife. Die rosafarbenen Chintzgardinen waren in perfekte Falten gebügelt. Gwen Reilly war Hausfrau mit Leidenschaft.

Während er dort stand, schloss Morgan die Augen, als die Müdigkeit ihn einholte. Sie hatten beide seit mehr als 24 Stunden nicht geschlafen und er und William hatten die Nacht in Sitzungen mit dem FBI verbracht und mit der Vorbereitung des Treffens.

Die Behörde hätte es am liebsten gesehen, wenn ihre Soko zuerst vor Ort gewesen und die Geiselnahme beendet hätte, während die anderen Beamten bei Williams Privatjet warteten, falls das nötig sein sollte, aber Morgan und William hatten sich darauf geeinigt, dass die Chancen auf eine gute Lösung größer waren, wenn sie auf Markhams Forderungen eingingen.

Am Ende war Markham dann doch durchgedreht. Zu gern hätte sie gewusst, was ihn dazu gebracht hatte, aber das spielte jetzt eigentlich keine Rolle mehr. Ein solches Ende hatte sie sich nicht gewünscht, Markham scheinbar schon. In Gedanken versunken fragte sie Morgan: „Willst du dich setzen?"

Aber statt einer Antwort legte er den Arm um sie. Offenbar spürte er die Anspannung, die sie stehen bleiben ließ. „Nein."

„Sollen wir Hannah einfach hierlassen und uns aus dem Staub machen?"

Seine Augen waren noch immer geschlossen, aber er presste die Lippen aufeinander.

Sie sagte: „Ich glaube nicht, dass sie mich vermissen werden."

Er öffnete die Augen und neigte den Kopf ein wenig, um sie anzusehen. „Das Problem ist, dass du nicht hierher passt. Sie hatten wahrscheinlich keine Ahnung, was sie mit dir machen sollten. Dich zu deckeln und dafür zu sorgen, dass du dein Licht unter den Scheffel stellst, war das Einzige, was ihnen einfiel."

Sie starrte ihn an, berührt und ermutigt zugleich von seinem Einfühlungsvermögen. „Bist du es leid zu hören, dass ich dich liebe?"

„Frag mich in vierzig Jahren noch mal."

Aus dem Schlafzimmer hörten sie Hannah weinen. Es würde noch eine Weile dauern, bis sie sich beruhigt hatte. „Lass uns morgen wiederkommen."

Er sah sie forschend an, dann richtete er sich auf. „In Ordnung. Wohin?"

Ihre Brust bebte. „Zu Grandpas Haus."

„Erin."

„Ich weiß." Sie unterdrückte ein Schluchzen. „Ich will nur bei seinen Sachen sein. Um mich zu verabschieden."

Morgan atmete hörbar aus. „Also gut."

Sie fuhren die kurze Strecke bis zu dem winzigen, etwa hundert Jahre alten Haus an dem Fluss, an dem sie früher geangelt hatten. Als sie die Treppe zur Veranda hochging und den alten Türknauf drehte, konnte sie die Tränen nicht zurückhalten. Grandpa hatte die Tür nie abgeschlossen. Wie sehr sie sich jetzt wünschte, er hätte es getan.

Im Haus roch es nach Zitronenöl und Wäschestärke und schwach nach gebratenem Hühnchen. Es schien ihr unfassbar, dass sie nie wieder sehen würde, wie er mit der Eisenpfanne an seinem Herd stand. Eine Welle des Kummers überkam sie. Sie schloss die Augen und zog die Stirn kraus, so als steckte ein Angelhaken darin.

Und dann durchbrach eine Stimme die Stille. „Bleib da stehen. Bei Patrick und allen Heiligen, ein zweites Mal wirst du mich nicht überrumpeln."

„Grandpa?" Ihre Knie gaben unter ihr nach.

Morgan fing sie auf, als sie in sich zusammensackte. Das Licht ging an und alle Emotionen der ganzen schrecklichen Erfahrung brachen sich in heftigen Schluchzern Bahn.

Morgan sagte ruhig: „Kann sie sich irgendwohin setzen?"

Der alte Mann hatte einen Verband um den Kopf und seine Bewegungen waren etwas abrupt, als er sie ins Wohnzimmer führte, aber seine Stimme war kräftig und sein Tonfall bestimmt. „Ganz ruhig, Mädchen. Ist ja gut."

Sie ließ sich auf das Plüschsofa fallen. „Ich dachte, du wärst tot. Markham hat gesagt –"

„Und das hätte dich stutzig machen sollen. Es braucht mehr als diese fiese Ratte, um diesen irischen Schädel zu zertrümmern. Da hat der Stein mehr abbekommen."

Sie sah die Belustigung in Morgans Augen und den Humor in den Augen von Grandpa.

„Das ist nicht witzig. Ich war wegen dir am Boden zerstört."

„Wurde aber auch Zeit", sagte er. „Wenn ein Schlag auf meinen

Kopf nötig ist, um dich zurückzubringen, dann übernehme ich das sogar selber. Und mit mehr Erfolg."

Resigniert sank sie in die Kissen.

Grandpas Blick wanderte zu Morgan. „Sie müssen Morgan sein. Klasse Name. Walisischer Kern."

Morgan erhob sich und reichte ihm die Hand. „Morgan Spencer."

„Corlin Reilly." Grandpa erwiderte Morgans festen Händedruck. „Sie haben Glück, dass Sie meine Quinn bekommen haben."

„Wem sagen Sie das." Morgan setzte sich wieder. „Aber … sie heißt jetzt Erin."

Sie beobachtete ihren Großvater, um zu sehen, wie er darauf reagierte.

„Ach ja?"

„Wir haben den Namen bei unserer Hochzeit geändert, damit Markham sie nicht findet, aber … es gefällt mir so."

Grandpa blickte Morgan lange an, dann sagte er: „Auch gut. Quinn habe ich sie nur genannt, um meinen Sohn zu ärgern. Aber Erin – das kam von Herzen."

Morgan warf ihr einen Blick zu, der besagte: Wusste ich's doch.

Sie hob das Kinn. „Grandpa, sag mir die Wahrheit. Geht es dir wirklich gut?"

„Eine kleine Gehirnerschütterung. Mein Nachbar hat mich ziemlich bald danach gefunden und mich vom Fluss in die Küche gebracht. Wir haben uns einen steifen Drink genehmigt und darauf getrunken, dass Markham in der Hölle landet."

Sie konnte sich des Gedankens nicht erwehren, dass er tatsächlich dort gelandet war. Aber sie zog die Augenbrauen hoch. „Ich dachte, du glaubst nicht an die Hölle."

„Doch, Mädchen. Daran glaube ich schon."

„Aber warum bist du dann so gegen Gott?"

Zu ihrem Erstaunen dachte er über die Frage nach. „Eigentlich bin ich gar nicht so sehr gegen Gott. Ich denke nur, er kann mit mir nicht viel anfangen."

„Aber, Grandpa ..." Dann musste doch noch Hoffnung bestehen.

Mit seinen knochigen Händen umklammerte er die Armlehnen des Sessels. „Ich habe in meiner Jugend etwas getan. Einen Mann bei einer Prügelei in einer Bar getötet. Er hatte es darauf angelegt, aber irgendwie hat mich die Sache damals sehr verändert. Ich habe mich nie wieder in demselben Licht gesehen." Er runzelte die Stirn. „Aber in letzter Zeit und auch, als ich dort lag und über meinen Tod nachdachte, habe ich mir überlegt, dass wir uns möglicherweise doch mal unterhalten sollten. Gott und ich."

Sie kreuzte die Hände auf der Brust und ihr kamen die Tränen. „Ich bin sicher, ihr habt euch eine Menge zu sagen. Ihr beide."

„Aye." Entschlossen stützte er seine Hände auf die Oberschenkel. „Aber jetzt habe ich erst mal genug geredet. Ihr könnt euch oben ein Zimmer aussuchen ... Erin. Hauptsache, ihr haltet mich nicht die ganze Nacht wach."

Sie holte scharf Luft.

Aber Morgan stand auf und nahm ihren Arm. „Wir werden uns beherrschen, Grandpa."

Auf dem Weg nach oben sagte sie nichts, aber als er die Tür hinter ihnen schloss, zischte sie: „Wir werden uns beherrschen."

Morgan lachte laut auf.

Epilog

„Darf ich auf dem Pferd reiten, Daddy?"

„Mal sehen." Morgan hob Livie auf den leuchtend weißen Zaun der Koppel, sodass sie neben der ebenso leuchtend weißen Stute mit der weichen grauen Nase und der lockigen cremefarbenen Mähne saß. Ein reinrassiger Andalusier war vielleicht etwas übertrieben als erstes Pferd für eine noch nicht ganz Dreijährige, aber wie Erin gesagt hatte, konnte er es einfach nicht lassen. „Fragen wir Mommy."

Er drehte sich um, als Erin näher kam, eine Hand auf ihrem gewölbten Bauch. Noch war sie nicht annähernd so rund, wie sie es in den zwei verbleibenden Monaten werden würde, aber es erstaunte ihn immer wieder zu sehen, wie ihr gemeinsames Kind in ihrem Leib wuchs.

Sein Blick wanderte zu Noelle, die neben Erin lief, seinen neugeborenen Neffen auf dem Arm. Er hatte das Gefühl, dass diese beiden Babys sich so nahestehen würden wie Liam und Livie, auch wenn sie nicht in demselben Haus wohnten. Die Zeit, die sie bei Besuchen miteinander verbringen würden, war sicher genug.

„Was wollt ihr mich fragen?", sagte Erin.

„Darf ich auf dem Pferd reiten, Mommy?"

Bella kam herbeigelaufen und legte die Vorderpfoten auf die Zaunlatte, während Erin den Kopf des Pferdes streichelte. „Ich glaube, da musst du Prinzessin Schneeflocke fragen."

Er zog eine Grimasse. Das kam davon, wenn man es einer Zweijährigen überließ, einem Pferd den Namen zu geben – nicht ganz die offizielle Variante.

Livie hielt ihr Gesicht ganz dicht vor das des Pferdes. „Darf ich auf dir reiten, Prinzessin Schneeflocke?"

„Ich bin ganz sicher, dass sie Ja sagt." Erins Augen leuchteten. „Wenn Daddy mitreitet."

Er lehnte sich mit dem Unterarm an den Zaun. „Du weißt, dass Celia das anders sehen würde. Sie würde Livie ohne Sattel reiten lassen."

„Ja." Erin strich über die taubengrauen Nüstern der Stute. „Aber ihr habt Mommy gefragt."

Er warf Noelle einen Blick zu, die mit den Schultern zuckte. „Rick würde Erin zustimmen. Vor allem, wenn du dem Kind ein Kriegspferd kaufst."

„Sie ist ein Turnierpferd."

Erin reckte sich und gab ihm einen Kuss. „Es ist deine Entscheidung."

Was bedeutete, dass er das Pferd satteln und Livie zu ihrem ersten Ausritt auf Prinzessin Schneeflocke mitnehmen würde – eine Gelegenheit, die er sich nicht entgehen lassen würde, da er am nächsten Morgen abreisen musste.

Das Stück Land, das sie gefunden hatten, umfasste landschaftlich reizvolle Flächen und umgab ein Haus im Haziendastil, das sofort Consuelas Zustimmung gefunden hatte. Es war weiter von der Mission entfernt, aber näher an ihrer Herkunft. Erin und Livie schienen die sieben Minuten Fahrt zum glitzernden Strand, den sie von ihren großen, bogenförmigen Fenstern aus sehen konnten, nichts auszumachen und Bella fand jeden Ort himmlisch.

Mit einem Arm um Livie, die auf dem Zaun saß, zog er Erin hoch und küsste sie lange. Das Baby würde vor ihrem ersten Hochzeitstag geboren werden, aber es war ein guter Abstand zu Livie und Erin strahlte förmlich. Das hatte er nicht erwartet und hätte es vielleicht verpasst, weil er so in seiner Schwermut gefangen gewesen war. Aber Erin und Livie hatten sich gegen ihn verschworen, mit ein bisschen Hilfe von Rick und Noelle. Er war ziemlich sicher, dass Jill und Kelsey einverstanden waren. Und er fragte sich nicht länger, sondern war ganz und gar davon überzeugt, dass die Sache von Gott gefügt war.

„Weißt du was? Sobald das Baby geboren ist, wirst du im Sattel sitzen."

„Kann ich erst mal unser Kind stillen?"

Er stieß sie an. „Schlaues Kerlchen."

„Schlaues *Mädchen*, Daddy."

„Schlaue Frau." Erin sah ihm ins Gesicht und ihr Wesen – wie das von Livie – ließ seinen Atem stocken, so wie es das vielleicht für den Rest seines Lebens tun würde.

Seine Brust weitete sich. „Absolut.“ Sein Mund suchte ihren, als hätte er einen eigenen Willen.

„Ich will auch einen Kuss, Daddy.“

Erin und er lösten sich voneinander und bedeckten Livies Wangen und Hals mit allen Küssen, die sie ertragen konnte.